HEYNE<

Carolin Wahl

Die Traumknüpfer

Roman

Wilhelm Heyne Verlag
München

Der Verlag weist ausdrücklich darauf hin, dass im Text
enthaltene externe Links vom Verlag nur bis zum Zeitpunkt
der Buchveröffentlichung eingesehen werden konnten.
Auf spätere Veränderungen hat der Verlag keinerlei Einfluss.
Eine Haftung des Verlags ist daher ausgeschlossen.

Verlagsgruppe Random House FSC® N001967

Originalausgabe 03/2016
Redaktion: Catherine Beck
Copyright © 2016 by Carolin Wahl
Copyright © 2016 dieser Ausgabe
by Wilhelm Heyne Verlag, München,
in der Verlagsgruppe Random House GmbH,
Neumarkter Straße 28, 81673 München
Printed in Germany
Umschlaggestaltung: Eisele Grafikdesign, München
Karte: Andreas Hancock
Satz: Leingärtner, Nabburg
Druck und Bindung: CPI books GmbH, Leck
ISBN: 978-3-453-31647-8

www.heyne.de

*Dieses Buch soll für all diejenigen sein,
die einen Traum haben.
Und für meinen Papa – der von sehr weit oben
diese Geschichte liest.*

Prolog

Der Wind trug den Geschmack von Regen durch die Straßen von Lakoos, während die untergehende Sonne die Wüstenstadt in blutrotes Licht tauchte und in den verglasten Türmen des Palasts schillerte. Lakoos, die Hauptstadt der Sommerlande. Das pulsierende Zentrum der Macht und größer als alles, was die Länder der Vier Jahreszeiten gesehen hatten.

Niemand schien auf Nachtwind zu achten. Er war ein Geist, ein verlängerter Schatten der engen Häuserfassaden, die dicht aneinandergereiht die steinigen und ebenso verschlungenen Wege durch die Stadt ebneten. *Das Herz der Wüste* wurde sie auch genannt, und Nachtwind wusste, warum. Nirgendwo sonst trafen Abgesandte aus den Vier Ländern so häufig ein wie hier. Die Stadt blühte und das, obwohl sie abgeschlagen den fast südlichsten Punkt auf der Weltkarte bildete.

Auch heute herrschte dichtes Gedränge – schließlich wurde eine Gesandtschaft aus Syskii erwartet, und bei einem solchen Ereignis zeigte sich die herrschende Familie De'Ar besonders spendabel. Trotz des vorangegangenen Gewitters war es schwül, und die Hitze schien sich wie ein Teppich über die Stadt gelegt zu haben. Viele der Schaulustigen hatten Fahnen mit dem purpurfarbenen und sichelförmigen Halbmond, dessen Bauch den sandfarbenen Untergrund berührte, bei sich. Das Wappen der Familie De'Ar und gleichzeitig das machtvolle Zeichen der Wüstenstadt.

In den Straßen herrschte eine ausgelassene Stimmung: Armreifen klirrten, Gelächter war zu vernehmen, und der Duft von gebratenen Schalentieren und Süßspeisen lag verführerisch in der Luft.

Nachtwinds Weg führte ihn durch das Gassenlabyrinth, hinauf zum goldenen Vorplatz der Götter, der festlich geschmückt worden war und den Beginn des goldenen Viertels markierte, in dem auch der Acteapalast lag. Suvs Tempel ragte über den anderen Gebäuden auf, direkt unterhalb der Hauptstraße, die geradewegs zu den gewaltigen Palasttoren führte.

Nachtwind war kein Gläubiger, er lebte nach seinen eigenen Regeln, und einem Gottesdienst hatte er seit seiner Kindheit nicht mehr beigewohnt. Er hasste das Gefühl von Machtlosigkeit, und das verspürte er immer in der Nähe dieser seltsamen Götterstatuen, der betenden Gläubigen und der starren, einfarbigen Maske des Hohepriesters. Gesichtslos waren die Gottesdiener, maskenverhüllt, weil sie als Sprachrohr galten. Sie besaßen weder einen eigenen Namen noch eine eigene Identität. Und sie waren Nachtwind nicht geheuer.

Sein Blick huschte zu den Wachen, die sich über den großen Platz verteilt hatten. Ihre schwarze Kleidung war bodenlang, die Gesichter unter schweren Tüchern kaum auszumachen. Lediglich die Augenpartie lag frei, sodass man die dunkel getönte Haut darunter nur erahnen konnte. Er zählte ein halbes Dutzend – von den Wächtern, die sich ohne erkennbare Wappen und Bekleidung auf dem Platz aufhielten und alles beobachteten, ganz zu schweigen. Sicherheit war das oberste Gebot an einem Tag wie heute.

Plötzlich erklang eine hohe Mädchenstimme. Ihr Gesang hob sich deutlich aus der Menge ab, die schlagartig verstummte. Suchend blickten sich die Wachen um, und Nachtwind entdeckte ein junges Ding mit braunen lockigen Haaren und leuchtenden mandelförmigen Augen. Um sie herum hatte sich ein Kreis gebildet, und viele der Menschen wichen zurück und starrten das Mädchen mit offenen Mündern an. Sie sang. Sie wagte es, in der Öffentlichkeit zu singen, obwohl das unter Strafe stand.

Sie ist ein einfaches Mädchen, das seine Freude über den Festtag zum Ausdruck bringen will, und ganz gewiss keine Seelensängerin, dachte Nachtwind und wandte sich in jenem Moment ab, als die Wachen das Mädchen erreichten, ihm ins Gesicht schlugen und es fortzerrten. Bald darauf waren sie von der verstummten Menge verschluckt und außerhalb seines Sichtfelds. Er ahnte, wohin man sie bringen würde, und hoffte für sie, dass sie den Schmerzen der Peitsche standhalten würde.

»*Bhea hava,* mein Freund!«, erklang es zu seiner Rechten.

Er wandte den Kopf und erblickte einen in Lumpen gehüllten Bettler, der mit seiner schwieligen Hand einige Münzen in die Luft warf und wieder auffing. Scheinbar zufällig lehnte er an einer der unzähligen Fassaden.

Nachtwind versteifte sich augenblicklich. Zwei der Münzen schienen in der Luft zu tanzen. Ihre Flugbahn war ein hoher Bogen, doch sie verlangsamten sich, drehten sich zu einer imaginären Musik, ehe sie wieder in der Hand des Bettlers verschwanden. Auf seinem Handrücken zeichnete sich das Wappen der Wüstenstadt ab, aber die Farbe war frisch aufgetragen. Dieser Mann befand sich erst seit Kurzem in Lakoos.

Von einer inneren Unruhe getrieben, schoss Nachtwinds Blick hinauf zu dem Gesicht des Mannes. Auch seine Haut war tief gebräunt, einzelne Strähnen des nackenlangen, mokkafarbenen Haars hatte man geflochten, und der Bart ließ ihn älter erscheinen, als er war. Doch es war nicht das Gesicht des Bettlers, das ihn nun erstarren ließ, sondern seine Augen. Sie waren eisblau.

»Es war niemals vorgesehen, dass ich es allein durchführe, nicht wahr? Er hat uns beide hierhergeschickt. Es ist eine Prüfung«, sagte Nachtwind, zog sich den Schal von Mund und Nase und entblößte eine Narbe, die quer über sein Gesicht verlief.

Sein Gegenüber verzog keine Miene.

»Woher wusstest du, welchen Weg ich wähle? Wie ich zum Palast gelangen werde?«

Nun lächelte der Bettler geheimnisvoll. »Du spielst gern mit dem Feuer, Nachtwind. Dein Ruf eilt dir voraus. Ich dagegen ziehe es vor, nicht gesehen zu werden. Du, mein Freund, wickelst deine Aufträge vor den Augen deiner unwissenden Zuschauer ab. Es war leicht, dich aufzuspüren.« Die Stimme war tief und kehlig, der leichte Akzent in seiner ansonsten makellosen Aussprache deutete darauf hin, dass er ebenfalls aus den Herbstlanden stammte.

»Und obwohl du deine Aufträge im Stillen ausführst, hast du dich mir zu erkennen gegeben. Du hättest deinen Vorteil ausnutzen können, doch das hast du nicht getan. Entweder bist du dumm oder einfach sehr von dir überzeugt. Wie lautet dein Name?«

»Saaro A'Sheel.«

»A'Sheel? Wie Ashkiin A'Sheel, der Heerführer der Schwarzen Armee?«

Ein Schmunzeln huschte über das Gesicht des Bettlers. »Ich sehe, der Ruf meiner Familie eilt wiederum mir voraus. In der Tat, mein älterer Bruder war der Heerführer der Schwarzen Armee, aber er ist kein Krieger mehr. Jedenfalls steht er nicht mehr im Dienst von Meerla Ar'len.«

Die Herrscherin der Herbstlande. Somit hatte Nachtwind Gewissheit. Die eisblauen Augen und der Akzent waren ein Indiz für die Herkunft des Bettlers. Ebenso wie er selbst stammte er wohl aus Syskii, den Herbstlanden. »Unsere Begegnung ist also keineswegs zufällig.«

»In der Tat war sie von Anfang an geplant.«

»Wir haben also wirklich denselben Auftraggeber. Er hat dich ebenfalls hierhergeschickt.« Wie er vermutet hatte. Ärger wallte in ihm auf. Wie es aussah, mangelte es demjenigen, der für ihr Treffen verantwortlich war, an Vertrauen zu seinen Künsten.

Nun entblößte Saaro eine Reihe gepflegter Zähne, die nicht in das Bild eines armen Mannes passten. Abschätzig blickte er Nachtwind an. »Dir bleibt nicht mehr viel Zeit, um das Buch zu stehlen, und der Regen hat dich überrascht, habe ich recht? Eigentlich habe ich mehr von dir erwartet.«

Nachtwind schnaubte. »Du wirst mir jedenfalls nicht zuvorkommen.«

Trotz seiner hünenhaften Gestalt beachtete ihn keiner der umstehenden Menschen. Es schien fast so, als wäre er für das bloße Auge unsichtbar. Und vielleicht war er das auch. Die Anwesenheit des zweiten Diebs war der letzte Beweis, den er benötigt hatte, um zu wissen, wie wertvoll die Chronik des Verlorenen Volks für seinen Auftraggeber war. Zuerst hatte er seinen Auftrag für einen Scherz gehalten – wer zahlte so viel Geld für ein einfaches Buch? Doch dann hatte er sich umgehört ... Lakoos' Bibliothekskatakomben waren berühmt. Manche glaubten, die Bibliothek sei so alt wie die Götter selbst, andere behaupteten, die meisten Bücher seien aus den Flügelfedern ihrer Kinder geschrieben worden. Schon vor Jahrhunderten, im Zeitalter der Finsternis, hatten Menschen versucht, die Existenz der

Halbgötter abzuerkennen. Es war ihnen bis heute nicht gelungen.

Im Herzen des Sommerpalasts der Familie De'Ar befand sich ein Schmuckstück, das Kriege heraufbeschwören konnte. Und doch wussten nur wenige von der Chronik, die er dem Sommervolk entwenden sollte. Gerüchte gab es allemal, doch sie waren haltlos und frei jeden Beweises.

»Und du bist zu jung, um den Weg in die Katakomben zu finden«, fügte Nachtwind hinzu und sah dem vermeintlichen Bettler geradewegs in die Augen. »Was weißt du über das Buch?«

»Nicht mehr, als ich wissen muss.«

»Du fragst dich nicht, was für einen Wert es für unseren Auftraggeber hat?«

Saaro lächelte. »Das ist mir ziemlich gleichgültig. Geld ist Geld.«

Einen Moment lang musterten sich beide schweigend.

»Mir jedenfalls wurde eine großzügige Belohnung versprochen, sollte ich es schaffen, das Herzstück der Familie De'Ar zu entwenden«, fuhr sein Gegenüber fort.

Die Chronik des Verlorenen Volks war ein Mythos ebenso wie ihr Inhalt, und doch gab es kaum ein Buch, das besser bewacht wurde.

»Wenn wir die Chronik entwenden, wird das einen Stein ins Rollen bringen, der die Welt der Vier Jahreszeiten erschüttern könnte. Möchtest du diese Last wirklich auf deinen jungen Schultern tragen, Saaro?«

»Dieses Risiko gehe ich ein, alter Mann.«

Er ließ sich von den Worten nicht provozieren und nickte seinem Gegenspieler zu. Möglicherweise würden noch Jahre vergehen, ehe die Auswirkungen dieses Diebeszugs die Welt ins Wanken brachte. Aber es würde geschehen. Und bis es so weit war, würde er sich von der versprochenen Entlohnung ein schönes Leben machen.

Nachtwind stülpte sich seinen Schal über das Kinn, verbarg die Zeichnungen, die das Leben in seinem Gesicht hinterlassen hatte, und nickte dem vermeintlichen Bettler zu.

Saaro A'Sheel nickte ihm mit einem überlegenen Lächeln zu, und kurz darauf waren beide Diebe in der feiernden Menge verschwunden.

Erster Teil

Wieder zogen sich die Tiere in die Wälder zurück, denn Unheil lag schwer und klagend in der Luft. In allen vier Reichen vibrierte der Untergrund, und die Welt war in schutzlose Dunkelheit gehüllt. Die Nachricht verbreitete sich wie ein Lauffeuer von Hauptstadt zu Hauptstadt, vom hintersten Winkel des Winterlandes bis hin zu den prächtigen Palästen der Herbstwelt.

Aus dem Süden näherte sich ein Donnergrollen, Sommergott Suv war erzürnt, und seinem Zorn waren die Bewohner der Wüstenstädte hilflos ausgeliefert.

Auszug aus: *Die Chronik des Verlorenen Volks*
(Seite 12, 4. Absatz)

1

Entdeckungen

Lakoos, Sommerlande

Die düsteren Träume lagen schwer in der Luft. Wie ein Dunstschleier strömten sie aus den Schlafkammern des Kellers und erfüllten den Korridor, durch den Kanaael De'Ar schlich. Er spürte jeden Traum, der sich innerhalb der Mauern des Acteapalasts befand, während er die leeren Gänge im Obergeschoss durchquerte. Von draußen drang Mondlicht durch die verglaste Frontseite des seitlichen Flügels, wo der Westturm begann, und seine nackten Füße trugen ihn schnell seinem Ziel entgegen.

Anders als Träume der Hoffnung, die eine leichte Aura besaßen, mit Versprechungen lockten oder Zuversicht vorgaukelten, umschmeichelten ihn die düsteren Träume auf eine Art, der er sich nur schwer entziehen konnte. Abgründe öffneten sich hier vor Kanaael, denn es waren die Götter selbst, die ihre Hände nach den Träumenden ausstreckten – und er hatte die Gabe, einen Blick auf diese Welt zu erhaschen.

Als er in der Ferne Schritte vernahm, presste er sich gegen eine der zahllosen Marmorsäulen, die den prachtvollen, mit mehreren Wandteppichen und offenen Feuerstellen ausgestatteten Flur säumten. Sein Herz schlug ihm plötzlich bis zum Hals. Er durfte nicht gesehen werden. Nicht nach dem, was heute in den Tiefen des Palasts geschehen war.

Das Feuer in den von der gewölbten Decke hängenden Schalen warf lange Schatten auf die goldenen Wandvorhänge, die das Familienwappen der De'Ars zeigten. Er schloss die Augen und lauschte. Die Menschen im Palast träumten Dinge, die nicht für einen zwölfjährigen Jungen bestimmt waren, doch Kanaael war zu neugierig, um diesem inneren Drang zu widerstehen. Wie von unsichtbaren Fäden gezogen, lockten ihn die Träume an. Es war schwer, dem befriedigenden Gefühl zu widerstehen, das sich jedes Mal einstellte, sobald er in einen Traum eingesogen wurde. Ein Bad in purem Licht. Erfüllung. Danach fühlte er sich stark und unbezwingbar. Sein Gehör war geschärft, jeder zarte Duft brannte sich förmlich in seine Nase, und er konnte die Menschen um sich herum spüren, noch ehe er sie vor sich sah.

Er versteckte seine Gabe, seit er in den Traum einer seiner Ammen eingedrungen war und sie am nächsten Morgen auf den innigen Kuss mit einem der Stallburschen angesprochen hatte. Noch heute erinnerte er sich an ihre Standpauke. Sie hatte geglaubt, er habe die beiden beobachtet. Und er hatte es für klüger befunden, sein kleines Geheimnis für sich zu behalten.

Die Schritte näherten sich, und Kanaael zog sich tiefer in den Schatten der Säule zurück, bis schließlich einer der Diener seines Vaters an ihm vorbeieilte und kurz darauf durch eine silberne Tür in den Ostflügel verschwand.

Die letzten Tage waren aufregend gewesen, die Gesandtschaft aus Syskii hatte Lakoos in eine blühende Stadt verwandelt. In den Gesichtern der Menschen vor den Toren des Palasts hatte man Freude und Zuversicht lesen können. Sie hatten seinen Namen gerufen und den seines Cousins Keedriel. Trotz seiner jungen Jahre wusste Kanaael, dass er einmal über das Sommervolk herrschen würde wie sein Vater und sein Großvater.

Die Schritte des Dieners verklangen hinter der verschlossenen Tür. Trügerische Stille senkte sich über den schlafenden Palast. Um Kanaael herum waberten die Träume. Mit geschlossenen Augen sah er sie fast noch deutlicher vor sich. Wie ein blasser, silberner Nebel hingen sie in der Luft, manche glühten heller, in frühlingshaften Farben, andere schimmerten in einem matten, zartroten Licht. Der Traum, den er suchte, war allerdings nicht dabei.

Er hatte Gerüchte über zwei syskiische Diebe aufgeschnappt, von denen einer in den Bibliothekskatakomben gefangen genommen worden war. Sein Vater machte ein großes Geheimnis um die Bücher, die in den dunklen, kühlen Räumen der Katakomben aufbewahrt wurden. Stets erhielt er ausweichende Antworten von seinen Lehrern, wenn er die Bibliothek zur Sprache brachte, und die Aufzeichnungen und Träume der Menschen im Palast hatten ihm auch keine Auskünfte geliefert. Es wurde nicht über die Bücher gesprochen. Niemals. Es war genauso wie mit dem Singen. Es war schlichtweg verboten.

Doch heute könnte Suv ihn mit etwas Glück gesegnet haben. Neben den aufregenden Ereignissen, die sich auf dem goldenen Vorplatz der Götter abgespielt hatten, waren Stimmen um den Diebeszug der beiden Fremden laut geworden.

Und es gibt nur einen Mann, der meine Fragen beantworten kann, dachte er, und ein Lächeln stahl sich auf seine Lippen, das jedoch gleich darauf wieder verblasste, als er sich auf die Träume konzentrierte.

Laarias Del'Re, der Haushofmeister seines Vaters, engster Vertrauter und bester Freund schon von Kindesbeinen an. Er war für die Koordination der Wachen und mögliche Gefahren verantwortlich. Und sein Traum würde Kanaael Aufschluss über die Diebe geben ... sollte er denn von ihnen träumen.

Entschlossen ging er in Richtung des südöstlichen Trakts weiter. Noch vor wenigen Wochen hatte er Träume aus den Schlafkammern der Dienerschaft hier oben nicht spüren können, und jetzt gelang ihm dies mühelos über eine Distanz von zwei Stockwerken hinweg. Er bewegte sich lautlos und geschmeidig. Das harte Training, dass er vor Kurzem begonnen hatte und dessen Abschluss die Feierlichkeiten der *Urzah*, der Anerkennung zum Mann, bildeten, machten ihn in vielerlei Hinsicht geschickter.

Er bog nach links ab, in den Bauch des sichelförmigen Palasts, da die Räumlichkeiten seiner Mutter stets gut bewacht waren und er vermeiden wollte, ausgerechnet von ihr oder ihrer Dienerschaft entdeckt zu werden. Hinter einem der goldenen Wandvorhänge, die auch hier die kahlen Stellen zierten, war eine Treppe eingelassen, eine Abkürzung für Bedienstete des Hofs. Vorsichtig schob er den Vorhang zur Seite – und hielt inne.

Der Traum, den er suchte, befand sich unmittelbar vor ihm. Kanaael spürte die Unruhe, die er ausstrahlte, und schloss die Augen.

Jetzt sah er seine Farbe. Die Umrisse des Gebäudes wirkten verschwommen, und alles bis auf die Farben der Träume war grau. Als hätten die Götter der Welt ihre Farben gestohlen. Direkt vor ihm zuckte ein wilder Traum, seine rote Aura erschien angesichts der blassen Umwelt noch intensiver. *Nur ein Mann kann heute so unruhig schlafen ...*

Wie ein fadenartiger Nebel wies der Traum Kanaael den Weg durch den Palast, und er brauchte ihm lediglich im

Geist hinterherzulaufen. Die Stille war ohrenbetäubend. Er ging die Bedienstetentreppe hinab. Einmal um die Ecke. Den grauen Flur entlang. Nach links. Eine weitere Abzweigung. Schließlich gelangte er an eine massive Doppeltür. Feine Verzierungen, die die Geschichte des Sommervolks erzählten, waren hineingeschnitzt, und die Schlafkammer lag nur einige Räume und ein Stockwerk von seinem Vater entfernt. Sein körperloser Geist trat durch die Tür und fand den Freund seines Vaters, wie er sich im Schlaf hin und her wälzte. Die Laken seines massiven Holzbetts waren zerwühlt, Kissen lagen auf dem mit Teppich ausgelegtem Boden. Sein Körper änderte unruhig immer wieder seine Position, die Lider zuckten unter dem schweren Traum. Vorsichtig trat Kanael näher heran. Der rote Dunst tanzte um Laarias, das geräumige Schlafgemach war voll davon.

Neugier ergriff ihn. Laarias musste von den Ereignissen des Tages träumen – so aufgewühlt hatte er den stets so beherrschten und unauffälligen Haushofmeister seines Vaters noch nie gesehen. Er folgte dem Nebel, der aus dem Mund kroch, während die Lautlosigkeit ihn beinahe erdrückte. Dann tauchte er ein.

Licht erfüllte Kanael, und seine Atmung beschleunigte sich. Ein Schweißfilm hatte sich auf seine Stirn gelegt. Nach und nach verblasste die grelle Helligkeit, seine Augen gewöhnten sich endlich an die intensiveren Farben in seiner Umgebung, und schließlich sah er, was Laarias sah.

Er hatte recht behalten. Der Haushofmeister träumte von den Ereignissen des Tages. Gerade befanden sie sich in den Katakomben. Er erkannte es an den hohen Buchreihen, dem modrigen Duft und den vielen Fackeln, die das düstere Gewölbe im Keller des Acteapalasts erhellten. Laarias trug eine hellbraune, mit goldenen Mustern verzierte Sarkos-Tunika, die an der Seite mit roten Bändern geschlossen wurde und von dem seltenen Boctaostoff der Seidenweberin hergestellt worden war. Es war die offizielle Kleidung des Haushofmeisters der suviischen Herrscher, und sie verlieh seinem freundlichen Auftreten die nötige Würde. Mit verschränkten Händen stand er vor vier Wachen, die die Köpfe trotzig nach oben reckten. Ihre Mienen drückten Missbilligung aus. Zwei von ihnen hielten ihre Schwerter so krampfhaft umklammert, dass Kanaael glaubte, ihre Handrücken weiß hervortreten zu sehen.

»Ihr habt sie entkommen lassen! Ausgerechnet heute! Was macht das für einen Eindruck auf die Gesandtschaft? Sie werden uns für unfähige Tölpel halten ...«

Kanaael ging näher an das Geschehen heran, unsichtbar für alle Anwesenden, denn er war kein gewollter Bestandteil dieses Traums. So viel hatte er bereits gelernt. Er war lediglich Beobachter.

Wen habt ihr entkommen lassen?, fragte er stumm.

»Was, wenn die Gesandtschaft von dem Diebstahl wusste?«, warf eine der Wachen ein.

»Ihr solltet vorsichtig mit Euren Worten sein, Peerkan«, sagte Laarias nun etwas ruhiger. »Das wird die Gesandten der Herbstlande verärgern. Nachdem wir bereits versagt haben ...«

»Aber die Diebe stammen ebenfalls aus Syskii. Zumindest ließ ihr Aussehen darauf schließen. Ein sehr merkwürdiger Zufall, wenn Ihr mich fragt.«

»Ich werde es im Hinterkopf behalten. Habt Ihr Nachrichten aus dem Palastgarten?«

Ein anderer Wächter schüttelte den Kopf. »Nein.«

»Also sind sie tatsächlich entkommen.« Ein Seufzen.

Bei Suv, ich bin zu spät! Sie haben sich bereits über die Diebe unterhalten! Ich muss wissen, wer sie sind ... Was sie gestohlen haben ...

Eisige Kälte kroch Kanaaels Glieder empor, und ein Frösteln durchlief seinen Körper, während er Laarias weiter anstarrte, der nichts davon bemerkte.

Ich muss wissen, was hier heute geschehen ist. Ich brauche Antworten!

Die Geräusche verstummten.

Ich bin zu spät eingetaucht! Bitte ...

Alle Farben wichen aus den Gegenständen, die Kleidung des Haushofmeisters verlor ohne Vorwarnung die hellbraune Tönung. Die Goldstickereien wurden ganz blass ebenso wie die roten Bänder.

Was geht hier vor?

Als würden die anwesenden Männer spüren, dass jemand in der Nähe war, wandten sich alle in seine Richtung, doch sie blickten ihn nicht direkt an, sondern sahen durch ihn hindurch. Kanaael spürte, wie er erbleichte. In den Augen der Männer lag ein gequälter Ausdruck, ihre Züge verkrampften sich, als hätten sie starke Schmerzen, und nach und nach begannen sie sich zu krümmen. Sein Blick flog zu Laarias. Grau. Wie eine verwelkte Frühlingsblume.

Ohne einen Hauch von Leben, schoss es ihm durch den Kopf. Ein Beben durchlief seinen schmächtigen Körper, während er zu begreifen versuchte, was er sah.

»Kanaael?«

Eine weibliche Stimme, von überall und nirgends zugleich.

Schlagartig wurde Kanaael aus dem Traum gerissen. Schmerz. Ein Prickeln auf seinem Rücken, wie tausend kleine Nadelstiche. Und Schwärze. Dann ein grelles Licht.

Ohne Vorwarnung kehrte sein Geist in seinen Körper zurück, und er keuchte vor Qual auf. Kleine goldene Blitze explodierten um seine Augen, und im ersten Moment fehlte ihm jede Orientierung. Dann erinnerte er sich. Er stand noch immer an der Treppe, die in die unteren Stockwerke hinabführte.

Erschrocken zuckte er zurück und riss gleichzeitig die Augen auf, während er abrupt den weichen Stoff des Vorhangs losließ. Dann drehte er sich ertappt zu seiner Mutter um. Wie im Protokoll festgehalten, wurde sie von zwei finster dreinblickenden Wächtern begleitet, die sie in einem Abstand von drei Fuß flankierten.

Mit einer fahrigen Geste schickte seine Mutter Pealaa De'Ar, Herrscherin des Sommervolks, sie fort und wartete, bis sie außer Hörweite waren. Wie üblich trug sie eine dunkelblaue, weit fallende Robe. Er wusste, dass sie das Gewand eilig über ihr Nachtkleid gestreift hatte. Das hatte sie bereits getan, als er ein kleiner Junge gewesen war. Ihre dunklen Locken waren zu einem kunstvollen Zopf geflochten, der ihr bis zur Hüfte reichte, und ihre Haltung war würdevoll wie immer, das Kinn leicht erhoben. Sobald die Männer nicht mehr in der Nähe waren, musterte sie ihn mit einem besorgten Ausdruck, und er zog den Kopf ein. Sie durfte nicht erfahren, was er getan hatte.

»Du solltest längst schlafen. Was tust du hier? Ist alles in Ordnung?«

Kanaael hielt den Kopf gesenkt. »Ich hatte Hunger.«

Er spürte, dass sie ihn durchdringend ansah, denn seine Lüge war einfallslos. Andererseits führte die Treppe hinter dem Vorhang auch zu den Küchenräumen im Untergeschoss.

»Und deswegen schleichst du nachts durch die Gänge? Du hättest Mondfrieden schicken können.«

Bei der Erwähnung seines Kammerdieners verzog Kanaael das Gesicht. Der alte Kauz hatte immer ein Auge auf ihn, wie ein Schatten lauerte er überall. Zu seinem Glück besaß der alte Diener einen tiefen Schlaf.

»Oder hat es mit den Ereignissen der letzten Tage zu tun?«, fuhr Pealaa fort.

Er hörte das leise Lächeln in ihrer Stimme, wagte es jedoch noch immer nicht, sie anzusehen. Vor seiner Mutter etwas zu verbergen war genauso sinnlos, wie eine Gebetsstunde im Suv-Tempel zu schwänzen.

»Also?«

Kanaael nickte zögerlich und hob den Blick. Im selben Moment riss Pealaa die kohlschwarzen, schräg stehenden Augen auf und starrte ihn mit einem Blick an, den er nicht zu deuten vermochte. Grob griff sie ihm unter das Kinn, hob es ruckartig in den Lichtschein des knisternden Feuers und unterzog ihn einer eingehenden Musterung.

»Deine Augen …«, hauchte sie. »Sie haben die … Farbe … sie schillern in den vier Farben der Götter.«

»Mutter …«, setzte er flehend an. Ihm wurde schlagartig heiß und kalt gleichzeitig.

»Hörst du sie?«

Ohne Zweifel meinte sie die Träume. Ein Kloß im Hals machte es ihm unmöglich zu antworten. Woher wusste sie davon? Etwas an der Art, wie sie ihn anblickte, jagte ihm gewaltige Angst ein. So hatte sie ihn noch nie zuvor angesehen. Ungeschickt versuchte er sich dem Griff seiner Mutter zu entwinden. Vergeblich. Um sie herum schienen die Träume lauter zu werden, ihre Aura war überall. Albträume und Hoffnungen sammelten sich in der Luft um Kanaael.

»Hörst du sie?« Auf einmal war ihr Gesicht ganz nah.

»Ich weiß nicht …«, begann er, wurde jedoch von Pealaa unterbrochen, die ihre schlanken Finger in seinen Oberarm krallte.

»Du kannst sie hören, nicht wahr? Sie liegen in der Luft, sie locken dich an ... Ach, ich hätte es ahnen müssen, ich hätte ... deine Augen ...«

Auf einmal wirkte sie ganz verloren. In diesem Moment hatte sie die Hülle der Herrschergattin abgelegt, alles an ihr kam ihm fremd vor. Furcht und Schreck standen ihr ins Gesicht geschrieben. Stumm starrte er zurück, während eine Gänsehaut seine Arme überzog.

Lange sah sie ihn an und sagte nichts, und das machte ihn noch nervöser. Schließlich holte sie tief Luft, ihre Haltung war nun wieder die einer Königin, gefasst und beherrscht. Eine erlernte Fassade.

»Du wirst mir alles erzählen, Kanaael. Aber nicht hier. Die Wände haben Ohren, es ist zu gefährlich.« Sie wandte sich den im Hintergrund stehenden Wächtern zu. »Schickt nach Nebelschreiber. Sagt ihm, ich bin unten im Garten, er wird wissen, wo er mich finden kann. Ich muss mit meinem Sohn reden. Allein.«

Der gebieterische Unterton und ihre würdevolle Haltung straften ihren panischen Blick Lügen, doch nur Kanaael erkannte die Angst in ihren Augen. Angst vor ihm? Ohne zu zögern, führte ihn seine Mutter die Treppe hinunter, Gänge und Korridore entlang. Überall begegneten ihnen Angestellte, die das Essen für den kommenden Tag vorbereiteten oder sich um die Wäsche kümmerten. Einige warfen sich als Zeichen des Respekts auf den Boden und berührten mit Stirn und Nase den Untergrund. Andere, die in der Hierarchie höher standen oder aus einflussreichen Familien an den Hof gekommen waren, um politisch aufzusteigen, verbeugten sich lediglich.

Pealaa zerrte ihn hinaus, durch den prächtigen, unter Glas liegenden Garten, der fast doppelt so groß war wie die Palastanlage selbst und die Rückseite weitflächig einschloss. Ein Zischen ging durch die eigens aus Keväat angelieferten und eingepflanzten Bäume, der Duft von Frühling war allgegenwärtig und weckte in Kanaael stets Fernweh. Im Garten gab es für jedes der Vier Länder eine eigene Abteilung. Die weiten, sattgrünen Landschaften der Frühlingswelt hatten ihn schon immer wie magisch angezogen.

Nun rauschte in der Ferne ein Sandsturm an den hochragenden Mauern der Wüstenstadt entlang, durch die eingelassenen Öffnungen an den oberen Fenstern heulte der Wind. Tagsüber waren die Glaskuppeln des Gartens mit Tüchern überdeckt, damit die Pflanzen nicht ungeschützt der Hitze ausgesetzt waren, doch nachts strahlte der volle Mond auf die zauberhafte Landschaft des Frühlings.

Sie näherten sich dem Springbrunnen, der vor Jahrhunderten den Frieden zwischen Herbst- und Sommervolk besiegelt hatte. Die silberfarbenen Fontänen ragten in den klaren Nachthimmel. Verschlungene Äste und Blätter formten einen alten Baum, den Lebensbaum Sys der Herbstgöttin. Ein Symbol ihres Volks und ein Zeichen der Verbundenheit. Es war also kein Wunder, dass die Herrscherfamilie Ar'Len das Symbol in ihr Wappen aufgenommen hatte.

Das Wasserplätschern übertönte nun alle anderen Geräusche, und Kanaael begriff, warum seine Mutter ihn hergebracht hatte. Niemand sollte ihre Unterhaltung mit anhören.

Pealaa De'Ar blieb vor ihm stehen und wandte sich ihm zu. »Hör mir gut zu, mein Sohn. Hör mir genau zu«, flüsterte sie eindringlich. Ihre versteinerte Miene erschreckte ihn. Sein Herz hämmerte schnell gegen seine Rippen. »Die Welt ist gefährlich, Kanaael, die Welt ist grausam. Ganz besonders zu jemandem wie dir. Deine Gabe bedeutet den Tod, mein Liebling, du darfst sie niemandem offenbaren. Niemals.«

»Wie meinst du das?«

»Ich liebe dich. Egal, was kommen mag. Das sollst du wissen. Du bist nicht allein, und wir schaffen das!« Sie schlang die Arme um ihn und presste ihn an sich, so fest, dass er ihren heftigen Herzschlag spüren konnte. Sie hatte keine Angst *vor* ihm. Sie hatte Angst *um* ihn.

»Eure Hoheit!«

Kanaael drehte sich zu der Stimme in seinem Rücken um und erblickte Nebelschreiber, Fallah, erster Diener seiner Mutter. Angestellte im Palast besaßen keinen eigenen Namen, sondern nur solche, die man ihnen gegeben hatte.

Nebelschreiber trug einen hellbraunen Überwurf über seinem weißen Leinenhemd und den weiten Hosen. Er war nicht formell gekleidet – wahrscheinlich hatte man ihn gerade geweckt. Das lockige braune Haar war zu mehreren Zöpfen geflochten, die von grauen Strähnen durchzogen wurden. Auch sein Blick wirkte gehetzt. Er hastete den Kiesweg entlang, und der dunkle Bartschatten ließ ihn müde erscheinen.

»Eure Hoheit, was hat das zu bedeuten?«, fragte er, als er sie erreicht hatte, und sah von einem zum anderen.

Pealaa griff abermals unter Kanaaels Kinn, hob es gegen das Mondlicht und winkte Nebelschreiber wortlos heran. Zögernd trat er einen Schritt näher und sog scharf die Luft ein. »Bei Suv und den heiligen Göttern!«, entfuhr es ihm. »Er hat ...«

»Was können wir tun?«, unterbrach ihn Pealaa.

»Ich brauche erst Gewissheit, Eure Hoheit. Ich muss seinen Rücken sehen.«

»Meinen Rücken?«

Kanaael versuchte zu begreifen, was vor sich ging. Die plötzliche Furcht, die seine Mutter ausstrahlte, verängstigte ihn selbst. Hilfesuchend griff er nach ihrer Hand. Sie trat hinter ihn und legte einen Arm um seine Schulter.

»Wenn Ihr gezeichnet seid, dann wissen wir, was zu tun ist.« Nebelschreiber wirkte nun angespannt, geradezu konzentriert. »Ihr werdet dann aber auch mein Geheimnis kennen.« Er blickte hinter Kanaael zu dessen Mutter. »Eure Hoheit, das kann ich nicht zulassen. Ihr seid die Einzige, die über meine Herkunft Bescheid weiß. Wir werden wohl oder übel das Risiko eingehen und ihm Raschalla geben müssen.« Die Pflanze des Todes? »Wovon redet ihr?«, fragte Kanaael. »Nebelschreiber, du machst ihm Angst!« Seine Mutter fasste ihn bei den Schultern und drehte ihn zu sich herum. »Mein Liebling, du hast eine Gabe in dir, die sehr gefährlich ist. Für dich und für andere. Wenn irgendjemand davon erführe, würde man dich töten. Hast du jemals mit irgendwem darüber gesprochen?«

Bis auf die Auseinandersetzung mit der Amme ... »Nein.«

»Suv sei Dank!« Fast schon ungläubig schüttelte Nebelschreiber den Kopf. »All die Jahre und niemand hat etwas gemerkt. Wir können froh sein, dass er keinen Schaden angerichtet, dass ihn niemand, der die Zeichen lesen kann, mit entblößtem Rücken gesehen hat ...« Er wandte sich Kanaael zu. »Und Raschalla wird Euch nichts anhaben können, wenn Ihr tatsächlich ein Traumtrinker sein solltet. Ihr werdet lediglich vergessen, und Eure Kräfte werden schwächer, aber nicht versiegen – wenn Ihr denn zum Verlorenen Volk gehört, mein Prinz. Deswegen muss ich sehen, ob Ihr ein Gezeichneter seid, denn nur Kinder des Verlorenen Volks sehen andere Gezeichnete. Für das bloße menschliche Auge ist nichts zu erkennen.«

Die Worte des Fallah ergaben keinen Sinn. All die Bezeichnungen klangen fremd in seinen Ohren, Kanaael hatte noch nie etwas davon gehört. »Ich bin ... ein Gezeichneter? Das Verlorene Volk?«

»Das ist mehr, als er wissen sollte«, zischte Pealaa über seinen Kopf hinweg. »Nun sieh dir schon seinen Rücken an!«
Nebelschreiber tat, wie ihm befohlen. Seine kalten, schweißnassen Finger erzeugten in Kanaael eine Übelkeit, die er sich nicht erklären konnte. Sacht schob der Diener sein Nachthemd nach oben und fuhr unsichtbare Linien auf seinem Rücken nach. Erneut spürte er das leichte Prickeln der Nadelstiche auf seiner Haut. Kanaael konnte ihn fluchen hören. Schließlich trat Nebelschreiber einen Schritt zurück und ließ das Hemd fallen. Kanaael spähte über die Schulter und sah, wie Nebelschreiber abermals bedauernd den Kopf schüttelte.

»Es tut mir leid, Eure Hoheit. Aber Euer Sohn ist ein Traumtrinker.«

Laute Stimmen erschollen aus dem vorderen Teil des Gartens, Schritte, die rasch näher kamen. Befehle wurden gerufen.

Pealaa De'Ar stellte sich vor Kanaael, sodass er nicht sehen konnte, wer sich vor ihnen auf den Boden warf. Er hörte nur die aufgelöste weibliche Stimme: »Ihr seid in Gefahr, Eure Hoheiten. Es gab einen Angriff auf Laarias Del'Re, man hat ihn im Schlaf attackiert. Er liegt im Sterben ...«

Kanaael spürte, wie ihm alles Blut aus den Wangen wich und seine Beine ungewohnt kraftlos waren. Unmöglich. Wer sollte Laarias Del'Re, einen der am besten bewachten Männer des Landes, angreifen können? Es sei denn ...

Ein Gedanke keimte in ihm auf, so abscheulich, dass er es nicht wagte, ihn zu Ende zu spinnen ...

Tiefe Schwärze griff nach seinem Geist, vernebelte seine Gedanken und raubte ihm die Luft zum Atmen. Noch ehe er begriff, wie ihm geschah, stürzte er zu Boden und verlor das Bewusstsein.

2

Verloren

Ordiin, Winterlande
Acht Jahre später

Bitter und undurchsichtig klangen die Erinnerungen an die Bilder, die Naviia O'Bhai im Schlaf gesehen hatte, in ihr nach. Ihre Gedanken kreisten um den Traum, der sie nun schon seit Wochen heimsuchte. Sie erinnerte sich nicht an Einzelheiten, nichts schien greifbar zu sein. Alles war verschwommen.

Grübelnd versuchte sie sich zu entsinnen, welche Details sie dieses Mal bewusster wahrgenommen hatte, aber ohne Erfolg. Es war mehr das Gefühl einer tiefen Vertrautheit, die sie jedes Mal verspürte, wenn sie erwachte. Trotzdem gab es eine Ausnahme. Etwas, an dem sie sich festhalten konnte. Eine Person, die sich in ihr Bewusstsein geschlichen hatte, und auch das Einzige, was sie von dem Traum behielt. Sie erinnerte sich an den jungen Mann mit den wilden Augen, die in allen Farben zu schillern schienen, und an den ernsten Ausdruck, der sich in Entsetzen verwandelte, wenn er sie erblickte. Und dann war da das Nichts.

»Wir hätten uns in dem Gasthaus einmieten sollen«, murmelte Jovieen O'Jhaal in den dicken Schal hinein, der sein Gesicht fast gänzlich verhüllte, doch Naviia konnte seine Worte deutlich verstehen. Der Hauch eines Vorwurfs schwang in ihnen mit. Umso mehr ärgerte sie sich darüber, den Weg von Galmeen nach Ordiin nicht allein zurückzulegen.

Jäh verblasste die Erinnerung an den Traum, und sie wurde sich erneut ihrer Umwelt bewusst. Ruhe und Kälte hingen im Schatten des massiven Talveen-Gebirges, das wie eine dunkle Festung in den wolkenverhangenen Himmel ragte und die nördliche Grenze der Winterlande markierte.

Jovieen zog die Nase hoch, seine Brauen waren von Schnee bedeckt, und die klaren hellblauen Augen blickten sie im Schein der Lampe furchtsam an. »Dieser Abend ist mir nicht geheuer.«

»Dir ist nie etwas geheuer. Du fürchtest dich auch vor kleinen Nagetieren, die aus dem Gebüsch springen.«

»Das war bloß einmal, und du hast im Grunde genauso viel Angst wie ich. Du bist nur zu stolz, es zuzugeben.«

Naviia tat seine Bemerkung mit einer Geste ab. Ihr Vater hatte darauf bestanden, dass ihr ein männlicher Begleiter zur Seite stand. Zwar waren Frauen in Talveen, das im Volksmund auch Winterlande genannt wurde, aufgrund der Eigenständigkeit der Clans sehr selbstständig und nicht auf eine schützende Hand angewiesen. Da sie aber noch nicht volljährig war, blieb ihr nichts anderes übrig, als sich dem Wunsch ihres Vaters zu beugen. Die Wahl ihres Begleiters war ausgerechnet auf den tollpatschigen und ängstlichen Jovieen gefallen, der Sohn des besten Freunds ihres Vaters. Schon als kleines Mädchen war sie ihm körperlich überlegen gewesen.

»Wir hätten trotzdem in Galmeen bleiben sollen.«

»Sei nicht albern, Jovieen. Der Markt hat die Kosten für eine Unterkunft in die Höhe getrieben, bei unseren mageren

Verkäufen hätten wir uns gar keinen Schlafplatz leisten können. Außerdem sind wir allein; hier ist weit und breit keine Menschenseele.«

Ihr Begleiter hob die hellen Brauen, was ihn noch ängstlicher aussehen ließ. Seine Hand wanderte zu dem dicken Wollschal und zog ihn herab. »Eben das kommt mir komisch vor.«

»Du machst dir mal wieder viel zu viele Gedanken«, entgegnete sie.

Dabei konnte Naviia durchaus nachvollziehen, warum er sich sorgte. Die Nahrungsmittel waren knapp, die Menschen lebten in ständiger Kälte, und so kurz vor den Dunkeltagen konnte es manchmal zu Diebstählen kommen. Doch seine übertriebene Panik verschlechterte ihre Laune.

Heute war das Geschäft besonders schleppend gelaufen und das, obwohl sie außergewöhnlich viele Hraanosfelle bei sich gehabt hatte. Ihr Vater hatte die Tiere geschossen, damit sie über die Dunkeltage genügend Kerzen und andere Lebensmittel als Fleisch für ihre kleine Hütte am Stadtrand beschaffen konnten. Sie teilten sich die Arbeit, die anfiel, um in der kältesten Region des Landes zu überleben. Und es war ein Kampf. Jedes Jahr aufs Neue.

Naviia schloss für einen Moment die Augen. Wie jedes Mal, wenn sie sich in einer größeren Stadt aufhielt, war es ihr unangenehm gewesen, durch die breiten, teils gepflasterten Gassen zu marschieren. Sie war nicht daran gewöhnt und würde sich auch nie an das seltsame Gefühl gewöhnen, das sich jedes Mal einstellte, sobald sie die Tore einer Großstadt passierte. Hier war nichts wie in ihrem kleinen Dorf. Jeder schaute nur auf sich selbst, und es gab keinen echten Zusammenhalt, keine Gemeinschaft: Niemand half seinem Nächsten über die Dunkeltage hinweg.

»Die Dunkeltage werden dieses Jahr härter als sonst«, hörte sie sich sagen und fragte sich im selben Moment, warum sie freiwillig ein Gespräch begann.
»Wie kommst du darauf?«
»Es waren mehr Leichen in der Stadt.«
Sie schwiegen für einen Augenblick und hingen ihren Gedanken nach. Schließlich fragte sie: »Erinnerst du dich noch daran, wann du deine erste Eisleiche gesehen hast?«
Jovieen schüttelte den Kopf. »Nein, und du?«
»Natürlich.«
»Und?« Er sah sie an.
»Was – und?«
»Wie war es?«
»Es war ein Tag wie heute. Die Kälte war bis in die entlegensten Winkel der Stadt gekrochen. Ich bin mit Vater dorthin gereist, um Felle zu verkaufen, und plötzlich lag sie einfach mitten auf der Straße. Die Menschen sind über sie hinweggestiegen, als wäre sie gar nicht da. Ihre Lippen waren blau, die Augen weit aufgerissen und so ... leer.« Naviia stockte und versuchte, ihrer Stimme einen neutralen Ton zu verleihen. Sie wollte sich keine Blöße geben, nicht vor Jovieen. »Und sie war mager, fast ein Skelett. In ihren grauweißen Haaren hatten sich kleine Eiskristalle gebildet, und niemand hat von ihr Notiz genommen.«

Ebenso wenig wie von ihnen heute. Eine lange Schlange hatte sich vor dem örtlichen Fleischer gebildet, Kinder spielten zwischen den dunkelblauen *Gerim*-Roben der wohlhabenderen Bürger Galmeens, die ihre dick gefütterte Winterkleidung stets mit einem Zeichen des Reichtums zu überspielen versuchten. Sie wollten unter keinen Umständen zeigen, dass sie unter dem teuren Material doch nur dieselben Lederanfertigungen trugen wie alle anderen. In der nördlichsten

Großstadt des Landes hatte kaum jemand Interesse für ihre Felle gezeigt. Dabei hatte sie nur noch heute die Möglichkeit zum Verkauf gehabt. Die zwölf Felle, die übrig geblieben waren, lagen jetzt hinten auf dem massiven Holzschlitten, den ihr Vater einst zu seiner Vermählung mit ihrer Mutter als Geschenk erhalten hatte und der nun von Nola, ihrem Yorak, durch die Winterlandschaft im Norden Talveens gezogen wurde. Ein typisches Merkmal für den Körperbau des Tiers war der kurze, massige Rumpf mit seinen relativ langen Gliedmaßen, der immer den Anschein verlieh, als wären seine Beine Stelzen. Dazu hatte es einen erhöhten Widerrist, der das Reiten auf dem Yorak erschwerte, aber nicht unmöglich machte.

Außer dem knirschenden Schnee unter Naviias Lederschuhen war kein Laut zu vernehmen, und sie war froh, dass die schmale Passstraße in ihr kleines Dorf bereits von einigen Händlern befahren worden war, denn jede Kraftanstrengung war ein Angriff auf ihre spärlichen Energieressourcen, und sie wusste, dass es in den letzten Wochen der Dunkeltage auf jede Reserve ankam.

»Glaubst du nicht, wir haben einen ungünstigen Zeitpunkt für die Rückreise erwischt?«

»Weshalb sorgst du dich eigentlich so? Wir haben eine gute Ausbildung genossen. Ich jedenfalls weiß mich zu wehren, wenn es drauf ankommt.« Naviia deutete an die Stelle ihres breiten Gürtels aus Hraanosleder, an der ihr Langdolch in einer kleinen verschließbaren Halterung angebracht war.

»Ich meine nicht die Kinder, die für ihre Familie etwas erbeuten wollen. Hast du nicht die Geschichten über die *Jäger der Nacht* gehört?«

»Nein, welche Jäger?«, fragte sie unwirsch und blieb dann

stehen, damit Nola aufschließen konnte. Der Schnee knirschte lauter unter ihren Sohlen, als sie schneller ging.

»Im Süden des Landes sollen Männer aufgetaucht sein. Dunkelhaarig, braun gebrannt. Sie tragen keine Stadtwappen, und ihre Kleidung gibt auch keine Auskunft über sie, aber sie sind vermummt. Angeblich ziehen sie von Dorf zu Dorf und töten unschuldige Menschen.«

Naviia unterbrach ihren Begleiter mit einem spöttischen Lachen und erntete dafür einen entrüsteten Blick. Jovieen zog sich seine Kapuze über die weißen Haare und verschränkte beleidigt die Arme vor der Brust. An seinem Kinn ließ sich bereits der erste Bartwuchs erahnen, aber mit den herrschaftlichen Bärten des Ordiinclans war er noch nicht zu vergleichen.

»Es ist wahr!« Jovieen machte eine ungestüme Geste, um seine Worte zu unterstreichen. »Die Wanderer haben es erzählt! Und sie sagen, dass die Jäger der Nacht auf dem Weg zu uns sind ... dass es das Beste sei, zu fliehen.«

»Ich habe selten so einen Unfug gehört. Vermummte schwarzhaarige Männer, die Dörfer überfallen, in denen längst nichts mehr zu holen ist? Wir leben in Talveen, wir kommen nicht aus Suvii oder Keväat. Ich kann verstehen, wenn sich das Sommervolk Sorgen macht, aber wir? Bei uns gibt es nichts.«

»Du wirst dich früher oder später noch an meine Worte erinnern!«

Würde er denn nie damit aufhören? Abgesehen vom wandernden Volk, das durch alle Vier Länder zog und Geschichten aus der Ferne mitbrachte, gab es solche Männer in den Winterlanden nicht. Sie würden auffallen wie ein bunter Farbstrich im Schnee. Nichtsdestotrotz hinterließen Jovieens Worte ein unangenehmes Gefühl in ihrem Magen. Sollte es diese Männer geben, dann konnte es nur einen Grund haben, weshalb sie nach Talveen reisten. Ein Verdacht keimte in ihr auf.

Was, wenn sie hinter mir her sind? Hinter mir und Vater ...?

Ihre Hand glitt zu dem sichelförmigen Anhänger um ihren Hals, und sie spürte eine tief verborgene Angst in sich aufsteigen. Sie war mehr, als sie zu sein vorgab. Ihr Vater hatte ihr stets eingebläut, dass es irgendwann so weit sein konnte. Doch niemals hatte sie damit gerechnet, tatsächlich betroffen zu sein. Sie lebten im nördlichsten Dorf Talveens – wer sollte sie dort je finden?

Durch die dichten Bäume rechts von ihr nahm sie unvermittelt ein Glimmen wahr, schwach zwar, aber trotzdem deutlich zu sehen. Sie erschrak. Hinter dem Wald lag ihr Dorf Ordiin, in dem fünfzig Familien mit ihren Kindern und weiteren Verwandten lebten. Neben der Jagd verdienten sich die Menschen dank der vielen tollkühnen Reisenden, die sich ins Gebirge wagten und im Dorf eine letzte warme Mahlzeit und eine windgeschützte Unterkunft suchten, ihren Unterhalt. Wegen des breiten Karrens waren sie gezwungen, die mühsamere Strecke zu nehmen, die einmal um den Wald herumführte, obwohl es kleinere Trampelpfade durch den dichten Baumbestand gab. Vor Jahrzehnten hatte man das Dorf inmitten des Walds gegründet und für den aussichtsreichsten Siedlungsplatz einiges an Holz gerodet. Jetzt verfluchte sie den ungünstigen Standort.

Vögel kreischten auf, Schatten flogen mit harten, schnellen Flügelstößen in die Höhe und über sie hinweg, fluchtartig gen Süden. Alarmiert legte Naviia den Kopf in den Nacken und sah am Himmelszelt gewaltige schwarze Rußwolken, die mit den tief liegenden Wolken verschmolzen. Das war kein einfaches Lagerfeuer, das da brannte.

»Bei den Göttern!«, entfuhr es ihr.

»Die Jäger«, raunte Jovieen, der ihrem Blick gefolgt war.

»So weit im Norden, das ist doch lächerlich.« Aber sie bemerkte das Beben in ihrer Stimme selbst. Mit heftigem Herzklopfen trieb sie das Tier an. Zitternd beschleunigte Jovieen seine Schritte und strauchelte prompt.

»Reiß dich gefälligst zusammen! Mit so was machst du Nola nur nervös, und dann scheut sie noch!«, fuhr sie ihn an, um ihre eigene Furcht zu überspielen. Sie wusste selbst, wie biestig sie klang, aber darauf konnte sie gerade keine Rücksicht nehmen.

»Aber ...« Jovieen sah sie mit seinen weißblauen Augen angsterfüllt an. »Woher willst du wissen, dass es nicht doch die *Jäger der Nacht* sind?«

»Das weiß ich nicht! Aber von deinem Gerede wird die Situation auch nicht besser«, erwiderte sie verbissen und starrte in die Dunkelheit. Der Neuschnee machte sie viel langsamer, und als ihr der plötzlich auffrischende Nordwind Tränen in die Augen trieb, stülpte sie sich den dicken Schal über Mund und Nase.

Die Stille, die nun zwischen ihr und Jovieen stand, war unangenehm. Dennoch war Naviia froh, dass er schwieg. Seine Worte hätten ihre Unruhe nur verstärkt. Den Gedanken daran, dass man sie finden könnte, ließ sie nicht zu.

Als plötzlich Ruß in der Luft lag, verschwand die klirrende Klarheit der Winterlandschaft schlagartig. Sie waren noch einige Hundert Schritte von den Holztoren des Dorfs entfernt, und erst nach der nächsten Biegung waren endlich die drei Lehmtürme Ordiins zu sehen: Süd-, Ost- und Westturm. Solange sich Naviia erinnern konnte, waren sie der größte und einzige Schutz gegen Eindringlinge gewesen – und bis auf ein paar harmlose Diebe hatte es nie welche gegeben.

Während der Dunkeltage, wenn die Sonne nur selten und

als dünner Lichtstreifen am Horizont auftauchte, gaben ihr die massiven Türme ein Gefühl von Sicherheit. Einen Nordturm hatte man nicht erbaut, denn hinter der nördlichen Umzäunung erhob sich das massive schwarze Gestein des Talveen-Bergs, das sich drohend wie eine göttliche Faust über dem Tal aufbäumte. Und dann war da noch der Pass, der direkt ins Ungewisse führte.

Nun standen alle drei Türme in Flammen. Gierig züngelten sie an den Holzdächern empor, schossen einige Armlängen hoch in den Himmel und machten beinahe die Nacht zum Tag. Verzweifelte Schreie drangen an ihr Ohr, vermischten sich mit dem Weinen von Kindern.

Naviia wechselte einen entsetzten Blick mit Jovieen. »Pass du auf die Ware und Nola auf!«, rief sie ihm zu, ließ die Zügel fallen und rannte los. Ihr Herzschlag dröhnte in ihren Ohren. Was war geschehen? Diebe, die vor dem Beginn der Dunkeltage noch die letzten Vorräte stehlen wollten? Oder doch die Jäger der Nacht?

Mit einem Blick erfasste Naviia das weit geöffnete Tor und den winzigen Marktplatz, auf dem sich die meisten Menschen versammelt hatten. Sie sah die Frau des Clanführers mit offenen Haaren – was unter anderen Umständen sicherlich für viel Gesprächsstoff gesorgt hätte –, wie sie verängstigte Kinder zusammentrieb, und die alte Heilerin, die sich am Rahmen ihrer Haustür abstützte und immer wieder den Kopf schüttelte. Nur die drei Türme brannten. Einige Männer in langen Unterhosen und offenbar hastig übergeworfenen Felltrachtenoberteilen hatten Ketten gebildet und reichten Wassereimer vom Marktplatzbrunnen bis zu den ersten Männern bei den Türmen durch, die das Feuer mit Schnee und Wasser zu löschen versuchten. Naviia sah zu der kleinen Hütte am Rand der Siedlung, die man zwischen den einzelnen

Holzhütten ausmachen konnte. Ihr Zuhause, das sie gemeinsam mit ihrem Vater bewohnte. Und es brannte nicht!

Den Göttern sei Dank, vielleicht habe ich mich wirklich nur getäuscht ...

»Navi!«, erklang in diesem Moment eine junge Männerstimme. Dann tauchte eine schlaksige Gestalt am Tor auf, mit kürzer geschnittenen hellblonden Haaren, die Schritte weit ausholend. Daniaan O'Raak, ihr bester Freund. Auch er war nicht ausreichend gegen den heftigen Wind geschützt, was dafür sprach, dass sie alle von dem Feuer überrascht worden waren.

»Dan, was ist geschehen?«, rief sie ihm entgegen.

»Keiner weiß es genau. Plötzlich haben die Türme gebrannt, gleichzeitig. Die Wächter konnten sich das auch nicht erklären, vielleicht waren sie einfach nachlässig ...« Nach wenigen Schritten war er bei ihr, und sie musste den Kopf heben, um ihm in die Augen sehen zu können, denn er überragte sie um eine Armlänge und war zwei Winter älter als sie.

»Das waren sie noch nie.«

»Taloon hatte heute Dienst.« Mehr brauchte er nicht zu sagen, denn jeder im Dorf wusste, dass er gern mal einen über den Durst trank.

»Er hat seine Probleme doch längst in den Griff bekommen, dachte ich?«, warf sie ein.

Wem willst du etwas einreden?, schien Daniaans Blick zu sagen, aber er schwieg. Sein Aussehen brachte ihm bei nicht wenigen der jüngeren weiblichen Dorfbewohner Bewunderung ein, und als Sohn des handelsstärksten Clanmitglieds galt er überdies als gute Partie. Allerdings nicht bei Naviia. Dafür kannten sie einander viel zu lange. Außerdem wusste sie, dass ihr Vater eine solche Beziehung nicht billigen würde.

Es lag nicht daran, dass er Daniaan nicht schätzte, sondern an ihrem Geheimnis, in das sie nicht einmal ihren besten Freund einweihen durfte.

»Ist jemand verletzt?«, wollte Jovieen wissen, der neben sie getreten war und die schmale Brust herausdrückte, während er Dan eindringlich ansah.

Doch nicht jetzt, dachte Naviia wütend und presste die Lippen zusammen. Die Feindseligkeiten der beiden hatten schon zu der einen oder anderen Rauferei geführt. Aus den Ställen, in denen man die Tiere untergebracht hatte, erklangen nervöse Brülllaute.

»Nein, niemand ... nicht dass ich wüsste«, antwortete Daniaan nach kurzem Zögern. Er musterte sie besorgt mit seinen wolkengrauen Augen, und sie schüttelte unmerklich den Kopf.

»Wenigstens eine gute Nachricht. Hast du etwas gesehen?«

»Nein.«

»Gar nichts?«, hakte Jovieen nach.

Daniaan schüttelte den Kopf, winzige Schneeflocken hatten sich in seinem neuerdings kurzen Haar verfangen. »Nein, ich habe meiner Mutter in der Wohnstube beim Aufräumen geholfen. Du weißt ja, wie meine Schwestern sein können. Deswegen habe ich nichts mitbekommen.«

Naviia ahnte, worauf diese Unterhaltung hinauslaufen würde, und wandte ihre Aufmerksamkeit den Geschehnissen im Dorf zu. Einige Dorfbewohner traten auf den Vorplatz, auch Frauen mit schreienden Kindern auf den Armen, und in ihren Gesichtern spiegelte sich deutlich der Schrecken der Nacht wider. Ein paar Jungen halfen den Männern, die bereits abflauenden Feuer zu löschen. Der Gestank von verbranntem Stroh und Holz war unerträglich, und dichter Ruß erschwerte die Sicht. Doch sie erkannte, dass von dem Feuer keine tatsächliche Bedrohung ausging. Im Gegenteil: Die hohen Flammen waren kleinen, vereinzelten Feuerzungen gewichen, und die Arbeit der Männer trug rasch Früchte.

»Ich bin froh, dass du wohlbehalten wiedergekommen bist, ich wollte meine Familie suchen und allen beim Aufräumen helfen. Mein Vater ist sofort in die Nacht verschwunden, und meine älteste Schwester ist mit ihm gegangen.«

»Natürlich. Ich werde Nola ...« Erschrocken drehte sich Naviia um und suchte nach ihrem Tier. Es stand noch immer ein gutes Stück vor den Toren der Siedlung, die Ohren nervös angelegt. Auf dem Karren dahinter stapelte sich die unverkaufte Ware. Ärger wallte in ihr auf. Auf Jovieen, weil er ihr einfach ohne nachzudenken gefolgt war, und auf sich selbst, weil sie wegen seines törichten Geschwätzes so große Angst gehabt hatte. Heute war einfach nicht ihr Tag. »Jovieen! Du hast Nola allein gelassen ...«

Sie spürte, wie Daniaan sanft an ihrem schweren Zopf zog. Wie alle Mädchen und Frauen aus dem Volk des Winters trug Naviia ihr weißblondes Haar bis zur Hüfte und stets geflochten.

»Sei nicht so streng mit ihm, kleine Hranoos«, neckte er sie, was ihr sofort ein Lächeln entlockte. In Daniaans Nähe zu sein war, wie nach Hause zu kommen. Es fühlte sich gut an.

»Ich kann sehr wohl für mich selbst sprechen«, brummte Jovieen. »Und es ist dein Tier, du hättest selbst auf sie aufpassen können.«

»Ich weiß«, seufzte sie. Er hatte ja recht. Es war ungerecht, ihren Ärger jetzt an ihm auszulassen.

Jovieen zuckte bloß mit den Schultern und stampfte Richtung Marktplatz, die Schultern eingezogen und die Hände tief in den Taschen vergraben. Nachdenklich blickte Naviia ihm hinterher. »War ich zu hart?«

»Willst du eine ehrliche Antwort? Für einen Jungen war dein Ausbruch sicherlich noch milde. Für eine Frau würde ich fast sagen, dass du es übertrieben hast. Aber wir kennen dich ja und lieben deine temperamentvolle Art. Ich bin mir sicher, er versteht das.«

Sie seufzte. »In Ordnung. Danke für deine Ehrlichkeit.«

»Ich bin immer ehrlich.« Er lächelte sie auf eine so vertraute Art an, dass ihr ganz warm wurde.

»Wolltest du nicht zu deiner Familie?«

Zu ihrer Überraschung schüttelte Daniaan den Kopf. »Es ist schneller ruhiger geworden, als ich erwartet habe. Wenn du möchtest, helfe ich dir, Nola nach Hause zu bringen und die Felle aufzuhängen.«

»Das wäre natürlich großartig. Danke.« Sie lächelte zu ihrem besten Freund auf, der ihr Lächeln erwiderte, während sie sich in Bewegung setzten. In seinen Sturmaugen lag eine Zuneigung, die wie ein warmes Gebräu ihr Innerstes erreichte und sie augenblicklich ruhiger werden ließ. Stets war Daniaan an ihrer Seite gewesen. Bei ihrer ersten Jagd, ihrem ersten Schultag, dem ersten Fest für Tal, ihren Wintergott. Wie ein Schatten war er immer in ihrer Nähe gewesen und hatte über sie gewacht.

Er ging etwas zu dicht neben ihr her, sein doppelt beschichteter Handschuh streifte ihren.

Mittlerweile hatten sie den Wagen erreicht. Behutsam klopfte sie gegen Nolas Flanke und warf einen Blick zurück auf das Dorf. Das Tiergeheul und das Weinen der Kinder ebbte langsam etwas ab, und die Rauchsäule wirkte um einiges kleiner als noch vor wenigen Augenblicken.

»War es sehr anstrengend mit ihm?«, fragte Daniaan und sah sie von der Seite an.

Naviia wusste sofort, von wem er sprach. »Jovieen hat sich bemüht.«

»Er mag dich, weißt du?«

»Ach was«, sagte sie unangenehm berührt und nahm die Handschuhe ab, um Nola besser streicheln zu können. Sie wandte ihr den Kopf zu, und ihre braunen, weisen Augen schienen wie so oft einen Blick auf ihre Seele zu erhaschen. Obschon Nola ein Weibchen war und kein prächtiges Geweih oder eine so ausgeprägte Muskulatur besaß, etwas, worauf man normalerweise achtete, liebte sie das Tier dennoch abgöttisch. Vielleicht, weil es die einzige persönliche Verbindung zu ihrer Mutter war, da sie Nola noch vor Naviias Geburt bei einem Händler in Galmeen ausgesucht hatte. Rasch verdrängte sie ihre nostalgischen Gefühle und führte Nola mitsamt dem Karren in Richtung des Tors. Immer noch stieg schwarzer Rauch von den einzelnen Türmen empor, doch die Feuer waren alle erloschen. Der Geräuschpegel in der Siedlung nahm deutlich ab, und vereinzeltes Lachen klang bis zu ihnen hinüber.

»Ich meine das ernst«, sagte Daniaan.

»Ich ebenso«, erwiderte sie und vermied es, ihn anzusehen.

»Hast du gesehen, wie er mich angeschaut hat? Ich glaube, er würde mich erdrosseln, wenn ...« Verlegen brach er ab und fuhr sich mit einer Hand in den Nacken.

»Wenn was?«, hakte sie nach.

Daniaan zog die Augenbrauen zusammen, schwieg aber.

»Sag bloß, er würde sich aufregen, wenn du mir in irgendeiner Weise näherkommen würdest.«

Verblüfft stellte sie fest, dass Daniaan errötete. Ein O'Raak errötete nicht! Jovieens kindliche Zuneigung war ihr bereits aufgefallen, doch dass Daniaan womöglich mehr für sie empfand als Freundschaft, durfte sie unter keinen Umständen zulassen. Er würde sie verachten, wenn er herausfand, wer ... nein, *was* sie war.

»Mach dich nicht lächerlich«, grunzte Dan und sah plötzlich sehr konzentriert in die Ferne.

Der Widerhall von Angst klang laut in ihr nach. Sie wollte ihren Freund unter keinen Umständen verlieren, und deswegen durfte er niemals von ihrem Geheimnis erfahren.

»Ich bin froh, dass ich dich habe«, sagte sie unerwartet ernst.

»Wieso?«

»Na ja, weil du der Einzige bist, der mir etwas bedeutet. Abgesehen von Vater.« Und dem Clan, der so etwas wie ihre Familie war. Eine große, starke Familie. Sie sah Dan in die Augen. »Du bist mein bester Freund. Du kennst mich besser als irgendwer sonst aus dem Clan. Du weißt, Tal meint es nicht besonders gut mit mir. Ich will den Göttern keinen Vorwurf machen, es ist der Lauf des Lebens, dennoch schmerzt es sehr.«

»Schieb deinen Kummer nicht auf die Götter, Navi. Du bist reich gesegnet. Du bist gesund. Du bist stark. Dass deine Mutter so früh die Welt der Sterblichen verlassen musste, hat nichts mit dir zu tun.«

Naviia wurde schwer ums Herz. Wenn es doch nur der Tod ihrer Mutter wäre. Ihr Schmerz ging so viel tiefer. Die heimlichen Gebete, die fremden Riten. Wie gern würde sie sich als vollwertiges Mitglied des Clans fühlen, doch stets war sie anders. Anders als die Menschen, die sie liebte.

»Ich passe immer auf dich auf. Egal, was kommen mag, bei mir bist du sicher. Ich mag dich. Wie meine kleine Schwester.«

Lediglich zwei der Dorfältesten begrüßten sie mit einem leichten Kopfnicken, als sie vorbeigingen, ansonsten nahm niemand Notiz von ihnen. Kinder tollten herum, und ihr lautes Lachen erfüllte das Dorf mit Leben, obwohl es viel zu spät war und sie längst in den Betten liegen sollten. Aber angesichts der Ereignisse in dieser Nacht drückten wohl alle ein Auge zu. Als sie durch die Gruppe von Holzhäusern schritten, die unter dem Gewicht des Schnees fast zusammenzubrechen drohten, entdeckte Naviia ein paar Mädchen, die in einer Traube zusammenstanden, die langen weißblonden Haare notdürftig zusammengebunden, und neugierig zu ihnen herüberstarrten. Schnell senkte sie den Kopf und ging weiter, ohne nochmals in die Richtung der Mädchen gesehen zu haben. Sie hörte, wie Daniaan ein Lachen unterdrückte.

»Die würden sich die Mäuler erst dann nicht mehr zerreißen, wenn wir beide verheiratet wären.«

Naviia erschrak über seine Worte, und auch Daniaan schien erst der Sinn hinter diesem belanglos dahingesagten Satz aufzugehen. Wieder verfielen sie in Schweigen, dieses Mal fiel es unangenehmer aus. Endlich erreichten sie die schmale Holzhütte. Armdicke Eiszapfen hingen vom Vordach, das den Eingang gegen den eisigen Nordwind schützte, und der Geruch des Feuers hing schwer in der Luft.

Naviia bemerkte Jovieen, der drei Häuser weiter gerade in eine hitzige Diskussion mit seinem Vater vertieft war, der ihn mit seiner gewaltigen Körperlänge überragte. Jhanaael O'Jhaal war ein ruhiger, besonnener Mann, mit einem Bart, der geflochten bis an das untere Ende seines stattlichen Bauchs reichte. Die Männer, die hier im Norden lebten, trugen ihre Bärte meistens länger als in den anderen Ländern. Aus Stolz, weil es ein Zeichen von Macht war und weil er wärmte.

Als ihr Blick den von Jhanaael O'Jhaal kreuzte, nickte ihr der Freund ihres Vaters zu, um gleich darauf weiter auf Jovieen einzureden. Der wirkte wie ein Häufchen Elend, und

Naviia verspürte sogleich Mitleid mit ihrem tollpatschigen Begleiter.

»Ich glaube, ich hätte mich noch bei ihm bedanken sollen. Für seine Hilfe heute.«

Daniaan folgte ihrem Blick und schüttelte dann den Kopf. »Nein, er wird das schon wissen. Du packst an, weil es selbstverständlich ist, und erwartest selbst keinen Dank. Für ihn wird es dasselbe sein.«

»Meinst du?«, fragte Naviia zweifelnd, während sie die ersten Felle von dem Karren hob und auf dem kleinen Vorbau vor dem Haus ablegte. Die Vorstellung eines warmen Bads weckte ungeahnte Kräfte in ihr, obwohl sie seit dem Morgengrauen auf den Beinen war.

»Ganz bestimmt. Ich bringe Nola nach hinten in den Stall. Wir treffen uns drinnen, einverstanden?«

Geschickt griff Dan nach den Zügeln und erwiderte Naviias Nicken. Anschließend spannte er Nola aus, die zufrieden schnaubte, die Ohren aufmerksam gespitzt und mit den Vorderhufen scharrend.

Naviia hob das zweite Bündel Felle vom Karren, schob mit der Schulter die morsche Holztür auf, die ihr Vater schon während der letzten Dunkeltage hatte auswechseln wollen, und betrat den in Finsternis getauchten Wohnraum. Öl und Kerzen waren teuer, und man bekam sie nur in den Städten weiter im Süden. Da ihr Vater allerdings sehr viele Tiere jagte, konnten sie auch mit Tierfetten heizen. Größtenteils diente es ihnen aber als Nahrung. Gerade über die Dunkeltage war fettreiches Essen unverzichtbar. Naviia war froh, dass sie hier im Norden frei sein konnten. Die Clans lebten in Dörfern, zahlten zwar Abgaben an größere Städte, mit denen sie ein Kriegsbündnis ausgehandelt hatten, aber sie lebten nach ihren Regeln. Die Kinder gingen zur Schule, lernten Schrift und Sprache ebenso wie alle Dialekte der Vier Länder. Im Süden, über das Frühlingsmeer und noch weiter in den Sommerlanden, waren die Bedingungen anders, das wusste Naviia. Es gab keine selbst versorgenden Clans, sondern eine einzige Familie, die über ein ganzes Land herrschte.

»Vater?«, rief Naviia nun in die Stille hinein und legte die Felle in eine Ecke. Dann spannte sie eine Leine, um sie daran aufhängen zu können.

Naviia schrie auf, als sie sich an der Kante des Esstischs stieß. Mit einem Fluch auf den Lippen wandte sie sich dem kleinen Nebenraum zu, der ihnen als eine Art Küche diente. Mit beiden Händen tastete sie nach der schalenförmigen Lampe, die auf der von ihrem Vater erbauten Holzanrichte aus Lehmholz lag, und stieß mit dem Handrücken immer wieder gegen Kochtöpfe und Tonkrüge, die niemand weggeräumt hatte.

Natürlich nicht ... als wäre ich nicht die letzten zwei Nächte unterwegs gewesen.

Schließlich fand sie, wonach sie gesucht hatte, und entzündete die schmale Lampe mit dem silbernen Haken.

Normalerweise kam Vater ihr immer entgegen, um herauszufinden, wie die Geschäfte in der Stadt gelaufen waren. Ob er schon ins Bett gegangen war? Möglicherweise hatte er sich der Gruppe Männer angeschlossen, die die Feuer gelöscht hatten, um sich in der Schenke auf eine Erfrischung einzufinden. Das sähe ihm ähnlich.

Naviia ging zurück ins Freie und trug vier weitere Felle hinein. Gerade als sie das letzte aufhängte, betrat Danizan die Stube und brachte einen kalten Windstoß mit sich. Er trug die restlichen acht Felle auf den Armen, seine Wangen waren leicht gerötet.

»Angeber.«

Daniaan feixte. »Für irgendetwas muss sich das harte Training ja lohnen. Ich habe Nola noch nicht in den Stall gebracht, mache ich aber gleich.« Er klopfte seine Schuhe ab, schob die Tür hinter sich zu und legte die Felle ab. Dann sah er sich um. »Wo ist denn dein Vater?«

»Wahrscheinlich mit den anderen etwas trinken, auf den Schreck mit dem Feuer. Du kennst ihn doch, für einen Umtrunk ist er immer zu haben.«

»Bist du sicher? Normalerweise versäumt er nie deine Ankunft.«

Naviia seufzte und stemmte die Hände in die Hüfte. »Also gut, ich schaue schnell hinten nach. Du darfst dich Jovieen gern anschließen. Bei Tal, ich habe das Gefühl, dass ihr mir heute alle Angst einjagen wollt.« Sie wandte sich ab, um gleich darauf innezuhalten: »Danke übrigens für deine Hilfe.«

»Keine Ursache.« Dan nickte und verzog kurz darauf das Gesicht: »Deine Gesellschaft ist mir bedeutend lieber als die der drei kreischenden Weibsbilder.«

»Du wirst deinen Schwestern nicht ewig entkommen«, erwiderte Naviia lächelnd, ging dann eilig nach hinten und nahm vorsichtshalber die Lampe mit. Wieder rief sie nach ihrem Vater. Ein weiteres Mal erhielt sie keine Antwort.

An ihrer Schlafstatt warf sie einen kurzen Blick in die Nische. Sie hatten erst vor einiger Zeit ihr Bett ausgebessert, das aus einer dicken strohgefüllten Matte bestand. Wärmende Hranoosfelle stapelten sich darunter, und eine Decke hatten sie ebenfalls aus ihnen gemacht. Während der Dunkeltage konnte es draußen sehr ungemütlich werden, darum schlief sie meist in einige Lagen eingewickelt. Naviia wollte schon weitergehen, stutzte jedoch. Lugte da nicht etwas zwischen ihren Kissen und der Decke hervor? Neugierig ging sie darauf zu und griff nach dem ledernen Einband. Zögernd schlug sie eine beliebige Seite auf und hielt verblüfft den Atem an.

»*Der eiserne Winter ist angebrochen. Die Vögel tragen schwere Flüche durch das Land, die Anspannung lässt die Tiere unruhig werden. Es ist so weit ... Ich kann es spüren. Aus dem Süden erreichen uns böse Gerüchte. Weltenwandler sollen verschwinden. Hoffen wir, dass es sich nur um Gerüchte handelt, sonst wären wir hier nicht mehr sicher. Ich hatte geglaubt, abseits der größeren Zivilisationen sicher zu sein und Naviia hier beschützen zu können. Ich habe Vorkehrungen getroffen, doch die Götter mögen uns beistehen! Wenn es stimmt, was sich die Kinder des Verlorenen Volks erzählen, müssen wir ...*«

»Navi!«

Sie schrak zusammen, als sie Daniaans Stimme vernahm, und ließ das Buch fallen. Polternd schlug es auf dem Holzboden auf. Die Schrift ihres Vaters ... Sein Tagebuch? Warum lag es auf ihrem Bett?

»Navi!« Dieses Mal erklang die Stimme ihres Freunds eindringlicher, geradezu ängstlich.

Sie hob das Buch auf und legte es aufs Bett, griff wieder nach der Lampe und trat aus ihrem Zimmer. Daniaan stand bereits an der Schwelle, schwer atmend und mit einem seltsamen Ausdruck im Gesicht.

»Was ist passiert?«

Daniaan wich ihrem Blick aus. »Ich ... ich habe deinen Vater gefunden«, sagte er leise. Ein nervöses Zittern lag in seinen Worten, sein Kehlkopf hüpfte auf und ab, als er wiederholt schluckte. In seinen sturmgrauen Augen las sie Entsetzen.

»Wo?« Es war kaum mehr als ein Flüstern.

Als Dan sein Gewicht von dem einen Fuß auf den anderen

verlagerte, knarzte der Boden. Er holte tief Luft. »Im Schuppen, als ich den Karren reingeschoben habe. Navi ... dein Vater ... er ist tot.«

3

Traumtrinker

Lakoos, Sommerlande

Geschickt duckte sich Kanael unter dem heranrauschenden Stock hinweg, rollte sich zur Seite und kam ächzend wieder auf die Beine. Sand wirbelte auf, und eine Staubwolke erhob sich um ihn herum.

»Ihr seid zu langsam, Eure Hoheit!«, rief ihm Daav l'Leav lachend zu.

»Und du redest zu viel!«, presste Kanael hervor.

Schweiß strömte seinen Rücken hinab. Unablässig brannte die Sonne auf einen der unzähligen Innenhöfe des Palasts seiner Familie, der ihnen als Trainingsort diente. Er verfluchte Suv, der sich nicht mal zu einem lauen Lüftchen hinreißen ließ, und wischte sich mit dem Arm über das glühende Gesicht. Einige dunkle Strähnen klebten ihm an Stirn und Schläfen, das Deckhaar hatte er sich im Nacken zusammengebunden.

Daav erwiderte nichts darauf, sondern ließ den zum Angriff erhobenen Stab sinken. Die blonden, sonnengebleichten Haare und sein braun gebrannter Oberkörper betonten die Sommersprossen in seinem Gesicht und die hellen Augen noch mehr. Was hätte Kanael jetzt dafür gegeben, sich sein weit fallendes Hemd vom Leib zu reißen? Daav durfte seinen muskulösen Körper zur Schau stellen, doch ihm selbst war es untersagt, sich in der Öffentlichkeit auszuziehen. Eine der unzähligen Regeln, die sein Leben begleiteten.

»Ich würde das Training an dieser Stelle beenden, Eure Hoheit.«

»Wir sind allein ... wann lässt du endlich die Förmlichkeiten beiseite?«

»Das nennt Ihr allein?«, fragte sein Trainingspartner und machte eine vage Geste in Richtung der anwesenden Dienerschaft und Nebelschreiber, die in guter Entfernung im Schatten des Hofs standen und sich mit weißen *Kaaranen* Luft zufächerten. »Niemals, Eure Hoheit. Vielleicht erst dann, wenn wir Etablissements besuchen, in die Eure Diener aus Diskretion nicht mitkommen.«

Kanaael lachte auf. Es war herrlich erfrischend, einen Freund zu haben, der es mit der Etikette nicht allzu genau nahm. Vielleicht lag es daran, dass Daav ein Großcousin der Frühlingsherrscherin Riina l'Renaal und somit den Umgang am Hof gewöhnt war. Auf jeden Fall war sein Mundwerk so locker wie kein zweites. Sehr zur Missbilligung von Nebelschreiber, der in diesem Moment die Brauen zusammenzog und näher kam. Seine Haltung war wie immer leicht gebückt, das Haar gänzlich ergraut.

»Eure Hoheit, ich lasse Euch ein Bad richten.«

Der Blick, den er Daav zuwarf, hätte nicht eisiger sein können.

»Das wäre großartig, lieber Nebelschreiber«, antwortete Kanaael und neigte wie einstudiert den Kopf, woraufhin dieser einigen Dienerinnen ein Zeichen gab.

Seit der Fallah seiner Mutter sein eigener engster Vertrauter und Diener geworden war, hatte sich Kanaaels Kindheit augenblicklich in Luft aufgelöst. Seine Tage hatten einer

Aneinanderreihung von Ereignissen geglichen, die einzig für den Zweck seiner künftigen Herrschaft inszeniert worden waren. Eine Gesandtschaft folgte auf einen Ball, ein Essen auf eine Reise durch das Land. Kanaael seufzte. Mit einer Hand winkte er Perlenstickerin heran, die mit gesenktem Kopf herbeigeeilt kam und ihm sein Handtuch brachte. Die langen Haare waren zu einer kunstvollen Hochsteckfrisur geflochten, und ihr hübscher Anblick hob sofort seine Laune.

Kanaael klopfte Daav auf den nackten Rücken. »Du bist ein toller Lehrer.«

»Ich gebe mein Bestes.«

»Dafür wird er auch bezahlt«, warf Nebelschreiber säuerlich ein.

»Wenn es nach Euch ginge, wäre ich mit niemandem befreundet, nicht wahr? Ihr wittert doch hinter jedem freundlichen Grußwort ein Attentat.«

»Ihr befindet Euch ja auch in ständiger Gefahr, Eure Hoheit.«

»Davon bekomme ich herzlich wenig mit.«

»Es ist meine Pflicht, dass Ihr davon nichts erfahrt.«

»So wie von der Stimmband-Durchtrennung vor zwei Tagen auf dem Scheitervorhof? Ihr hättet mir ruhig sagen können, dass mein Vater einen vermeintlichen Seelensänger bestraft.«

Nebelschreiber räusperte sich. »Dies ist weder Ort noch Zeit für eine solche Diskussion.«

Kanaael unterdrückte ein Seufzen. »Sehen wir uns heute Abend?« Er überging Nebelschreiber und wandte sich abermals seinem Freund zu.

»Ihr wollt, dass ich an dem Abendessen mit der syskiischen Gesandtschaft teilnehme?«, fragte Daav verwundert.

»Genau. Der Bruder der frisch gewählten Herbstherrscherin,

Garieen Ar'Len, wird anwesend sein. Und ich hätte dich gern dabei.« *Damit es nicht allzu steif wird,* fügte er in Gedanken hinzu.

»In Ordnung.« Ein spitzbübisches Grinsen tauchte auf Daavs Zügen auf. »Ich werde versuchen, die ermüdenden politischen Konversationen erträglicher zu gestalten, Eure Hoheit«, setzte er hinzu und erntete dafür einen bösen Blick von Nebelschreiber, dem diese Art von Unterhaltung keineswegs gefiel.

Nachdem sich Kanaael von seinem Freund verabschiedet hatte, machte er sich gemeinsam mit Nebelschreiber zu seinen Gemächern auf. Er überragte fast jeden in seiner Umgebung um mindestens zwei Köpfe. Erst seit einiger Zeit fühlte er sich in seinem Körper wohl, was er nicht zuletzt Daav und den antrainierten Muskeln verdankte, die ihn nicht mehr wie einen verirrten Stock in der Wüste aussehen ließen. Seine *Urzah* hatte er erfolgreich bestanden, aber noch immer wurde er mehr wie ein kleiner Junge als wie ein Mann behandelt.

Im Bauch des Acteapalasts mit seinen unzähligen lichtdurchfluteten Sälen und einer Deckenbemalung, die Künstler aus der ganzen Welt erblassen ließ, trugen Diener goldene Blumengestecke aus Keväät in den großen Konferenzsaal zusammen, da die neue Gesandtschaft noch am Nachmittag erwartet wurde und alles zu Ehren der Gäste vorbereitet werden sollte. Vier Handelsfamilien aus Keväät hatten bis gestern am Hof residiert, und Kanaael war froh, die weibliche Hälfte wieder losgeworden zu sein. In letzter Zeit erschienen ihm Frauen wie ein Buch in einer fremden Sprache ... ein gewaltiges Rätsel, für das er keine Lösung fand. Außerdem waren Frauen aus Keväät – mit ihren grünen Haaren, den knappen, hochgeschlitzten Kleidern und dem losen Mundwerk – sehr aufreizend.

Die Kühle seines Schlafzimmers war eine Wohltat für seinen erhitzten Körper. Sofort streifte er die Trainingskleidung ab und ging nackt weiter ins Bad.

»Eure Hoheit!«, rief Nebelschreiber entsetzt und schloss eilig die Türen hinter ihnen. »Ihr wisst ...«

»... ich soll mich nicht entblößt in der Öffentlichkeit zeigen. Ich weiß. Aber das hier ist mein Schlafzimmer, falls dir das nicht aufgefallen sein sollte. Sollte ein Assassine in die oberen Stockwerke klettern, nur um sich dann über meine Blöße zu erschrecken? Man könnte meinen, ich hätte eine ansteckende Krankheit«, rief Kanaael über die Schulter und durchquerte den in Weiß gehaltenen Raum, der größer war als die meisten Tavernen des Roten Viertels. Es ging vorbei an den farbenfrohen Wandteppichen, Gastgeschenke anderer einflussreicher Herrscherfamilien, Erben vergangener Zeit und ein Anblick, an dem sich Kanaael längst sattgesehen hatte. Schließlich trat er um die Ecke in das marmorgeflieste Badezimmer, das am hinteren Ende eine verglaste Front und den besten Blick über Lakoos bot, und hielt inne. Die Dienerin schien ihn nicht zu bemerken, sie war gänzlich in ihre Arbeit vertieft. Mit der einen Hand prüfte sie die Temperatur des Wassers, das sie mit einem Tonkrug in die kreisrunde Badewanne gefüllt hatte, mit der anderen verteilte sie einige Blütenblätter darin. Ihre Bewegungen waren geschickt, das fliederfarbene Kleid betonte ihren dunklen Teint. Sie gefiel ihm. Ihr Körper war schlank und athletisch, aber nicht mager, und für eine Angestellte hatte sie erstaunlich glatte Haut.

»Wer ist das?«, fragte Nebelschreiber, der neben ihn getreten war.

Die Dienerin zuckte zusammen, starrte sie einige Herzschläge lang an und warf sich dann rasch zu Boden. Doch nicht schnell genug. Verängstigte große Augen und ein spitzes Kinn. Kanaael hatte sie noch nie zuvor in seinen Räumlichkeiten gesehen.

»Wie heißt du?« Nebelschreibers Stimme klang erbost. »In den privaten Gemächern des Thronfolgers hast du nichts verloren! Niemand, den ich nicht persönlich kennengelernt habe, betritt diese Räume. Also, wie heißt du?«

»Wolkenlied.« Die schwarzen Haare rahmten ihr Gesicht ein, und Kanaael verstand sie nur undeutlich.

»Wolkenlied? Hat dich etwa Glasfärberin geschickt?«

Die Dienerin hob den Kopf. Trotz ihrer unterwürfigen Haltung entging Kanaael keineswegs, wie viel Stolz in ihrem Blick lag. Etwas, das man bei den meisten Angestellten des Palasts nicht fand. Er beschloss, sich diese Dienerin zu merken.

»Sie wurde nach unten in die Küche beordert und hat mich gebeten, das Bad vorzubereiten, Herr. Ich habe eine Anweisung befolgt, weiter nichts.«

Nebelschreiber griff nach dem Mantel, den man bereits für Kanaael auf einer Radeschuholz-Liege, gefertigt aus den Bäumen der Nordwälder der Winterlande, drapiert hatte. »Zieh dir das hier über, bevor sie geht«, wies er ihn an und drehte sich dann wieder zu der auf dem Boden knienden Dienerin um. »Und du, Wolkenlied, wirst jetzt in deine Kammer gehen, deine Sachen packen und in mein Arbeitszimmer kommen. Dort werden wir sehen, was mit dir geschieht.«

Wortlos stand die junge Frau auf, das Kinn leicht nach vorne gereckt. Zum zweiten Mal fiel Kanaael ihre leicht aufmüpfige Haltung auf. Sie verbeugte sich, ohne den Blick von Nebelschreiber abzuwenden, und eilte davon.

»Du bist schrecklich verkrampft«, sagte Kanaael, als Wolkenlied verschwunden war, schritt zu dem Obstkorb neben dem Bad und schob sich eine süße Perschafrucht aus den

Frühlingslanden in den Mund. »Vielleicht solltest du mal einen Abend im Roten Viertel verbringen. Die Frauen dort mögen Männer in Boctaostoffen, denen sie den einen oder anderen Goldknopf abreißen und anschließend auf dem Schwarzmarkt verhökern können. Dafür verstehen sie etwas von ihrer Arbeit, und du wärst danach entspannter.«

Nebelschreiber schürzte beleidigt die Lippen. Sie beide wussten, dass Kanaael seinen Fallah gerne ärgerte. »Eure Hoheit, Ihr begreift den Ernst der Lage nicht. Diese Dienerin hat Euch nackt gesehen!«

»Das haben andere Frauen ebenfalls.«

»Ausgewählte Frauen, die ich eigenhändig ausgesucht habe.«

Kanaael konnte sich ein Lächeln nicht verkneifen. »Bedeutet ausgesucht auch ausprobiert?«

»Das ist kein Witz, auch wenn Ihr es möglicherweise glaubt. Euer Leben ist in Gefahr, und das jederzeit. Das sollte Euch bewusst sein.«

»Wenn du nicht aus allem ein so großes Geheimnis machen würdest, wüsste ich höchstwahrscheinlich, wovon du sprichst. Aber dir gefällt es ja, mich wie so oft im Dunkeln zu lassen.« Er streifte den Mantel ab und stieg ins Wasser, das genau die richtige Temperatur besaß. Als Nebelschreiber gehen wollte, richtete sich Kanaael auf. »Inaaele braucht jemanden, der auf sie aufpasst. Wolkenlied wäre ideal dafür. Also schick sie bitte nicht aus dem Palast.«

»Eure Hoheit?«

Nachdenklich sah Kanaael an die bemalte Wand. »Meine kleine Schwester ist ungestüm und schwer zu bändigen. Ich denke, Wolkenlied sollte es bei ihr versuchen.«

»Und das Mädchen weinte bittere Tränen, die gefüllt waren mit all dem Kummer, den es empfand. Und als es weinte, verwandelten sich seine Tränen in Kristalle. Sie glitzerten und funkelten im Sonnenlicht, schöner als alles, was je ein menschliches Auge gesehen hatte. Doch das Mädchen war so voll Trauer, dass es einfach nicht aufhören konnte zu weinen ...«

»Aber das geht doch gar nicht!«, fuhr Inaaele De'Ar dazwischen, wickelte eine ihrer dicken schwarzen Locken um den Finger und steckte sich den Daumen der anderen Hand in den Mund, während sie ihn musterte.

Kanaael legte das Märchenbuch aus der Hand und strich über die Seidendecke, unter der zehn kleine Zehen hervorlugten. Es war einer dieser Abende, an denen er einmal nicht mit Arbeit am Schreibtisch saß und Korrespondenz oder Anfragen beantwortete. Stattdessen nahm er sich heute die kostbare Zeit, seiner kleinen Schwester etwas vorzulesen. Diese Momente waren viel zu selten. Sie wurde so schnell erwachsen, und er wollte jede Sekunde auskosten, ehe er gänzlich aus ihrem Leben verschwand.

»Dann erzähl mir doch, was du heute alles gelernt hast. Ich habe gehört, dass ihr die Farben der vier Götter durchgenommen habt ...«

Seine Schwester sprang sofort auf seine Worte an: »Rot steht für den Sommergott und unseren Patron Suv. Goldbraun für die Herbstgöttin Sys, Weiß für Tal, den Wintergott, und ...« Sie legte angestrengt die Stirn kraus. »... Kev, die Göttin des Frühlings, grün!«

»Ausgezeichnet«, lobte Kanaael. »Was kannst du mir denn noch über die Götter sagen?«

»Die Götter haben über verschiedene Aufgaben und Eigenschaften. Sie sind weise, gütig und voller Liebe. In den Ländern, in denen eine weibliche Gottheit die Patronin ist,

gibt es auch eine weibliche Herrscherin. Bei uns gibt es nur männliche Herrscher, weil Suv unser Schutzgott ist. Und sie haben Flügel, schwarze Flügel! Wie die Statue auf dem ... dem ... Ding auf dem Vorplatz der Götter ... vor dem Palast!«
»Obelisken?« *Ich hasse dieses Furcht einflößende Ding.* Jedes Mal, wenn er einen Blick auf die schwarz geflügelte Gestalt mit dem langen Schwert und dem muskelbepackten Oberkörper warf, wurde er das Gefühl nicht los, beobachtet zu werden.

»Genau!« Sie sah zufrieden aus. »Aber die Fähigkeiten der Götter lernen wir noch. Und der Hohepriester im Tempel trägt eine rote Maske, weil er für Suv spricht. Er darf kein eigenes Gesicht haben.«

»Du hast ja wirklich viel gelernt! Ich sollte Buchwissen ein Kompliment machen, er bringt dir alles ganz hervorragend bei.«

Inaaele grinste, sah jedoch erschöpft aus. Über ihren Köpfen kreiste der Traumgleiter, der an der Decke oberhalb des Betts befestigt worden war. Es war der beste Platz für Traumgleiter, und dieser war mit winzigen Perlen und Ornamenten bestückt, um dem Traum eine gute Wendung zu geben und den Träumenden vor dem Bösen zu schützen. Suvii war schon immer ein Land mit vielen Mythen und Traditionen gewesen, und auch der Glaube an göttergelenkte Träume gehörte dazu. Für ihre sieben Jahre war seine kleine Schwester ein sehr aufgewecktes Mädchen, und es wurde von Tag zu Tag schwieriger, ihre Neugier zu befriedigen und ihre Abenteuerlust zu bremsen. Die Palastmauern konnten sie immer weniger davon abhalten, einen Blick nach draußen zu werfen, in die Stadt und *das wahre Leben.*

Sie wird noch früh genug erfahren, wie schwer das sein kann.
Aber Inaaele war noch zu jung, um sich außerhalb des

Acteapalasts in den staubigen Straßen von Lakoos zu zeigen. Hier drinnen gab es keinen Hunger, keine Gefahren, keine Angst vor dem Morgen. Hier gab es Bäder im Überfluss, bestickte Mäntel, teure Schuhe und Schmuck. Er wusste, wie die Welt draußen aussah; er hatte sie oft genug mit eigenen Augen gesehen. Die billigen Frauen, das Elend im Roten oder Schwarzen Viertel, dort, wo sich viele Menschen auf engstem Raum zusammendrängten und es am wenigsten Arbeit gab. Dabei tat sein Vater alles dafür, seinen Untertanen in der Stadt ein besseres Leben zu ermöglichen.

»Gut, dann schläfst du jetzt, damit du für morgen ausgeruht bist«, sagte Kanaael gespielt streng, erhob sich vom Bett und wandte sich zum Gehen.

»Nein! Geh noch nicht, ich will noch nicht schlafen! Ich bin doch noch gar nicht müde. Erzähl mir die Geschichte über das Zeitalter der Finsternis!«

Kanaael verspannte sich und verharrte regungslos. Sein Blick wanderte zu der Dienerin, die die ganze Zeit über schweigend in der Tür verweilt hatte. Wolkenlied. Es war Wochen her, dass er sie zu seiner Schwester geschickt und sie Aufgaben in ihrem Umfeld übernommen hatte. Seitdem waren sie sich kaum über den Weg gelaufen. So wie damals fiel ihm nun wieder das spitze Kinn auf, das auf Entschlossenheit hindeutete. Als sein Blick länger als üblich auf ihr ruhte, senkte sie hastig den Kopf. Auf ihren Wangen breitete sich eine zarte Röte aus, was ungewöhnlich war. Im Gegensatz zu den anderen Angestellten hatte sie ihm keine Beachtung geschenkt. Er wusste selbst, dass die weibliche Dienerschaft ihn unter gesenkten Lidern beobachtete, über ihn tuschelte oder ihm verstohlene Blicke zuwarf. Daran hatte er sich gewöhnt, denn schon als Kleinkind hatte er oft im Mittelpunkt gestanden. Auch wenn seine Cousins anderer Meinung waren, hielt er es für einen Fehler, mit Frauen aus der Dienerschaft zu schlafen. Außerdem würde Nebelschreiber es niemals zulassen.

»Bitte, lass uns allein, für heute brauche ich dich nicht mehr«, sagte er leise, woraufhin Wolkenlied nickte, lautlos die Tür öffnete und verschwand.

Kanaael wandte sich wieder zu seiner kleinen Schwester um, die ihn mit ihren haselnussbraunen Augen anstarrte. »Habe ich was Böses gesagt?«, flüsterte sie.

Doch Kanaael ließ sich davon nicht täuschen. Trotz ihres Alters wusste Inaaele nur zu gut, wie sie jemanden um den Finger wickeln konnte. Allen voran ihren Vater, der ihr jeden Wunsch von den Lippen abzulesen vermochte. Kanaael war klar, wie sehr diese Gabe ihr später einmal von Nutzen sein würde. Später, wenn es darum ging, die Mächtigen des Landes auf ihre Seite zu ziehen.

»Wenn andere Menschen anwesend sind, sollst du solche Dinge nicht ansprechen, Inaaele, das weißt du sehr genau.«

Das Zeitalter der Finsternis galt in den Vier Ländern als der größte und schlimmste Krieg, der jemals getobt hatte. Allerdings lag das schon Jahrhunderte zurück. Die Geschichtsbücher und Chroniken waren voll davon, doch Zugriff auf die Geschichte besaß nur die geistige Elite des Landes. Kanaaels Wissen darüber war begrenzt, es wurde kaum etwas darüber gelehrt, und man konzentrierte seinen Unterricht lieber auf aktuellere politische Geschehnisse.

»Du musst mir versprechen, so etwas nicht mehr vor deiner Dienerin anzusprechen, Muselchen. Auch wenn es dir noch so schwerfällt. Sie ist nicht deine Freundin.«

»Aber Wolkenlied ist nicht schlecht. Sie ist lieb und kümmert sich gut um mich.«

Wolkenlied hat erstaunlich schnell eine Verbindung zu meiner

Schwester aufgebaut, dachte Kanaael und setzte sich wieder auf das Bett. »Sie ist nett, weil es ihre Aufgabe ist.«

»Das ist nicht wahr!«, gab Inaaele trotzig zurück und verschränkte die Arme vor der Brust.

»Muselchen«, begann Kanaael besänftigend und benutzte den Kosenamen, den ihre Mutter Inaaele gegeben hatte. »Wolkenlied mag dich sicherlich sehr, aber sie arbeitet hier, und es ist ihre Aufgabe, dir all deine Wünsche zu erfüllen.«

»Sie singt aber für mich, und das tut niemand sonst, weil es verboten ist!«, rief seine Schwester empört aus, um im selben Moment ins Kissen zurückzusinken und betreten zur Seite zu schauen.

Nach und nach sickerte die Bedeutung ihrer Worte in sein Bewusstsein, und er spürte, wie sein Herz einen Schlag aussetzte. Ihm war, als würde eine eiserne Klaue danach greifen. *Unmöglich!*

»Was?«

Inaaele zog sich die Decke bis unter die Nase. In ihren Augen glänzten Tränen. »Bitte, verrat es niemandem! Ich musste es ihr versprechen.«

Damit hatte er genug gehört. Die Dienerin hatte also für Inaaele gesungen. Jene Dienerin, die er zu seiner Schwester geschickt hatte. Er kam sich unendlich töricht vor. *Verblendeter Idiot!* Ohne ein weiteres Wort schnellte er von der Bettkante hoch, durchquerte mit wenigen Schritten den Raum, riss die dunkelrote Tür auf und ließ sie hinter sich ins Schloss fallen. Aufgeschreckt drehten sich in der Vorhalle einige Diener in seine Richtung. Als sie den Herrschersohn erblickten, senkten sie schnell die Köpfe, einige sanken auch auf die Knie und berührten den Boden mit Stirn und Nase.

»Wolkenlied!«, bellte Kanaael aufgebracht.

Eine Dienerin seiner Mutter, die in Richtung Ostflügel

unterwegs war, deutete mit ausgestrecktem Arm zu der schmalen Wendeltreppe, die in den Keller führte, dorthin, wo die Diener der Familie ihre Schlafkammern besaßen. Er eilte den Flur entlang. Laut hallten seine Schritte von den steinernen Wänden wider, das Feuer in den Wandschalen flackerte durch den Luftzug.

»Soll ich sie für Euch holen, Eure Hoheit?«, bot ihm eine Magd mit ruhiger Stimme an, doch Kanaael stürmte bereits die ersten Stufen hinab. Er konnte die fragenden Blicke im Nacken fühlen.

Bei Suv, sie hat ihr vorgesungen!

Der Duft nach schmierigem Öl, alten Kleidern und nassen Lappen stieg ihm immer stärker in die Nase, je tiefer er hinunterging. Spinnweben spannten sich über einer Wölbung, und das Gestein wurde immer gröber. Als Kanaael den spärlich beleuchten Gang erreichte, fuhren zwei Personen auseinander. Ein junges Ding mit Sommersprossen – die Kappe, die sie als Küchenmagd auswies, hatte sich gelöst – und ein Händler, der im Dienst seines Vaters stand. Sie sahen ihn an, als würde der Himmel über ihnen hereinbrechen. Gleichzeitig sanken sie zu Boden, um ihm ihren Respekt zu erweisen.

»Wolkenlied – wo ist sie?«, presste Kanaael nach einem kurzen Moment des Schweigens hervor.

»Sie ist in ihre Kammer gegangen, Eure Hoheit. Dort vorne, die zweite Tür.«

Als Kanaael die Tür erreichte, hielt er einen Moment lang inne. Was wollte er ihr sagen? Sie hatte für seine Schwester gesungen. Es war bei Strafe verboten, und trotzdem hatte sie es getan. Ohne noch länger zu zögern, öffnete er die Tür und blieb wie angewurzelt stehen. Wolkenlieds Kammer hatte die Größe seines Betts. In der einen Ecke lagen wahllos einige Kleider herum, über einem Hocker hing ihre Arbeitskleidung.

Außer einer Kerze gab es keine Lichtquelle, und es war bedrückend dunkel im Raum. Wolkenlied, die mit dem Rücken zur Tür, direkt neben dem winzigen Strohlager, das ihr als Schlafstätte diente, gestanden hatte und damit beschäftigt war, ihr Kleid aufzuschnüren, fuhr herum und presste die Hand vor den Mund, als sie ihn erkannte. Kanaael zog die Tür hinter sich zu.

»Du hast für sie gesungen«, sagte er hart.

»Herr, ich ...«

»Keine Lügen!«, unterbrach er sie. »Sag mir die Wahrheit. Was hast du gesungen? Wie oft?«

Wolkenlied senkte den Blick, dennoch bemerkte er stirnrunzelnd, wie sich ihre Hände zu Fäusten ballten.

»Hast du verbotene Lieder angestimmt? Lieder, die das Böse wecken können? Du kennst die Geschichten und weißt, warum das Singen unter strenger Strafe steht.«

»Ja.«

»Und warum hast du es dennoch getan? Wolltest du meiner Schwester einen fremden Willen aufzwingen? Wolltest du die verbotene Magie anwenden? Das, was aus dem Zeitalter der Finsternis übrig geblieben ist?«

Wolkenlied hob den Kopf. In ihren Augen glaubte er, Trotz zu erkennen. Hatte sie denn keine Angst? Angst, dass er sie auspeitschen und ihre Stimmbänder durchtrennen ließ, sie vom Hof verbannte und damit in den sicheren Hungertod schickte, da sie als Ausgestoßene außerhalb der Palastmauern keine Arbeit finden würde? Niemand würde sich mit einer dreckigen kleinen Seelensängerin abgeben.

»Nein, Eure Hoheit. Ich liebe Eure Schwester. Ich würde ihr niemals Schaden zufügen.«

Sie log. Zumindest verheimlichte sie ihm etwas, das konnte er deutlich spüren. Er würde seinen Vater darüber in Kenntnis setzen müssen. »Sei ehrlich zu mir, Wolkenlied«, sagte Kanael mit sanfter Stimme, trat näher und blieb dicht vor der jungen Frau stehen.

Sie starrte wieder auf den Boden. Ein Beben durchlief ihren Körper, seine Nähe schien ihr Angst zu machen, und das war gut so. Ihr Atem kitzelte an seinem Hals. Schweigend wartete er darauf, dass sie den Blick hob. Doch sie tat es nicht.

»Sieh mich an.«

Ein einfacher Befehl, und doch zögerte sie, ein stummer Kampf, den sie mit sich austrug. Dann sah Wolkenlied auf. Ihre Pupillen waren vergrößert und kaum noch von der dunklen Iris zu unterscheiden.

»Wie heißt du?«, fragte Kanael bestimmt.

»Wolkenlied.« In ihrer Stimme schwang ein Hauch Unsicherheit mit.

»Nein, ich möchte deinen richtigen Namen wissen.« Er wollte herausfinden, zu welcher Familie sie gehörte, in welchem Bezug sie zum Hof stand.

Sie zögerte. »Ich wurde vor den Toren des Palasts ausgesetzt. Ich trage nur diesen einen Namen.«

Wenn sie also keine Familie jenseits der Mauern hatte, warum brachte sie sich dann so in Gefahr? Er forschte in ihrem Gesicht nach einer Antwort. In Wolkenlieds Augen tanzte der Lichtschein der Kerze, und er sah, wie Tränen der Verzweiflung in ihnen schimmerten.

»Deine Arbeit wird an dieser Stelle ein Ende finden. Sobald ich deine Kammer verlasse, wirst du deine Sachen packen, dich zu Perlenstickerin begeben und ihr sagen, was du getan hast. In der Zwischenzeit informiere ich Nebelschreiber und meinen Vater. Doch zuvor muss ich wissen, welche Lieder du meiner Schwester vorgesungen hast.«

Wolkenlied sah ihn flehend an. »Bitte, Herr, verzichtet darauf. Ich habe lediglich Lieder gesungen, die mir in den Sinn kamen. Wiegenlieder, die meine Ziehmutter einst für mich gesungen hat. *Schlaf, Muselkind* und *Es zerfällt ein Stern.*« Trotz schwerer Strafen gab es Menschen, die sich nicht an das Singverbot hielten. Sie konnten oder wollten den Sinn hinter dem Gesetz und die Gefahr nicht erkennen. Dabei waren sie oft genug anwesend gewesen, wenn die Schreie der Männer und Frauen, die man als Seelensänger entlarvt hatte, für immer verstummt waren.

»Auch diese Lieder sind verboten. Du hättest es besser wissen müssen, Wolkenlied.«

»Aber die Geschichten um die Macht des Singens sind Legenden ... Märchen. Ich habe es nicht ernst genommen, weil nie etwas geschehen ist, wenn ich gesungen habe«, warf sie ein. Sie schien ehrlich verwirrt zu sein.

Er wollte gerade ansetzen, da öffnete sie den Mund und stimmte mit klarer, sanfter Stimme ein Wiegenlied an. Seine erste Reaktion war, sich die Ohren zuzuhalten, doch dann hielt er verblüfft inne und lauschte der Melodie. Ein, zwei Wimpernschläge lang glaubte Kanaael zu träumen. Ihre Stimme hüllte seine Sinne ein, während er sie anstarrte und zu begreifen versuchte, was mit ihm geschah. Erinnerungsfetzen. Bilder der Vergangenheit. Oder doch nur ein Traum?

Wolkenlied sang. Ihre Worte durchdrangen sein Bewusstsein, ein Schleier des Vergessens begann sich zu heben. Der Klang ihrer Stimme ging ihm durch Mark und Bein, vibrierte tief in seinem Innern und löste das Gift, das sich in seinem Kreislauf befand. Nichts schien mehr so zu sein, wie es war. Wahrheit und Lüge trugen einen stillen Kampf miteinander aus. Und Kanaael erinnerte sich an alles, was er jemals vergessen hatte.

4

Trauer

Ordiin, Winterlande

Drei Tage lang dauerte die Trauerfeier für ihren Vater nun schon, aber noch immer wurde Naviia das betäubende Gefühl im Inneren nicht los.

Heute war der letzte Abend, die letzte Möglichkeit, sich von ihm zu verabschieden, ehe er den Göttern übergeben wurde. Sein Körper lag in der Talveen-Tracht in blauen und braunen Farbtönen vor ihrer Hütte, drapiert in einem einfachen Holzsarg. Mehr hatte sie sich nicht leisten können. Blaugraue Bänder waren in seinen Bart geflochten worden, ein Hinweis auf den Ordiin-Clan und den Status, den er besessen hatte.

Täglich und zu den unterschiedlichsten Stunden kamen die Bewohner des Dorfs und brachten Gaben, Geschenke und vor allem Geld. Sie wussten, dass Naviia nun Vollwaise war und sie die Hütte auf Dauer und über die Dunkeltage hinweg allein nicht würde halten können. Ihr Mitleid war fast erdrückend, auch wenn sie es zu verstecken versuchten.

Naviia stand regungslos auf dem Treppenansatz neben dem Sarg. Ihr Blick war in die Ferne gerichtet. Es war unbeschreiblich kalt, doch sie bewegte sich nicht, nicht mal, als ein frostiger Windstoß ihre Haare aufwirbelte und ihren weiten Fellrock aufbauschte. Eis hatte sich in ihren dichten dunklen Augenbrauen gebildet, ihre Lippen waren blau vor Kälte. Es war Brauch, drei Tage neben dem Leichnam auszuharren. Jhanaael O'Jhaal, der beste Freund ihres Vaters, war ganze zwei Tage geblieben. Dann war es nur noch Familienangehörigen erlaubt, neben dem Toten zu trauern. Ihr blieb noch heute Nacht, um ihm die letzte Ehre zu erweisen, indem sie die verbotenen Gebete sprach. Doch dafür würde sie warten müssen, bis alle schliefen.

»Bei den Göttern, du erfrierst noch!«, erklang nun Daniaans Stimme. Kurz darauf tauchte er neben Naviia auf, mit gerunzelter Stirn und einem besorgten Ausdruck in den Augen. »Meine Mutter hat eine heiße Suppe gemacht, mit vielen stärkenden Weißbuschkräutern. Sie hat sie für Notfälle aufbewahrt. Du solltest sie versuchen, sie wird dich wieder zu Kräften bringen.« Er reichte ihr eine dampfende Schale, aber sie reagierte nicht.

»Navi?«

Der Anblick ihres Vaters in der Blutlache hatte sich in ihren Kopf eingebrannt. Wieder einmal erfasste sie ein Gefühl von Machtlosigkeit, und mit jedem Atemzug verstärkte sich ihr Zorn. Man hatte ihren Vater kaltblütig ermordet.

Sie verstand nicht, wie man einem Menschen so etwas antun konnte. *Nein, keinem Menschen, einem Weltenwandler,* dachte sie und erschrak.

»Navi, du musst etwas essen. Dein Körper ist von den letzten drei Tagen völlig ausgezehrt. Bitte, tu es mir zuliebe.«

Sie hörte Daniaans Worte, müde und verzweifelt zugleich.

»Sprich doch bitte mit mir, ich mache mir Sorgen.«

Bald konnte sie die Totenwache beenden. Dann würde sie in ihr Zimmer gehen und in seinem Tagebuch nach Anhaltspunkten suchen. Das war ihre einzige Hoffnung. Sie würde den oder die Mörder finden.

»Naviia.«

Sie hob den Blick und starrte ihren besten Freund an. Was er in ihrem Gesicht sah, schien ihn zu erschrecken. Hass. Und den Durst nach Rache. Rache an dem Menschen, der für ihre Trauer verantwortlich war. Die letzten drei Tage hatten sie verändert. Daniaan wusste es ebenso wie sie.

Sacht schüttelte er den Kopf. »Nein, Naviia. Ich kann mir vorstellen, was für ein Sturm in dir tobt. Der Tod deines Vaters ist aber nicht das Ende deines Lebens. Ich kenne dich, ich weiß, was du vorhast. Du willst nach ihnen suchen, habe ich recht?«

»Ich muss.« Ihre Stimme klang belegt, ihr Hals kratzte vor Schmerzen. »Ich fühle mich so machtlos. Ich brauche eine Aufgabe. Mir bleibt nichts anderes übrig.«

»Es ist nicht richtig.«

»Und woher willst du das wissen?«, krächzte Naviia. Dann hob sie die Schale mit Suppe von der Veranda auf und setzte das Holz an ihre Lippen. Zaghaft trank sie einen Schluck. Die warme Flüssigkeit war Balsam für ihre Kehle. Gierig öffnete sie die rissigen Lippen noch weiter und leerte die Schale schneller, als sie es für möglich gehalten hatte. Zum ersten Mal seit Beginn der Totenwache fühlte sie ohnmächtige Trauer von sich Besitz ergreifen. Sie war allein.

»Das bist du nicht«, sagte Daniaan leise, und Naviia begriff, dass sie ihren Gedanken laut ausgesprochen hatte. Unvermittelt trat er näher an sie heran. Er war der einzige Mensch, der ihr jemals nahegestanden hatte. Doch jetzt war alles anders. *Sie* war anders.

Niemals zuvor war ihr das stärker bewusst gewesen als in diesem Augenblick. Und doch ließ sie zu, dass ihr Freund sie umarmte. Im Schutz der Dunkelheit sah niemand, dass Dan sie heftig an sich presste. Er roch nach Holz und geräuchertem Fleisch, sein Vater bereitete es meistens kurz vor den Dunkeltagen zu.

Sie konnte es nicht verhindern, ihre Hände suchten wie von selbst Trost am schlaksigen Körper ihres Freunds. Seine raue Wange kratzte auf ihrer kühlen Haut, und sein Atem brannte wie eine Feuersbrust, als er über sie hinwegstrich.

»Ich bin bei dir«, flüsterte Dan an ihrem Ohr. Dann fanden seine Lippen plötzlich ihre, und sie spürte, wie ein Beben sie durchlief. Etwas in ihrem Innern löste sich auf, und in ihren Augen bildeten sich Tränen, die sie wegblinzelte.

Dans Lippen waren weich und vertrauter, als sie sich eingestehen wollte. Irgendwo, in einer anderen Zeit, in einer anderen Welt, gab es eine Geschichte für sie, doch es war nicht diese Welt und nicht die richtige Zeit. Sie wusste es und wollte sich nur einmal in diesem Moment verlieren, der nach dem Tod ihres Vaters in so weite Ferne gerückt war.

Für einen kurzen Augenblick gab sie sich diesem Gefühl hin, dann löste sie sich von ihrem einzigen Vertrauten und sah ihn an. Die Zärtlichkeit, mit der er sie betrachtete, schnürte ihr die Kehle zu. Er sah aus, als wollte er etwas sagen, doch er schwieg.

Es ist ein Fehler. Und es ist zu spät.

Ihre Füße und Finger waren taub, doch was Naviia noch viel mehr ängstigte, war das Gefühl in ihrer Brust. Es war nicht mehr ihr wild schlagendes Herz, das leidenschaftlich das Gute auf der Welt verteidigte. Stattdessen hatte man es infiziert, mit einem übermächtigen Gift, dem sie sich nicht entziehen konnte.

Nach einer Weile setzte er erneut an: »Wirst du das Dorf verlassen?«

»Ja.«
»Gibt es denn keine andere Möglichkeit? Du musst ...«
»... nicht gehen?«, beendete sie seinen Satz und blickte ihm forschend ins Gesicht. »Doch, Dan. Genau das muss ich.«
Er sah erschöpft aus. Seine sturmfarbenen Augen lagen tief in den Höhlen, und Furchen auf der Stirn ließen ihn auf einmal sehr alt erscheinen. Man sah ihm an, wie unglücklich er über ihre Entscheidung war.
»Ich werde gehen, sobald Vater verbrannt ist.«
»Und wohin? Wäre es nicht sinnvoller, deine Reise zu planen?«
Sie zögerte. »Vaters Tagebuch wird mir genug Antworten liefern. Und je früher ich aufbreche, desto besser kann ich ihre Spur verfolgen.« *Wenn es denn mehrere sind ...*
»Es ist waghalsig und unüberlegt! Hier hast du den Schutz des Clans, und dir kann nichts geschehen. Da draußen ...« Dan machte eine hilflose Geste.
»Mein Entschluss steht fest.«
Sie sahen einander in die Augen, und wieder hatte Naviia das Gefühl, sich ein Stück von ihrem Freund zu entfernen.
Dan stieß heftig die Luft aus und ergriff ihre behandschuhten Hände. Sie waren mittlerweile eiskalt, trotz des warmen Futters und des schützenden Hraanosleders. »Dann ... dann heirate mich!«
Obwohl seine Augen bei diesen Worten leuchteten, klangen sie seltsam hohl, und Naviia begriff, dass Dan alles tun würde, um sie hierzubehalten. Aber er würde sie niemals begleiten. Er hatte Verpflichtungen, sich selbst und seiner Familie gegenüber.
»Ich passe auf dich auf«, fuhr er fort. »Du musst dir keine Gedanken um die Versorgung des Hauses machen. Ich bin bei dir. Egal, was kommt. Wir gründen unsere eigene Familie,

vielleicht auch in einem anderen Clan, wenn du es willst und es dich hier zu sehr schmerzt. Heirate mich.« Mit jedem Satz gewann seine Stimme an Kraft, und er redete immer schneller, sodass sich ihr keine Möglichkeit bot, ihm Einhalt zu gebieten. »Wir müssen nicht hierbleiben. Ich möchte nur, dass du glücklich wirst ...«

In diesem Augenblick empfand Naviia so viel Liebe für ihren Freund, dass es ihr den Brustkorb zuschnürte. Gleichzeitig war sie ihm nie so fremd gewesen. Es kam ihr vor, als würde sie Daniaan verraten. Er wirkte verletzt, vor den Kopf gestoßen, las ihre Ablehnung womöglich in ihrer Haltung. Aber was hatte sie für eine Wahl?

Sie war kein Mensch. Sie war die Tochter eines Weltenwandlers, eines direkten Nachkommen der Halbgötter. Sie gehörte zum Verlorenen Volk, jenen Erben der Götter, die von Menschen verfolgt, getötet und nahezu ausnahmslos ausgerottet worden waren. Seitdem lebten sie im Verborgenen unter Menschen. Zeigten niemals ihren Rücken, beteten hinter verschlossenen Türen und trugen das Zeichen ihrer Herkunft in Form eines Sichelanhängers um den Hals. *Er würde es nicht verstehen. Und dafür liebe ich ihn zu sehr.*

Außerdem hatte sie ihren Entschluss gefasst. Es gab kein Zurück.

»Ich bin erst glücklich, wenn Vater gerächt ist.«

5

Erkenntnisse

Lakoos, Sommerlande

Wie ein Sandsturm brachen die Erinnerungen über Kanaael herein. Taumelnd machte er zwei Schritte zurück und stieß gegen die Wand von Wolkenlieds Kammer. Sein Herz raste, und Schweiß trat ihm auf die Stirn, als Wolkenlied überrascht verstummte und ihn anblickte.

Wut stieg in ihm auf und vermischte sich mit dem betäubenden Gefühl von Verzweiflung. Für eine lange Zeit hatte er geglaubt zu wissen, was mit Laarias Del'Re geschehen war. Doch nun musste er feststellen, dass sein gesamtes Leben auf einer Lüge gründete. Seine Mutter und Nebelschreiber hatten ihn jahrelang belogen. Raschalla ... Die Todespflanze, doch ihm konnte sie nichts anhaben, weil er ein Nachkomme des Verlorenen Volks war.

Ein Traumtrinker.

»Eure Hoheit, geht es Euch gut? Ihr seht so blass aus ...«

Wolkenlied sah besorgt aus. Ihre Augen schimmerten im Licht der Kerze, und lange Schatten tanzten an der Wand.

»Danke, es ist alles in Ordnung ...«, würgte er hervor, tastete blind nach dem Türgriff und stolperte nach draußen. Dort schnappte er nach Luft. Einmal. Zweimal.

Und dann konnte er sie fühlen. Wolkenlieds Gesang schien

die Wirkung des Gifts aufgelöst zu haben, denn auf einmal sah er sie klar vor sich. All die Jahre hatte Raschalla seine Wahrnehmung getrübt, ihm seine Fähigkeiten genommen. Doch jetzt waren sie wieder da. Klarer als je zuvor. Schillernd, lockend. Die wenigen Träume, die um diese Stunde vorhanden waren, umwarben ihn in einem stillen Tanz. Wie Nebel waberten sie in der Luft, die verschiedenen Farben leuchteten vor ihm. Er wollte ihnen folgen, wusste aber nicht, wie. Hatte es verlernt. Verdrängt.

Kanaael zwang sich zur Ruhe. Nebelschreiber und seine Mutter mit den neuen Tatsachen zu konfrontieren erschien ihm zu früh, und dann müsste er außerdem erklären, wie er zu seinen Erinnerungen gelangt war. Er musste herausfinden, was die Geschichten über das Verlorene Volk erzählten. Daav war womöglich die einzige Person, der er sich anvertrauen konnte. Er ging wieder nach oben in sein Gemach und beauftragte eine der Dienerinnen, seinen Freund zu ihm zu schicken.

»Ich möchte allein sein«, sagte er ruhig zu den zwei Bediensteten, die in einer Ecke des Raums standen, jederzeit bereit, seine Wünsche zu erfüllen. Ihre langen fliederfarbenen Kleider raschelten, als sie das Zimmer verließen.

Die Zeit verstrich, und Daav tauchte nicht auf. Also ging Kanaael an dem gewaltigen Spiegel mit den silbernen Verzierungen und dem prächtigen Kleiderschrank aus Erbanholz vorbei, der fast größer war als Wolkenlieds winzige Kammer, und blickte gedankenverloren auf die schlafende Stadt hinab. Er musste sich sammeln, um wieder einen klaren Gedanken fassen zu können. Der Palast stand auf einer Anhöhe, umgeben von Sand und Palmen. Die Türme der anderen Flügel ragten in den Himmel, als wollten sie mit ihren Spitzen die Sterne küssen. Vor ihm ruhte Lakoos, die Hauptstadt Suviis.

Die Häuser lagen dicht beieinander, und der freie Platz der vier Götter erstrahlte in einem beständigen Feuerflackern: Tal, Kev, Suv und Sys. Vier Götter, deren Kinder sie alle waren. Tal, der Urvater des Winterlands, der bereits viele vor dem Erfrierungstod bewahrt und sein Volk behütet hatte. Kev, die blühende Göttin, in deren Schoß, Keväät, man den Quell des Lebens fand. Suv, der zornige Krieger, Gott der Wüste, Sonne und Hitze. Und dann Sys, seine Frau, Herrin der Verwelkenden, der Ernte und des Sonnenabends. Hier im Südwesten des Landes Suvii herrschten im Gegensatz zur Küstenregion mehr Hunger und Not. Die Bürger waren auf die Einfuhr aus anderen Städten angewiesen, vor den Toren gab es mehrere Märkte, und Lakoos lebte vom Handel. Dafür förderten die Minen, zwei Tagesreisen von Lakoos entfernt am Berg der Sonne, Erze zutage. Später wurden diese in den zwei größten Hafenstädten Suviis weiterverkauft, um sie anschließend in die anderen Länder zu verschiffen. Außerdem bildeten einzelne Kampfschulen des Braunen Viertels im Nordwesten der Stadt tüchtige und brutale Männer aus, die sie in die umliegenden Städte schicken konnten und dafür eine gewisse Summe erhielten. Vieles funktionierte schon seit Jahrhunderten durch bewährte Abkommen – der Austausch von Waren gehörte dazu.

Es klopfte, und Kanaael drehte sich um. »Herein.«

»Ist alles in Ordnung?« Daavs Blondschopf tauchte im Rahmen auf, und er schloss rasch die Tür hinter sich.

»Ich muss etwas mit dir besprechen.«

»Du siehst grässlich aus. Ist was passiert? Wo ist Nebelschreiber?« Jede Förmlichkeit zwischen ihnen war verschwunden.

»In der Stadt. Heute ist sein freier Tag. Und das ist auch besser so.« Kanaaels Stimme klang belegt.

»Er scheint dich verärgert zu haben.«
»Mehr als das. Er hat mich verraten.«
Sein Freund hob die Brauen, sagte jedoch nichts.
»Daav, was weißt du über das Verlorene Volk?«
»So viel, wie uns am Hof Veeta gelehrt wurde ... und das ist nicht sonderlich viel, fürchte ich. Die Geschichten um das Verlorene Volk sind in Vergessenheit geraten. Die Angst hat Schriften vernichtet und Chroniken verschwinden lassen. Soweit ich weiß, sind sie direkte Nachkommen der Götter. Aber das ist es auch schon.«
»Können wir mehr über sie herausfinden?«
Daav schüttelte den Kopf. »Kanaael, was ist denn los?«
Er zögerte. Ihm blieb keine andere Wahl. Jemand anderen als seinen Freund konnte er in diese Sache nicht einweihen. Und Nebelschreiber vertraute er nicht mehr. »Ich bin ein Traumtrinker«, sagte er mit gedämpfter Stimme.
Daav blinzelte. »Du kannst kein Traumtrinker sein. Deine Eltern sind De'Ars, und kein De'Ar ist ein Nachkomme des Verlorenen Volks. Das hätten wir doch gemerkt!«
Und wenn er sich täuschte? Wenn seine Erinnerung ein Trugschluss war? Aber wieso erschien ihm alles so klar? Warum konnte er dann die Träume spüren? »Ich bin ein Traumtrinker. Nebelschreiber hat es mir vor Jahren gesagt, aber ich habe Raschalla zu mir genommen, und deswegen ...«
»Du hast Raschalla genommen und lebst noch?«, warf Daav ein. In seiner Stimme schwang etwas mit, das Kanaael noch nie zuvor vernommen hatte. Nervös fuhr er sich durch sein dichtes langes Haar. »Kein Mensch überlebt das Gift. Kein Mensch ...« Jetzt blickte er ihn mit seinen klaren, hellen Augen geradewegs an. »Und warum erinnerst du dich ausgerechnet heute daran?«
»Weil mir eine Dienerin vorgesungen hat.«

Daav runzelte die Stirn. »Sie hat ... gesungen? Hat sie deine Gedanken beeinflusst? Stehst du etwa unter ihrem Bann?«

»Nein. Ihr Gesang hat irgendwie mein Gedächtnis wiederhergestellt.«

»Bist du dir sicher?«

»Vollkommen. Bevor ich mit Nebelschreiber und meiner Mutter spreche, möchte ich wissen, was es heißt, ein Nachkomme des Verlorenen Volks zu sein. Wer sie sind. Warum keiner über sie spricht ...«

»Ich wüsste nicht, wie wir das anstellen sollen.«

»*Das blaue Bein* in Muun wäre eine Möglichkeit.«

»Zu gefährlich. Dir darf nichts geschehen. Undenkbar, dass du dich in eine solche Gefahr begibst, man würde dich dort sofort erkennen.«

»Wir könnten Namenlos ...«

»... deinen Doppelgänger würde ich nicht mit hineinziehen. Das würde zu viele Fragen aufwerfen, und Nebelschreiber hat seine Augen und Ohren überall«, unterbrach Daav ihn. Eine steile Falte hatte sich oberhalb seiner Nasenwurzel gebildet.

Kanaael seufzte und wandte sich ab. »Es muss doch Aufzeichnungen geben.«

»Bei uns am Hof gab es die nicht. Man hat alles vernichtet. Aber eure Bibliothek ist die größte in den Vier Ländern. Möglicherweise werden wir dort fündig.«

»Es gab eine Chronik, die gestohlen wurde!«

Überrascht blickte Kanaael von dem Buch in seinem Schoß auf und sah gerade noch, wie Daav ohne anzuklopfen in sein Gemach stürmte. In seinem Gesicht stand ein triumphierender Ausdruck, und er schien außer Atem zu sein, fast so, als wäre er gerannt. Rosafarbene Schleier erhoben sich im Osten und verdrängten die Nacht mit jedem Moment etwas mehr.

»Wovon sprichst du?«

Daav kam näher und senkte die Stimme. »In jener Nacht, in der du in Laarias Del'Re Traum eingedrungen bist, wurde ein Buch aus der Katakombenbibliothek gestohlen. Es waren zwei Diebe. Einer entkam, der andere wurde erwischt und noch vor Ort getötet. Erinnerst du dich?«

Kanaael verspürte einen Stich in der Brust, doch die jahrelange Übung ermöglichte es ihm, keine Miene zu verziehen. »Ja, es war der Grund, weshalb ich es getan habe. Ich wollte herausfinden, was geschehen ist. Die ganze Stadt war in Aufruhr, aber niemand schien so recht zu wissen, weshalb.«

»Es ist auch streng geheim!«, erwiderte Daav und schüttelte den Kopf. »Niemand darf erfahren, dass diese Chronik überhaupt existiert ...«

»Was ist das für eine Chronik?«, fragte Kanaael und spürte, wie sich sein ganzer Körper anspannte.

»*Die Chronik des Verlorenen Volks*. Die älteste Aufzeichnung, die es über die leiblichen Nachkommen der Götter gibt. Und sie soll sehr mächtig sein, weil sie mit uraltem Wissen gesegnet ist.«

»Woher weißt du das alles?«

»Einer der Wächter, der damals in der Nachtschicht gearbeitet hat, trug einige Jahre später eine Verletzung davon und ist nun arbeitslos.« Daav hob die Schultern. »Er ist ein elender Säufer und meistens in einer der Tavernen am südlichen Stadtende im Roten Viertel, da, wo Wein und Weib noch mal um einiges günstiger sind. Aber ich habe ihn ausfindig gemacht. Keine der Palastwachen hätte je darüber ein Wort verloren. Niemand will seine Anstellung wegen eines alten Buches verlieren, und ich kann es ihnen nicht verübeln.«

»Aber dieser Wächter hat gesprochen.«

Daav feixte grinsend. »Nachdem ich ihm ein paar Gläser

des guten Frühlingsnektars, den sie neuerdings aus Veeta importieren, ausgegeben habe, hat er gezwitschert wie ein Vögelchen. Es wird ein großes Geheimnis um alles gemacht, und niemand weiß etwas Genaues über diese Chronik, außer dass sie von unschätzbarem Wert zu sein scheint. Und dass sie damals gestohlen wurde.«

»Hast du herausgefunden, von wem?«

»Der Dieb, der entkommen ist, ist nicht bekannt. Einer der Wachen überwältigte den zweiten Dieb, und als der auch zu fliehen versuchte, stach der Wachmann zu.«

»Also konnte er keine Antworten mehr geben«, schloss Kanaael und stieß ein resigniertes Seufzen aus.

»Richtig. Aber sie konnten ihn trotzdem identifizieren. Ein gefürchteter und berüchtigter Mann namens Nachtwind. Er stammte aus den Herbstlanden.«

Kanaael horchte auf. »Den Herbstlanden? Zu dumm, dass Garieen Ar'Len bereits abgereist ist. Vielleicht hätten wir etwas herausfinden können.«

»Die syskiische Gesandtschaft ist wieder aufgebrochen?«, fragte Daav verwundert. In der Tat war es unüblich, dass Besucher aus den anderen Ländern nicht die vorgesehene Dauer von fünf Nächten blieben.

»Wie ich hörte, wurden die Krönungsfeierlichkeiten vorgezogen, und er kehrt nach Kroon zurück, um an der Zeremonie zu Ehren seiner Schwester anwesend zu sein. Ein paar Verwandte und Abgesandte meiner Familie haben sich ihm angeschlossen.«

»Verstehe. Da ist noch etwas. Ich weiß nicht, wie wichtig es ist.« Daav machte eine kurze Pause und sah dabei so niedergeschlagen aus, dass Kanaael im ersten Moment nicht einschätzen konnte, um was es ging.

»Was ist geschehen?«

»Wolkenlied ist verschwunden.«
»Was meinst du mit verschwunden?«
Daav hob die Schultern. »Das sagen die Dienstboten. Obwohl man mehrfach nach ihr hat schicken lassen, ist sie nicht zur Arbeit erschienen. In ihrer Kammer ist sie auch nicht, und einige Habseligkeiten fehlen.«
Verärgert runzelte Kanaael die Stirn. »Wenn sie abgehauen ist, scheint sie zu wissen, dass ihr Gesang etwas in mir hervorgerufen hat.«
»Oder sie hatte einfach Angst, nachträglich bestraft zu werden. Ihr Handeln war unüberlegt, geradezu fahrlässig. Sie hätte dich damit ernsthaft in Gefahr bringen können!«
»Du hast recht«, erwiderte Kanaael und spielte nachdenklich mit dem Siegelring an seinem Finger. »Wir müssen mehr über sie herausfinden.« Ihm kam ein Gedanke. Eine wahnwitzige Idee, die seinen Puls in die Höhe schnellen ließ. »Und ich weiß auch, wie! Sollte Nebelschreiber oder jemand anderes auftauchen, musst du mich wecken. Es reicht, wenn du meinen Namen sagst und mich dabei leicht am Arm berührst. Aber tu es nicht, wenn keine Gefahr herrscht.«
»Wecken?«, echote Daav und hob die Brauen. »Was hast du vor?«
»Ich werde in die Träume der Dienstboten eindringen, um an Informationen zu gelangen«, sagte er leise. Vielleicht war es zu gewagt, aber das Bedürfnis, wieder in einen Traum hineinzusehen, beschäftigte ihn, seit er aus Wolkenlieds Kammer geflohen war. Sacht schloss Kanaael die Augen und öffnete seinen Geist, indem er sich auf seine Umwelt konzentrierte. Fast schon überdeutlich nahm er Daavs schweren Atem und die Geräusche auf dem Flur vor seinem Schlafgemach wahr. Das Brummeln der Wachen, die vor seiner Tür standen und sich gedämpft über eine Tänzerin namens Seidenschleier

unterhielten, die wohl etwas von ihrem Beruf verstand. Er hatte das Gefühl, die Männer durch die massive Doppelholztür hindurch zu sehen, wobei alle Farben aus den Gegenständen und Menschen gewichen waren. Grau und verwelkt, eine Welt zwischen Realität und Traum. Es ging wie von selbst, als hätte es nie eine jahrelange Pause gegeben. Er konzentrierte sich auf sein Innerstes und sandte einen Moment später seinen Geist aus. Ein Kribbeln durchfuhr ihn, und fast zeitgleich schossen all die Träume, die sich in seiner unmittelbaren Nähe befanden, auf ihn zu. Ein gewaltiger bunter Strudel, der ihn mitzureißen drohte. Sie flüsterten, sie riefen nach ihm, als hätten sie ihn die ganzen Jahre über vermisst. Ihre Farbe passte sich der Art des Traums an, er sah goldene Träume voller Liebe und Hoffnung und einen dunkelroten Nebel, der mit Missgunst und Neid durchtränkt war. Berührte er sie, sah er die Gesichter der Träumenden vor sich. Mondschatten, Sandgräberin, Seera Da'Kon.

Obwohl er die Augen geschlossen hielt, war er imstande, die Konturen des Raums zu erkennen, genauso wie die aus Mhaagelanholz angefertigten Kommoden und Schränke, die breite Fensterfront und den Zutritt zum Balkon. Sie alle blieben farblos. Daav und das Flüstern der Wachen waren ebenso verschwunden, wie die frühlingshaften Düfte der Blumenbouquets, die überall in seinem Gemach verteilt standen.

Vielleicht liegt es daran, dass sie nicht schlafen, dachte er und glitt langsam durch die Tür, das Stockwerk entlang. Das Feuer an den Wänden flackerte lautlos. Genau wie damals lagen die düsteren Träume schwer in der Luft, und sie waren überall. Es war wie in einem Rausch, und ein machtvolles Prickeln breitete sich in ihm aus. Sein Blick zuckte zu den leuchtenden Schleiern, und am liebsten wollte er jedem von ihnen folgen.

Ich könnte es tun. Ich könnte einen Blick auf die Träume erhaschen.
Für einen Moment drohte sich Kanaael darin zu verlieren. Dann besann er sich auf seine Aufgabe, etwas über Wolkenlied herauszufinden. Aufmerksam sandte er seinen Geist weiter, einen der endlos erscheinenden Korridore entlang und vorbei an Wandteppichen, die noch prachtvoller waren als jene in seinem Gemach. So ganz ohne jede Farbe wirkten sie allerdings trostlos. Je mehr er sich der Haupttreppe näherte, die für Botengänge der Dienerschaft benutzt wurde, desto mehr kamen rot gefärbte Träume hinzu. Mit den Fingerspitzen berührte er einen nach dem anderen. Gesichter durchzuckten seinen Geist. Menschen, die er noch nie zuvor gesehen hatte, und andere, die er von Kindesbeinen an kannte. Vorsichtig ging er nach unten, nahm den Dienstbotenweg, der durch schmalere und weit wenig prunkvollere Gänge führte, und tastete nach einem Traum, in dem er Wolkenlied vermutete – doch es blieb still. Sein Echo verhallte.

Plötzlich erweckte ein anderer Traum seine Aufmerksamkeit. In kühlen, rosafarbenen Tönen schwebte er in Brusthöhe an ihm vorbei, mit einer Mischung aus Leichtigkeit und oberflächlicher Melancholie, und er griff mit unsichtbaren Fingern danach. Sofort tauchte das rundliche Gesicht eines jungen Mädchens auf, mit etwas zu weit abstehenden Ohren und zwei Grübchen in den Wangen. Kanaael kannte sie. Sonnenlachen. Sie arbeitete im Palast, seit sie zehn Jahre alt war. Ihre Mutter hatte sie zum Betteln vor die Tore geschickt, und sein Vater hatte sie aus Mitleid aufgenommen. Ihr Lachen war laut und herzlich, und bisher hatte es niemand geschafft, es ihr auszutreiben. Deswegen arbeitete sie in der Küche, wo sie sich mit ihrer fröhlichen Art nicht verstellen musste. Außerdem hatte er Wolkenlied und sie schon öfters beisammenstehen sehen. Vielleicht war es einen Versuch wert. Kanaael ließ seinen Geist näher an den Traum des Mädchens heranrücken und folgte seiner leuchtenden rosafarbenen Spur die vielen Kammertüren im Untergeschoss des vorderen Trakts entlang. Auch ihr rechteckiges, mit unzähligen Blütenblättern ausstraffiertes Zimmer betrat er. Es hatte in etwa die Größe von Wolkenlieds Kammer und war bis auf die Blumen genauso karg eingerichtet. Der blasse Nebel des Traums schien aus ihrem leicht geöffneten Mund zu entweichen. Sonnenlachen lag auf einem strohgefüllten, provisorischen Bett, ein einfaches Leinentuch um den Körper geschlungen, und er ging auf sie zu, während sein Herz schneller schlug. Sie hatte sich auf die Seite gerollt, einen Arm um ihre angewinkelten Knie geschlungen, und ihr Gesicht zeigte einen zufriedenen Ausdruck.

Sie wird nichts über Wolkenlieds Verschwinden wissen. Es bringt also nichts, in ihren Traum einzudringen, hörte er eine innere Stimme, doch die unnachgiebige Neugierde, einen Blick auf ihren Traum zu erhaschen, war stärker.

Dabei war er sich der Gefahr durchaus bewusst. Er hatte es schon einmal getan und war gescheitert. Aber er konnte sich nicht gegen die überwältigende Anziehungskraft wehren, die der Traum auf ihn ausübte. Wie von unsichtbaren Fäden gezogen, machte er noch einen Schritt auf die schlafende Dienerin zu. Sein Geist verschmolz mit dem Nebel, und er berührte den Traum mit allen Sinnen. Hitze durchflutete ihn, und Kanaael schnappte nach Luft, als er in ihren Traum eintauchte. Ein Stich, tief in seiner Bauchmitte, tausend kleine Nadelstiche an seinem Rücken, wo die Linien der Götter entlangliefen, und dann spürte er nur noch die Wärme, die ihn umgab. Blinzelnd öffnete er die Augen und sah, wo er sich befand. Er kannte den Ort, an dem sich Sonnenlachen aufhielt – es war hinter dem syskiischen Abschnitt des Gartenpalasts, in der Nähe eines kleineren Steinbrunnens, der eigens für die Dienerschaft angefertigt worden war. Nachts trafen sich dort Liebespaare, die sich innerhalb der Mauern gefunden hatten. Zwischen den blickdichten Bäumen mit ihren großen, herzförmigen Blättern der Herbstlande war ein heimliches Stelldichein ungefährlicher als in den winzigen Kammern der Dienerschaft. Das kräftige Gold und herbstliche Rot des Laubs waren von einer intensiveren Leuchtkraft, als es außerhalb des Traums je der Fall gewesen wäre. Sein Blick fiel auf Sonnenlachen, die ein Stück entfernt auf dem Boden lag. Ihre Füße waren tief unter den herbstlichen Blättern vergraben, die sich der Vegetation ihrer Heimat angepasst hatten. Sie trug die fliederfarbene Tracht, die den Dienstmädchen vorbehalten war – ein Umstand, der ihn verwirrte, da sie sonst in der Küche arbeitete. Neben ihr knieten zwei Gestalten. Erst als Kanaael genauer hinsah, erkannte er, dass es sich um Wolkenlied und eine weitere Dienerin handelte.

»*Er sieht wirklich gut aus. Sie schmachten ihn an, und er bemerkt es nicht einmal*«, seufzte Sonnenlachen mit geschlossenen Augen.

»*Wohlhabend, arrogant, gut aussehend. Und ein zukünftiger Herrscher. Mach dir nichts draus, er ist wirklich der arroganteste Kerl in ganz Lakoos, ach was, in ganz Suvii*«, schnaubte die Dritte.

Wolkenlied schwieg und sah in die Ferne. »*Kanaael ist gar nicht arrogant, er hat einfach eine sehr kühle Fassade. Aber wer kann es ihm verübeln? Bei den ganzen offiziellen Angelegenheiten, die er zu bewältigen hat.*«

Der Traum machte einen Sprung. Ein Bruch mitten in der

Szene. Kanaael spürte, wie sich die Welt um ihn drehte. Übelkeit breitete sich in seinem Magen aus, und er schloss die Augen, um dagegen anzukämpfen. Als er sie wieder öffnete, hatte die Szenerie gewechselt. Sie waren jetzt im Inneren des Palasts, im oberen Stockwerk des Westflügels, das von ihm und seiner Schwester bewohnt wurde. Er erkannte es an dem weißen Säulengang und der bemalten Freskendecke, die die Geschichte der Götter erzählte. Unmittelbar vor ihm tauchte Sonnenlachen auf. Im Gegensatz zu den grell leuchtenden Farben der Deckenbemalung war ihre Haut gläsern, fast durchsichtig. Geräuschlos folgte er der Dienerin, die mit einem silbernen Tablett, auf dem sich drei volle Teller mit gesüßten Raelis-Früchten stapelten, in Richtung der Schlafräume lief. Da die Raelis-Frucht nur an vereinzelten, wild wachsenden Sträuchern der Gebirgshänge im Nordosten Kevääts wuchs und schwer zu erreichen war, kostete das süße Fleisch ein Vermögen. Es war seine Lieblingsnachspeise.

Schließlich erreichte Sonnenlachen die gewaltigen Doppeltüren seines Schlafzimmers und blieb unschlüssig davor stehen. Wie aus dem Nichts erschien Wolkenlied, an ihrer Hand führte sie Inaaele. Seine kleine Schwester trug ein kurzes bronzefarbenes Kleid, das ihre dünnen Beinchen wie zwei schmale Äste aussehen ließ.

»Nein, Sonnenlachen, das geht nicht.« Wolkenlieds Worte waren nur ein Flüstern, doch Kanaael vernahm sie genauso deutlich, wie er ihr kleines Lächeln bemerkte. *»Du könntest Ärger bekommen, wenn sie dich hier sehen.«*

»Was hat das Küchenmädchen hier oben verloren?« Donnernd grollte Nebelschreibers Stimme durch den breiten Flur, und kurz darauf erschien er im Sichtfeld. Sein braunes Gewand flatterte bei jedem seiner energischen Schritte. Kommentarlos nahm er Sonnenlachen das Tablett ab, sobald er sie erreichte.

Kanaael konnte ihre Enttäuschung auf der Haut brennen spüren, als wäre es seine eigene. Die Dienerin schloss sich in einem bedächtigen Abstand Wolkenlied an, die ihr schwarzes Haar heute hochgesteckt trug. Als sie sich zu Sonnenlachen umdrehte, verspürte Kanaael einen Knoten im Magen. Als er genauer hinsah, bemerkte er, dass seine Schwester nicht mehr neben Wolkenlied stand. Ein Fehler innerhalb des Traums.

»*Du versuchst es immer wieder.*«
»*Nicht jeder arbeitet bei seiner Schwester*«, entgegnete Sonnenlachen. »*Ich werde unten gebraucht. Kommst du mit?*«
Wolkenlied schüttelte den Kopf. »*Tut mir leid, ich habe noch anderes zu erledigen. Ich muss in der Wäscherei helfen, Herrin Inaaele braucht ihre neue Garderobe, denn Gesandte aus Syskii treffen bald ein.*«

Im selben Moment erblickte Kanaael sich selbst, verschwitzt, die dunklen Haare aus der Stirn gewischt. Mit langen Schritten lief er den Gang entlang, den Blick konzentriert auf etwas gerichtet. Er trug eine kurze Tunika und dunkle Ledersandalen, seine Kampfkleidung. Wie auch die anderen seiner Altersklasse hatte er gemeinsam mit Daav ein paar Trainingsstunden auf einem der kleinen Kampfhöfe absolviert und dabei *Moortha, einen* traditionellen Kampftanz mit Schwertern und Schlagstöcken, ausgeübt. Er war gut, aber von ihm wurde auch nichts anderes erwartet.

Sein Traum-Ich bemerkte die beiden Mädchen gar nicht, die sich auf den Boden warfen und ihn mit der Stirn berührten, stattdessen eilte er gedankenverloren an ihnen vorbei. Kanaael hörte Sonnenlachen seufzen, als sie sich wieder aufrichtete und unbeholfen über ihr zerknittertes Kleid strich.

»*Du solltest wieder in die Küche gehen, Glasbläserin hat heute sehr schlechte Laune«*, raunte Wolkenlied ihr zu und drückte flüchtig ihre Hand. *»Mach dir nichts draus.«*

Dann wandte sie sich von Sonnenlachen ab und schritt eilig den Flur entlang.

Sie geht in die falsche Richtung!, schoss es Kanaael durch den Kopf, als er erkannte, dass der Weg, den sie nahm, unmöglich zur Wäscherei führen konnte. Es drängte ihn, Wolkenlied zu folgen. Also lenkte Kanaael seine gesamte Aufmerksamkeit auf die schmale Gestalt, die soeben hastig um die Ecke lief. Wenn Sonnenlachen ihr nicht sofort hinterherging, würde sie verschwunden sein ...

Geh ihr hinterher, bei den Göttern!

Sonnenlachen stand noch immer an derselben Stelle und starrte auf die geschlossene Tür, durch die sein Abbild verschwunden war. Er wusste, es war nicht ausgeschlossen, einen Traum zu lenken, doch Sonnenlachen bewegte sich nicht vom Fleck.

Jetzt oder nie!

Noch immer geschah nichts. Je mehr sich Kanaael wünschte, Sonnenlachen würde Wolkenlied folgen, desto schwerer ging ihr Atem. Ein feuchter Film ließ ihre Haut glänzen. Auch er spürte auf einmal die Anstrengung, obwohl er sich kaum rührte. Sein Herz raste, seine Hände waren schweißnass.

Die Farben wurden matter, die Geräusche schwächer. Auch Sonnenlachens braune Haare wirkten auf einmal stumpfer, verloren ihre Farbe und wurden schließlich ganz grau, ebenso wie alles andere um sie herum.

Was geschieht hier? Er rang nach Luft. Sein Schädel dröhnte, und ein seltsam taubes Gefühl fuhr ihm bis in die Fingerspitzen, sodass er sie nicht mehr spüren konnte. Sonnenlachen stützte sich mit rasselndem Atem an der Wand ab. Ihr Körper zitterte. Er selbst taumelte nach hinten, versuchte sich aus dem Traum zu lösen, was ihm jedoch misslang. Er sah dabei zu, wie Sonnenlachen auf den Boden sank. Ihr keuchender Atem war das einzige Geräusch, das den leeren Flur mit Leben füllte, und gleichzeitig wusste er, dass sie starb.

»*Kanaael!*«

Der Ausruf seines Freunds riss ihn in die Realität zurück, und er warf noch einen letzten Blick auf Sonnenlachens fahles Gesicht, ehe er die Augen aufschlug und nach Luft schnappte. Seine Fingerkuppen juckten wie nach einem Insektenstich, und ein schmerzhaftes Brennen breitete sich auf seinem Rücken aus. Gleichzeitig war sein Innerstes von einer seelischen Befriedigung erfüllt, wie er sie nie zuvor verspürt hatte. Mit jedem Augenblick, den er länger in der Realität verweilte, durchdrang ihn mehr von einer unermesslichen, ihm fremden Macht.

»Kanaael? Was ist geschehen? Du hast dich auf einmal bewegt, Laute ausgestoßen … Ich wusste nicht … Hätte ich dich nicht wecken sollen?«

Sein Blick fiel auf Daav, der eine Handbreit vom Bett entfernt stand und ihn mit einer undefinierbaren Miene anstarrte. »Deine Augen«, flüsterte Daav. Noch bevor er die Worte seines Freunds hinterfragen konnte, wurde Kanaael bewusst, was er getan hatte.

»Du musst verschwinden«, rief er seinem Freund zu, der ihn verwirrt ansah. »Sofort!«, setzte Kanaael energischer hinzu. Adrenalin schoss durch seinen Körper, und er spürte die fremde Macht in sich. »Ich bin überzeugt, dass Nebelschreiber gleich in diesem Zimmer stehen wird, und es ist besser, wenn du dann nicht da bist!«

»Was ist passiert?«, fragte Daav und machte einige Schritte in Richtung Tür.

»Das erkläre ich dir später. Geh jetzt!« Die Dringlichkeit in seiner Stimme war nicht zu überhören, und auch Daav erkannte, wie ernst es Kanaael war, denn er nickte und verschwand.

Kanaael fuhr sich durchs Haar. Er hätte nicht in diesen Traum eindringen dürfen! Bestimmt würde jeden Moment Nebelschreiber auftauchen, um ihn zu verhören. Und dennoch, die Macht war einfach zu verlockend gewesen, der Gedanke daran, etwas über Wolkenlied und ihre Absichten herauszufinden. Doch er täuschte sich. Niemand kam, um nach ihm zu sehen. Unruhig tigerte Kanaael im Zimmer auf und ab, die Hände nervös hinter dem Rücken verschränkt, und versuchte sich einen Reim darauf zu machen, was eben geschehen war. In den Tiefen seines Herzens kannte er die Antwort bereits. Erst als die ersten Trommeln auf dem Vorplatz der Götter zum Morgengebet erschollen, wurde die Tür aufgestoßen, und Kanaael stellte mit einem Blick über die Schulter fest, dass Nebelschreiber mit bleichem Gesicht den Raum betrat.

»Ihr erinnert Euch also.« Er blickte ihn mit seinen klugen Augen lange an, so als wäge er ab, wie viel Kanaael wirklich wusste. »Und Ihr seid nicht zu uns gekommen. Mir wurde bereits berichtet, dass Ihr nachts in den Gängen herumschleicht. Ich hatte gehofft, dass es andere Gründe hat!« Vorwurf schwang in den Worten seines Fallah mit. Einige Herzschläge lang herrschte tiefes Schweigen zwischen ihnen. »Warum habt Ihr nichts gesagt?«

»Wie geht es Sonnenlachen?«

In Nebelschreibers Blick flackerte es, und Kanaael spürte, wie sich sein Herz zusammenzog.

»Warum habt Ihr mir nichts gesagt, ich hätte Euch helfen können«, wiederholte sein Fallah mit leiser Stimme und fuhr sich mit einer Hand über das Gesicht, so als würde er die Müdigkeit verscheuchen wollen.

»Ihr habt mich schließlich belogen.« Nebelschreiber kniff die Augen zusammen. »Ihr vertraut mir nicht.«

»Warum sollte ich?« Empörung und Trotz hatten sich in Kanaaels Stimme geschlichen.

»Weil ich dadurch Euer verdammtes Leben gerettet habe, begreift Ihr das denn nicht? Was glaubt Ihr, warum Eure Mutter mich zu Eurem Fallah gemacht hat? Ich bin der Einzige, dem Ihr vertrauen könnt!«

»Warum habt Ihr mich dann belogen?« Kanaaels Stimme zitterte vor angestauter Wut.

»Ich habe Euch nur vergessen lassen, Eure Kräfte eingedämmt ...«

»Lügner! Alles, was ich über das Verlorene Volk weiß, habe ich aus den Büchern in den Katakomben. Der Krieg, der zwischen Menschen und den Nachkommen des Verlorenen Volks getobt hat und im Zeitalter der Finsternis mündete ... Die Geschichte der Traumknüpferin und ihrem Schicksal auf der Insel Mii ...«

In Nebelschreibers Augen blitzte etwas auf. Zu Kanaaels Überraschung riss er sich die Robe von den Schultern und knöpfte mit zitternden Fingern sein Hemd auf. »Eines Tages werde ich diese Tat bereuen, aber Euer Wohlergehen ist das Einzige, was ich im Sinn habe. Und es wird Zeit, dass Ihr begreift, warum«, sagte er, und seine Stimme bebte vor Anspannung. Schließlich streifte er das Hemd ab und wandte ihm den Rücken zu.

Kanaael stockte der Atem. »Bei Suv ...«

Schwarze Linien überzogen Nebelschreibers Rücken. Striche, mal gröber, mal feiner, bogen sich und waren über den gesamten Rücken verteilt. Kanaael trat einen Schritt zurück und erkannte, was die Zeichnungen darstellten: Flügel. Zwei gewaltige Flügel, die zur Wirbelsäule hin zusammenliefen.

»Auch ich bin ein Nachkomme des Verlorenen Volks, Kanaael«, sagte Nebelschreiber, schloss sein Hemd und drehte sich wieder zu ihm um. Die Furchen um Mund und Augen ließen ihn plötzlich schrecklich alt und verletzlich wirken. »Wir halten uns im Verborgenen, weil unser Leben in Gefahr ist. Die Kriege der Vergangenheit haben die Menschen blind gemacht und ihr Handeln mit Hass durchtränkt. Unsere Aufgabe ist es, Udinaa zu beschützen, da ihr Schicksal mit dem der Menschen verknüpft ist. Auch wenn sie es nicht wissen.«

»Wie meint Ihr das?«

»Udinaa knüpft die Menschenträume, spinnt ein Netz aus Magie über die Vier Länder ... Sollte sie jemals erwachen, zerfällt ihr gespanntes Traumnetz, und die Welt versinkt im Chaos. Eure Mutter hat mich zu Eurem Vertrauten gemacht, weil sie nach ihrer Affäre schwanger geworden war und Angst hatte, das Kind könnte ebenfalls ein Nachkomme der Halbgötter sein ...«

Kanaael versteifte sich. In ihm herrschte eine Stille, die er sich nicht erklären konnte. »Affäre? Mit wem? Ich bin ... nicht der Sohn ... der Thronfolger?«, fragte er.

Nebelschreiber war verstummt, und sein Schweigen erzählte mehr, als es Worte je vermocht hätten. Einige Augenblicke lang sah Kanaael ihn quer durch den Raum an, dann löste er sich aus seiner Starre, setzte sich in Bewegung und riss die Tür auf, die in den weiten Säulenflur führte. Die beiden Leibwachen, die man zu seinem Schutz an der Tür postiert hatte, zuckten unmerklich zusammen.

»Schickt nach meiner Mutter. Sofort!« Donnernd schloss er die Tür hinter sich und fuhr zu Nebelschreiber herum.

»Wer ist mein Vater?«
»Das soll Euch Pealaa erklären.«
»Bin ich nur von Lügnern umgeben?«
»Wir haben gelogen, um Euch zu schützen. Um das Amt zu schützen, auf das Ihr fast zwei Jahrzehnte vorbereitet wurdet, begreift ihr das denn nicht? Es steht viel mehr auf dem Spiel als ein Vater, der das Kind eines anderen großgezogen hat!«

Die Worte seines Fallah trafen ihn unvorbereitet, und er zuckte angesichts der Schärfe in dessen Stimme zurück. Laut wummerte die Magie, die er aus Sonnenlachens Traum geschöpft hatte, in ihm. Jeder Atemzug ließ ihn die Zeichen auf seinem Rücken deutlicher spüren, und er fragte sich, wie er all die Jahre nicht hatte merken können, was vor sich ging. Just in diesem Moment klopfte es zögerlich an der Tür. Mit einem Satz schoss Kanaael nach vorne und öffnete sie schwungvoll. Davor stand seine Mutter. Erhaben, voller Wärme, und doch hatte er das Gefühl, eine Fremde anzusehen.

Sie bemerkte den Ausdruck in seinem Gesicht, denn etwas veränderte sich in ihrem Blick, als sie ihre Begleiter bat, vor der Tür zu warten. »Was ist geschehen?«, fragte sie zögerlich und erblickte dann Nebelschreiber, der einige Armlängen entfernt neben der Kommode lehnte.

Sie runzelte die Stirn. »Was …?« Dann sah sie ihn forschend an, und ihre Augen weiteten sich vor Verblüffung, als sie ihn langsam umrundete. »Bei Suv … deine Augen!« Sie schüttelte den Kopf, immer schneller, hielt ihre feingliedrigen Hände fest umklammert, bis die Knöchel weiß hervortraten, und Kanaael hörte, wie sie rasselnd Luft holte. »Ich hatte geglaubt, dieser Spuk wäre vorbei, aber ich habe mich getäuscht. Bei den Göttern, sieh dir deine Augen an!« Mit zwei Schritten war sie an seiner Seite, packte ihn am Arm und zerrte ihn hinüber zu dem Spiegel, der die ganze Wand bedeckte. Er erschrak. Seine Pupillen hatten die Größe einer Stecknadel, und die sonst so grüne Iris schillerte in den vier Farben der Götter.

Er machte sich von ihr los, drehte sich ihr zu und fragte: »Wer ist mein Vater?«

Pealaa zuckte zurück, als habe sie sich an ihm verbrannt. Tränen schimmerten in ihren Augen, die imposante Flechtfrisur hatte sich gelöst und einzelne Strähnen fielen ihr in das schmale Gesicht. Alles in ihm war matt, doch die Macht, die er aus Sonnenlachens Traum geschöpft hatte, pulsierte in seinem Blut.

»Hast du mich deswegen rufen lassen?« Sie senkte den Blick, kaum mehr ein Schatten ihrer selbst. »Ich ... ich war jung, mein Schatz. Und einsam. Dein Vater, dein leiblicher Vater, war ein fahrender Händler, wunderschön, geheimnisvoll. Ich traf ihn unten auf dem Marktplatz, meine Dienstmädchen waren bei mir, die Wachen hatte ich fortgeschickt. Und er sah mich an – nicht mehr als das. Durchdringend und besitzergreifend zugleich.« Zitternd holte sie Luft. »Ich war ihm auf der Stelle verfallen und traf ihn heimlich im talveenischen Teil des Palastgartens. Sein Name war Anees. Doch unsere Liebschaft wurde verraten, und man tötete ihn noch in derselben Nacht. Du bist ein Traumtrinker, Kanael, denn du bist der Sohn eines Traumtrinkers.« Pealaa machte eine Pause und vermied es, ihm in die Augen zu sehen. Ihr Gesicht war von Schamesröte überzogen. Nebelschreiber bot ihr den Arm, und sie lehnte sich dankend an ihn, während sie am ganzen Leib bebte. Die Lüge ihres Lebens war entlarvt, und der Verrat an Kanaaels Identität fuhr ihm tief in die Glieder.

Er war wie gelähmt. »Ich habe Sonnenlachen getötet, nicht wahr? So, wie ich Laarias getötet habe.«

Keiner der beiden gab ihm eine Antwort, doch er konnte die Wahrheit in Nebelschreibers Augen lesen. Er hatte Mühe, sich auf den Beinen zu halten, stützte sich an der Wand ab und drückte seine dröhnende Stirn gegen das kalte Gestein. Er hörte Gewänder rascheln, dann spürte er eine Hand auf seiner Schulter.

»Nein ... nein, Kanaael ...« Seine Mutter brach bestürzt ab, als er den Kopf anhob und sie anstarrte.

»Was dann? Was?«, bellte er. »Ich habe doch recht, oder nicht? Ich bin in ihren Traum eingedrungen und habe sie getötet!«

Pealaa streckte die Hand nach ihm aus, doch er wich zurück. Sie schien nicht zu wissen, wovon er sprach. Anscheinend hatte sich die Neuigkeit noch nicht im Palast verbreitet.

»Mir war das nicht klar, ich habe meine Fähigkeiten unterschätzt ... Ich wusste nicht, dass ...« Erschüttert brach er ab, als er die Wahrheit erkannte. »Ich bin eine Bestie!«

»Beruhige dich, Kanaael, bitte!«

»Ich soll mich beruhigen? Du hast ein verfluchtes Wesen in diese Welt entlassen! Ich bin eine Gefahr für andere. Eine Gefahr für mein eigenes Volk! Wie konntest du nur, wie konntest du jahrelang mit diesem Wissen leben, ich begreife es einfach nicht! Ein Sohn des Verlorenen Volks, ein Wesen, das unzählige Leben auf dem Gewissen hat.« Sein Herz schlug heftig gegen seine Rippen. »Sonnenlachen, Laarias. Wie viele sollten noch sterben, ehe du mir die Wahrheit gesagt hättest?«

»Ich bitte dich, du musst dich beruhigen!«, flehte seine Mutter.

Schlagartig wich alle Wut aus ihm. Plötzlich war er ganz ruhig. Die Gefäße auf der Kommode, der Wasserkrug auf dem Tisch neben seinem Bett und auch der Traumfänger darüber erzitterten. Es war ganz einfach. Es ging wie von selbst.

Er spürte die Energie seines Körpers, aber auch die überflüssige Macht, die nicht zu seiner gehörte, und tastete mit ihr durch den Raum.

»Was ...?«

»Sei still.«

Verärgert kniff er die Augen zusammen und hörte auf den leisen Nachhall eines Mädchenlachens. Tief in seinem Inneren berührte ihn Sonnenlachen mit jeder Faser ihrer Träume und hinterließ ein brennendes Gefühl der Macht in ihm. Sein Herz schlug im Einklang mit ihrem Lachen. Hinter seinen Lidern begann es zu brennen, als er begriff, dass sie nie wieder lachen würde. Er hatte ihr das Leben genommen und dafür ihre Traummagie erhalten. Weg. Sie war weg. Für immer. Mit geschlossenen Augen glaubte Kanaael die Umrisse der Gegenstände im Raum zu erkennen. Er glitt zu ihnen, gemeinsam mit der Energie der Toten, ein rosafarbener Nebel. Feine Linien, die ihre Hände nach der lebenden Welt ausstreckten.

»Was tust du?«

»Eure Hoheit, Ihr solltet ...«

»Ich sagte, Ihr sollt still sein!«

Ein surrendes Geräusch, dann schrie Pealaa auf. Kanaael öffnete die Augen und blickte sie an. Blankes Entsetzen zeigte sich in ihrem Gesicht. Kanaael sah seinen Kampfstock vor ihr schweben. Mit diesem Schlagstock hatte er in der Arena mit anderen jungen Männern geübt, hatte mit Daav den uralten Kampftanz seiner Ahnen gelernt und war in Staub und Hitze den wütenden Schlägen seiner Angreifer ausgewichen. Nun schwebte der Stock in der Luft und vibrierte wie vor Anspannung.

Er fühlte die Macht Sonnenlachens wie einen Fremdkörper in sich. Sanft entglitt eine Spur der Energie, umfing den Stock. Die Magie der Traumtrinker. Schweiß rann seinen

Nacken hinab, die Anspannung ließ ihn beben. Nur verschwommen erinnerte sich Kanaael an die fahrenden Händler mit ihren bunten Kostümen und den Zaubertricks, die er als Kind stets bewundert hatte. Nun begriff er, wie der Mann mit dem weiß geschminkten Gesicht die Bälle in der Luft umhergewirbelt, mit ihnen Bilder geformt hatte. Er war ein Traumtrinker gewesen.

»Siehst du das, Mutter?«

Pealaa nickte. »Das hast du in diese Welt entlassen: ein Wesen mit menschlichen Zügen, das sich von den Träumen nährt und Macht daraus gewinnt.« Sein Blick glitt hinunter auf seine Hände. »Es ist nicht der Körper eines Herrschersohns, sondern der eines Traumtrinkers. Du hast nicht nur mich, sondern auch ein ganzes Land hinters Licht geführt.« Sein Blick schoss zu Nebelschreiber, totenblass stand er da und starrte ihn wortlos an. »Ebenso wie Ihr.«

»Kanaael, ich ...«

Er schnitt ihr das Wort ab. »Ich bin ein Mörder! Und du bist schuld daran.«

Dann griff er nach dem Stock in der Luft. Die Verbindung von Sonnenlachens Energie löste sich auf, Spuren ihres Traums verschwanden. Kanaael glaubte, kleine glitzernde Partikel um das kühle Holz zu bemerken, doch er musste sich wohl getäuscht haben.

6

Aufbruch

Ordiin, Winterlande

»Du gehst, ohne dich zu verabschieden?«

Naviia hielt inne, ließ die Hand sinken, mit der sie gerade Nolas Stall öffnen wollte, und wandte sich Dan zu, der sie enttäuscht anstarrte. Die schlaflose letzte Nacht zeichnete seine Züge, aber es war sein Blick, der sich wie ein Pfeil in ihr Herz bohrte.

»Verzeih«, flüsterte sie und wollte sich bereits wieder abwenden, als die nächsten Worte sie innehalten ließen.

»Ich an deiner Stelle hätte auch nicht die Kraft aufgebracht, mich zu verabschieden. Deswegen bin ich gekommen. Um dir diese Bürde abzunehmen und dir zu sagen, dass du das Richtige tust.«

Vorsichtig hob sie den Kopf und begegnete erneut seinem warmen Blick. »Meinst du das ernst?«

Er nickte.

»Und du verstehst, warum ich fortgehen muss?«

»Du würdest keinen Frieden finden. Ich kenne dich, Naviia. Besser, als dir vielleicht lieb ist. Ordiin, der Clan ...« Er machte eine ausschweifende Geste und deutete auf die umstehenden Hütten, die so sehr ihr Zuhause und ihr gleichzeitig niemals fremder erschienen waren. »... das alles hier wäre ein Gefängnis für dich. Und ich dein Gefängniswärter.« Er lächelte. »Komm her.«

Behutsam zog er sie in seine Arme, und sie vergrub den Kopf an seiner Brust, während seine Finger zögerlich über ihr Haar strichen. »Du bist nicht allein, Naviia, vergiss das nicht. Die Götter sind mit dir, dein Vater wird über dich wachen. Und ich werde für dich beten.«

»Ich weiß.«

Flüchtig berührten seine warmen Lippen ihre Stirn, dann ließ er sie los und trat einen Schritt zurück, um sie besser betrachten zu können. »Ich werde auf dich warten.«

Sanft, aber bestimmt schüttelte sie den Kopf. »Tu das nicht. Es wäre ein Fehler. Ich weiß nicht, ob ich jemals zurückkehre.«

Er war ihr Zwilling, ihr zweites Ich. Dennoch weihte sie ihn nicht in ihr Geheimnis ein. Er würde sie mit anderen Augen sehen, und diesem Blick würde sie nicht standhalten können. Wie würde er wohl reagieren, wenn er herausfand, dass sie eine Weltenwandlerin war, eine Nachfahrin der Götter? Dabei konnte sie nicht einmal wandeln, denn ihr Vater hatte es niemals für nötig gehalten, es ihr beizubringen. Dafür hatte er sich stets zu sicher gefühlt.

»Soll ich dir helfen?«, fragte Dan in ihre Gedanken hinein.

»Danke, aber ich schaffe es allein. Vielleicht ist es auch besser so. Ich möchte nicht, dass du noch Ärger bekommst, weil du dich mit mir getroffen hast.«

»Meine Mutter wird das verstehen.«

Lächelnd wandte sie sich von ihm ab, schlüpfte in die Stallung und begrüßte Nola, die mit der Schnauze gegen ihre Schulter rieb. Sie spannte sie in das schwere Geschirr und ließ sie hinaustreten. Dann ging sie ein letztes Mal zur Hütte zurück, holte die wenigen Habseligkeiten, die sie auf die Reise mitnehmen würde, und verstaute sie unter dem Sitz. Der lederne Einband rutschte dabei aus ihren klammen Fingern und fiel in den Schnee.

Rasch bückte sie sich und hob es auf, doch Daniaan bemerkte es trotzdem.

»Was hast du da?«

Erschrocken presste Naviia das Tagebuch ihres Vaters fester an ihren Körper, als ob sie es dadurch vor seinen Blicken schützen könnte. »Nichts.«

»Eine Erinnerung an deinen Vater?«

»Ja. Es hat ihm gehört.«

»Das Tagebuch, von dem du erzählt hast.«

Sie nickte mit stoischer Miene, und er verstand. »Wohin wirst du gehen?«, wechselte er das Thema.

Zu Merlook O'Sha, dem alten Lehrmeister meines Vaters. Ein Name, den sie schon mehrfach in den Aufzeichnungen gelesen hatte. Merlook, der Lehrmeister. Merlook, der Weise. Ein alter grauer Mann, hinter dessen unscheinbarer Anmutung wahre Mächte schlummerten: die Kräfte des Verlorenen Volks.

»Das weiß ich noch nicht«, log sie. Die Wahrheit brannte bitter in ihrer Kehle, und sie fühlte sich schrecklich. Aber ihr blieb keine andere Wahl.

»Du weißt es noch nicht, oder du kannst es mir nicht sagen?«

Statt zu antworten, verstaute sie das Tagebuch unter einer dicken Decke auf dem Dafka und drehte sich ein letztes Mal zu Daniaan um. Mit unbeweglicher Miene blickte er auf sie herab, und ein harter Zug hatte sich um seinen Mund gelegt.

»Ich werde auf deine Hütte aufpassen, bis du zurückkehrst«, sagte er schließlich, und Naviia wusste, dass er damit noch so viel mehr meinte. Aber sie würde ihm keine Hoffnungen machen.

»Danke. Für alles. Ich weiß nicht, was ich ohne dich getan hätte. Du weißt, was du mir bedeutest. Ohne dich hätte ich die Schule und das Training niemals überstanden.«

»Wovon redest du? Du hast mich vor dem einen oder anderen blauen Fleck gerettet und dafür selbst was eingesteckt«, erwiderte er, und das spitzbübische Leuchten, das sie von ihm kannte, trat in seine Augen.

»Du wirst mir fehlen.« Die Worte kosteten sie mehr Überwindung, als sie sich eingestehen wollte, aber dann waren sie endlich gesagt.

»Du mir auch.«

Sie griff nach seiner Hand, drückte sie kurz und ließ sie anschließend hastig wieder los, fast so, als hätte sie sich an ihr verbrannt. Als sie sich umdrehte, liefen ihr Tränen die Wangen hinab. Dabei wagte sie es nicht, einen Blick über die Schulter zu werfen. Stattdessen schlüpfte Naviia in die dick gefütterten Handschuhe aus Hraanosleder, um ihre Hände gegen die beißende Kälte zu schützen. Bei diesen Temperaturen konnte man leicht einen Finger oder zwei verlieren. In Galmeen hatte Naviia ab und an Bettler mit schwarz gefrorenen Gliedmaßen gesehen, die sich das wärmende, teure Hraanosleder nicht leisten konnten. Es war kein schöner Anblick gewesen.

Entschlossen kletterte sie auf den Schlitten und schnalzte mit der Zunge, woraufhin sich Nola in Bewegung setzte. Sie wusste, dass Daniaan auf einen letzten Blick von ihr wartete, doch sie starrte stur geradeaus und ließ ihr altes Leben für immer hinter sich.

7

Verschwunden

Lakoos, Sommerlande

Kanaaels Arm zitterte, als er Daavs Schlag abwehrte. Seine Lunge brannte, und er tauchte unter dem breiten Urzahstock hinweg, stützte sich auf einem Knie ab und schnellte wieder in die Höhe, um sich erneut zu positionieren. Dieses Mal waren sie fast allein. Lediglich zwei seiner Leibwachen standen abseits neben dem steinernen Torbogen, der in einen der vielen Innenhöfe führte, und Nebelschreiber beobachtete sie aus dem Schatten des Hofplatzes. Sein vogelartiges Gesicht zeigte deutlich seine Missbilligung. Doch es war ein anderer Ausdruck, der Kanaael stutzig werden ließ. Wut. Misstrauen.

Nur halbherzig parierte er den nächsten Angriff, und Daav runzelte die Stirn. »Was ist los? Du wirkst so abgelenkt.«

»Nebelschreiber beobachtet uns. Ich habe das Gefühl, er weiß, dass du in dieser ganzen Sache mit drinsteckst. Und das gefällt mir ganz und gar nicht.«

»Selbst wenn er es weiß, hätte er genug Chancen gehabt, mich dafür in die Mangel zu nehmen. Und er hat es noch nicht getan. Du solltest dir darüber keine Gedanken machen.« Er nickte ihm zu. »Willst du eine Pause einlegen?«

Entschlossen umfasste Kanaael den Griff des Schlagstocks

fester und schüttelte den Kopf. Er sollte sich zusammenreißen.
»Nein. Bringen wir das Training zu Ende.«
»In Ordnung. Dein Angriff.«

Ohne noch länger Zeit zu verschwenden, wechselte Kanaael die Stellung, ging in die Knie und spannte seine Oberarme an, die Spitze des Stocks auf seinen Kampflehrer gerichtet. Daav zog sich zurück, und der sandige Boden staubte, als er zwei Schritte nach hinten trat. Oberhalb seiner Nasenwurzel hatte sich eine steile Falte gebildet, und sein Blick war konzentriert. Das dumpfe Geräusch der aufeinanderprallenden Schläge erfüllte den Innenhof, ansonsten war außer ihrem keuchenden Atem und dem knirschenden Sand kein Geräusch zu vernehmen. Bei jedem Schlag spürte Kanaael das Kribbeln der Magie in seinem Blut, ein leichtes Prickeln auf seinem Rücken, genau dort, wo seine Flügel verliefen. Wie hatte er sie all die Jahre nicht sehen können? Die Antwort lag auf der Hand: Er hatte sich niemals allein angekleidet. Nebelschreiber war stets an seiner Seite gewesen, wie ein Raubvogel hatte er ihn umkreist, eigenhändig seine Freunde, Begleiter und Lehrer ausgesucht und ihm kaum Luft zum Atmen gelassen.

Kanaael sah den nächsten Hieb nicht kommen. Er bewegte sich zu langsam. Seine Gedanken waren woanders, und er erfasste den erschrockenen Gesichtsausdruck seines Freundes, noch bevor ihn die stumpfe Unterseite des Stocks mit voller Wucht in den Bauch traf. Ächzend schoss sein Blick zu Nebelschreiber, der alles mit angesehen hatte. Kanaael versuchte sich auf den Beinen zu halten, doch er hatte die Wucht des Schlags unterschätzt. Wie eine Welle breitete sich der Schmerz in seinem Körper aus. Leise stöhnend ging er in die Knie und wusste im selben Moment, dass dies Daavs Ende war.

»Es tut mir leid«, flüsterte er und sah auf. Einen Herzschlag lang sah ihn sein Freund mit einer solchen Verzweiflung an, dass es ihm die Kehle zuschnürte, dann warf er sich auf den Boden, streckte die Arme vor sich aus und ließ den Schlagstock los. In einer Geste der Demut berührte er mit Stirn und Nase den sandigen Untergrund und wagte es nicht mehr den Kopf zu heben.

Kanaael hörte die schweren Stiefel seiner Leibwache, noch ehe ihre Körper einen Schatten auf ihn warfen. Auch Nebelschreiber war herangetreten, und in seinem Gesicht las er die Verachtung, die der Fallah für seinen Freund empfinden musste. Mit einem leisen Stöhnen kam Kanaael wieder auf die Beine und stützte sich auf seinen Schlagstock. Der Schmerz in seiner Magengegend verebbte nur langsam.

»Steh auf«, wies Nebelschreiber Daav mit kaltem Blick an. Er gab den Leibwachen ein Zeichen. »Bringt ihn in den Kerker. Ich werde die Angelegenheit dem Herrscher vortragen.« Nun sah er Kanaael direkt an. »Und du wirst mich dabei begleiten.«

»Er hat nichts getan!«

»Er hat Euch verletzt. Er weiß, dass er dem Herrschersohn niemals Schaden zufügen darf, auch nicht im Training. Es steht unter Strafe. Und die wird er erhalten.«

Kanaael biss sich auf die Innenseite der Lippe, um nicht vor Ärger aufzuschreien. Aber im Grunde war er machtlos. Nebelschreiber hatte Zeugen und das Gesetz auf seiner Seite. Mit hängenden Schultern beobachtete er, wie seine Leibwache Daav grob an den Oberarmen packte und ihn in Richtung Kerker eskortierte. Daavs Gesicht war ausdruckslos, und er vermied es, Kanaael anzusehen. Lediglich seine Augen verrieten seine wahren Gefühle, und Kanaael schluckte den Kloß in seinem Hals herunter.

Es war mein Fehler, und mein Freund wird dafür bestraft ...
»Euer Vater ist im Sonnensaal und hält Audienz. Wir werden ihm dort einen Besuch abstatten. Dann kann er entscheiden, wie es mit Eurem Lehrer weitergeht.«

Schweigend folgte er seinem Fallah über den Platz, betrat gemeinsam mit ihm einen der langen marmorgefliesten Flure, die ihm in ihrer Weite schon immer das Gefühl gegeben hatten, in einem wunderschönen Gefängnis zu sitzen. Ein paar fliederfarben gekleidete Bedienstete warfen sich auf den Boden. Mit stoischer Miene schritt er an ihnen vorbei, auch wenn in ihm ein Sturm tobte. Er wusste, dass er sich nichts anmerken lassen durfte.

Vor dem Sonnensaal standen vier Wachen mit Langspeeren, doch keine von ihnen bewegte sich, als Nebelschreiber an ihnen vorbeitrat und die große Doppeltüre öffnete. Der längliche Raum, an dessen runden Ende der Sommerthron stand, war schon immer der eindrucksvollste der fünf Säle des Acteapalasts gewesen, und der Duft der ringsum an den weiten Fensterbögen befestigten Blumengestecke beschwor ein Bild des Frühlings herauf. Die weißen Marmorsäulen schienen bis in den Himmel zu reichen, und am Ende des Saals, unterhalb der Kuppel, hatte man einen Wandteppich befestigt, der bis an die Decke ragte und das Wappen der Familie De'Ar zeigte. Die rote Hintergrundfarbe stach geradezu ins Auge, und die Palasttürme, vom runden Halbmond eingerahmt, hatten dieselbe hellbraune Farbe wie der Boden. Kanaaels Blick wanderte zu seinem Vater, der auf dem silbernen Thron saß und besorgt einer schmächtigen Frau mit verfilzten Haaren zuhörte. Als er ihr Eintreten bemerkte, zogen sich seine dichten schwarzen Brauen zusammen, was ihm einen irritierten Ausdruck verlieh. Er sprach einige Worte zu der Frau, die sich daraufhin mit einem Knicks bedankte und rückwärts auf die große Doppeltür zusteuerte, in der sie standen. Mondwächter, einer der unzähligen anwesenden Diener, begleitete ihren Weg, und sie verbeugte sich vor Nebelschreiber und ihm, ehe sie durch die Tür verschwand.

Derioon De'Ar richtete sich auf und bedeutete ihnen mit einer knappen Geste, näher zu kommen. Als Kanaael zögerte, verpasste Nebelschreiber ihm einen unmerklichen Schubs.

»Ist etwas geschehen?«

Nebelschreiber sank auf den Boden und berührte mit der Stirn den Untergrund, wohingegen er selbst stehen bleiben und seinem Vater lediglich mit einem leichten Kopfnicken seinen Respekt zeigen musste. Einen Augenblick später stand sein Fallah bereits wieder und faltete die Hände: »Eure Hoheit, es gab einen Zwischenfall auf dem Trainingsgelände.«

»Was ist geschehen?«

»Daav l'Leaav verletzte Euren Sohn.«

»Ist das wahr?«, fragte sein Vater und sah ihn geradewegs an. Sein Blick schien ihn regelrecht zu durchlöchern, und Kanaael fühlte sich wie immer in seiner Nähe: unheimlich klein. Außerdem war es das erste Mal, dass er ihn sah, seit er wusste, dass er nicht sein leiblicher Sohn war. Und er schämte sich abgrundtief dafür, nicht die Wahrheit zu sagen. Aber die hätte alles nur viel schlimmer gemacht.

Schließlich nickte er und senkte den Blick. »Ja, Vater. Aber es war ein Versehen. Ich war unachtsam. Und es war kein heftiger Schlag, lediglich mit der Unter...«

Derioon De'Ar unterbrach ihn rüde: »Er hat dich getroffen?« Seine Stimme donnerte über ihn hinweg. Das leichte Rascheln und das Füßescharren der Dienerschaft verstummte schlagartig.

»Ja, hat er. Ich war nicht ganz bei der Sache.«

»Und wo warst du mit deinen Gedanken? Egal, was geschieht, du musst jeden Moment aufmerksam sein. Jeder Augenblick kann dein letzter sein. Bei Suv, du bist in ständiger Gefahr, dein Leben hängt am seidenen Faden, und du nutzt das beste Training des Landes nicht aus, weil du mit den Gedanken woanders bist?« Er stieß ein ungehaltenes Brummen aus. »Wo ist Daav jetzt?«

»Im Kerker, Eure Hoheit«, warf Nebelschreiber ein.

»Gut. Zehn Peitschenhiebe sollten ausreichen.«

Kanaael gefror das Blut in den Adern. *Zehn Peitschenhiebe!* Daav würde tagelang nicht laufen können und wochenlang als Trainer ausfallen! Dabei brauchte er ihn doch gerade dringender als jemals zuvor ...

»Ich werde es tun.«

Überrascht sah sein Vater ihn an.

»Du willst die Bestrafung übernehmen?«

Kanaael spürte Nebelschreibers Blick von der Seite, starrte jedoch stur geradeaus. »Ja. Ich werde es tun.«

Es war die einzige Möglichkeit, seinen Freund vor schlimmeren Schmerzen zu bewahren.

Mit einem leisen Seufzen lehnte sich sein Vater zurück. Sein Blick streifte ihn kaum länger als ein Lidschlag, dann sah er zu Nebelschreiber hinüber. »Bringt Daav hinaus auf den Scheitervorplatz, und bereitet alles vor.«

Wie betäubt folgte Kanaael Nebelschreiber hinaus auf den Flur. Seine Gedanken waren wie weggewischt. Schweigend passierten sie die zweiflüglige Tür, vor der die Gardisten standen.

»Ich lasse ihn holen. Geht Ihr nur vor.« Kanaael hörte kaum, was Nebelschreiber sagte, spürte aber die Anwesenheit seiner Leibwache wie eine brennende Fessel auf der Haut und beeilte sich, den leeren Korridor entlangzuschreiten.

Das grelle Licht der Sonne blendete ihn, als er auf den Scheitervorhof trat, und die Hitze umfing ihn wie ein Kokon. Der kreisrunde Hof lag halb im Schatten im Westflügel des Palasts, verborgen vor den Blicken der Neugierigen, versteckt vor den Menschen von Lakoos. Kanaael hasste diesen Ort. Zu viele Männer und Frauen hatten hier ihre Stimme verloren, nachdem man sie des Seelensingens bezichtigt hatte. Und heute würde er seinen Freund für seine eigene Unachtsamkeit bestrafen müssen.

Kanaael zuckte zusammen und wandte sich um, als sich hinter ihm eine Tür öffnete. Vier schwer bewaffnete Wachen führten Daav an ihm vorbei auf die schmale Holzbank zu, die inmitten des Platzes stand. Sie hatten ihm bereits das Hemd von den Schultern gestreift, und Kanaael sah den Schweiß, der sich auf seinem sonnengeküssten Rücken gebildet hatte. Die Fesseln, mit denen Daavs Hände zusammengehalten wurden, waren viel zu eng geschnürt und schnitten tief ins Fleisch. Der Anblick löste Übelkeit in Kanaael aus, und er schwor sich, das Leid seines Freundes so schnell wie möglich zu beenden. Eine der Wachen löste sich aus der Gruppe und trat auf ihn zu. Erst als er ihn erreichte, bemerkte Kanaael die Peitsche in seinen Händen.

»Eure Hoheit«, sagte er leise und neigte den Kopf. »Ich habe den Auftrag, Euch einzuweisen. Ihr müsst den Arm durchschwingen und oberhalb Eures Brustkorbs die Bewegung abstoppen, sobald Ihr den Arm ausgestreckt habt.«

Am liebsten hätte Kaneel aufgeschrien, doch er verzog keine Miene. »Danke.« Die Wache drückte ihm die Peitsche in die Hand, und Kanaael beobachtete, wie Nebelschreiber und sein Vater den Platz betraten.

»Daav l'Leaav«, verkündete Nebelschreiber. »Ihr habt Euren Herrn verletzt und damit gegen das Gesetz der Treue

verstoßen. Ihr werdet dafür mit zehn Peitschenhieben bestraft.«
Daav sah zu Boden und schwieg. Das dunkelblonde Haar hing ihm strähnig ins Gesicht, und Kanaael schluckte heftig. Zwei Wachen griffen nach seinem Freund und drückten ihn auf die Knie.
»Es tut mir leid«, flüsterte Kanaael. Stumm die Götter um Verzeihung bittend, umfasste er den ledernen Griff der schwarzen Peitsche noch etwas fester und ignorierte seinen heftigen Herzschlag. Ein leises Wimmern stahl sich über seine Lippen. Kanaael zögerte. Sein Blick traf auf den seines Vaters, der beinahe unmerklich nickte. Dann holte er weit aus und schlug zu. Daavs Schrei, voller Qual und Schmerz, erfüllte den Vorplatz und hinterließ nicht nur einen blutigen Striemen auf Daavs Haut, sondern auch auf Kanaaels Seele.

»Wo ist er?« Kanaael knallte die Tür zu Nebelschreibers Kammer hinter sich zu. Der weitläufige Raum besaß mehrere Fenster, und zu ihren Füßen lag, hell erleuchtet, Lakoos. Wieder einmal fiel ihm auf, wie vollgestopft und dennoch ordentlich das Zimmer seines Dieners war. Sein Blick schnellte zu Nebelschreiber, der sich hinter seinem Schreibtisch und einigen Bücherstapeln, die bis an die Decke zu reichen schienen, verkrochen hatte und nun verwundert von seinen Unterlagen aufblickte. »Guten Morgen, Eure Hoheit. Wie ich sehe, seid Ihr schon wach. Was kann ich für Euch tun?«
Kanaael ballte die Fäuste, bis seine Knöchel weiß hervortraten, und machte einen Schritt auf seinen Fallah zu, der nicht mal mit der Wimper zuckte. Die Geschehnisse des letzten Tages lagen ihm schwer in den Gliedern, und Daav war den ganzen gestrigen Tag über unauffindbar gewesen. Erst bei Anbruch des Morgens, als sich rosafarbene Schleier über

den Himmel gelegt hatten, hatte Kanaael eins und eins zusammengezählt. Es gab nur eine Person, die von Daavs Verschwinden profitierte und Mittel und Wege besaß, einen solchen Befehl hinter seinem Rücken ausführen zu lassen.

»Wo ist Daav?« Er baute sich unmittelbar vor dem Schreibtisch auf. Am liebsten hätte er ihn mit einer einzigen Armbewegung leergefegt.

Nebelschreiber ließ sich mit seiner Antwort Zeit, und Kanaael beobachtete mit grimmiger Miene, wie er gemächlich die Feder beiseitelegte. Dann sah er auf. »Ich habe ihn fortgeschickt.«

»Ich wusste es!« Kanaael konnte sich nur noch mit Mühe beherrschen. »Warum habt Ihr das getan?«

»Er wusste zu viel. Ihr habt ihn in Dinge eingeweiht, die ihn nichts angehen. Der kleine Zwischenfall gestern lieferte mir die perfekte Gelegenheit, ihn mit einem handfesten Grund wegzuschicken.«

»Er ist mein bester Freund, und ich vertraue ihm«, brüllte Kanaael und versuchte seinen Zorn unter Kontrolle zu bekommen.

Mit gelassener Miene legte Nebelschreiber die langstielige nachtschwarze Dreelfeder beiseite und sah ihm fest in die Augen. »Genau das bereitet mir mehr Kopfzerbrechen, als es eigentlich sollte«, sagte er leise. »Ich habe andere Dinge zu erledigen, als Euren Spielkameraden im Auge zu behalten. Er hat seine Nase in Angelegenheiten gesteckt, die nicht die seinen sind. Würde er nicht so hohes Ansehen genießen, hätten wir noch einige andere Dinge mit ihm angestellt. So haben wir ihn lediglich gebeten, das Land zu verlassen.«

Kanaael stieß ein wütendes Schnauben aus und beugte sich zu Nebelschreiber hinunter, die Hände auf dem länglichen Holztisch abgestützt. »Wenn Ihr auf *Die Chronik des Ver-*

lorenen Volks anspielt, so darf ich Euch mitteilen, dass Daav auf meinen Befehl hin Nachforschungen angestellt hat!«

»Woher wisst Ihr von der Chronik?«, fragte Nebelschreiber scharf.

»Spielt das eine Rolle?«

»Ihr solltet niemandem blind vertrauen. Wie oft muss ich Euch das noch sagen? Ihr bringt dadurch Euch und alle am Hof in Gefahr.«

»Blind vertrauen – so wie Euch.«

Nebelschreiber machte ein säuerliches Gesicht, nickte dann jedoch zögerlich. »Ich weiß, dass Ihr mir misstraut. Unser Verhältnis muss neu wachsen.«

»Wann habt Ihr ihn weggeschickt?«

»Spät am Abend. Ihr hattet Euch bereits zurückgezogen.«

»Es stand Euch nicht zu, diese Entscheidung zu treffen! Er hat Euch keinen Anlass gegeben, an seiner Aufrichtigkeit zu zweifeln. Lasst jemanden nach ihm schicken! Holt ihn verdammt noch mal zurück!«

»Ich fürchte, das ist unmöglich.«

»Dann macht es möglich«, sagte Kanaael bedrohlich leise. »Meine Mutter mögt Ihr um den Finger gewickelt haben, aber ich weiß, wie schlecht mein Vater auf Euch zu sprechen ist. Ich könnte ihm sagen, was Ihr getan habt.«

»Ich habe Daav mit der Erlaubnis Eures Vaters fortgeschickt. Ihm hat es nicht gefallen, was gestern auf dem Trainingshof passiert ist. Und es ist nicht möglich, ihn zurückzuholen, weil ich nach dem Göttervogel der Frühlingsherrscherin habe schicken lassen. Daav ist heute Nacht mit ihm nach Keväat gereist.«

»Der Keschir?«, fragte Kanaael verblüfft. Die Tatsache, dass Nebelschreiber mithilfe des letzten auf der Welt befindlichen Göttervogels dafür gesorgt hatte, Daav so schnell wie möglich aus dem Land zu schaffen, verletzte ihn ungemein. Nebelschreiber musste einige seiner Kontakte ausgenutzt haben, um diesen Vogel für seine Zwecke zu erhalten. Und er wollte lieber nicht wissen, welche Lügen Nebelschreiber über Daav verbreitet hatte.

»Merkt Euch eines gut, Nebelschreiber«, sagte Kanaael und verengte die Augen zu Schlitzen, »ich werde niemals vergessen, was Ihr getan habt. Das wird ein Nachspiel haben.« Damit wandte er sich ab und ließ seinen Fallah allein zurück.

8

Isaaka

Winterlande

Die Stille war unerträglich, und die für Talveen typische Kälte begann unter ihre dicken Pelze zu kriechen, jeden Winkel ihres Körpers einzunehmen. Naviia blickte angestrengt in die Dunkelheit vor sich und versuchte sich abzulenken, während das Dafka lautlos durch die Nacht glitt. Die kleine Lampe, die sie zu ihrer Linken befestigt hatte, schaukelte bei jeder Bewegung hin und her. Ihre schwache Flamme vermochte die tiefe Schwärze kaum zu durchdringen, und Nola würde bald eine Pause brauchen. Ihre Schritte waren längst nicht mehr so entschlossen wie noch vor einiger Zeit, und ihr Schnauben erklang unregelmäßiger.

Naviias Blick fiel auf die Karte, die neben ihr lag und die ihr Vater über die Jahre seiner Reisen angefertigt hatte. Sie hatte nicht viel von ihm mitgenommen; alles, was sie brauchte, trug sie in ihrem Herzen. In diesem Moment knurrte ihr Magen, und sie griff unter den Ledersitz, wo sie eine kleine Holzleiste befestigt hatte. Jovieen hatte ihr nach der Bestattung ihres Vaters geräuchertes Fleisch vorbeigebracht, bevor er mit hängenden Schultern wieder verschwunden war, und der Hunger zerrte an ihren ohnehin schon schwachen Nerven. Obwohl ihr leerer Magen sie aufforderte, aß sie nicht mehr, als unbedingt notwendig war. Sie kannte die Gefahr der Dunkeltage, wenn die Sonne für mehrere Wochen hinter dem Horizont verschwand und endlose Nacht ihren Alltag bestimmte. Jetzt nicht genügend auf den Rippen zu haben würde den Tod bedeuten. Und das wollte Naviia nicht riskieren – nicht, da sie diese Reise in den Süden angetreten hatte.

Nachdem sie den Rest des Fleischs wieder sicher unter dem Sitz verstaut hatte, schloss sie müde die Augen und ließ sich von Nola durch die Winterlandschaft ziehen. Vor ihr lag eine weiße Steppe, die von den tief fallenden Schatten des Talveen-Gebirges eingerahmt wurde. Sie hatte Angst vor dem Ungewissen, aber genau diese Angst trieb sie auch an. Weil sie Weltenwandler waren, hatte sich ihr Vater in den Norden aufgemacht, an den nördlichsten Punkt, bevor die unüberwindlichen Gebirge Talveens begannen. Dorthin, wo sich niemals eine Seele hin verirrte. Und doch hatten sie ihn gefunden.

»Halt!« Die Stimme erklang ganz in ihrer Nähe, laut und drohend.

Nola scheute und legte angstvoll die Ohren an, während Naviia versuchte, die Situation zu erfassen. Inzwischen waren sie in einen kleinen Wald gelangt, schwarze Nadelbäume, eisverkrustet, ragten wie Fabelwesen aus den Märchengeschichten ihres Vaters in den Nachthimmel. Durch das dichte Geäst führte ein breiter Weg, der wohl während des Schneetreibens nicht mehr befahren worden war, was ihr Vorankommen jedoch nicht verlangsamte.

Behände sprang Naviia vom Schlitten und drückte ihre behandschuhten Hände gegen Nolas Hals, während sie beschwörende Laute ausstieß, damit das Tier nicht panisch davonlief. Auf der Ablage lagerten Felle, Wasser und ein paar Habseligkeiten, die sie in der Eile des Aufbruchs eingepackt hatte.

»Was hast du hier zu suchen?«, rief die Stimme aus der Dunkelheit.

Naviia erspähte einen kleinen Schatten zwischen den Bäumen, und das Unterholz knackte, als er sich bewegte – ein Kind! Beschwichtigend hob sie beide Hände. »Ich möchte nach Galmeen und dann weiter in den Süden. Ich bin Hraanoshändlerin.« Sie deutete auf die Ablage.

»So kurz vor den Dunkeltagen macht sich niemand in den Süden auf. Das weiß ich! Also sag mir die Wahrheit!«

Naviia spürte Unmut in sich aufwallen. »Ich sage die Wahrheit. Und selbst wenn nicht, würde es dich nichts angehen.«

»Wenn du an unserem Dorf vorbeikommst, dann sehr wohl. Es gibt Gerüchte über die Jäger der Nacht. Vielleicht bist du eine Spionin!«

»Sehe ich so aus, als könnte ich ein Dorf überfallen?«

Schweigen. Dann war das Knirschen von Schnee zu vernehmen, und ein Junge trat aus dem Schatten auf die mondhelle Lichtung. Er war schmächtig, die Wangen waren eingefallen, und sie sah deutlich die dunklen Ringe unter seinen kristallblauen Augen. Er wirkte zerbrechlich, trotz der dicken Kleidung, die er am Leib trug, und in seiner schmächtigen Hand hielt er eine selbst gebastelte Steinschleuder, mit der er sie durchaus ernsthaft verletzen konnte. *Er sieht aus, als hätte er den Kampf gegen die Dunkeltage schon verloren.*

»Was machst du hier?«, fragte sie deutlich freundlicher.

»Den Nordweg bewachen. Meine Mutter sagt, dass andere Dörfer gebrannt haben und manche ihrer Bewohner getötet wurden. Aber keiner weiß, warum.« Der Junge drückte den Rücken durch. »Sie weiß nicht, dass ich hier bin, um sie zu beschützen.«

Der Anblick des dürren Körpers, der im Gegensatz zu seiner heroischen Haltung stand, weckte tiefes Mitgefühl in Naviia. Lächelnd ging sie in die Hocke. »Dann machst du deine Aufgabe gut. Aber ich habe gewiss nicht die Absicht, jemandem ein Haar zu krümmen. Im Gegenteil. Ich suche einen Unterschlupf für mich und Nola. Ist euer Dorf noch weit?«

Die Augen des Jungen begannen bei der Erwähnung seines Dorfs zu leuchten. »Nein, durch den Wald hindurch und dann kann man es schon sehen. Auf einer Anhöhe. Meine Mutter arbeitet im Gasthaus *Zum Nordberg*. Dort findest du sicherlich eine Schlafstätte.«

Naviia nickte dankend. »Das kommt mir gelegen. Bleibst du noch lange hier draußen?«

Der Junge bejahte, und Naviia schob ihre Hand unter den Sitz, löste ein Stück Fleisch von ihrem Brocken und hielt es dem Kleinen unter die Nase. »Hier, damit du mir nicht verhungerst«, sagte sie, kletterte zurück auf ihren Schlitten und griff nach Nolas Zügeln.

Der Junge starrte sie an. Ächzend setzte sich das Dafka wieder in Bewegung und glitt langsam davon. Naviia hatte schon ein gutes Stück zurückgelegt, als er plötzlich wieder neben ihr auftauchte, sie mit langen Schritten seiner schlaksigen Beine überholte und ein gutes Stück vor ihnen zum Stehen kam. Seine Wangen waren gerötet, und er legte Zeige- und Mittelfinger horizontal an seine Stirn. Eine Geste, die überall in Talveen Dankbarkeit ausdrückte. Sobald sie an ihm vorbeifuhr, verbeugte er sich ungelenk und war bald darauf wieder in der Dunkelheit verschwunden.

Je weiter sich Naviia dem Waldrand näherte, desto weniger undurchdringlich erschien ihr die Dunkelheit, und als sie und Nola aus dem Schatten der Bäume traten, war es beinahe taghell. Es war ein Bild für Götter, eine Demonstration ihrer Macht. Wie hungrige Tiere griffen Feuerzungen nach dem Himmel und machten die Nacht zum Tag. Sie musste sich zwingen, nicht den Blick abzuwenden, gleichzeitig wurde sie vom Anblick des Feuers wie magisch angezogen. Naviia blinzelte, als sie begriff, was sie hörte – Hilfeschreie. Wie Pfeile bohrten sie sich in ihr Herz. Das Bild, das sich ihr bot, war vertraut und verhasst zugleich und jagte ihr einen Schauer über den Rücken. Für einen Moment glaubte sie, zwischen den Bäumen des hinter ihr liegenden Waldes ein Rascheln zu vernehmen, doch sie musste sich getäuscht haben. »Komm, meine Kleine ...«, sagte sie und schnalzte mit der Zunge.

Nola zog wieder den Schlitten an, und sie stülpte sich mit einer Hand ihren Schal über Nase und Mund, sodass nur noch ihre Augenpartie freilag. Der Fahrtwind mischte sich mit dem Duft des verbrannten Holzes, ein bitterer, herber Geruch, der intensiver wurde, je näher sie dem Dorf kam. Naviia hielt an. Ihr Blick wanderte zu den vier hölzernen Wachtürmen des Dorfs, die an den Innenseiten der Mauer eingelassen waren. Jeder der Türme brannte, so wie es auch in Ordiin gewesen war, und dichte Rußwolken stiegen in den schwarzen Nachthimmel. Wie betäubt starrte sie auf die in den Himmel stechenden Flammen, und die Schreie der Dorfbewohner erfüllten die Winterstille wie die leibhaftige Stimme des Todes. *Vielleicht hat Jovieen doch recht behalten, und die Jäger der Nacht ziehen ihre Kreise durch Talveen, um eine Spur an Verwüstung und Tod zu hinterlassen.*

Ein Geräusch auf der Ablage lenkte sie ab. Naviias Nackenhaare stellten sich auf. Schreie aus dem Dorf und das beständige lautstarke Prasseln des Feuers wurden lauter und übertönten andere Geräusche. Doch etwas hatte sich verändert. Sie spürte es instinktiv, denn ihr Vater hatte sie gut in den Jagdkünsten geschult, bei denen es darum ging, ihre Umgebung stets im Auge zu behalten. Vorsichtig glitt ihre Hand zu dem Dolch, der sich in ihrem schweren Stiefel befand, doch sie war zu langsam. Eine Hand schlang sich um ihren Hals. Sie spürte die Schärfe der Klinge, die sich durch den Stoff ihres Schals kämpfte, und erstarrte.

»Wer bist du? Gehörst du zu ihnen? Wartest du auf sie?«, zischte eine weibliche Stimme in ihrem Nacken. »Antworte, Fremde!«

Der Griff um ihren Hals lockerte sich nur für einen Sekundenbruchteil, doch Naviia nutzte die Gelegenheit, riss mit aller Gewalt den Arm weg, umschloss gleichzeitig den Griff ihres Dolchs und drehte sich zu der Angreiferin um. Keuchend standen sie sich auf dem Schlitten gegenüber.

Dunkelblonde Strähnen fielen der jungen Frau, die auf der Ablage thronte, über die schmalen Schultern, und große Augen blickten sie mit einer Kälte an, die Naviia erschaudern ließ. Rußspuren gaben ihrem Gesicht einen wilden Ausdruck. Wie eine Kriegermaske hatte sich die schwarze Farbe über ihre Haut gelegt. Sie war viel zu dünn gekleidet, ein Fellrock spannte sich um ihre in Leinen gewickelten Beine, und die Schichten an Oberkleidung wirkten kopflos übergeworfen.

»Ich hätte dich gleich umbringen sollen«, knurrte die Fremde, in einer Hand einen Dolch, dessen Spitze direkt auf Naviia gerichtet war, und spuckte aus.

»Was habe ich dir getan? Ich bin eine einfache Hraanoshändlerin«, antwortete Naviia mit fester Stimme, und die andere stieß ein bellendes Lachen aus.

»Elende Lügnerin! So kurz vor den Dunkeltagen reist keine Frau allein mit Fellen durch das Land. Ich schwöre bei Tal, wenn ich schon nichts gegen diese Barbaren ausrichten kann, dann wenigstens gegen eine kleine, dreckige Verräterin!«

Mit einem Aufschrei warf sich das Mädchen auf Naviia. Der Angriff kam so unerwartet, dass Naviia das Gleichgewicht verlor und sie beide vom Schlitten in den Schnee fielen. Schmerz explodierte in Naviias Kopf und in der Schulter, ihr wurde schwarz vor Augen, und für einen Moment verlor sie die Orientierung.

Sie zwang sich aufzustehen, denn liegend hätte sie erst recht keine Chance. Viel Zeit blieb ihr nicht, denn das Mädchen war neben ihr gelandet, zog sich auf die Beine und stürzte sich auf Naviia, die sich im selben Augenblick wieder an alles erinnerte, was sie im Kampftraining des Clans gelernt hatte. Geschickt wich sie dem Hieb der Fremden aus, duckte sich unter dem vorschnellenden Arm hinweg, rollte sich ab und kam gleich darauf abermals auf die Beine.

Die nächste Attacke folgte prompt, und wieder schaffte sie es, dem Dolchhieb auszuweichen, was der anderen ein ärgerliches Zischen entlockte. Das Mädchen verstand es zu kämpfen, so viel musste man ihr lassen. Wieder griff sie an, dieses Mal deutlich gezielter. Mit durchgestrecktem Arm ging sie in die Knie und schnellte nach vorne. Naviia wich zurück, ihre schweren Stiefel und der Mantel behinderten sie, und die andere hatte aufgrund der wenigen Kleiderschichten einen gewissen Vorteil. Sie preschte auf Naviia zu, ließ die Klinge gefährlich nah an ihrer Kehle vorbeigleiten, die glücklicherweise vom Schal geschützt wurde. Naviia packte blitzschnell ihr Handgelenk, doch die andere versetzte ihr einen heftigen Tritt in die Leiste, und Naviia stolperte zurück, während sich ein explosionsartiger Schmerz an der Stelle ausbreitete, wo der Lederstiefel sie getroffen hatte. Ihr heftiger Atem trieb kleine graue Wölkchen in die Luft, und sie duckte sich unter dem hervorschnellenden Arm weg, rollte sich nach hinten ab und kam wieder auf die Beine. Das Mädchen gönnte ihr keine weitere Pause, sondern ging erneut zum Angriff über, indem es den ledernen Griff des Dolchs fest umklammerte und abermals auf sie losging. In geduckter Haltung sprang es auf Naviia zu, die Klinge blitzte im Licht des Mondes. Aber je mehr die andere sich anstrengen musste und je öfter Naviia ihren schnellen Attacken ausweichen konnte, desto mehr kehrten ihre Zuversicht und der Glaube an ihre eigenen Fertigkeiten zurück. Immer wieder wehrte sie die Angriffe der Fremden erfolgreich ab. Sie sah, wie der Brustkorb des Mädchens sich immer schneller hob und senkte und das von Ruß verschmutzte Gesicht gerötet war. Als sie in ihre Augen blickte, sah sie darin dasselbe Feuer, das auch in ihr selbst loderte. Mit erhobener Klinge standen sie nun drei Armlängen voneinander entfernt und funkelten sich an.

Jetzt erkannte sie, dass das Mädchen in ihrem Alter sein musste. Vielleicht ein, zwei Jahre älter. Sie atmeten beide schwer, und der Hass, den sie im Blick des Mädchens las, durchdrang ihren Körper wie Messerstiche. Ohne Vorwarnung zuckte die Fremde zusammen und blickte wie gebannt auf Naviias Hals, wo sich Überwurf und Schal gelockert hatten und der Sichelanhänger gut erkennbar im Mondlicht baumelte.

»Du trägst das Zeichen der Weltenwandler ... Du bist eine Tochter des Verlorenen Volks. Aber ... aber das würde ja bedeuten ...«

Verwirrt ließ Naviia den Dolch sinken, plötzlich wurde ihr heiß, und ihr Herz schlug in einem unregelmäßigen Takt. Was wusste dieses Mädchen über das Verlorene Volk?

Auf einmal hielt die Fremde inne, fast so, als wäre ihr ein Gedanke gekommen. »Du hast es gestohlen! Oder sie haben es dir als Souvenir mitgebracht, ein spezielles Geschenk als Andenken an die Toten, nicht wahr? Das erklärt alles. Das erklärt dein plötzliches Auftauchen, ausgerechnet dann, wenn sie in der Stadt sind ...«

»Du täuschst dich! Mein Vater hat mir den Anhänger gegeben, als ich noch ein Kind war. Ich stamme aus Ordiin, einem kleinen Dorf weiter im Norden, an der Grenze des Talveen-Gebirges.«

»Beweise es! Zeig mir, dass du die Tochter eines Weltenwandlers bist!«

»Ich weiß nicht, wie«, entgegnete sie.

»Zeig mir deinen Rücken, dann weiß ich es. Bist du das Kind von Weltenwandlern, so bist du gezeichnet«, sagte die andere und kam einen Schritt auf sie zu.

Mit einem Schlag wich all die lähmende Erschöpfung aus Naviia. Was, wenn dieses Mädchen sie täuschen wollte?

»Bleib mir vom Leib!«, rief sie und riss den Dolch in die Höhe.

Die andere blieb stehen und hob beschwichtigend die Hände. »Nur wenige wissen um die Bedeutung dieser Anhänger, und die einzige Möglichkeit, herauszufinden, ob du die Wahrheit sagst, ist dein Rücken. Bist du eine Weltenwandlerin, so bist du gezeichnet. Bei Tal, kein Mensch würde das Zeichen der Weltenwandler tragen!«

Mit der freien Hand griff sich das Mädchen an den Hals und zog einen sichelförmigen Anhänger hervor, der Naviias glich wie ein Zwilling. »Ich finde heraus, wer du bist. So oder so. Ob du dabei verreckst oder nicht, spielt für mich keine Rolle, glaub mir.«

Ihre Worte klangen so kalt, dass Naviia nicht einen Augenblick an ihnen zweifelte. Dieses Mädchen schien viel über das Verlorene Volk zu wissen, und vielleicht würde ihr Wissen von Nutzen sein. Möglicherweise wusste sie auch mehr über die Jäger der Nacht. Sie musste es riskieren.

Mit einem grimmigen Ausdruck streifte Naviia die Handschuhe ab, um sich besser aus ihren Gewändern schälen zu können, knöpfte den Fellmantel auf, ließ ihn zu Boden gleiten und zog sich schließlich die Oberkleider über den Kopf. Dabei blickte sie der Fremden provozierend in die Augen. Ein Blick, den die andere erwiderte, ohne mit der Wimper zu zucken. Eisige Luft streifte ihre entblößte Haut, Kälte umhüllte sie wie ein Mantel aus Eis und ließ sie heftig zittern. Langsam wandte sie sich um und hörte das andere Mädchen scharf einatmen.

»Du sprichst die Wahrheit. Ein Kind von Weltenwandlern.«

»Was ist mit dir?«, fragte Naviia zähneklappernd über die Schulter und warf sich rasch ihre Kleidung wieder über.

»Glaubst du wirklich, ich hätte dich zum Spaß angegriffen?«

Naviia schüttelte den Kopf. »Aber du könntest mich genauso gut getäuscht haben.«

Die Fremde verzog grimmig das Gesicht. »Dann hätte ich dich umgebracht, als du mir den Rücken zugewandt hast, glaubst du nicht? Aber wie du meinst«, sagte sie, drehte sich um und entblößte einen Teil ihrer Schulter. Naviia erkannte die schwarzen Linien, die als Ganzes zwei Flügel ergaben. Die Nachkommen der Halbgötter. Gezeichnet auf ewig.

Als die andere sich wieder angezogen und erneut umgewandt hatte, klaubte sie sich mit einer Hand den Schnee von der Stirn und verwischte so die Spuren des Feuers. »Wir sind hier nicht sicher, sie suchen uns ... und sie sind zu mächtig, als dass wir es mit ihnen aufnehmen könnten.«

»Wer sucht nach uns?«, fragte Naviia, obschon sie die

Antwort längst kannte. Die Menschen hatten erfahren, dass das Verlorene Volk noch unter ihnen lebte.

»Die Männer, die uns überfallen haben. Sie haben das Dorf in Brand gesteckt und sind zu uns in die Hütte gekommen. Nur in unsere Hütte und sonst in keine andere. Sie haben genau gewusst, wen sie suchen müssen, wo wir leben ... Sie haben ganze Arbeit geleistet, es wie einen gewöhnlichen Überfall aussehen zu lassen, aber mein Vater wusste sofort, wozu sie wirklich gekommen waren.« Die Fremde deutete mit einer Hand hinter Naviia, dorthin, wo noch immer qualmender Rauch in den Nachthimmel stieg. Der Klang eines Horns erfüllte die Luft, ein Klagelied für die Toten. Das Mädchen blickte ihr fest, beinahe beschwörend in die Augen, doch irgendetwas in ihrem Blick ließ Naviia daran zweifeln, dass sie tatsächlich begriffen hatte, was heute Nacht geschehen war. Sie stand augenscheinlich noch unter den Auswirkungen des Angriffs. »Sie haben meine Familie getötet. Und sie suchen nach Kindern des Verlorenen Volks, ich habe sie reden gehört, nachdem ...« Sie unterbrach sich. Feindseligkeit und Wut waren aus ihren Zügen verschwunden. Da war nur noch eine Leere, die Naviia allzu bekannt war.

»Du meinst, sie haben gezielt nach Nachkommen des Verlorenen Volks gesucht?« Nun hatte sie Gewissheit: Ihr Vater war gestorben, weil er kein Mensch gewesen war, sondern ein Wesen, begabt mit uralter Magie. Und er war nicht der Einzige. »Das bedeutet ...«

»... dass jemand weiß, dass wir die großen Kriege und die Verfolgungen überlebt haben«, beendete sie ihren Satz. »Mein Name ist übrigens Isaaka, ich bin die Tochter zweier Weltenwandler. Hätte ich früher erfahren, wer du bist, hätte ich dich niemals angegriffen.« Sie senkte den Blick. »Bitte verzeih ... Ich ...« Mit einer Hand fuhr sie sich durchs Haar, der Aus-

druck in ihren Augen wurde traurig. Sie holte rasselnd Luft.
»Ich weiß einfach nicht ... ich ...«
»Du brauchst dich nicht zu entschuldigen, ich kann dein Misstrauen verstehen«, unterbrach sie Isaaka und versuchte sich an einem Lächeln. »Ich weiß genau, wie du dich fühlst. Ich bin übrigens Naviia.«
»Und vertraust du mir?«
»Wie meinst du das?«
»Eine einfache Frage: Vertraust du mir?«
»Soweit ich es muss«, antwortete sie wahrheitsgemäß.
Isaaka wirkte erleichtert. »Gut. Im Südwesten befindet sich eine kleine Siedlung, sie ist auf keiner der Karten verzeichnet, aber ich kann uns hinführen. Mein Onkel lebt dort. Ich wollte zu ihm, das war der Grund, warum ich aus dem Dorf geflohen bin. Er ist der einzige Verwandte, der mir geblieben ist. Ich habe sonst niemanden, der mich verstehen könnte. Alle anderen im Dorf sind Menschen.«

Naviia zögerte. Sie konnte es nicht genau bestimmen, aber ihr Bauchgefühl sagte ihr, dass sie dem Mädchen trauen konnte. Und sie hatte schon immer eine gute Intuition gehabt, egal, ob auf der Jagd oder bei den Menschen in Ordiin. Da sie ohnehin vorgehabt hatte, in Richtung Süden zu reisen, könnte eine Gefährtin nicht schaden. Es war das Beste, so viel wie möglich über die Jäger der Nacht in Erfahrung zu bringen, um dann einen Plan zu schmieden. Vielleicht konnte ihr Isaaka dabei helfen.

Schließlich nickte sie. »In Ordnung. Lass uns aufbrechen.«

Nola wirkte unruhig – sie hatte die Ohren angelegt und scharrte mit den Vorderbeinen. Immerhin war sie während des Gerangels nicht abgehauen. Behutsam murmelte Naviia ein paar beruhigende Worte und deutete auf die Ablage, auf der sich die erjagten Hraanosfelle ihres Vaters stapelten.

»Nimm hinten Platz. Dort ist es wärmer, du bist nicht dick genug angezogen, und der Fahrtwind ist kalt.«

Wie zuvor der Junge legte nun auch Isaaka zum Dank Zeige- und Mittelfinger an die Stirn und kletterte dann auf die Ablage. Dabei hielt sie den Kopf gesenkt und vermied es, in Richtung Dorf zu blicken.

Behände sprang Naviia auf den Vordersitz, ließ das Tier wenden und lenkte es auf den Weg, der westlich am Dorf vorbeiführte und den Isaaka ihr zeigte. Zu Anfang sagte Isaaka kein Wort, und Naviia wandte den Kopf, um den Anblick des Feuers in sich aufzunehmen. Knisternd loderten helle Feuerzungen in den Himmel. Schwarze Schatten waren vor den Stadttoren zu sehen, und Naviia erkannte, dass sie zum nahe gelegenen Brunnen liefen, dessen Wasserader in den Tiefen unter Eis und Schnee als heiße Quelle floss.

Auf einmal vernahm sie von der Ablage ein ersticktes Schluchzen und wandte sich um. Isaaka saß mit dem Rücken zu ihr auf den Fellen, hatte sich in ein großes Stück eingewickelt und das Gesicht gen Norden gewandt, dorthin, wo der schwarze Rauch der Türme emporstieg. Sie wirkte zerbrechlich, wie ein verletztes Tier, und all die Stärke, die sie ausgestrahlt hatte, war verschwunden, so als hätte sie einen Mantel abgestreift. Anscheinend begriff sie erst in diesem Augenblick zum ersten Mal wahrhaftig, was geschehen war.

»Das mit deiner Familie tut mir sehr leid.« Naviias Stimme klang genauso niedergeschlagen, wie sie sich fühlte. Und sie spürte die Bürde, die Isaaka zu tragen hatte, wie ihre eigene.

»Ich habe mich unter dem losen Holzboden versteckt«, sagte Isaaka, als habe sie ihre Bemerkung nicht gehört. »Mein Vater wollte den Boden bereits vor zwei Dunkeltagen-Perioden ausbessern und hat es nie getan. Insgeheim hat er vielleicht gespürt, dass wir den kleinen Hohlraum unter dem Haus brauchen werden. Ich war die Erste, die reingeklettert ist, meine Mutter hatte meine Schwester auf dem Arm. Ich habe ihre Stimmen gehört und mich versteckt. Sie wussten, wer mein Vater ist. Sie kannten seinen Namen. Ich habe zwischen den groben Schlitzen nach oben geschielt und alles gesehen ...«

Weinend vergrub sie den Kopf zwischen den Armen, und Naviia hätte am liebsten die Hand ausgestreckt und ihr über das glatte, von Ruß teilweise geschwärzte Haar gestrichen.

»Breaa war noch ein Kind ...«, stieß Isaaka jetzt hervor und zog die Beine unters Kinn, schlang die Arme darum und wiegte sich vor und zurück.

Langsam wich die steppenhafte Ebene des Vorgebirges Hügeln und Tälern. Es sah aus wie eines der Gemälde, die Naviia durch die Fenster der großstädtischen Herrenhäuser in den warmen Stuben hängen gesehen hatte. Schneebedeckte Bäume mit eisverkrusteten Stämmen und tief hängenden Eiszapfen, die schon vielen Reisenden als Waffe oder Wasserquelle gedient hatten, säumten ihren Weg. Der Mond, der durch die dichte Wolkendecke brach, ließ das Schneefeld funkeln und erhellte die Landschaft in einem geisterhaften Licht.

»War Breaa deine Schwester?«, fragte Naviia nach einer Weile, als Isaakas Schluchzer etwas leiser wurden.

»Ja. Sie war noch keine zehn, und sie hat die Dunkeltage geliebt. Sie fürchtete sich vor niemandem und hatte ein großes Herz. Sie wird ... niemals ...« Wieder stockte sie, und Naviia hörte, wie sie kurz Luft holte. »Ich begreife nicht, was Tal mit seinem Handeln bezweckt. Wir haben ohne Angst gelebt und waren Teil unseres Clans. Wir haben mit ihnen gegessen, an ihren Zeremonien teilgenommen, mit ihnen unsere Wohnstube geteilt ... Hörst du mich, Tal?«

Naviia spähte über die Schulter und sah, wie Isaaka ihre Arme von den Beinen löste und die behandschuhte Faust gen Himmel reckte, wo vier Sterne funkelten, heller als der Mond, ein Zuhause für die Unendlichkeit. Die Sterne der Götter. »Wächter des Winters, warum hast du uns das angetan? Haben wir dir einen Grund gegeben, oder war dein Dasein so ermüdend? Du hättest uns warnen können ... Wir sind deine Kinder ... Wir sind die Kinder Kevs ...«

»Mein Vater wurde auch von Unbekannten getötet«, sagte Naviia leise über die Schulter, und Isaaka wandte ihr den Kopf zu. In ihrem noch immer leicht rußverschmierten Gesicht konnte man die Tränenspur erkennen.

»Woher weißt du, dass es Fremde waren?«

»Weil kein Mitglied meines Clans einem anderen so etwas antun würde. Seit Jahrzehnten ist niemand mehr eines unnatürlichen Todes gestorben. Ein paar der Älteren sind während der Dunkeltage erfroren. Ihr Herz hat den Kampf gegen die ewige Dunkelheit verloren. Und ein Kind ist außerhalb des Dorfes erfroren, als es bei einer Mutprobe mitgemacht und sich draußen verirrt hat.« Bei der Erinnerung an die Flammen, die an dem in weiße Leinen gewickelten Leichnam des Kindes geleckt hatten, fröstelte es Naviia. »Mein Vater ist gestorben, als auch in unserem Dorf die Türme brannten. Ich schätze, es war auch bei uns ein Ablenkungsmanöver.«

»Dein Vater war der Weltenwandler, nicht wahr? Und deine Mutter?«

»Meine Mutter war eine Seelensängerin, aber mein Vater hat nur selten ein Wort über sie verloren. Ich glaube, er ist niemals über ihren Tod hinweggekommen.« Vor ihrem geistigen

Auge tauchte der schmerzvolle Ausdruck in seinen Augen auf, wenn sie das Gespräch mal wieder auf ihre Mutter gelenkt hatte, um wenigstens ein kleines bisschen von ihr zu erfahren. Das Einzige, was sie wusste, war, dass sie ihr wohl zum Verwechseln ähnlich sah. Sowohl die weißblonden Haare als auch die hellblauen Augen und die Stupsnase, wegen der Dan sie immer aufzog, hatte sie von ihrer Mutter geerbt. Naviia stieß ein Seufzen aus. »Sie ist bei meiner Geburt gestorben. Ich wusste recht früh, wer wir waren und warum wir im Verborgenen leben.«

»Das tut mir sehr leid. Und danke, dass du mich mitnimmst. Allein kann ich die Trauerfeierlichkeiten nicht bewältigen, mein Onkel wird mir Gesellschaft leisten. Bei Tal, wie soll ich ihm das alles nur erklären?« Ihre Stimme brach.

Naviia blickte erneut über die Schulter und bemerkte, wie Isaaka gedankenverloren zurück auf die Türme starrte. Unbeholfen wischte sie sich über das Gesicht und verschmierte Tränen und Ruß gleichermaßen. »Als ich begriff, dass der Angriff mit unserer Herkunft zusammenhängt, bin ich geflohen. Menschen haben noch immer eine törichte Angst vor allem, was anders ist. Dabei muss ich zurückkehren und meinen Eltern den Weg zu den Göttern weisen.«

»Ihr habt euer Geheimnis auch gehütet?«

»Die Wahrheit ist zu gefährlich, obwohl so viel Zeit vergangen ist. Jahrhunderte, seit man das Verlorene Volk ausgelöscht hat ... oder seit sich diese Geschichte unter den Menschen verbreitet hat«, verbesserte sich Isaaka. »Und dass die friedliche Zeit des Lebens im Verborgenen nun vorbei ist, haben wir beide am eigenen Leib erfahren.«

Schweigend fuhren sie weiter. Isaaka deutete auf Abzweigungen, denen Naviia folgte. Der Wald lichtete sich nach und nach, auch die Ebene wurde flacher, und schließlich erreichten sie eine kleine Hüttensiedlung. Auf den ersten Blick konnte sie feststellen, dass es nicht mehr als zehn Hütten sein konnten. Von den Kartenaufzeichnungen ihres Vaters wusste sie, dass er dieses Dorf nicht vermerkt hatte. Aus den Fenstern drang kein Licht, und alles war dunkel, nur das Schnauben der Tiere, die in den Ställen untergebracht waren, drang bis zu ihnen herüber. Keine Holzmauer schützte die Häuser, kein Wachposten kam ihnen entgegen. Das Dorf lag still in der Kälte der Nacht, und Naviia atmete erleichtert aus, denn sie hatte sich bereits auf etwas anderes gefasst gemacht. Die Menschen in dieser Siedlung schliefen friedlich und ohne Angst.

Noch bevor das Dafka zum Stehen kam, sprang Isaaka von der Ablage und rannte auf eine der ersten Hütten zu. Ein Mann, schlank und hochgewachsen, trat im selben Augenblick nach draußen, in einer Hand eine Lampe, in der anderen einen länglichen Gegenstand, den Naviia sogar über die Entfernung als Schwert identifizieren konnte. Als er Isaaka erblickte, verwandelte sich seine feindselige Miene in ein Strahlen, und er ließ die Waffe auf den Verandaboden fallen, um das aufgewühlte Mädchen in die Arme zu schließen. Anders als bei den Männern ihres Dorfs war sein Bart nur einfach geflochten, und das blonde Haar, das Isaakas so sehr glich, trug er kürzer geschnitten, als es in den Winterlanden sonst üblich war.

Trotz der Entfernung hörte Naviia, wie sie ihn stockend in die Geschehnisse der heutigen Nacht einweihte. Das Entsetzen, das sich auf dem Gesicht des Mannes abzeichnete, glich Naviias eigenem Schmerz. Damit sie nicht nur tatenlos herumstand, lockerte sie Nolas Geschirr und fütterte sie mit einer Trockenfrucht, die sie aus der Ledertasche hervorholte, die seitlich am Schlitten befestigt war. Zumindest für den heutigen Tag war ihre Reise beendet.

Isaaka sprach noch einige Augenblicke mit ihrem Onkel und winkte sie dann zu sich. Zögerlich trat Naviia näher heran, legte die flache Hand auf die Brust und verbeugte sich ungelenk. Ihre Glieder waren von der langen Fahrt etwas steif, und der Anblick der Tränen in den himmelblauen Augen des Mannes schnitten ihr ins Herz.

»Das ist Andriaan O'Shaan, mein Onkel. Naviia ...« Isaaka sah sie fragend an. Ihr Atem trieb als kleine graue Wolke in der kalten Luft davon.

»O'Bhai.« Es war kaum mehr als ein Krächzen.

»Naviia O'Bhai aus einem der Dörfer im hohen Norden. Auch sie hat ihren Vater verloren, auf dieselbe Weise wie wir unsere Familie.« Man konnte Isaaka ansehen, wie schwer es ihr fiel, diese Worte auszusprechen. »Heute Nacht bleiben wir hier, dann werden mein Onkel und ich ins Dorf zurückkehren, um das Begräbnis abzuhalten. Mit ihm fühle ich mich sicherer, und ich hoffe, dass die Dämonen bis dahin weitergezogen sind. Du kannst selbstverständlich bei uns im Haus schlafen, solange du willst, unser Zuhause steht dir jederzeit offen. Dein Zugtier kannst du in einem der Ställe unterbringen.«

»Das ist sehr großzügig«, sagte Naviia mit einem Kloß im Hals.

Isaaka winkte ab. »Du würdest dasselbe tun. Und ich bin dir etwas schuldig, nachdem ich dich so hinterrücks angegriffen habe. Weißt du denn schon, wohin du weiterreisen wirst?«

»Südlich von Galmeen liegt eine kleine Stadt namens Veena. Ich wollte mich morgen dorthin aufmachen, damit ich sie in den nächsten Tagen erreiche.«

Erstaunt legte Andriaan den Kopf schief und blickte ihr forschend in die Augen. »Du möchtest nach Veena? Suchst du dort jemanden, hast du noch Verwandte dort?«

Sie nickte. »Ja, ich hoffe, einen Mann namens Merlook O'Sha zu treffen.«

»Bei Tal!«, rief Isaaka aus und riss ihre etwas zu weit auseinanderstehenden Augen auf. »Du willst zu meinem Urgroßvater!«

9

Traum

Lakoos, Sommerlande

»Kanaael De'Ar!«
 Grelles Licht blendete ihn. Er hob einen Arm und schirmte mit der Hand seine Augen ab. Wärme umfing ihn wie ein schützender Kokon, es war jedoch nicht die berstende Hitze Suviis. Viel angenehmer, zarter.
 »Kanaael!«
 Die weibliche Stimme erklang von überall und nirgends. Als sich seine Augen an das Licht gewöhnten, erkannte er eine grüne Wiese, in deren Mitte ein kleiner Bach entsprang und sich seinen Weg durch die Ebene bahnte. Die sanft dahinfließende Strömung des kristallklaren Wassers hatte eine beruhigende Wirkung, und er fühlte sich geborgen. Sein Blick wanderte weiter. Wenige Fuß von ihm entfernt stand eine zartgliedrige Frau in einem weißen Gewand, das bis auf den Boden reichte, und ihm stockte der Atem. In ihrem Gesicht lag ein weicher, gütiger Ausdruck voller Liebe. Fasziniert betrachtete er ihr hellbraunes Haar, das von grünen Strähnen durchzogen wurde und in weichen Wellen bis zum Ende ihres Gewands floss. Das Funkeln ihrer smaragdgrünen Augen drang tief in sein Bewusstsein. Verlegen versuchte er, den Blick abzuwenden, doch er konnte nicht anders, als sie anzustarren. Ihre weiße Haut funkelte im Licht der Sonne, und ihre

Schönheit war fast unerträglich. Alles an ihr wirkte jugendlich – ihre straffe Haut, das kindliche Lächeln. Und dennoch strahlte sie eine solch uralte Weisheit aus, dass er sich nichtig und belanglos fühlte. In ihrer Gegenwart schien alles zu verblassen, selbst seine eigene Existenz erschien ihm auf einmal bedeutungslos.
»Du hast mich erhöht. Ich danke dir, mein Sohn.« Sie lächelte, und die Zeit stand still. »Ich dürfte nicht zu dir sprechen, doch die Welt ist in Gefahr. Du musst sie beschützen, denn ich habe Angst um das Leben meiner Kinder.«

»Wer seid ...«, setzte Kanaael an, wurde jedoch mit einem sanften Kopfschütteln unterbrochen.

»Die Zeit rast, und ich habe nicht die Macht, sie aufzuhalten. Alles hängt mit Udinaa zusammen – erwacht sie, zerfällt ihr gesponnener Traum und setzt die göttliche Magie frei, die niemals in die falschen Hände fallen sollte. Ihr Leben ist unser aller Schicksal, Kanaael. Du musst sie aufsuchen ... Beschütze sie, denn nur du bist dazu in der Lage!«

In diesem Moment erklang ein Geräusch hinter ihm, und er drehte sich um. Vor ihm saß nun eine junge Frau in blauroter Talveen-Tracht, das enge Mieder wurde mit graublauen Bändern zusammengehalten, und ihr weit fallender Rock raschelte, als sie sich aufrichtete. Das Mädchen blinzelte verwundert und sah sich um, und der verwirrte Ausdruck in ihrem Gesicht war ein Spiegel seiner Gefühle. Dann fiel ihr Blick auf ihn, und sie riss erschrocken die eisblauen Augen auf. In ihrem nahezu weißblonden Haar glitzerten Eiskristalle, fast so, als wäre sie gerade noch an einem Ort voller Eis und Schnee gewesen.

»Du!«, sagte sie bloß, und ihr Blick flackerte, als sie ihn anschaute, so als würde sie ihn kennen. Sie schien noch etwas hinzufügen zu wollen, doch dann klappte sie wieder den Mund zu, kaum dass sie die Gestalt hinter ihm bemerkte. Auch Kanaael blickte zurück.

Mit einer warmen Geste breitete die schöne Fremde die Arme aus. »Naviia O'Bhai, meine Tochter. Ich freue mich, dass ihr beide meinem Ruf gefolgt seid. Ich hatte die Befürchtung, ihr würdet mich nicht hören. Das Schicksal der Vier Völker liegt in euren Händen, und ihr müsst euch eines Tages in der echten Welt finden, denn nur dann können wir es schaffen.« Traurig verzogen sich ihre Lippen, und Kanaael konnte nicht anders, als sie anzustarren. Er hatte noch nie jemand so Vollkommenen gesehen. »Die Geister der Vergangenheit, die Seher unter ihnen, weisen uns den Weg in die Zukunft. Und sie sprechen von zwei Wegen, die auf die Völker der Vier Jahreszeiten warten. Ich habe Angst davor, dass die falsche Zukunft siegt.«

Ein Brüllen erhob sich hinter der Wiese, Wind kam auf. Es war kein menschliches Brüllen, sondern wilder und animalischer als alles, was er zuvor vernommen hatte. Laut und bedrohlich lag Gefahr in der Luft.

Alarmiert legte die Fremde den Kopf in den Nacken, schloss die Augen und lauschte in die plötzliche Stille hinein. Sie seufzte und sah ihn und die junge Frau in der Talveen-Tracht erneut an. Er erkannte die vier Farben der Götter in ihren Augen. »Sie haben mein Fehlen bemerkt. Suv ist erzürnt – ich muss umkehren. Findet euch in der echten Welt. Kanaael, Naviia. Es ist die einzige Möglichkeit. Ihr müsst Udinaa, die Traumknüpferin, beschützen.« Jetzt sah sie ihn direkt an. »Insbesondere du, mein Sohn! Egal, was passiert, ihr müsst dafür sorgen, dass sie nicht erwacht, koste es, was es wolle! Und erzählt niemandem von dieser Begegnung – es könnte uns alle in Gefahr bringen«, sagte sie eindringlich.

Dann lächelte sie ihnen ein letztes Mal zu; es war ein gütiges, wissendes Lächeln. Im selben Moment kam ein Windstoß auf. Wieder brüllte die Erde, der Untergrund bebte. Und dann sah er die dunklen Flügel, die sich raschelnd hinter dem Rücken der

Fremden aufspannten und ihrer Präsenz eine Göttlichkeit verliehen, die ihm den Atem raubte. Sein Herz setzte für einen Schlag aus. Es war perfekt. So rein und stimmig. Der Ursprung der Welt. Der Ursprung seines Seins.

Schwarze Flügel, seidig und dem Himmel entgegengeschwungen. Die Federn erschienen endlos, wölbten sich und glänzten im Licht der Sonne. Ja, dies war der Ursprung der Welt.

»Kev«, flüsterte er tonlos. Die Göttin des Frühlings.

Mit einem gewaltigen Flügelschlag stieß sie sich in den Himmel ab und verschwand im Licht.

10

Feuer

Maroon, Winterlande

»Schläfst du schon?«

Isaakas Stimme riss Naviia aus ihrem wirren Halbschlaf, und die Erinnerung an den Mann mit den grünen Augen verblasste schlagartig, ebenso wie die Göttin, deren Präsenz sie bis auf den Grund ihrer Seele gespürt hatte. Mit glühenden Wangen fuhr sie hoch und sah sich verwirrt um – alles wirkte fremd, und das Blut rauschte ihr in den Ohren. Blinzelnd betrachtete Naviia ihre Umgebung und versuchte sich zu orientieren. Sie saß auf einer einfachen Schlafstätte. Es gab einen Holztisch und ein kleines, rechteckiges Fenster, vor dem sich Eiskristalle gebildet hatten. Es roch modrig, und die dünne Decke, die sie um ihre Beine geschlungen hatte, kratzte. Alles war schäbig und heruntergekommen, und von draußen kroch die Kälte durch die Ritzen. Um sie herum herrschte jedoch eine angenehme Wärme, die von einem kleinen gemauerten Kamin ausging und die Kälte aus ihren Knochen verscheuchte. Isaaka hatte ihr winziges kastenähnliches Bett davor gezogen, saß mit angewinkelten Beinen darauf und starrte nachdenklich ins Feuer, das Schatten und Lichter auf ihr Gesicht zauberte.

»Entschuldige, ich dachte, du wärst noch wach ... Ich

konnte nicht einschlafen. Ich habe mich ... Es war so leise«, flüsterte sie und sah sie dann an. Ein gequälter Ausdruck lag auf ihren Zügen, und Naviia bemerkte, wie fest sie die hellgraue, an einigen Stellen bereits geflickte Decke umklammerte. Ihre Miene erhellte sich jedoch, als sie Naviias verwirrten Gesichtsausdruck bemerkte.»Wir sind in Maroon, südlich von Galmeen. Erinnerst du dich? Viel Schnee, eine ewig währende Fahrt und viel zu viel Dunkelheit«, antwortete Isaaka auf ihre unausgesprochene Frage. Spott schwang in ihrer Stimme mit.»Falls du dich nicht mehr erinnern solltest: Ich begleite dich zu meinem Urgroßvater, damit wir beide von ihm lernen können. Außerdem erwartet die Frau meines Onkels ihr erstes Kind.« Sie machte ein entschlossenes Gesicht.»Ich möchte ihnen keinesfalls zur Last fallen.«

Der Raum war für sie beide viel zu klein, aber sie hatten ein Dach über dem Kopf. Dafür hatte Naviia einen Großteil ihrer Felle für ein paar lächerliche Münzen verkauft. Das war der jämmerlichste Handel ihres Lebens gewesen, und ihr Vater hätte sie dafür sicherlich gescholten, aber momentan waren Isaaka und sie auf jeden Groschen angewiesen, wenn sie es irgendwie nach Veena schaffen wollten, ohne zu verhungern. Oder zu erfrieren.

Für einen Moment schloss Naviia die Augen und beschwor das Bild der gezeichneten Flügel auf ihrem Rücken herauf. Im Gegensatz zu den erhabenen Schwingen der Frühlingsgöttin waren ihre um einiges kleiner, die schwarzen Flügel reckten sich ihre Schulterblätter hinauf – verwobene Linien, feine Striche – und vereinten sich an ihrer Wirbelsäule. Und sie waren nicht ... *echt*. Sie verspürte ein leichtes, beständiges Pochen, und zarter Schmerz breitete sich auf ihrem Rücken aus. Genau dort, wo sich die Flügel befanden, als ob sie sich danach sehnten, sich auszubreiten. *Was denke ich denn da?* Ärgerlich wischte sie ihre Gedanken beiseite.

»Hast du schlecht geträumt?«, fragte Isaaka neugierig.

»Eigentlich nicht. Es war einfach ein sehr ... seltsamer Traum.«

»Inwiefern?«

Das kann ich dir leider nicht sagen, dachte Naviia resigniert. »Ich frage mich, warum wir die Flügel auf dem Rücken haben«, sagte sie stattdessen. »Sie waren einfach immer da, und ich musste sie immer verstecken. Nie durfte ich zu den heißen Quellen nach Mooran reisen, weil mein Vater Angst hatte, jemand könnte das Blut des Verlorenen Volks in sich tragen und die Flügel sehen.« Gedankenverloren spielte sie mit dem Weltenwandler-Anhänger, der um ihren Hals baumelte.

»Dann ging es dir wie mir und meiner Schwester.« Kurz huschte ein Schatten über Isaakas Züge, doch sie hatte sich rasch wieder gefangen. »Unsere Flügel sind wie Götterzeichen, die die Menschen tragen, um ihren Glauben zu zeigen. Bemalungen, nicht mehr und nicht weniger. Abgesehen davon, dass du sie ein Leben lang behältst. Man sagt, dass die Weltenwandler früher geflügelte Geschöpfe waren, doch die Götter haben die Flügel verbannt, um ihnen ein Leben unter den Menschen zu ermöglichen. Wenn ich an Galmeen denke, halte ich diese Entscheidung allerdings für töricht.«

Naviia erschauerte und verbannte die Bilder, die in ihrem Kopf entstanden. »Ich bin froh, dass wir Galmeen hinter uns gelassen haben.«

»Ich auch«, erwiderte Isaaka und starrte nachdenklich auf den ausgefransten roten Bodenteppich, der aussah, als würde er einiges an Ungeziefer beherbergen – falls die bei dieser abscheulichen Kälte überlebten.

»Überall waren Eisleichen.« Naviia senkte die Stimme. »Es war fast, als wäre der Tod leibhaftig anwesend gewesen.« Es war kein Anblick, den sie so schnell wiedersehen wollte. Wie eine schneebedeckte Geisterstadt hatte Galmeen gewirkt. Nur die feinen hellgrauen Rauchschwaden aus den Schornsteinen der trostlosen Häuser hatten das Bild zerstört. Selbst Isaaka, die sich ihr nach der Bestattung ihrer Eltern angeschlossen hatte, war der Anblick von erfrorenen Gliedern und leblosen Kindern mehr als nahegegangen. Obwohl es ein Anblick war, an den man sich in Talveen längst gewöhnt hatte.

»Spürst du deine Flügel auch manchmal stärker als sonst?«, fragte Naviia, zog die Knie an und schlang ihre Arme darum. Bei der Bewegung wurde sie sich erneut des verstärkten Kribbelns auf ihrem Rücken bewusst.

»Nein, warum?«

»Ich habe das Gefühl, sie überdeutlich wahrzunehmen. Jede Kontur, jede Linie. Als ob sie in meine Haut eingebrannt sind.«

»Aber das sind sie ja auch!« Isaaka lachte auf. »Sie sind seit deiner Geburt mit dir gewachsen, haben sich deinem Körper angepasst und an Farbe gewonnen. Aber eigentlich solltest du sie nicht spüren.« Naviia beobachtete, wie sie nachdenklich die Stirn in Falten legte. »Zumindest nicht, wenn du nicht mit Göttermagie in Berührung gekommen bist.«

»Wie meinst du das?«

»Um zu wandeln, ist eine ganze Menge Göttermagie nötig. Und diese Magie erhältst du normalerweise durch das Abschöpfen von Träumen. Die Träume der Menschen sind voll von Göttermagie. Weltenwandler können diese Magie nur auf sich selbst anwenden, Traumtrinker nur nach außen richten.«

»Und was hat das mit dem brennenden Gefühl auf meinem Rücken zu tun?«

»Du spürst deine Flügel nur dann, wenn du Magie verwendet hast.«

»Aber ich habe keine Magie verwendet. Ich weiß gar nicht, wie das geht. Ich weiß noch nicht mal, wie ich mir einen Menschentraum anschauen kann.«

»Vielleicht hast du es in einem Traum getan, den du hattest. Wir sind mit den Göttern auf besondere Art verbunden, weil wir ihre Nachkommen sind. Zumindest teilweise. Halb Mensch, halb Gottheit.«

Vielleicht war es auch der Traum selbst. Die Präsenz der Frühlingsgöttin. Kurz dachte sie an den Jungen mit den grünen Augen und dem faszinierten Ausdruck in seinem Gesicht, als er die Göttin erkannt hatte. Gleich danach war sie aufgewacht. »Sagt dir der Name Kanaael etwas?«

Isaaka schüttelte den Kopf. »Nein, gar nichts. Warum?«

»Nur so.« Die Müdigkeit wich nur langsam aus ihrem Körper. Ermattet zog Naviia die kratzende Decke um ihre Schultern und sah aus dem mit Eiskristallen bedeckten Fenster. Das Licht der Straßenlaterne flackerte, und einzelne Steinhäuser mit den für den Norden Talveens so typischen Schrägdächern aus Dahroonholz, das besonders robust gegen die Witterung war, standen dicht an dicht. Sie verliehen Naviia ein Gefühl von Geborgenheit. Ein Nachtwächter, in dunkler Robe und mit einer Laterne in der Hand, ging seine Runden, und Schatten huschten durch die Gasse vor dem Fenster. Noch immer flackerten verschwommene Bilder des Traums in ihr auf.

»Ich kann nicht wandeln.«

Naviia blinzelte und sah zu Isaaka hinüber. Die stand von ihrem harten Schlafplatz auf und entfachte eine Kerze, und die schwache Flamme warf einen Schatten auf Isaakas rechte Gesichtshälfte. Ihre Augen lagen nicht mehr so tief in den Höhlen, und die dunklen Ringe waren fast gänzlich verschwunden. Sie waren bereits sechs Tage unterwegs, und Naviia hatte sich an ihre Gemeinschaft gewöhnt. Es ließ sie oftmals vergessen, dass sie eigentlich allein war.

»Nicht? Ich dachte, mein Vater wäre der Einzige gewesen, der es mir nicht beigebracht hat.« Egal, wie sehr sie dagegen protestiert und gebettelt hatte, er war hart geblieben. Sie sei noch zu jung, hatte er immer gesagt, es sei eine zu große Verantwortung. *Und jetzt ist es zu spät.*

»Meine ganze Familie trug die Gabe in sich, aber ich habe mich nie bereit dafür gefühlt, und meine Schwester war noch zu klein. Das Wandeln erfordert viel Übung, und man muss es über Jahre studieren. Mein Urgroßvater ist einer der wenigen verborgenen Lehrmeister in Talveen. Jeder, der nach Veena reist und das Blut der Verlorenen in sich trägt, sucht die Stadt aufgrund seiner Künste auf. Meist, um herauszufinden, ob man die Gabe besitzt oder nicht. Es gibt keine Schulen, in die man einfach spaziert und dann seine Fähigkeiten erproben kann. Alles geschieht im Verborgenen.« Isaaka ging wohl der Sinn ihrer Worte auf, denn sie verzog den Mund und machte eine hilflose Geste. »Wobei das nun auch keine Rolle mehr spielt. Jetzt, da man alle unseres Volks aufspürt und tötet.«

Naviia begann, die Knoten ihres Zopfs zu lösen und die einzelnen Strähnen zu entwirren. »Dann hast du jetzt die Möglichkeit, es zu lernen.« Die dicken Stränge glitten durch ihre Finger, und Sehnsucht durchfuhr ihren Körper. Wie oft hatte er ihr das weißblonde Haar gebürstet und ihr Geschichten über die schlafende Traumknüpferin erzählt …

»Was glaubst du, was hinter der Verfolgung steckt?«

Isaaka zuckte mit den Schultern. »Verfolgungen gab es schon immer, aber nie so flächendeckend und auf einen Schlag. Möglicherweise haben die Menschen ihren Blutdurst noch nicht gestillt und wollen weiter Rache nehmen.«

»Rache wofür?«

Seufzend ließ sich Isaaka wieder auf ihre Schlafstätte nieder und sah ihr unvermittelt in die Augen, das helle Blau um ihre Iris wich nach außen einem intensiven Grün. »Du weißt nicht sehr viel über uns, oder?«

»Nein. Nicht mehr als die Menschen, schätze ich. Mein Vater hat mir verboten, über diese Dinge zu sprechen. Ein bisschen mehr habe ich aus seinen Aufzeichnungen erfahren. Ich wusste, wir beten anders. Wir verhalten uns anders. Wir sind anders.« *Nicht mehr als die Menschen,* wiederholte sie stumm und fragte sich, ob sie sich je als Mensch gefühlt hatte. Stammten sie denn nicht alle von den Göttern ab?

»Was hast du über die Traumknüpferin gehört?«, fragte Isaaka.

Naviia dachte nach. Ihr Vater hatte früher stets an ihrer Seite gewacht und ihr Märchen erzählt, bis sie einschlief. Von einem großen Krieg zwischen Menschen und dem Verlorenen Volk, der Prinzessin und ihrem magischen Traum. »Udinaa ist die Einzige ihrer Art. Es gibt nur eine Traumknüpferin. Man hat versucht, sie im großen Krieg im Zeitalter der Finsternis zu töten, so wie die meisten anderen des Verlorenen Volks.«

»Die Menschen haben uns diesen Namen gegeben, wusstest du das?«

»Welchen Namen?«

»Das Verlorene Volk. Sie sehen uns nicht als Nachkommen der Götter, sondern als Dämonen. Dabei sind wir den Göttern viel näher, als sie es jemals sein werden.« Isakaa verzog angewidert das Gesicht. »Sie sträuben sich gegen alles, was anders ist, weil sie sich bedroht fühlen. Als ob wir uns so sehr von ihnen unterscheiden würden«, fügte sie hinzu und griff dabei Naviias eigene Gedanken auf.

»Aber andererseits haben wir sie ja auch angegriffen.« Dunkel erinnerte sich Naviia an Geschichten aus dem Dorf, die man sich über die vergangenen Zeiten erzählte.

Verächtlich schnaubend fuhr Isaaka fort. »Sie haben sich nur gewehrt. Sie hatten keine Wahl. Und dann hat Kev, die Frühlingsgöttin, eingegriffen.«

»Warum? Was hat sie damit zu tun?«

Stirnrunzelnd legte Isaaka den Kopf schief. »Dein Vater hat es dir nicht erzählt?«

»Nein.«

»Also, der Schöpfungsmythos unserer Welt basiert auf der Liebesgeschichte zwischen Kev und einem der ersten Menschen, Xeer. Die Frühlingsgöttin und Xeer bekamen ein Kind. Dieses geflügelte Mädchen wurde auf die Insel Mii gebannt, damit sie keine Unruhe in die Welt der Vier Jahreszeiten bringen könnte.«

»Was für Unruhen?«, fragte Naviia.

»Sie war das leibhaftige Kind einer Göttin. Für alle zu sehen, aus Fleisch und Blut. Ihre Flügel, so schwarz wie die Nacht, waren der Beweis der Göttlichkeit. Zum einen war da die Angst Kevs, dass ihre Tochter von den Menschen verletzt werden könnte. Zum anderen auch die Furcht davor, sie könnte den Menschen etwas antun.«

»Aber sie war doch nur ein Kind?« Das Entsetzen in Naviias Stimme war nicht zu überhören.

»Ein Kind, das mit der Macht der Götter gesegnet war«, setzte Isaaka hinzu. Dann schüttelte sie resigniert den Kopf. »Sie vereinte in sich alle Fähigkeiten, die das Verlorene Volk nur noch vereinzelt aufweist. Sie konnte wandeln. Sie konnte Göttermagie auf Gegenstände anwenden. Und wenn sie sprach, konnte sie die Gedanken und das Handeln der Menschen beeinflussen.«

»Wie eine Seelensängerin mit ihrem Gesang.«

»Genau. Als der Sommergott Suv von der Affäre seiner Frau Kev mit einem Menschen erfuhr, rächte er sich an ihr, indem er seinerseits mit Menschenfrauen Kinder zeugte – was schließlich einen Keil zwischen die Götter trieb. Also gingen die vier Götter einen Pakt miteinander ein: Sie würden ihre Streitereien beilegen und sich nicht weiter in die Geschehnisse auf der Welt einmischen.«

»Aber so wäre es doch niemals zu einem Krieg gekommen?« Naviia sah Isaaka mit großen Augen an.

»Nein, aber die Götter hatten nicht bedacht, dass sich ihre leiblichen Nachkommen verlieben ... und ihrerseits Kinder zeugen würden. Diese Kinder waren stärker als normale Menschen und lebten etwa dreimal so lange, weil sie aus der Lebensquelle der Götter im Himmelreich trinken konnten. Die vier Völker fühlten sich immer mehr von diesen geflügelten Halbgöttern bedroht. Weil sie anders waren, über Magie verfügten und diese auch benutzten.«

»Was willst du damit sagen?«

Isaaka fixierte sie, den vollen Mund traurig verzogen. »Kinder des Verlorenen Volks zogen gemeinsam durch die Vier Länder und raubten die Menschen aus. Beeinflussten sie mit ihrem Gesang. Brachten sie dazu, ihnen ihr ganzes Erspartes zu geben. Und sie wollten immer mehr, wurden machthungriger und bedrohten bald den Frieden der Vier Länder.« Isaaka atmete tief aus. »Die Nachkommen der Götter begannen, Menschen zu versklaven und sich Frauen nach ihrem Belieben auszusuchen. Sie vergewaltigten die schönsten Mädchen der Dörfer und machten auch vor Kindern der damals herrschenden Familie A'dran in Syskii nicht halt. Heute können wir uns das kaum vorstellen, aber es gab eine Zeit, in der das Verlorene Volk nicht die Gejagten, sondern die Jäger waren.«

»Das ist ja schrecklich!«, rief Naviia entsetzt aus und schlug sich eine Hand vor den Mund.

Isaaka nickte grimmig. In ihren Augen spiegelte sich das Feuer des Kamins. »Bald herrschten in der Welt der Vier Jahreszeiten Angst und Schrecken vor den geflügelten Götternachkommen. Es wurde schlimmer, als sich Krieger aus den einzelnen Ländern zusammenschlossen, um gegen die Halbgötter zu kämpfen. Die Vier Länder versanken im Chaos, das schließlich im Zeitalter der Finsternis mündete. Kev wollte ihre Nachkommen beschützen, und um die Menschen auf ewig an ihre Kinder zu binden, brach sie den Pakt, den die Götter geschlossen hatten: Sie versetzte eine ihrer Enkelinnen, Udinaa, in eine Art schlafende Trance und verknüpfte ihre Träume mit denen der Menschen.«

Kev wollte ihre Nachkommen beschützen ... Vielleicht ist sie mir deswegen im Traum begegnet! »Sie wollte Menschen und die Halbgötter aneinanderbinden, um den Krieg zu beenden?«

»Genau. Sie liebte jedes ihrer Kinder, ob leiblich oder nicht. Ihre leiblichen Kinder verloren die Fähigkeit, Göttermagie anzuwenden, da diese nun mit den Träumen der Menschen verbunden war. Nur leider ging Kevs Plan nicht auf. Die Krieger der vier Völker waren nun in der Lage, die schutzlosen Halbgötter zu töten.« Isaaka machte eine Pause und massierte sich mit Daumen und Zeigefinger die Nasenwurzel. Man konnte ihr deutlich ansehen, dass ihr die Geschichte naheging. Es war die Geschichte ihres Volkes, und doch hatte

Naviia noch nie davon gehört. Es war beschämend. »Natürlich nutzten die Menschen ihre Situation aus. Die Welt versank in einem Blutmeer. Die Menschen töteten die Halbgötter, trennten ihnen die Flügel ab und hängten sie stolz an die Torbögen der Stadt. Und als diese längst nicht mehr ausreichten, zierten sie mit den schwarzen Flügeln die gesamte Mauer.«

Naviia stieß einen erstickten Laut aus. »Das ist ja entsetzlich!«

»Die wenigen Halbgötter, die überlebten und wussten, wie sie ins Himmelreich gelangen konnten, kehrten dorthin zurück. Aber sie waren eben keine echten Götter. Und so wurden sie krank und starben dort.«

»Das war mir so nicht bewusst«, erwiderte Naviia, die nun allmählich das Ausmaß ihres Traums begriff.

Doch Isaaka war noch nicht fertig. Sie hatte sich regelrecht in Rage geredet und stieß die nächsten Worte immer schneller aus, als ob sie endlich zu einem Ende kommen wollte: »Weil Kev mit ihrem Eingreifen gegen den Götterpakt verstoßen und ihre eigenen Kinder ins Unglück gestürzt hatte, raubte Tal allen Nachkommen die Flügel, ihre Verbindung zur Götterwelt. Und die Nachkommen konnten nicht mehr in das Himmelreich der Götter gelangen. Stattdessen brannte Tal ein für menschliche Augen unsichtbares Abbild der Flügel auf den Rücken der Halbgötter. Die Menschen konnten sie also nicht mehr erkennen. Gleichzeitig wurden sie nach Mii verbannt. Er rettete sie, um sie dann auf einer Insel zu versammeln.«

»Und Udinaa, die Traumknüpferin?«

»Sie schläft noch immer innerhalb der Mauern des Schwarzen Schlosses auf der Insel Mii hinter einem Seelenlabyrinth und knüpft die Träume der Menschen. Die Träume, die mit

Kevs Göttermagie getränkt sind und die uns befähigen, sie zu verwenden. Man gelangt nur von einer Seite auf die Insel, da sich hinter dem Schloss unüberwindliche Klippenabhänge befinden.«

Naviia schüttelte den Kopf. »Und warum brach dann erneut Krieg aus?«

Isaaka befeuchtete sich die Lippen und stand auf. Das weiße Unterkleid glitt mit einem Rascheln zu Boden. Mit energischen Schritten begann sie im Zimmer auf und ab zu laufen, und ihre klare, helle Stimme hatte nun einen monotonen Klang angenommen: »Mein Vater hat mir erzählt, dass ein Teil des Verlorenen Volks Jahrzehnte später von der Insel geflohen ist, um ein Leben in Freiheit zu führen. Die neue, mit den Träumen verknüpfte Magie hat es ihnen jedoch erschwert, weiter unentdeckt unter den Menschen zu leben, da sie nicht in der Lage waren, ihre Magie zu kontrollieren. Als sie in die Träume der Menschen eindrangen, verletzten sie diese, weil sie zu viel Göttermagie abschöpften«, fuhr Isakaa leise fort. »Sie bekamen neue Namen, wurden zu *Traumtrinkern*, *Seelensängern* und *Weltenwandlern*. Lediglich die Seelensänger sind von ihren Fähigkeiten nicht befreit worden. Doch in allen vier Ländern herrschte das Verbot des Singens ...«

»Und wer sich nicht daran hält, verliert seine Stimme«, ergänzte Naviia mit trockener Kehle.

Isaaka nickte und blieb stehen. »Vor sechs Jahrzehnten fand die letzte Ausrottung statt, weil die neuen Halbgötter nur über die Träume zu ihrer alten Magie gelangten und die Menschen ihnen auflauerten, um sie endgültig dem Erdboden gleichzumachen ...«

»Die Goldene Jagd«, sagte Naviia leise. Einzig das knisternde Geräusch des Feuers übertönte den Sturm in ihrem Innern.

Ihr Vater hatte ihr davon berichtet. Nicht sehr viel, aber sie wusste genug, um sich ein Bild von den Geschehnissen zu machen. Die Goldene Jagd war der Grund, warum sie sich so weit oben im Norden versteckt gehalten hatten. Warum niemand von ihrer Existenz erfahren durfte.

»Ja«, bestätigte Isaaka mit einem grimmigen Ausdruck und setzte sich wieder auf ihre Schlafstätte, während sie die Hände im Schoß faltete und nervös an einem Nagel herumknibbelte. »Die letzte und erfolgreichste Verfolgung des Verlorenen Volks. Deswegen glauben die Menschen, wir würden nicht mehr existieren.«

»Und das Labyrinth? Ich habe Geschichten davon gehört. Die Insel Mii liegt in der Mitte der Vier Länder, umgeben von Meer. Und das Labyrinth wurde erbaut ...«

» ... um die Traumknüpferin zu schützen«, beendete Isaaka ihren Satz. »Denn wenn sie aufgeweckt wird, vergegenständlicht sich der von ihr erschaffene Traum und zerfällt in viele Teile, die mit Göttermagie durchtränkt sind. Jeder, der so einen Traumsplitter bei sich trägt, kann Magie anwenden.«

Naviia schnappte nach Luft, und Isaaka sah sie überrascht an. Ihre Hand stahl sich zu dem Weltenwandler-Anhänger um ihren Hals. »Das bedeutet ... auch Menschen?«

»Ja, eine schreckliche Vorstellung, nicht wahr? Die Macht, die von den Splittern ausgeht, ist gefährlich, und schon viele kamen bei dem Versuch, zu Udinaa durchzudringen, ums Leben.« Isaaka verzog abermals das Gesicht. »Denn Udinaas Gefährten ließen einst ihr Leben, um mit ihren Seelen und ihrer Magie das Labyrinth zu schaffen. Kein Mensch kann es betreten, ohne dabei seine Seele zu verlieren.«

»Und die Splitter? Wie sehen sie aus?«

Isaaka hob die Schultern. »Das kann ich dir nicht sagen.

Mein Vater hat mir davon erzählt, nachdem ich einen Streit zwischen ihm und meinem Urgroßvater mit angehört hatte. Allerdings ist das schon einige Jahre her.«

»Worum ging es dabei?«

»Um ein sehr mächtiges Buch, das aus dem Acteapalast in Suvii gestohlen worden ist. Es enthält das ganze Wissen des Verlorenen Volks und ist der Grund, wieso die Menschen von den Traumsplittern wussten. Einer der Halbgötter schrieb sein Wissen auf und verriet unser Volk.«

»Und wenn es so mächtig ist, warum hat man es nicht vernichtet?«

»Weil der Schreiber seine Seele für das Buch gegeben und sie an die Seiten gebunden hat. Es ist verflucht.«

»Wie das Seelenlabyrinth«, mutmaßte Naviia.

»So ähnlich, ja.«

Naviia versuchte, all das erst mal zu verdauen. Langsam stand sie auf, ging hinüber zu Isaaka und setzte sich so dicht neben sie, dass sich ihre Schultern fast berührten. Aus irgendeinem Grund brauchte sie jetzt ihre Nähe. Die Nähe einer anderen Person, die sie verstand und bei der sie wenigstens für einen kurzen Augenblick nicht das Gefühl hatte, allein auf der Welt zu sein.

»Verdammt.« Naviia stieß die angehaltene Luft aus.

»Das kannst du laut sagen. Und nun werden wir erneut verfolgt. Das kann doch nicht im Sinne der Götter sein!« Isaaka hob den Kopf und sah sie an. In Isaakas Augen brannte dieselbe Wut, die auch Naviia verspürte, und plötzlich wurde ihr klar, dass sie und Isaaka mehr verband, als sie zunächst angenommen hatte. Der Schmerz saß tief, doch sie merkte, wie sehr sie sich verändert hatte. Wenn sie ihr Spiegelbild in einer Fensterscheibe betrachtete, sah sie eine andere Person.

Isaaka lehnte mit dem Rücken an der Wand und starrte ins Kaminfeuer. Die Lippen nachdenklich gekräuselt, die dunklen Brauen wirkten wie zwei Sturmwolken über den hellen Augen.

»Weißt du, was ich nicht begreife«, fragte Naviia. »Mein Vater war ein Weltenwandler – warum ist er nicht einfach geflohen? Warum ist er nicht ... gewandelt?«

Einen Moment lang war nur das Knacken der brennenden Scheite zu hören, und Isaaka erwiderte nicht minder traurig ihren Blick. »Der Tod bricht meist lautlos über uns herein. Ich schätze, sie haben ihn überrascht.«

»Er hat sein Tagebuch an meinem Schlafplatz versteckt.«

»Dann wollte er dich schützen. So wie meine Eltern mich und meine Schwester schützen wollten. Wahrscheinlich hatte er Angst, dass dir etwas zustößt. Diese Bastarde haben nicht mal vor einem Kind haltgemacht ...«

Suchend tastete Naviia nach Isaakas Hand und drückte sie fest, sie war heiß und feucht. »Deine Schwester Breaa ist jetzt bei den Göttern, ihr geht es gut.«

Lächelnd erwiderte Isaaka ihren Händedruck, ließ dann los und kroch unter die Decke. Naviia flocht ihr Haar und löschte die Kerze. Das Feuer würde die ganze Nacht über brennen, sonst wäre es in dem stickigen Zimmer zu kalt.

»Versuch, etwas Schlaf zu finden«, flüsterte Isaaka und lächelte zu ihr hoch.

Naviia nickte und ging zu ihrem Bett hinüber. Der Boden unter ihren Füßen knarzte, und in ihrem Kopf kreiste all das neue Wissen. Sie hatte keine Ahnung, wie sie schlafen sollte, aber die Erschöpfung steckte ihr tief in den Gliedern, und sie drehte sich auf die Wandseite. Das Feuer warf lange Schatten. Es sah aus wie ein stummer Tanz, und sie schloss die Augen. Breaa war bei den Göttern, so wie ihr Vater auch.

Dann wanderten ihre Gedanken zu dem Traum, in dem sie Kanaael und der Frühlingsgöttin begegnet war. Aber wie sollte sie Udinaa beschützen? Sie konnte weder wandeln noch Magie einsetzen. Sie musste es lernen. Unbedingt. Aber zuerst mussten sie Merlook finden. Alles andere würde sich dann zeigen. Isaakas ruhiger Atem drang zu ihr herüber, und auch Naviia verfiel endlich in einen unruhigen Schlaf.

11

Verborgen

Lakoos, Sommerlande

Die Luft war schwül. Obwohl es Nacht war, pulsierte die Hitze um sie herum, und das Zirpen der Insekten in den Bäumen begleitete sie auf ihrem Weg. Wolkenlied presste sich an die Hauswand, verbarg ihre Gestalt in der Dunkelheit und lehnte den Kopf an das noch von der Hitze erwärmte Gestein. Ihr Pulsschlag dröhnte laut in ihren Ohren, und die Angst schnürte ihr die Kehle zu. Es war falsch, hier zu sein, doch sie hatte keine Wahl. Man hatte ihr keine gelassen.

Als eine Gruppe von betrunkenen Männern an ihr vorüberlief, erschauderte sie. Sie lachten, und ihre Zungen waren schwer vom Alkohol, als sie sich Obszönitäten zuriefen. Ihr Herzschlag schnellte in die Höhe, als einer in ihre Richtung blickte und für einen Moment stehen blieb.

»Faarien, komm endlich!«

»Aber ich sehe überall schöne Frauen«, lachte der Angesprochene und wurde einen Moment später von seinem Kumpan weitergezogen.

Erleichtert atmete Wolkenlied aus, strich ihr hellbraunes Kleid glatt und prüfte, ob sich ihr strenger Zopf gelöst hatte. Es war gefährlich für eine Frau, nach Sonnenuntergang ohne Schutz oder mit blauen Bändern und somit als Hure gekennzeichnet durch diesen Teil der Stadt zu laufen. Hier im Roten Viertel, nur einen Sprung von der südlichsten Stadtmauer entfernt, wo Dirnen und Alkohol billig zu haben waren, war es als Frau nicht nur töricht, sondern auch gefährlich, sich nach Anbruch der Nacht aufzuhalten. Der süßliche Frühlingswein floss schneller, die Männer gingen nicht besonders zimperlich mit einem um.

Ihr Blick schoss zu dem Haus auf der gegenüberliegenden Seite. Wolkenlied wusste, dass sie sterben würde, sobald sie es betrat. Es gab keinen Zweifel daran. Warum sonst hatte man ihr eine Nachricht zukommen lassen?

Als sie an Sonnenlachen dachte und an die Gerüchte, die durch den Palast gewispert waren, wurde sie schwermütig. Man munkelte, einer der Herren, ein Neffe des Herrschers, habe sich an ihr vergangen, weil Sonnenlachen ein hübsches Mädchen war. Wolkenlied spuckte aus. *Selbst im Palast ist man nicht vor gierigen Männerhänden sicher.*

Sie hatten sich gut verstanden. Sonnenlachen war stets fröhlich gewesen – eine Eigenschaft, um die Wolkenlied sie zuweilen beneidet hatte. Lauer Wind kam auf, fuhr durch die Gassen, den gepflasterten Weg entlang, und bauschte ihren weit fallenden Rock auf. Die mit Brettern vernagelten Fenster des heruntergekommenen Hauses neben ihr klapperten, als ob sie die Bedrohung, die in der Luft lag, spürten.

Es war an der Zeit. Sie sollte nicht länger warten ... Also schob sich Wolkenlied zwei Finger in den Mund und pfiff dreimal kurz. Einen Moment später öffnete sich die Haustür des gegenüberliegenden Gebäudes, ein Lichtschein drang auf die unbeleuchtete Straße. In der Ferne vernahm sie Frauenlachen und Gegröle.

Mit schwerem Schritt erreichte sie den Eingang, an dessen Tür sie lautes Stimmgewirr begrüßte. Im Schein der Innenbeleuchtung tauchte ein rundes, mit Falten überzogenes Gesicht auf. Die Pupillen waren stecknadelklein, und sie bemerkte seinen blutverkrusteten linken Nasenflügel.

Bei Suv, lass ihn keine Drogen genommen haben. Das würde ihn noch unberechenbarer machen, und das anzügliche Grinsen, das der Fremde ihr schenkte, war alles andere als freundlich.

»Na, auf dich haben wir ja lange genug gewartet.«

Der näselnde, leicht verruchte Klang verursachte Wolkenlied eine Gänsehaut. Eilig stieg sie die Treppen zur Eingangstür hinauf und wollte sich an dem Mann vorbeizwängen, darauf bedacht, ihm nicht zu nahe zu kommen. Doch als er nach ihrem Hintern langte, holte sie aus und verpasste ihm eine schallende Ohrfeige.

Keuchend sprang er zurück, der gierige Ausdruck in seinen Augen schlug in Wut um. »Du Miststück, na warte!«, fauchte er und versperrte ihr mit seinem gewaltigen Bauch den Weg ins Innere der Stube. Sein fauliger Atem schlug ihr entgegen. Wild begann sie um sich zu treten, kaum dass sie seine groben Hände an ihrer Hüfte spürte. Mit einem Fauchen fuhr sie herum und hörte ihn vor Schmerzen grunzen, als sie ihm das Knie zwischen die Beine rammte.

»Lass sie los!«, hörte sie plötzlich eine herrische Stimme hinter ihrem Angreifer.

Abrupt ließ er sie los, murmelte ein paar unflätige Beschimpfungen, schob sich mit einem Knurren an ihrem Retter vorbei und verschwand schimpfend in der Stube, wo sie das Klappern von Tonkrügen und die Stimmen mehrerer Männer vernahm. Mühsam rang Wolkenlied nach Atem und achtete darauf, das Kleid, das ihre dünnen Beine entblößte, zurechtzurücken. Dann hob sie den Blick und erstarrte.

Eisblaue Augen. Und sie schienen geradewegs auf den Grund ihrer Seele zu blicken. Für ein, zwei Herzschläge hatte sie das Gefühl, vollkommen schutzlos zu sein. Erschrocken ließ sie den Blick wandern. Die hohe Statur und die nackenlangen, leicht gelockten dunkelbraunen Haare hätten einen Mann aus Lakoos vermuten lassen, doch diese ungewöhnlichen Augen wollten nicht dazu passen. Er musste aus einem anderen Land stammen. Er trug ein hellblaues Hemd, das bis zur Mitte seiner breiten Brust offen stand, und auf seinem Brusthaar lag ein silbernes Medaillon mit feinen Verzierungen, die Wolkenlied an eine Sturmwolke erinnerten. Die Hosen, die er trug, waren schwarz und saßen für lakoonische Verhältnisse viel zu tief auf seinen schmalen Hüften. Auch die dunklen Lederstiefel, eindeutig keine suviische Anfertigung, sprachen für sich. Er wirkte in dieser Gegend fehl am Platz, und hinter seinem freundlichen Gesichtsausdruck lag etwas Lauerndes, das Wolkenlied mehr Angst einflößte als der dickwanstige Kerl, der sie eben so freundlich begrüßt hatte. War dies der Mann, der alles eingefädelt hatte?

Ein winziges Lächeln umspielte seine Lippen. »Bist du fertig?«, fragte er. Sie spürte, wie sie errötete, und senkte den Blick.

»Wolkenlied?«

Seine Stimme war tief und kehlig, und sie sah ihn abermals an. Er musterte sie mit hochgezogenen Augenbrauen. Dabei fiel ihr auf, dass er seinen Bart gestutzt und kleine Zöpfe hineingeflochten hatte. Etwas Ähnliches hatte sie bei Gesandten aus Syskii gesehen.

»Danke, dass du gekommen bist«, sagte er mit leiser Stimme. Seine gesamte Körperhaltung wirkte angespannt, wie ein Raubtier kurz vor dem Sprung, und das, obwohl er den

Rücken durchgedrückt hatte und die Hände verschränkt hielt. »Komm erst einmal herein. Entschuldige bitte die Begrüßung, meine Männer haben heute etwas über die Stränge geschlagen.«

Er machte ihr Platz, und sie trat in den Flur, während er hinter ihr die Tür schloss. Der Geruch von gebratenem Fleisch und Alkohol hing in der Luft. Ein wuchtiger, hölzerner Balken trug die Decke des kleinen Vorraums, und Wolkenlied wandte sich um.

Der gut aussehende Fremde betrachtete sie eingehend. »Du musst dir keine Sorgen machen. Inaaele wird nichts geschehen, schließlich hast du deinen Teil der Abmachung eingehalten. Ich habe also nicht vor, meinen zu brechen.«

Also hatte sie mit ihrer Vermutung recht gehabt – er war derjenige, dem sie dies alles zu verdanken hatte. Der dafür gesorgt hatte, dass zwei Männer in ihr Schlafgemach eingedrungen und sie bedroht hatten. Allein der Gedanke an jene Nacht reichte aus, um bei ihr eine Reihe von widersprüchlichen Gefühlen zu wecken. Allen voran Abscheu und Ekel.

Bereits Tage zuvor hatte Wolkenlied die Männer im Palast gesehen. Man hatte sie als Boten aus Syskii vorgestellt. Sie waren umhergeschlichen, zurückhaltend, höflich, doch stets auf Distanz und mit wachsamem Blick. Bei Gesprächen hatten sie sich immer im Hintergrund gehalten, waren nie auffällig geworden. Eines Nachmittags war sie ihnen dann im ersten Stock begegnet, kurz nachdem sie Inaaele zu einer Musikstunde begleitet hatte. Und sie hatte sich noch gefragt, was die Kerle im Flügel der Prinzessin zu suchen hatten ...

In jener Nacht vor ein paar Wochen waren sie in ihr Zimmer gekommen. Noch immer spürte sie die groben Finger auf ihrem Mund, der Geschmack ihres eigenen Bluts, als sie sich gewehrt und auf die Lippe gebissen hatte. Ein Zittern überlief sie, und sie versuchte, ihre Gefühle vor dem Fremden zu verstecken. Hastig verdrängte sie alle Bilder aus ihrem Kopf.

»Du hast ihnen vorgesungen, so wie wir es dir befohlen hatten, nicht wahr?«

Sie nickte.

»Hast du Hunger? Du musst hungrig sein. Wie ich hörte, treibst du dich seit einigen Tagen in der Stadt herum.« Der Fremde machte einen Schritt zur Seite, sodass Wolkenlied einen Blick auf die Wohnstube erhaschen konnte. Dort fläzten sich mehrere Männer auf Holzstühlen um einen großen Tisch, auf dem Platten mit Fleisch angerichtet waren. Der Duft des gebratenen Fleischs ließ ihr das Wasser im Mund zusammenlaufen, aber der Anblick der Männer reichte aus, um ihr den Appetit zu verderben. Einige hielten Tonkrüge in den Pranken, andere schliefen schon halb. Manche beobachteten sie mit trägem Blick, doch sie konnte die Wachsamkeit dahinter erkennen. Der Fettwanst von eben sah sie unverhohlen an und begann sich die Finger zu lecken.

Sie wandte sich ab. »Danke, ich verzichte.«

Die Männer brachen in schallendes Gelächter aus, verstummten jedoch sofort, als der Mann mit den Eisaugen eine Geste machte. »Gut, wie du willst. Bitte entschuldige die Unannehmlichkeiten, aber ich muss dich leider fesseln lassen.« Auf einen Wink erhoben sich im Nebenzimmer zwei Männer von den Holzstühlen. Einer hielt ein dickes Seil in den Händen.

Wolkenlied wich einen Schritt zurück. »Ich bin freiwillig gekommen, ich werde nicht ...«

»Halts Maul!«, sagte der andere. Auf seiner rechten Gesichtshälfte verlief eine Narbe, die jedoch angesichts der vielen Götterzeichen, die man mit schwarzer Farbe auf seine Haut aufgetragen hatte, nicht weiter auffiel.

Wolkenlied verstummte und sah sich nach einem Fluchtweg um. Ihr Herz raste. Es war ein Fehler gewesen, hierherzukommen, Auftrag hin oder her.

»Das ist zwecklos«, sagte der Anführer, als er ihre suchenden Blicke bemerkte. »Wir haben unser Ziel erreicht. Kanaael De'Ar erinnert sich und hat gestern die Stadt verlassen. Und du bist die Einzige, die weiß, warum.«

Kanaael war verschwunden? Wolkenlied versuchte, sich ihre Unsicherheit nicht anmerken zu lassen, und rammte ihren Fuß in den Oberschenkel des Mannes mit dem Seil in den Händen. Er stieß einen Schrei aus, sein Gesicht verzerrte sich zu einer hasserfüllten Maske.

»Das hat keinen Sinn, Wolkenlied. Wenn du tust, was wir dir sagen, werden wir dich nicht allzu sehr verletzen. Aber wenn du meine Männer in Rage bringst, kann ich für nichts garantieren.«

Als Antwort spuckte sie dem Anführer vor die Füße, der sie mit einem amüsierten Lächeln beobachtete. »Sie sind Mitglieder der Ghehalla, und ich an deiner Stelle würde ihre Freundlichkeit nicht weiter ausreizen.«

»Ich bringe dieses Miststück um!«, knurrte der Kerl mit dem Seil in den Händen. Mit einem wütenden Aufschrei stürzte er auf sie zu, und Wolkenlied wich zurück, bis sie mit dem Rücken gegen die Wand stieß.

»Warte, Reenal«, sagte der Anführer und hob die Hand.

Widerwillig blieb der Riese stehen und musterte den anderen mit zusammengekniffenen Augen.

Der wandte sich Wolkenlied zu. »Du wirst keine Scherereien machen, nicht wahr?«

»Ich bin hier, damit Inaaele nichts geschieht. Ich habe unsere Abmachung eingehalten. Ich habe für Inaaele und Kanael gesungen. Also, was wollt Ihr noch von mir?« Sie klang kratzbürstiger, als sie wollte.

»Ich will dir ein Angebot machen: Ich lasse dich nicht fesseln, wenn du mir versprichst, genau zuzuhören.«

»In Ordnung.« Trotzig blickte sie in seine Eisaugen. Ein Schatten huschte über seine Züge. »Du bist mutiger, als ich erwartet habe.«

»Lieber sterbe ich mit meinem Wissen als Herrin Inaaele im Schlaf«, erwiderte Wolkenlied mit fester Stimme. Inaaeles Wohlergehen stand an erster Stelle. Egal, wie sehr sie sich auch fürchtete, sie hätte unter keinen Umständen zugelassen, dass der kleinen Prinzessin etwas zustieß. Nicht mal, wenn sie dafür mit dem Leben bezahlen sollte.

»Ich wusste, dass du die Richtige bist.«

»Für was?«, platzte sie heraus. Er kam näher und griff ihr sanft unter das Kinn, sodass sie gezwungen war, ihn anzuschauen. Seine Hand war rau, von Schwielen bedeckt. Er schien ihre Überraschung zu bemerken, denn abrupt ließ er sie wieder los und blickte an die Wand hinter ihr. »Du weißt nichts über deine Eltern, oder?«, fragte er mit sonorer Stimme.

»Was haben meine Eltern mit der Sache zu tun?«

»Ist es unfair, dich unwissend sterben zu lassen?«, fragte er leise, als spräche er nicht mit ihr, sondern zu sich selbst.

Wolkenlied fühlte die Geborgenheit, die er vermittelte, die Anziehungskraft, die er auf andere Menschen ausüben musste, und trotzdem fürchtete sie sich vor ihm. *Zeig es ihm nicht! Er bewundert deinen Mut.*

»Ihr werdet mich töten, was auch immer kommt. Doch ich möchte Euer Wort, dass Inaaele nichts geschieht.«

»Niemand wird ihr ein Haar krümmen. So war es ausgemacht, und du hast mein Ehrenwort.«

Wolkenlied war erleichtert, auch wenn sie auf sein Wort kein Kupferstück geben konnte. Doch ihr blieb nichts anderes übrig. »Meine Eltern ...«

»Deine Eltern starben kurz nach deiner Geburt. Sie wurden getötet, weil sie zu den letzten Nachkommen eines Volks zählten, das eigentlich nicht mehr hätte existieren dürfen. Nicht, nachdem man einen solchen Aufwand betrieben hatte, um es auszulöschen.«

»Aber warum?«

Die eisblauen Augen waren unbeweglich auf ihr Gesicht gerichtet. Dieser Fremde war nicht alt. Dreißig Sommer, möglicherweise etwas mehr.

»Deine Eltern trugen eine Gabe in sich, die sie dir schenkten, als sie dich gezeugt haben. Obwohl sie wussten, wie gefährlich es ist, ein Kind zu bekommen, haben sie es getan. Und dafür mit dem Leben bezahlt. Du bist mit einer Gabe ausgestattet, die kein menschliches Wesen besitzt.« Er sah sie eindringlich an. »Du bist ein Nachkomme des Verlorenen Volks.«

»Das Verlorene Volk ist eine Legende, ein Mythos ...«

»Mythen entstehen immer aus einem Kern Wahrheit.«

»Aber ...«,

»Dein Gesang ist mit Magie durchsetzt. Als Tochter des Verlorenen Volks bist du tief mit den Träumen verbunden, Wolkenlied. Du bist eine Seelensängerin. Warum hat man dir wohl deinen Namen gegeben? Schon als Kind hast du die Menschen mit deiner Stimme verzaubert und das im wahrsten Sinne des Wortes. Obwohl es verboten war, hast du gesungen, ihre Träume beeinflusst, ihnen Hoffnung auf Besserung und Liebe geschenkt. Und das, ohne von deiner Kraft zu wissen.«

Nun begriff sie, warum Kanaael so seltsam auf ihren Gesang

reagiert hatte. Sie erinnerte sich an den verwirrten Ausdruck in seinem Gesicht. So als ob ihm etwas aufgegangen war. Für einen Augenblick wanderten Wolkenlieds Gedanken zu Sonnenlachen. Hatte sie womöglich auch etwas mit dem Tod ihrer Freundin zu tun? Sie war im Schlaf gestorben, möglicherweise ... Dann zwang sie sich, ihre volle Aufmerksamkeit auf den Mann zu richten, dessen Namen sie noch immer nicht kannte. Seine eisblauen Augen fingen jede Regung ihres Gesichts ein, und er nickte beiläufig, als er bemerkte, dass sie die Teile zusammenfügte.

Fröstelnd fuhr sich Wolkenlied über die Oberarme. »Ihr habt meine Eltern gekannt, nicht wahr? Seid Ihr auch ein Seelensänger?«

»Nein, ich bin schlimmer als ein paar Halbgötter ... Und ja, ich kannte deine Eltern. Ich kenne auch dein Schicksal ... und das der Menschen, die ihr Leben gelassen haben, weil sie meinen Weg kreuzten. Vor vielen Jahren war ich im Acteapalast und habe dort eine kleine Kostbarkeit entwendet. Und doch ließ ein anderer sein Leben für den Diebstahl ...« Er schien in Erinnerungen zu schwelgen, ein amüsierter Zug hatte sich um seinen sinnlichen Mund gelegt.

»Dann verratet mir wenigstens Euren Namen, damit ich weiß, durch wessen Hand ich sterbe. Damit ich Euch im Jenseits verfluchen kann.«

Er lachte auf. »Im Jenseits ist mein Name bereits bekannt, kleine Seelensängerin. Dorthin brauchst du ihn also nicht mitzunehmen.«

Wolkenlied reckte das Kinn, ihr Herz klopfte ungestüm. »Ich möchte wissen, durch wessen Hand ich sterbe.«

Ein anerkennender Ausdruck huschte über sein Gesicht, und er senkte die Stimme: »In Ordnung, kleine Seelensängerin. Ich heiße Saaro A'Sheel aus dem Haus des stürmenden Windes.«

Ihr Blick glitt zu dem mit Schnitzereien verzierten Schaft des Schwerts, der an einem ledernen Gürtel um seine Hüften hing, und im selben Atemzug wusste Wolkenlied, dass ihr Ende gekommen war.

12

Fremder

Veena, Winterlande

Sie erreichten Veena am folgenden Nachmittag. Durch die dichte graue Wolkendecke drang nur diffuses Licht, und lautlose Schneeflocken begleiteten sie seit ihrem Aufbruch aus Maroon. Die Stadt lag auf einer Anhöhe, die vier Mauertürme stachen wie Dornen in den Himmel und waren so hoch, wie Naviia es noch nie zuvor gesehen hatte. Selbst wenn sie den Kopf in den Nacken legte, konnte sie die Spitze nicht erkennen. Von oben hatte man gewiss einen weiten Ausblick über das östliche Meer. Rauschend brachen sich die Wellen an den nahen Klippen, der frische Wind trug den Duft von Salz heran. Naviia hatte erst einmal das Meer gesehen und einen Sonnenuntergang, der den Himmel in ein brennendes Farbenspiel aus Kupfer und Feuer verwandelt hatte.

Ihr Blick wanderte zu den steinernen Türmen, die aussahen, als könnte ihnen kein zorniger Schneesturm aus Tals Atem etwas anhaben. An jedem von ihnen war eine Flagge befestigt, die zur imaginären Musik des Winds zu tanzen schien. Veena, einer der größten Handelsplätze im Süden, hatte sein eigenes Wappen, eingebettet in das Zeichen der Winterlande: der Kopf eines Yoraks vor einem weißen Hintergrund. Das mächtige Geweih rahmte die goldene

Stadt ein, die vier Dornentürme als unverkennbares Symbol Veenas.

Gewaltige Tore mit schweren Eisenvorschlägen verwehrten den Eintritt in die Stadt. Sie waren geschlossen, und nur eine kleine Tür, gerade so groß, dass ein Wagen hindurchpasste, war in die Steinmauer eingelassen. Schon in den Hüttensiedlungen vor der Stadt war es laut, es stank bestialisch nach Abfällen und vergammelten Tierresten, und die Menschen gingen ihren Geschäften nach, ohne die beiden frierenden Mädchen an den Toren zu beachten.

Fröstelnd kuschelte sich Naviia tiefer in die Decke. Sie war froh über den warmen Mantel, ihre gefütterten Handschuhe und die kuschelige Kapuze. Gleich darauf drosselte sie Nolas Geschwindigkeit, sodass sie nur noch im Schritttempo vorwärts kamen, denn zu viele Menschen drängten sich auf der belebten Straße. Eine Schlange hatte sich vor dem winzigen Einlass der Stadt gebildet, und Männer der Stadtwache waren damit beschäftigt, die Neuankömmlinge, besonders die mit Fuhrwerken, zu überprüfen. Im Gegensatz zu den freien Clans verlangten die Städte Zölle, boten dafür aber Schutz gegen Diebe und anderes Gesindel.

Naviia mochte die in Gold und Rot gekleideten Männer der Stadtwache nicht. Sie waren gierig, grobschlächtig und zuweilen brutal. Als sie noch ein Kind gewesen und ihren Vater nach Galmeen begleitet hatte, war sie im Schutz eines Mannes gereist. Jetzt lag nur Isaaka hinten auf der Ablage und schlief. Zwei Mädchen mit einer mageren Ware, noch dazu kurz vor den Dunkeltagen.

Naviias Blick wanderte die Mauer empor, dorthin, wo die Greifvögel der Wachen alles überblickten. Ihre scharfen Krallen ragten über den Rand der steinernen Plattform hinweg, und ihre majestätischen goldbraunen Flügel hatten die Spannweite von mehreren Ellen. Sie waren Nachkommen der ausgestorbenen Göttervögel, kleiner zwar, aber nicht minder beeindruckend. Einmal war sie Zeugin eines Jagdflugs dieser majestätischen Geschöpfe geworden, und so schnell wollte sie dieses grausame Erlebnis nicht wiederholen.

»Isaaka«, zischte Naviia über die Schulter hinweg, als der Schlankere der Stadtwachen den Kopf hob und ihr geradewegs ins Gesicht blickte. Seine Lippen verzogen sich zu einem anzüglichen Lächeln, und er stieß seinen Kameraden in die Rippen, der gerade damit beschäftigt war, die Taschen einer kränklich wirkenden Frau zu durchsuchen. Als die lautstark protestierte, schubste er sie zur Seite und winkte die Gruppe vor ihnen heran.

Naviia sprang von ihrem Sitz auf die gepflasterte, aber schneebedeckte Straße, schlug ihre Kapuze zurück und griff nach Nolas Geschirr, um sie zu führen.

»Isaaka, ich könnte vielleicht deine Hilfe gebrauchen«, sagte sie laut, und das zerknitterte Gesicht ihrer Begleiterin tauchte zwischen den Fellen auf.

»Sind wir etwa schon da?« Ihre Stimme klang schlaftrunken.

»Ja, und die Nächsten bei der Stadtwache.«

Isaaka, die sich gerade streckte, hielt inne und richtete sich auf. Mit vorgebeugtem Oberkörper erfasste sie die Situation auf einen Blick, prüfte ihre Flechtfrisur und kletterte vom Wagen. »Danke, dass du mich geweckt hast.« Sie stemmte die Hände in die Hüften und trat vor Naviia, als sich die anzüglich grinsende Wache zu ihr umwandte.

»Na, Schätzchen?«, fragte der Mann, eine Hand am Heft seines Schwerts. Eine Gesichtshälfte war mit Zeichen der alten Götterschriften bedeckt, die schwarze Farbe stand im starken Kontrast zu seiner hellen Haut. Wie viele im Land versuchten die Stadtwachen sich gegen Böses zu schützen, und offen getragene Zeichen waren eine Methode. Es waren alte Schriftzeichen, die Naviia nicht entschlüsseln konnte. Dazu bedurfte es höherer Schriftkenntnisse, und die besaßen meist nur Priesternovizen.

»Was wollt ihr in Veena?«

»Meinen Urgroßvater besuchen«, antwortete Isaaka selbstbewusst. Seit der Bestattung ihrer Eltern waren zehn Tage vergangen. Um ihren Hals, die Schultern und den Kopf hatte sie den teuren Schal ihrer Mutter geschlungen, der blaue Stoff schmeichelte ihr, und Naviia bemerkte den wohlwollenden Blick der Stadtwache, die sich mit der Zunge über die Lippen fuhr.

»Soso, deinen Urgroßvater. Und was habt ihr bei euch?«

Naviia machte einen Schritt nach vorn. Um ihre Nervosität nicht zu verraten, hatte sie die Hände ineinandergelegt. »Ich handle mit Hraanosfellen. Wir kommen aus dem Norden und wollen die letzten Reste loswerden.«

»*Das* ist eure Ware?«, spie der Kleinere aus. Sein blondes Haar war im Nacken zusammengebunden und der Bart im gezackten Muster des Wappens von Veena geflochten. Er kaute auf einem Stück Trockenfleisch herum.

Naviia deutete auf die fünf Felle, die noch übrig geblieben waren. »Ja, das ist alles.«

Mit zusammengekniffenen Lippen musterte der Wächter ihre Ware. »Woher stammen sie?«

»Ordiin.«

»Wie alt?«

»Mein Vater hat die Tiere vor drei Monden geschossen.«

»Und wo ist dein Vater jetzt?«

Noch bevor Naviia antworten konnte, sprang Isaaka ein: »Er wickelt in Maroon noch einige Verkäufe ab und reist uns dann hinterher. Wir sollten schon aufbrechen, wegen der Dunkeltage.«

Die Wachen wechselten einen Blick. »Das macht drei Saafer, für euer Tier und euch beide«, sagte der Ältere. Auf seinem Handrücken entdeckte Naviia ebenfalls Schriftzeichen.

»Wollt ihr uns übers Ohr hauen?«

»Isaaka«, raunte Naviia, doch ihre Begleiterin dachte gar nicht daran, sich den Stadtwachen zu beugen. Dabei wurde bereits Kindern eingebläut, sich nicht mit den oftmals schlecht bezahlten und deshalb durchaus reizbaren Männern anzulegen.

»Wir haben eine lange und beschwerliche Reise hinter uns. Das Einzige, was wir verlangen, ist der Einlass in eure wunderbare Stadt. Für drei Saafer könnte ich mir in meinem Clan eine Hütte kaufen.«

»Da oben im Norden vielleicht, aber hier bei uns bekommst du dafür nicht einmal eine fettige Fischsuppe. Allerdings ...« Der Schlankere mit dem schäbigen Grinsen machte einen Schritt auf Isaaka zu und strich ihr wie beiläufig den Schal vom Kopf. Seine Hand fuhr über ihr entblößtes Haar, glitt Stirn und Wange hinab und ruhte schließlich unter ihrem Kinn. Naviia bemerkte den trotzigen Ausdruck in Isaakas Augen, als sie die Stadtwache anfunkelte.

»Allerdings wüsste ich da etwas, womit du und deine kleine Freundin wesentlich günstiger Einlass in die Stadt bekommen könntet, Schätzchen.«

»Nur über meine Leiche«, presste Isaaka hervor.

»Hm, ihr wollt nicht bezahlen, ihr wollt nicht freundlich sein ... offensichtlich wollt ihr also auch nicht in die Stadt«, sagte der Mann, ließ Isaaka abrupt los und wandte sich den nächsten Bittstellern zu. Eine Frau und vier Männer in einfacher brauner Kleidung drängten nach vorne, und ein Ellbogen landete in Naviias Rippen, als sie unsanft beiseitegeschoben wurde. Ungläubig musste sie mit ansehen, wie die Stadtwache sie keines Blickes mehr würdigte.

»Gibt es denn wirklich ...«, setzte sie an, und der Stattlichere von ihnen drehte sich ihr zu und ließ seine Hand demonstrativ zu seinem Schwertknauf wandern, während sein Blick zu den Vögeln über ihren Köpfen schweifte.

»Verschwindet!«

Niedergeschlagen zog Naviia an Nolas Halfter und führte das Tier samt Schlitten vom Tor weg. Isaaka folgte ihr und ließ die Schultern hängen.

»Tut mir leid. Ich hätte koketter sein, meine weiblichen Vorzüge einsetzen sollen. Mutter hat es mir beigebracht, aber manchmal geht es einfach mit mir durch. Erst recht, wenn jemand so unverschämt ist wie dieser widerliche Kerl!«

»Als ob ich das noch nicht wüsste«, erwiderte Naviia und versuchte sich an einem Lächeln. »Jedenfalls müssen wir irgendwie in die Stadt kommen. Den normalen Weg können wir ja nun vergessen. Hast du eine Idee?«

»Nein, das ist auch für mich neu.« Nachdenklich kräuselte Isaaka die Lippen, und Naviia bemerkte die kleinen Eiskristalle, die sich in ihren dichten Wimpern gebildet hatten. »Mein Vater wurde in Veena geboren und trug die Insignien der Stadt, er konnte also problemlos mit seiner Familie ein- und ausgehen. Verdammt, ich hätte mich nicht so töricht anstellen sollen!« Sie konnte ein Seufzen nicht unterdrücken.

»Es wird dunkel, und ich will nicht außerhalb mit unseren Waren und de...«

»He, du!«, rief Isaaka, und Naviia schnellte herum, um gerade noch einen in Lumpen gehüllten Jungen mit weißblondem Haar zu erblicken, der sich mit einem Fell unter den dürren Ärmchen davonstehlen wollte. Mit wenigen Schritten hatte sie ihn eingeholt, packte ihn grob am Arm und zerrte ihn zurück.

»Elender Dieb!«

Die weit aufgerissenen Augen des Jungen und die vor Hunger eingefallenen Wangen berührten Naviias Herz, doch sie wusste, dass sie sich jetzt kein Mitleid leisten konnte. Grob nahm sie ihm das Fell ab und verstaute es wieder auf der Ablage.

»Das ist es!«, rief Isaaka, und ein triumphierender Ausdruck stahl sich in ihre Züge.

»Was?«

Der Junge versuchte sich aus Naviias eisernem Griff zu lösen, doch das ließ sie nicht zu. Er trat, biss und schrie. Menschen blieben stehen, um die Szene zu beobachten. Isaaka eilte an ihre Seite, verpasste dem Jungen eine Ohrfeige, die ihn verstummen ließ, und ging anschließend vor ihm in die Hocke. Ihre Gewänder streiften den nassen Boden. »Hör mir zu: Du trägst den Stempel der Stadt, nicht wahr?« Isaaka drehte die Hand des Jungen nach oben und öffnete seine zur Faust geballten Finger. In der Innenfläche war das Wappen der Stadt mit Farbe aufgemalt worden, eine Markierung, die der Junge sein Leben lang tragen würde. »Wir brauchen deine Hilfe. Wenn du uns diesen Gefallen tust, dann schenken wir dir eines der Felle, aber du musst dein Versprechen bei den Göttern leisten, hast du mich verstanden?«

Der Junge nickte mehrmals, die klaren hellgrauen Augen weit aufgerissen. Isaaka ließ seine Hand los und bedeutete Naviia, ihren Griff ebenfalls zu lockern.

»Gut. Weißt du, wo das Viertel der Silbernen Künste liegt?« Wieder nickte der Junge.

»Sehr schön. Kennst du das Haus von Merlook O'Sha, er handelt mit Tüchern aus der Sommerwelt Suvii?«

»Ja, tue ich«, piepste er.

»Gut. Dann schwöre bei den Göttern und unserem Winterwächter Tal, dass du ihm eine Nachricht übermitteln und anschließend mit ihm zurückkehren wirst. Sag ihm, seine Urenkelin Isaaka wartet vor den Toren der Stadt auf ihn. Ich muss mit ihm sprechen! Kehrst du mit ihm zurück, bekommst du ein Fellstück.« Feierlich hob sie die rechte Hand und drückte sie, alle Finger gespreizt, an ihre Stirn. »Das verspreche ich bei meinem Glauben an die Macht unserer vier Götter.«

Sie sah dabei zu, wie der Junge Isaaka unbeholfen dankte, die Beine in die Hand nahm und davoneilte. Die Wachen ließen ihn hindurch, und kurz darauf war sein weißblonder Schopf im Gewühl der Stadt verschwunden.

»Der Kleine kann vielleicht laufen! Es hätte nicht viel gefehlt, und wir wären um ein Fellstück ärmer gewesen ... Hoffentlich kommt er auch wieder«, sagte Isaaka und richtete sich auf.

»Bestimmt, ich glaube, du hast ihn ziemlich beeindruckt.«

Sie warteten eine ganze Weile, doch erst als die Dunkelheit anbrach, entdeckte Naviia den Jungen zwischen dem Knäuel an Menschen, das sich in Richtung Stadt schob. Sie hatten sich noch ein bisschen weiter abseits positioniert, um gleichzeitig ein Auge auf ihren Karren und die Menge haben zu können. Der Blondschopf schlüpfte durch eine Lücke in der Masse, und hinter ihm ging ein Mann, der jedoch unmöglich Merlook sein konnte. Als sie näher kamen, erkannte Naviia, dass er von schlanker Statur war, allerdings kaum größer als Isaaka. Die schiefe Nase wirkte fast, als habe er sie sich in einem Kampf gebrochen, was seinem gesamten Erscheinungsbild etwas Verschlagenes verlieh. Und er hatte nahezu hellbraunes Haar, was in Talveen selten vorkam. Mit selbstbewusstem Gang kam er näher, und etwas in seinem Blick verriet Naviia, dass er keine guten Nachrichten mitbrachte.

»Wo ist Merlook?«, fragte Isaaka.

Der Mann deutete eine Begrüßungsverbeugung an. »Verzeiht bitte, dass ihr so lange warten musstet. Der Junge hat mich nicht für voll genommen, er wollte nur mit Merlook sprechen. Als ich ihm erklärt habe, was geschehen ist, hat er mir eure Botschaft übermittelt. Wer von euch ist Merlooks Urenkelin?«

Isaaka kniff misstrauisch die Augen zusammen. »Wer will das wissen?«

»Fereek O'Rhees, ich war Merlooks Lehrling.«

»Lehrling?«

»Ich habe alles gelernt, was er zu lehren hatte«, erwiderte Fereek geheimnisvoll und senkte die Stimme. »Alles, was die meisten Menschen nicht zu lernen vermögen.«

»Mein Lohn!«

Der Junge hielt auffordernd die Hand auf. Naviia blickte zu Isaaka, die entschlossen den Kopf schüttelte.

»Ich sagte, ich möchte mit Merlook reden. Der Junge hat mir seinen Lehrling gebracht.«

»Mit Merlook zu sprechen wird wohl nicht mehr möglich sein«, kam Fereek dem bereits protestierenden Jungen zuvor.

Naviias Herz begann wild zu klopfen. Sie hatte alle Hoffnung in den Lehrmeister gesetzt. Er war der Einzige, der ihr Antworten auf so viele Fragen zu ihrem Vater geben konnte, und jetzt sollte ihre Reise vergebens gewesen sein? Sie wandte sich dem Lehrling zu, in dessen Gesicht aufrichtiges Mitgefühl zu lesen war. Isaaka schluckte.

»Es tut mir sehr leid, aber Merlook ist verschwunden.«

»Seit wann?«

»Ein paar Tage erst. Lange ist es noch nicht her. Jeden Halbmond, nachdem die Händler tags zuvor die neue Ware gebracht hatten, ist er in die Schenke gegangen und hat mit Freunden gefeiert. In jener Nacht ist er nicht mehr zurück ins Haus gekommen.«

»Das darf doch nicht wahr sein!«

»Warte einen Moment, Isaaka«, sagte Naviia, nahm eines der Felle von der Ablage und drückte es dem wartenden Jungen in die Hand. Der krallte sich darin fest und rannte davon. Sie drehte sich zu Fereek um, der die Brauen hob und sie betrachtete. »Also. Du bist sein Lehrling gewesen?«

»Ja.«

»Wie lange schon?«, fragte Naviia und blickte dem jungen Mann forschend ins Gesicht. Für einen Lehrling war er eigentlich zu alt. Wenn Merlook tatsächlich verschwunden war, blieb ihr keine andere Wahl, als sich an Fereek zu wenden.

»Drei Jahre.«

Isaaka nickte. »Wir haben ihn das letzte Mal vor vier Jahren gesehen. Das könnte stimmen«, gab sie zu. »Kannst du uns lehren, was er dir beigebracht hat?«

Fereek schwieg und sah zwischen ihnen hin und her. Sein ernster Ausdruck wich etwas anderem, das Naviia nicht recht einzuordnen wusste. War es Sorge?

»Selbstverständlich. Die Stadt ist aber kein sicherer Ort. Hier sind überall Augen und Ohren, und das, was wir besprechen, sollten nicht die Falschen zu hören bekommen.«

Naviia sah, wie Isaakas Hand zu ihrem unter dem Mantel verborgenen Dolch wanderte. Sie blickten einander für den Bruchteil eines Augenblicks in die Augen, und beiden schien klar zu sein, dass sie diesem Kerl noch nicht ganz vertrauten. Im Grunde hatten sie nur sein Wort.

Naviia nickte unmerklich, und Isaaka wandte sich wieder dem Fremden zu. »Was schlägst du also vor?«, fragte sie.

»Im Veenwald gibt es eine Hütte, eine alte Heilerin hat dort gewohnt. Allerdings ist sie vor einiger Zeit verstorben. Seitdem steht die Hütte leer. Lasst uns dorthin fahren.«

Naviia und Isaaka wechselten einen Blick.

»Warte einen Moment.«

Naviia packte Isaaka am Arm und zog sie ein gutes Stück von Fereek weg, der sie beobachtete.

»Wer weiß, ob er die Wahrheit sagt. Was deinen Urgroßvater betrifft.« Sie senkte die Stimme. »Wenn er gezeichnet ist, können wir es in dieser Hütte prüfen. Aber was Merlook angeht …«

»Du hast recht«, erwiderte Isaaka, und ihre Miene verfinsterte sich. »Vielleicht können wir jemanden gegen Geld beauftragen, Nachforschungen anzustellen.«

Naviia nickte, gleichzeitig spürte sie, wie ein wenig Hoffnung zurückkehrte. Möglicherweise war doch nicht alles umsonst gewesen.

13

Stumm

Lakoos, Sommerlande

In dem Augenblick, in dem Wolkenlied wieder zu sich kam, sehnte sie sich nach dem Tod. Drückende Enge, die ihren ganzen Körper einschloss, ein feuchtwarmes Gefühl auf der Haut. Es war, als hätte ihr jemand einen nassen, nach Verwesung stinkenden Lappen auf Mund und Nase gepresst. Panisch unterdrückte sie den Impuls, tief einzuatmen. Das, was sie trotz der Beklommenheit riechen konnte, ließ sie würgen, und sie begriff erst nach und nach, dass sie irgendwo feststecken musste. Der Geruch von Exkrementen war beißend, Hitze brannte und verteilte den bestialischen Gestank nach verdorbenem Fleisch in der Luft. Ihre Lider schienen von einer klebrigen Flüssigkeit benetzt zu sein, denn sie hatte Mühe, sie zu öffnen.

Wo bin ich?

Auch wenn Wolkenlied ihre Glieder kaum bewegen konnte, hatte sie das Gefühl, tausend kleine Beinchen auf ihrer Haut zu spüren. Abscheu und Ekel ließen sie abermals würgen, und sie versuchte die Augen zu öffnen. Ihre Gedanken überschlugen sich. Wenn sie nicht bald an die frische Luft gelangte, würde sie nicht mehr genügend Sauerstoff bekommen. Jeder noch so flache Atemzug brannte wie Feuer in den Lungen, dazu kam der fürchterliche Gestank. An ihrer Hüfte bewegte sich etwas, vermutlich eine Ratte, und Wolkenlied unterdrückte den Impuls, aufzuschreien. Nur langsam gewöhnten sich ihre Augen an die Dunkelheit. Lediglich ein schmaler Streifen Licht drang zu ihr durch. Ihr Kopf fühlte sich an, als würde er in einem Schraubstock stecken. Bellende Laute und die harte Aussprache der Arbeiter im Armenviertel von Lakoos drangen unverkennbar an ihr Ohr. Ihre Glieder schmerzten, jeder Muskel ihres Körpers fühlte sich an, als sei er tagelang bearbeitet worden, und sie konnte sich nicht bewegen. Wo, bei den Göttern, befand sie sich?

Fieberhaft versuchte Wolkenlied sich an irgendetwas zu erinnern, doch nur schemenhafte Bilder zuckten durch ihre Gedanken, echte Erinnerungen kamen nicht. Dabei kannte sie ihren Namen. Wolkenlied. Doch was bedeutete er? Warum war sie hier?

Der Geruch, der sich in ihre Nase brannte, ließ Wolkenlied schlagartig erstarren. War sie im ersten Moment noch benommen gewesen, so war sie nun hellwach. Zögerlich suchte sie weiter, dabei berührte sie etwas Glitschiges, das ihr einen Schauder über den Rücken jagte. Vielleicht war es ihre eigene Fantasie, die mit ihr durchging, aber die Panik ließ ihr Herz schneller schlagen. Der kreisrunde Gegenstand war feucht und hart, und sie meinte, direkt in ein Auge zu fassen. Ein erstickter Laut drang über ihre Lippen, und dann bemerkte sie, dass sie nicht die Einzige war, die sich bewegte. Ganz in der Nähe vernahm sie ein leises Rascheln, und einen Moment später spürte sie, wie etwas sich an ihrem Schlüsselbein bewegte. So gut es ging, zog sie ihren Arm näher heran und streifte dabei etwas Weiches, das sich wie Fell anfühlte. Auf jeden Fall eine Ratte. Wolkenlieds Lunge schmerzte bei dem Versuch, Luft zu bekommen.

Bleib ruhig ... Denk nach!
Endlich schaffte sie es, ihren Arm an den Körper heranzuziehen. Ein leichtes Kratzen an ihrem Hals, das langsam höher wanderte und die Panik in ihrem Innern verstärkte. Dann war es an ihrem Kinn, und sie presste voller Entsetzen den Mund zusammen.
Dann konnte sie es fühlen.
Insekten. Tausende von kleinen Beinen glitten ihren Brustkorb entlang, wie winzige Nadelstiche, die schrecklich juckten. Als sie die zwickenden Beinchen an ihrer Ohrmuschel und den Nasenflügeln spürte, kniff sie die Augen zusammen und drehte sich auf die linke Seite. Nach und nach fielen die Insekten von ihr ab, dafür bemerkte Wolkenlied, wie eine klebrige Flüssigkeit über ihr Gesicht lief. Angstschweiß mischte sich darunter, und ihre Lunge lechzte nach Sauerstoff. Sie konnte nicht mehr. Sie musste atmen.
Voller Verzweiflung japste Wolkenlied nach Luft, und die stinkende, schleimige Masse bahnte sich ihren Weg direkt in ihre Mundhöhle. Sie würgte, als der faulige Geschmack auf ihre Zunge traf, und verzweifelt versuchte sie die Flüssigkeit wieder auszuspucken. Ein kleiner Speichelfaden lief ihre Wange entlang, der Stirn entgegen. Im selben Moment begriff Wolkenlied, dass sie kopfüber in dem Haufen stecken musste. Mit aller Kraft stemmte sie sich hoch, zog ihre Füße heran und hievte sich auf alle viere, während sie gleichzeitig gegen den Brechreiz ankämpfte. Keine Sekunde zu spät kniete sie sich hin und erkämpfte sich mit den Händen einen kleinen Hohlraum. Als sie sich schließlich erbrach, schossen ihr die Tränen in die Augen. Es stank. Es war heiß. Sie hatte das Gefühl, zu ersticken. Und ihre Kehle brannte wie Feuer.
Mit einer Hand wischte sie sich über den Mund, an dem noch Reste ihres Erbrochen neu klebten, doch das war ihr egal.

Langsam schien sich ihr Magen zu beruhigen, und sie versuchte ein Loch zu graben, dort, wo sie den Ausgang vermutete. Ihr Finger fanden die feuchten Überreste eines dreckigen Lumpens und blieben an einem runzeligen Stück hängen, das sich verdächtig nach fauligem Obst anfühlte. Wieder wallte Übelkeit in ihr auf, doch sie zwang sich zur Ruhe. Obwohl ihr der bestialische Gestank der verschimmelten Lebensmittel in der Nase hing, versuchte sie zu atmen. Dann fiel es ihr wie Schuppen von den Augen. Sie steckte mitten in der Müllhalde. Mit ausholenden Bewegungen schaufelte Wolkenlied sich einen Weg durch die Abfälle, dem rettenden Ausgang entgegen.

Jeder Muskel ihres Körpers schrie vor Erschöpfung, doch Wolkenlied biss die Zähne zusammen und schob den Kadaver eines Tiers beiseite. Sie spürte, wie sich kleine Maden darin bewegten, und war froh, dass ihr Magen längst leer war. Jede Bewegung war eine Qual, doch sie zwang sich, weiterzugraben. Endlich streifte ein sanfter Lufthauch ihre Hand, und die Finsternis, die sie wie eine zweite Haut umgab, lichtete sich ein wenig. Helligkeit durchdrang die Schwärze, dort, wo sich ihre Finger an die Oberfläche gruben.

»Mhoreel, schau doch! Da bewegt sich was!«

Plötzlich blendete sie Licht, und Wolkenlied blinzelte gegen die Sonne. Einen Herzschlag später sah sie zwei gebräunte Hände, die weitere Abfälle zur Seite hievten und sie aus ihrer misslichen Lage befreiten. Mit einem kräftigen Ruck wurde sie aus der Dunkelheit gezogen. Sie tauchte auf und schnappte nach Luft. Hustend und keuchend beugte sie sich über ihre zitternden Knie und atmete, so tief sie konnte, jeder Atemzug tausend Nadelstiche in ihrem Hals. Erst als sie sich einigermaßen beruhigt hatte, hob sie den Blick und sah sich um: Sie befand sich auf einer sandigen Straße, die entlang einer imposanten Stadtmauer aus ockerfarbenem Gestein verlief. Mehrere mit Geröll befüllte Karren fuhren an ihnen vorbei, und schwarz verhüllte Männer ritten auf gewaltigen schlammfarbenen Tieren an ihnen vorbei. Sie hatten zwei Höcker und eine lilafarbene Zunge. Wolkenlied starrte ihnen hinterher. Der Name des Tiers tauchte in ihrem Kopf auf, doch noch immer blieben andere Erinnerungen aus.

Kireel, es ist ein Kireel … Aber woher weiß ich das?

Ein Aufschrei ließ sie innehalten, und als sie dem Blick der Umstehenden folgte, sah sie an sich hinab. Zu ihrem Erschrecken trug sie keine Kleidung am Leib. Sie war nackt, dazu voll von ihrer eigenen Kotze und musste bis zum Himmel stinken, doch das nahm sie schon gar nicht mehr wahr.

Müde hob sie den Blick und starrte in die Augen ihres Befreiers, ein Mann mit groben Zügen und langen schwarzen, mit grauen Strähnen durchzogenen Haaren, die er in mehrere Stränge geflochten hatte. Seine Begleiterin trug ein schulterfreies Wickelkleid, ihre Arme und Beine waren mit silbernen Reifen geschmückt. Ein blau gefärbter Nasenring passte zu den hellblauen Glasperlen, die ihr Haar zierten, und Wolkenlied versuchte vergebens, mit den Händen ihre Blöße zu bedecken.

»Grundgütiger, Kind!«, rief die Frau mit schwarzen Götterzeichen im Gesicht aus, schlug die Hände über dem Kopf zusammen und löste ihren Überwurf von den Schultern. Sie stand direkt hinter dem Mann, der sie aus dem Müllhaufen gezogen hatte. Hastig versteckte sie Wolkenlieds nackte Gestalt vor den neugierigen Blicken der Umstehenden. Einige hatten in ihrer Arbeit innegehalten und sahen zu ihnen herüber.

»Was ist mit dir geschehen? Wie lautet dein Name?«

Orientierungslos blickte sich Wolkenlied um. In der Ferne

ragten gläserne Türme hinter den dicht gedrängten Häuserfassaden auf. Der Anblick löste etwas seltsam Vertrautes in ihr aus, doch sie vermochte dieses Gefühl nicht einzuordnen.

Die Fremde fasste sie behutsam bei den Händen. »Ist dir etwas zugestoßen? Woher ...« Sie hielt inne und senkte den Blick. Vorsichtig fuhr sie ihre Handlinien nach. »So zart, fast unberührt. Mhoreel, schau dir nur ihre Hände an!«, sagte sie über die Schulter, und ihr Begleiter kam näher. Nachdenklich zog er die Brauen zusammen, während er Wolkenlieds Hände betrachtete. »Seltsam. So zarte Finger habe ich bisher nur im Acteapalast gesehen. Ob sie dort vermisst wird?« Durchdringend blickte er Wolkenlied an. »Wie ist dein Name?«

Sie öffnete den Mund, doch kein Ton drang über ihre rissigen Lippen, und ihr Hals tat weh. Für einen Moment glaubte sie, die Welt würde stillstehen. Schmerz durchzuckte sie, ein beständiges Pochen, das von ihrem Rücken ausging, so heftig, dass sie keine Luft mehr bekam. Entsetzt riss Wolkenlied die Augen auf und versuchte es ein weiteres Mal, doch sie blieb stumm.

Ihr Herz hämmerte in der Brust, und sie blickte ihre beiden freundlichen Helfer starr an, die sie erwartungsvoll beobachteten.

Stille. Noch ein Moment verging.

Stille.

Zögernd fasste sich Wolkenlied an den Hals, die Schwellung hing ihr wie ein Kloß in der Kehle. *Ich heiße Wolkenlied,* wollte sie sagen, doch egal, wie sehr sie es auch versuchte, sie brachte kein Wort heraus. Erschöpft klappte sie den Mund wieder zu.

»Bist du stumm? Mhoreel, eine Stumme würden sie niemals im Palast beschäftigen.« Ein mitleidiger Ausdruck stand in den Augen der Frau. »Hast du eine Familie, zu der du gehen kannst?«

Leere. Endlose Leere. Sie hieß Wolkenlied. Doch sonst ... Krampfhaft schlangen sich ihre Finger in den gewebten Stoff, den ihr die Fremde übergeworfen hatte, und sie zwang sich, gleichmäßig zu atmen. An etwas anderes als ihren Namen vermochte sie sich nicht zu erinnern, alles war in Schwärze gehüllt. Unvermittelt schossen ihr die Tränen in die Augen. Warum war sie hier? Wer war sie, und weshalb konnte sie sich an nichts erinnern?

»Mhoreel, schau dir das arme Ding an, wir bringen sie ...«

»Du bist zu gutmütig, Weib«, unterbrach er sie grimmig. »Du weißt nicht, warum man sie hier abgelegt hat. Hier sind schwarze Hände und nicht die Götter im Spiel, das sage ich dir. Ich will mich nicht in die Angelegenheiten der Ghehalla einmischen.« Flüchtig schweifte sein Blick über Wolkenlieds zitternde Gestalt. Er senkte die Stimme und beugte sich zu seiner Frau, die inzwischen ein Stück zurückgewichen war. »Du weißt, die Ghehalla kennt kein Erbarmen, und das Mädchen haben sie sicherlich nicht ohne Grund auf der widerlichsten Müllhalde entsorgt.« Er legte zwei Finger an die Lippen und sprach ein stummes Gebet. Dann wandte er sich an Wolkenlied: »Du kannst den Überwurf behalten, aber wir können nichts weiter für dich tun. Hier«, er holte ein Stück Gebäck aus seinem Beutel und legte noch eine Münze in Wolkenlieds Hand. »Nimm das. Die Götter mögen dir beistehen.«

Ungehalten griff er nach dem Arm seiner Frau, bis sie leise protestierend seinen ausholenden Schritten folgte. Kurz darauf waren sie im Gedränge verschwunden. Auch die Gruppe an Schaulustigen löste sich nach und nach auf, bis Wolkenlied allein neben dem Berg Abfälle stand.

Sie bemühte sich ein weiteres Mal zu sprechen, wieder versagte ihre Stimme. Panisch riss sie den Mund auf und versuchte ihre Fragen laut auszusprechen, immer verzweifelter, bis sie schließlich aus vollem Leib schrie, obwohl kein Ton zu hören war. Ihre Füße gaben nach, sie sackte auf den Sandboden. Eine Wolke aus Staub schoss in die Höhe und hüllte sie ein, während sie sich ihren stummen Tränen hingab.

14

Blind

Nahe Veena, Winterlande

Ein eisiger Wind fuhr durch das dichte Geäst des Nadelwalds, während Naviia Nola vorsichtig den schmalen Weg entlangführte. Leichter Schneeregen hatte eingesetzt und hüllte die Winterwelt in tiefes Schweigen. In der Ferne war Tiergeheul zu vernehmen, ausgehungerte Stimmen, die ihre Qual mit der Nacht teilten. Die Sonne war hinter dem Horizont verschwunden, ein dünner Streifen Mondlicht drang durch die Baumkronen zu ihnen hindurch, ansonsten blieb es dunkel.

Die Welt ist in Aufruhr, dachte Naviia und zog sich ihren Schal enger um den Hals.

»Ist es noch weit?«, fragte Isaaka nach einer Weile.

Fereek, der mit langen Schritten vorausging, drehte sich zu ihnen um und schüttelte den Kopf. Durch den Schneeregen wirkten seine Haare noch dunkler, und einzelne Locken klebten ihm an der Stirn. »Nein, wir sind gleich da. Es ist nicht mehr weit.« Lässig wischte er sich die Haare aus dem Gesicht.

»Ich hoffe, du behältst recht«, antwortete Isaaka mürrisch und warf Naviia einen Blick zu. Ihre gesamte Haltung strahlte Missbilligung aus, und Hunger und Kälte taten ihr Übriges, um ihre Laune zu verschlechtern.

»Warum seid ihr wirklich nach Veena gekommen? Sicherlich seid ihr nicht ohne Grund so kurz vor den Dunkeltagen angereist. Es gab Gerüchte in der Stadt, die ich bisher für Trunkgeschwätz gehalten habe.«

Naviia konnte sehen, wie Isaaka die Stirn runzelte. »Was für Gerüchte?«

»Über Morde in jedem Winkel der Winterlande. Weltenwandler verschwinden, genauso wie die Traumtrinker und Seelensänger, einfach spurlos. Und manche von ihnen werden einfach getötet«, entgegnete Fereek mit ernstem Blick, während er seinen Lederbeutel neu schulterte. Bevor sie aufgebrochen waren, hatte er einige Habseligkeiten aus Merlooks Haus zusammengetragen. Hauptsächlich Lebensmittel, die sich nun hinten auf der Karrenablage befanden. Naviia hatte die Gelegenheit genutzt, um sich mit Isaaka eingehender zu besprechen. Sie hatten mehrere Händler angehalten, die auf den Weg in die Stadt gewesen waren, und gefragt, ob sie von Merlooks Verschwinden gehört hatten. Und die meisten hatten Fereeks Geschichte bestätigt, was Isaaka immerhin ein wenig beruhigte.

»Ich weiß nicht, wie das alles zusammenhängt. Es ist jedenfalls sehr mysteriös.«

Isaakas Züge schienen zu gefrieren und ließen keinen Schluss auf ihre Gefühlswelt zu.

»Also, warum seid ihr nach Veena gekommen?«

Er stellt zu viele Fragen, dachte Naviia und wechselte einen Blick mit Isaaka, die unmerklich nickte. Er konnte sie schließlich auch in eine Falle locken. Aber er wusste nicht, wie gut sie mit Messern umgehen konnte, auch über eine längere Distanz. Zur Not würde sie ihn mit einem gezielten Wurf ins Herz töten.

»Bist du gezeichnet?«, fragte sie nun ihrerseits.

Fereek blieb stehen. Trotz der schiefen Nase war er attraktiv, und die Selbstsicherheit, die er ausstrahlte, konnte man beinahe mit Händen greifen. Das spöttische Lächeln, das seine Lippen die ganze Zeit umspielt hatte, verschwand. Nun sah er traurig zwischen ihnen hin und her. »Ja, das bin ich. Ich zeige euch meine Zeichnung, sobald wir im Trockenen sind.« Er griff sich an den Hals und zog ein Lederband hervor, das sich unter seiner Kleidung verborgen hatte. Ein sichelförmiger Anhänger kam zum Vorschein. Es hätte genauso gut eine Fälschung oder Diebesgut sein können, doch diesen Gedanken behielt Naviia für sich.

»Ich hoffe, das reicht für den Anfang«, sagte Fereek. »Also, warum seid ihr hier?«

»Meine Familie wurde ermordet«, sagte Isaaka. »Und Naviias Vater auch. Wir wollen das Wandeln lernen und herausfinden, wer hinter diesen grausamen Taten steckt.«

... und ich will meinen Vater rächen.

Der Gedanke verlieh Naviia Kraft. Gleichzeitig fragte sie sich, ob es klug war, diesem Mann zu viel zu erzählen. Wobei sie ihm, soweit sie Isaakas und ihre eigenen Kampftechniken einschätzen konnte, überlegen wären. Solange er sie nicht zu einem Versteck der Jäger der Nacht führte. Aber darauf mussten sie es nun ankommen lassen.

»Es ist also wahr«, sagte Fereek nach einer Weile mit belegter Stimme. »Das mit euren Familien tut mir sehr leid ... Und ich begreife es nicht ... Sie töten uns. Sie jagen und töten uns alle.« Er schien noch etwas hinzufügen zu wollen, beließ es aber dabei und wandte sich wieder nach vorne. Isaaka wollte ihm folgen, doch Naviia hielt sie am Arm zurück.

»Lass ihn, wir sprechen gleich darüber. Gib ihm etwas Zeit, die Nachricht zu verdauen. Und wir müssen sehen, ob wir ihm überhaupt vertrauen können.« Einen Moment lang schien ihre neue Freundin zu zögern, doch dann nickte sie. »Ja, du hast recht.«

Tatsächlich gelangten sie recht schnell zu der von Fereek angekündigten frei stehenden Holzhütte, die sich auf einer kleinen Lichtung befand. Mondlicht brach durch die Wolkendecke und beschien den frisch gefallenen Schnee. Er schimmerte und glitzerte wie eines von den Schmuckstücken, die Naviia auf den Märkten der Hauptstädte gesehen hatte. Der Anblick der Hütte löste ein vertrautes Gefühl von Geborgenheit in ihr aus, denn der Bau und das schräge Vordach, von dem dicke Eiszapfen herabhingen, erinnerten sie an ihr Ordiin. Ein kleiner Anbau hatte wohl als Stall gedient, denn es lag noch etwas Stroh aus. Fereek erreichte die Eingangstür als Erster. Ohne ein Wort zu verlieren, machte er sich daran zu schaffen und öffnete sie gewaltsam, indem er seine Schulter dagegenrammte. Naviia behielt ihn genau im Auge. Er machte nicht den Eindruck, als würde hinter der Tür eine Horde von blutrünstigen Mördern lauern. Trotz des heftigen Aufpralls und der Schmerzen, die er verspüren musste, verzog er keine Miene. Dann verschwand er im dunklen Innern der Hütte.

»Wenn es dir nichts ausmacht, würde ich Nola versorgen, bevor wir reingehen.«

Isaaka schwieg ein paar Herzschläge lang und kaute nachdenklich auf ihrer Unterlippe. »Wenn ich ehrlich bin, habe ich nicht das Gefühl, dass er uns Böses will. Eigentlich habe ich eine ganz gute Menschenkenntnis.«

»Hm, sogar so gut, dass du mich mit deinem Langdolch aufspießen wolltest, als wir uns das erste Mal begegnet sind«, warf Naviia augenzwinkernd ein und erntete dafür einen bösen Blick.

»Wenn du mich leblos in der Hütte auffindest, weißt du ja, was zu tun ist. Ich gehe jedenfalls hinein, wenn du nichts dagegen hast.« Mit diesen Worten nahm sie die übrigen Felle vom Karren. »Beeil dich.«

Naviia sah ihr einige Herzschläge lang hinterher, wartete, bis Isaaka in der Hütte verschwunden war, und machte sich dann daran, einen guten Platz für Nola herzurichten. Immer wieder wanderte ihr Blick zur Hütte, doch als alles ruhig blieb und sie sogar Isaakas Lachen vernahm, entspannte sie sich. Ihre Wachsamkeit würde sie dennoch vorerst nicht ablegen. Sie spannte Nola aus, schob den Karren in den hinteren Teil des provisorischen Stalls und holte die letzten Futtervorräte hervor.

Als Naviia einige Zeit später die Hütte betrat, sich die Schuhe abklopfte und ihre Felle abstreifte, stellte sie mit einem Blick fest, dass es zwei Räume gab und in der größeren Wohnstube bereits ein Feuer brannte. Obwohl es noch nicht jeden Winkel der kleinen Hütte erreicht hatte, spürte sie eine wohlige Wärme und schloss rasch die Tür. Quer durch den Raum waren Leinen gespannt, aber nur auf einigen hingen noch Kräuterzweige und Kochutensilien. Es roch modrig und nach abgestandener Luft. Auf der linken Seite hatten Isaaka und Fereek eine vorgefertigte Feuerstelle entzündet, auf der anderen Seite lagen Felle aus, und es gab einen Rundtisch sowie einige Regale, die aber so gut wie leer waren. Ein zweites Regal lag umgestoßen auf dem Boden. Anscheinend war schon jemand vor ihnen hier gewesen, und sie beschloss, diese Tatsache weiter im Hinterkopf zu behalten.

»Fereck meint, dass wir in Gefahr sind«, sagte Isaaka, während sie sich zu ihr umdrehte. Naviia gefiel nicht, wie Isaaka ihn dabei ansah. »Die Gerüchte reichen noch viel weiter, als wir angenommen haben. In den Herbst-, Sommer- und Frühlingslanden sollen auch Nachkommen des Verlorenen Volks verschwunden sein. Fereek hat es in einer Taverne aufgeschnappt.« Im Grunde war es das, was Fereek ihnen erzählte, und sie wusste, dass sie mit diesen Informationen vorsichtig umgehen musste.

»Verschwunden?«, fragte sie dann.

»Sie werden ermordet. Jeder, der auch nur einen Funken Göttermagie in sich trägt«, erklärte Fereek und drehte den Kopf, um ihr in die Augen sehen zu können. Er sprach ohne jedes Gefühl, trotzdem lag in seinem Blick eine solche Intensität, dass sie sich zwingen musste, ihm standzuhalten. »Ich werde euch alles beibringen, was ich weiß. Alles, was mich Merlook gelehrt hat. Sie wollen unser Wissen auslöschen, uns unserer natürlichen Kräfte berauben, aber sie haben ihre Rechnung ohne uns gemacht.« Er zögerte. »Seid ihr jemals gewandelt?«

»Warte!« Naviia hob eine Hand. »Bevor ich dir mehr erzähle, möchte ich deinen Rücken sehen.« Sie bemerkte, wie Isaaka und Fereek einen Blick wechselten, und spürte einen kurzen Stich in der Brust.

»Um ehrlich zu sein«, begann Isaaka entschuldigend, »hat er das bereits getan. Mach dir keine Sorgen. Er ist auf unserer Seite.«

»Wenn du das sagst«, erwiderte Naviia und versuchte zu verbergen, wie verletzt sie war. Ohne eine Miene zu verziehen, zog sie sich ihren Fellmantel aus, hängte ihn über eine Stuhllehne und setzte sich. Vielleicht hätte sie Isaaka doch einfach bitten sollen, bei ihr und Nola zu bleiben.

Naviia spürte Fereeks Blick auf sich ruhen und wandte sich ihm zu, als er sagte: »Also, bist du jemals gewandelt?«

»Nein.« Sie schüttelte den Kopf. »Meine Mutter war eine

Seelensängerin. Sie starb bei meiner Geburt, und in unserem Dorf gab es keine anderen wie uns.« Naviia machte eine kurze Pause, und das Holz der Feuerstelle knackte leise und zauberte ein Spiel aus Licht und Schatten auf ihre Gesichter. »Ich denke nicht, dass mein Vater mir jemals das Wandeln beigebracht hätte.«

Auch Isaaka schüttelte den Kopf. »Meine Eltern hielten mich für zu jung, um mich zu unterrichten. Sie wollten warten, bis ich volljährig bin.«

»Das haben meine Eltern auch so gemacht. Dann bin ich nach Veena gegangen, um mir mein eigenes Leben aufzubauen. Dort hat mich Merlook gefunden.«

»Er hat dich gefunden?«, hakte Isaaka nach. Sie richtete sich auf und betrachtete Fereek mit neu erwachtem Interesse.

»Ich war in Veena bei einem Fernhändler in der Lehre, und eines Tages stand Merlook auf der Schwelle und unterbreitete mir ein unwiderstehliches Angebot – ich sollte zu gegebener Zeit sein Nachfolger werden. Und in den Vier Ländern weiß jeder, wer Merlook ist. Jeder, der zum Verlorenen Volk gehört.«

Nicht jeder, dachte Naviia und schämte sich fast ein wenig. Die Schutzmaßnahmen ihres Vaters kamen ihr angesichts der jetzigen Situation töricht und unüberlegt vor. Sie wäre viel weiter in ihrer Entwicklung, hätte womöglich bereits in den Süden reisen und Kanaael suchen können ...

»Morgen ist das Mondfest«, sagte Fereek. »Die Menschen werden den letzten Abend vor den Dunkeltagen feiern und am nächsten Tag die Arbeit ruhen lassen. Das sollte für unsere Zwecke reichen. Wir fangen am besten heute Nacht mit den Grundlagen an.«

Der Lärm des Mondfests, das größte den Göttern geweihte Ritual vor den Dunkeltagen, drang aus der Stadt bis zu ihrer abgelegenen Hütte herüber. Danach würde die Helligkeit der ewigen Nacht weichen, für drei Mondperioden. Und mit den Dunkeltagen käme die Gefahr.

»Ich löse dich ab, dann kannst du ein wenig Schlaf finden«, sagte Fereek, und Naviaa schreckte aus ihren Gedanken auf. Sie stand mit dem Rücken zu dem kleinen Raum und blickte hinaus in den Wald, dessen Geäst in der Dunkelheit bedrohlich in den Himmel ragte. Wie aus dem Nichts war er plötzlich hinter ihr aufgetaucht und stellte sich nun neben sie ans Fenster. Isaaka schlief. Das Geräusch ihres gleichmäßigen Atems erfüllte den Raum, und Naviia beneidete sie um ihren Schlaf. Trotzdem hatte sie sich entschlossen, Fereek nicht aus den Augen zu lassen.

»In Ordnung«, sagte Naviia. »Sag mal, warum müssen wir lernen, die Träume abzuschöpfen, bevor wir weltenwandeln können?«

»Unsere innere Kraft reicht nicht aus, um ohne weitere Magie zu wandeln. Als die Götter uns der Fähigkeit des Fliegens beraubt und die Göttermagie mit den Träumen der Menschen verbunden haben, verloren die Nachkommen des Verlorenen Volks ihre Fähigkeiten.« Versonnen sah er aus dem Fenster. »Meine Eltern waren beide Weltenwandler, ich werde also niemals die Macht der Träume für mich nutzen können, wie es ein Traumtrinker kann. Ich kann aus den Träumen keine Magie abschöpfen, sondern lediglich Träume sammeln und daraus dann die Fähigkeit des Wandelns formen.« Bitterkeit schwang in seiner Stimme mit.

»Und das ist so schlimm?«

»Nein, ist es nicht«, entgegnete er bestimmt. »Jeder von uns hat eben andere Fähigkeiten.«

»Du siehst unglücklich aus.«

»Ich bin nur traurig darüber, was aus dieser Welt geworden ist. Wir sind Kinder der Götter und müssen uns wie Abschaum in Hütten verstecken, verdeckt unseren Glauben praktizieren ... Wir werden wie Tiere gejagt, und unser Andenken verschwindet aus dem Gedächtnis der Welt.«

»Aber doch nur, weil wir die Menschen ins Unglück gestürzt haben. Wir sind selbst für dieses Schicksal verantwortlich.«

Darauf erwiderte er nichts, und die Worte hingen einige Zeit schwer zwischen ihnen.

»Glaubst du, Merlook ist noch am Leben?«, fragte sie schließlich.

Fereek sah sie flüchtig an, dann wanderte sein Blick zu der schlafenden Isaaka. Seine Züge wurden plötzlich weicher.

»Wenn du nach meiner ehrlichen Meinung fragst: Nein. Aber bitte sag es ihr nicht, sie hat schon genug durchgemacht, und wir haben noch viel Arbeit vor uns. Ich möchte nicht, dass es sie weiter belastet.«

Er mag sie, schoss es Naviia durch den Kopf. Und sie wusste nicht, ob ihr das gefiel. »Du weißt, dass wir dich für deine Hilfe nicht bezahlen können.«

»Das ist völlig gleichgültig. Euch mein Wissen zu vermitteln ist das Beste, was ich im Namen des Lehrmeisters tun kann. Es ist die einzige Möglichkeit, wie das Verlorene Volk weiterlebt.«

»Ich hoffe es.«

»Uns bleibt kaum etwas anderes übrig. Die Tiere werden unruhig, und es liegt etwas in der Luft, das ich nicht einordnen kann.«

Naviia sah Fereek überrascht an. »Du spürst es auch?«

Er erwiderte ihren Blick. »Selbstverständlich. Es ist überall. Als würde sich die Welt verändern, als würden die Götter im Streit liegen.«

»Als wären sie in Aufruhr«, ergänzte sie und schüttelte den Kopf. Ein Frösteln überzog ihre Arme. Sie dachte an Kev und ihren Traum. »Ich habe Angst.« Damit gestand sie sich und ihm mehr ein, als sie wollte. Ihr war bewusst, dass er ihre Angst als Schwäche auslegen könnte, aber in diesem Moment war es ihr gleichgültig.

»Ich auch, Naviia. Mehr, als du dir vorstellen kannst.« Plötzlich wirkte er bedrückt, seine schlanke Gestalt erschien im Mondlicht schmaler und ausgezehrter. Sie wurde das Gefühl nicht los, dass er etwas vor ihnen verbarg.

»Sagt dir der Name Kanaael etwas?«

»Der Herrschersohn aus Suvii heißt so, aber der Name ist in den Sommerlanden sehr geläufig, warum?«

Die Sommerlande, Suvii also. »Nur so, ich habe den Namen irgendwann einmal aufgeschnappt«, erwiderte sie. »Wir sollten so früh wie möglich mit unseren Übungen beginnen.«

»Ja«, pflichtete ihr Fereek bei. »Du weckst Isaaka bei Anbruch des Morgens, sobald die Vögel zu hören sind, und ich suche uns etwas zum Frühstück.«

»Ich kann das mit dem Frühstück übernehmen«, beeilte sie sich zu sagen, und für einen Moment glaubte sie, ein ärgerliches Funkeln in seinen Augen zu erkennen. Dann hob er den Mundwinkel und lächelte.

»In Ordnung. Lass uns dann keine Zeit verlieren. Jetzt kannst du dich erst einmal ausruhen.«

Naviia nickte gespielt dankbar, tapste hinüber zu dem Fellberg, der ihr als Bett diente, und zog sich eine Wolldecke, die sie in einem morschen Schrank gefunden hatte, bis unter die Nase. Eine Weile beobachtete sie noch Fereek, der am Fenster stehen geblieben war und sich nicht rührte.

Erst als sie am Morgen zu dritt um das neu entfachte Feuer saßen und sie ihn ein weiteres Mal musterte, ging ihr auf, was sie die ganze Zeit über stutzig gemacht hatte. Fereek wirkte nicht bedrückt, sondern schuldbewusst.

15

Instinkte

Lakoos, Sommerlande

Wolkenlied presste sich an die Hauswand und versuchte, möglichst lautlos zu atmen. Dabei spürte sie ihren dröhnenden Herzschlag und betete insgeheim, dass die Frau, die soeben auf die von Laternenlicht erhellte Straße getreten war, um die Ecke verschwand.

Sogar aus der Distanz konnte man ihr zorniges Gemurmel hören. Würde sie den Kopf nach rechts drehen und etwas genauer hinsehen, würde sie Wolkenlied entdecken. Doch das tat die Frau nicht. Stattdessen schulterte sie eine lederne Tasche und verschwand schimpfend um die Ecke.

Wolkenlied musterte die quer über die Gasse gespannte Wäscheleine, auf der einige Kleidungsstücke zum Trocknen hingen, dann sah sie an ihrem nackten, unter dem Überwurf versteckten Körper hinab. Sie wollte nicht stehlen, aber ihr blieb kaum eine andere Wahl. Nicht, wenn sie in den nächsten Tagen herausfinden wollte, wer sie war.

Nachdenklich kniff Wolkenlied die Augen zusammen, suchte die Hauswand und die vielen übereinanderliegenden Fenster mit ihren steinernen Simsen ab. Dann riss sie zwei Stücke des Überwurfs ab, auch wenn ihr das Herz blutete, und wickelte sie sich um die Handinnenflächen. Die Wäscheleine war auf zwei Balkonen im ersten Stock angebracht, sodass sie sich nach einer Möglichkeit umsah, so hoch zu gelangen. Ihr blieb nicht viel Zeit. Jeden Augenblick konnte jemand aus dem Fenster schauen oder aus einem der zahlreichen Hauseingänge herauskommen. Also sprang sie in der Nähe eines Fenstersimses in die Höhe, um gerade so ein hervorstehendes Außenrohr zu erreichen und sich daran hochzuziehen. Ihre Oberarme zitterten vor Anstrengung, während sie die Zähne zusammenbiss und sich mit nackten Füßen an der Wand abstützte. Die Leinentücher an den Händen erleichterten ihr den Halt. Sie umklammerte das Rohr und streckte eine Hand nach dem dunkelbraunen Wickelkleid aus, das sich in ihrer Reichweite befand. Sie machte sich länger und länger und zog es schließlich von der Leine. Ebenso vorsichtig, wie sie hinaufgeklettert war, glitt sie wieder nach unten und schlüpfte hinein. Es war viel zu kurz, und ihre dünnen Beine lugten wie zwei ausgedörrte Stöckchen hervor, dennoch erfüllte das Kleid seinen Zweck.

Dann machte sie, dass sie aus der Gasse kam, und schlang den zerrissenen Überwurf um die Schultern, denn es hatte in der Nacht zuvor merklich abgekühlt. Dabei achtete sie darauf, nicht zu schnell zu gehen, um keine Aufmerksamkeit auf sich zu ziehen. Außerdem hatte sie Hunger. Wolkenlied konnte sich nicht erinnern, wann sie das letzte Mal etwas gegessen hatte. Unbemerkt huschte sie durch die dunklen Gassen. Viele Menschen waren zu diesem späten Zeitpunkt sowieso nicht mehr unterwegs. Ein paar Huren, ein paar Betrunkene und einige Pärchen, die sich heimlich trafen.

Von den überwältigenden Gerüchen angelockt, bahnte sie sich ihren Weg in eine Seitenstraße, in der sie die Hintertür einer Küche vermutete. Wolkenlieds Magen krampfte sich immer stärker zusammen, je näher sie dem Essensduft kam. Der Hunger ließ sie immer schneller werden und weckte ungeahnte Kräfte in ihr. Und tatsächlich: Kaum dass sie um die Ecke trat, erblickte sie Abfälle. Ein zynisches Lächeln breitete sich auf ihren Lippen aus.

Aus Abfällen geklettert und jetzt auf der Suche danach …
Aus einem großen Fenster zog Dampf ab, und das laute Klappern von Töpfen war zu vernehmen, mischte sich unter die gebrüllten Anweisungen einer Männerstimme. Vorsichtig schlich sie näher heran und versteckte sich unterhalb des Fensters neben den Abfällen. Der Duft war verlockend, und ihr knurrender Magen zwang sie dazu, näher heranzukriechen. Mit vor Hunger zitternden Fingern griff sie hinein und zog ein etwas zu lang geschmorrtes Fleischstück am Knochen hervor. Gierig schlug sie ihre Zähne hinein. Das Fett triefte ihr am Kinn entlang, und das Schlucken tat ihr immer noch höllisch weh, aber das war ihr egal. Der würzige Geschmack des Fleisches löste eine Welle von Glück in ihr aus, und sie schlang es förmlich hinunter. Als Wolkenlied den Knochen abgenagt hatte, wischte sie sich mit dem Handrücken über den Mund und suchte eilig weiter. Mit einem Blick über die Schulter vergewisserte sie sich, dass niemand in die Gasse getreten war, und dank des beständigen Gebrülls aus dem Innern der Küche machte sie sich zumindest da keine Sorgen.

Jemand hatte einen halben Berschaknödel weggeschmissen, und wieder einmal fragte sich Wolkenlied, woher sie die Bezeichnung für die Speisen eigentlich kannte. Sie wischte ihn an ihrem Kleid sauber und biss ein Stück ab. Das Aroma der nach Herbst schmeckenden Derschagewürze rief ohne Vorwarnung eine Erinnerung in ihr hervor, und Wolkenlied schnappte verblüfft nach Luft.

»*Finger weg von meinen Speisen! Die sind für die Hohen Herren, wir haben Gäste aus Syskii hier, sie sollen sich ein wenig wie zu Hause fühlen.*« Wütend schlug der Koch ihre Hand weg, und Wolkenlied lachte auf.

»*Liegt der Sinn des kulturellen Austauschs nicht darin, Neues auszuprobieren? Berschaknödel bekommen sie auch zu Hause in den Herbstlanden!*«

Der Palast. Sie hatte im Palast gearbeitet! Sie erinnerte sich an klappernde Töpfe, an die Gespräche in der Küche und den Geschmack des Derschagewürzes.

»Was tust du da, du elende kleine Diebin? Denkst du, die Abfälle sind für dich gedacht? Was meinst du, womit wir unser Vieh füttern! Der Braten ist für die De'Ars, und die Abfälle sind für die Schweine.«

Aus dem Nichts war der korpulente Körper des Kochs in dunkelgrauer Schürze bedrohlich über ihr aufgetaucht. Erst jetzt bemerkte sie, dass das Geschrei aus der Küche verstummt war. Hastig steckte Wolkenlied sich den Rest der herbstlichen Spezialität in den Mund und stolperte davon.

Zu langsam, denn der Koch war trotz seines mächtigen Bauchs schneller. Rasch packte er sie am Arm und schleuderte sie zu sich herum. »Elende Diebin!« Der Schlag seiner flachen Hand traf sie unvermittelt, und sie spürte ein Brennen an der Wange, während ihr Kopf zur Seite flog. Sie hustete, als sie sich an dem Knödel verschluckte. Das mittlerweile struppige Haar, das sie trotz mehrmaligen Waschens in einer Kireeltränke nicht sauber bekommen hatte, verbarg ihre glühenden Wangen wie ein Vorhang. Kleine schwarze Punkte tanzten vor ihren Augen, und ihr Blick fiel auf die massiven Lederstiefel des Kochs. »Wenn ich dich noch einmal hier erwische, prügle ich dich tot! Jetzt mach, dass du dich davonscherst!«

Abrupt ließ er sie los, spuckte vor ihr aus und verschwand wieder im Innern der Küche. Wolkenlied blieb benommen zurück, während der Schmerz auf ihrer Wange ihre Gesichtshälfte lähmte und sie ein heftiges Pochen in ihrer Hüfte spürte. Gleichzeitig war sie froh, so glimpflich davongekommen zu sein. Als sie sich etwas beruhigt hatte und die Schmerzen verblassten, wanderte ihr Blick zu den gläsernen Kuppeln des Palasts.

De'Ar. Er hatte gesagt, das Essen sei für die Familie De'Ar bestimmt. Der Name löste ein verheißungsvolles Kribbeln in ihrer Brust aus. Ein warmes, vertrautes Gefühl stieg in ihr auf, und Wolkenlied lächelte, obwohl es schmerzte. Möglicherweise hing ihre Erinnerung mit diesem Palast zusammen. Morgen würde sie dorthin gehen und herausfinden, wer sie war.

16

Übung

Nahe Veena, Winterlande

»Lauscht in euch hinein. Ihr müsst eure völlige Mitte finden, ehe ihr euren Geist in die Umwelt entsenden könnt. Erst dann werdet ihr die Träume der Menschen hören.«

Naviia war frustriert. Seit fünf Tagen und fünf Nächten saßen sie in der Hütte fest, und noch immer machte sie nicht die kleinsten Fortschritte. Ganz im Gegensatz zu Isaaka.

Argwöhnisch öffnete sie ein Lid und beobachtete Fereek, der im Schneidersitz zwischen ihnen saß, die Hände links und rechts auf seinem Oberschenkel abgelegt. Er hatte die Augen geschlossen, während seine monotone Stimme den Raum erfüllte. »Es gibt nur einen Weg in euer Innerstes. Ihr müsst jede Empfindung zulassen, jeden Schmerz, jedes Glücksgefühl. Hört auf die Stimme eurer Ahnen, den Ruf der Götter, der sich in eurer Blut gemischt hat.«

Naviia spürte nichts. Gar nichts. Nur dass ihr linkes Bein eingeschlafen war, ihr Hintern brannte und Schmerz ihren steifen Rücken emporkroch. Insgeheim fragte sie sich, wie lange sie sich dieser Tortur noch aussetzen musste.

»Du bist zu verbissen, Naviia«, mahnte Fereek.

»Bald bricht der Morgen an, und wir haben nicht die geringsten Fortschritte gemacht.«

»Wir können auch eine Pause machen, wenn euch das lieber ist?«
Wie aufs Stichwort begann Isaakas Magen zu knurren, und sie lachte nervös, was sogleich die Stimmung auflockerte.
»Gern. Ich bin am Verhungern!«
»Ich hätte auch nichts gegen eine Pause. Meine Konzentration lässt langsam nach«, fügte Naviia hinzu.
Fereek grinste schief. »Das hat man gemerkt.«
Groll wallte erneut in ihr auf, und sie boxte ihm spielerisch in die Seite. Trotz ihres anfänglichen Misstrauens mochte sie Fereek. Das hinderte sie jedoch nicht daran, die andere, nachdenkliche Seite an ihm genauestens zu beobachten. Bisher hatte sie keine Möglichkeit gehabt, unter vier Augen mit Isaaka über ihre Bedenken zu sprechen.
»Ach, sei doch still! Ich kann mir nicht vorstellen, dass du es besser hinbekommen hast, als Merlook dir diese Übungen beigebracht hat.«
»Das wirst du nie erfahren«, sagte er feixend.
Naviia bemerkte Isaakas eisigen Blick und rutschte etwas von ihrem neuen Lehrer ab. Sie wollte unter keinen Umständen böses Blut zwischen ihnen aufkommen lassen. Das war ihr diese kleine Blödelei nicht wert, denn sie hatte die verstohlenen Blicke zwischen Isaaka und Fereek bemerkt. Ein Grund mehr, ihr schnellstmöglich ihre Bedenken mitzuteilen.
»Wie wäre es, wenn ihr euch um das Feuer kümmert und ich in die Stadt reite und etwas anderes als Trockenfleisch und Waldbeeren zu essen hole. Dann könnten wir uns zum Frühstück etwas Besonderes gönnen?«, schlug Fereek vor. Angesichts des immer gleichen Essens und der ständigen Leere in ihrem Bauch stimmte Naviia sofort zu, und auch Isaaka machte einen zufriedenen Eindruck. Allerdings schien sie in Gedanken versunken. Ihr weißblondes Haar fiel heute in

langen Wellen über ihre Schulter. Außerdem spielte sie auffallend oft mit einzelnen Strähnen, lächelte koketter, und auch ihr Ton war nicht immer grimmig oder aggressiv.

»Ich könnte mitkommen ...«, sagte Isaaka, und eine zarte Röte breitete sich auf ihren Wangen aus. Verlegen senkte sie den Kopf und zupfte an ihren Haarspitzen.

Auch Fereek wirkte plötzlich verlegen, fuhr sich mit einer Hand durchs Haar. »Selbstverständlich!«

Beide erhoben sich und eilten, Naviia völlig vergessend, aus der Hütte. Kopfschüttelnd sah sie ihnen nach. »Nola wird euch sicher beide tragen können«, rief sie ihnen noch hinterher, obgleich sie wusste, dass dies kein Problem darstellen würde. Als sie wenig später das Feuer entzündet und Schnee in einem Topf geschmolzen hatte, merkte sie, wie tiefe Müdigkeit von ihr Besitz ergriff. Trotz ihrer Misserfolge waren die letzten Tage körperlich anstrengend gewesen. Kein Vergleich zu den Trainingskämpfen ihres Clans, aber dennoch anstrengend genug, um sie schläfrig zu machen. Sie zerrte eines der weichen Hraanosfelle vor das Feuer, streckte sich darauf aus und schloss die Augen. *Ihr müsst jede Empfindung zulassen, jeden Schmerz, jedes Glücksgefühl. Hört auf die Stimme eurer Ahnen, den Ruf der Götter, der sich in euer Blut gemischt hat.*

Wenn es doch nur so einfach wäre. In ihr tobte ein Sturm, den sie nicht zu kontrollieren vermochte. Naviia lauschte auf ihren Herzschlag und gestattete es sich zum ersten Mal seit langer Zeit, an ihren Vater und an Daniaan zu denken.

Bumm. Bumm-Bumm.

Ach Dan, ich vermisse dich.

Ein Kribbeln breitete sich in ihren Fingerspitzen aus, wanderte in Wellen durch ihren Körper und hüllte sie in einen warmen Mantel. Sehnsucht nach Geborgenheit. Die Angst zu versagen. Wut. Machtlosigkeit. Liebe. Die Liebe zu ihrem Vater, dem einzigen Menschen auf dieser Welt, der ihr jemals etwas bedeutet hatte – jedenfalls abgesehen von Daniaan, dessen Rat und starke Schulter sie mit jedem Tag mehr vermisste. Sie fühlte sich schwach. Sie jagte einem Geist hinterher, den sie niemals erreichen konnte. Sie versagte.

Hatte das, was sie hier mit Isaaka und Fereek betrieb, überhaupt einen Sinn?

Jedes Gefühl, das sie in letzter Zeit verspürt hatte, schien auf einmal zum Greifen nahe. Naviia sah sie vor sich wie schillernde Farben. Alles, worüber sie sich den Kopf zerbrochen und was ihr innerlich Schmerzen bereitet hatte.

Bumm. Bumm-Bumm.

Hinter ihren Lidern zuckten Lichter. Sie sah die Frühlingsgöttin vor sich. Kev. Sie trug ein dunkelgrünes, schulterfreies Kleid, und die schwarzen Flügel schimmerten im Sonnenlicht. Naviia fühlte sich geborgen, und das Bedürfnis, sich in Kevs Arme zu kuscheln und von den Schwingen der Göttin umarmt zu werden, war beinahe überwältigend. Kev lächelte, und ihr Lächeln war warm und gütig, erhellte Naviias Seele. Dann trat Kanaael, der junge Mann mit den ungewöhnlichen Augen, der ihr bereits im Traum begegnet war, heran. Sein dunkles Haar war ordentlich zurückgekämmt, und das purpurfarbene Oberteil leuchtete intensiver. Ihre Gedanken wanderten zu ihrem Dorf. Sie sah die Umzäunung, spürte die Kälte des Winters auf ihrer Haut. Sie war ein Vogel, breitete die Flügel aus und flog über ihr Dorf. Dabei entdeckte sie die drei Holztürme, unversehrt, noch vor dem Brand. Ordiin. Wie es ihrem Clan wohl erging? Ob man dort seinem geregelten Alltag nachging, nichts von der Bedrohung, die über den Vier Ländern lag, mitbekam? Gefahr bestand schließlich nur für die Gezeichneten. Die Nachkommen der Götter. Oder nicht?

Bumm. Bumm-Bumm.
Naviia dachte an ihren Vater, und ihr Herz krampfte sich zusammen. Mit jeder Faser ihres Körpers fühlte sie die schmerzhafte Sehnsucht nach ihm, so als ob sie ihr Herz in Glasscherben gebettet hätte. Für ihn würde sie kämpfen, egal, wie lange es dauerte, um herauszufinden, was hinter all den Ereignissen steckte.

Das Kribbeln in den Fingerspitzen verstärkte sich, und das Knistern des Feuers schien zuzunehmen. Ihr wurde heiß. Die Hitze schien direkt in ihrem Innern zu entspringen und fegte wie ein loderndes Feuer über sie hinweg. Vor ihrem geistigen Auge tanzten die vier Farben der Götter. Weiß. Rot. Grün. Gold. Sie drehten sich, verschwammen ineinander, vermischten sich zu einem mächtigen Zeichen, und sie wollte schon die Hand nach ihnen ausstrecken ... ein Teil von ihnen werden ...

Ich bin hier! Bitte! Ich bin hier!

Ihr stummes Flehen wurde nicht erhört. Es schien fast, als ob sie sich von ihr abwandten, und das Gefühl, verlassen zu werden, schlug jäh über ihr zusammen. Sie rief ihnen hinterher. Drei Farben verblassten schlagartig, und zurück blieb das satte Grün der Frühlingsgöttin. Naviias Herz quoll über vor Liebe. Sie war der Ursprung. Der Kreis des Lebens, der Ursprung der Welt. Und sie, Naviia, war Kevs Kind. Sie war die Tochter der Göttin. Gezeichnet. Auf ewig.

Bumm.
Bumm-Bumm.

Plötzlich war Naviia, als würde sie sich teilen, zerbersten. Ihr Mund öffnete sich zu einem Schrei, doch über ihre Lippen drang kein Ton. Ihr Körper verkrampfte sich, als ob sie in einem Schraubstock steckte. Sie wollte sterben. Sie wollte leben.

Dann öffnete sich ihr Geist.

All ihre Sinne waren geschärft, ihre Umgebung klang unnatürlich laut in ihren Ohren. Das Knistern des Feuers – ein Tosen. Draußen hörte sie deutlich das Heulen des Winds, erfasste das Knirschen von Schneeflocken, wenn sie auf den Untergrund trafen. Ihre Sinne irrten weiter, tiefer in den Wald. Tierschnaufen, überall, laut. Sie hörte das Atmen eines Gnerschawolfs, der sich an seine Beute heranpirschte. Das kurze Innehalten vor dem Angriff, das Schnüffeln in der Luft – sie konnte es unmittelbar vor sich sehen. Seine Lefzen hoben sich, ein wütendes Knurren, sein Blick irrte umher, als könne er ihre Anwesenheit spüren – dann stürzte er auf sie zu, und Naviia zuckte zurück. Er sprang durch sie hindurch und grub seine gewaltigen Reißzähne in ein hellbraunes Nagetier. Der gellende Schrei des kleinen Geschöpfes klingelte in Naviias Ohren, dann wurde es unvermittelt schlaff. Ein anderes Geräusch lenkte ihre Aufmerksamkeit auf sich, und sie konnte das Kratzen des Schnabels einer Scheerialeule vernehmen. Sie war allgegenwärtig und nirgends zugleich. Ihre Nerven waren zum Zerreißen gespannt, und es kostete sie enorme Kraft, sich lediglich auf einen Punkt im Wald zu konzentrieren.

Ihr Geist glitt weiter, die Farben und Konturen waren ergraut, so als hätte jemand jedes Leben aus den Bäumen gesogen. Selbst der frisch gefallene Schnee wirkte fahl. Mit wild klopfendem Herzen durchquerte sie den Wald. Noch bevor sie wusste, wie ihr geschah, erreichte sie Veenas Stadtmauer. Eine gespenstische Stille lag über der Küstenstadt, lediglich unterbrochen von den schweren Stiefeln der Nachtwächter, die ihre letzten Runden drehten, den kurzweiligen Gesprächen der Händler und dem Stöhnen der Dirnen. Und dann spürte Naviia die Träume der Schlafenden. Sie hörte ihre

Stimmen, ihre Rufe, die stummen Gebete. Ein zartes Grün, ein kräftiges Rot, sandfarbene Träume. Wie Schleier flackerten sie in der Luft inmitten des leichten Schneetreibens. Feuerzungen, die sich ihr entgegenstreckten, und Naviia lächelte, weil sie endlich begriff. Alles ergab einen Sinn. Der Mittelpunkt der Welt, der Ursprung des Lebens.

Vorsichtig berührte sie mit ihrem Geist die flimmernden Träume, geisterhaft waberten sie wie Nebel in der Luft, suchten sich ihren Weg aus der Stadt in die Natur. Als sie den ersten Traum berührte, verspürte sie ein leichtes Brennen in ihren Fingerspitzen, und auch die Flügelzeichnungen auf ihrem Rücken pulsierten. Sanft erzitterte der Traum unter Naviias Berührung, seine Konturen verschwammen. Fasziniert beobachtete sie, wie sich die Träume durch die Nacht bewegten, die Dunkelheit mit ihren Farben erhellten.

Sie sind so wunderschön.

Naviia sog ihren Anblick in sich auf. Jede Struktur. Hoffnung, Sorgen, Wünsche. Traummagie.

Ihr Geist wanderte weiter, bahnte sich seinen Weg und umging dabei jedes Hindernis. Sie ging durch Wände. Betrat die Stadt. Flog hinauf auf schneebedeckte Dächer und eisverhangene Fenster. Nichts schien sie aufhalten zu können. Sie war schwerelos. Ein Geist. Ohne ein bestimmtes Ziel zu haben, glitt sie durch die Stadt, lauschte den intensiven Geräuschen des frühen Morgens und hörte die Geschichten dieser Menschen. Ihre Sehnsüchte und Hoffnungen auf ein besseres Leben, einen schönen Mann, einen geregelten Alltag ...

In schillernden Farben strahlten die Träume der Menschen wie ein Licht in tiefster Finsternis, und Naviia verstand alles, was sie zuvor nie begriffen hatte. Sie wusste, wer sie war.

Naviia O'Bhai, die Tochter eines Weltenwandlers.

Ihr Geist suchte und fand. Plötzlich schwebte er vor ihr.

Der dichteste Nebel von allen, ein schimmerndes Gold, schöner als alles, was sie zuvor gesehen hatte. Der Traum einer jungen Frau – längst kein Kind mehr und doch noch nicht erwachsen. Ihr gesamtes Wesen offenbarte sich mit einem Blick auf ihr Innerstes, mit einem Blick auf ihren Traum. Und Naviaa konnte alles sehen. Ein Traum voller Liebe, so sanft und zärtlich, dass Naviia ohne Vorwarnung die Luft aus den Lungen gepresst wurde. Er war noch unberührt, aber voller Macht. Die Macht, ein Leben zu füllen. Oder zu beenden. Verwundert streckte sie die Finger aus, strich behutsam über die feinen Linien, ihre Hand glitt durch den dünnen Nebel. Ein Kribbeln, das immer stärker wurde und in Wellen über ihren Körper wanderte. Grelles Licht durchzuckte ihren Geist. Sie brannte lichterloh. Schmerz explodierte um ihre Augen. Gleichzeitig wurde ihr eiskalt, und ein Frösteln überlief sie. Im selben Atemzug spürte sie das beständig stärker werdende Pulsieren ihrer Flügelzeichnungen, wie Peitschenhiebe, die auf ihren Rücken trafen. Naviia zuckte zusammen. Fast schien es so, als ob sie sich danach sehnten, sich ausbreiten und entfalten zu können ...

Erschrocken zuckte ihr Geist von dem Traum des Mädchens zurück. Voller Panik riss Naviia die Augen auf, doch sie befand sich noch immer am selben Ort. Sie war gefangen in ihrem eigenen Bewusstsein. Überall sah sie die goldene Farbe des Traums, spürte ihn bis tief auf den Grund ihrer Seele. Ihr Körper brannte, und die Schmerzen breiteten sich immer schneller aus.

Ich muss aufwachen!

Sie hörte das Lachen des Mädchens, unschuldig und rein, während sie verzweifelt versuchte, sich von dem Traum zu entfernen. Je stärker sie dagegen ankämpfte, desto heftiger schien sie sich im Nebel zu verfangen. Ein Netz aus goldenen

Fäden, die sich um ihren Körper wickelten, ihre Beine umspannten. Ihre Hände griffen ins Leere, der Traum fing sie ein, bis sie keine Luft mehr bekam. Sie ertrank, und ihr Rücken stand in Flammen.

»Naviia!« Isaakas Stimme erklang von allen Seiten gleichzeitig, ein schriller Ausruf, der sich in ihre Gehörgänge schnitt. Der Traum verschwand, und zurück blieb eine allumfassende Schwärze, tiefer als das Dunkel der Nacht und die Stille des Waldes. Kein Geräusch war mehr zu vernehmen. Sie ertrank nicht mehr.

Lass mich gehen ...

Etwas Nasses klatschte gegen ihre Stirn. Dann war es vorbei.

Als ob sie aus dem Wasser auftauchte, schnappte Naviia nach Luft und riss voller Entsetzen die Augen auf. Heftig hob und senkte sich ihr Brustkorb, und sie brauchte einige Momente, ehe sie die Orientierung wiedererlangt hatte.

Suchend sah sie sich um und musste feststellen, dass sie sich noch immer in der Hütte im Veenawald befand. Das Feuer zu ihrer Linken knisterte, als wäre nichts geschehen. Sie war noch immer dort, wo sie sich hingelegt hatte und in diesen tranceartigen Schlaf gefallen war. Quälend langsam verebbten die Schmerzen auf ihrem Rücken.

Ihr Blick fiel auf Isaaka, die neben ihr kniete. In ihrem Gesicht zeichneten sich Sorge und Angst ab, und ihr helles Haar hing ihr über die Schulter. In einer Hand hielt sie einen wasserdurchtränkten Lappen, den sie nun in einen Eimer tauchte und sanft gegen ihre Schläfe drückte.

Sie lächelte, doch das konnte nicht über die Besorgnis in ihrem Blick hinwegtäuschen. »Ist alles in Ordnung? Du hast sehr unruhig geschlafen und furchtbar geschwitzt. Du sahst aus, als ob du Schmerzen hättest. Ich wollte dich wecken, aber du hast nicht reagiert.« Sie schluckte. »Hattest du einen Albtraum?«

Vorsichtig richtete sich Naviia etwas auf, einzelne Strähnen hatten sich aus ihrem akkurat geflochtenen Zopf gelöst und klebten nun an ihrer feuchten Stirn. Sie war sich nicht sicher, ob sie Isakaa von ihrem Erlebnis erzählen sollte. Es lag an Fereek. Sie konnte es nicht an Einzelheiten festmachen, es war vielmehr dieser bestimmte Ausdruck, der sich immer dann auf seinem Gesicht abzeichnete, wenn er sich unbeobachtet glaubte. Schuldbewusstsein. Fereek verbarg etwas vor ihnen, dessen war sich Naviia sicher. Doch sie fürchtete, dass ihre Freundin blind war, was diesen Mann betraf.

»Ich ... kann mich nicht erinnern«, entgegnete sie ausweichend und vermied es, Isaaka in die Augen zu schauen.

»Das macht nichts. Du hast schreckliche Dinge erlebt – der Angriff auf dein Dorf, die Ermordung deines Vaters – vielleicht verarbeitest du das im Schlaf.«

Naviia setzte sich auf, zog die Beine an und ließ sich ihre Verwunderung darüber, dass Isaaka ihre Antwort akzeptierte, nicht anmerken. Üblicherweise entging dem sorgsamen Blick ihrer Freundin kein Detail. Doch dann bemerkte sie ihre geröteten Wangen und die glänzende Unterlippe. Isaaka wirkte abwesend, fast schon fahrig.

»Kann ich noch was für dich tun?«, fragte sie jetzt, schien aber mit den Gedanken woanders zu sein. Naviia ahnte, bei wem.

Sachte berührte sie mit der Hand ihren Rücken, der sich immer noch wund anfühlte, aber weniger schmerzte. »Nein, danke. Habt ihr was zu essen bekommen?«

»Ja, sogar für einen guten Preis. Ein Händler kannte Fereek und hat ihm einen günstigen Handel vorgeschlagen.«

Naviia warf einen Blick durch das leicht beschlagene

Fenster neben der Feuerstelle. Düster reckten sich die Nadelbäume in den schwarzen Himmel, der nun für eine geraume Weile so bleiben würde. Lediglich das grelle Mondlicht würde ihnen im Schnee ein wenig Helligkeit schenken – wenn es endlich aufhörte zu schneien und die Wolken weiterzogen. Die Dunkeltage waren angebrochen.

Dabei fiel ihr auf, dass Fereek noch nicht zurückgekehrt war. Vielleicht war das ihre Chance. Naviia zögerte noch einen Augenblick und holte dann tief Luft. »Magst du ihn?«

Beinahe erschrocken fiel Isaaka der Lappen ins Wasser, sie griff eilig danach und machte eine unbeteiligte Miene. »Wen meinst du?«

»So groß ist die Auswahl auch wieder nicht«, sagte Naviia. »Wir haben nicht gerade viele Männer kennengelernt, seit wir aufgebrochen sind. Und keinen von ihnen hast du so angesehen wie *ihn*.«

Isaaka presste den Mund zu einer dünnen Linie zusammen. »Nun ja, wir kennen uns kaum. Also ... wie kann ich da bereits von ›mögen‹ sprechen?« Angespannt nestelte sie am Saum ihres Überwurfs, den sie noch nicht abgelegt hatte. Bereits am ersten Abend hatte Naviia die Schränke in der Hütte durchsucht und gefundene Stoffreste verwendet, um für Isaaka und sich selbst neue Kleidung zu nähen. Das satte Grün des Überwurfs verlieh Isaaka eine fast königliche Aura.

»Du magst ihn«, stellte Naviia fest, dieses Mal mit etwas mehr Nachdruck.

Isaaka seufzte laut auf. »Also gut: Ja, ich mag ihn. Und ich weiß nicht mal, warum. Er ist so anders als die Männer, die ich bisher kennengelernt habe. Vielleicht ist es auch genau das. In seiner Nähe fühle ich mich sicher. Und das bedeutet mir sehr viel.«

Wie ich bei Daniaan, schoss es ihr durch den Kopf. »Vertraust du ihm auch?«
»Was willst du damit andeuten?«
Naviia erwiderte ihren Blick, unsicher, was sie sagen sollte. Ihr war bewusst, dass sie sich auf gefährlichem Terrain bewegte. »Es ist so ... Ich wollte nur ...«
»Dich kannte ich genauso wenig und habe dir mein Vertrauen geschenkt. So wie du mir. Warum du an ihm zweifelst, ist mir, ehrlich gesagt, ein Rätsel.« Je länger sie sprach, desto wütender klang ihre Stimme.
»Aber ...«
»Nein, sag nichts!«, unterbrach Isaaka sie. »Ich begreife es nämlich. Bei Tal, wie konnte ich so dämlich sein? Dabei liegt es ganz klar auf der Hand! Wie du ihn behandelst, immer sofort versuchst, dich in unsere Gespräche einzumischen. Du bist eifersüchtig.«
Naviia musste lachen und sah, wie Isaaka düster die Augenbrauen zusammenzog. »Das ist absurd, und das weißt du auch! Ich finde gar nichts an ihm. Außerdem interessiere ich mich nicht für Männer.«
Nun schossen Isaakas Brauen in die Höhe, und sie kräuselte abfällig die Lippen. In ihrem Gesicht las Naviia eine Feindseligkeit, die sie an ihre erste Begegnung erinnerte. Ihr Blick huschte ein weiteres Mal zur Tür, an der sich bisher noch nichts gerührt hatte. Hoffentlich ließ sich Fereek noch etwas Zeit. Sie musste Isaaka überzeugen, bevor er einen Keil zwischen sie trieb. »Hör zu«, sagte Naviia und griff nach der Hand ihrer Freundin. Sie fühlte sich klamm an. »Du hast gesagt, dass du *mir* vertraust, ebenso wie ich dir. Also lass mich jetzt ganz ehrlich zu dir sein: Wir brauchen Fereek, wenn wir das Weltenwandeln erlernen wollen. Eine andere Möglichkeit haben wir vorerst nicht. Aber ich traue ihm nicht.« Sie

machte eine kurze Pause und bemerkte, wie Isaaka die Augen verengte. Ihre nächsten Worte wählte sie mit mehr Bedacht: »Es sind nicht die Momente, in denen er ungezwungen und fröhlich ist. Es sind die Momente, in denen er sich unbeobachtet fühlt. Er wirkt oft abwesend, mit den Gedanken woanders ...« *Vielleicht hat Isaaka recht,* dachte sie, *vielleicht bin ich ja doch eifersüchtig.*

Isaaka entzog ihr die Hand, stand auf und trat ans Fenster. Mit hängenden Schultern sah sie hinaus. »Ich bin es leid, mich bei jedem fragen zu müssen, ob er etwas im Schilde führt«, begann sie mit leiser Stimme. Sie wischte sich ihre Hände an ihrem bodenlangen Rock ab. »Ich möchte auf mein Herz hören dürfen, ohne ständig diese Stimme im Hinterkopf zu hören, die mir zuflüstert, dass alles nicht echt sein könnte«, fuhr sie fort und wandte sich Naviia zu. »Ich habe gehört, was du gesagt hast. Aber das wird meine Gefühle für Fereek nicht ändern.«

»Mehr wollte ich auch nicht. Du solltest nur ...«

In diesem Moment öffnete sich die Tür, und Fereek brachte einen Schwall kalte Luft herein. Er schüttelte sich das nasse Haar, zog seinen Überwurf von den Schultern und warf ihn über eine Stuhllehne. Auf dem Arm trug er die Einkäufe. Naviia sah Isaaka flehend an und bat sie stumm, ihm nichts zu sagen. Erleichtert sah sie, wie ihre Freundin unmerklich nickte und sich dann lächelnd Fereek zuwandte.

»Bei den Göttern, ist das ein abscheuliches Wetter«, schimpfte er, klopfte sich den Schnee von den Füßen und trat schließlich ein. Mit einem Blick bemerkte er die gedrückte Stimmung und runzelte die Stirn. »Was ist los? Habe ich etwas verpasst?«

Dann starrte er Naviia durchdringend an, fast so, als wollte er ihre Gedanken lesen. Rasch setzte sie eine unbeteiligte

Miene auf, lächelte und erhob sich von der Feuerstelle. Wieder wurde sie von einem Schwindelgefühl ergriffen, das Pochen auf ihrem Rücken machte sich abermals bemerkbar. Vor Fereek wollte sie sich jedoch nichts anmerken lassen.

»Lasst uns frühstücken, ich komme um vor Hunger!«, sagte sie enthusiastisch und nahm Fereek das Essen ab.

Noch als sie sich abgewandt hatte, spürte sie seinen Blick im Nacken.

17

Doppelgänger

Lakoos, Sommerlande

Es dämmerte bereits, als Wolkenlied im Schatten der Häuserfassaden durch das Gassenlabyrinth schlich. Ihre Beine trugen sie immer schneller und schneller. Sie hatte ein Ziel vor Augen. Endlich!
Obwohl sie sich nicht auskannte, schien sie wie von einem inneren Kompass geleitet zu werden. Sie trat von der schmalen Gasse hinaus auf eine Hauptstraße, die unmittelbar auf einen Vorplatz führte, in dessen Mitte ein Obelisk in den rötlich schimmernden Abendhimmel ragte. Staunend blieb Wolkenlied stehen, legte den Kopf in den Nacken und betrachtete die schwarzen, weit ausgebreiteten Flügel der Bronzefigur. Mehrere kleine Feuerbecken ringsum erhellten den Platz und warfen Schatten auf die Gesichter der Menschen, die durch die Straße zum Gebet eilten. Die meisten steuerten den weißen Tempel an, dessen Vordereingang von rot bemalten Säulen gestützt wurde. Wolkenlieds Blick fiel auf eine rechteckige hölzerne Tafel, doch sie konnte die Buchstaben darauf nicht entziffern.
Dabei wurde ihr bewusst, dass sie keine Zeit verlieren sollte. Also nahm sie wieder ihre Beine in die Hand und eilte weiter. Mehrmals wurde sie von der Seite von einem der Händler

angesprochen, doch sie richtete den Blick stets geradeaus und versuchte keine unnötigen Umwege zu laufen.

Der Geruch von süßem Backwerk und gebratenen Schalentieren begleitete ihren Weg und machte es trotz der vielen kleinen Speisen, die sie mittlerweile zu sich genommen hatte, schwer, sich auf die Straße vor sich zu konzentrieren. Eine Frau stand vor einer Auslage mit Silberschmuck und pries mit durchdringender Stimme ihre Ware an. Zwei Kinder mit geröteten Wangen und fettigen schwarzen Haaren rannten an Wolkenlied vorbei, eins rempelte sie an. Ihre Gesichter, Arme und Beine starrten vor Schmutz. Am liebsten hätte sie es zurechtgewiesen, doch noch immer konnte sie nicht sprechen, und so stob das Mädchen davon, ohne sich umzusehen oder sich gar zu entschuldigen.

Entschlossen schritt sie den schmalen Weg entlang, der parallel zur Hauptstraße verlief. Das Gewirr der vielen Stimmen ließ sie dabei zurück und war froh, als sie schließlich wieder allein war. Die engen Häuserfassaden lichteten sich nach und nach, bis sie nur noch am Palast entlanglief. Die Gasse endete vor einer dunklen Holztür, die in eine der steinernen Mauern, die den Acteapalast umgaben, eingelassen war. Ihr Herz begann schneller zu klopfen.

Der Boteneingang. Woher sie das wusste, blieb ihr verborgen. Es gab eben Dinge, die ihr klar und logisch erschienen. Bei dem Anblick verließ sie der Mut. Was, wenn man ihr den Eintritt verwehrte? Insgeheim hoffte Wolkenlied, dass das Glück der Götter sie nicht vollends verlassen hatte. Ihr blieb aber keine andere Möglichkeit. Ihre Erinnerungen waren hier. Innerhalb dieser Mauern, verborgen zwischen Dienstleuten und Händlern, der Herrscherfamilie und ihrem eigenen Schicksal. Sie konnte es förmlich spüren.

Verstohlen blickte sie über die Schulter, doch die Gasse

war noch immer leer. Dafür schlug ihr das Herz unbarmherzig laut gegen die Rippen. Zögerlich wandte sie sich wieder nach vorne und klopfte an die verschlossene Tür. Die Eisenluke, die in das dunkle Holz eingelassen war, öffnete sich und offenbarte eine feindselig dreinblickende Augenpartie. Goldgesprenkelte Augen und dunkle Augenbrauen, die sich feindselig wölbten.

»Was willst du?«, bellte eine unfreundliche Stimme.

Hier hatte ihr Plan aufgehört. Sie hatte sich keine Gedanken gemacht, was geschehen würde, wenn man sie nicht erkannte. Noch immer brachte sie keinen Ton über die Lippen. Mühevoll zwang sie sich zu einem Lächeln und schob ihr Gesicht näher an die Luke heran. *Lass mich nicht im Stich, Gott der Sommerlande.*

»Wolkenlied?«, fragte der Wächter und verengte die Augen zu schmalen Schlitzen.

Einen Augenblick später öffnete sich die Tür, und im Rahmen tauchte ein fülliger Mann mit dichten Brauen und einem freundlichen Lächeln auf. Sie bemerkte das Schwert an seiner Hüfte und die hochschaftigen Lederstiefel, die zu seiner formellen Kleidung passten. Ihr Blick fiel auf das Wappen, das auf seiner Brust aufgenäht war. Ein runder Halbmond, der den Acteapalast und sein Wahrzeichen, die zwei Türme, einrahmte.

Das Wappen der Familie De'Ar!

Erinnerungen und lose Bilder zuckten durch ihren Geist, und auf einmal war da auch der Name des Wächters. Wüstenseher. Dessen ernster Blick und der grimmige Ausdruck hatten sich in Luft aufgelöst. Ohne Vorwarnung stieß er ein freudiges Lachen aus, wobei sein rundlicher Bauch auf und ab hüpfte. Keinen Augenblick später schloss er Wolkenlied in die Arme und drückte sie an sich.

Vor Erleichterung wäre sie fast in Tränen ausgebrochen. Wüstenseher hatte sie tatsächlich erkannt! Er roch nach Schweiß und Alkohol, doch das war ihr in diesem Moment herzlich egal. Glücklich ließ sie die Umarmung über sich ergehen und spürte, wie sein warmer Atem über ihren Scheitel strich.

»Bei Suv, du bist es ja wirklich! Wir haben uns solche Sorgen um dich gemacht! Nachdem Sonnenlachen gestorben war, haben wir geglaubt, dass dich dasselbe Schicksal ereilt hat ... Es tut gut, eines Besseren belehrt zu werden.« Seine tiefe Stimme vibrierte an ihrem Brustkorb. »Wo warst du die letzten Tage? Du siehst ja grauenhaft aus.« Er löste sich ein wenig von ihr und schnüffelte in die Luft. »Und du stinkst.«

Jedes Wort traf Wolkenlied direkt in die Brust. Es gab tatsächlich Menschen, die sich um sie gesorgt hatten. Sie dachte an die kalten Nächte in Einsamkeit, den Hunger, die Angst ... Tränen schossen ihr in die Augen, und sie wandte den Blick ab.

»Wie bleich du bist! Ist alles in Ordnung? Was ist geschehen?«

Traurig schüttelte Wolkenlied den Kopf, hob zwei Finger und deutete auf ihren Hals.

Wüstensehers dunkle Augenbrauen schoben sich bedrohlich zusammen, und er betrachtete sie mit schräg geneigtem Kopf. »Was ist passiert? Wieso sagst du nichts?«

Weil ich nicht mehr sprechen kann. Ihre stummen Worte brannten in der Kehle. Ohne es verhindern zu können, zuckte sie vor Schmerz zusammen.

»Kind, hat man dich deiner Stimme beraubt?«

Wolkenlied nickte resigniert und blinzelte energisch die Tränen weg.

Fragend blickte er sie an, die Lippen nachdenklich verzogen.

»War es Gift? Oder hast du wieder gesungen – du weißt doch, es steht unter Strafe. Ich habe immer gehofft, dass sie dich nicht erwischen. Du hattest eine zu große Freude daran, und wir hätten dich auch niemals verraten, aber du weißt doch selbst, wie eifersüchtig die Mädchen sein können. Und seit du die Stelle bei der Prinzessin bekommen hast, hat sie der Neid noch mehr zerfressen ...« Wüstenseher zuckte traurig mit den Achseln.

Etwas regte sich in Wolkenlieds Bewusstsein, denn seine Worte lösten eine Welle von Emotionen in ihr aus. Ihr Name, Wolkenlied. Ihre Herkunft, verborgen im Nebel des Vergessenen. Gesang. Es war verboten zu singen. Das hatte sie schon einmal gehört. Plötzlich tauchte das Gesicht von Kanaael De'Ar vor ihrem geistigen Auge auf, das Leuchten seiner grünen Augen, der nachdenkliche, stets etwas unterkühlte Blick. Hohe, ausgeprägte Wangenknochen und eine gerade Nase, die seinen noch leicht kindlichen Zügen etwas Aristokratisches und zugleich Unnahbares verlieh. Verräterisch schnell spürte Wolkenlied bei der Erinnerung ihr Herz höher schlagen. Doch da war noch etwas anderes – Kanaaels Körperwärme. Die aufgestellten Härchen ihrer Unterarme – die Enge eines kleinen Raums, irgendwo neben ihr flackerte eine Kerze. Und der Sturm in ihrem Inneren.

Woher kam diese Erinnerung?

»Egal, was es ist, man wird es nicht mehr ändern können«, fuhr Wüstenseher nun fort, während er sich an den Hinterkopf fasste und geräuschvoll die Luft einsog. »Das wird nicht einfach, meine Schöne. Du kannst nicht mehr im Palast arbeiten. Du weißt ja, wie abergläubisch die De'Ars sind – man wird niemanden mit einem solch offensichtlichen Makel tolerieren.« Er schien zu bemerken, wie sehr er sie mit seinen Worten verletzte, und tätschelte liebevoll ihre Wange. »Mach dir keine Sorgen, Wolkenlied. Wir halten doch zusammen. Du wirst keinen Hunger leiden müssen, darauf gebe ich dir mein Wort, und Suv sei mein Zeuge.« Er lächelte. »Heute ist wenig los, Pealaa ist mit ihrer Tochter an die Küste verreist, weil die Kleine krank ist, und auch Derioon De'Ar ist nicht zugegen. Soweit ich weiß, empfängt er in Helaaku eine syskiische Gesandtschaft.« Nachdenklich runzelte er die Stirn. »Man hat deine Kammer noch nicht räumen lassen. Vielleicht ist heute dein Glückstag«, sagte er und trat ein Stück beiseite. »Ich kann den Posten leider nicht verlassen, aber du kennst ja den Weg. Geh, bevor dich jemand sieht.«

Wolkenlied drückte dankbar seine Hand und verschwand in der Düsternis des Korridors. Links und rechts waren Haken aus schwerem Eisen angebracht, und vereinzelt hatte man Fackeln angezündet. Da sie relativ hochgewachsen war, musste sie den Kopf einziehen, um nicht gegen die niedrige Decke zu stoßen. Von den Fackeln ging eine angenehme Wärme aus, und sie erleichterten ihr den Weg hinauf in den Palast. Dunkel erinnerte sich Wolkenlied an den Dienstbotenausgang, der von den Angestellten genutzt wurde, um nicht dieselben Wege in die Stadt zu nehmen wie die Hohen Herren und ihre Gäste. Schließlich kam sie an eine weitere Tür, die sich zum Glück ohne Probleme öffnen ließ. Ihr Weg führte sie die Irrungen des Kellerkomplexes entlang. In ihrem Kopf hatte sie eine genaue Vorstellung von dem Lageplan des Acteapalasts, alles war klar und ergab Sinn – eine der wenigen Sachen, an die sie sich mühelos erinnern konnte. Sie kannte jede Biegung, jeden Flur, und sie wusste instinktiv, welche Wege sie besser vermied, wenn sie nicht gesehen werden wollte.

Nach einer Weile erreichte sie die Schlafkammern der Dienerschaft. Unweit der großen Steintreppe, die ins Obergeschoss führte, befand sich ihre Kammer, deren Anblick ein Kribbeln in ihren Fingerspitzen hervorrief. Die schmale, in die Wand eingelassene Tür mit dem Eisenvorschlag, die sich auch von innen verschließen ließ. Ihr Blick fiel auf die kleine Kerbe oberhalb der Klinke. Ein W. Im Gegensatz zu der hölzernen Tafel auf dem Vorplatz konnte sie den Buchstaben ohne Probleme entziffern, denn sie hatte ihn selbst eingeritzt. Sie war hier. Endlich. Und sie würde hoffentlich ein paar Antworten erhalten.

Zu ihrer eigenen Überraschung war die Tür nicht verschlossen, sondern ließ sich mühelos öffnen. Drinnen sah es aus wie immer. Wie sie es sich in ihrem Kopf vorgestellt hatte.

Sie schloss die Augen und atmete den vertrauten Geruch nach Stroh und leicht abgestandener Luft ein, ein Geruch, der sie überall sonst geekelt hätte. Während sie sich in der kleinen Kammer umsah, ließ Wolkenlied alle Gefühle zu, die ihr in irgendeiner Weise ihre Erinnerungen zurückbringen konnten.

Nichts.

Noch immer herrschte in ihrem Kopf dieselbe Leere. Frustriert öffnete sie die Augen, fuhr sich durch ihr zerzaustes Haar und suchte alles zusammen, was sie tragen und was ihr womöglich später einmal nützlich sein konnte. Ihr Blick fiel auf ihre Schlafstätte, die so viele widersprüchliche Gefühle auslöste. Das zerwühlte Laken. Der schmale Wasserkrug, auf dessen Rand ein Lappen lag und den sie für ihre Körperwäsche verwendet hatte, wenn sie einmal nicht mit den anderen Dienstmädchen hinunter zur Badequelle gegangen war, mit der man den prächtigen Garten bewässerte.

Eine Gänsehaut überzog ihre Arme, und ihr Blick flog erneut zu ihrer Schlafstätte hinüber. Etwas war hier geschehen. Und vielleicht war es auch besser, dass sie sich nicht mehr daran erinnern konnte. Kopfschüttelnd wollte sie sich abwenden, doch irgendetwas hielt sie fest.

Wie von unsichtbaren Fäden gezogen, kletterte sie an das Ende des provisorischen Betts und tastete mit suchenden Fingern das kalte Gestein dahinter ab. Hinter dem ausgedienten Strohkissen befand sich ein loser Stein, den sie mühsam aus der Wand pulte. Zum Vorschein kamen einige Münzen, die sie über die Jahre ihrer Dienerschaft von großzügigen Gesandten zugesteckt bekommen hatte. Wieder eine Erinnerung, die deutlich vor ihr lag. Schnell steckte Wolkenlied das Geld in die eingenähte Tasche ihres Kleids. Das dürfte für den Anfang reichen. Vor den Toren der Stadt hatte sie sich bereits nach Arbeit umgesehen, und wenn große Warenmengen mit syskiischen oder keväätischen Lebensmitteln eintrafen, gab es viel zu tun – auch für jemanden, der keine Stimme und keine Erinnerung mehr besaß.

Lautlos seufzend packte sie ihre wenigen Besitztümer in ein kleines Bündel und band es sich auf den Rücken, ehe sie die Kammer verließ. Enttäuschung machte sich in ihr breit. Trotzdem war es einen Versuch wert gewesen. Und er hatte sich allein wegen des Geldes gelohnt.

Vorsichtig zog sie die Tür hinter sich zu, drehte sich um und blieb wie angewurzelt stehen. Zwei Dienerinnen in fliederfarbenen Gewändern tauchten am Ende des Korridors auf und liefen hektisch in ihre Richtung, schienen sie jedoch kaum wahrzunehmen. Wolkenlied senkte den Kopf, aber sie blickten ihr ohnehin nicht ins Gesicht.

»Der Thronfolger ist unten in der Küche«, rief ihr eine der beiden im Vorbeigehen zu, dann waren sie um die nächste Biegung verschwunden.

Kanaael, schoss es Wolkenlied durch den Kopf, und ihr Herz begann zu rasen.

Entschlossen wandte sie sich der Küche zu und eilte den leeren Flur entlang, bis sie nur noch die schwere hölzerne Küchentür, die mit einigen geschnitzten Speisen verziert war, von Kanaael De'Ar trennte. Dahinter erklang ein tiefes Lachen, gefolgt von einigen aufgeregten Stimmen. Der Duft von Schokolade, gebratenen Sommerfrüchten und im Ofen gegartem Fleisch hing verführerisch in der Luft. Wolkenlied zögerte. Dann drückte sie die Klinke mit schweißfeuchten Fingern nach unten.

Mit einem leisen Quietschen schwang die Tür auf und gab den Blick auf jenes alte, von Säulen getragene Kellergewölbe frei, das die größte Palastküche beherbergte. Es war ein gewaltiger Saal, mit mehreren Feuerstellen, geschlossenen Öfen und einem Wasserbecken, in dem Wolkenlied mehrere schwimmende Fische ausmachen konnte. Es waren mindestens zwanzig Personen anwesend, von den Küchengehilfen bis zu den Köchen. Sie alle waren in ihre Arbeit vertieft, schnitten Kräuter oder nahmen Tiere aus. Wolkenlieds Blick wanderte weiter. Geschirr klapperte, Kochtöpfe wurden umhergeschoben.

Als sie die Gestalt unmittelbar vor sich bemerkte, setzte kurz ihr Herz aus. Nur zwei Schritte von ihr entfernt stand Kanaael De'Ar, den Rücken der Tür zugewandt. Ungeniert schob er sich gerade ein rotes, geleeüberzogenes Kanapee in den Mund und lachte über eine Bemerkung des Küchenjungen, der ganz in Weiß gekleidet war. Seine Schürze war schmutzig und voller Essensflecken, und er trug eine hellgraue Kappe auf dem Kopf. Dann entdeckte er Wolkenlied und starrte sie stirnrunzelnd an. Ehrfürchtig sank sie in die Knie, im selben Augenblick, in dem sich Kanaael zu ihr umdrehte. Mit der Stirn berührte sie den blank geputzten Fußboden, ihr verfilztes Haar verdeckte ihr die Sicht.

»Steh auf, bitte«, befahl ihr der Herrschersohn mit leiser Stimme. »Ich störe alle bei der Arbeit, ihr habt genug zu tun. Das Mindeste, was ich euch anbieten kann, ist, auf die Höflichkeiten zu verzichten, damit nicht noch mehr Suppen versalzen werden.« Er schien es in den Raum hineinzusagen.

Mit gesenktem Kopf stand Wolkenlied auf und spürte, wie sie errötete. Sie hatte diese Situation herausgefordert, nun war es so weit ... Aus dem Augenwinkel sah sie, wie der Küchenjunge angewidert das Gesicht verzog und sie mit finsterer Miene musterte. »Puh ... Wo hast du dich denn herumgetrieben?« Abfällig schüttelte er den Kopf. »Sau uns gefälligst nicht die ganze Küche voll! Eure Hoheit, entschuldigt bitte die Unannehmlichkeit!«

Verstohlen blickte sie zum Herrschersohn hinüber und sah, wie Kanaael eine abwiegelnde Geste machte. Das purpurne Rot seines Seidenhemds stach ihr förmlich ins Auge, es wurde von einem Gürtel mit silbernen Plättchen gehalten. Sie wagte es noch nicht, ihn anzuschauen, bemerkte jedoch die prächtigen kobaltblauen Säume, unter die sich auch etwas Schwarz mischte.

»Nein, nein. Ich habe euch schon lange genug gestört. Meine Anwesenheit bringt alles durcheinander.«

Jetzt, dachte Wolkenlied und hob flüchtig den Blick. Zwei dunkelblaue Augen sahen sie geradewegs an, und sie erschrak. Unter Aufbringung all ihrer mentalen Kräfte schaffte sie es, nicht zusammenzuzucken.

Dieser Mann war nicht Kanaael De'Ar.

Seine Statur, die Haare, das Gesicht. Er glich dem Herrschersohn bis ins kleinste Detail, er hatte dieselbe Nase und die vollen Lippen, doch es waren die Augen, die ihn verrieten. Hastig sah sie wieder auf ihre Füße, während ihr Herz verräterisch laut in ihrer Brust schlug. Sorgsam faltete sie ihre Hände, damit niemand sah, wie sehr sie zitterten.

»Grüß Gaanreal von mir. Er hat sich gestern Abend wieder einmal selbst übertroffen«, hörte Wolkenlied den falschen Kanaael sagen. »Mein Vater war sehr angetan und hat sich für seine Heimkehr in ein paar Tagen wieder die talveenische Spezialität gewünscht. Was war es noch gleich? Wurzelkrautgemüse aus den Eisbächen im Norden Talveens?«

»Steinbachmoorela«, erwiderte der Küchenjunge.

»Ach, genau! Richte es Gaanreal aus.« Lachend winkte er in die Runde und verschwand.

Wolkenlieds Gedanken überschlugen sich, während sie sprachlos dem falschen Herrschersohn hinterherblickte. Alles stand und fiel mit ihrer Erinnerung. Tief in ihrem Innern spürte Wolkenlied, dass sie ihr Gedächtnis nur wiedererlangen konnte, wenn sie Kanaael gegenüberstand.

Doch wenn das der falsche Kanaael De'Ar war, wo war dann der echte?

18

Meeresrauschen

Muun, Sommerlande

Mit tief ins Gesicht gezogener Kapuze lauschte Kanaael den Gesprächen um sich herum und fing Fetzen von Gerüchten und Geschichten ein. *Das blaue Bein* war eine zwielichtige Taverne. Nebelschreiber hatte ihm einst mitgeteilt, welche Schenken der Sommerlande er nicht aufzusuchen hatte. *Das blaue Bein* hatte ganz oben auf dieser Liste gestanden.

Seeleute, Diebe und billige Huren tummelten sich im Vergnügungsviertel der Küstenstadt, wo in jedem Winkel der Gassen stets das Rauschen des Meeres und das Brechen der Wellen zu vernehmen war. Es roch nach gegrilltem Fisch und dem dunklen Met, das die Seeleute nach einer langen Nacht am liebsten hatten.

»Wenn ich Euch einen Rat geben darf, Hoheit, Ihr fallt hier auf wie ein Dieb aus Talveen. Und Ihr seid hier keineswegs sicher ...«

Der Mann, der an den Tisch in der Nische herangetreten war, sah aus, als würde er sein Geld mit illegalen Kämpfen verdienen, die alle Neumonde in fragwürdigen Hinterhöfen stattfanden. Prankenartige Hände, die das Wappen Muuns zierten, stützten sich auf die schlecht geputzte Holzplatte vor Kanaael. Seine Worte kamen so leise heraus, dass nur Kanaael sie vernahm. Gelächter erhob sich um sie herum, Becher wurden aneinandergestoßen, und in einem anderen Zimmer spielte Musik. Aber niemand sang.

Sein Blick wanderte höher, über die kräftigen Arme und an der Kleidung hinauf, die den mächtigen Oberkörper betonte, bis hin zu dem Gesicht des Fremden, das auf einer Seite mit verschlungenen Zeichen der Götter bemalt war. Die Menschen aus Lakoos, Kinroo und den südlichen Wüstenstämmen neigten dazu, ihren Götterglauben offen im Gesicht zu tragen, hier in der Küstenregion der Sommerlande waren die Leute konservativer. Kanaael unterdrückte den Impuls, nach seinem Langdolch zu greifen.

»Ich fürchte, Ihr seid nicht sicher, Hoheit«, wiederholte der Neuankömmling. »Euer Besuch blieb nicht unbemerkt, und es gibt hier genügend Halunken, die mit Eurem Kopf Geld verdienen wollen.« Noch immer sprach der Fremde leise. »Es war etwas unüberlegt, allein aufzutauchen – was auch immer Euch dazu bewegt hat. Ich würde mich deutlich wohler in meiner Haut fühlen, wenn Ihr dem Wirt ein großzügiges Trinkgeld geben und um ein privates Hinterzimmer bitten würdet.«

Kanaael hob den Kopf und sah seinem Gegenüber geradewegs in die Augen. Dabei versuchte er, sich seine Furcht nicht anmerken zu lassen. »Woran hast du mich erkannt?«

Der Fremde rümpfte die Nase. »Ihr riecht zu gut und versucht zu auffällig, nicht aufzufallen. Dazu der teure Stoff eurer Kleidung, die Gestik – einfach alles. Außerdem war ich Leibwächter einiger Händler, die am Hof tätig waren, und habe Euch dort gesehen. Ich weiß, Eure Ausbildung ist hervorragend, und Ihr habt Eure *Urzah* mit Bravour gemeistert, doch das hier ist nicht die Arena im Acteapalast. Hier draußen geht es um einiges härter zu.«

Kanaael nickte. Wortlos löste er einen Beutel von seinem Gürtel und schob ihn über den Holztisch zu dem Fremden. Dessen Augen wurden groß – dass der Beutel mit münzähnlichen Steinen gefüllt war, wusste dieser nicht, Kanaael hoffte, dass er keinen Blick hineinwarf. Zumindest nicht, ehe er geflohen war.

»Ich danke dir für die Warnung, ich habe nicht damit gerechnet, dass mich jemand tatsächlich anzusprechen wagt. Ich weiß das zu schätzen, und du scheinst mir keine schlechten Absichten zu hegen, sonst hättest du dich nicht in solche Gefahr gebracht.«

Irritiert zog der Fremde die Brauen zusammen, seine gesamte Körperhaltung versteifte sich. Er strahlte nicht mehr die klare Selbstsicherheit aus wie noch vor wenigen Augenblicken.

»Doch«, fuhr Kanaael fort, »weshalb glaubst du, dass ich allein bin?«

Er bluffte. Da man ihn entdeckt hatte, blieb ihm keine andere Wahl.

»Ich ...«

Kanaael senkte die Stimme und blickte den Mann durchdringend an. »Nimm das Geld. Bezahl den Wirt, und bitte um den Raum hinter der Trennwand in der Speisekammer.«

Zögernd schwebte die große Hand des Mannes über dem Lederbeutel. Dann steckte er ihn ein, drehte sich um und schlenderte in Richtung Tresen davon.

Kanaael blieb nicht viel Zeit. Entweder er verließ das Etablissement durch die Hintertür, oder er traf den Fremden in dem angewiesenen Hinterzimmer. Sowohl die eine als auch die andere Lösung barg zu viele Gefahren, und er wollte es unter keinen Umständen auf einen Kampf ankommen lassen, der nur Aufmerksamkeit erregte. Dabei hatte er gehofft, unerkannt bis auf die Insel zu gelangen. Immerhin hatte er sich die Haare geschnitten und hielt sein rußgeschwärztes Gesicht stets unter der Kapuze verborgen. Und dennoch hatte dieser Kerl mit den Riesenpranken ihn erkannt.

Kanaael wog seine Möglichkeiten ab und entschied sich dann, durch die Hintertür, die direkt an seine Sitznische angrenzte, zu verschwinden. Unbemerkt verließ er die Schenke, schlüpfte durch die offene Tür und stolperte auf die kleine, im Dunkel liegende Gasse. Es war spät, und viele Menschen schliefen bereits, sodass er sich darauf konzentrieren musste, ihre Träume auszublenden. Während seiner Reise hatte Kanaael gelernt, mit seinen neuen Fertigkeiten bis zu einem gewissen Grad umzugehen. Noch immer spürte er Sonnenlachens zusätzliche Energie in sich, und auch ihr Tod machte ihm bis zum heutigen Tag zu schaffen. Er schüttelte die Gedanken ab und sah sich um. Einige Essensreste stapelten sich am zweiten Küchenausgang, und die Abfälle würden bei Anbruch des Tages vor die Tore der Stadt auf eine Deponie gebracht werden. Dort wurde alles verbrannt, was man nicht weiterverwenden konnte. Eine Notwendigkeit, die sein Urgroßvater für die Versorgung der größeren Städte eingeführt hatte.

»*Bhea hava,* Eure Hoheit«, erklang es abfällig hinter Kanaael, und als er sich umdrehte, löste sich ein Schatten von der Wand und trat auf den vom klaren Mondlicht beleuchteten Teil der Gasse. Der Mann trug schwarze Hosen im Shalwar-Schnitt und ein gewickeltes Hemd, das seine muskulösen Arme entblößte, die von Götterzeichen übersät waren. Mit schmalen Augen betrachtete er Kanaael, und seine Lippen umspielte ein schiefes Lächeln. »Ihr seht überrascht aus. Das wundert mich«, sagte er und blieb in einem Abstand von mehreren Armlängen vor ihm stehen. »Euch dürfte doch bewusst sein, dass Eure Abwesenheit in Lakoos bemerkt wurde. Euer Vater ist entsetzt, er begreift nicht, wohin Ihr so plötzlich verschwunden seid. Wie gut, dass sich Gerüchte in den Sommerlanden schneller verbreiten als die Geschlechtskrankheit der billigsten Huren aus Muun, sonst hätte ich niemals von Eurer kleinen Reise erfahren.« Er spuckte vor ihm aus. »Euer Doppelgänger erledigt seine Aufgabe wirklich hervorragend. Aber nicht gut genug.«

»Was wollt Ihr?«, fragte Kanaael.

Der Schatten grinste. »Euch. Nun, genauer gesagt, möchte ich das Lösegeld, das der Palast für Euch bezahlen wird. Die übertriebenen Moralvorstellungen Eures Vaters sind den Geschäften meiner Organisation abträglich. Vielleicht erhöht die Sorge um seinen einzigen Sohn seine Kompromissbereitschaft, schließlich sind unsere Verhandlungen neuerdings ins Stocken geraten.«

Ghehalla. Eine Verbrecherbande, die sich mit illegalen Geschäften wie Prostitution, Schutzgelderpressung und Drogenhandel finanzierte und über die Roten Viertel aller suviinischen Städte die Oberhand hatte. Seit Jahrzehnten bekämpfte man sie auf allen Wegen, die Gefängnisse waren überfüllt von Ghehallani. Bei der Vorstellung, ausgerechnet von der Ghehalla entdeckt worden zu sein, lief es Kanaael eiskalt den Rücken hinunter.

Um seine Angst zu überspielen, zog er seinen Langdolch, was seinem Gegenüber ein Kichern entlockte. »Was wollt Ihr damit anstellen? Ein paar der Nager aufspießen, die durch die Gassen huschen und nach etwas Essbarem suchen?« Er schmunzelte, wurde aber gleich wieder ernst. »Als ich von Eurer Anwesenheit in meinem Bezirk erfuhr, konnte ich mein Glück kaum fassen. Deswegen bin ich, Mharieen, persönlich gekommen, um Euch zu begrüßen, Eure Hoheit. Die alberne

Kapuze und der Dreck in Eurem Gesicht täuschen hier niemanden, Kanaael Deerin Santeeal De'Ar. Dafür konnten wir Euch die letzten Tage zu genau beobachten. Wir alle.« Er machte eine ausholende Bewegung, und Kanaael suchte die Umgebung ab. Tatsächlich. Zwischen den Häuserfassaden, hinter dem Müll und auch auf den Dächern der anliegenden Gebäude saßen, standen und lauerten schwarz gekleidete Gestalten. Verdammt.

»Ich heiße Namenlos«, sagte Kanaael und schlug die Kapuze zurück. »Ich bin im Auftrag des Königs in Muun und bin der Doppelgänger des Thronfolgers.«

Wieder lachte Mharieen, und dieses Mal stimmten die Schatten in der Gasse ein. »Namenlos, soso. Und was ist dein sogenannter Auftrag?« Die förmliche Anrede war verschwunden.

»Ich sollte euch auf mich aufmerksam machen. Glaubt ihr wirklich, ich bin zum Vergnügen in einer zwielichtigen Gegend, die, wie jedem bekannt ist, von anderen Gesetzen als denen des Herrschers regiert werden?«

»Und weshalb bist du dann hier?«

»Um euch aufzusuchen. Menschen verschwinden. Dörfer brennen. Wir ersuchen die Hilfe der Ghehalla.« Das war hoch gepokert, aber etwas Besseres war ihm auf die Schnelle nicht eingefallen.

Auf einmal wirkte Mharieen etwas verunsichert und wechselte einen Blick mit einem der Schatten.

Er ist gar nicht der Anführer. Vielleicht hatte er doch eine Chance. Jetzt musste er seine Karten nur geschickt ausspielen.

»Du kannst uns trotzdem begleiten. Vielleicht zwitscherst du noch ein paar andere Details aus ...«

»Er geht nirgendwo hin«, erscholl eine tiefe Stimme von der Hintertür der Schenke. Eine hünenhafte Gestalt stand dort – der Mann, der Kanaael gewarnt hatte. Bei dessen Anblick verspürte er kurz Erleichterung, aber nur, bis er dessen grimmigen Gesichtsausdruck bemerkte.

Mharieen fluchte. »Du hast hier nichts verloren, Geero. Geh nach Hause, und kümmere dich um deine Angelegenheiten.«

»Die Angelegenheiten des Königshauses gehen mich sehr wohl etwas an«, entgegnete Geero gelassen. »Und ich möchte mich vergewissern, dass ihr dem armen Kerl nichts antut.«

»Letzte Warnung«, zischte Mharieen, und etwas Wildes legte sich auf seine Züge.

»Ich rede nicht mit dir, sondern mit Shiaan.« Der Hüne wandte sich an die schemenhafte Gestalt, mit der Mharieen bereits einen Blick gewechselt hatte und die sich noch immer im Hintergrund hielt. »Lasst den Doppelgänger ziehen!«

Einen Moment lang herrschte tiefes Schweigen, nur die Meeresbrandung war zu vernehmen. Dann löste sich eine weitere Gestalt aus den Schatten. Ein kleiner, hagerer Mann mit schwarzem Haar und einer undurchsichtigen Miene gesellte sich zu Mharieen, der einen Schritt zurückwich, die Lippen zu einem wütenden Strich zusammengepresst.

»Du gehst zu weit, Geero. Wir brauchen ihn.«

Geero schnaubte. »Für eure Misswirtschaft kann er nichts. Du hast ihn doch selbst gehört, er ist nur der Doppelgänger. Ich an eurer Stelle würde mich viel eher um die Morde kümmern, die sich in euren Reihen häufen. Man munkelt, es verschwinden auffällig viele Mitglieder eurer Organisation, gerade die mit besonderen Fähigkeiten ...«

Kanaael horchte auf. *Besondere Fähigkeiten?* Obwohl er an den Ratssitzungen seines Vaters teilgenommen hatte, war ihm darüber nichts zu Ohren gekommen. In Shiaans Augen blitzte etwas auf, ansonsten zeigte sein Gesicht keine Regung.

»Wir sind dir heute Abend überlegen«, sagte er leise. »Das ist deine letzte Chance, ungeschoren davonzukommen: Überlass uns den Königssohn, und verpiss dich.«

»Das werden wir noch sehen«, entgegnete Geero gelassen, trat an Kanaaels Seite und griff sich über die Schulter, wo er in einem auf den Rücken gebundenen Lederhalfter zwei Schwerter trug. Er zog eines davon, und die silberne Klinge glänzte im Schein des Mondes. »Du hättest auf mich hören sollen«, raunte er ihm kopfschüttelnd zu und reichte Kanaael das Schwert mit dem aus schwarzem Leder und Stoff umwickelten Griff voran. »Ich hoffe sehr für dich, dass es stimmt, was man sich über deine Kampfkunst erzählt.«

Das Schwert wog schwerer in Kanaaels Hand, als er es von seiner eigenen Waffe gewohnt war. Ein kleines Lächeln umspielte Geeros Lippen. Mharieen zog sein eigenes Schwert, auf seinem Gesicht lag ein harter, fast leerer Ausdruck. Doch Shiaan brachte ihn mit einer Geste dazu, innezuhalten. »Nicht. Lass ihn gehen.«

Überrascht blickte Kanaael zu ihm hin.

Geero grinste zufrieden. »Du hast geblufft, das hätte ich mir gleich denken können. Du weißt genau, dass ihr uns nicht überlegen seid. Denk an das Wohl deiner Männer, Shiaan.«

»Gehen lassen? Aber ...«, setzte Mharieen an.

Shiaan riss den Kopf herum und funkelte den Jüngeren an. »Sei still!« Er holte tief Luft. »Wir können vorerst nichts gegen ihn ausrichten.«

Die Schatten ringsum lösten sich wie aufs Kommando auf. Überrascht beobachtete Kanaael, wie von den Schrägdächern der umliegenden Häuser mehrere Menschen kletterten. Sie traten auf die Gasse und stellten sich zu Mharieen, der aufgebracht mit den Zähnen knirschte. Kanaael zählte zwölf

Männer und zwei Frauen. *Und die können nichts gegen uns ausrichten?*, fragte er sich.

Plötzlich zischte etwas durch die Luft, zerriss den Moment. Geeros Arm schnellte nach vorn, gleichzeitig trat Shiaan einige Schritte zurück, und bevor Kanaael wusste, wie ihm geschah, stürzte Mharieen auf ihn zu. Ihm blieb gerade noch so viel Zeit, das Schwert in die Höhe zu reißen und den ersten Angriff zu parieren. Aus dem Augenwinkel beobachtete er, wie Geero einen schmalen Pfeil zwischen den Fingern hielt, ihn zu Boden fallen ließ und einen Schrei ausstieß.

Schon kam Mharieens zweite Attacke. Mit der Unterseite seines Schwerts zielte er unmittelbar auf Kanaaels offen liegende Kehle und versuchte seine Abwehr zu durchdringen. Geistesgegenwärtig folgte er den Bewegungen des Ghehallano, versuchte seinen nächsten Angriff vorherzusehen. Das Blut rauschte in seinen Ohren, und unermüdlich pochte Sonnenlachens Energie in seinem Innern. Nach und nach besann sich Kanaael und erinnerte sich an alles, was Daav ihn gelehrt hatte. Er verlagerte das Gewicht auf sein Standbein, duckte sich unter Mharieens nächstem Hieb hinweg, um ihm mit dem anderen Fuß einen heftigen Tritt in die Rippen zu verpassen. Mharieen ächzte und geriet ins Taumeln, wobei Kanaael gleichzeitig einen Luftzug dicht hinter sich spürte.

Blind stach er zu, seine Klinge glitt samtweich durch die nicht ausreichend schützenden Stoffe, traf den Ghehallano, und als er über die Schulter blickte, sah er seinen Angreifer, der vor Schmerzen aufbrüllte. Ein glatter Durchstoß zwischen die Rippen. Adrenalin schoss durch seinen Körper, als er das Schwert herauszog, Blut die Kleidung des Mannes dunkel färbte und er wie ein nasser Stein zu Boden sackte. Kanaaels Blick schnellte zu Geero, der aus dem Nichts vier Chakrani gezogen hatte und sie hintereinander in Richtung ihrer Gegner warf. Die kreisrunden Geschosse flogen lautlos durch die Nacht, doch irgendetwas an ihnen war anders. Nur kurz verfolgte Kanaael ihre scharfe Flugbahn. Blut spritzte, als der erste Chakram in den Unterleib eines Angreifers einschlug. Zwei weitere Geschosse streiften wie Schwertklingen die Oberschenkel jener Ghehallani, die sich dem Hünen genähert hatten, und sie schrien vor Schmerz auf, als ihnen die Beine versagten. Die Chakrani flogen einen Bogen, ehe sie zu Geero zurückkehrten, der sich zu ihm umdrehte.

»Pass auf!«

Geeros Warnung kam keinen Moment zu spät. Gerade noch rechtzeitig wehrte er einen Schlag ab, indem er das Schwert in die Höhe riss. Sein Unterarm erzitterte unter dem heftigen Aufprall, und das ausdruckslose Gesicht des Kriegers war so nah, dass er seinen Atem spüren konnte. Kanaael wich ein Stück zurück, gerade so weit, um aus der Reichweite zu gelangen, und wechselte blitzschnell die Schwerthand, eine Gabe, die nicht viele Kämpfer besaßen. Dann preschte er nach vorne, die Zähne aufeinandergepresst, den Blick konzentriert auf den Mann gerichtet, der sich ihm unbemerkt genähert hatte. Mit zwei gezielten Hieben in Richtung der Brust und einem schnellen Vorstoß in den unteren Leistenbereich brachte er ihn in Bedrängnis und verunsicherte so den Mann, während er selbst mutiger wurde. Kurz ärgerte sich Kanaael über seine Unaufmerksamkeit, doch die anfangs noch etwas ungelenken Bewegungen des Schwerts wandelten sich zu einem Tanz. Das Schwert rauschte durch die Luft, sein Herz polterte ihm ungestüm in der Brust. Die scharfe Klinge durchbrach die Schutzversuche seines Gegners, dessen Gesicht mittlerweile weiß vor Angst geworden war. Wie ein Peitschenhieb schnitt die Spitze den Stoff am Schwertarm des Mannes auf und traf auf dessen Haut. Ein böse Wunde, nicht so tief, um ihn ernsthaft zu verletzen, aber dennoch schwer genug, um ihn vorerst außer Gefecht zu setzen. Taumelnd zog sich der Mann zurück, um nicht weiter getroffen zu werden.

Mharieen hatte sich wieder aufgerappelt und ging erneut zum Angriff über, seine Züge zu einer hässlichen Fratze verzerrt. »Du bist kein Doppelgänger! Niemals, Kanaael De'Ar!«, stieß er hervor.

Wortlos kämpfte Kanaael weiter, der Griff des Schwerts war mittlerweile schweißdurchtränkt und sein gesamter Körper erhitzt. Unter dem Gewicht des Schwerts begannen die Muskeln seiner Arme zu brennen, und der dicke Stoff seines Gewands tat sein Übriges, um ihn in seinen Bewegungen zu behindern. Klirrend prallten die beiden Schwerter aufeinander, ein ohrenbetäubender Laut. Mharieens Hieb war gezielt und kraftvoll. Obschon Kanaael während der Trainingseinheiten nicht mit Samthandschuhen angefasst worden war, schickte er nun eine stumme Danksagung an seinen besten Freund, der ihm in unbeobachteten Momenten tiefer in die Schwerttechnik eingeführt hatte. Mit einem wütenden Knurren ließ Mharieen abermals das Schwert in seine Richtung herabsausen. Ein kurzer, heftiger Luftzug, doch Kanaael sah den Vorstoß kommen und wehrte den Schlag mit der Unterseite ab. Stahl prallte auf Stahl. Unaufhörlich lief ihm der Schweiß die Wange hinab, und er blinzelte, um zu verhindern, dass ihm der Ruß in die Augen gelangte. Den nächsten Moment nutzte er, um seinen Umhang an der Fistel zu lösen und abzustreifen.

Unverhohlener Hass glomm in Mharieens dunklen Augen auf, seine Hiebe wurden zusehends aggressiver. In immer schnellerer Abfolge drosch er auf ihn ein, die Spitze des Schwerts immer wieder auf andere Regionen seines Körpers gerichtet, und Kanaael wich so gut es ging zurück. Plötzlich

sah er aus dem Augenwinkel, dass neben Geeros Kopf acht Wurfmesser schwebten. Sie surrten angriffsbereit, fast so, als würden sie jeden Moment losstürzen. Ein Anblick, der ihn an die kleinen Vögel aus den Frühlingslanden erinnerte, die sich von den Blüten der Octreafrucht ernährten. Kanaael riss die Augen auf, als er endlich den Zusammenhang herstellte.
Ein Traumtrinker!
Unnachgiebig schlug Mharieen weiter zu, während Kanaael seinen Hieben immer wieder auswich. Dabei wanderte sein Blick zwischen jedem neuen Angriff zu Geero, der in seinen eigenen Kampf vertieft war. Kanaael umklammerte das Heft des Schwerts mit beiden Händen, um einen besseren Halt zu bekommen, verlagerte erneut das Gewicht und wandte dem Ghehalla-Krieger seine Seite zu, um einem Angriff auf seine Organe aus dem Weg zu gehen. Abermals erzitterte das Schwert unter der Wucht des Aufpralls. Mharieen kämpfte mit neu entfachter Stärke, und Kanaael war zu abgelenkt, um klug Widerstand zu leisten. Ohne Vorwarnung schossen die Wurfmesser in die Höhe, surrten wie Insekten in der Luft und stürzten nach vorne. Eines von ihnen landete in Mharieens Oberschenkel, der vor Zorn und Schmerzen aufheulte. Auch die übrigen Wurfmesser trafen ihre Ziele äußerst wirkungsvoll. Kanaael sah, wie in einiger Entfernung eine Fontäne aus Blut in den Nachthimmel schoss. Mit beeindruckender Präzision schleuderte Geero die Chakrani hinterher, wie Pfeile jagten sie durch die Gasse, ihren Zielen entgegen.

Mharieen zog wütend das Wurfmesser aus seinem Oberschenkel, während sich der Leinenstoff dunkel färbte.

Geero bemerkte Kanaaels erschrockenen Ausdruck und drehte ihm den Kopf zu. »Konzentrier dich, ich kann sie nicht alle allein aufhalten!«, rief er ihm zu, und Kanaael erkannte, dass er die Ghehalla-Krieger davon abgehalten hatte, sich gleichzeitig auf ihn zu stürzen. Dann fiel sein Blick auf Kanaaels Oberarme und den Nacken, woraufhin sich seine Augen weiteten und er die Luft zwischen den Zähnen einsog. »Bei Suv und den heiligen Göttern!« *Er muss die Flügel gesehen haben ... ich Dummkopf!*

»Genug!«, ertönte die ruhige, aber durchdringende Stimme von Shiaan, der sich erneut in einen der Schatten, den die Häuserfassade warf, zurückgezogen hatte. Kanaael schnappte erleichtert nach Luft, sein Herzschlag dröhnte ihm laut in den Ohren. Erst jetzt ging ihm auf, wie ernst die Lage gewesen war. Hätte Geero nicht rechtzeitig eingegriffen ... Geeros Geschosse, die sich zum nächsten Angriff bereitgemacht hatten, hielten in der Luft inne. »Du solltest aufpassen, wie tief du das nächste Mal schläfst, Geero D'Heraal.«

»Es hätte niemand verletzt werden müssen. Du solltest deine Truppe besser unter Kontrolle haben«, gab Geero kühl zurück.

»Das habe ich, und du bist der Erste, der es das nächste Mal zu spüren bekommt«, versprach Shiaan aus dem Dunkel, dann verklangen seine Schritte, und er war verschwunden. Auch die anderen Kämpfer zogen sich zurück, bis nur noch Kanaaels eigener heftiger Atem und Mharieens Flüche zu hören waren.

Mharieen, der ein Stück zurückgetreten war, ließ keuchend sein Schwert sinken, presste sich eine Hand auf die blutende Wunde und wandte sich ab. »Wir sehen uns wieder, Herrschersohn«, sagte er über die Schulter und ging humpelnd in die andere Richtung davon.

Erschöpft ließ sich Kanaael auf den Boden sinken. Seine Lungen brannten, und er japste nach Luft, den Kopf in den Nacken gelegt, die Füße weit von sich gestreckt. Dabei beobachtete er, wie Geero eine Hand hob. Die eisernen, kreisrunden Geschosse flogen zu ihm zurück, und er verstaute sie kommentarlos in seiner Ledertasche, die er sich fest umgebunden hatte. Seine schweren Stiefel donnerten bei jedem Schritt, als er sich in Bewegung setzte und auf ihn zukam. Kaum hatte er ihn erreicht, nahm er das Schwert, das Kanaael achtlos auf den staubigen Boden hatte fallen lassen, wieder an sich, wischte die fein geschmiedete Klinge an seinem schweißdurchtränkten Gewand ab und steckte es zurück in den Rückenhalter. Mit einer Hand fischte er nach dem Umhang, den Kanaael während des Kampfs abgestreift hatte.

»Steh auf!«

Es war keine Bitte, und Kanaael rappelte sich auf. Im selben Atemzug drückte Geero ihm den Umhang so hart gegen die Brust, dass er einen Schritt nach hinten taumelte.

»Zieh dir das wieder an«, knurrte er und wandte sich zum Gehen. »Und am besten nie wieder aus, es sei denn, du willst, dass sich die Wahrheit über dich schneller in den Vier Ländern verbreitet, als du ›das Verlorene Volk‹ sagen kannst.«

»Es tut mir leid.«

Geero hielt inne und drehte ihm den Kopf zu, sein Blick war durchdringend. »Es sollte dir leidtun, dass du so unüberlegt gehandelt hast. Ich hatte dich gewarnt.«

»Nun ja, ich wusste nicht, wer du bist. Im Übrigen weiß ich das immer noch nicht. Das könnte genauso gut eine Falle sein. Sieh dich doch mal an!«

Geero blickte an sich hinab. »Was meinst du?«

»Angesichts deiner Erscheinung hielt ich eine Flucht für sinnvoller, als einen Plausch mit dir abzuhalten.«

Für einen Moment starrte Geero ihn schweigend an, dann brach er in schallendes Gelächter aus. »Du gefällst mir. Kein Wunder, dass Daav in den höchsten Tönen von dir spricht.«

Nun war es an Kanaael, überrascht zu sein. Sein Misstrauen schwand ein wenig. Dass es sich bei Geero augenscheinlich um einen Traumtrinker handelte, machte es ihm leichter, dem Kerl zu vertrauen. Außerdem hatte er ihm das Leben gerettet. Mindestens dafür war er ihm schuldig, ihm ein wenig Vertrauen entgegenzubringen. Auf der anderen Seite konnte das auch ein versteckter Plan der Ghehalla gewesen sein. Doch diesen Gedanken verwarf Kanaael fürs Erste. »Du kennst Daav?«, fragte er schließlich.

Geero nickte. »Ja, aber nur flüchtig. Seine Schwertkampftechnik ist in den Vier Ländern berüchtigt. Du hattest einen großartigen Lehrmeister. Wie ich hörte, ist er wieder an den Hof des Anemonenpalasts zurückgekehrt.«

»Hast du etwas von ihm gehört?«

Seit er überstürzt aufgebrochen war, hatte er zweimal versucht, eine verschlüsselte Nachricht an seinen Freund zu schicken. Doch er wusste nicht, ob er sie erhalten hatte.

Zu seinem Bedauern schüttelte Geero den Kopf. »Nein, das habe ich nicht. Ich war längere Zeit nicht mehr in Keväat. Und wir sollten keine Zeit verlieren, denn es könnte durchaus sein, dass die Ghehalla gleich mit mehr Verstärkung anrücken«, fügte er hinzu und runzelte die Stirn. »Ein Großcousin von mir wohnt mit seiner Familie in den Klippenhöhlen, vielleicht sollten wir ihnen einen Besuch abstatten.«

»Klippenhöhlen?«

»Zu gefährlich, meinst du? Damit könntest du recht haben.« Geero grunzte. »Nicht dass wir noch verschlafen, wenn die Flut wieder steigt. Wir mieten uns besser in einem Gasthaus ein.«

Sie machten sich auf den Weg, und Geero führte ihn durch die Hafenstadt, hinaus aus dem Viertel der Ghehalla. Erst als sie zum dritten Mal an einem kleinen Häuschen mit windschiefem Dach und eingeschlagenem Fenster vorbeikamen, wurde Kanaael klar, dass sie sich im Kreis bewegten.

»Ich habe das Gefühl, an dem Haus sind wir bereits vorbeigelaufen.«

»Ich weiß, ich möchte nur sichergehen, dass uns niemand folgt. Das könnte nämlich schwerwiegende Folgen haben.«

»Damit könntest du recht haben. Und woher kennst du Daav?«

»Ich habe als Leibwächter für die Frühlingsherrscherin gearbeitet«, erwiderte Geero. »Da habe ich ihn getroffen. Ich habe danach so ziemlich jeden Beruf ausgeübt, den ein Mann meiner Masse und Körpergröße für Geld ausüben kann.«

»Verstehe«, sagte Kanaael und musterte ihn von der Seite. Sein wettergegerbtes Gesicht zeugte von der Vergangenheit, die tiefen Furchen um Mund und Nase machten ihn älter. Es waren die freundlichen Augen, die ihm etwas Verschmitztes verliehen, der dichte Bart und die schwarzen Götterzeichen, die seine Halsbeuge hinab bis an den Rand seines Gewands verliefen, vermittelten dagegen eher einen bedrohlichen Eindruck. »Und in welcher Beziehung stehst du zum Verl...«

»Nicht so laut!«, unterbrach Geero ihn schneidend. Dann senkte er die Stimme: »Du weißt nie, wer zuhört. Meine Mutter war eine Traumtrinkerin, mein Vater ein Seelensänger. Beide starben recht früh bei einem Bootsunfall. Ich habe lediglich die Fähigkeiten meiner Mutter geerbt, was sehr häufig der Fall ist. Man eint niemals beide Fähigkeiten in sich, sondern nur einen Teil. So, wir sind da.« Mit einer Hand deutete er auf ein unscheinbares Gebäude, das aussah wie jedes andere Haus hier in Muun. Es war weiß verputzt und besaß kleine, schwarz gerahmte Fenster, die ihn an die Fischerdörfer der umliegenden Regionen erinnerten. Kanaaels Blick wanderte zu der verzierten Giebelspitze, die große Ähnlichkeit mit dem Maul eines Seeungeheuers aufwies. Nur ein unscheinbares Holzschild, das aussah, als ob es ganze Madenstämme beherbergte, deutete darauf hin, dass es sich um ein Gasthaus handelte.

»Ich bezahle«, sagte Geero und ging voraus.

Nachdenklich blickte Kanaael ihm hinterher. Entweder er schlug sich allein durch und riskierte es, von der Ghehalla geschnappt zu werden ... oder er folgte dem Kerl, der ihm das Leben gerettet hatte und der mit besonderen Fähigkeiten gesegnet war.

Mittlerweile hatte Geero die drei Treppenstufen der Herberge erklommen, seine breitschultrige Gestalt füllte die gesamte Treppe aus und ließ das Gebäude kleiner erscheinen, dann drehte er sich mit einem Stirnrunzeln zu ihm um: »Was ist? Willst du da Wurzeln schlagen oder die Ghehalla auf unser Versteck aufmerksam machen?«

Kanaael gab sich einen Ruck und folgte dem Krieger. Schlimmer konnte es nicht werden, und vielleicht fand er noch etwas über das Verlorene Volk heraus. Wenn er bis dahin noch am Leben war.

19

Natur

Nahe Veena, Winterlande

Naviia hielt den Atem an, als Isaakas Gestalt in einer Kugel aus Licht verschwand. Berstende Hitze, eine so grelle Helligkeit, dass Naviia mehrmals blinzeln musste, um noch etwas erkennen zu können. Keinen Herzschlag später war auch die Lichtkugel nicht mehr zu sehen, und dort, wo Isaaka gerade noch gestanden hatte, zeugten lediglich die Abdrücke ihrer Stiefel im frischen Schnee von ihrem Aufenthalt.

Suchend irrte Naviias Blick über den gerodeten Platz, auf dem sie seit Tagen übten, und just in diesem Moment schien sich die Welt um den Punkt neben den haushohen Kiefernnadelbäumen zu verdünnen, als ob sie sich an einer Stelle zusammenzog. Ihr Blick trübte sich. Ein Flimmern lag in der Luft, und auch die leichten Nebelschwaden des ringsum gelegenen Waldes zogen sich zurück. Zuerst glaubte sie die Konturen ihrer Freundin zu erkennen, dann bildete sich ein Kreis, der abermals heller und heller wurde. Naviia hielt den Atem an. Und bevor sie verstand, was geschah, tauchte Isaaka wieder auf. Sie kniete im knöchelhohen Schnee und stützte sich mit einer Hand ab. Die gestrickte Mütze war ihr vom Kopf gerutscht, und auch die vielen Schichten an wärmender Kleidung wirkten unordentlich. Auf ihren weichen Zügen lag ein überraschter Ausdruck, und trotz der Entfernung erkannte Naviia das Funkeln ihrer hellen Augen. Sie runzelte die Stirn. Täuschte sie sich, oder hatte sich ihre Farbe verändert? Ihr Blick wanderte weiter, und dort, wo Isaaka aufgetaucht war, schien der Schnee geschmolzen zu sein. Langsam richtete sich Isaaka auf und sah verwirrt an sich herab.

»Großartig!«, rief Fereek, eilte mit langen Schritten auf sie zu und wirbelte dabei den frisch gefallenen Schnee auf. Tagelang hatte eine düstere Wolkendecke über der kleinen Holzhütte gehangen, die sie mittlerweile seit einigen Wochen bewohnten. Heute dagegen war es eine sternenklare Nacht und fast Vollmond. Sie hatten die Gunst des aufgeklarten Himmels genutzt, um weiter an ihren Fertigkeiten zu feilen.

»Ich ... ich habe es geschafft!« Ein ungläubiger Ausdruck breitete sich auf Isaakas Gesicht aus. Ihr Atem trieb kleine graue Wölkchen in die Luft. »Ich bin gewandelt! Ich bin eine Weltenwandlerin!«

Naviia beobachtete, wie Fereek ihre Freundin umarmte, nach ihrer Hand griff und sie drückte. Stolz sah er sie an, doch in seinem Blick lag noch etwas anderes, und das nagte an Naviia. Trotz des Trainings und der gemeinsamen Tage und Nächte in Kälte und Dunkelheit wurde sie ihr Misstrauen Fereek gegenüber nicht los.

»Ich freue mich, dass es endlich geklappt hat!«, hörte sie sich sagen, löste sich aus ihrer Starre und eilte quer über den Schnee zu ihrer Freundin. Er knirschte unter ihren Sohlen, und als sie Isaaka erreichte, hatte sie den Eindruck, dass Fereek sie nur widerwillig losließ. Voller Freude umarmte sie Isaaka und spürte seine Blicke wie Messerstiche im Rücken.

»Ich hätte nie geglaubt, dass es so schnell geht«, sagte Isaaka.

Naviia ließ sie los. »Du bist eben ein Naturtalent!«
»Bei dir klappt es bestimmt auch bald, mach dir keine Gedanken. Ich bin mir ziemlich sicher, dass du ebenfalls wandeln kannst. Du musst nur weiterüben!«
Wenn es so einfach wäre. Naviia wusste nicht, wie lange sie dieser Belastung noch standhielt. In ihrem Körper schienen Abermillionen Punkte von den vielen Übungen zu schmerzen, und in ihren Gliedern steckte eine Müdigkeit, wie sie sie noch nie zuvor verspürt hatte. Einzig Fereeks Anweisungen halfen Naviia, die Kontrolle über das Traumsammeln zu erlernen. Auch wenn sie den beiden gegenüber vorgab, noch immer nichts zu spüren, hatte sie bereits die erste Hürde gemeistert. Sie hatte Träume gesammelt, unbemerkt, wenn sie Nachtwache hielt und Fereek und Isaaka schliefen. Tief in sich spürte Naviia die Farben und Klänge der Träume.

Vielleicht würden sie bald weiterreisen können. Angesichts des Geplänkels und der tiefen Blicke, die sich Fereek und Isaaka in unbeobachteten Momenten zuwarfen, war sie sich nicht mehr sicher, ob es nicht besser war, ihre Reise in den Süden allein anzutreten. Obgleich Naviia es nicht zugeben wollte, die geflüsterten Gespräche und verstohlenen Berührungen, wenn die beiden glaubten, sie würde schlafen, versetzten ihr einen Stich. Bei allem, was sie tat, war sie sich der Präsenz der gesammelten Träume deutlich bewusst. Ihr Gehör schien geschärft zu sein, sie konnte die nächtlichen Geräusche der Natur überdeutlich empfangen, ebenso wie die geflüsterten Liebesbekundungen. Auch die fortwährende Schwärze der Dunkeltage schien nicht mehr ganz so drückend zu sein, denn sie nahm die Konturen der dichten, schneebedeckten Tannen besser denn je wahr.

»Das war ganz hervorragend!«, sagte Fereek nun. »Lasst

uns für heute aufhören, ihr habt das wirklich großartig gemacht.«

Naviia entging sein Seitenblick keineswegs, ebenso wenig wie der leicht spöttische Unterton. Als ob sie weniger wert wäre, weil sie es bisher noch nicht geschafft hatte, zu wandeln. »Es sei denn, du willst es noch einmal versuchen, Naviia.« Naviia hob die Schultern. »Also meinetwegen können wir aufhören. Ich will mit Nola zu den Stadttoren reiten und uns etwas zu essen holen.« So wie die letzten Tage auch. Sie versuchte sich an einem schiefen Lächeln. »Zur Feier des Tages?«

»Gern«, erwiderte Isaaka und befreite ihren schweren Zopf von Schnee, nachdem sie sich die Mütze vom Kopf gezogen hatte. »Dann bereiten wir dieses Mal das Feuer vor.«

»Dann wäre das auch geklärt«, erwiderte Fereck und zog Isaaka in seine Arme. Als hätte sie nur darauf gewartet, schmiegte sie sich an ihn, ihre Nasenspitze in der Kuhle seines Halses vergraben, die von einem wärmenden Schal geschützt wurde. Naviia bemerkte, wie er ihr mit zwei Fingern zärtlich eine lose Haarsträhne hinters Ohr schob. Bei dem Anblick zog sich ihr Herz zusammen. Hastig setzte sie sich in Bewegung und lief auf die überdachte Stallung zu, wo Nola sie mit einem freudigen Schnauben begrüßte. Naviia zog einen Handschuh aus, berührte die warme Schnauze und fuhr sanft die überhängende Oberlippe nach, die für einen weiblichen Yorak so typisch war. Nolas warmer Atem durchdrang ihre frierenden Fingerspitzen, und Naviia lächelte.

»Komm, meine Kleine, wir haben hier erst mal nichts verloren.«

Schweigend sattelte sie Nola und vermied es dabei, über die Schulter zu sehen – sie wusste auch so, welcher Anblick sich ihr dort bot. Als sie fertig war, betrat sie die Wohnstube, holte einen Teil ihrer Ersparnisse aus einem Becher, den sie hinter dem restlichen Geschirr verstaut hatte, und trat wieder ins Freie. Genau im richtigen Augenblick, denn Fereek lehnte sich zu Isaaka herüber und flüsterte ihr etwas ins Ohr, woraufhin sie lachte und mit einem verführerischen Wimpernaufschlag zu ihm hochblickte. Ein Knistern lag in der Luft, das Naviia trotz der eisigen Kälte und der Entfernung von mehreren Schritten bis auf den Grund ihrer Seele spürte. Angespannte Stille senkte sich über den Platz, Isaakas erwartungsvoller Blick, das leise Lächeln, das sich um Ferecks Mundwinkel gelegt hatte, und sie sah, wie die Welt für die beiden versank. Einen Moment später beugte sich Fereek noch etwas tiefer zu ihrer Freundin herab. Ein kurzes Zögern, dann trafen ihre Lippen aufeinander.

Als wäre sie noch ein Kind, spürte Naviia, wie ihre Wangen aufflammten. Ertappt fuhr sie zusammen und wandte eilig den Blick ab. Die Sehnsucht nach Nähe überkam sie so unvermittelt, dass sie trotzig die Lippen zusammenpresste und zu Nola zurückkehrte. Für einen winzigen Augenblick gestattete sie sich, an Dan zu denken. Es war unfair, dass die beiden etwas hatten, das ihr und Dan verwehrt blieb, und das nur, weil sie ein Nachkomme des Verlorenen Volks war und ihr Geheimnis gehütet werden musste. »Na, Kleines, wird Zeit, dass du auch etwas Abwechslung hast«, murmelte Naviia, drückte ihre Nase gegen Nolas warmen Hals, der ihr etwas Geborgenheit und das Gefühl von Heimat vermittelte, und saß auf. Um Isaaka und Fereek aus dem Weg zu gehen, ritt sie einmal um die Stallung herum und in den Wald zu ihrer Linken, wo ein kleiner Trampelpfad in die Dunkelheit führte. In den letzten Tagen schien es fast, als ob sie gar nicht mehr existierte. Fereek und Isaaka waren bis über beide Ohren ineinander verliebt, und in ihrer Gesellschaft fühlte

Naviia die drückende Enge der Einsamkeit wie eine grausame Umarmung. Ihre Nase begann verdächtig zu jucken, und ein Brennen in den Augen kündigte die Tränen an, bevor sie die ersten heißen Tropfen auf der Wange spürte. Innerhalb eines Lidschlags schienen sie auf ihrer eiskalten Haut zu gefrieren. Um sich gegen den scharfen Wind zu schützen, stülpte sie ihren Wollschal über Mund und Nase und zog die Kapuze ihres wärmenden Mantels tiefer ins Gesicht. So schnell sie konnte, trug Nola sie durch die verwunschene Winterwelt, die in weiße Dunkelheit gehüllt war. Dabei trieb der peitschende Wind ihr erneut Tränen in die Augen, die Naviia energisch wegblinzelte. Vielleicht waren es auch Tränen der Wut. So genau wollte sie es nicht wissen, denn sonst hätte sie sich längst eingestehen müssen, wie eifersüchtig sie auf Fereek und Isaaka war.

Ich sollte mein Misstrauen aufgeben und mich einfach für die beiden freuen.

Als Naviia nach einiger Zeit Veenas Wahrzeichen, die vier massiven Wachtürme, erblickte und die Einsamkeit des Waldes dem geschäftigen Treiben der Menschenmassen wich, hatte sie einen Entschluss gefasst: Sie würde Fereek eine echte Chance geben. Und sei es nur, um ihr schlechtes Gewissen zu beruhigen.

20

Überraschung

Muun, Sommerlande

Kanaael erwachte schlagartig, als ein Schatten auf ihn fiel. Sicherheitshalber hatte er eine Kerze angelassen, deren Flamme von dem unerwarteten Luftzug erzitterte. Blitzschnell schoss seine Hand unter sein Kopfkissen, während er die Augen aufriss und einen stirnrunzelnden Geero über sich erblickte. Der fragende Ausdruck in seinen Augen ließ Kanaael innehalten. Mit einer Hand fuhr sich Geero über den Bart, und ein Schatten huschte über seine Züge.

»Weißt du, wenn ich dich hätte umbringen wollen, hätte ich es längst getan«, murmelte er. »Und ich habe wahrlich Besseres zu tun, als mich gegen die Ghehalla zu stellen und getötet zu werden, nur weil du von zu Hause abgehauen bist und ich es als meine Pflicht sehe, auf dich achtzugeben.«

»Dann lass mich in Frieden. Ich habe dich nicht um deinen Schutz gebeten. Außerdem werde ich morgen früh weiterreisen.«

Kanaael richtete sich in dem schmalen Bett auf, und das Holzgestell gab ein knarzendes Geräusch von sich, als die Matratze bei seiner Bewegung einsank. Wie alles in diesem kargen Raum litt auch das Bett unter mangelnder Pflege.

Nicht nur der schlecht verlegte Holzboden knarrte bei jedem Schritt, auch konnte er die Gespräche der anderen Gäste vernehmen, inklusive des ständigen Geschreis zweier Kinder, die mit ihren Eltern das Zimmer über ihnen bewohnten. Wenigstens befanden sie sich im ersten Stock, und die anderen Räume ringsum waren unbewohnt. Dafür hatte Geero gesorgt.

Jetzt grinste er mal wieder spöttisch. »Und wohin? Was hast du vor?«

»Das geht dich nichts an.«

Fast schon unbeteiligt zuckte er mit den Achseln und wandte sich ab, sodass Kanaael einen guten Blick auf die schwarzen Götterzeichen hatte, die seine Halsbeuge hinab verliefen. »Wie du meinst. Wir müssen hier weg.« Mit wenigen Schritten durchquerte Geero den Raum und blieb vor dem schmalen, fleckigen Fenster stehen. Staubige Vorhänge verwehrten den Blick nach draußen. Er schob den Stoff beiseite und spähte auf die Straße. Das blasse Mondlicht verlieh seinen kantigen Gesichtszügen einen weichen Farbton, ruhelos suchte er mit den Augen die Straße ab. Sein massiger Körper versteifte sich, plötzlich seltsam wachsam. »Sie sind hier.«

Kanaaels Herz begann schneller zu schlagen. »Was ...«

»Still!« Die Schärfe in Geeros Stimme ließ ihn verstummen. Er lauschte in die Nacht hinein. »Wir müssen aufbrechen! Sofort!«

Eilig schlug Kanaael die Decke zurück und stand auf. Da ihm der Krieger geraten hatte, in seiner Kleidung zu schlafen, musste er sich lediglich die Stiefel und den nachtschwarzen Tolak, einen Mantel mit Krempe und Kapuze, überwerfen. Geero war bereits an der Tür, als Kanaael endlich seine Stiefel übergestreift hatte.

Mit einem Blick über die Schulter sagte er: »Vergiss deinen Dolch nicht.«

Kanaael folgte ihm kommentarlos in sein kleines Schlafgemach, wo Geero seine Habseligkeiten in einen Tragebeutel packte. Seine Handgriffe waren geschickt und geübt, und obwohl er sich beeilte, blieb er ruhig. Dieses Zimmer war etwas größer und besaß sogar so etwas Ähnliches wie einen Schreibtisch, auf dem ein Wasserkrug stand. Außerdem schien durch große, fast bodentiefe Fenster das Mondlicht herein.

»Hier.« Geero reichte ihm eines seiner zwei Schwerter. »Damit ...«

Weiter kam er nicht, denn vor der Tür erklang ein so heftiges Poltern, dass Kanaael unwillkürlich zusammenzuckte. Geero fuhr herum. »Wir müssen verraten worden sein! Sie haben uns viel zu schnell gefunden!«

Keinen Augenblick später schlug die Tür mit einem dumpfen Knall gegen die Wand, und mehrere Männer standen im Raum. Kanaael zählte fünf, und an der Tür drängten weitere Kämpfer herein. Ihre Blicke schossen wie Pfeile durch den Raum, und ohne ein Wort zu verlieren, stürzten sie auf ihn und Geero zu. Klirrend traf Kanaaels Schwert auf das eines anderen Mannes, dessen scharf geschnittene Gesichtszüge an die eines Raubvogels erinnerten. Das Blut rauschte viel zu laut in seinen Ohren, und er stach blindlings zu, versetzte seinem Gegner einen Hieb in die Brust. Das Schwert durchstach die Haut, als wäre sie dünnes Papier, und Kanaael spürte, wie es auf Knochen traf. Ein Schmerzensschrei, in den sich Wut und Schrecken mischten, dann stürzte der Angreifer zu Boden, und Kanaael hatte gerade noch genug Zeit, die blutverschmierte Klinge aus dem regungslosen Körper herauszuziehen, ehe er von zwei weiteren Männern attackiert wurde.

Aus dem Augenwinkel sah er, wie Geeros Züge einen wilden, fast schon verbissenen Ausdruck angenommen hatten und die vielen kleinen Wurfgeschosse wie ein Insektenschwarm unmittelbar neben seinem Kopf schwebten. Gleichzeitig hielt er sein Schwert mit zwei Händen fest umklammert und ging gemeinsam mit den Wurfgeschossen zum Angriff über. Blitzschnell jagten sie durch den Raum und trafen auch den Angreifer, der sich als Nächstes vor ihm aufgebaut hatte, in den Oberschenkel. Mit einem wütenden Knurren ging er zu Boden, während Kanaael die Gelegenheit nutzte und den zweiten Mann attackierte, denn hinter ihm stürmten weitere Männer in den kleinen Raum. Der metallische Geruch von Blut breitete sich aus.

Obgleich in seinem Kopf eine seltsame Leere herrschte, reagierte er so, wie Daav es ihm einst beigebracht hatte. Haltung und Stand waren das Wichtigste, um nicht das Gleichgewicht zu verlieren und die Angriffe des Gegners besser abzuschätzen. Der nächste Hieb saß nicht so perfekt wie sein erster Schlag, denn sein hochgewachsener Gegner parierte den Angriff, drückte sein Schwert nach unten und holte selbst aus. Durchtrainierte Muskeln zeichneten sich unter seinem schwarzen Dereem ab, und Kanaael schluckte. Seine Knöchel traten weiß hervor, und er biss vor Frustration die Zähne aufeinander. Panisch erkannte er, dass ihre Lage dieses Mal um einiges aussichtsloser war. Der Raum war zu eng. *Wir sitzen in der Falle!*

Quälend zäh verrann die Zeit. Schweiß war auf seine Stirn getreten, sein Blick streifte kurz das Geschehen zu seiner Linken, wo Geero es mit zwei Kämpfern aufgenommen hatte, dann wandte er sich wieder seinem Gegner zu, dessen Gesicht nicht mehr als eine hässliche Fratze voller Wut war. Ein scharfer Ruf erklang, und Kanaael bemerkte die Gefahr, die sich von der anderen Seite näherte, zu spät. Er wehrte den Angriff seines Gegenübers ab, als ihn ein stechender Schmerz an seinen Rippen ins Taumeln brachte. Erschrocken riss Kanaael die Augen auf, während sich Hitze durch seinen Körper fraß. Adrenalin ließ seinen Pulsschlag in die Höhe schnellen, und er wandte den Kopf nach rechts, wo ein weiterer Angreifer stand und mit einem triumphierenden Funkeln in den Augen sein Schwert aus seiner Seite zog.

»Dreepal, du Idiot! Wir sollen den Königssohn lebend hier rausbringen!« Kanaael sah, wie sich ein kräftiger Mann mit schwarzem, in mehrere Stränge geflochtenem Bart näherte. Die Wunde, die der Krieger ihm zugefügt hatte, brannte wie flüssiges Feuer, und in seinem Sichtfeld tanzte ein heller Nebel, der es ihm unmöglich machte, sich auf den Kampf zu konzentrieren.

Dann ging alles ganz schnell.

Der Raum begann sich zu drehen, und einen Atemzug später kam Kanaael auf dem harten Holzboden auf. Nur verschleiert nahm er die bellenden Laute und das wütende Geschrei der Kämpfenden wahr. Der pulsierende Schmerz in seiner Seite presste ihm die Luft aus den Lungen, und er bemerkte das Pochen seiner Flügelzeichnungen, ebenso wie Sonnenlachens getrunkenen Traum, irgendwo tief in seinem Inneren. Es war wohlig warm, ihre Präsenz überall in seinem Kopf.

»Halte durch, Kanaael«, hörte er Geeros tiefes Brummen, die Stimme vibrierte an seinem Brustkorb. Dann wurde er hochgehoben und über eine Schulter gelegt. Verzweifelt schlug er um sich und spürte, wie die Dunkelheit nach ihm griff.

»Halt still, verdammt. So bekomme ich dich niemals hier raus!«

Ich muss mich wehren ... Ich muss ..., dachte Kanaael noch, bevor es schwarz um ihn wurde.

Etwas Nasses klatschte gegen seine Stirn, und Kanaael fuhr hoch. Geero saß neben ihm auf einem dreibeinigen Hocker, in der Hand einen wasserdurchtränkten Lappen. »Du musst was trinken«, sagte er und bewegte dabei kaum die Lippen. Ausdruckslos sah er ihn an, lediglich in seinen Augen stand Sorge, und Kanaael bemerkte, dass sie echt war. Orientierungslos blickte er sich um. Ein nachtschwarzer Dachbalken, der sich quer durch eine winzige Kammer erstreckte, war das Erste, was er zu Gesicht bekam. Erschöpft ließ er sich in das Kissen zurücksinken. Eine Bewegung, die er in derselben Sekunde bereute, denn der Schmerz, der ihn durchzuckte, war kaum zu ertragen. Kanaael senkte den Blick und musste feststellen, dass sein Oberkörper mit Leinenstreifen verbunden war. An der Seite, wo der pochende Schmerz noch immer brannte, prangte ein dunkelroter Fleck.

»Wir müssen den Verband bald wechseln. Aber zuerst solltest du etwas trinken.«

»Was ...«, krächzte Kanaael und verstummte.

»Der Wirt hat uns verraten«, beantwortete Geero die unausgesprochene Frage, stand auf und ging zu einem schmalen Holztisch, der mit geschnitzten Verzierungen einen hübschen und teuren Anblick bot. Dort schenkte er einen Becher Wasser ein. »Elender Bastard. Ich hatte ihm das Dreifache des vorgesehenen Preises gezahlt. Aber wenn die Ghehalla kommt, haben sie alle Angst. Jedenfalls habe ich uns da rausgebracht, nachdem sie dich verwundet hatten.«

»Wie?«

Kanaael sah, wie etwas in den Tiefen von Geeros opalfarbenen Augen aufglomm. Langsam kam er näher, setzte sich abermals auf den Hocker und blickte ihn an. »Was willst du in Muun, Kanaael? Was glaubst du hier zu finden?«

Er reichte ihm den Becher, und Kanaael setzte sich langsam auf, darauf bedacht, das Gewicht auf die linke Seite zu verlagern. Dennoch zuckte er zusammen, als er sich bewegte. Es wurde Zeit, dass er mit offenen Karten spielte. Also nahm er einen Schluck des kühlen Wassers, reichte Geero das bleierne Gefäß und faltete die Hände über der Decke. »Ich bin hier, um auf die Insel überzusetzen.«

Geero sah ihn erstaunt an. »Nach Mii? Das ist sehr gefährlich. Zu gefährlich! Du wirst in Muun niemanden finden, der dich rüberbringt. Das ist unmöglich.«

»Warum sollte das ein Problem sein? Ich bezahle gut.« Dann fiel Kanaael ein, dass die Münzen, die er wohlweislich in seinem Stiefel versteckt hatte, längst in Geeros Hände gefallen waren.

Der musterte ihn mit zusammengezogenen Augenbrauen. »Falls du dir Sorgen um dein Geld machst, das habe ich im Schrank versteckt.« Er deutete auf einen Wandschrank, dessen kupferfarbene Griffe nicht das Einzige waren, was edel aussah. Augenscheinlich hatte Geero dieses Mal dafür gesorgt, dass sie in einer teureren Unterkunft schliefen. »Du kannst so viel zahlen, wie du willst«, fuhr er fort. »Niemand, der nicht von allen Göttern verlassen ist, fährt hinüber auf die Insel. Sie ist verflucht, und jeder, der ihr zu nahe kommt, stirbt. Zumindest ist es das, was sich die Leute erzählen. Es gibt Tausende Geschichten von Fischern, die in der Nähe der Küste kenterten, in einen plötzlichen Sturm gerieten oder auf Nimmerwiedersehen verschwanden.« Er schüttelte traurig den Kopf. »Nein, vergiss es, Kanaael. Du findest höchstens in Keväät jemanden, der dich übersetzt. Die Kevääti sind weit weniger abergläubisch.«

»Und was schlägst du vor?«
»Zuerst musst du gesund werden. Ich wechsle deinen Verband, und du sammelst Träume dafür.« Geero schien seinen verwirrten Ausdruck zu bemerken, denn er runzelte die Stirn. »Du weißt nicht, wie du deine Magie einsetzen kannst, habe ich recht? Ich dachte, man hat dir wenigstens die Grundlagen gezeigt.« Als Kanaael nicht reagierte, fuhr er sich mit zwei Fingern über die Nasenwurzel und atmete tief aus. »Trägst du momentan Traummagie in dir?«
»Ja.«
»Wie lange schon?«
»Seit etwa drei Wochen.«
Geero brummte etwas Unverständliches. »Ein Wunder, dass du damit noch niemanden umgebracht hast. Diese Energie ist zu viel für deinen Körper, und deswegen wird sie sich früher oder später einen Weg nach draußen suchen.« Er wollte noch etwas hinzufügen, verstummte aber, als er Kanaaels Gesichtsausdruck bemerkte. »Wie bist du an die Traummagie gelangt? Hast du einen Traum getrunken? Leergetrunken?«
Kanael nickte und wandte den Blick ab. »Den Traum einer Dienerin.«
»Du hast sie getötet.« Es war eine Feststellung, kein Vorwurf. Tiefes Schweigen füllte den Raum, ehe Geero schließlich mit leiser Stimme fortfuhr: »Das widerfährt den meisten Traumtrinkern, die keinen Lehrer haben, und den haben die wenigsten. Traumtrinken ist wie ein Rausch, den man nicht beenden kann, nicht ohne viel Übung.« Er stieß einen Seufzer aus. »Hör zu, es ist wichtig, dass du jetzt wahrheitsgemäß auf meine Fragen antwortest, dadurch wird es dir um einiges leichter fallen zu lernen. Also: Hast du bereits Traummagie angewandt?«

»Ja.«
»Wie oft?«
»Einmal.«
»Bewusst oder unbewusst?«
»Bewusst.«
»Hast du dabei einen Gegenstand bewegt?«
»Ja.«
»Wie groß war dieser Gegenstand?«
»Drei Armlängen. Einen Urzah-Stock.«
Geero stieß einen anerkennenden Pfiff aus. »Ich werde dir nicht alles beibringen können, denn der Umgang mit Traummagie erfordert jahrelange Übung. Aber das, was ich dich nun lehre, wird ausreichen, um die Traummagie der Dienerin zu kanalisieren und aus deinem Körper zu lassen. Meist wird die Energie in dir freigesetzt, wenn du dich in einer Notsituation befindest, du dich aufregst oder traurig bist. Also sobald du tiefe Gefühle zulässt. Du hast mich gefragt, wie ich dich aus dem Raum bekommen habe. Dank dir, Kanaael. Ich hätte sie nicht alle gleichzeitig besiegen können, doch als du verletzt wurdest und gestürzt bist, hat sich ein Teil der Traummagie aus deinem Körper gelöst und die Angreifer an Ort und Stelle verharren lassen. Nur für ein paar Augenblicke, doch das hat ausgereicht.«

Ungläubig starrte Kanaael Geero an, dessen Mundwinkel nun den Anflug eines Lächelns zeigten. »Damit du dich selbst heilen kannst, musst du die neu gewonnene Macht auf deine Wunde lenken. Ich will dir zeigen, wie du sie finden und auf sie zugreifen kannst. Schließ die Augen.«

Kanaael tat es.

»Die wichtigste Übung, die zur Freisetzung deiner Kräfte notwendig ist, ist die Regulierung der Atmung und des inneren Einklangs. In einem aufgewühlten Gemütszustand lässt sich Traummagie nur schwer kontrollieren«, fuhr Geero fort. »Vieles hängt davon ab, wie schnell du deine innere Balance findest. Atme bewusst ein und aus.«

»Mit geschlossenen Augen?«

»Selbstverständlich. Du musst deine Umwelt ausblenden, und das geht am besten, wenn du keine neuen Eindrücke aufnimmst. Lausche auf deinen Herzschlag, und zähle innerlich bis fünf, ehe du ausatmest.«

Während Kanaael den Rat befolgte, verblasste die Welt um ihn herum. Er vergaß, wo er sich befand, spürte nicht mehr die weichen Laken, auf denen er lag, und blendete selbst das Rauschen der Wellen, das vom Hafen herkam, und den scharfen Wind aus. Alles, was er hörte, war sein eigener gleichmäßiger Atem.

»Lausche in dich hinein. Es müsste noch alles dunkel sein. Sobald du den Punkt der völligen Ausgeglichenheit gefunden hast, solltest du ein kleines Licht vor dir sehen können. Darauf gehst du zu.«

»Ich sehe nichts«, erwiderte Kanaael und kniff die Augen fester zusammen. Er spürte Geeros Hand auf seiner, eine beruhigende Geste.

»Entspann dich. Du darfst es nicht erzwingen. Du musst im Einklang mit dir und deiner Umwelt sein.«

Eine Weile lang versuchte er, genau das zu tun, was Geero von ihm verlangte – als sich jedoch noch immer kein Licht vor der Schwärze zeigte, wurde Kanaael ungeduldig. Er öffnete die Augen. »Es funktioniert nicht.« Er klang ärgerlicher, als er beabsichtigt hatte.

Geeros dunkle Augen verengten sich, und er schüttelte den Kopf. »Weil du es nicht zulässt. Versuch es noch mal, und zähl wieder bis fünf, ehe du ausatmest. Hör auf deinen Atem, und lausche deinem Herzschlag.«

Seufzend schloss Kanaael erneut die Augen und entspannte sich. Dieses Mal verblasste die Welt um ihn herum etwas schneller, die Geräusche wurden noch leiser. Er fühlte sich auf einmal leichter, fast schwerelos.

»So ist es gut«, hörte er Geero sagen. »Es geht nicht um die Kraft, die du besitzt, sondern um das, was dich zu einem Traumtrinker macht. Du bist kein Mensch. Du bist ein Kind der Götter und somit ein Teil dieser Welt, mehr als alles andere. Sei dir dessen bewusst, jeden Atemzug deines Lebens.«

Als er bis fünf gezählt hatte, atmete er aus, und vor seinem geistigen Auge tauchte ein kleines Licht auf. Unscheinbar glomm es in der Dunkelheit, und er bewegte sich im Geist darauf zu. Je näher er kam, desto größer schien es zu werden, bis es die Schwärze gänzlich verdrängt hatte.

»Ich bin da«, murmelte er und zählte weiter, während er ausatmete. Seine Lider waren schwer.

»Was siehst du?«

»Es ist hell und warm. Ich sehe nur das Licht.«

»Schau dich um. Hier muss sich etwas befinden, das sich von dem Licht abhebt.«

»Wo bin ich?«, fragte er.

»In dem Teil deiner selbst, der dich zu einem Traumtrinker macht, dem Vermächtnis der Götter, deinen Vorfahren. Dort, wo du dich jetzt befindest, liegt das Zentrum der Zeit und Welt, und gleichzeitig ist es deine Seele.«

Für Kanaael sprach Geero in Rätseln, allerdings blieb ihm keine Möglichkeit, näher darauf einzugehen, denn als er sich umblickte, entdeckte er eine grüne Maske, die in der Luft zu schweben schien. Er ging darauf zu und erkannte, dass es sich um die Maske eines Hohepriesters handelte. Geero schien die Veränderung in seiner Atmung bemerkt zu haben. »Was siehst du nun?«

»Kevs Hohepriestermaske.«
Er hörte, wie Geero neben ihm scharf die Luft ausstieß.
»Bist du dir sicher?«
»Ja.« Mittlerweile hatte er die Maske erreicht und streckte im Geiste die Finger danach aus.
»Du darfst sie nicht anfassen!«
Sofort ließ er die Hand sinken. Das Licht flackerte, und er spürte, wie sich sein Herzschlag beschleunigte.
»Warum nicht?«
»Das ist deine Verbindung zu den Göttern ... wenn du sie berührst, unterbrichst du sie«, antwortete Geero angespannt.
»Schau dich noch weiter um. Such den Traumnebel, der dich in den Traum der Dienerin geführt hat. Welche Farbe hatte er damals?«
»Ich weiß es nicht mehr«, murmelte Kanaael. Er konnte sich beim besten Willen nicht daran erinnern. Obwohl es ihm schwerfiel, sich von dem Anblick der Maske abzuwenden, sah er sich erneut um und machte in der Ferne einen leichten Dunst aus. Grüne Nebelschwaden wanderten durch das Licht, und er fühlte sich ihnen seltsam verbunden. Dann fiel sein Blick auf einen anderen Nebel, der deutlich schneller und ungeduldiger an Ort und Stelle zu tanzen schien.
»Ist das Sonnenlachens Energie?«, fragte er und ging darauf zu. Von ihm schien ein intensives Leuchten auszugehen, das sich verstärkte, je näher er kam. Es war, als könne er Sonnenlachens Gesicht darin sehen. Rosafarben. Rosafarbene Schleier. Wehmut und Schuld erfassten ihn, aber Sonnenlachen lächelte ihn an. Sie schien ihm keine Vorwürfe zu machen.
»Der Nebel? Ja, das ist der Teil ihrer Seele, den du aus ihrem Traum getrunken hast. Was siehst du?«
»Das Gesicht der Dienerin, es ist inmitten des Nebels.«

Geero schnaubte. »Ungewöhnlich. Normalerweise neigen Menschen dazu, ihre Seele ziehen zu lassen.«

Um den geisterhaften, wabernden Nebelschleier schien die Luft zu vibrieren. Wie damals in seinem Schlafgemach tanzten glitzernde Teilchen um ihn herum. Der Anblick berührte Kanaael.

»In Ordnung, dann kannst du dich wieder zurückziehen. Stell dir Dunkelheit vor, und öffne anschließend die Augen.«

Dieses Mal konnte Kanaael Geeros Anweisung ohne Probleme folgen, und einen Moment später blinzelte er gegen das Sonnenlicht, das in die Kammer drang. Das Rauschen des Meeres und die Stimmen aus der Gaststube unter ihnen erschienen ihm nun unnatürlich laut, auch die Farben in der Schlafkammer schillerten auf einmal intensiver. Jedes Detail besaß schärfere Konturen, und er bemerkte, dass das Holz des Wandschranks Kratzspuren aufwies, ganz so, als habe man schon einmal versucht, ihn aufzubrechen; sah, dass die Vorhänge an einer Schlaufe falsch aufgehängt waren. Auch sein Geruchssinn hatte sich verbessert. In einem der Nachbarhäuser wurde Fisch gebraten, ein Nachttopf musste draußen vor dem Fenster entleert worden sein, und der Duft des Meeres schien sich in die Luft, die Ziegelsteine der Häuser und die Haut der Menschen eingebrannt zu haben.

»Was ist mit mir los?«, fragte er und sah irritiert zu Geero. »Warum sind meine Sinne geschärft?«

»Du warst im Kern deines Ichs, dem Punkt, der am innigsten mit den Göttern verbunden ist. Dadurch hast du auf Fähigkeiten zugegriffen, die kein Mensch besitzt. Wir wissen besser mit unseren Sinnen umzugehen. Ein Grund, warum so viele des Verlorenen Volks als Assassinen arbeiten. Nun ... gearbeitet haben. Mittlerweile ist es besser, völlig unterzutauchen.«

»Du auch?«

Geero wandte den Blick ab und fuhr sich mit einer Hand über den Bart. »Nein, aber ich habe andere Dinge getan, auf die ich nicht stolz bin.« Dabei schien er es belassen zu wollen, denn sein Gesicht nahm den verschlossenen Ausdruck an, den Kanaael von ihm gewohnt war.

»Wie kann ich die Macht anwenden?«, wechselte Kanaael abrupt das Thema.

»Du weißt jetzt, welche Gestalt die Traummagie in deinem Inneren hat. Es ist wichtig, dass du dir dieses Bild ins Gedächtnis rufst und es auf einen Punkt in deiner Umwelt lenkst.«

»Das ist alles?«

»Im Grunde ja. Allerdings musst du aufpassen, denn es darf nie mehr als die getrunkene Traummagie deinen Körper verlassen. Alles andere kann zu deinem Tod führen«, sagte Geero. »Die Visualisierung hilft dir abzuschätzen, wie viel Energie eines Menschen du noch in dir trägst. Je mehr Übung du hast und je mehr Träume du trinkst, desto schneller wirst du spüren, was fremde Traummagie ist und was zu dir gehört. Du wirst es jetzt nicht merken, aber du bist von deiner geistigen Übung sehr geschwächt. Deswegen wirst du die Traummagie erst heute Abend aus deinem Körper entlassen können. Ich habe dir alles erklärt, damit du dich später selbst heilen kannst. Wie das genau funktioniert, zeige ich dir noch. So, jetzt beug dich etwas nach vorne.«

Tatsächlich fühlte sich Kanaael, als habe er über einen langen Zeitraum hinweg mit Daav in der Mittagshitze von Lakoos trainiert. Dazu kamen die Schmerzen, die die Stichwunde verursachte. Langsam setzte er sich auf, damit Geero ihn neu verarzten konnte.

Dieser seufzte, während er den Verband vorsichtig löste.

Kanael versuchte sich nicht anmerken zu lassen, wie schmerzhaft das langsame Abwickeln des blutdurchtränkten Leinens war. »Ich weiß nicht, was momentan in den Vier Ländern vor sich geht, aber etwas bedroht den Frieden. Es liegt eine Gefahr in der Luft, die nicht nur das Ungeziefer aus den letzten Löchern kriechen lässt. Die Gerüchte über Angriffe auf Dörfer überall auf der Welt verdichten sich. Die Ghehalla verhält sich eigenartig. Normalerweise handeln sie überlegter und im Verborgenen. Natürlich stecken sie in Geldnot, aber ein Mitglied der Herrscherfamilie auf offener Straße entführen zu wollen ... Wissen die Götter, was in sie gefahren ist. Und jetzt halt still, damit ich dich neu verbinden kann!«

Kanael wurde von einer dunklen Vorahnung geweckt. Es war die sechste Nacht, die er in einem kleinen Gasthaus in der Nähe des Hafens gemeinsam mit Geero verbrachte, auch wenn der auf der anderen Seite der Wand schlief. Es war bereits das dritte Gasthaus, in dem sie untergekommen waren, denn Geero und er hatten beschlossen, alle zwei Nächte ihren Schlafplatz zu wechseln. Gestern war das Wetter so klar gewesen, dass man Mii am Ende des Horizonts sogar ausmachen konnte, doch einen Fischer, der bereit war, ihn überzusetzen, hatten sie, wie Geero angekündigt hatte, nicht gefunden. Vorsichtig betastete Kanael die fast verheilte Wunde an seiner Seite und ließ sich ins Bett zurücksinken.

Ich wünschte, ich würde nicht so auf der Stelle treten ...

Seufzend zog er das dünne Laken etwas höher und erstarrte. Die Vorhänge vor dem kleinen rechteckigen Fenster waren zugezogen, und doch spürte er mit seinen neuen, noch immer geschärften Sinnen, dass jemand im Raum war. Er hörte den flachen, nervösen Atem, das leise Rascheln von Kleidung. Alarmiert schlug er die Decke zurück, griff nach dem

Dolch unter seinem Kissen, kroch bis an das Ende seines Betts und stand auf, um gleich darauf eine zweite Waffe aus seinem Stiefel zu ziehen. Seit der Nacht, in der die Ghehalla gleich zweimal versucht hatte, ihn zu entführen, schlief er immer voll bekleidet. Innerlich zählte er bis drei, verlangsamte seine Atmung und spürte, wie sich sein Herzschlag beruhigte. Dann öffnete er sein Innerstes, sah vor seinem geistigen Auge das helle Licht und Sonnenlachens rosafarbenen Nebel, der nur noch in Fetzen zwischen den grünen Schleiern schwebte. Konzentriert zog er ein Stück davon heraus und legte es um den zweiten Dolch, der sich daraufhin lautlos in die Luft erhob. Die andere Waffe hielt er fest umklammert. Jetzt konnte er auch einen zierlichen Schemen neben der verschlossenen Zimmertür ausmachen.

Kanaael trat zwei Schritte nach vorn, riss den Arm hoch und drückte die Spitze seines Langdolchs dorthin, wo er die weiche Kuhle zwischen Hals und Schulter des fremden Besuchers vermutete. Obwohl der keinen Ton von sich gab, spürte Kanaael selbst durch den dicken Stoff des Umhangs, der das Gesicht verhüllte, dass der andere zitterte.

»Wer bist du?«, zischte er.

Dass ihn Anhänger der Ghehalla gefunden hatten, glaubte er nicht. Sie hätten ihn wahrscheinlich einfach mitgenommen. Und die Größe der Gestalt ließ auch eher auf eine Frau schließen. Eine Frau?

»Wer bist du?«, wiederholte er und ließ zögernd den Dolch sinken.

Sein Gegenüber schlug den Überwurf zurück. Ihr spitzes Kinn war nach vorne gereckt, die dunklen Kohleaugen fixierten ihn. Sein Herz setzte erst einen Schlag aus und klopfte dann doppelt so schnell. Sie trug ihr Haar kürzer, und es glänzte nicht mehr so wie in seiner Erinnerung, aber in ihren Zügen lag dieselbe wilde Entschlossenheit, die er bei ihrer ersten Begegnung wahrgenommen hatte. War es wirklich erst ein paar Monate her? Fragend sah sie ihn an, als wäre sie ebenso überrascht wie er.

»Wolkenlied?«, fragte er leise.

21

Verrat

Nahe Veena, Winterlande

Naviia zügelte Nola und lauschte in die Stille des Waldes hinein. Nein, sie täuschte sich nicht. Männerstimmen. Dabei war sie nicht mehr weit von ihrer Hütte entfernt. Sie horchte ein weiteres Mal. Mehrere Männerstimmen. Vorsichtig sprang sie ab, der Schnee knirschte unter ihren Schuhen. Sie band Nola lose an einen Baum, darauf bedacht, keine Geräusche zu machen. Hier stimmte etwas ganz und gar nicht. Den Lederbeutel mit den Einkäufen hängte sie an den Knauf des Sattels, band sich ihr vom Wind zerzaustes Haar zusammen und schlich näher an die Lichtung heran. Dabei versuchte sie die Wortfetzen zu verstehen.

»Das ist … wir handeln, wie …«

Eine fremde Männerstimme, durchdringend und sehr tief. Das schlechte Talveen des Mannes ließ sie innehalten. Wer war das? Kurz herrschte Schweigen, dann erklang eine zweite Stimme. Eine Stimme, die sie in den letzten Wochen jeden Tag gehört hatte. »… nicht ausgemacht …«

Er klang leidend, fast schon verzweifelt. Naviia riss erschrocken die Augen auf. Man hatte sie gefunden! Entschlossen stolperte sie ein paar Schritte nach vorne, drückte ein paar sperrige Äste zur Seite und kratzte sich an dornigen

Sträuchern, während sie versuchte, einen Blick auf das Geschehen zu erhaschen. Noch ein Stück ... Nur noch ein kleines Stückchen ... Lautlos schob sie ein paar weitere Zweige aus dem Weg und spähte auf den gerodeten Platz, auf dem sie vor einigen Stunden noch gemeinsam geübt hatten.

Sie erspähte Fereek, der im Schein zweier großer Fackeln neben der morschen Holztreppe kniete, die zu der kleinen Veranda der Hütte führte, und hemmungslos schluchzte. Ihr Blick zuckte weiter. Zwei Männer in langen hellblauen Mänteln standen neben ihm und blickten ohne jede Anteilnahme auf ihn herab. Ihre Haut war gebräunt, ihr Haar so dunkel, dass man es nicht von dem Nachthimmel unterscheiden konnte, und sie waren riesig. Schlank und hochgewachsen, und über der scharf gebogenen Nase des Linken verlief eine frische Narbe. Erst jetzt bemerkte Naviia die Frau, eine Talveeni, die neben ihnen stand. Sie war um einiges kleiner, ihre gesamte Erscheinung war zierlicher und glich der eines Mädchens, nur ihre Züge verrieten ihr wahres Alter, das mindestens fünfundzwanzig Winter betrug. Sie hatte ihr weißblondes Haar zu einem hohen Zopf geflochten. Die Flechtart talveenischer Kämpferinnen. Ihre teuren Pelzgewänder und die breiten Lederstiefel erkannte Naviia als das Handwerk aus Tamiiku, einer Stadt, die am südöstlichen Meer und der Grenze zu Syskii lag.

Was will eine Talveeni mit diesen fremden Männern?

»Wo ist die andere?«, fragte sie nun mit durchdringender Stimme.

Fereek zuckte zusammen wie ein geschlagenes Tier.

»Du wolltest dafür sorgen, dass sie beide hier sind!«

»Ich ... sie ist in der Stadt, sie wird jeden Moment zurückkehren. Ihr solltet euch verstecken, damit ...«

»Halt den Mund!«, unterbrach sie ihn aufgebracht. »Du

wusstest, dass wir kommen! Wieso hast du sie gehen lassen?« Mit zwei langen Schritten war sie bei Fereek und schlug ihm mit der flachen Hand ins Gesicht.

Naviias Herz klopfte ungestüm, fast vergaß sie das Atmen. »Dämlicher *Barschka!*« Dann wandte sich die Talveeni an die beiden Männer, die regungslos neben ihnen standen. »Findet sie! Ich muss zurück, man erwartet mich bereits.«

»Wie Ihr wünscht, Loorina«, erwiderte einer der beiden mit einem so kalten Lächeln, dass es Naviia ebenso eisig den Rücken hinunterlief. Dann sah sie, wie der Körper dieser Loorina von innen heraus zu leuchten begann, eine Helligkeit, die sich über ihre blasse Haut ausbreitete und sie völlig einnahm. Der Schnee reflektierte ihr inneres Strahlen, und Naviia blinzelte. Als sie wieder hinsah, war die junge Frau verschwunden. *Eine Weltenwandlerin,* schoss es ihr durch den Kopf.

Gespenstische Stille senkte sich über den Platz, und Naviia versuchte, irgendwo Isaaka auszumachen. Sie spähte zu der Hütte, kniff die Augen zusammen, blickte zum Stall hinüber und schöpfte keuchend Atem. Von einem Lidschlag auf den anderen stand ihre Welt still. Die Luft entwich aus ihrer Lunge, und es war, als ob man ihr eine Faust in den Magen gerammt hätte. Den Schrei, der in ihr aufbrandete, erstickte sie in der Kehle.

Naviia würgte und taumelte nach hinten. Fassungslosigkeit, Ekel und Verwirrung stiegen in ihr auf, und sie schwankte. Weg! Nur weg hier!

Ihre Beine gehorchten ihr kaum noch, sie stolperte rückwärts durch den Schnee, geriet ins Straucheln und stürzte. Ihr Geist versuchte zu verstehen, was ihr Körper längst begriffen hatte, und ihre Hände zitterten so sehr, dass sie sich an einem mit Eis überzogenen Baum abstützen musste, um aufzustehen. Dann erbrach sie sich in den Schnee. Tränen mischten sich mit einem Speichelfaden, und Naviia blinzelte. Das Blut rauschte in ihren Ohren, und sie glaubte das Vibrieren, das Pochen der gesammelten Träume in ihrem Innern überdeutlich wahrzunehmen.

Hilflosigkeit und Wut schlugen wie eine Welle über ihr zusammen. Nein. Sie hatte sich getäuscht. Sie musste sich getäuscht haben. Gewiss hatte sie ein Trugbild heraufbeschworen. Oder sie hatte nicht richtig hingesehen! Ihre Augen waren noch geblendet gewesen von dem hellen Licht, das war die einzig mögliche Erklärung. Es war vollkommen unmöglich ...

Ich muss mich vergewissern.

Langsam richtete sie sich wieder auf. Mit dem Ärmel wischte sie sich über den Mund, und unter größter mentaler Anstrengung setzte sie einen Fuß vor den anderen und kehrte dorthin zurück, wo sie einen Blick auf den Platz erhaschen konnte. Dank ihrer von der Traummagie geschärften Sinne sah sie jedes Detail.

Für die Dauer eines Atemzugs geriet alles ins Wanken, und Naviia kniff die Augen zusammen. Blind tastete sie sich nach vorne, bis sie wieder auf die Lichtung sehen konnte. Zögerlich und mit angehaltenem Atem öffnete sie die Augen und starrte zur Hütte. Isaaka lag auf dem Rücken inmitten des gerodeten Platzes, unmittelbar neben dem Stall. Naviias Blick schoss zu den weißblonden Haaren, die, lang und offen, einen schneeweißen, mit dunkelblauen Perlen versehenen Kranz bildeten. Fassungslos starrte Naviia den langen Rock und den kobaltblauen Schal an, die ihr so grotesk vertraut waren. Dabei erinnerte sie sich daran, wie stolz Isaaka auf das Überbleibsel ihrer Mutter gewesen war. Naviias Blick fiel auf die Blutlache, die sich wie ein teurer Teppich um

Isaakas zarte Gestalt ausgebreitet hatte. Sie hatte sich nicht getäuscht.

Isaaka war tot.

»Nein!«, flüsterte Naviia und schüttelte den Kopf. Einmal. Noch einmal. »Nein!«

Ihr Körper stand in Flammen, das Göttermal brannte, als sie quer über den Platz auf ihre Freundin zurannte. Aus dem Augenwinkel sah sie die überraschten Gesichter der beiden dunkelhaarigen Männer, sah die perfekt geschmiedeten Klingen in ihren prankenartigen Händen und spürte nichts als Gleichgültigkeit. Ihr Herz stockte, als sie bemerkte, dass eines der Schwerter blutverschmiert war. Sie wandte den Blick ab, richtete ihn eisern auf den regungslosen Körper ihrer Freundin.

Nicht Isaaka ...

Sie achtete nicht auf Fereek, dessen zusammengesackter Körper neben der Treppe lehnte. Sie rannte, bis ihr Herzschlag wie Kriegstrommeln in ihren Ohren dröhnte. In ihr tobten die Träume, als ob sie miteinander stritten, nach draußen gelangen wollten. Der metallische Geruch von Blut erfüllte ihre Sinne, und die Übelkeit kehrte schlagartig zurück. Trotzdem blieb sie nicht stehen. *Nein, nein, nein, es kann nicht sein, dass Isaaka tot ist!*

Schließlich erreichte sie ihre leblose Freundin, und Naviias Brustkorb hob und senkte sich heftig, während sie sich neben sie warf und nach der eiskalten Hand griff, die unbeweglich im Schnee lag.

»Nein ...«, murmelte sie, unfähig, den Blick abzuwenden. Immer stärker stieg ihr der Geruch von Blut in die Nase, vernebelte ihre Sinne und beraubte sie jedes klaren Gedankens.

»Nicht auch noch du ...«

Vorsichtig strich sie über das helle Haar, das sie so oft gebürstet und für sie geflochten hatte. Es war weich, und ihre Finger glitten über die noch warme Wange ihrer Freundin. Ihr Blick fiel auf die klaffende Wunde in ihrem Brustkorb, doch sie stand zu sehr unter Schock, um zu begreifen, was sie sah. Isaaka rührte sich nicht mehr. Sie war gegangen. Für immer.

»Sie ist ... tot.« Naviia wiederholte die Worte immer wieder, als ob sie dadurch weniger endgültig würden. »Bei den Göttern ... wir ... sie muss verbrannt werden ... Sie muss den Weg zu den Göttern finden ...«, murmelte sie und streichelte dabei mechanisch über das weiche Haar. In Isaakas Zügen lag eine tiefe Zufriedenheit, die sich mit einem Ausdruck der Überraschung vermischte. Naviaas heiße Tränen tropften auf den Schal ihrer toten Freundin. Nie wieder würde sie Isaaka necken. Nie wieder neben ihr einschlafen. *Und Breaa? Wer soll denn jetzt Isaakas Schwester rächen? Für sie stark sein?*

Hinter Naviia erklang ein tiefes Glucksen, das ihr eine Gänsehaut bescherte. »Das ist die, die nicht wandeln kann, oder?«

Naviia fuhr herum und starrte voller Abscheu in das schmerzverzerrte Gesicht von Fereek. Er wandte sich ab, kaum noch ein Schatten seiner selbst, und Naviia spürte heißen Zorn in sich auflodern. Die beiden Männer blickten teilnahmslos zu ihr herüber und dann wieder zu Fereek, der schwieg.

»Was hast du nur getan?«, schrie sie und rappelte sich auf. In ihr brodelten die Energie und die Macht der Träume, die sie gesammelt hatte, mischten sich mit dem betäubenden Gefühl der Leere, das Isaakas Anblick in ihr ausgelöst hatte.

»Ich ... ich wollte das nicht ...«, begann Fereek. Seine Augen waren gerötet, als habe er selbst geweint. »Ich wusste nicht, dass sie so früh kommen, ich dachte, wir ... hätten mehr Zeit ... Ich wollte es euch sagen ... Ich wusste doch nicht, wie!«

»Wovon redest du?«

»Davon, dass er einen Handel mit uns abgeschlossen hat. Jeden Nachkommen des Verlorenen Volks zu finden, der die Magie der Götter in sich trägt. Und er hat ausgesprochen gute Arbeit geleistet. Veena ist eine der ersten Städte, in der wir alle Gezeichneten ausfindig machen konnten«, antwortete der kleinere der beiden Männer in gebrochenem Talveen an Fereeks Stelle. Naviia konnte seinen Akzent nicht zuordnen. Vielleicht stammte er doch nicht aus Syskii.

»Und zu töten«, ergänzte sein Kumpan mit einem dreckigen Grinsen.

Wütend knirschte Naviia mit den Zähnen. Wie eine der unzähligen heißen Quellen, die es in Talveen gab, brodelten die Träume in ihr. Sie hatte sich nicht getäuscht. Die ganze Zeit über hatte sie es gewusst! Sie hatte ihre Freundin gewarnt, mehr als einmal. Fereek war ein Verräter, und Isaaka hatte ihre Liebe zu ihm mit dem Leben bezahlt!

»Ist das wahr? Du hast Gezeichnete verraten? Wofür? Ein bisschen Geld?« Naviia konnte es noch immer nicht fassen.

»Das ... Isaaka ... das wollte ich nicht. Du musst mir glauben, Naviia!«, flehte Fereek mit brechender Stimme. Nichts war mehr übrig von dem jungen Mann mit dem selbsicheren Lächeln und den strahlenden Augen. Er war nur noch ein Häufchen Elend, doch Naviia hatte kein Mitgefühl.

»Warum?«, fragte sie kalt.

Beschämt sah Fereek zur Seite. Sie machte ein paar Schritte auf ihn zu, bis sie direkt vor ihm stand. Die Anwesenheit der beiden Mörder versuchte sie auszublenden. Sie musste die Wahrheit erfahren. Was dann mit ihr geschah, war ihr gleichgültig. Sie wollte wissen, wofür ihre Freundin gestorben war.

Aus dem Augenwinkel sah sie, wie die Fremden einen Blick wechselten, doch sie ließen sie gewähren. Vielleicht, weil sie wussten, dass sie ohnehin chancenlos gegen sie beide war. Ohne zu zögern, packte sie Fereek bei den Schultern und begann ihn unkontrolliert zu schütteln. »Warum? Warum hast du das getan? Du hast sie doch gemocht! Ich habe es mit eigenen Augen gesehen! Das kannst du doch unmöglich gespielt haben!«

Sein Kopf fuhr herum. Mit ruhelosen Augen starrte er sie an. Er wirkte wirr, nicht ganz bei Sinnen. Naviia ließ ihn los, als hätte sie sich an ihm verbrannt, und wich ein Stück zurück. »Was haben sie dir versprochen?«

Er schluckte, sein Adamsapfel hüpfte auf und ab. »Einen Traumsplitter, wenn ich meine Aufgabe anständig erfülle. Ich ... ich kann keine Traummagie anwenden, und die Splitter sind so mit Magie aufgeladen, dass jeder damit umgehen kann.«

Traumsplitter. »Du hast Isaaka für ein bisschen Magie geopfert? Für ein leeres Versprechen!«, schrie Naviia zitternd. Ein Kribbeln breitete sich in ihrem Körper aus und wanderte in warmen Wogen über sie hinweg. Die Träume. »Sie können dir gar keinen Traumsplitter geben, solange die Traumknüpferin noch schläft. Wie konntest du nur so dämlich sein?« Sie schüttelte den Kopf, unfähig zu begreifen.

»Es hat bereits begonnen ...«

»Was?«

»Der Kampf um die Vier Länder ...«

»Bei den Göttern, wovon sprichst du?«

Fereek ließ den Kopf sinken und sagte leise: »Es hat in Syskii begonnen ... die Herbstwelt wird zuerst untergehen ...«

»Halt's Maul!«, fuhr einer der beiden Männer dazwischen.

Doch Fereek hatte sich in Rage geredet, die nächsten Worte sprudelten immer schneller aus ihm hervor: »Er ... Er ... lässt alle Weltenwandler, die nicht unter seinem Befehl stehen, töten, weil sie spüren können, wo sich die Splitter befinden, sollte die Traumknüpferin erwachen und ihr Traum zerfallen ... Er möchte sie für sich ... für sich ganz alleine, um mächtig genug zu werden, die ...«

Mit ausholenden Schritten war der Schwarzhaarige näher gekommen und versetzte Fereek einen so heftigen Schlag, dass Naviia das Krachen seines Kiefers hörte. »Du redest zu viel! Und woher weißt du überhaupt davon? Von uns jedenfalls nicht.«

»Merlook hat es vermutet.«

Der Mann lachte, seine Augen blitzten vor Mordgier. »Dieser alte Narr! Kein Wunder, dass er als Erster sterben musste.« Er fixierte Naviia mit seinen schwarzen, vogelartigen Augen. »Bist du Naviia O'Bhai, die Tochter von Ariaan O'Bhai?«

Ihr Herz begann schneller zu schlagen. Woher kannten sie ihren Namen? Waren das die Mörder ihres Vaters? Als er lächelte, erreichte es nicht seine Augen. Kalt und ausdruckslos starrte er sie an. In seinem Blick las sie ihren eigenen Tod. Keuchend stolperte Naviia rückwärts, der Mann folgte ihr und hob gleichzeitig sein Schwert. »Du brauchst nicht zu fliehen, es ist zwecklos.«

O Isaaka, es tut mir so leid ... Ich muss dich zurücklassen ...

Tränen rannen ihre Wangen hinab. Naviia stieß die Luft aus, drehte sich um und rannte los. Hinter ihr lachten die beiden Männer. Panik breitete sich in ihr aus und mischte sich mit den wild zuckenden Träumen.

»Du darfst sie gern einfangen.«

»Mit dem größten Vergnügen«, erklang die geknurrte Antwort.

Mittlerweile hatte Naviia den Waldrand erreicht. Peitschend knallten ihr die Zweige und Äste gegen Gesicht und Oberkörper, doch sie hörte dennoch auf alles, was in ihrem Inneren passierte, griff nach jedem Gedanken und jedem Gefühl, das nicht ihr eigenes war.

Vor sich nahm sie eine helle Lichtkugel wahr, so flüchtig, dass sie glaubte, sich getäuscht zu haben. Dann tauchte der größere der beiden Männer wie aus dem Nichts ein Stück neben ihr auf. Naviia schlug einen Haken, hielt sich an dünnen Baumstämmen fest und wechselte immer wieder die Richtung.

»Lauf nur, Häschen, wir bekommen dich so oder so!«

Als sie einen Blick über die Schulter warf, sah sie, dass er mit seinem Schwert, an dem noch Isaakas Blut klebte, im dichten Geäst nur langsam vorankam, und sie schoss noch tiefer in die Sträucher und kleineren Hecken hinein. Es war der einzige Vorteil, den sie hatte.

In der Ferne ertönte ein kurzes Schnaufen, gefolgt von einem Heulen, und ihr Herz quoll über vor Schmerz und Liebe, als ihr klar wurde, dass sie Nola am Baum zurückgelassen hatte. Diese Männer konnten nicht wissen, dass sie Traummagie gesammelt, es Fereek aber verschwiegen hatte. Sie musste es schaffen. Sie hatte nur eine einzige Chance.

Du musst deine eigenen Ängste und Träume loslassen und nur das abschöpfen, was du von anderen genommen hast. Und dann beschwörst du den Ort herauf, an den du gelangen möchtest. Aber sei vorsichtig – benutze niemals deine eigenen Träume, Gefühle oder Gedanken. Du könntest sterben.

Naviia spürte einen Luftzug hinter sich, hörte den keuchenden Atem ihres Verfolgers und wusste, dass sich der Abstand zwischen ihnen unaufhaltsam verringerte. Wenn er sie erwischte, war sie tot.

Sie hatte nur eine Chance. Jetzt.
Sommerlande ... Bringt mich hin ... Bringt mich weg von hier!

Pulsierende Hitze strömte auf sie ein, und sie hörte einen überraschten Ausruf. Grelles Licht blendete sie, und Naviia schrie auf, als all die Träume, die sie in den letzten Tagen gesammelt hatte, durch ihren Geist strömten. Die Flügel auf ihrem Rücken brannten, sie brannten lichterloh, und ihr eigener Schrei war ohrenbetäubend. Dann hörte sie nichts mehr und wurde von völliger Schwärze umhüllt.

Naviia verlor sich zwischen Raum und Zeit und ließ alles zurück, was in ihrem Leben noch eine Bedeutung gehabt hatte.

Zweiter Teil

»Die Menschen machten Jagd auf das Tier. Sie machten Jagd auf alles, was sich von ihnen unterschied. [...]
  Die Gezeichneten erhoben sich mit schweren Flügelschlägen in den Himmel und verdeckten mit ihren schwarzen Flügeln die Sonne. Es werde Nacht, sprach ihr Anführer und stürzte sich auf die Menschen, die sich mit Steinen zu wehren versuchten.«

Auszug aus: *Fragmente der syskiischen Geschichtsforschung*,
(Seite 221, Absatz 1)

1

Wind

Gool, Herbstlande

Alles, was er berührte, starb. Ashkiin A'Sheel wusste um seinen Ruf, war daran gewöhnt, dass ihm stets das Flüstern der Menschen folgte, ein leises Raunen, das jeden seiner Schritte begleitete. Er zog es vor, nicht gesehen zu werden. Und das wurde er auch nicht. Nicht, solange er es nicht wollte.

Die Sonne ging soeben auf, und die milden Strahlen tauchten die einzelnen Fischerhütten in goldenes Licht. Der Duft seiner Kindheit begleitete seinen Weg. Ashkiin atmete tief durch, als er an den ersten Häusern vorüberging. Hier, in dem kleinen Flussdorf Gool, zwei Tagesreisen von Syskiis Hauptstadt entfernt, gab es kein Geflüster, keine verstohlenen Blicke. Zwanzig Jahre lang hatte er den moosbewachsenen Boden nicht mehr betreten, nicht mehr den Anblick der Sumpflandschaft, die hinter dem Dorf begann, in sich aufgenommen. Es roch nach Erde, Fisch und Holzkohle.

Er entdeckte einige Frauen, die Kleidung am Flussufer wuschen und sich angeregt unterhielten. Etwas weiter oben, die Strömung hinauf, saßen Männer auf klapprigen Holzstühlen, pafften Pfeife und angelten. Der Anblick rührte etwas in ihm, ein Lächeln zuckte um seine Mundwinkel.

Schweigend ging er weiter zu dem großen Haus am Ende der einzigen Hauptstraße, die durch Gool führte. Anders als die übrigen Hütten war das frei stehende Gebäude aus Stein, und zwei Türme flankierten den westlichen und östlichen Flügel. Der Anblick des wehenden Familienwappens löste eine neue Woge Erinnerungen in ihm aus. Der Sitz der Familie A'Sheel. Zu Hause. Nach so vielen Jahren. Mit jedem Schritt schien er langsamer zu werden, bis er schließlich stehen blieb. Was tat er da überhaupt? Warum war er heimgekehrt?

»Ashkiin?«

Er wandte sich der Stimme zu. Neben dem Eingangstor stand eine gebrechliche Frau, das graue Haar kunstvoll hochgesteckt, und sah ihn mit leuchtenden hellgrünen Augen an. Freude erhellte ihre welken Züge. Ashkiin betrachtete das Gesicht der Alten, und sein Blick wanderte tiefer, zu dem weit fallenden, goldbraunen Kleid, das mit einem abgewetzten Ledergürtel zusammengehalten wurde. Sie kam ihm vertraut vor.

Zögernd streckte sie eine Hand aus, und Ashkiin zwang sich, nicht zurückzuweichen, als ihre Hand seine berührte. »Du bist es in der Tat. Deinen mürrischen Gesichtsausdruck werde ich niemals vergessen. Den hattest du schon als kleiner Junge. *Shea Nara,* willkommen zu Hause«, grüßte sie ihn, und er erkannte Mireelle, die vor Jahren im Haushalt seines Vaters gearbeitet hatte. Erinnerungen schossen durch seinen Kopf, alle verknüpft mit einem warmen Gefühl. Zum ersten Mal seit vielen Jahren begegnete ihm jemand nicht mit Furcht, sondern mit Freude. »Schön, dass du uns besuchst, Ashkiin. Deine Mutter ist heute in Draana und besucht eine Freundin, ich wollte eben nach dem Rechten sehen. Weißt du, sie war sehr betrübt, ihre beiden Kinder an das Land zu verlieren. Sie hat sehr unter eurer Abwesenheit gelitten.«

Ashkiin fühlte sich in eine andere Zeit versetzt und straffte die Schultern. »Wir sind vor Jahren gegangen. Es war unsere Pflicht.«

»Das Herz einer Mutter hört nicht auf zu bluten, nur weil Zeit verstreicht. Selbstverständlich wusste sie, wen sie heiratet. Das Haus des stürmenden Windes hat viele tapfere Krieger und Kriegerinnen hervorgebracht. Du hast gut für das Wohl unserer verstorbenen Herrscherin gesorgt.«

»Du weißt davon?«

»Geschichten verbreiten sich in Syskii schneller als in den anderen drei Ländern. Das war schon immer so. Ich weiß, dass du auf dich achtgeben kannst. Außerdem interessieren sich viele aus dem Dorf dafür, wie es dir und deinem Bruder ergangen ist.« Warm lächelte sie ihn an. »Wie geht es Saaro? Hast du Neuigkeiten von ihm?«

»Nein, habe ich nicht.« Mehr würde sie auch nicht erfahren.

»Aber er ist dir nach Kroon gefolgt, nicht wahr?«

»Saaro hätte bleiben und eine Familie gründen können. Stattdessen wollte er die Welt sehen und Karriere in der Hauptstadt machen.« Bitterkeit schwang in seiner Stimme mit, und Ashkiin verstummte. Schon als er ein kleiner Junge gewesen war, hatte Mireelle ihm all seine Gedanken entlocken können. Verdammt.

Mireelle lächelte wissend. »Diesen Ausdruck kenne ich. Vermutlich bin ich die Einzige, die ihn zu deuten vermag. Gräme dich nicht, Ashkiin. Dein kleiner Bruder musste seinen Platz finden, das war mit dir als lebender Legende sicherlich nicht einfach.«

»Lebende Legende.« Er schnaubte. »Ich habe nur meine Pflicht erfüllt.«

Er war es leid, dass die Menschen dieses Bild von ihm

aufrechterhielten. Vielleicht wäre Saaro nicht zum Dieb geworden, wenn er nicht im Schatten seines berühmten Bruders gestanden hätte.

»Deine Taten haben sich überall herumgesprochen. Erst recht, als der Thronkampf vor fünfzehn Jahren ein jähes Ende gefunden hat und du als Heerführer entlassen wurdest. Du hast Meerla den Thron gesichert, und viele Menschen wissen das. Ohne dich würde jetzt eine andere Familie herrschen. Und wer weiß, welche Folgen das für unser Land gehabt hätte.«

»Keine allzu großen, schätze ich.«

»Du irrst dich, Ashkiin.« Sie machte eine Pause und warf einen Blick in den Himmel. »Die Götter haben deinen Weg vorgezeichnet, und das haben sie nicht ohne Grund getan. Ich bin mir sicher, dass deine Reise noch nicht beendet ist. Hat man dich freigestellt, weil Ariaa ihrer Mutter auf den Thron gefolgt ist?«

Er nickte. In der Tat waren die Tage nach den Krönungsfeierlichkeiten, als die Hauptstadt nach einem rauschenden Fest langsam wieder zum Alltag zurückgekehrt war, für ihn die einzige Möglichkeit gewesen, für einige Zeit aus der Hauptstadt zu verschwinden, ohne allzu großes Aufsehen zu erregen. In einem Punkt irrte sich Mireelle jedoch: Er hatte nicht zu Meerlas Leibgarde gehört. Er war ihr Assassine gewesen.

»Und warum bist du gekommen? Dein Herz schlägt für die Herbstlande, du hast dich deiner Pflicht verschrieben. Ich hatte geglaubt, dir nie wieder zu begegnen.«

Ashkiin straffte die Schultern. »Ich möchte dem letzten Wunsch meines Vaters nachkommen.«

Erschrocken hob Mireelle zwei Finger an die Lippen und sprach ein stummes Gebet. »Das darfst du nicht!«

»Ich muss«, beharrte er, zögerte einen Moment und legte dann seine Hand auf die schmächtige Schulter der alten Frau. »Hab Dank für alles, was du getan hast, Mireelle. In dunklen Zeiten sind deine weisen Worte stets mein Begleiter gewesen. Ich weiß deine Güte zu schätzen.«
Tränen schimmerten in den Augen der Alten. »Möge Sys dich beschützen, Ashkiin. Ich weiß, dass du auf dich aufpassen kannst. Das hast du dein ganzes Leben lang getan.«
»Ashkiin A'Sheel?«
Die männliche Stimme in seinem Rücken war dünn und hoch. Er drehte sich um und entdeckte einen schmächtigen Jungen von etwa zwölf Jahren. Die rotbraunen Haare waren an den Seiten geflochten, und er trug die Arbeitskleidung eines Fischers. Ashkiin kannte den Jungen nicht.
»Wer will das wissen?«
Mit schreckgeweiteten Augen kam der Fischerjunge näher, sein sommersprossiges Gesicht war bleich. »Ein Vogel ist für Euch eingetroffen! Man hat ihm Euer Familienwappen ans Bein gebunden, und da niemand außer Euch hier ist ... Ich dachte, der Vogel wird für Euch bestimmt sein ...«
»Was für ein Vogel?«
Der Junge deutete in die Ferne, und Ashkiins Blick folgte dem ausgestreckten Finger. Auf dem Dach eines der am Flussufer stehenden Hütten saß ein grau gefiederter Raubvogel. Wachsame gelbe Augen starrten in ihre Richtung, und an seinen grauen Klauen hing eine Schnur mit einem silbernen Gefäß.
Er spürte, wie die Kälte in seinen Körper zurückkehrte und er schlagartig ruhig wurde. Dies war kein gewöhnlicher Vogel.
»Ist das ein ...?«
»Dreel, ja.«

Der Junge bekam große Augen. »Der Bote der Leibgarde der Herbstherrscherin!«

Ohne zu antworten, hob Ashkiin einen Arm, woraufhin sich der Vogel mit gewaltigen Flügelstößen in Bewegung setzte und blitzschnell auf sie zugeflogen kam. Als er auf Ashkiins Arm landete, gruben sich die Krallen des Vogels schmerzhaft in sein Fleisch, doch Ashkiin gab keinen Laut von sich, sondern löste stattdessen die Schnur mit der Botschaft. Zwar bestand die Nachricht nur aus einem Satz, aber der reichte aus, um Ashkiin in Aufruhr zu versetzen. Wenn stimmte, was auf dem Papier stand, dann würde sich alles verändern. Obwohl er in den letzten Wochen stets das Gefühl gehabt hatte, dass etwas in der Luft lag, war er nach Grool aufgebrochen. Seine Sinne hatten ihn nicht getäuscht. Die Welt wankte, und der Wunsch seines Vaters musste noch warten. Es gab Wichtigeres zu erledigen.

Er warf einen letzten Blick auf das frei stehende Gebäude. Dann hielt er den Arm erneut in die Luft, was der Dreel als Aufforderung verstand, sich mit einem Kreischen in den Himmel erhob und sich in Richtung Nordosten entfernte. Richtung Hauptstadt.

»Was stand in der Botschaft?« Neugierig reckte das Sommersprossengesicht die Nase höher und versuchte, einen Blick auf das Stück Papier zu erhaschen.

Ashkiin zerknüllte den Zettel und warf dem Jungen einen durchdringenden Blick zu. Der zuckte zusammen und stolperte einen Schritt nach hinten.

»Sag den Leuten im Dorf, dass sie sich vorbereiten sollen.«

»Worauf?« Mirelle trat an seine Seite, eine Hand an ihren Brustkorb gepresst. »Was ist geschehen?«

Ashkiin hatte sich bereits abgewandt, drehte noch einmal

den Kopf und blickte zuerst auf den Jungen hinab, dann zu Mireille, die ihn unsicher ansah.

»Es wird wieder Krieg geben«, sagte er.

Denn Ariaa Ar'Len, die Herrscherin der Herbstlande, wurde ermordet.

2

Geero

Muun, Sommerlande

Unruhig tigerte Kanaael im Zimmer auf und ab, der Schein der Flamme in einem der Feuerbecken, die er entzündet hatte, flackerte gefährlich. Aus dem Augenwinkel sah er, wie Wolkenlied ihn mit einem verwirrten Ausdruck beobachtete. Sie schien beinahe enttäuscht, ihn zu sehen. Als hätte sie sich mehr erwartet. Aber seit ihrer Ankunft hatte sie noch kein Wort verloren.
»Hat dich jemand gesehen? Ist dir jemand gefolgt?« Kanaaels Gedanken überschlugen sich. Sie waren bei der Wahl ihrer Unterkunft dieses Mal so sorgfältig gewesen. Wenn Wolkenlied ihn gefunden hatte, dann konnte das auch die Ghehalla. Und ob er ihnen auch ein drittes Mal entkommen konnte, darauf wollte sich Kanaael lieber nicht verlassen. Energisch trat er an Wolkenlied vorbei, öffnete vorsichtig die Tür und spähte in den dunklen Flur. Geero schlief in der kleinen Kammer nebenan, ein Stockwerk über ihnen befanden sich noch vier weitere Gäste, aber alles blieb still. Also wandte er sich wieder Wolkenlied zu.
»Wie hast du mich gefunden?«, fragte er. Leise schloss er die Tür hinter sich, und das Feuer zauberte Schatten und Licht auf ihr bleich gewordenes Gesicht. »Und warum hast du mich überhaupt gesucht?«

Aufrecht stand sie vor ihm, voller Stolz und Eigensinn. Jetzt hatte er zum ersten Mal Gelegenheit, ihr Erscheinungsbild näher zu betrachten. Sie war abgemagert, die letzten Wochen schienen nicht spurlos an ihr vorübergegangen zu sein, doch in ihren dunklen Augen loderte ein Kampfgeist, den er noch nie zuvor wahrgenommen hatte. Sein Blick fiel auf den Saum des farblosen kurzen Kleids, das zu klein für Wolkenlieds schlanke und ebenso hochaufgeschossene Gestalt war. Trotz der scharf hervortretenden Wangenknochen und obwohl sie mitgenommen aussah, gefiel sie ihm. Anders, als er sie in Erinnerung hatte, und doch dieselbe.

Wolkenlied gab ihm keine Antwort, sondern deutete stattdessen auf ihren Hals. Traurigkeit hatte sich in ihren Blick geschlichen, und er bemerkte das leichte Zittern ihrer schlanken Finger.

»Was ist los?«

Sie öffnete den Mund, doch kein Laut entwich ihrer Kehle, und ein gequälter Ausdruck flackerte in ihren Augen. Auch Wut und Enttäuschung sah er in ihnen.

»Was ist passiert?«

Stumm schüttelte sie den Kopf, deutete ein weiteres Mal auf ihren Hals.

Sie wurde bestraft, schoss es ihm durch den Kopf. *Sie hat wieder gesungen, und diesmal ist sie nicht ungeschoren davongekommen.* Entsetzen breitete sich in ihm aus, doch es schien die einzige Erklärung für Wolkenlieds Verstummen zu sein.

Wütend zog er die Brauen zusammen. »Du hast gesungen, oder? Und sie haben dich erwischt!«

Sie reagierte nicht, doch er las in ihrem Blick, dass er mit seiner Vermutung nicht ganz unrecht hatte. Allerdings war da noch etwas anderes. Etwas, das er nicht einordnen konnte. »Komm mit«, sagte er barsch und wandte sich ab. Ihre

Anwesenheit ließ ihn kaum mehr klar denken. Er wusste nicht, was richtig oder falsch war, was sie hier verloren hatte oder warum sie aufgetaucht war. »Wir müssen mit Geero reden. Er ist der Einzige, der weiß, was zu tun ist.« Zumindest war das bisher so gewesen.

Mit einer Hand öffnete Kanaael die Tür, trat hinaus auf den Flur und bedeutete Wolkenlied, ihm zu folgen, was sie bereitwillig tat. Dann klopfte er an die aus Schwarzholz angefertigte Zimmertür seines neuen Begleiters.

»Komm rein, ich schlafe nicht«, ertönte es dumpf durch die geschlossene Tür.

Kanaael kam der Aufforderung mit gestrafften Schultern nach, denn seine Unsicherheit wollte er sich unter keinen Umständen anmerken lassen.

Im Gegensatz zu seinem eigenen Zimmer war der Raum um einiges kleiner und besaß auch keine Vorhänge. Das Mondlicht schien durch ein verglastes Rundfenster in die schmale Kammer. Für die Ausstattung mussten ein winziger Holztisch, die mit Wasser befüllte Glaskaraffe, ein ausgedienter Stuhl, der mehr als wackelig wirkte, sowie ein in die Wand eingelassener Schrank mit hübschen Verzierungen herhalten. Als wäre es nicht mitten in der Nacht, saß Geero angezogen auf der unteren Bettkante und streifte sich seine Stiefel über, während seine Waffen säuberlich neben ihm aufgereiht lagen, offenbar nach Art und Größe sortiert. Natürlich. Was sollte man auch sonst mitten in der Nacht tun. Kanaael zählte neben den Chakrani und den zwei Schwertern noch sieben kleinere Wurfmesser.

»Wer ist das?« Geero deutete mit dem Kopf auf Wolkenlied, die sich hinter Kanaael in den Raum geschoben hatte, und hob nicht einmal den Blick.

»Wolkenlied.«

»Aha?«

»Eine Dienerin aus meinem Palast«, fügte Kanaael hinzu. Geero erhob sich und richtete sich in voller Größe vor ihm auf, was noch immer eine ziemlich beeindruckende Wirkung hatte, doch Kanaael widerstand dem Drang, zurückzuweichen.

»Und willst du mir verraten, was eine Dienerin aus dem Palast hier zu suchen hat?«

»Sie ist mir gefolgt, nehme ich an. Du bist mir doch gefolgt, oder?«, wandte er sich an Wolkenlied.

Sie nickte.

»Du nimmst es an?«

»Sie spricht nicht mehr, jedenfalls habe ich nichts aus ihr herausbekommen. Ich glaube, man hat ihr die Stimmbänder durchtrennt. Also …« Kanaael verstummte unter dem Blick, den Geero ihm zuwarf.

»Sie kann also nicht mehr sprechen und war früher eine Dienerin am Hof. Und nun taucht sie mitten in der Nacht unangekündigt hier auf, eine Reise von mindestens zwei Wochen von deiner Heimat und dem Palast entfernt. Und sie hat uns noch vor der Ghehalla gefunden. Etwas seltsam, findest du nicht auch?«

Kanaael spürte, wie ein Ruck durch Wolkenlieds Körper ging. Als sie sich mit einem entschlossenen Ausdruck in den Augen an ihm vorbeidrängte, bemerkte er ihren frischen, leicht süßlichen Duft, eine so eigene Note, dass er im ersten Moment nicht wusste, wie er ihn einordnen sollte. Sein Herz begann schneller zu schlagen, als sie sich neben ihn stellte und Geero herausfordernd in die Augen sah.

Ein paar Lidschläge lang starrte Geero sie nur an, dann verwandelte sich die Ablehnung in seinem Gesicht erst in Überraschung, dann Erstaunen, dann Verwirrung. Mit zwei langen Schritten, die wie Donnerschläge auf dem morschen

Holz polterten, durchquerte er den Raum und blieb unmittelbar vor Wolkenlied stehen, sodass sie fast den Kopf in den Nacken legen musste, um ihn ansehen zu können.

»Wer bist du, Wolkenlied?«, flüsterte er heiser. Die kleine Kammer schien vor Anspannung zu vibrieren, die Luft um sie herum begann zu knistern, und Kanaaels Blick fiel auf Geeros Waffen, die leicht zu zittern begonnen hatten. Dann sah er wieder den Traumtrinker an, dessen Miene nun wieder so unbeweglich war wie die Maske eines Hohepriesters.

»Weißt du etwas über sie? Ihre Herkunft?« Die Frage war an Kanaael gerichtet, obwohl Geero die Dienerin nicht einen Herzschlag lang aus den Augen ließ.

Kanaael schüttelte den Kopf. »Nein. Sie hat im Palast gearbeitet, zuerst als Mädchen für alles, später als Zofe meiner Schwester.« Er verschwieg vorerst bewusst, was geschehen war.

Geero schien ihn kaum gehört zu haben, seine Züge verhärteten sich, die Kiefer mahlten. Schließlich holte er tief Luft: »Wolkenlied, ich muss deinen Rücken sehen, wenn du es erlaubst.«

Wolkenlied wich nun doch ein Stück zurück, aber Kanaael machte eine beschwichtigende Geste, die sie innehalten ließ. Ihr Blick irrte zwischen ihnen hin und her, eine Scheu, die ihm bisher nicht an ihr aufgefallen war.

»Geero hat mir das Leben gerettet. Du hast mein Wort, dass dir nichts geschieht. Vertrau ihm.«

»Du solltest nicht so leichtfertig Versprechen im Namen anderer geben. Und vertrauen solltest du einem Fremden schon gar nicht«, brummte Geero ungehalten, während sein Blick noch immer auf Wolkenlied ruhte. »Aber du hast recht. Ich würde keiner Frau etwas zuleide tun. Es sei denn, sie ist eine Ghehallana, da würde ich dann wohl eine Ausnahme machen.« Ein erschöpfter Ausdruck glitt über seine Züge. Wolkenlied jedenfalls machte keineswegs den Eindruck, als wäre sie von der Idee, sich vor diesem fremden Mann auszuziehen, sonderlich angetan.

In dieser Sekunde fiel es Kanaael wie Schuppen von den Augen. *Unmöglich!* Aber warum sonst sollte Geero ihren Rücken sehen wollen?

»Sie ist doch wohl nicht gezeichnet?«, fragte er fassungslos und sah dabei Wolkenlied an, als sehe er sie zum ersten Mal. War sie eine Seelensängerin? Sein Herzschlag beschleunigte sich rasant. Hatte sie deswegen eine so besondere Wirkung auf ihn? Der Gedanke erschreckte ihn zutiefst und berührte einen Punkt tief in seinem Innern. Hatte er sich vielleicht genau deswegen erinnert, als sie für ihn gesungen hatte? Wann war das gewesen? Vor Tagen? Vor Wochen? Es hätten auch Jahre sein können, so viel hatte sich inzwischen in Kanaaels Leben geändert.

Geero räusperte sich. »Würde es dir etwas ausmachen, mir einen Blick auf deinen Rücken zu gestatten?« Auch ihm schien die Situation unangenehm zu sein, doch etwas Weiches, fast schon Verletzliches hatte sich in seinen Blick geschlichen. Kanaael entging das keineswegs. Was sah der Krieger in Wolkenlied?

»Es reicht, wenn ich einen Teil der Schulterblätter sehe ...«

Einen Moment lang zögerte Wolkenlied, doch dann nickte sie und wandte ihnen die Kehrseite zu, die nun direkt vom Mond beschienen wurde. Vorsichtig löste sie den Schal, der ihr als Überwurf gedient hatte, von den Schultern und schob den Stoff zur Seite. Gebannt starrte Kanaael auf die Hautpartie. Seine Kehle verengte sich gefährlich, während der Raum auf einmal zu schrumpfen schien. Er konnte den Blick nicht von dem dunklen Teint und dem schmalen, ebenmäßigen Hautstück lösen, während sein Herz viel zu schnell schlug.

Wie hatte er die Zusammenhänge übersehen können? Die Vorstellung, dass sie beide dasselbe Schicksal teilten, ging ihm durch Mark und Bein, und er setzte die einstudierte, undurchlässige Miene eines Herrschersohns auf, weil er sich sicher war, dass man ihm sonst jede Empfindung vom Gesicht ablesen konnte.

Vorsichtig schälte sich Wolkenlied aus ihrem zu engen Kleid. Sie legte gerade genügend Haut frei, um die feinen Linien erahnen zu lassen, die sich auf ihrem Rücken abzeichneten. Wie Blütenknospen wanden sich geformte Striche bis zum äußeren Rand ihrer Schultern. Schwarze Farbe, die eine so intensive Leuchtkraft besaß, dass sie selbst in tiefster Nacht sichtbar gewesen wäre. Kanaael starrte sie an. Flügel. Es waren Flügelzeichnungen. Vollkommen. Das Abbild der Götter, auf die Haut einer jungen Frau gebrannt, für das Auge eines Menschen unsichtbar ...

»Bei Suv«, murmelte Geero andächtig. »Sie ist es ... Sie muss es sein ... In der Tat ... Diese Ähnlichkeit, das spitze Kinn, dieselben Augen, die Flügel ... Selbst die verdammten Flügel haben die gleiche Form! Bei Suv und den heiligen Göttern!« Er rang nach Atem. »Du bist Feerias Tochter!«

»Wer ist Feeria?«, fragte Kanaael mit trockenem Mund und blickte erstaunt zu Geero. Der schenkte ihm keine Beachtung, sondern trat auf Wolkenlied zu, die gerade noch Zeit gehabt hatte, wieder ihre Kleidung zu richten, bevor ihr schmaler Körper in Geeros bärenhafter Umarmung verschwand. »Du lebst«, murmelte er, und seine Stimme schwankte dabei gefährlich. Gleichzeitig umklammerte er die Dienerin, als hätte er die Befürchtung, sie würde sich im nächsten Moment in Luft auflösen. »Ich habe geglaubt, sie hätten dich zusammen mit den anderen getötet, als sie erkannt haben, dass ihr alle dem Verlorenen Volk angehört! Die größte Entdeckung der Menschen und das schlimmste Massaker nach einer Ewigkeit ... Es muss fünfzehn Jahre her sein, und ich dachte, du seist ebenfalls unter den Opfern gewesen ... Aber du lebst«, sagte er und schüttelte den Kopf. »Ein Wunder!« Abrupt ließ er Wolkenlied los und trat einen Schritt nach hinten.

Wolkenlied wirkte verwirrt und knetete nervös ihre Hände.

»Wer ist sie?«, fragte Kanaael. Es war kaum mehr als ein Flüstern.

Mit einem triumphierenden Leuchten in den Augen drehte sich Geero zu ihm um. »Das, Eure Hoheit, ist Saarie. Die Tochter meines Bruders. Meine Nichte.«

»Deine Nichte?«

Kanaaels Blick wanderte an ihm vorbei zu Wolkenlied, die aussah, als würde sie gleich in Ohnmacht fallen, und auch Geero wandte sich ihr wieder zu. Es war das erste Mal, dass er die steile Sorgenfalte zwischen den Brauen abgelegt hatte und so glücklich aussah wie ein kleines Kind, das gerade einen Topf voll Süßigkeiten bekommen hatte. »Als ich dich gesehen habe, hatte ich sofort so eine Ahnung. Oder ein Gefühl. Nennt es Schicksal. Oder den Wunsch der Götter ... Jedenfalls hätte dich unter tausend fremden Gesichtern erkannt!«

»Bist du dir sicher? Schließlich seht ihr euch nicht gerade ... ähnlich.«

In der Tat hätten die zierliche Dienerin und der massige Kämpfer auf den ersten Blick nicht unterschiedlicher sein können. Auf der anderen Seite gab es gewisse Ähnlichkeiten in ihrer Art – ihre Entschlossenheit, ihren Mut ...

»Sie ist es«, beharrte Geero nachdrücklich. »Glaub mir.

Sie gleicht ihrer Mutter, als die in ihrem Alter war.« Ein Schatten huschte über sein Gesicht.

Wolkenlied kaute auf der Unterlippe und wirkte so verloren, dass Kanaael sie am liebsten in die Arme geschlossen hätte. »Was ist mit deinem Bruder geschehen? Mit Wolkenlieds Familie? Was war das für ein Massaker, von dem du gesprochen hast?«

Geeros Blick glitt an einen Punkt hinter ihnen und schweifte in die Ferne. »Sie haben ihn getötet. Ihn und alle anderen.«

»Wer?«

»Die Menschen. Als sie herausfanden, dass er zum Verlorenen Volk gehörte. Er war ein Traumtrinker, seine Frau Feeria eine Seelensängerin. Beide waren äußerst geschickt und verdienten sich ihren Lebensunterhalt, indem sie mit einer fahrenden Künstlertruppe reisten. Sie nannten sich die Glücksfänger.«

Kanaael zuckte zusammen und versuchte, sich nichts anmerken zu lassen. Aber er kannte diesen Namen. Noch bevor Geero weitersprach, wusste er, wie die Geschichte ausgehen würde, und schloss die Augen.

»Feeria beeinflusste die Tiere mit ihrem Gesang, ließ sie Kunststücke vollführen, und Goorian, mein Bruder, bändigte das Feuer mit seiner Traummagie«, fuhr Geero leise fort.

In Kanaaels Kopf tauchte die Erinnerung an fliegende Feuerbälle auf, an weiß geschminkte Gesichter und bunte Bilder, die ein Mann in die Luft gezeichnet hatte. In diesem Augenblick wurde ihm klar, dass er mit seiner Vermutung, diese Menschen könnten zum Verlorenen Volk gehören, richtig gelegen hatte. Und nun wusste er auch, warum sie eines Tages nicht mehr nach Lakoos zurückgekehrt waren.

»Als ich ein kleiner Junge war«, sagte Kanaael, »nahm mich meine Mutter häufig mit auf den großen Marktplatz im

Südwesten der Stadt, dort, wo die Handelsplätze waren ... Vor dem Tor hatten auch die fahrenden Künstler ihre Zelte aufgeschlagen. *Heute fangen wir das Glück für dich, mein kleiner Prinz,* hatten sie mir immer gesagt, wenn sie wieder mal in der Stadt weilten. Es gab herrlich duftende Speisen wie Speckhonig oder Wurzelbraten aus den Winterlanden, und sie hatten wilde Speervögel, Dreels, einen Nachtwolf oder einen Daschnel aus den anderen Ländern gebändigt. Goorian – so hieß der Mann mit dem weißen Gesicht und den schwarz geschminkten Augen. Er war immer sehr freundlich zu den Kindern, hielt aber Abstand zu meiner Familie. Er war die Hauptattraktion.«

Mit einer Hand fuhr sich Geero übers Gesicht und nickte. Er sah müde aus, die Furchen um seinen Mund hatten sich vertieft, und in seinem Blick lag eine Abwesenheit, die Kanaael als Trauer deutete. »Ja, das war mein Bruder. Er sprach stets davon, dass er sich den Menschen nicht beugen wollte. Magie war ein Teil seiner Persönlichkeit, und er sah nicht ein, diesen Teil zugunsten eines sicheren Lebens zu opfern. Ich mache deiner Familie keinen Vorwurf, aber dein Vater hat schon immer hart durchgegriffen, wenn er seine Macht bedroht sah. Und das tut er noch heute.«

Erschrocken riss Kanaael die Augen auf. »Was willst du damit sagen?«

Steckt mein Vater hinter dem Massaker?

Eine Weile schwieg Geero und seufzte dann. »Ich will damit sagen, dass dein Vater die Morde in Auftrag gegeben hat. Als Derioon De'Ar herausfand, dass Magie hinter den einfachen Zauberkunststücken steckte, ließ er alle Mitglieder der Glücksfänger töten.« Er ließ die Worte sacken und fuhr dann fort: »Es geschah nachts. Ich habe damals noch im Palast gearbeitet und war froh, meinen Bruder nach langer Zeit wiederzusehen, denn er kam nur einmal im Jahr nach Lakoos. Dieses Mal hatten er und Feeria ihre kleine Tochter dabei, sie war gerade zwei Sommer alt geworden und brabbelte ununterbrochen, schlug mit ihrer kindlichen Stimme alle in ihren Bann.« Um seine Mundwinkel zuckte die Andeutung eines Lächelns, und Kanaael bemerkte, dass Wolkenlied Geeros Erzählung mit angehaltenem Atem folgte. »Ich sollte eine reiche Stoffhändlerin als Leibwächter durch die Straßen zu ihrer Unterkunft bringen, als sich die Nachricht wie ein Lauffeuer in der Stadt verbreitete. Äußerlich habe ich Haltung bewahrt und geleitete die Dame zurück, doch innerlich zerbrach etwas, noch ehe ich genau wusste, was geschehen war«, sagte er und ließ die Handgelenke knacken.

»Nun, der Rauch und der bestialische Gestank nach verbranntem Fleisch erfüllten schon bald jeden Winkel von Lakoos, und als ich schließlich auf dem Grünplatz ankam, auf dem die Glücksfänger ihr Lager aufgeschlagen hatten, war es bereits zu spät.« Für ein paar Herzschläge schloss Geero die Augen, und als er sie wieder öffnete, lag eine Wut in seinem Blick, die Kanaael daran erinnerte, wen er vor sich hatte.

»Sie waren tot«, sagte er.

Geero nichte. »Ja, sie waren tot. Männer. Frauen. Auch die Kinder. Die Flammen loderten in den sternenklaren Himmel, Schreien und Klagen erfüllten die Luft. Die Bewohner Lakoos' hatten sich versammelt, bewaffnet, und mit ausdruckslosen Gesichtern haben sie zugesehen, wie die Glücksfänger starben. Damals wusste ich nicht, warum sich mein Bruder nicht gewehrt hatte, denn er hätte es gekonnt. Einige Jahre später erfuhr ich von einem Seefahrer, dass man sie alle im Schlaf überrascht hatte. Man hat sie im Schlaf erstochen, Kanaael, und anschließend ihre Zelte angezündet.«

Wie erstarrt lauschte Kanaael Geeros Worten, und bittere Galle stieg in ihm auf. Bei Suv, und das alles unter der Herrschaft seines Vaters ...

»Ich habe überall nach Goorian und Feeria gesucht, doch das Einzige, was ich von beiden fand, waren die Überreste ihrer verbrannten Körper. Von ihrer kleinen Tochter fehlte jede Spur.«

In diesem Moment sackte Wolkenlied in sich zusammen und kam dumpf auf dem Holzboden auf. Kanaaels Herz machte einen Satz. Augenblicklich war er an ihrer Seite, hob ihren leblosen Körper auf und trug ihn zum Bett, auf dem noch immer Geeros Waffen lagen. Mit den Knien schob er sie zur Seite und machte Platz für Wolkenlied.

»Ist ihr schwindelig geworden?« Entsetzt beobachtete er ihre grünliche Hautverfärbung und tastete vorsichtig nach den Dutzend roten Flecken, die sich auf ihrem Hals ausbreiteten wie eine seltsame Krankheit.

»Nein, kein Schwindel. Ich fürchte, sie wurde vergiftet. Aber mach dir keine Sorgen, ich kenne diese Art von Gift«, sagte Geero, der an seine Seite getreten war und seiner Nichte das Haar aus der Stirn strich, und das mit einer Behutsamkeit, die Kanaael ihm nicht zugetraut hätte.

»Du weißt nicht, warum sie dir gefolgt ist oder dich aufgespürt hat?«

»Nein.« Kanaael beobachtete, wie sich Wolkenlieds Augen hinter den geschlossenen Lidern unruhig hin und her bewegten. »Warum fragst du? Glaubst du, es hängt damit zusammen, dass sie vergiftet wurde?«

»Keine Ahnung. Vielleicht«, entgegnete Geero. »Aber ich glaube, dass man ihr Raschalla gegeben hat. Vielleicht haben meine Worte eine Erinnerung hervorgerufen, denn Raschalla beeinflusst das Gedächtnis. Und eine Erinnerung, die an die

Oberfläche zurückkehrt, ohne dass die Wirkung Raschallas aufgehoben wurde, kann gefährliche Konsequenzen haben.«

Die Worte lösten etwas in Kanaael aus. Sein Herz schlug schneller. Endlich begriff er, warum er sich an alles erinnert und welche Rolle Wolkenlied wirklich dabei gespielt hatte.

»Kann die Wirkung des Gifts durch den Gesang einer Seelensängerin aufgehoben werden?«

Geero fixierte ihn mit klarem Blick. »Ja, weshalb?«

»Weil Wolkenlied einmal für mich gesungen hat. Seit ich zwölf Jahre alt war, wurde mir durch den Fallah meiner Mutter in regelmäßigen Abständen Raschalla verabreicht, damit ich nichts von meinen Fähigkeiten erfuhr. Als sie für mich sang, kamen alle Erinnerungen zurück, und ich konnte wieder Träume fühlen.«

»Das klingt logisch. Und erscheint mir sehr weise. Du kannst froh sein, dass du Nachkommen des Verlorenen Volks um dich hast, die dein Bestes wollen, Kanaael. Wahrscheinlich war es die einzige Möglichkeit, dich zu schützen. Und das Sommervolk.«

»Was willst du damit sagen?«

»Wenn die Welt davon erfährt, dass der künftige Herrscher des Sommervolks der Sohn eines Traumtrinkers ist, würde das den Frieden innerhalb der Landesgrenzen und darüber hinaus gefährden«, antwortete Geero. »Es käme zu einer Rebellion, vielleicht sogar zu Krieg. Die Menschen würden dich einfach aufspießen, wenn sie könnten, weil sie Angst vor uns haben.«

Kanaael stutzte, sein Blick glitt zu den Waffen. Unauffällig wanderte eine Hand näher an den Griff des Schwerts, das sich in seiner unmittelbaren Reichweite befand, während er Geero nicht aus den Augen ließ. Der war noch immer über Wolkenlied gebeugt.

»Was hast du eben gesagt?«

Der hochgewachsene Krieger hatte Kanaaels Handbewegung nicht bemerkt, sondern streichelte weiter über Wolkenlieds Kopf. »Ich sagte, dass der Friede in den Vier Ländern gefährdet ist, wenn herauskommt, dass auf dem Thron der Sommerlande künftig der Sohn eines Traumtrinkers sitzen wird.«

Blitzschnell packte Kanaael das Schwert, sprang einen Schritt zurück und drückte die Spitze an Geeros Kehle, der ihn mit hochgezogenen Augenbrauen völlig ungerührt anblickte. »Was tust du da?«

»Woher weißt du, dass mein Vater ein Traumtrinker war? Ich habe es mit keinem Wort erwähnt!«

In Geeros Augen flackerte etwas. Nur für den Bruchteil eines Wimpernschlags, doch er bemerkte es trotzdem. »Sag es!«, zischte er.

Die Träume, die er in den vergangenen Nächten gesammelt hatte, begannen in ihm zu pulsieren, und Kanaael gelang es nur unter Aufbringung all seiner mentalen Kräfte, sich nicht darauf zu konzentrieren.

»Du weißt, dass du mit meinem eigenen Schwert nichts gegen mich ausrichten kannst, nicht wahr?«, fragte Geero ruhig. »Aber da du mir so oder so nicht mehr vertrauen wirst, kann ich es dir genauso gut erzählen: Nebelschreiber hat mir eine Nachricht geschickt. Ich bin hier, um auf dich aufzupassen.«

Der erneute Verrat besaß einen bitteren Beigeschmack, und Kanaael versuchte eine gleichgültige Miene zu bewahren, damit Geero ihm seine Enttäuschung nicht anmerkte.

»Nebelschreiber?«

»Nebelschreiber ist einer der wenigen Personen, denen du vertrauen kannst, Kanaael. Alles, was er tat und tut, geschieht zu deinem Besten. Schon seit deiner Geburt hat er stets eine schützende Hand über dich gehalten.«

Kanael ging nicht auf Geeros Worte ein, auch wenn er am Grund seines Herzens wusste, dass es stimmte. Nichtsdestotrotz hatte es Momente gegeben, in denen er Nebelschreiber für seine Strenge verurteilt hatte, ebenso wie sein Verhalten Daav gegenüber.

»Wann hat er erfahren, dass ich den Palast verlassen habe? Weiß er, wohin ich will?«

»Nein«, entgegnete Geero leise und beobachtete dabei weiter Wolkenlied, die unruhig ihren Kopf bewegte, als ob sie schlecht träumte. »Aber Nebelschreiber hat stets gewusst, was du tust, Kanael. Daav und du, ihr konntet nicht grundlos so ausgiebig in den Bibliothekskatakomben nach Informationen über das Verlorene Volk suchen, ohne dabei behelligt zu werden.«

»Er hat doch nur einen Vorwand gesucht, um Daav wegzuschicken!« Noch immer hatte er die Spitze des Schwerts auf Geeros Kehle gerichtet.

»Würdest du das Ding endlich runternehmen, bitte?«

Kanael zögerte. Dabei war ihm klar, dass der Traumtrinker ihn ohne Weiteres entwaffnen könnte, wenn er wollte. Schließlich ließ er das Schwert sinken.

Geero nickte. »Nebelschreiber weiß nicht, was du vorhast und warum du heimlich aufgebrochen bist«, sagte er dann. »Und ich habe ihm nicht mitgeteilt, dass das Ziel deiner Reise die Insel der Traumknüpferin ist. Ihm eine Nachricht zu schicken wäre auch zu gefährlich. In letzter Zeit werden sehr viele Briefe abgefangen.«

Kanael wusste, dass es ihm nicht gelingen würde, seine Überraschung zu verbergen, also versuchte er es gar nicht erst.

»Ich hätte dich früher eingeweiht, aber Nebelschreiber glaubte, du würdest mir dann nicht mehr vertrauen, wenn du wüsstest, dass er mich zu dir geschickt hat.«

Die Worte machten Kanaael wütend. Und auf diese Art die Wahrheit herauszufinden war besser? »Womit er recht hatte.«

Geero schüttelte bedauernd den Kopf. »Ich verstehe deinen Unmut, aber du musst auch seine Beweggründe nachvollziehen. Außerdem ...« Er sah auf seine Nichte herab. »Um ihretwillen solltest du jetzt keine voreiligen Entscheidungen treffen.«

Kanaael schluckte hart. »Ich treffe meine Entscheidungen nicht aus Rücksicht auf eine Dienerin. Trotzdem möchte ich Wolkenlied gern helfen.«

»Sie heißt Saarie, Kanaael. Saarie Di'Nal.« Geero schüttelte den Kopf, als würde er einen Gedanken verscheuchen. »Aber vielleicht ist es besser, wenn wir sie weiterhin beim Palastnamen rufen. Alles andere würde zu viele Fragen aufwerfen. Du willst noch immer auf die Insel, nicht wahr?«

»Ja.« *Ich muss Udinaa beschützen und herausfinden, was es mit meinem Traum auf sich hat.*

»Dort wird Wolkenlied womöglich ihre Erinnerungen wiedererlangen. Sehr wahrscheinlich ist es die einzige Möglichkeit, die ihr geblieben ist, um der Wirkung des Gifts zu entkommen.«

»Und das bedeutet?«

»Das bedeutet, dass wir, sobald Wolkenlied erwacht, und das wird sie bald tun, auf die Insel übersetzen werden. Aber zuerst müssen wir nach Keväat reisen. Hier in Muun werden wir niemanden finden, der uns hilft.«

3

Wahrheiten

Kroon, Herbstlande

Es war keine gewöhnliche Stille, die Ashkiin auf seinem Weg begleitete. Er lauschte dem summenden Geräusch des Todes, das wie ein Nebel über Kroon lag, und durchquerte die offen stehenden, massiven Stadttore, die unbesetzt waren und selbst die höchsten Häuser der Stadt überragten. Keine der Wächterinnen, die in ihren eng anliegenden silberbraunen Lederkostümen mit dem ar'lenschen Wappen immer einen recht ansehnlichen Anblick boten, war da. Zumindest die meisten seiner Männer hatten sich an ihrem Anblick erfreut. Sowohl in den Frühlings- als auch in den Herbstlanden war es Tradition, dass eine Frau den Thron bestieg. Alles andere würde die Göttinnen beleidigen, schließlich waren Kev und Sys die Schutzpatroninnen beider Länder, weswegen es nicht weiter verwunderlich war, dass auch Frauen die Stadtmauern bewachten. Doch nun sah er keine einzige der Kriegerinnen. Kroon war wie ausgestorben. Von den windfesten, mit dunklen Ziegeln abgedeckten Dächern war nicht einmal das übliche Gekreische der Kinder zu vernehmen, die bei Anbruch der Nacht von zu Hause ausbüchsten und Mutproben bestanden, indem sie von einem Hausdach zum nächsten sprangen. Ashkiin gefiel das Gefühl nicht, das diese trügerische Ruhe in ihm auslöste. Die Ermordung der Herbstherrscherin hatte bereits nach einem Tag Spuren hinterlassen, und Ashkiin konnte sie fast schmecken. Totenstille. Überall.

Sein Blick streifte die dunkelgrauen Häuserfassaden, und er verspürte einen Stich in der Brust. Keine bunten Fischerhäuschen, kein freiliegender Platz, einzig die dunklen Türme des Dhalienpalasts ragten in den nachtschwarzen Himmel, Verheißung und Bedrohung zugleich. Wie in den meisten Großstädten gab es auch in Kroon vier große Plätze, die jeweils einer Gottheit gewidmet waren, doch je tiefer er vordrang, desto mehr beschlich ihn das Gefühl, dass dies nicht mehr sein Kroon war. Nicht die Stadt, in der er als Halbwüchsiger gekommen war und die er später als lebende Legende verlassen hatte. Einige Fenster waren mit Brettern vernagelt worden. In anderen Häusern fehlte die Tür. Er glaubte, Schemen in den Rahmen zu entdecken, tapsende Kinderfüße, die kurz darauf verstummten. Der Geruch von verbranntem Holz lag schwer in der Luft, fast schon verzogen, aber dennoch deutlich wahrnehmbar.

Nachdenklich lauschte er in die Stille hinein und bog auf die Hauptstraße, die sonst von bunten Warenkarren gesäumt war. Heute war der gepflasterte Weg ohne die vielen Waren- und Speisenauslagen, die das Durchkommen mühselig machten, nahezu kahl. Es war ein Tag vor Sys' Huldigung, und somit herrschte in der ganzen Stadt Ausgangssperre. Doch üblicherweise hielt sich sonst niemand daran.

»Mach die Tür zu, verdammt!«, hörte Ashkiin plötzlich die zischenden Laute einer Frau und drehte den Kopf. Ein schlaksiger Junge von vielleicht acht Jahren stand zitternd im Holzrahmen eines der Hauseingänge, die von mehreren Familien bewohnt und deswegen im Volksmund als Folterbüchse bezeichnet wurden. Ashkiin bemerkte die zierliche Gestalt, die nun hinter der halb offen stehenden Tür auftauchte. Eine Hand schoss nach vorne und packte den Oberarm des Jungen, um ihn im selben Moment in den dunklen Hausflur hineinzuziehen und die Tür mit einem lauten Krachen zu schließen. Ashkiin hörte, wie der breite Holzriegel vorgeschoben wurde, und runzelte die Stirn.

Unbeirrt ging er weiter. Es gab nur einen Ort, an dem er an Informationen gelangen konnte, und er war sich fast sicher, sie dort auch zu bekommen. Ab und an nahm er einen Schatten hinter den geschlossenen Fenstern wahr, doch sonst blieb es ruhig. Viel zu ruhig.

Schon von Weitem drang das sanfte Flackern der unzähligen Feuerbecken auf dem Sys-Götterplatz in die Straße, und er folgte dem Licht, bis er schließlich einen guten Blick auf den in Gold getauchten Platz hatte. Auch hier war keine Menschenseele, keine vor den Säulen des Tempels betenden Personen, keine Kinder, die im goldenen Lebensbaum spielten, dem Wahrzeichen des Landes. Ashkiin erstarrte, als sein Blick zu den dunklen Schatten glitt, die in den Ästen des Baumes hingen, und er spürte, wie ihm das Blut aus den Wangen wich. Er hatte im Krieg um die Herrschaft Syskiis viele Grausamkeiten gesehen, doch der Anblick der unzähligen Männer- und Frauenkörper, die an den Ästen des Lebensbaums aufgeknüpft worden waren, jagte selbst ihm einen Schauer über den Rücken. Sie waren nackt. Dicke Stricke waren um ihre Hälse geschlungen, und er konnte sehen, wie sich die Haut dort violett verfärbt hatte. Leere Augen. Die Münder weit aufgerissen, ein Abbild von Dämonen.

Fast lautlos sog Ashkiin die schwülwarme Luft ein und versuchte zu begreifen, was seine Augen innerhalb eines Sekundenbruchteils bereits aufgenommen hatten. Zögerlich trat er einen Schritt nach hinten. Die meisten von ihnen hingen an den massiven Ästen, jenen goldenen Armen, die ein Zeichen für Syskiis ausdauerndes Leben waren. Sein Blick fiel auf den Boden vor dem Baum, wo sich ein Teppich aus mittlerweile getrocknetem Blut gebildet hatte. Trotz der Dunkelheit konnte er einige Wunden im Brustkorb der Menschen ausmachen. Das Feuer in den silbernen Schalen beschien grotesk ihre bleichen Körper, und er begann, die Leichen zu zählen. Und je länger er zählte, desto ungeheuerlicher erschien ihm die Tat. Einzelne Gesichter kamen Ashkiin vage bekannt vor, wobei die fratzenartig verzogenen Münder und die entstellten Körper nur noch wenig mit den fröhlichen Menschen gemein hatten, die er kennengelernt hatte. Nicht nur einen von ihnen hatte er im Dhalienpalast gesehen.

Wut und Ungläubigkeit stiegen in ihm auf, und seine Gedanken überschlugen sich, als er ein Rascheln hinter sich vernahm.

»Ich dachte, du wärst in Gool.«

Ashkiin wusste sofort, wem die Stimme gehörte. Ein Schatten löste sich aus der schmalen Gasse, die zwischen den dicht aneinandergereihten Häusern hindurchführte, geradewegs in den östlichen Teil von Kroon hinein. Mit wiegenden Hüften kam eine schlanke Frauengestalt in lederner Kampfmontur näher. Sie trat ins Licht des Götterfeuers und blieb schließlich unmittelbar vor ihm stehen.

»Und ich dachte, du wärst tot, Alaana«, antwortete Ashkiin und unterdrückte den Impuls, nach seiner Waffe zu greifen. Stattdessen bedachte er Alaana mit einem geringschätzigen Blick. Er hatte gehofft, sie nie wiedersehen zu müssen.

»So kann man sich täuschen. Du hast also Ariaas Tod gehört. Und, auf der Suche nach einem neuen Auftraggeber? Oder willst du das Werk ihres Nachfolgers bewundern?« Mit einem Kopfnicken deutete sie auf den Lebensbaum, dessen Anblick sie keineswegs zu überraschen schien.

»Weißt du, was geschehen ist?«, erkundigte er sich und überging ihre Frage. Er musste wissen, wer hinter alldem steckte. »Sind die Ad'Eshi zurückgekehrt?«

Die Familie hatte vor fünfzehn Jahren Anspruch auf den Thron erhoben und Syskii in einen Krieg gestürzt. Ashkiin hatte bis zum gestrigen Tag geglaubt, sie wären ohne Anhängerschaft und geschwächt zurückgeblieben. Doch in der Nachricht, die er bekommen hatte, waren weder der Name von Ariaas Nachfolger noch der ihres Mörders genannt worden. Und auch in den Vororten Kroons hatte er nichts herausgefunden. Nun wusste er auch, weshalb.

Alaana verengte die hellgrünen Augen und begann langsam, ihren geflochtenen Zopf zu lösen. Sie ließ sich Zeit mit der Antwort, griff nach einzelnen Strähnen und ließ sie durch die Finger gleiten, wobei ein überlegenes Lächeln ihre bemalten Lippen umspielte. In breiten Wellen fiel ihr nun das rotbraune Haar über die Schulter und ließ sie eine Spur zu unschuldig erscheinen. »Was bekomme ich für meine Informationen?« Sie zog einen Schmollmund, doch ihn ließen ihre Versuche kalt, denn dafür kannte er das Biest einfach zu gut.

»Nichts.«

»Das ist aber nicht sehr nett.«

Jeden anderen hätte Ashkiin durch ein Messer an der Kehle schon dazu gebracht, ihm die Auskunft zu geben, die er haben wollte. Doch Alaana und ihn verband etwas, das ihn davon abhielt.

»Du solltest lieber die Stadt verlassen. Wenn es einen Machtwechsel gibt, sitzt dein hübsches Köpfchen nicht mehr lange auf deinen Schultern. Dafür hast du zu viele von Meerlas

Leuten auf dem Gewissen. Glaub nicht, ich wüsste nicht, dass du für den ein oder anderen Anschlag in den letzten Jahren verantwortlich warst.«

»Ein Kompliment aus deinem Mund, wie nett. Danke für deinen Rat, aber ich bin ein großes Mädchen und kann selbst auf mich aufpassen«, schnurrte Alaana. »Andererseits... wenn mir Ashkiin A'Sheel, der Schatten, diesen Rat erteilt, sollte ich mich möglicherweise daran halten. Ashkiin, die lebende Legende.«

»Aus deinem Mund klingt es wie eine Beleidigung.«

»Weißt du, was ich mich gefragt habe? Was deine Schwachstelle ist. Denn augenscheinlich bist du so unsterblich wie die vier Götter. Wie oft bist du dem Tod entkommen? An die hundertmal?«

Zweihundertvierzehnmal. Deine Mordversuche mit eingerechnet.

»Es gibt nur eine Sache auf der Welt, die einen Mann wie dich blenden kann«, fuhr sie fort.

»Und das wäre?«

»Die Liebe.«

Ashkiin lachte auf und wandte sich von ihr ab. »Du hast zu viel von dem süßen Frühlingsnektar getrunken, den sie seit einigen Monaten auch in unseren Kneipen ausschenken«, sagte er über die Schulter und schritt die verlassene Straße hinunter. Dem Lebensbaum schenkte er keine Beachtung, vor der Mörderin würde er sich nicht die Blöße geben. Auch wenn der Anblick der vielen Menschen einen Punkt tief in seinem Innern berührte. Die Grausamkeit dieser Tat würde in die Geschichtsbücher eingehen, und Ashkiin war sich nicht sicher, ob er wirklich herausfinden wollte, wer hinter alldem steckte.

»Warte«, rief Alaana, folgte ihm und packte ihn am Arm.

Die scharfen Nägel ihrer wohlgeformten Finger bohrten sich in sein Fleisch.

Widerwillig drehte er sich um und sah auf sie hinunter. In ihren Augen stand ein hungriger Ausdruck, und sie ließ seinen Arm los, um näher an ihn heranzutreten. Ihr erdiger Duft umhüllte seine Sinne, und sie stand nun so dicht vor ihm, dass Ashkiin spüren konnte, wie heftig sie atmete. Wieder legte sie den Kopf schief und blickte zu ihm hoch.

»Was tust du da?«, fragte er misstrauisch.

»Du bist so verkrampft und sicher noch müde von deiner Reise. Wenn du willst, helfe ich dir gerne dabei, dich zu entspannen.«

»Darf ich dich daran erinnern, dass du das letzte Mal, als du mir geholfen hast, mich zu entspannen, versucht hast, mich mit einer Nadel zu töten?«

»Der Auftrag war einfach zu verlockend.« Sie seufzte und fuhr mit einem Finger seine Brust entlang. »Deine stoische Miene mag vielleicht das eine sagen, aber dein Körper spricht eine andere Sprache. Du vermisst unsere gemeinsamen Nächte.«

Er machte sich von ihr los. »Das ist Jahre her.«

Und ein Fehler.

»Elf Monate.«

»Da war ich betrunken. Und verwundet. Du weißt, dass ich dir nicht vertraue, Alaana. Warum also diese Spielchen?«

Dabei kannte er die Antwort längst. Auch wenn sie es niemals zugeben würde, sie war süchtig nach Macht und dem, was er verkörperte. Sie genoss es, mit einem Mann zu schlafen, der eine lebende Legende war. Es machte sie ebenfalls ein wenig mächtiger, weil sie das Gefühl hatte, ihn unterwerfen zu können. Aber da täuschte sie sich.

»Jetzt wirfst du dich wie eine läufige Hündin an meinen

Hals. Du hattest schon mal mehr Würde«, fügte Ashkiin hinzu und sah, wie sie sich versteifte und Ärger in ihren Augen aufblitzte. Er hatte ihren Stolz gekränkt, und das würde sie ihm nicht so schnell verzeihen.

»Du bist Abschaum!«

»Ich habe nie etwas anderes behauptet«, erwiderte Ashkiin leichthin und ging in die von ihm zuvor angestrebte Richtung davon. Dabei blickte er sich nicht mehr um, denn er wusste, dass sich Alaana wieder in die Schatten der Gassen zurückgezogen hatte. So war es immer gewesen. Früher oder später würden sich ihre Wege erneut kreuzen. Obwohl sein Herz bei jedem Schritt blutete, ließ er den Sys-Götterplatz und den Lebensbaum hinter sich. Vielleicht würde sich in den kommenden Tagen die Möglichkeit ergeben, die Leichen zu verbrennen und ihnen so den Weg ins Götterreich zu weisen, aber sicher war sich Ashkiin da nicht. Trotz der vielen Toten, die durch seine Hand gestorben waren, hatte er sich stets darum bemüht, ihnen einen würdevollen Abschied zu gewähren. Alles andere war ihm schon immer falsch vorgekommen.

Je näher er dem Viertel der Künste kam, desto ruhiger wurde er. Kroon hatte schon immer diese Wirkung auf ihn gehabt. Insbesondere der verlassene Bezirk mit den teilweise leer stehenden Häusern, die wie Steilwände in den Himmel ragten und den äußeren Rand der Stadt markierten. Früher waren sie alle bewohnt gewesen, mittlerweile waren viele Menschen in die tiefer liegenden Wohnringe gezogen, weil es dort für Familien sicherer war. Als einzige Stadt der vier Länder konnte sich Kroon damit rühmen, spiralförmig aufgebaut zu sein. Dadurch bot man einen besseren Schutz für die Reichen, da diese im Kern der Stadt um den auf dem Hügel erbauten Dhalienpalast herum wohnten.

»*Der Schatten ist zurückgekehrt.*«

Es war nicht mehr als ein Flüstern, das vom Wind durch die leer gefegten Straßen getragen wurde, und doch schien es überall gleichzeitig zu sein. Die Hauptstraße führte ihn geradewegs auf das dunkelgrüne Tor zu, das das Viertel der Künste von den anderen trennte.

»*Er ist es. Vielleicht will er uns retten.*«

Köpfe verschwanden hinter dünnen Vorhängen, sobald Ashkiin vorbeiging, und klappernd schlossen sich Fensterläden, hinter denen man das Licht löschte. Lag es an ihm oder an dem, was in den Straßen vor sich ging? Er wusste es nicht. Rasch durchschritt er das steinerne Portal und hielt direkt auf den gelben Lebensbaum zu, der in der Mitte des runden Vorplatzes stand. Und er war erleichtert, als er feststellte, dass dieser nicht zu einem Henkersbaum umfunktioniert worden war. Das Wahrzeichen des Herbstvolks. Insgesamt beherbergte Kroon acht dieser größeren Plätze, für jedes seiner Viertel einen.

Als er zwei Jungen in den Ästen herumklettern sah, entwich Ashkiin ein ärgerliches Knurren. Die Halbwüchsigen, die in der Baumkrone saßen, hatten ihn noch nicht wahrgenommen. »Ihr da!«, rief er.

Sie wandten ihm die Köpfe zu. Einer der beiden rutschte von seinem sicheren Platz und konnte gerade noch einen der goldbraunen Äste umfangen, um nicht vom Baum zu fallen. Er gab einen dumpfen Laut von sich und zog sich wieder in die Höhe. Seine Arme bebten vor Anstrengung.

»Runter.« Wussten sie denn nicht, welcher Gefahr sie sich aussetzten? Sie waren doch noch Kinder ...

Die Jungen wechselten einen kurzen Blick, kletterten eilig nach unten und ließen sich dann den Stamm hinabgleiten. Es sah schmerzhaft aus, war aber die schnellste Variante.

Kaum waren sie unten, beugten sie ihre Oberkörper vor Ashkiin und starrten auf den Boden. Der linke und kleinere der beiden zitterte. Sie waren nicht älter als fünfzehn. So alt, wie Ashkiin gewesen war, als er seine Heimat verlassen und in die Hauptstadt gegangen war, um dort der Königin zu dienen.

Er wartete noch einen Moment, ehe er sie erlöste. »Verschwindet.«

Ohne zu zögern, nahmen sie die mageren Beine in die Hand und rannten davon. Eine Staubwolke stob hinter ihnen in die Luft. Hinter Ashkiin erklangen Schritte, laut und darauf bedacht, sich anzukündigen.

»Sehr beeindruckend, A'Sheel. Kleine Jungs erschrecken konntest du schon immer gut.«

Ashkiin drehte sich um. Humpelnd kam ein Mann näher, seine Kleidung war vom windigen Wetter Syskiis gezeichnet, und die braunen Lederstiefel sahen heruntergekommen aus.

Das narbige Gesicht sah aus, als sei es einst von einem Feuer entstellt worden. An vielen Stellen wuchs kein Bart mehr, und der Mann hatte es mit Götterzeichnungen zu übermalen versucht. Ashkiin sah die Brandnarben dennoch. »Earaan, was für eine Überraschung! Was treibt dich in die Stadt?«

»Dasselbe wie dich, nehme ich an. Du hast also auch von der Ermordung Ariaas gehört?«

Ashkiin nickte.

»Wärst du an ihrer Seite gewesen, hätten sie es nicht geschafft«, sagte Earaan grimmig und zog eine Holzpfeife aus der Innenseite seines zerschlissenen Mantels.

Und so dankt die Herrscherfamilie einem den Einsatz im Krieg, dachte Ashkiin, ließ sich seine Abscheu jedoch nicht anmerken. Dafür hatte er zu viel Leid gesehen. Das Schicksal seines ehemaligen Kameraden war nur eines von vielen. Und immerhin lebte Earaan noch. »Ich war auf dem Weg in die Erdhöhle, willst du mich begleiten?«

Earaan paffte an seiner Pfeife und stieß den Rauch in die klare Luft. »Man hat die Erdhöhle als Erstes geschlossen. Kein guter Treffpunkt. Warst du schon auf dem Vorplatz der Götter?«

Ashkiin nickte.

»Dann hast du es also gesehen. Die Menschen trauen sich seit gestern nicht mehr auf die Straßen, und er zieht seine Männer im Dhalienpalast zusammen.«

»Er?«

Earaan überging Ashkiins Zwischenfrage und sprach unbeirrt weiter: »Es wird sich einiges ändern, nicht nur in Syskii. Aber es wird hier seinen Anfang nehmen, und ich weiß nicht, ob ich auch das Ende erleben möchte. Meine alten Knochen haben ihren Krieg bereits hinter sich gebracht.«

Er hat es also auch bemerkt, dachte Ashkiin, ließ sich jedoch nicht in die Karten blicken.

»Nichts ist mehr so, wie wir es kennen, A'Sheel«, fuhr er fort. »Die Götter haben Wichtigeres zu tun, als sich um unsere Belange zu kümmern. Sie liegen im Zwist miteinander. Die Menschen machen Jagd auf das Verlorene Volk. Es scheint fast so, als würde sich die Geschichte wiederholen. Als du nicht in der Stadt warst, haben sich Dinge ereignet, die mir nicht geheuer sind.«

Ashkiin war kein gläubiger Mann. Earaans Worte ergaben für ihn keinen Sinn. »Was meinst du damit?«

»Das wirst du nicht begreifen, denn du glaubst nicht an das, was uns stetig umgibt. Weder an die Götter selbst noch an die Legenden um das Verlorene Volk ...«

Ashkiin hatte genug gehört, so gern er seinen alten Weggefährten auch hatte. »Wer ist Ariaa auf den Thron gefolgt?«

Earaan antwortete nicht sofort, sondern zog noch einmal an seiner Pfeife. Sein Blick wanderte gen Westen, und Ashkiin folgte ihm. Zwischen den erdfarbenen Häusern Kroons ragten vier spitze Türme in den Nachthimmel. Der Dhalienpalast, das Herz der Herbstlande. Seit Jahrhunderten schon war er der Sitz weiser und gütiger Herrscherinnen.

»Das, mein alter Freund«, sagte Earaan, »musst du mit eigenen Augen sehen.«

4
Überraschung

Muun, Sommerlande

Mit einem Schlag war Geero hellwach. Als ob seine Nervenenden die Gefahr spürten, begannen sie zu kribbeln, ein Gefühl, das sich rasend schnell in seinem gesamten Körper ausbreitete. In der Kammer war es dunkel, doch dank der unzähligen Träume, die er im Laufe der Zeit gesammelt hatte, nahm er jedes Detail seiner Umgebung gestochen scharf wahr. Kanaael und Saarie schliefen beide am anderen Ende des Raums, lediglich durch eine dünne, aufstellbare Holzwand getrennt. Für diese Nacht hatten sie sich in einer kleinen Unterkunft direkt am Hafen einquartiert, um später keine allzu langen Wege durch die Stadt zurücklegen zu müssen. Die Spione der Ghehalla waren überall, und jeder zusätzliche Tag, den sie in Muun verbrachten, war ein Risiko, das Geero nicht länger auf sich nehmen wollte. Erst recht nicht, seit er seine Nichte wiedergefunden hatte. Ihr gleichmäßiger Atem klang laut in seinen Ohren, aber es war etwas anderes, das seine Aufmerksamkeit erregte.

Die Luft unmittelbar neben seinem Bett aus gepolsterten Decken und wärmenden Norschulaken zog sich zusammen, konzentrierte sich auf einen Punkt, so als würde sie sich an einem Ort sammeln. Doch die Stelle zu seiner Linken war

nicht der einzige Punkt. Hitze, ein greller Lichtblitz auch zu seiner Rechten.
Weltenwandler!
Geeros Gedanken überschlugen sich. Weltenwandler konnten nur an einen Ort gelangen, den sie bereits besucht hatten, es sei denn, sie wurden von heftigen Emotionen geleitet – dann konnte es passieren, dass sie sich in Raum und Zeit verloren. Doch es gab noch eine dritte Möglichkeit: einen persönlichen Gegenstand. Wenn sie ihn besaßen, waren sie in der Lage, den Besitzer jederzeit zu erreichen.
Mit einem Satz war Geero auf den Beinen und lauschte in sich hinein. Mehrere farbige Nebel waberten in seinem Innern, und er öffnete seinen Geist, um einen Teil der Traummagie in seine Fingerspitzen zu ziehen. Keinen Augenblick später materialisierte sich eine Frau mittleren Alters mit suviischen Gesichtszügen und dunkel geschminkten Augen, die in den vier Götterfarben schillerten. Geeros Blick fiel auf den sichelförmigen Weltenwandler-Anhänger, der um ihren Hals baumelte, und glitt dann zu den zwei Schwertern in ihren Händen. Sie trug silberne Armreife, und ihr nachtschwarzes Haar war zu einem strengen Zopf nach hinten geflochten. Etwas an ihr kam ihm bekannt vor, doch er konnte sich beim besten Willen nicht daran erinnern, was es war.
Er hatte sich noch nie Namen oder Gesichter merken können ...
Noch bevor Geero »Wer bist du?« fragen konnte, stürzte sich die Fremde auch schon mit gezogenen Schwertern auf ihn. Er rief seine Chakrani zu sich, und das keinen Augenblick zu früh! Wie ein Schutzschild baute Geero die Geschosse vor sich auf, einen runden Wall aus drei fliegenden Chakrani, die dem ersten Angriff nur mit Mühe standhielten.

Stahl prallte auf Stahl, der azurblaue Nebel der Traummagie hielt der Attacke stand, erzitterte unter der Wucht des Aufpralls, und Geero sah, wie sich die Muskeln der Frau heftig anspannten. Er selbst musste all seine Kraft in die Wurfgeschosse legen, ließ immer mehr Traummagie aus seinem Körper gleiten. Sanft umflossen die dünnen Fäden seine Wurfgeschosse, verbanden sich leuchtend mit den scharfen Klingen und drängten die Angreiferin zurück. Geero spürte, wie Schweiß auf seine Stirn trat und gleichzeitig die Anstrengung der Magie an seinen Reserven zerrte. Aus dem Augenwinkel sah er, dass Kanaael und Saarie aufrecht in ihren Betten saßen, dann schnellte sein Blick wieder nach vorne. Gerade rechtzeitig, denn die Weltenwandlerin hatte ihre Schwerter bereits zu einem erneuten Angriff gehoben, völlig auf ihn fokussiert.

Sie darf die beiden nicht bemerken, sie weiß womöglich gar nicht, dass sie da sind, schoss es Geero durch den Kopf, und er rollte sich über sein Bett ab, um zu der Kommode zu gelangen, auf der er seine eigenen Schwerter deponiert hatte. Mit den Augen bedeutete er Kanaael, sich nicht bemerkbar zu machen. Der Herrschersohn nickte grimmig.

»Geero D'Heraal!«, sagte die Weltenwandlerin. »Erkennst du mich denn nicht wieder?«

»Wer bist du, und wie hast du mich gefunden?«

»Du meinst wohl wir.« Die Stimme zu seiner Rechten ließ Geero erstarren, und er wandte den Kopf. Ein hochaufgeschossener Mann mit schwarzem Haar und einem gepflegten Dreitagebart sah ihn durchdringend an, die breiten Gesichtszüge und die gerade Nase, selbst die kleine Narbe über seinen Augenbrauen war noch dieselbe wie vor zwanzig Jahren. Einzig die grauen Schläfen und sein wettergegerbtes Gesicht, in dem das Leben als Weltenwandler Spuren hinterlassen hatte, zeugten davon, dass er ein Mann geworden war. Meraan Del'Kal! Geeros Blick schoss zu der Frau, die sich abermals in Angriffsposition brachte. Tatsächlich! Seine Schwester Keeria ... Aber das war unmöglich!

»Ich habe lange auf diesen Moment gewartet«, sagte Keeria, und ein leises Lächeln umspielte ihre Lippen. Sie war noch immer genauso schön wie früher, aber etwas in ihrem Blick, der Art, wie sie ihn anschaute, sagte Geero, dass sie längst nicht mehr das Mädchen von einst war.

»Was wollt ihr?«

»Dem Verlorenen Volk wieder den Platz einräumen, den es in der Welt verdient! Nun, zumindest denen, die stets wussten, dass wir über den Menschen stehen und uns nicht wie räudige Hunde vor ihnen verstecken!« Keeria spuckte vor ihm aus. Geeros Blick flog hinüber zu Meraan, der stets der ruhigere von beiden gewesen war und sich auch dieses Mal etwas im Hintergrund hielt. Einzig das boshafte Blitzen seiner schillernden Augen war ein Indiz dafür, dass er seiner Schwester zustimmte.

Geero spürte das Brodeln seiner Traummagie, und einen Lidschlag später stürzte Keeria auf ihn zu, und er hatte gerade noch Zeit, seine Schwerter hochzureißen. Mit einem heftigen Aufprall trafen die Waffen aufeinander, und obschon er Keeria um einige Längen überragte, zitterten seine Arme unter ihrem Angriff. Gleichzeitig bemerkte er, wie sich Meraan von der Seite näherte. Er bündelte die Energie eines schweren Traums und ließ einen Teil der Traummagie in seine Chakrani fließen, die daraufhin davonschossen. Doch Meraan musste dem Wurfmesser ausgewichen sein, denn Geero hörte, wie die Chakrani in das Holz des Kleiderschrankes einschlugen. Keerias Schläge wurden von Hieb zu Hieb aggressiver. Sie schlug zu, begann sich tänzelnd um ihn herumzubewegen, bis sie mit dem Rücken zu Kanaael und Wolkenlied stand. Ihr Duft und die glatte Haut ihrer nackten Arme lenkte ihn für einen Moment lang ab, doch nicht lange genug, als dass sie seine Barriere hätte durchdringen können. Sie war schon immer eine Kriegerin gewesen, schon damals, als sein Bruder sie ihm vorgestellt hatte.

Obwohl er auf dem Holzparkett keinen guten Stand hatte, gelang es ihm fast mühelos, ihre Angriffe abzuwehren. Das schien Keeria zu verärgern, denn sie stieß ein wütendes Zischen aus und schnellte, die Schwerter zum Angriff erhoben, abermals nach vorne. Wie magisch angezogen, blieb Geeros Blick an dem braunen Lederarmband hängen, das Keeria am Handgelenk trug. Kleine silbergraue Perlen hingen daran, ebenso wie eine einzelne narzissengelbe.

Die Traummagie in seinem Inneren verharrte im Augenblick, und er hörte seinen eigenen Herzschlag laut in den Ohren dröhnen. Die Zeit schien stillzustehen, und er vergaß den Kampf, ebenso wie die Gefahr, in der er sich befand. Er vergaß, dass Saarie und Kanaael nur einige Schritte weiter hinter der Trennwand standen. Ungläubig starrte er das Lederarmband an, um im selben Atemzug gegen die Schmerzen anzukämpfen, die ohne Vorwarnung seinen Körper lähmten. Er hatte wohl seine Deckung aufgegeben, denn er hörte ein überraschtes Aufkeuchen – sein eigenes? –, dann breitete sich der Schmerz in seiner Brust aus, und er spürte die Klinge brennend wie Feuer, dort, wo Meraan ihn verwundet hatte.

Als er begriff, endlich begriff, was sie getan hatten, um an ihn heranzukommen, war Geero vollkommen leer. Nur die farbigen Nebel der Traummagie bewegten sich in ihm – die Macht der Götter, ein lautstarkes Tosen, eine Explosion, die nicht mehr aufzuhalten war. Er schrie. Ein Schrei, direkt seiner Seele entsprungen.

Geero taumelte, nahm Meraans und Keerias Gesichter wie aus weiter Ferne wahr. Traummagie überall. Er sah die leuchtenden Farben, die nebelartigen Schleier, die in jedem Winkel seines Ichs steckten und nun nach draußen strömten. Krachend zerbarst der Schrank. Die Chakrani fielen scheppernd zu Boden. Glas splitterte.

Geero war nur noch von einem Gedanken beherrscht: Er brauchte das verdammte Armband! Er hatte es einst Vesilaa gegeben als Geschenk an ihre Liebe, und sie hatten es ihr genommen. Er hatte es Vesilaa geschenkt, und nun hing es wie eine Trophäe an Keerias Handgelenk ... Vesilaas Armband ...

Geero war blind. Er war blind und taub und leer. Die Welt schien wieder aufzuatmen, und auch der Sturm, der durch seinen Körper wütete, nahm langsam ab. Zwei grelle Lichtblitze, die Luft knisterte, dann war es still.

»Geero!«

Blinzelnd bemerkte er Kanaael, der besorgt auf ihn zukam, das dunkle Haar in alle Himmelsrichtungen abstehend. *Wenn Kanaael sich einmal nicht hinter seiner königlichen, undurchdringlichen Maske verbirgt, muss es schlecht um mich stehen,* dachte Geero. Sein Blick irrte weiter. Von Keeria und Meraan fehlte jede Spur, dafür zog sich eine Schneise der Verwüstung durch den Raum. Glasscherben lagen auf dem Boden, dazwischen seine Chakrani, die Tür war aus den Angeln gerissen worden, und außer einem kleinen, dreibeinigen Hocker war von der Holzeinrichtung nicht mehr viel übrig geblieben. Dann sah er das Lederarmband unmittelbar zu seinen Füßen liegen. Als er sich bücken wollte, ließ ihn ein blitzartiger Schmerz innehalten, und Geero tastete mit einer Hand an seine Brust, um gleich darauf den metallischen Geruch seines eigenen Blutes wahrzunehmen. Auch seine Rippen schmerzten höllisch. Mit aller Kraft presste er seine Hand auf die Wunde, die Meraan ihm zugefügt hatte. Hinter Kanaael tauchte Saarie auf, und ihr Anblick erfüllte Geero noch immer mit Stolz und Freude, doch auch sie blickte ihn besorgt an. Ihre Wangenknochen stachen scharf hervor, und obwohl sie zu wenig auf den Rippen hatte, war die Ähnlichkeit mit Feeria so deutlich, dass er sich in eine andere Zeit versetzt fühlte.

»Verdammt«, murmelte er, denn er merkte, wie der Blutverlust seinen Geist schwächte, die Klarheit aus seinem Kopf raubte. »Gib mir mal bitte das Laken.«

Während Kanaael ihm das zerknüllte Bettlaken auf die Brust drückte, lauschte Geero sorgsam dem erloschenen Sturm in seinem Innern, tastete nach den Resten der Traummagie und war froh, noch einen letzten Fetzen von dem rosafarbenen Nebel zu spüren. Der liebliche Traum eines kleinen Mädchens, dessen er sich angenommen hatte. Für den Notfall. Und dies war definitiv ein Notfall. Ohne zu zögern, schöpfte er einen Teil des Nebels ab, sog ihn in seine Fingerspitzen und lenkte ihn auf die Wunde, die in seiner Brust klaffte. »Warum sollten andere Weltenwandler versuchen, dich zu töten?«, fragte Kanaael.

Geero gab keine Antwort, sondern konzentrierte sich darauf, den lindernden Nebel auf seine Wunde zu lenken. Wie ein kühler Schwamm saugte er den Schmerz auf, bis die heißen Wellen verebbten. Dann hob er den Blick. »Ich muss zurück nach Lakoos und Nebelschreiber warnen. Das wird nicht der einzige Angriff auf die Nachkommen des Verlorenen Volks gewesen sein. Sie wussten, wo sie mich finden.« Er schluckte. »Sie ... Sie haben wohl eine Freundin von mir aufgesucht, um so an einen Gegenstand aus meinem Besitz zu gelangen und mich aufzuspüren.«

»Und was wollen sie?«

Geero sah Kanaael geradewegs in die Augen. Das war der schwierige Teil. Der Teil, den er selbst nicht begriff. Er kannte natürlich die Geschichten, die man sich erzählte. Über Nachkommen des Verlorenen Volks, die sich als Herrscher der Welt sahen, da sie die Erben der Götter waren. Geschichten über Fanatiker, denen er in den letzten Jahren nicht mehr als nötig Aufmerksamkeit geschenkt hatte. Ein Fehler, wie sich nun zeigte. »Ich glaube, sie sehen sich als die neuen Götter. Die wahren Herrscher über die Welt der Vier Jahreszeiten, so, wie es vor tausend Jahren einmal war, als die Gezeichneten über die Menschen herrschten, sie töteten und versklavten.«

»Du meinst …?« Kanaael beendete seine Frage nicht, sondern runzelte die Stirn.

Geero nickte und schluckte. »Ja, sie wollen die alte Ordnung wiederherstellen.«

5

Seefahrt

Muun, Sommerlande

Wellen schlugen gegen den Strand, und das Wasser spritzte schäumend in die Luft. Die bunt bemalten Fischerhütten und Lokale standen wie Soldaten nebeneinander, und Möwen kreisten mit weit ausgebreiteten Flügeln lärmend um die ruhenden Boote. Dunkelblaue Gebäude wechselten sich mit purpurroten Häusern und sonnengelben Fassaden ab. Sie waren in einem traditionellen Stil errichtet worden, und viele der Häuser besaßen nicht mehr als zwei Stockwerke. Fröhlichkeit und Optimismus lagen üblicherweise in den bunten Straßen Muuns, doch nicht an diesem Tag. Um sie herum war es laut und schmutzig, der Gestank von Fisch und Meeresfrüchten drang in jede Pore, und Kanaael ahnte, dass nicht nur eine Dusche notwendig sein würde, um diesen Geruch wieder loszuwerden. Sein Blick fiel auf die Passagiere eines Schiffs, das vor wenigen Augenblicken an einem der unzähligen Stege aus Holz angelegt hatte. Sie sahen aus, als hätten sie eine Tortur hinter sich: verweinte Gesichter, gerötete Augen. Viele Frauen mit Kleinkindern waren unter ihnen, die Kleider starrten vor Dreck, und ihre Mienen drückten Schmerz und Verzweiflung aus. Einige fielen Wartenden in die Arme, und er schnappte Wortfetzen wie *Überfall* und *verloren* auf.

»Willste jetz ne Karte kaufen, oder nich?«, schnauzte ihn der Mann in dem grün gestrichenen Häuschen, das aussah, als würde es beim nächsten kräftigen Windstoß umfallen, an, und Kanaael wandte sich ihm wieder zu. »Zwei. Nach Keväät. Für meine Schwester und mich«, sagte Kanaael. Das Geschrei der Ankommenden und die Flüche der Hafenarbeiter um sie herum waren so laut, dass Kanaael den Kartenverkäufer fast anschreien musste. Mit einem Blick über die Schulter vergewisserte er sich, dass sie niemand beobachtete. Geero hatte ihnen mehrmals eingebläut, dass ihre Deckung alles war, was ihnen blieb, um nach Gael in Keväät zu reisen.

Er schob dem Kartenverkäufer drei Nerscha-Münzen über den morschen Tresen.

»Geschwister, ja?«, fragte der Kartenverkäufer und ließ seinen Blick von Kanaael zu Wolkenlied wandern, die sich an Kanaaels Arm klammerte.

Ohne zu zögern, schob Kanaael ihm den doppelten Betrag zu, und sah ihm dabei unverwandt in die Augen. »Geschwister, ganz genau.«

Der Alte grinste und entblößte dabei eine Reihe ungepflegter Zähne, als er die Münzen einstrich. »*Die Lachende* legt zur Mittagsgebetsstunde ab. Seid pünktlich, oder ihr fahrt nich mit.«

»Danke.«

»Und? Was willste mit deiner Schwester in Keväät?«, fragte der Alte und drückte einen rechteckigen Holzspan in schwarze Tinte, um damit ihre Fahrkarten und anschließend ihr Handgelenk zu stempeln. »Passieren komische Sachen da. Die Grünhaarigen werden nervös. Jeder, der Verwandte in Suvii hat, kommt hierher. Man muss sich das nur mal anschau'n: Die ganze Stadt is voll mit stinkenden Keväätis. Sin' nich mal die schönen, langbeinigen Frauen, die kommen, nur das Pack aus dem Westen ...« Er spuckte aus. »Fremde wie euch seh'n die in den Frühlingslanden gar nich gern – willste irgendwo Bestimmtes hin?«, fuhr der Alte fort und betrachtete sie neugierig.

»Das geht dich nichts an«, sagte Kanaael barsch, steckte die Fahrkarten ein und zog Wolkenlied in Richtung der *Lachenden* davon, die sie übers Meer bringen würde. Er begegnete Wolkenlieds vorwurfsvollem Blick.

»Schau mich nicht so an. Ich weiß selbst, was auf dem Spiel steht. Hauptsache, wir kommen heil ans andere Ufer.«

So, wie du dich verhältst, schaffen wir das niemals, schien ihr Blick zu sagen, und Kanaael seufzte. Die Lachende war eindrucksvoll, etwas kleiner als das herrschaftliche Schiff seiner Familie, aber dennoch ein Anblick, der ihn mit Stolz erfüllte. Die meisten Werften des Landes importierten Teer aus den Kiefernadelbaumwäldern Kevääts, um damit die Unterseite der Schiffe zu versiegeln und sie so gegen das Meersalz zu schützen, das das Holz angriff. Die prächtigen weißen Segel waren aus Wolle und Haarschweifen keväätischer Herdentiere gefertigt, im Gegenzug dafür exportierte Suvii Erz nach Keväät. Wehmütig dachte Kanaael an die vielen Stunden, die er in suviischen Bergbaudörfern, Stollen oder in Erz-Geschäften an der Küste verbracht hatte, um so viel wie möglich über sein Volk zu lernen. Nun fragte er sich, ob er überhaupt jemals über Suvii herrschen würde.

In der Nähe einer Steintreppe, die ins Meer führte und wohl als Messstandhilfe diente, aber einen ungewöhnlich hohen Wasserstand zeigte, blieb er stehen und wandte sich Wolkenlied zu. »Hör zu«, sagte er und nahm ihre Hand. »Mir wäre es lieber gewesen, allein zu reisen. Aber damit du dein Gedächtnis wiedererlangst, muss ich dich mitnehmen. Vielleicht finden wir dann heraus, wer dir das angetan hat. Es ist deine einzige Chance.«

Traurig sah Wolkenlied ihn an.

»Keine Sorge«, beruhigte er sie. »Das wird schon klappen.« *Und wenn nicht, bin ich wenigstens auf der Insel, um Udinaa zu beschützen.* Nachdenklich beobachtete er die Fischer, die mit einem kleinen Boot näher kamen. Auf ihren braun gebrannten Gesichtern spiegelte sich Unzufriedenheit wider, denn die leeren Netze und gestapelten Holzkisten hinter ihnen sprachen für sich. Dann bemerkte Kanaael, dass er Wolkenlied noch immer an der Hand hielt. Ihre Haut war weich, weicher, als er es bei einer Dienerin für möglich gehalten hatte. Gedankenverloren betrachtete er ihre Finger und schaute ihr anschließend in die Augen. Ihr Blick schien ihn zu durchleuchten, jeden Winkel seiner Seele abzutasten, und ihm blieb für einen Moment der Atem weg. Selbst das Geschrei der Hafenmitarbeiter blendete er aus. Er starrte ihr Gesicht an, als sehe er es zum ersten Mal. Die hohen Wangenknochen, die mandelförmigen Augen, ihre schmale Nase und den vollen Mund, der angesichts ihres Gewichtsverlusts noch größer wirkte. Abrupt ließ er ihre Hand los und fuhr sich durchs Haar. Wahrscheinlich sah es genauso aus, wie es sich anfühlte. Verfilzt und dreckig.

Er räusperte sich. »Wir sollten noch etwas zu essen holen. Die Fahrt dauert den ganzen Tag, und wir kommen erst in den späten Abendstunden an.« Energisch schritt er voraus, blickte sich dabei nicht mehr um und versuchte, Wolkenlied zu vergessen. Zu vergessen, wie nah sie ihm ging, obwohl er sie kaum kannte. Noch dazu war sie eine Dienerin seines Palasts.

Reiß dich gefälligst zusammen, dachte er und kaufte an einem Stand, an dem verschiedene Fischsorten am Spieß, eingelegt und roh, angeboten wurden, zwei gegrillte Krustentiere und zwei Portionen geröstete Zitronenkartoffeln dazu. Während sie das Essen verspeisten, behielt Kanaael die Umgebung und die Menschen im Auge. Es waren viele Familien mit Kleinkindern und ältere Paare unterwegs. Immer wieder sah er Kevääti, von ihrer Reise gezeichnet. Auffällig in Schwarz gekleidete Männer oder grimmig dreinblickende Personen entdeckte er nicht. *Vielleicht hat die Ghehalla wirklich keine Ahnung, dass wir aus Muun verschwinden wollen,* dachte Kanaael. Ohne Geero fühlte er sich zwar weniger sicher, auf der anderen Seite fielen sie ohne den riesigen Kerl auch weniger auf.

Kurze Zeit später schlugen die Trommeln des nahe gelegenen Tempels zum Mittagsgebet, und Kanaael und Wolkenlied begaben sich zum Anlegesteg der *Lachenden,* wo sich bereits eine lange Schlange gebildet hatte. Über eine schmale Holzplanke gelangten sie an Deck. Im Bauch des Schiffs saßen Ruderer, die sich seit jeher ihr Geld durch harte körperliche Arbeit verdienten. Kanaael hatte gehört, dass sie dreimal wöchentlich von Keväät nach Suvii und wieder zurück ruderten und dafür einen Hungerlohn erhielten. Wenn er auf dem Thron der Sommerlande saß, würde er sich der Sache annehmen. *Falls* er jemals auf dem Thron der Sommerlande saß ...

Wolkenlied und Kanaael suchten sich einen geschützten Platz unterhalb des Masts und ließen sich dort nieder. Um nicht weiter aufzufallen, hatte Wolkenlied ihr hellgraues Halstuch in der Mitte durchgerissen, und sie hatten sich jeder eine Hälfte um den Kopf geschlungen. In Keväät war das graue Tuch ein Zeichen der Trauer, und man würde vermuten, dass sie sich auf dem Weg zu einer Beerdigung befanden.

Frischer, salziger Fahrtwind und die angenehme Mittagswärme hüllten sie alsbald ein. Müdigkeit machte sich breit – gesättigt und gestärkt, das sanfte Schaukeln und die leisen Unterhaltungen um sie herum trugen ihr Übriges bei. Wenig später war Wolkenlied vor Erschöpfung eingeschlafen – schließlich waren sie die ganze Nacht über wach gewesen und hatten mit Geero über das geredet, was geschehen war. Weltenwandler, die andere des Verlorenen Volks töteten. Kanaael wusste nicht, was er davon halten sollte. Eine Weile beobachtete er Wolkenlied und versuchte, gegen seine eigene Müdigkeit anzukämpfen, doch vergebens.

Er wurde vom Lachen eines Kindes geweckt, streckte sich und sah sich um. Die Sonne verschwand gerade hinter dem Horizont, bis nur noch ein dünner Streifen rosafarbenes Licht den Himmel erfüllte und die wenigen Wolken am Himmel in farbige Figuren verwandelte. Der Wind blies nun stärker aus Osten. In ihrem Rücken wurde es bereits dunkel, und auf der anderen Seite des Himmels hatte sich der Mond, groß und rund, bereits auf den Weg seiner nächtlichen Wanderung gemacht. Vor ihnen erstreckte sich die breite Steilküste Kevääts. Wie grüne Dornen stachen die Berge des Hinterlands in den Himmel, und um die scharfen Steilklippen kreisten Wasservögel auf der Suche nach Beute. Mehrere dunkle Gesteinsformationen verliefen entlang der Küste, als hätte das Wetter und die Zeit einen Teil des Landes im Meer versinken lassen. Überall zwischen den sich zum Teil meterhoch auftürmenden Steinsäulen schien hier im Südosten der Frühlingswelt die Urgewalt der Erde spürbar zu sein. »Noch etwas Süßes, bevor wir anlegen?«

Ein Händler in dunkelgrünen Leinengewändern stand vor Kanaael, um seine Schultern einen Laden gebunden, und hielt ihm nun eine kleinere Schachtel mit in Honig eingelegten Datteln und Bananen unter die Nase. Der Duft von Öl und Honig stieg ihm verlockend in die Nase. Trotzdem lehnte er dankend ab.

»Wo geht es denn hin?«, fragte der Mann. Sein Gesicht war braun gebrannt, er war etwas rot um die Nase, und das wellige blonde Haar war sonnengebleicht. Er erinnerte Kanaael an Daav.

»Keväät.«

Der andere zwinkerte Kanaael zu. »Das habe ich mir fast schon gedacht.« Sein Blick fiel auf Wolkenlied, die sich an Kanaaels Seite gelegt hatte und noch immer schlief. »Abgehauen?«

»Nein, wir müssen zu einer Beerdigung. Unsere Tante ist gestorben.« Er deutete auf den grauen Schal, der etwas von Wolkenlieds Kopf gerutscht war.

»Mein Beileid zu eurem Verlust. Dann ist sie also deine Schwester.«

Kanaael sah auf Wolkenlieds schlafende Gestalt hinab. »Genau. Meine Schwester.«

»Na ja, wir legen sowieso in Kürze an. Da hinten sieht man schon die Bucht Gaels.« Er sah in die Richtung, in die der Händler deutete, und entdeckte, ähnlich wie in Muun, einige bunte Häuser und Schiffe mit in den rötlichen Himmel ragenden Masten. Neben der Steilküste gab es einige Strände und Wasserhöhlen, die vielen Seevögeln als Brutstätten dienten, daher nannte man die Südseite Keväats auch *Iirnis nea Daal* – Küste des Lebens.

»Bist du das erste Mal in den Frühlingslanden?«

»Nein, ich war schön öfter dort. Die Familie meiner Tante lebt in Veeta, im südlichen Familienviertel.«

Die Miene des Mannes nahm einen verträumten Ausdruck

an. »Aahh ... Ich vermisse die prächtigen Farben, die Musik, die ausgelassenen Feiern immer, wenn ich nicht dort bin! Keiner feiert so wie die Kevääti!« Er lachte erneut. »Nichts gegen die anderen Länder, aber Keväät ist etwas Besonderes. Es blüht immer. Und alle sind stets gut gelaunt.« Kanaael dachte an Daav und nickte. »Ja, da hast du recht.« »Dann alles Gute für euch!« Der Süßspeisenhändler tippte sich an Stirn und Lippen, so wie es in den Frühlingslanden Brauch war, und ging weiter zu einer Gruppe von Männern, die im Kreis sitzend vor sich hindösten. Kanaael sah ihm nach, und sein Blick fiel auf die Gruppe. Die Männer trugen unauffällige Fischerkleidung, doch ihr Haar war pechschwarz und mit nur wenigen geflochtenen Zöpfen durchsetzt. Fast so, als ob er Kanaaels Blick spürte, öffnete einer von ihnen träge ein Auge und sah kurz zu ihm herüber. Flüchtig, nicht der Erwähnung wert, doch für Kanaael war es genug. Er kannte diesen Mann.

Ghehalla, schoss es ihm durch den Kopf. Sein Herz schlug schneller, und er sah zu Wolkenlied. Sie rührte sich nicht. Als er wieder zu den Männern hinüberblickte, schienen sie ins Gespräch vertieft, und der Händler war zu einer anderen Familie weitergegangen. Trotzdem wurde Kanaael das Gefühl nicht los, dass hier etwas nicht stimmte. »Wolkenlied«, flüsterte er und stupste sie an.

Sie öffnete blinzelnd die Augen und erschien im ersten Augenblick orientierungslos. Aber einen Moment später begriff sie, wo sie sich befanden, und sie setzte sich ebenfalls auf. Fragend schaute sie ihn an, während sie sich den grauen Schal wieder ordentlich um den Kopf flocht.

»Siehst du die Männer dort vorne? Die Fischer mit den Zöpfen in den Haaren?«

Konzentriert folgte sie seinem Blick und nickte.

»Kommt dir einer von denen vielleicht bekannt vor? Hast du sie schon mal gesehen?«

Nachdenklich betrachtete Wolkenlied einen nach dem anderen. Eine Weile haftete ihr Blick an dem Mann, der Kanaael angesehen hatte, doch schließlich schüttelte sie den Kopf.

»Ich auch nicht ... aber irgendetwas stimmt mit ihnen nicht. Komm mit!«, sagte er und erhob sich von seinem Platz. Wolkenlied folgte ihm zum Bug des Schiffes, wo nicht so viele Passagiere waren. Mit einem Blick über die Schulter vergewisserte sich Kanaael, dass ihnen sonst niemand gefolgt war. In ihrer Nähe stand eine Familie, abgesehen davon war niemand zu sehen.

»Ich bin mir sicher, dass diese Männer zur Ghehalla gehören! Und sie dürfen mich auf keinen Fall finden!«

Wolkenlieds stoische Miene, die ihn irgendwie an Geero erinnerte, hatte sich nicht verändert, dennoch konnte er die Angst in ihren Augen erkennen. »Wolkenlied, hör mir gut zu: Die Ghehalla ist hinter mir her. Sie haben in Muun zweimal versucht, mich zu entführen, um meinen Vater zu erpressen. Wir müssen von Bord, bevor sie uns erwischen. Vielleicht können wir uns unter Deck bei den Ruderern verstecken ...« Er sah ihr eindringlich in die Augen, und ihr Blick wurde weicher. »Vertrau mir. Dir passiert nichts, solange ich bei dir bin.«

Wie von selbst wanderte seine Hand zu ihrer Wange, doch kurz bevor er sie berührte, hielt er inne und ließ den Arm wieder sinken. Er fühlte sich ihr auf eine Weise verbunden, wie er es bei noch keiner Frau verspürt hatte. Natürlich hatte er schon mit Frauen geschlafen, doch das waren teure Dirnen oder die Töchter von Abgesandten gewesen. Das hier war etwas komplett anderes. Auf diesem Schiff war er Wolkenlieds

Bruder, ein einfacher Reisender und nicht der zukünftige Herrscher der Sommerlande. Aber das würde sich ändern. Er war Thronfolger. Der künftige Herrscher der Sommerlande. Und sie war nur eine Dienerin. Es gab keine Zukunft für sie beide. Er würde sich nicht von seinen Gefühlen leiten lassen, auch wenn er es sich noch so sehr wünschte. »Ich passe auf dich auf. Ich habe Geero versprochen, dich heil zurückzubringen, und das werde ich tun.« Selbst in seinen Ohren klang seine Stimme belegt. *Kanaael De'Ar, du bist ein törichter Idiot.*

»Vertraust du mir?«

Sie sah ihm fest in die Augen und nickte.

»Wir lassen alles zurück, was wir nicht brauchen.« Er deutete auf den kleinen Lederbeutel und Wolkenlieds Tasche, in der sie einige Habseligkeiten dabeihatten. Plötzlich griff sie nach seiner Hand und deutete mit einem Kopfnicken hinter ihn. Kanaael gefror das Blut in den Adern, denn das konnte nur bedeuten, dass die Ghehalla sie entdeckt hatte. »Kommen sie in unsere Richtung?«

Nicken.

Kanaael sah sich nach einer Fluchtmöglichkeit um.

»Warum so eilig, Eure Hoheit?«, erklang eine spöttische Stimme hinter ihm.

Drei der Männer hatten sich aus ihrer Gruppe gelöst und drängten nun Wolkenlied und Kanaael mit dem Rücken zur Reling. Sie waren eingekreist.

»Ihr müsst mich verwechseln«, sagte Kanaael. Sein Herz schlug erbarmungslos gegen seine Rippen, und er verfluchte sich insgeheim, weil seine Stimme so zittrig klang. »Mein Name ist Reenas, und das ist meine Schwester Riaa. Wir sind auf dem Weg nach Keväat, meine Tante ist gestorben, und unsere Mutter hat uns zur Beerdigung geschickt.«

Der Anführer, der Kanaael angesprochen hatte, grinste. »Spar dir die Mühe. Die Nummer mit der Schwester ist zwar nicht schlecht, aber wir sind dir schon seit Muun auf den Fersen. Wir haben nur darauf gewartet, bis ihr euch endlich von diesem Riesenbaby mit den Wurfmessern verabschiedet.«

Kanaael versuchte sich seine Überraschung nicht anmerken zu lassen und überlegte fieberhaft, wie er die Ghehallani wieder loswerden konnte. Er musste sie lange genug in ein Gespräch verwickeln. Jeder Moment länger auf diesem Schiff würde ihnen mehr Zeit auf der Flucht verschaffen.

»Was wollt ihr von mir?« Seine Stimme wurde lauter, und ein Familienvater, der sich bis eben noch mit seiner Frau unterhalten hatte, trat mit einem Stirnrunzeln näher.

»Was geht hier vor?«, fragte er. In den Augen des Anführers glomm es ärgerlich auf, bevor er sich zu dem Mann umdrehte und einen Langdolch aus seinem Gürtel zog. »Das geht dich nichts an!«

»Ich werde Hilfe holen!«, sagte der Familienvater, der ziemlich blass geworden war, und drehte sich um. Die zwei anderen Ghehallani, die bisher geschwiegen hatten, stellten sich an seine Seite und versperrten dem Mann den Weg. Kanaael sah, wie seine Frau entsetzt die Hände vor den Mund schlug.

»Das würde ich an deiner Stelle bleiben lassen«, knurrte der Anführer. »Noch bevor du die Kapitänskajüte erreichst, haben wir deiner hübschen kleinen Familie ein paar Andenken an die Schiffsreise in die Haut geritzt und sie über Bord geworfen. Und jetzt verpiss dich.«

»Geht!«, beschwor Kanaael den Mann. Er wollte unter keinen Umständen, dass den beiden kleinen Mädchen, die sich an den Rockzipfel der Mutter klammerten, etwas passierte. Ein letzter entschuldigender Blick, dann wandte sich der Mann ab und ging zu seiner Familie zurück, die ihn sogleich in ihre Arme schloss und sich dann schnell davonmachte.

Schnaubend sagte der Anführer zu Kanaael: »Shiaan ist etwas ungehalten darüber, wie eure letzte Begegnung verlaufen ist. Und er wird nicht gern verärgert.«

»Und ihr sollt mich jetzt zu ihm bringen«, stellte Kanaael fest. Er spürte Wolkenlieds Blick auf sich. Und dann kam ihm ein Gedanke, ein wahnwitziger Gedanke, und ein Lächeln erhellte seine Züge. Wolkenlied nickte ihm kaum merklich zu, ganz so, als ob sie auch ohne Worte begriffen hätte, was Kanaael vorhatte. Er wandte seine Aufmerksamkeit wieder dem Anführer zu und fuhr fort: »Du kannst Shiaan ausrichten, dass sich unsere Wege nicht noch einmal kreuzen werden. Nicht in diesem Leben. Alles andere haben die Götter zu entscheiden.«

»Die Götter entscheiden gar nichts, sie sind Figuren auf ihrem eigenen Spielbrett, und das bereits seit dem Anbeginn der Zeit. Du hast keine andere Wahl, Herrschersohn. Denn Shiaan hat bereits über dein Schicksal entschieden, er ist aus Fleisch und Blut, und wenn du seiner Einladung nicht folgst, stirbst du. Oder jemand, der dir teuer ist.« Er sah Wolkenlied an, die seinem Blick standhielt.

»Du irrst dich«, entgegnete Kanaael grimmig. »Über mein Schicksal entscheide ich immer noch selbst.«

Er packte Wolkenlieds Hand, im nächsten Moment hatten sie den Ghehallani den Rücken zugekehrt und waren gemeinsam auf die hölzerne Reling gesprungen. Das Schiff schwankte unter den großen Wellen, und Kanaael versuchte das Gleichgewicht zu halten, während er hinunterblickte. Das dunkle Wasser schäumte bedrohlich – dann sprangen sie gemeinsam in die Tiefe. Kanaael hörte die Ghehallani fluchen, bevor das Wasser dröhnend über ihnen zusammenschlug und die Dunkelheit sie verschluckte.

6

Pläne

Kroon, Herbstlande
Thronsaal des Dhalienpalasts

»Er ist noch nicht eingetroffen. Habt Ihr nicht gesagt, Ihr hättet einen Dreel nach ihm geschickt?«

Die eindeutig männliche Stimme klang wütend und hallte von den Wänden wider. Ashkiin konnte das dazugehörige Gesicht nicht ausmachen, denn dafür hätte er sich über die steinerne Balustrade des Thronsaals beugen müssen und so möglicherweise seine Anwesenheit verraten. Nachdem Earaan angedeutet hatte, wer nach dem Tod Ariaas die Herrschaft über das Herbstvolk an sich gerissen hatte, hatte Ashkiin sich unbemerkt über die Kanalisation in den Dhalienpalast geschlichen, um sich persönlich von dieser Ungeheuerlichkeit zu überzeugen. Nun befand er sich zwei Stockwerke über den Köpfen der Anwesenden, die sich im Thronsaal eingefunden hatten. Es war mitten in der Nacht, und die unzähligen silbernen Feuerbecken, die in luftigen Höhen an der Decke und den Wänden befestigt worden waren, warfen lange Schatten auf die goldenen Wandteppiche, die das Wappen der ar'lenschen Familie zierte.

»Er wird jeden Augenblick auftauchen, davon bin ich überzeugt«, erwiderte eine zweite Stimme.

»Du bist von ziemlich vielen Dingen überzeugt, Seerdian«, antwortete der erste Sprecher verächtlich. »Hast du wenigstens schon Nachricht aus Talveen und Suvii erhalten?«

Es folgte eine lange, nervöse Pause. Ashkiin verlagerte sein Gewicht auf das andere Bein. In seiner kauernden Haltung, auf einem der unzähligen Sockel, die einst voller Gastgeschenke aus den Frühlingslanden geschmückt gewesen waren, verharrte er nun schon viel zu lange. Mit seiner ovalen Form und der in den Himmel ragenden Decke unterschied sich der Thronsaal von den Sälen der anderen Herrscherhäuser. Es gab nur vier kleinere Fenster, die den Göttern gewidmet waren, und einen Haupteingang, den man in Sys' Farbe Gold gestrichen hatte. Dafür bestand die komplette Decke aus Glas, sodass man zu jeder Tages- und Nachtzeit den Himmel beobachten und sich den Göttern näher fühlen konnte.

Endlich begann die unsichere Stimme wieder zu sprechen: »Nun ... die Kommunikationswege sind nicht mehr so sicher, und wir ... wissen nicht, was sich in Talveen ereignet hat ... In Suvii läuft alles so, wie Ihr es gewünscht habt.«

»Derioon De'Ar ist endlich tot?«

»Noch nicht, aber es ist nur noch eine Frage der Zeit.«

»Wann kann ich damit rechnen?«

Ein kurzes Zögern. »Saaro A'Sheel ist seit Wochen in Lakoos und bereitet sich auf seinen Auftrag vor. Es kann sich nur noch um Tage handeln.«

Ashkiin erstarrte, als er den Namen seines Bruders vernahm. Seit Jahrzehnten bestand ein sicheres Handelsabkommen zwischen Suvii und Syskii, und die Machtverhältnisse zwischen den Ländern waren klar verteilt. Das Sommervolk war, was Truppenstärke und militärische Ausbildung betraf, den Herbstlanden überlegen. Was Ashkiin aber noch viel mehr beunruhigte, war die Tatsache, dass sein Bruder offenbar den

Auftrag hatte, den Herrscher der Sommerlande zu ermorden. Doch weshalb?

»Wenigstens ein A'Sheel tut, was man ihm befohlen hat.« Eine Welle aus Enttäuschung schlug über Ashkiin zusammen. Im letzten Moment konnte er den Impuls unterdrücken, nach seinen kleinen, aus Sharonstahl geschmiedeten Wurfmessern zu greifen. Es hatte ihn Jahre an Übung gekostet, nicht auf körperliche Reflexe und Intuitionen zu reagieren. Nichtsdestotrotz wurde es Zeit, auf sich aufmerksam zu machen.

»Kein A'Sheel beugt sich dem Willen eines anderen«, sagte er laut und sprang vom Geschenksockel auf die Balustrade des Balkons im zweiten Obergeschoss. Nur wenige Armlängen von ihm entfernt stand ein maskenverhüllter Schütze, der angesichts seiner Anwesenheit zurückzuckte und sich gegen die Wand presste. Ashkiin blickte in den Thronsaal hinab und hörte, wie einige Männer entsetzt aufkeuchten, als sie ihn erkannten. Nur einen Herzschlag später richteten sich die Armbrüste der in fließendem Gold gekleideten Wachen auf ihn. Ashkiin lächelte. Unter ihm erstreckte sich der Thronsaal in seiner ganzen herbstlichen Pracht, der Raum war in warmen, goldbraunen Tönen geschmückt und mit Pflanzen aus Syskii ausgestattet worden. Sein Blick schnellte zu dem gewaltigen, aus Silber erbauten Herrscherthron, vor dem er vor einigen Wochen noch gekniet und Ariaa Ar'Len die Treue geschworen hatte. Nun saß dort der Mann, der Ariaas Platz eingenommen und so mit der jahrhundertealten Tradion der Herbstlande gebrochen hatte: niemand Geringeres als Garieen Ar'Len. Meerlas Sohn. Ariaas Bruder.

»Ashkiin, schön, dass du uns mit deiner Anwesenheit beehrst. Ich hätte mir denken können, dass du bereits hier bist.«

Mit einer Handbewegung, die den Eindruck erweckte, als würde er ein lästiges Insekt verscheuchen, wies Garieen seine Wachen an, ihre Waffen zu senken, was sie augenblicklich taten. »Ich muss dich allerdings enttäuschen: Saaro hat bereits den für dich vorgesehenen Platz am Hof eingenommen, und ich muss schon sagen, er befolgt meine Befehle ganz ausgezeichnet. So, wie ich mir das vorgestellt habe.«

»Und welchen Platz habt Ihr für mich vorgesehen?«

»Neugierig?« Garieen kicherte. »Warum kommst du nicht herunter, und wir unterhalten uns von Angesicht zu Angesicht? Dann muss ich nicht so schreien.«

»Ich denke nicht«, entgegnete Ashkiin. »Sagt, was Ihr zu sagen habt, oder ich gehe.«

»Das war keine Bitte, A'Sheel, sondern ein Befehl!«

Ashkiin wusste nicht sonderlich viel über Garieen. Der älteste Sohn Meerlas hatte sich stets in seine Rolle als Botschafter und ar'lenscher Namensträger gefügt und die Beziehungen zwischen den Vier Ländern aufrechterhalten. Da die Herrschaft über die weibliche Linie weiter vererbt wurde, hatte er, obwohl er Meerlas Erstgeborener war, nur eine untergeordnete Rolle am Hof gespielt, und es war ein offenes Geheimnis gewesen, dass Garieen seine Schwester um ihr Amt beneidet hatte. Machtgier und Neid konnten die Seele eines Mannes zerfressen, das wusste Ashkiin sehr genau. Sein eigener Bruder war das beste Beispiel. Doch war Garieen wirklich so weit gegangen, seine eigene Schwester zu ermorden, nur um selbst auf dem Dhalienthron zu sitzen? »Saaro mag sich Euren Befehlen vielleicht beugen, aber ich werde es nicht tun. Also, was wollt Ihr von mir?« Selbstverständlich war Ashkiin bewusst, dass er sich auf gefährlichem Terrain bewegte, trotzdem kannte er seinen eigenen Wert für Syskii. Niemand war so gut wie er. Auch Saaro nicht.

»Es ist also wahr, was man über dich sagt«, sagte Garieen und kraulte sich den in syskiischer Art geflochtenen Bart. »Du arbeitest für denjenigen, der dich am besten bezahlt, nicht wahr?«

»Das kommt auf den Auftrag an. Ich habe Eurer Mutter und Eurer Schwester aus ganz anderen Gründen gedient.«

»Ach ja, die Dienste für das Land und das Wohlergehen der Herbstherrscherin. Wie wunderbar. Ein Heerführer, der sich ganz seinem Volk verschrieben hat. Ich hörte viel Gutes über deine Familie.« Mit einem zufriedenen Lächeln lehnte sich Garieen zurück. Dann wandte er sich an die Menschen im Saal. »Lasst uns allein.«

Sofort raschelten Gewänder, und die Männer entfernten sich eilig. Einen Moment später waren Ashkiin und Gaarien allein. Zumindest sollte Ashkiin glauben, sie wären allein. Er ließ den Mann auf dem Thron nicht aus den Augen. Garieen musste etwas Großes in der Hinterhand haben, sonst würde er sich nicht in eine solche Gefahr begeben.

»Fühlst du dich nun wohler? Möchtest du vielleicht jetzt herunterkommen?«

Ashkiin gab keine Antwort. Stattdessen schwang er sich über die Balustrade, landete auf dem Balkon direkt unter ihm und sprang noch ein Stockwerk weiter nach unten. Mit einem dumpfen Geräusch kam er auf den Füßen auf und trat mit weit ausholenden Schritten auf den Thron zu. Das Geräusch seiner schweren Stiefel hallte laut von den Wänden wider. Als er näher kam, bemerkte er das ar'lensche Wappen – der goldene Lebensbaum, umgeben von einem goldenen Band inmitten des rotbraunen Hintergrunds – das in die teure, hellbraune Robe Garieens eingenäht worden war. Es erschien Ashkiin wie ein höhnisches Mal. Makaber.

Er blieb unmittelbar vor Garieen Ar'Len stehen und musterte

ihn mit zusammengezogenen Augenbrauen. »Zum letzten Mal, Garieen, was wollt Ihr von mir?«

»Ich möchte, dass du für mich arbeitest.«

»Die Menschen in der Stadt sind abergläubisch«, sagte Ashkiin. »Sie werden keinen Mann auf dem Dhalienthron dulden. Das dürfte Euch doch klar sein.«

»Meine Familie regiert Syskii seit dreihundert Jahren.«

»Die Frauen Eurer Familie regieren Syskii seit dreihundert Jahren. So wie es das Gesetz zu Ehren der Göttin verlangt. Aber Ihr? Habt Ihr vor, Euch Brüste wachsen zu lassen?«

Garieens Lächeln verblasste. »Es wäre klug, mich nicht weiter zu reizen, A'Sheel. Ich habe mich bisher äußerst gnädig gezeigt. Du weißt nicht, wozu ich in der Lage bin. Vor allem nicht, wenn dein Bruder so weit in der Ferne weilt.«

Ashkiin atmete tief ein und verbarg seinen Zorn. *Zeig ihm nicht, wie wichtig dir Saaro ist. Du darfst deinen einzigen Schwachpunkt nicht offenbaren.* »Verzeiht mir, Hoheit«, sagte er. »Ihr habt Euch das sicherlich genauestens überlegt.«

»In der Tat. Aber in meinen Plänen spielst du keine unerhebliche Rolle. Ich möchte, dass du für mich arbeitest. Als mein Berater. Als mein Leibwächter, mein Stratege. Such dir etwas aus. Ich werde dich gut bezahlen.«

»Ich bin nicht auf Euer Geld angewiesen.«

Tatsächlich war er reicher als die meisten Fürsten des Landes. Aber das würde er niemandem auf die Nase binden.

»Ich spreche nicht von Geld. Und wie schon erwähnt, wäre es gut, wenn nicht sogar klug, im Namen deines Bruders zu handeln.«

Mit hochgezogenen Augenbrauen betrachtete Ashkiin den zufrieden dreinblickenden Sohn Meerlas. *Er hat nichts von ihr. Weder ihre Güte noch ihre gelassene Ausstrahlung. Er wirkt fahrig, unzuverlässig.* »Was meint Ihr dann, wenn nicht Geld?«

»Glaubst du an die Legende des Verlorenen Volks?«
Ashkiin versteifte sich, und sein Herz setzte für einen Schlag aus. Nun hörte er schon zum zweiten Mal binnen eines Abends davon. In seinem Leben, insbesondere während des Krieges, hatte er vieles gesehen, das nicht mit Logik zu erklären war. Dennoch hatte er sich niemals den Göttern und ihren Geschichten zugewandt, wie es andere Krieger in ihrer Verzweiflung getan hatten. Doch er wusste, was Garieen hören wollte. Es war wohl besser, so zu tun, als ob er ein gläubiger Mann wäre.

»Ja, das tue ich.«

»Das ist gut«, sagte Garieen. »Ich auch. Glaubst du an die Magie der Götter, die sie ihren leiblichen Kindern gaben? Und dass in den Träumen, die wir Menschen von der Traumknüpferin geschickt bekommen, etwas von dieser Magie enthalten ist?«

»Worauf wollt Ihr hinaus?«

»Traumsplitter.«

»Traumsplitter?«, wiederholte Ashkiin. »Ich habe noch nie von Traumsplittern gehört.«

»Die Nachkommen des Verlorenen Volks schöpfen ihre Magie aus den Träumen, die Udinaa für die Menschen knüpft. Wird sie erweckt, zerfällt ihr magischer Traum in Tausende Teile, und jeder, der so einen Splitter bei sich trägt, kann die Göttermagie ohne Einschränkungen nutzen.«

»Und Ihr wollt die Traumknüpferin erwecken?«, fragte Ashkiin, wobei er den Zweifel in seiner Stimme nicht verbergen konnte. Das klang doch alles sehr an den Haaren herbeigezogen.

»In der Tat, in der Tat ... In den letzten Jahren hat sich einiges in den Vier Ländern verändert, und dein Bruder hat mit einem unscheinbaren Diebeszug nicht geringfügig dazu beigetragen. Vor acht Jahren wurde aus den Bibliothekskatakomben in Lakoos ein Buch gestohlen, das bis dahin nur als Mythos galt. Dein Bruder hat es mir gebracht. Und als ich es in den Händen hielt, wurde mir klar, dass alles möglich ist.«

»Was für ein Buch?«

»*Die Chronik des Verlorenen Volks*. Ein Buch, das alle Geheimnissen und Aufzeichnungen des Verlorenen Volks enthält. Diese Chronik ist der wertvollste Schatz, den es in der Welt der Vier Jahreszeiten gibt. Nur sehr wenige glaubten an die Existenz des Buches, und Saaro hat es gefunden und dem Sommervolk gestohlen. Es enthält auch einen Stammbaum mit all den Kindern des Verlorenen Volks.«

»Warum erzählt Ihr mir das alles?«

»Weil du alles darüber wissen musst, wenn du für mich arbeitest. Du sollst mir vertrauen. Und du sollst wissen, dass wir einige Verbündete haben. Ich habe der Ghehalla in Suvii, ebenso wie der Deschera aus Talveen ein äußerst lukratives Angebot unterbreitet. Auch diese beiden Organisationen kämpfen für unsere Sache, für eine neue, glorreiche Zukunft.«

Ashkiin antwortete nicht gleich und wog ab, welche Vorteile Garieen daraus zog, all diese Informationen mit ihm zu teilen. Nicht sonderlich viele. *Er möchte mich beeindrucken.*

Schließlich nickte er. »Gut, aber was hat das mit den Traumsplittern zu tun?«

»Ah, ich hatte schon befürchtet, du würdest nicht fragen. Wir haben eine Möglichkeit gefunden, die Traumknüpferin zu erwecken und die Prophezeiung der Traumsplitter zu erfüllen«, sagte er, und ein Leuchten trat in sein Gesicht. Zum ersten Mal erkannte Ashkiin den Wahnsinn in seinen Augen.

»Wir haben eine Möglichkeit gefunden, uns die Magie des Verlorenen Volks untertan zu machen. Die wenigen Nachkommen des Verlorenen Volks, die nach unserem Angriff noch übrig sind, sind dann unsere neuen Götter, und wir werden herrschen. Wir werden herrschen, Ashkiin, wir werden über alle Vier Länder herrschen!«

7

Assassine

Lakoos, Sommerlande

Saaro A'Sheel beobachtete, wie im Dienstbotentrakt des Acteapalasts das letzte Licht gelöscht wurde. In der Nähe der Stadtmauern rauschte ein Sandsturm heran, doch diese Stürme waren in Suvii so häufig, dass er sich mittlerweile an das laute Heulen und Prasseln gewöhnt hatte. Er schlief sogar wesentlich besser, wenn er es hörte, dabei schlief er normalerweise gar nicht.

Im Geiste ging er den Grundriss des Palasts durch, um ja keinen Fehler zu begehen. Vor acht Jahren hatte er schon einmal einen Weg ins Innere der Bibliothekskatakomben gefunden, nach Wochen akribischer Vorbereitung und Bestechung vieler Wachen, die auch heute noch zu schlecht bezahlt wurden. Derioon De'Ar war eben schon immer ein elender Geizhals gewesen.

Bedauern stieg in ihm auf, als er an Nachtwind dachte. Bis zu seinem Tod hatte er als gefürchtetster Dieb der Vier Länder gegolten, und Saaros kleiner Raubzug damals hatte den Meisterdieb nicht nur den Titel, sondern auch das Leben gekostet.

Saaro lauschte. Schritte näherten sich seinem hochgelegenen Versteck, einer Mauernische, in der sich Vögel eingenistet hatten, die aber nach seinem Auftauchen mit einem entrüsteten Schnattern davongeflogen waren. Er befand sich unmittelbar in der Nähe des Dienstboteneingangs, der in einer Nebenstraße lag und nichts mit dem prächtigen, mit Ornamenten verzierten rotgoldenen Tor des Palasts gemein hatte. Ganz im Gegenteil: Es war ein Wunder, dass die morsche Holztür beim letzten Sturm nicht auseinandergebrochen war.

»... mein Bruder meinte, in Keväät würden viele Dörfer in Flammen stehen. Ich wette, dahinter steckt das Verlorene Volk. Sie sind zurückgekehrt und rächen sich an uns«, sagte eine weibliche Stimme, die von einem weichen Lichtschein begleitet wurde.

»Bei Suv, du redest vielleicht einen Unsinn, Claarana! Das Verlorene Volk gibt es nicht mehr. Sie wurden alle getötet«, erwiderte eine zweite Frauenstimme.

»Du täuschst dich. Morgenschwingen erzählte mir von seltsamen Zeichen ...«

»Und wie sollen diese Zeichen aussehen? Wird die Nacht zum Tag, und die Götter beginnen damit, uns allen handgeschriebene Botschaften zu schicken? Du machst dich lächerlich!«

»Mach dich nur lustig, aber eines Tages wirst du dich an meine Worte erinnern! Da fällt mir ein: Findest du es nicht seltsam, dass sowohl Wolkenlied als auch Sonnenlachen getötet wurden? Ausgerechnet jetzt!«

Die beiden Frauen standen nun so dicht neben Saaro, dass er ihre Gesichter im schwachen Licht ihrer Lampe ausmachen, sie ihn jedoch nicht entdecken konnten. Eine war groß und schlank, die andere klein mit einem runden Mondgesicht. Sie war auch diejenige mit den Zweifeln: »Wolkenlied ist nur verschwunden. Ihr wird schon nichts zugestoßen sein. Sie war immer die Klügste von uns. Außerdem behauptet Wüstenseher, er habe sie vor einigen Wochen in den Palast hineingelassen, aber ich glaube, er hat nur mal wieder zu tief ins Glas geschaut und sich dann diesen Unfug zusammenfantasiert.«

In seinem Versteck zuckte Saaro unmerklich zusammen. Wolkenlied am Leben? Unmöglich. Er machte keine Fehler. Er hatte seine Männer beauftragt, sie auf einer der Müllhalden zu entsorgen, sie nicht anzurühren und es wie einen üblichen Ghehalla-Mord aussehen zu lassen. Und bekanntlich mordete die Ghehalla ebenso lautlos wie er selbst. Allerdings vorzugsweise mit Gift. Vielleicht hatten die Dummköpfe nicht die richtige Dosierung verwendet. Ein lautloser Fluch glitt über seine Lippen. Wolkenlied wusste zu viel, und wenn sie tatsächlich noch am Leben war, würde das einiges verkomplizieren.

»Mir ist kalt. Lass uns reingehen. Und kein Wort mehr über deine Verschwörungstheorien, im Palast verbreitet sich dein Klatsch sowieso schon schnell genug.«

Die beiden klopften in zwei kurzen Abständen gegen die Holztür, die sich kurz darauf mit einem leisen Knarren öffnete.

»Was macht ihr denn noch so spät hier?«, fragte eine tiefe Männerstimme.

»Der Königin war übel. Wir waren in der Stadt und haben bei Fhaaren, dem Heiler, ein paar Kräuter geholt, die er von seiner Reise nach Keväät mitgebracht hat«, entgegnete das Mondgesicht und schob das Tuch, mit dem sie ihren Korb bedeckt hatte, etwas zur Seite. Saaro konnte von seinem Versteck weder den Inhalt noch den Mann im Türrahmen erkennen.

»Wenn ihr mich fragt, ist ihr in letzter Zeit verdammt oft übel.«

»Glaubst du, sie ist schwanger?«, fragte die Hochgewach-

sene und erntete dafür einen kräftigen Stoß in die Rippen. Beleidigt rieb sie sich die getroffene Stelle. »Aua. Schon gut. Das hat Wortkrieger behauptet.«
»Das habe ich nicht«, brummte dieser ungehalten. »Ich habe nur festgestellt, dass der Königin in letzter Zeit häufig übel ist. Kommt rein, es zieht ein Sandsturm auf.«
Die zwei Dienerinnen schlüpften durch die Tür, die sich gleich darauf mit einem leisen Quietschen schloss. In seinem Versteck stieß Saaro den angehaltenen Atem aus und sah sich um. In den Palastmauern gab es zwei lose Steine, die er in den letzten Wochen seiner Vorbereitung entdeckt hatte, als er Tag für Tag Pläne des Palasts studiert hatte und Nacht für Nacht um die dicken Mauern geschlichen war. Immerzu hatte er nach Möglichkeiten Ausschau gehalten, unentdeckt ins Innere zu gelangen. Zwar war ihm dieser Coup schon einmal gelungen, doch das war immerhin acht Jahre her. Mit der nötigen Kraft konnte er einen der locker sitzenden Mauersteine aus ihrer Position schieben und durch das Loch auf das Gelände gelangen.

Wie schon beim ersten Mal war er bestens vorbereitet, doch der Gedanke, Wolkenlied könnte noch am Leben sein, ließ ihn nicht los. *Ich hätte sie selbst erledigen sollen.* Er murmelte einen weiteren Fluch und kletterte den Vorsprung, auf dem er sich befunden hatte, hinab. Jeder Stein sah identisch aus, doch dank seines ausgezeichneten Gedächtnisses erkannte er die zwei sandfarbenen Steine, die sich von den übrigen nur durch ein winziges Detail abhoben. Eine kreisförmige Kerbe, die er selbst dort angebracht hatte. Er schlich darauf zu, schob zuerst den einen und dann den anderen Stein ins Innere. Mit einem dumpfen Geräusch kamen sie auf der anderen Seite im Gras auf. Zum Glück war die Lücke gerade groß genug, dass er mit seiner schlanken, muskulösen Figur und dem leichten Leinengewand hindurchpasste.

Ghehallani hätten einige Pfunde abspecken müssen, dachte er mit zusammengebissenen Zähnen und kletterte auf das Palastgelände, das vom größten Garten der Vier Länder umgeben war. Der Hauptteil des Gartens befand sich unter Glas und barg einige exotische Pflanzen, die es in Suvii üblicherweise nicht gab. Hochgewachsene Sträucher mit goldenen Blüten, einzelne Blumen mit lavendelfarbenen Blättern, die größer waren als sein Arm, und Bäume, deren dünne, lange Äste bis auf den Boden reichten. Ein Farbendschungel voller himmlischer Düfte. Er war in vier verschiedene Bereiche aufgeteilt und beherbergte neben all den Pflanzen auch kostspielige Gastgeschenke anderer Herrscherfamilien. Saaros Blick wanderte zu den gläsernen Türmen, die deutlich durch das Glasdach zu erkennen waren und wie silberne Speere in den Himmel ragten. Kein Wunder, dass man *Das Herz der Wüste* auch *Die Gläserne Stadt* nannte.

Ungesehen bahnte er sich seinen Weg zu einem der unzähligen Kellereingänge, dessen Treppe geradewegs in die Katakomben führte, die noch älter waren als das Geschlecht der De'Ar. Ein runder Torbogen aus massivem Druckstein bildete den Eingang. Niemand wusste so genau, wann sie erbaut worden waren, und Historiker bissen sich an den Geschichtsfragmenten, die in der Bibliothek lagerten, die Zähne aus. Das Wissen, das man aus den Texten erhalten hatte, wurde nicht mit dem Volk geteilt, und auch Saaro blieb noch vieles von dem, was in der Vergangenheit geschehen war, verborgen.

Da sich seine Augen mittlerweile so gut an die Dunkelheit gewöhnt hatten, fiel es ihm leicht, sich in der Nacht zu orientieren. Er spähte über die Schulter, dorthin, wo das Plätschern eines Brunnens zu vernehmen war. Die in schwarze Gewänder gehüllten Wachen patrouillierten auf der anderen Seite des Gartens, und der Lichtschein ihrer Fackeln kündigte sie früh genug an. Saaro wusste, dass sie nicht die Einzigen waren, die den König beschützten. Die eigentliche Gefahr ging von den Leibwächtern aus, die, ähnlich wie er selbst, nicht viel zu verlieren hatten. Außer ihrem Leben, das sie bereitwillig für Derioon De'Ar opfern würden.

Ein Schmunzeln glitt über seine Lippen. Acht lange Jahre hatte er auf diesen Moment hingefiebert. Es war der letzte Stein, der ins Rollen gebracht werden musste, um das Chaos zu perfektionieren. Das Chaos, das ihn, Saaro A'Sheel, aus dem Schatten seines Bruders heben und zu einer Legende weit über die Grenzen der Herbstlande hinaus machen würde. Nicht nur zu einer lebenden, sondern zu einer unsterblichen Legende. Und darauf hatte er sein Leben lang gewartet.

Ungeduldig lauschte er in die Dunkelheit des Kellers hinein und stieg vorsichtig Stufe um Stufe hinab. Die Kälte hatte sich in den Winkeln des Gewölbes verfangen. Nässe kroch durch die Ritzen am Boden, dort, wo man die Steine verlegt hatte, und das leise Aufkommen einzelner Wassertropfen, die sich irgendwo gesammelt hatten, war zu vernehmen. Aufgrund des jahrelangen Trainings waren seine Sinne ausgeprägter, und er atmete ebenso lautlos, wie er sich bewegte. Als er hinter sich Schritte vernahm, verdüsterte sich sein Gesicht. Saaro unterdrückte die ihm einfallenden Flüche und erreichte schließlich die letzte Stufe. Vor ihm erstreckte sich einer der vielen Flure, die tiefer in die Katakomben führten. Da er sich auf der südlichen Seite des Palasts befand, gab es nur zwei Möglichkeiten, um in den hinteren Teil zu gelangen, wo auch der Herrscher der Sommerlande schlief.

Er wählte den kürzeren, aber womöglich auch gefährlicheren

Weg. Tiefe Schwärze machte es ihm unmöglich, mehr von der Bibliothek zu sehen, die sich hinter einem der Gewölbe zu seiner Rechten erstreckte. Leise und geduckt eilte er den leeren Flur entlang. Je weiter er ging, desto mehr verschluckte ihn die Dunkelheit der unter der Erde liegenden Katakomben, und die Feuchtigkeit wich nach und nach einer angenehmen Wärme. Er konnte kaum noch seine eigene Hand vor den Augen sehen, doch mit jedem Schritt gewöhnte er sich mehr an die Schwärze. Bei der vierten in die Wand eingelassenen Tür, die sich nur undeutlich von der Umgebung abhob, blieb er stehen und bog in den neuen Flur ab. Seine Schritte wurden bestimmter, und seine Beine trugen in sicherer durch die allumfassende Nacht. Schließlich konnte er die Konturen eines Wandteppichs am Ende des Korridors ausmachen und blieb davor stehen. Deutlich zeichneten sich die Stickereien, die das Wappen der Familie De'Ar darstellten, vor der Dunkelheit ab. Ein Halbmond, der die zwei Türme umfing. Er schnaubte leise und konzentrierte sich wieder auf seinen Auftrag.

Genau zwei Stockwerke über ihm befand sich Derioons Flügel. Nur noch die Wachen trennten ihn vom Schlafgemach. Saaro schnallte sich sein Schwert vom Rücken und schob den Wandteppich zur Seite. Wie auf den Plänen skizziert, kam dahinter eine schmale, unbeleuchtete Wendeltreppe zum Vorschein. Einer der wenigen Geheimgänge, die für den Notfall gedacht waren. *Oder für mich.*

Behände stieg er die Treppe hinauf, bis er die letzten fünf Stufen erreicht hatte, und lauschte dem Gemurmel der Wachen.

»Alles ruhig?«

»Ja.«

Die Antwort schien direkt vom Wandteppich zu kommen.

»Ich drehe noch eine Runde.«

Ein Rascheln war zu vernehmen, dann Schritte, die sich entfernten.

Saaro trat näher heran und hörte auf den Atem des Mannes, der auf der anderen Seite des Wandteppichs stand. Er wartete. Einen Atemzug. Noch einen, jetzt war er sich völlig sicher. Ohne zu zögern, stach er zu, durch den Teppich mitten ins Herz.

Ein leises Ächzen kam über die Lippen des Mannes, dann sackte er lautlos zu Boden. Saaro schälte sich aus seinem Versteck und nahm die Waffen der Wache an sich, bevor er den Mann hinter den Wandteppich schob. Er ging in die Knie, kroch an die Kante der Flurabzweigung heran und spähte um die Ecke. Zu seiner Überraschung hatte man die Posten, die normalerweise Derioons Schlafgemach bewachten, abgezogen. Saaro sprang auf die Beine, jeder Muskel seines Körpers war angespannt, und er ging weiter, visierte die massive Doppeltür am Ende des Gangs an, die mit jeder ihrer ausschweifenden Verzierungen darauf hinwies, dass es sich um das Schlafgemach des Herrschers handelte. Zwei Feuerbecken beleuchteten die goldenen Griffe, die mit Edelsteinen geschmückt waren. Saaro ging geräuschlos darauf zu, ließ seine Umgebung jedoch nicht aus den Augen. Er hörte das Surren, noch bevor er den Luftzug dicht neben seinem Ohr spürte. Etwas Scharfes schlug geräuschvoll unmittelbar hinter ihm ins Holz des Fensterrahmens.

Instinktiv rollte er sich auf den Boden und zog seine Wurfsterne, um sie einen Augenblick später in Richtung Nebenflur zu schleudern, wo er seinen Angreifer vermutete, jedoch im ersten Moment nicht auszumachen vermochte. Präzise und geräuschlos schossen drei Sterne durch den dunklen Flur. Er hörte ein entsetztes Aufkeuchen. Dann schlug ein massiver Körper am Boden auf, und das Klappern seines

Schwerts erfüllte den Korridor. Danach senkte sich abermals Stille über das Obergeschoss, und Saaro atmete erleichtert aus. Er hatte Glück gehabt. Niemand verfehlte so leichtfertig ein Opfer. Früher oder später würde man sein Eindringen in den Palast bemerken, daher blieb ihm kaum noch Zeit. Entweder er tötete alle Wachen, ehe er in Derioons Schlafgemach eindrang, oder er hoffte darauf, dass sich alle Leibwächter auf den Fluren im oberen Stockwerk verteilt hatten.

Saaro zögerte nicht länger, sondern eilte zu der Tür, umschloss den kalten Griff mit klammen Fingern und öffnete sie mit gezückter Waffe. Aus dem Schlafgemach drang kein Laut, als er eintrat und den Blick wachsam durch das Zimmer schweifen ließ. Wie Saaro wusste, schlief Pealaa De'Ar seit Jahren in ihrem eigenen Flügel. Umso überraschter war er, als er die Silhouetten dreier Personen im Bett erkannte. Das weiß-silbrige Licht des Mondes, das durch die Fensterfront schien, ließ die Umrisse eines Männerkörpers erahnen, der an die fünfzig Jahre alt war. Er lag auf der Seite des Betts nahe der Tür. Saaro spürte, wie sich seine Hand fester um den Schwertgriff schloss. Derioon De'Ar schlief tief und fest. Auf der Seite, die dem Fenster zugewandt war, lagen zwei junge Frauen, beide nackt und augenscheinlich aus den Winterlanden. Ihre Haut und ihre Haare waren von einer edlen Blässe, die man in den Sommerlanden nicht fand, und auf ihren jugendlichen Zügen lag ein befriedigter Ausdruck.

Saaro ließ sein Schwert sinken und betrachtete den Herrscher des Sommervolks. Wie konnte ein so mächtiger Mann nur so leichtsinnig sein? Die Nacht ohne Wachen zu verbringen. Ohne zusätzlichen Schutz. Seine Spione mussten ihm doch längst berichtet haben, was in den Vier Ländern vor sich ging. Hatte er wirklich geglaubt, Suvii würde von den Unruhen verschont bleiben? Die beiden Frauen bewegten sich im Schlaf. Saaros Blick fiel auf ihre Brüste, die Bissspuren aufwiesen, Derioon schien ein leidenschaftlicher Mann zu sein. Saaro sah zum Ankleidestuhl hinüber und entdeckte blaue Bänder, die achtlos auf dem Boden lagen. Vermutlich waren die Frauen der Grund für die Unachtsamkeit des Herrschers. Wahrscheinlich hatte er aus Diskretion seinen Leibwächtern befohlen, ihn mit den Damen allein zu lassen. Ein zweites Mal an diesem Abend hatte Saaro das Glück in die Hände gespielt. In seinen Adern rauschte das Blut. Er war hellwach und bereit, seinen Auftrag auszuführen. Und wenn er das hier hinter sich gebracht hatte, war nichts mehr so wie vorher.

»Es tut mir leid«, murmelte er leise, als er erneut seine Waffe hob, und wusste selbst nicht, für wen er diese Worte sprach. Einen Augenblick lang schwebte die Spitze seiner Klinge noch über dem Herzen Derioons, dann stieß Saaro zu und veränderte den Lauf der Welt für immer.

8

Erwachen

Irgendwo in den Sommerlanden

Mit wackeligen Knien stand Naviia auf und schnürte das enge Oberteil ihrer Talveen-Tracht auf, um es von ihrer nassen Haut zu lösen und sich ein wenig Luft zu verschaffen. Ihre Knöchel, die in den dicken Winterstiefeln steckten, pochten vor Schmerz, und die Hitze fraß sich durch die dichten Kleidungsschichten, die ihr das Atmen erschwerten. Tiefer und tiefer versanken ihre schweren Stiefel im Sand der Wüste. Wie ein Strudel sog er sie ein, und sie hatte keine Kraft, dagegen anzukämpfen. *Heiß ...*

Ihre Kehle brannte. Mit letzter Kraft stemmte sie sich aus dem Boden. Hunger nagte an ihr, und sie blickte in den klaren Himmel, an dem keine Wolke zu entdecken war. Das helle Licht der Sonne bohrte sich in ihre Netzhaut, und sie drehte den Kopf zur Seite. Sie sah nichts als Sanddünen, die wie die ihr so vertrauten Gebirgsketten Talveens in die Höhe ragten. Angestrengt versuchte sie etwas zu erkennen, aber egal, wo sie hinblickte, sie sah nichts als Wüste. Am Horizont verschwamm ihre Sicht, ein nervöses Flimmern, das es ihr unmöglich machte, etwas zu erkennen.

Sie war in den Sommerlanden. Doch zu welchem Preis?
Es ist so heiß ...

Sie setzte einen Fuß vor den anderen, und sie fühlten sich ebenso geschwollen an wie ihr Hals. Das Brennen der Sonne war schmerzhaft, berührte jeden Fleck ihrer nackten Haut, die sich bereits gerötet hatte, und überall dort, wo sie geschützt war, klebte ihr der Stoff auf der Haut. Nach gut zehn Schritten ging sie abermals in die Knie, und ihre Gedanken waren nur noch von der erlösenden Vorstellung kühlen Quellwassers erfüllt. Was gäbe sie nun für einen Schluck Wasser aus dem Brunnen in Ordiin! Naviias Blick schweifte zum Horizont, er flimmerte und tanzte, und egal, in welche Richtung sie schaute, der Anblick war überall derselbe. Himmel und Sand. Nichts als Sand. Sie war inmitten der Wüste und wusste nicht mal, wie sie hierhergelangt war.

Ihr Rücken stand in Flammen, und sie hörte in sich hinein. Stille. Keine Kraft. Nicht die kleinste Vorstellung eines gesammelten Traums. Keine Traummagie.

Kraftlos sank Naviia auf den Boden und bettete den Kopf auf ihrem Arm. Die Hitze hüllte sie ein, und Sandkörner gerieten ihr in Mund und Nase. Naviia hörte ihren eigenen Atem. Ansonsten blieb es still. *Ich bin so müde ... So unendlich müde.*

Die Stille war ihr Freund, und sie sehnte sich nach einer Erlösung. Nach ewiger Stille. Sie versuchte zu schlucken, aber ihr Hals war zu trocken.

Isaaka ... Wo bist du? Ich brauche dich ... Ich brauche dich an meiner Seite ... wie soll ich nun meinen Vater rächen? Wie soll ich für dich kämpfen? Ich will nicht mehr ...

Die Zeit schien immer schneller zu vergehen, und ihre Haut verbrannte, während sich ihre Lungen mit der stickigen Luft füllten. Als sie glaubte, endlich angekommen zu sein, fiel sie in einen fiebrigen Schlaf.

Sie fiel.

Sie fiel und brannte. Ihr Körper verbrannte ...
Aber sie lebte. Irgendetwas in ihrem Innern schrie ihr zu, dass sie noch am Leben war.

»Kindchen! Kindchen, wach auf! Kanaael, komm her, du musst mir helfen. Raneeal, du auch! Kommt, wir bringen sie in meine Hütte!«
Durch den Hitzeschleier hörte Naviia eine Frauenstimme. Sie war zu schwach, um die schweren Lider zu öffnen, fühlte jedoch die kühlen Finger auf ihrer Haut. Sie wusste nicht, wie viel Zeit vergangen war. Es spielte auch gar keine Rolle.
»Sie steht ja förmlich in Flammen ... Bei Suv, das arme Ding war bestimmt den ganzen Tag der Sonne ausgesetzt.« Sie fühlte, wie mehrere Hände ihre Haut umschlossen, und schrie auf, als ohne Vorwarnung Schmerz überall dort aufflammte, wo sie berührt wurde.
»Schschhhh, Kindchen ... Alles wird gut ... Ich werde mich um dich kümmern ... Hab keine Angst ...«
Naviia warf den Kopf hin und her, spürte, wie sie auf eine Art Trage gelegt wurde, und verfiel erneut in den unruhigen Fiebertraum. *Isaaka ... Ich werde für dich kämpfen ...*

9

Gestrandet

Küste, Frühlingslande

Als Kanaael die Wasseroberfläche durchdrang, schnappte er heftig nach Luft und sah sich um, doch ihm blieb nicht viel Zeit, denn im selben Moment zog ihn seine nasse Kleidung wieder nach unten. Bleischwer hing sie an seinem Körper. Es war wie eine Umarmung des Todes, und er stieß einen lautlosen Fluch aus. Er hatte das Gefühl, als ob schwere Hände nach ihm griffen und ihn in die Tiefen des Meeres verschleppen wollten. Panisch drückte er sich abermals nach oben und füllte seine Lungen mit Sauerstoff. Wie dunkle Monster türmten sich Wellen neben ihm auf und erschwerten ihm die Sicht. Das Schiff hatte sich längst so weit entfernt, dass er es gerade noch am golden gefärbten Horizont erkennen konnte. Mit kräftigen Beinschlägen hielt er sich über Wasser, während das Salz in seinen Augen brannte, und versuchte, Wolkenlied im dämmrigen Licht des angebrochenen Abends auszumachen. Sein Atem ging stoßweise, Adrenalin schoss durch seinen Körper, als er wieder unterging. Keuchend tauchte er auf.

»Wolkenlied?« Seine Stimme klang unnatürlich hoch, dann erfasste ihn eine weitere Welle. Für einen kurzen Augenblick tauchte er unter, kämpfte gegen den Sog der Tiefe an und ignorierte die eisige Kälte, die ihn wie einen Schraubstock umklammerte. Endlich durchdrang er wieder die Oberfläche, schöpfte panisch Luft. »Wolkenlied!«, rief er erneut. Dann sah er eine Hand aus dem schäumenden Wasser ragen, nicht mehr als drei Schwimmzüge von ihm entfernt. So schnell er konnte, schwamm er auf sie zu und packte ihr Handgelenk, als sie gerade unterzugehen drohte. Wolkenlied bewegte sich ungelenk, fast so, als ob sie nicht wüsste, was sie zu tun hatte.

Verdammt, sie kann gar nicht schwimmen!, schoss es Kanaael durch den Kopf. Und trotzdem war sie gesprungen. Sie hatte ihm vertraut! Eine Woge aus widersprüchlichen Gefühlen durchdrang ihn, und er zog sie an sich. Ein Fehler.

»Halt still!«, rief er, doch Wolkenlied strampelte wie von Sinnen. Ihr Ellbogen traf ihn in die Rippen, und er rang nach Luft. Ein Fußtritt erwischte seinen Oberschenkel. Dunkelheit schlug über ihnen zusammen. Mit mehreren kräftigen Schlägen schwamm er der Oberfläche entgegen. Ihm wurde schwarz vor Augen. *Halte durch, verdammt!*

Er spürte, wie sich Wolkenlied in seinen Arm krallte, ihr zusätzliches Gewicht drohte sie beide hinabzuziehen, doch Kanaael kämpfte dagegen an. Sie durften nicht ertrinken. Nicht, wenn so viel auf dem Spiel stand! Seine Lungen brannten. Mit jedem Beinschlag spürte er, wie seine Muskeln sich weiter verkrampften. Er sammelte seine letzten Kräfte und schob sie beide dem Quäntchen Licht entgegen, das durch die Oberfläche drang. Dabei haftete ihm der Geschmack des Salzes auf der Zunge. Dann tauchten sie auf. Kanaael schnappte wieder nach Luft, versuchte abzuschätzen, wann die nächste Welle sie erfasste, und hielt dabei Wolkenlied fest umklammert. »Kannst du schwimmen?« Er hatte gerade genug Atem, um die Frage auszustoßen.

Mit weit aufgerissenen Augen schüttelte Wolkenlied den Kopf und rang japsend nach Luft. Sie musste völlig den Verstand verloren haben, einfach mit ihm ins Wasser zu springen! Oder sie war mutiger, als er geglaubt hatte ...

»Ich bin da, hab keine Angst«, sagte Kanaael und achtete darauf, Wolkenlieds Kopf über Wasser zu halten. Im Augenblick war es ihm egal, was sie von ihm denken mochte und ob es gegen die Etikette verstieß. Wahrscheinlich gegen jede verdammte Regel, die Nebelschreiber aufgestellt hatte!

»Ich bringe uns an Land, aber du musst stillhalten.« Seine Stimme klang fremd, wie von unglaublich weit her.

Wolkenlied war bleich und atmete hektisch, doch in ihrem Blick lag Dankbarkeit. Der Anflug eines Lächelns lag auf ihren Lippen, das sich jäh verflüchtigte, als sie ein weiteres Mal unterging. Ohne darüber nachzudenken, packte er ihren Oberkörper mit den Armen, hielt ihren Kopf über Wasser und begann auf dem Rücken in Richtung Ufer zu schwimmen. Er spürte Wolkenlieds Zittern, hörte ihren keuchenden Atem. Das Ufer war noch so weit entfernt, dass ihm allein bei dem Gedanken, er müsse sie beide dorthin bringen, schwindlig wurde. Doch wenn es nötig gewesen wäre, hätte er sich ein Bein ausgerissen, nur um Wolkenlied zu retten, und dieser Gedanke erschreckte ihn. Sie wurde in seinen Armen immer schwerer. Seine Lungen begannen zu schmerzen, doch er biss die Zähne aufeinander. Immer wieder schluckte er Wasser, doch er wusste, dass sie es nur schaffen würden, wenn er durchhielt. Sein Herzschlag hatte sich mittlerweile verdreifacht, und obwohl er versuchte, gleichmäßig zu atmen, stach jeder Atemzug wie ein Messer in seiner Seite. Dank Geeros Heiltechnik war die Wunde, die ihm der Ghehallano zugefügt hatte, so weit verheilt, dass nur noch eine dünne Narbe an die Tat erinnerte.

Je näher sie dem Strand kamen, desto unruhiger wurde

das Meer, und Kanaael spürte, wie ihm langsam die Kontrolle entglitt. Gegen die sich auftürmenden Wellen anzukämpfen und gleichzeitig Wolkenlied über der Wasseroberfläche zu halten, ließ sich kaum noch bewerkstelligen. Er lauschte in sich hinein, und sein stummes Suchen verklang. Seit sie aufgebrochen waren, hatte er keine Chance mehr gehabt, einen Traum zu trinken, und die Leere in seinem Innern war bodenlos. Sie würden es vielleicht nicht schaffen. Schmerz schoss unvermittelt in seinen rechten Oberschenkel, und er unterdrückte einen Aufschrei. Ein Krampf, ausgerechnet jetzt! Gepeinigt verzog er das Gesicht und unterdrückte den Impuls, einfach aufzugeben. Nein! Nicht jetzt! Nicht, wenn Wolkenlieds Leben davon abhing.

Als er über seine Schulter sah, konnte er die Silhouette der hellgrünen Steilküste Kevääts ausmachen. Wenn der Wind und das Wasser sie nicht zu weit nach links abtrieben, würden sie direkt in eine kleine Sandbucht gelangen. Alles andere war vorerst unwichtig. Kanaael presste die Lippen aufeinander und ignorierte den stechenden Schmerz in seinem Bein. Im Norden brach die Dunkelheit an, breitete sich über den Himmel aus und verscheuchte den kleinen Rest Helligkeit, der noch vom Tag übrig geblieben war.

Nur noch ein Stück ...

Erst als sich die Wellen neben ihnen immer höher auftürmten, wurde ihm bewusst, dass sie sich der Küste unmittelbar genähert hatten. Sie hatten es fast geschafft! Kanaael drehte Wolkenlied um, die ihn mit großen Augen ansah. Nass klebten ihre dichten Wimpern zusammen, ihr Haar hing in noch dunkleren Strähnen im Gesicht. Sein Brustkorb hob und senkte sich heftig. Im Oberschenkel spürte er das Echo des Krampfs. Jeder Muskel seines Körpers fühlte sich an, als wäre er tagelang bearbeitet worden.

»Beweg deine Beine vor und zurück!«, wies er sie an und sah aus dem Augenwinkel, wie eine breite Welle mit weißem Kamm immer näher kam. »Bei drei holst du tief Luft und schließt die Augen! Wenn wir wieder auftauchen, dann will ich, dass du mit deinen Beinen strampelst, so fest du kannst ... Ich werde dich nicht loslassen! Ich bin bei dir, egal, was passiert! Drei!«

Wolkenlied schloss die Augen und holte tief Luft, und ihr Anblick schnürte Kanaael die Kehle zu. Dann traf sie die nasskalte Umarmung des Wassers, und auch er atmete gerade noch rechtzeitig tief ein, hielt Wolkenlied weiter fest umklammert und zog sie durch das Wasser, um auf der anderen Seite der Welle wieder aufzutauchen. Wolkenlied schnappte hustend nach Luft, doch sie hielt sich an seine Anweisungen, und so schoben sie sich gemeinsam durchs Wasser, dem rettenden Sandstrand entgegen. Der Wind schoss über sie hinweg, und er spürte die Hitze ihres und seines Körpers trotz der eisigen Temperaturen. Mit einem Blick über die Schulter prüfte er, wann sie die ganze Prozedur wiederholen mussten. Bis zur nächsten großen Welle blieb ihnen nicht viel Zeit.

»Ich zähle wieder bis drei, und dann machen wir das Ganze noch mal!« Seine Stimme kämpfte mit dem Wind, doch Wolkenlied nickte.

»Drei!«

Wieder tauchten sie durch eine Welle und schwammen gleich darauf, als ob der Tod hinter ihnen her wäre. Schließlich zog Kanaael sich und Wolkenlied mit letzter Kraft ans Ufer. Er spuckte Wasser, und noch immer brannte das Salz in seinen Augen. Auch seine Beine zitterten vor Erschöpfung und gaben schließlich unter ihm nach, sodass er in den Sand fiel und sich schwer atmend auf den Rücken rollte, alle viere von sich streckte und in den Himmel starrte, der mit rosafarbenen Schleiern überzogen war. Wolkenlied fiel neben ihm auf die Knie und stützte sich mit den Händen, sie hustete und spuckte das salzige Wasser aus. Ihr Haar tropfte, das helle Kleid klebte ihr klamm am Körper, und Kanaael konnte deutlich die Konturen ihres Körpers und den Ansatz ihrer Brüste erkennen. Er wandte den Blick ab, als Wolkenlied den Kopf drehte und ihn mit geröteten Augen anstarrte. Schlotternd klapperte er mit den Zähnen, ihm war so kalt, dass er seine Zehen nicht mehr spürte. »Ich ... dachte ... Bitte entschuldige, dass ich dich angefasst habe ... Aber anders ... hätte ich dich niemals ans Ufer bringen können«, sagte er und japste nach Luft. »Ich dachte ...«

Auf einmal war sie direkt über ihm, ihr nackter Arm berührte seinen, und ein Blitz jagte durch seinen Körper. Obwohl sein Herz raste, schien es kurz auszusetzen, und seine Augen weiteten sich, als sie sich über ihn beugte. Ihre Haare kitzelten seinen Hals. Wolkenlied lächelte. Ein kleines, unscheinbares Lächeln, das ihre Züge weich werden ließ. Plötzlich sehnte er sich danach, sie zu küssen. Sie zu spüren. Ihr nahe zu sein. Er nahm jedes Detail in sich auf, weil er ahnte, wie kurz dieser Moment sein würde. Für den Bruchteil eines Wimpernschlags vergaß Kanaael, was seine Bestimmung war und welche Bedeutung sein Name für ihn und die Sommerlande hatte.

Wolkenlied strich ihm das Haar aus der Stirn und beugte sich noch etwas tiefer über ihn, bis die Umrisse ihres Gesichts vor seinen Augen verschwammen. Dann war sie ihm so nah, dass er ihren warmen Atem auf seinem Gesicht fühlen konnte. Ihre weichen Lippen berührten seine, ganz vorsichtig. Sie schmeckten nach Salz und Meer. Der Sand klebte an seinem Rücken, auf den Schultern und Beinen, und obwohl die Sonne untergegangen war und es erstaunlich kühl wurde, konnte Kanaael die Hitze ihres Körpers durch den klammen Stoff spüren. Er vergrub eine Hand in ihrem feuchten Haar und zog sie behutsam tiefer zu sich herab, während sie sich an ihn schmiegte und den Kuss vertiefte. Sein Körper kribbelte überall dort, wo sie ihn berührte. Kleine Hitzewellen spülten über ihn hinweg. Sanft strich er ihr über die Wange, dann ganz leicht am Arm hinab bis zu den Knöcheln. Ihre Haut war weich. Weicher, als er sich vorgestellt hatte. Er kostete den Augenblick aus, spürte ihre Hand, die sich auf seinen Brustkorb legte. Ein Schaudern durchlief ihren Körper, als er sie fester an sich presste. Verlangen durchströmte ihn wie flüssige Hitze und sammelte sich in seinen Lenden. Wolkenlied wurde weich in seinen Armen, und durch ihre suchenden Hände angestachelt, schickte er seine Hände auf Wanderschaft. Eine Welle der Erregung erfasste ihn.

»He, ihr da!«

Abrupt löste sich Wolkenlied von ihm, rückte ein wenig ab und schaute an ihm vorbei zu der schneidenden Stimme, die sie auf Kevääti unterbrochen hatte. Auch Kanaael wandte den Kopf, noch etwas verwirrt und sich der Gefahr nicht bewusst. Sein Geist schwelgte noch immer im bittersüßen Moment des Kusses, und sein ganzer Körper kribbelte vor Lust.

Dann sah er auf und erschrak. Keine drei Fuß von ihnen entfernt standen fünf Frauen, die Schwerter auf sie gerichtet. Sie alle hatten grünes Haar, zwei Frauen fiel es lockig auf die Schulter, die anderen trugen es geflochten und hatten weiße Glasperlen in einzelne Strähnen gebunden. Die kurzen Kleider waren aus Stoff und Leder gefertigt und ebenfalls grün.

Kanaael rappelte sich auf, klopfte sich den Sand von der feuchten Kleidung, und Wolkenlied tat es ihm zögernd nach.

Jedes der fünf grünen Augenpaare war auf Wolkenlied gerichtet, die sich nun einen Arm schützend vor ihren Körper hielt. Mit den hohen Wangenknochen und den schmalen Gesichtern, auf denen mit schwarzer Farbe die verschlungenen Zeichen Kevs aufgetragen waren, hatten die fünf Frauen eine erhabene, fast schon Angst einflößende Ausstrahlung.

Keväätische Kriegerinnen, schoss es ihm durch den Kopf.

Sie waren groß, fast so groß wie er selbst, und Kanaael wünschte sich seinen Langdolch an die Seite. Vermutlich hätte er damit nicht viel ausrichten können, aber er hätte sich für einen Moment sicherer gefühlt.

Ohne Vorwarnung stürzten zwei der Kriegerinnen nach vorne, ihre scharfen Klingen wiesen in ihre Richtung, und Kanaael warf sich vor Wolkenlied, noch ehe die Kriegerinnen sie erreichten. Dumpf landeten sie beide abermals im Sand. In seiner Schulter explodierte ein heftiger Schmerz, als er hart am Boden aufkam. Er rollte sich jedoch ab, biss die Zähne aufeinander und richtete sich schützend vor Wolkenlied auf.

»Tut uns nichts! Wir haben nichts verbrochen!«, rief er auf Keväätisch.

»Durchsucht sie!« Die gezischten Laute glitten wie eine Drohung über die Lippen der Anführerin. Gleich darauf waren zwei Kriegerinnen an seiner Seite, packten ihn grob, zogen ihn gewaltsam von Wolkenlied weg und tasteten ihn auf verborgene Waffen ab.

»Wir kommen aus ...«, setzte er an, verstummte jedoch, als die Kriegerin zu seiner Rechten ihm mit der Faust einen Schlag in die Magengrube verpasste. »Halt den Mund! Du redest hier nur, wenn du gefragt wirst!« Keuchend sackte Kanaael in sich zusammen und umschlang seinen Bauch. Aus dem Augenwinkel sah er, wie die anderen beiden Kriegerinnen Wolkenlied durchsuchten, während die Anführerin die Prozedur überwachte. Dann rückten die Kriegerinnen von ihnen ab, und als sich Kanaael aufrichtete, wandte sich ihre Anführerin an Wolkenlied. »Wer seid ihr?«

Zum Glück beherrschte Kanaael alle Dialekte und Sprachen der Vier Länder fließend, anderenfalls hätte er die derbe Aussprache nicht verstanden. Er zögerte nicht lange, sondern entschied sich, die Wahrheit zu sagen, zumindest teilweise. Sich und Wolkenlied weiter als Geschwister auszugeben war angesichts des Kusses hinfällig.

»Mein Name ist Reenas, das ist meine Freundin Saarie. Wir wollten mit der Fähre nach Gael, doch auf dem Schiff waren Ghehallani, und wir waren gezwungen, vorzeitig von Bord zu gehen.« Zum Beweis hob er seine Hand, auf der noch immer der Stempel des Kartenverkäufers zu erkennen war.

Die Anführerin mit dem grimmigen Gesichtsausdruck schüttelte den Lockenkopf. »Wir reden nicht mit dir, sondern mit ihr.« Dabei sah sie Wolkenlied an, die verwundert die Frauen anstarrte. Sehr wahrscheinlich kannte sie die keväätischen Gepflogenheiten nicht. Da Kev die Schutzgöttin des Landes war, hatten Frauen einen höheren Stand als Männer.

»Sie ist stumm«, sagte er. »Und sie spricht kein Keväätisch. Ihr werdet also wohl oder übel mit meinen Antworten vorlieb nehmen müssen.«

»Wir müssen gar nichts«, fauchte die Anführerin. »Mein Name ist Daaria l'Loov. Im Namen von Riina l'Reenal, der Herrscherin der Frühlingslande, halten wir in den umliegenden Buchten der Hafenstädte nach Fremden Ausschau, die uns verdächtig erscheinen. Du und deine Freundin erscheint mir sehr verdächtig!« Sie wandte sich ab und bedeutete den anderen Kriegerinnen, näher zu kommen. »Nehmt sie gefangen, wir bringen sie in den Kerker zu den anderen, bis sich geklärt hat, was sie in Keväät wollen.«

»Wir wollen weiter nach Mii«, stieß Kanaael hervor, als zwei der Kriegerinnen ihn wieder packen wollten. Zufrieden sah er, wie zwei der Frauen erschrocken den Mund aufklappten und die Anführerin die Stirn runzelte.

»Niemand reist nach Mii. Die Insel ist verflucht. Die Seelen des Verlorenen Volks und ihrer Mächte liegen wie ein Nebel über ihr. Ein Nebel, der jeden verschlingt, der ihm zu nahe kommt. Was solltet ihr dort suchen, außer den Tod?«

Kanaael sah eine Chance, vielleicht doch noch heil aus der Sache herauszukommen. »Wir glauben, dass ein kurzer Aufenthalt dort Saarie heilen könnte. Vielleicht bekommt sie nach einem Besuch auf der Insel ihre Stimme zurück. In Suvii hörten wir Geschichten von einem Krüppel, der wieder laufen konnte, nachdem er vor der Insel gekentert ist.«

Das war zwar gelogen, aber etwas anderes war ihm auf die Schnelle nicht eingefallen.

Für einen Moment herrschte Schweigen. »Vielleicht sagst du die Wahrheit, vielleicht lügst du, Sommerjunge. Aber du schwätzt mir eindeutig zu viel.« Ein kurzes Nicken, und ein weiteres Mal setzten sich die Kriegerinnen in Bewegung. Kanaael trat entschlossen einen Schritt zurück. Noch immer spürte er den dumpfen Schmerz, den der Schlag hinterlassen hatte. »Wo bringt ihr uns hin?«

»Das kann dir egal sein. In Keväät sind alle Kerker gleich.«

Kanaael knirschte mit den Zähnen. Wenn sie wüsste, wer er war, würde sie es niemals wagen, so mit ihm zu reden. Aber es spielte ihm auch in die Hände, dass sie ihn nicht erkannt hatte. In einem Kerker konnten sie wenigstens nicht von der Ghehalla entführt werden. »In Ordnung«, sagte er. »Wir kommen mit euch.«

»Das ist keine Entscheidung, die du zu treffen hast!« Daaria gab noch einen Wink, und zwei der anderen Kriegerinnen traten an ihn und Wolkenlied heran und zogen Stricke aus ihren dicken Ledergürteln. Die kleinere der beiden zerrte Wolkenlieds Hände hinter den Rücken und fesselte sie, und auch Kanael erfuhr die gleiche Behandlung. Als die Kriegerin das Seil festzog, unterdrückte er ein leises Stöhnen. Seine Handgelenke rieben aneinander, und das unangenehme Gefühl wurde von dem Druck des Stricks nur erhöht. Er sah Wolkenlied an, die ihn mit einem zärtlichen Ausdruck im Gesicht betrachtete. Ein warmes Gefühl stieg in ihm auf, und er wandte rasch den Blick ab. Das Tosen des Windes verstärkte sich, und ein Frösteln überlief seinen Körper. Seine Kleidung klebte ihm eiskalt am Körper, und er hatte das Gefühl, seine Zehen nicht mehr zu spüren. Auch Wolkenlied zitterte, doch weder Daaria noch ihre Kriegerinnen scherten sich darum, und Kanael spürte einen harten Schlag im Rücken, als eine der Kriegerinnen, die mit dem kantigen Gesicht und den schmalen Lippen, ihm mit der stumpfen Seite ihres Schwerts einen Hieb verpasste.

»Komm schon, Sommerjunge, wir haben nicht den ganzen Tag Zeit«, knurrte Daaria.

Schweigend gingen sie den Strand entlang, auf eine steile Wendeltreppe zu, die in das bronzefarbene Gestein geschlagen worden war. Die nasse Kleidung erschwerte ihm den Aufstieg, und er geriet mehrfach ins Straucheln. Immer wieder versetzte ihm eine Kriegerin hinter ihm einen Stoß, und nach einiger Zeit wusste er, wie schnell er zu gehen hatte. Da Wolkenlied hinter ihm lief, konnte er nicht sehen, was mit ihr geschah, und als er einen Blick über die Schulter riskierte, schlug ihm seine Wächterin mit der flachen Seite ihrer Klinge gegen den Hinterkopf. Dumpfer Schmerz explodierte in ihm, und für einen Moment wurde ihm schwarz vor Augen. »Sieh nach vorne, Sommerjunge!«

Kurz überlegte er, ihnen zu sagen, wer er war, verwarf den Gedanken aber gleich wieder. Sie würden ihm sowieso nicht glauben, und zudem stellte es eine Gefahr für seine Mission dar. Niemand durfte erfahren, dass in Lakoos ein Doppelgänger seinen Platz eingenommen hatte.

Als sie den Hügel, der sich hinter dem Strand erhob, erklommen hatten und auf der breiten, grünflächigen Ebene angekommen waren, starrte Kanaael auf die kleine Bucht, die sich auf der anderen Seite der Klippen auftat. Überrascht hielt er den Atem an. Fischerboote schaukelten an einer kleinen Anlegestelle im unruhigen Wasser. Sie waren das Einzige, was heil geblieben war. Eine Handvoll Bootshäuser und Hütten entlang der Bucht waren ausgebrannt, die schwarze Spur, die das Feuer hinterlassen hatte, war nicht zu übersehen. Sie waren verwaist und leblos, eine kleine Geisterstadt. Nichts erinnerte an die blühende Küste, die schillernden Fahnen, die entlang des Strands zu Ehren seiner Familie geschwenkt worden waren, als er vor einigen Jahren gemeinsam mit seinem Vater und seiner Mutter Keväät bereist hatte. Die bunten Farben waren einem monotonen Grau gewichen, fast so, als wäre ein Dämon über die Region hergefallen und hätte ihr jegliches Leben ausgesaugt. Kanaael erschauerte bei dem trostlosen Anblick und wandte sich Daaria zu, die ihn mit einem verächtlichen Blick bedachte. »Was ist hier geschehen?«, fragte er.

Sie stieß ein bitteres Lachen aus. »Als ob du das nicht wüsstest! Tu nicht so unschuldig, Sommerjunge! Es ist das Werk von deinesgleichen ... Denkst du, ich nehme euch einfach so mit? Du weißt sehr wohl, dass überall in Keväät Dörfer überfallen worden sind und man viele meiner Landsleute getötet hat.«

Kanaael schluckte. Die gezeichneten, müden und leeren Gesichter der Frauen und Kinder, die er mittags noch in Muun von Bord der Schiffe hatte gehen sehen, stiegen in ihm auf.
»Wie lange schon?«
»Was kümmert's dich, Sommerjunge? Ihr solltet euch besser eine gute Ausrede überlegen, denn das Lügenmärchen, das ihr mir aufgetischt habt, wird euch meine Vorgesetzte niemals abkaufen.«

Dem konnte Kanaael nichts entgegensetzen, und er wusste nicht mal, was schlimmer war: Nass bis auf die Knochen in einem keväätischen Kerker zu landen, oder von der Ghehalla zu Shiaan geschleppt zu werden? Eine Wahl hatten sie so oder so nicht mehr. Sie konnten sich lediglich in ihr Schicksal fügen.

10

Kroons Erben

Kroon, Herbstlande

Grelle Blitze bahnten sich in gezackten Spuren einen Weg über den schwarzen Himmel, und Ashkiin zog im selben Augenblick die Kapuze seiner dunklen Robe über den Kopf, als die ersten Tropfen auf den Boden trafen. Ein lauwarmer Wind erhob sich, und er sah an sich hinab. Der edle dunkelgraue Stoff schmiegte sich wie eine zweite Haut an seinen Körper. Man hatte ihn neu eingekleidet und ihn bereits jetzt sehr gut entlohnt – dabei hatte er noch nichts getan. Außerdem hatte man ihm eine kleine, mit dem Nötigsten eingerichtete Wohnung innerhalb des Palasts zur Verfügung gestellt. Alles, damit er sich rasch fügte. Aber er hatte sich noch nicht entschieden.

Als er nun durch die Straßen Kroons wanderte und den warmen Herbstregen auf seinen Händen spürte, stieg Wehmut in ihm auf. Noch immer traute sich niemand vor die Tür. Die Stadt war verstummt und mit ihr alles, was sie ausgemacht hatte. Ashkiin bog um die Ecke und blieb stehen. Drei bewaffnete Männer kamen auf ihn zu, unter ihren Bärten konnte er ihre markanten Gesichtszüge ausmachen, die ausdruckslos blieben – lediglich in ihren Augen las Ashkiin so etwas wie Respekt. Sein Blick fiel auf das eingenähte ar'lensche Wappen auf der Brust der Wachen. *Da hat sich aber jemand mit dem Umnähen der weiblichen Kleider beeilt*, schoss es ihm durch den Kopf, doch er verzog keine Miene.

»Ashkiin A'Sheel, wir sollen Euch zu Garieen Ar'Len bringen.«

»Das kommt mir ungelegen. Ich wollte einen kleinen Spaziergang machen.«

»Ihr könnt Euch Eure Witze sparen. Garieen hat bereits vermutet, dass Ihr so etwas sagen würdet. Deswegen soll ich Euch Folgendes ausrichten: *Im Herzen sind alle Menschen gleich, ob alt oder jung, es spielt keine Rolle – sie suchen nur nach einem Ort, an dem sie wieder Kind sein dürfen.*«

Ashkiin gefror das Blut in den Adern. Es gab nicht viele Dinge, die ihn aus der Fassung brachten, aber seit Garieen Ar'Len die Macht an sich gerissen hatte, hatten sich die Vorkommnisse gehäuft. Dunkel erinnerte er sich an die sanft gesprochenen Worte, der Blick, mit dem seine Mutter ihn angesehen hatte, als sie diesen einen Satz gesagt hatte. Einen Satz, von dem niemand wissen konnte, der Ashkiins Mutter nicht kannte.

Wütend ballte er die Hände hinter dem Rücken zu Fäusten, um den Männern nicht zu zeigen, wie erregt er war. Natürlich. Er hätte sich ja denken können, zu welchen Mitteln Garieen greifen würde, um ihn unter Druck zu setzen. Ihn zu *überzeugen*, wie Garieen es nannte. »In Ordnung«, knurrte er. »Ich komme mit.«

Geräuschlos folgte er ihnen durch die nassen Straßen Kroons, vorbei am hell erleuchteten Vorplatz der Götter und dem Lebensbaum, in dessen Krone noch immer die leblosen Körper von Garieens Opfern hingen. Ashkiin sah nicht hin, aber er hatte das Gefühl, beobachtet zu werden. Der modrige Duft der Verwesung lag wie ein Teppich über dem Platz, und er war froh, als sie ihn hinter sich ließen. Eine dunkle Vorahnung überfiel ihn. Er hoffte inständig, dass er dieses eine Mal falsch lag. Wenn sie seiner Mutter auch nur ein Haar krümmten, würde er jeden Einzelnen von ihnen töten. Egal, wie viele es waren.

Sein Blick heftete sich auf den Rücken des Anführers, und für den Bruchteil eines Herzschlags zuckten seine Finger zu dem verborgenen Dolch, den er unter seiner Kleidung trug. Nein. Jetzt noch nicht. Nicht, solange sie seine Mutter in ihrer Gewalt hatten.

Endlich erreichten sie die in den wolkenverhangenen Himmel ragenden Palastmauern und die mächtigen, aus dunklem Erzholz gefertigten Tore, die in ihrer Massivität mit nichts zu vergleichen waren. Er blickte nach oben und sah mehrere Schatten, die auf der Mauer patrouillierten, der schwache Schein ihrer Lampen glomm trotz des Regens. Als sie sich näherten, hörte Ashkiin das lautstarke Rattern der Ketten, und noch ehe sie unmittelbar vor den Toren standen, waren diese bereits geöffnet. Es roch nach gebratenem Fleisch und nach Herbstregen, und der Gestank von etwas anderem, das Ashkiin nicht einordnen konnte, lag in der Luft. Die Wachen führten ihn durch den prächtigen Herbstgarten voller hochgewachsener Dunkeltannen und rotgoldener Laubbäume, die trotz der Kühle und der angebrochenen Dunkelheit diesem Ort eine warme Atmosphäre verliehen. Als sie schließlich im Innern des Palasts ankamen, fielen ihm ein weiteres Mal die Veränderungen auf, die Garieen Ar'Len vorgenommen hatte. Dort, wo einst die Portraits der Herrscherinnen Syskiis gehangen hatte, starrten ihm nun nackte Wände entgegen. Donnernd hallten ihre Schritte wider, vermischten sich mit dem Quietschen des durchnässten Leders, während sie ihren Weg durch die mit Feuerbecken ausgestatteten

Gänge, die von hohen Gewölbebögen umschlossen wurden, fortsetzten.

Schließlich blieben die Wachen vor einer dunklen Ebenholzdoppeltür stehen, in die kunstvoll Dhalienblüten geschnitzt worden waren. Der Anführer klopfte, und die Tür wurde von innen geöffnet. Dann machte er Ashkiin Platz und deutete mit einer knappen Bewegung an, einzutreten. Mehrere offene Feuerstellen erhellten den Thronsaal, und ein Blitz zuckte über den Nachthimmel, der sich über der Glaskuppel auftürmte, und zeichnete die Gesichter der unzähligen anwesenden Männer weiß. Kurz darauf ertönte ein ohrenbetäubendes Donnergrollen, von dem niemand Notiz zu nehmen schien. Mit hocherhobenem Kopf trat Ashkiin auf Garieen zu, eine Distanz von mindestens dreißig Schritten, bis er unterhalb der Treppenstufen stand, die auf die erhöhte Plattform und den Thron führten. Garieen machte einen schon fast gelangweilten Eindruck und fuhr sich mit einer Hand über seinen geflochtenen Bart, doch er sagte kein Wort. Er war in teure Roben aus Samt gekleidet, das Familienwappen glänzte im Tanz des Feuerscheins.

»Ich bin hier«, sagte Ashkiin ruhig. »Was wollt Ihr?«

»Eine Entscheidung. Ich warte schon zu lange. Deswegen habe ich mir erlaubt, deine Entschlussfreudigkeit etwas anzuregen: Bringt sie herein.«

Eine schmale Tür innerhalb des Seitenflügels öffnete sich, und zwei Frauen wurden hereingeführt, denen man die Augen mit einem Tuch verbunden hatte. Die kleinere, grauhaarige der beiden hatte Ashkiin erst vor wenigen Tagen persönlich gesehen, und ihre mit Falten überzogenen, gefesselten Hände zitterten, als man sie näher an den Thron heranbrachte.

Ohne sich zu regen, betrachtete er das Gesicht der Alten,

und sein Blick wanderte tiefer zu dem weit fallenden, goldbraunen Kleid, das an den Hüften mit einem abgewetzten Ledergürtel zusammengehalten wurde – es war dasselbe Kleid, das sie bei ihrer letzten Begegnung getragen hatte. Mireelle. Ashkiins Blick wanderte zu der schlanken Frau mit den rotblonden Haaren, die ihre zierliche Gestalt wie einen Schutzmantel umgaben. Er bemerkte, wie die anwesenden Männer sie trotz ihres fortgeschrittenen Alters begehrlich anstarrten, doch er ließ sich nicht anmerken, dass er sie am liebsten alle umbringen würde. Er durfte es nicht. Anviaa A'Sheel trug eines jener olivgrünen, taillierten und mit weiten Ärmeln ausgestatteten Herbstkleider, die er immer vor sich sah, wenn er an seine Kindheit und insbesondere an seine Mutter dachte. Sie wirkte wie stets gefasst. Eine Eigenschaft, die er von ihr geerbt hatte.

»Willkommen in Kroon, werte Damen«, sagte Garieen und breitete in einer übertriebenen Geste die Arme aus. Dass die beiden Frauen es nicht sehen konnten, schien ihn dabei nicht zu stören. »Also, Ashkiin, mein Lieber. Hast du dich entschieden, oder muss ich deutlicher werden?«

Seine Mutter riss bei der Erwähnung seines Namens den Kopf in die Richtung, aus der Garieens Stimme kam, und Ashkiin biss sich auf die Zunge, um nicht darauf zu reagieren. Er wusste, dass Garieen dieses Spiel nur mit ihm spielte, um ihn zu reizen. Garieen zu zeigen, wie sehr es ihn traf, seine Mutter so zu sehen wäre der größte Fehler, den Ashkiin begehen konnte.

»Ashkiin? Du bist hier? Was soll das? Was geht hier vor? Habt Ihr mich deswegen nach einem Satz gefragt, den nur meine Söhne kennen können ... Aber ich dachte, es ginge um Saaro ... Wer ...« Weiter kam sie nicht, denn keinen Herzschlag später war eine der Wachen auf sie zugetreten und hatte ihr mit dem Handrücken ins Gesicht geschlagen. Ashkiin hörte, wie der Kiefer seiner Mutter knackte. Ihr Kopf fiel zur Seite, und in Ashkiin brannte es lichterloh. Sein Pulsschlag schnellte in die Höhe, und sein Blick verweilte auf dem Wachmann, der die Hand gegen seine Mutter erhoben hatte. Er brauchte nicht mehr als einen winzigen Augenblick, dann hatte er sich das runde Gesicht mit den leichten Segelohren eingeprägt. Er würde ihn finden, und er würde ihn töten. Noch heute Nacht.

»Wie unfein von Euch, Garieen, mich mit meiner Mutter erpressen zu wollen«, sagte Ashkiin.

»Erpressung ist ein so hässliches Wort. Ich möchte dir lediglich deine Entscheidung erleichtern ... Und ich will eine Antwort, mein lieber Ashkiin: Wirst du für mich kämpfen und auf meiner Seite stehen, dem Namen Ar'Len weiter dienen, so wie du es die letzten beiden Jahrzehnte über getan hast?«

Ashkiin antwortete nicht sofort, was Garieen zu verärgern schien. Auch die umliegenden Männer wurden unruhig, ihre Blicke schossen wie Pfeile durch den Saal, und Ashkiin sah, wie Garieen wütend die Brauen zusammenzog, um anschließend kurz mit dem Kopf in Richtung der zwei in Schwarz gekleideten Wächter neben Mireelle zu deuten.

Ashkiins Herz setzte einen Schlag lang aus, er machte drei Schritte nach vorne. »Nein!« Sein Ausruf verhallte. Er hörte, wie sich zwei Pfeile aus einer Armbrust lösten, surrend durch die Luft schossen und vor ihm in den Boden schlugen. Eine Warnung, die keiner weiteren Erklärung bedurfte. Ihm war es gleichgültig, ob er seine Deckung fallen ließ, doch gleichzeitig wusste er, dass es aussichtslos war. Also sah er tatenlos zu, wie eine der Wachen nach vorne trat, einen Dolch zog und mit einer geübten Bewegung Mireelles Kehle durchschnitt.

Ihr Mund öffnete sich überrascht. Blut spritzte und ergoss sich über dem weißen Marmorboden. Ein gurgelnder Laut kam über ihre Lippen, ein kurzes Aufbäumen ihres Körpers – dann wurde sie losgelassen, sackte in sich zusammen und fiel zu Boden.

Etwas explodierte in Ashkiins Innerem, sein Herz pumpte Blut durch seine Venen, und sein Blick richtete sich eisern auf Mireelles leblosen Körper. Ihr graues Haar färbte sich rot von ihrem eigenen Blut, und er zwang sich, hinzusehen. Erinnerungen an seine Kindheit flammten in ihm auf, tausend Bilder, die sich mit dem Anblick ihres leblosen Körpers vermischten. Ein Anblick, der sich für immer in seine Netzhaut brennen würde. Ihr einziger Fehler war gewesen, ihn großgezogen zu haben. Dieses Schicksal hatte sie nicht verdient.

»Und?«, fragte Garieen neugierig, und Ashkiin schwor sich im selben Moment, dass er den Tod dieser unschuldigen Frau rächen würde. Langsam hob er den Blick, sah Garieens zufriedenes Grinsen und verspürte nichts als Verachtung für diesen Mann, der nur ein Schatten seiner Mutter und seiner Schwester war. Ein grausames Kind, das König spielte. Eine Bestie, die nach Blut lechzte. Doch egal, wie größenwahnsinnig und selbstzerstörerisch Garieens Plan auch war, Ashkiin musste sich ihm beugen. Wenigstens für den Augenblick. Das Leben seiner Familie stand auf dem Spiel. Saaro und seine Mutter waren das Einzige auf der Welt, das Bedeutung für ihn hatte. Und Mireelle.

»Gut«, sagte er leise. »Ich werde für Euch kämpfen.«

Mit einer fließenden Bewegung erhob sich Garieen vom Thron. Seine raschelnden Gewänder übertönten sogar das Geräusch des Regens, der gegen die Glaskuppel prasselte.

»Dann kniet nieder, und schwört es im Namen meiner Familie und der vier heiligen Götter.«

Ashkiin zögerte, sein ganzer Körper kämpfte gegen diese Erniedrigung an, doch dann senkte er das Haupt und kniete vor dem neuen Herrscher der Herbstlande.

11

Gefangen

Gael, Frühlingslande

Umringt von fünf keväätischen Kämpferinnen, nass bis auf die Knochen und ohne Geld, gefesselt und auf dem Weg in einen Kerker, kam sich Kanaael so dämlich vor wie noch nie zuvor in seinem Leben. Er hatte seine Stiefel im Wasser verloren, seine Füße waren zwei Eisklumpen, und jeder Schritt war eine Qual. Konsterniert starrte er nach vorne. Seit einiger Zeit hatte der Wind zugenommen und fuhr ihm schneidend unter die feuchte Kleidung. Eine Gänsehaut breitete sich auf seinen Armen aus, klappernd schlugen seine Zähne aufeinander, und er sah, dass auch Wolkenlied heftig zitterte. Am liebsten hätte er sie in den Arm genommen, was angesichts ihrer misslichen Lage jedoch leichter gesagt als getan war. Außerdem hatte der Kuss zu viele Fragen aufgeworfen, und er verdrängte jeden Gedanken daran.

»Hör auf zu träumen!« Daaria blickte erst ihn, dann Wolkenlied abschätzig an, und Kanaael bemerkte, wie sie mit sich haderte, doch als sie sah, dass er sie beobachtete, wandte sie sich rasch wieder ab.

Das Kreischen der Möwen lenkte Kanaaels Aufmerksamkeit nach vorn, und er erblickte die größte der keväätischen Küstenstädte vor sich: Gael. Bunte Fahnen waren an massiven

Eisenmasten befestigt worden und ragten über die steinerne Mauer hinaus; sie flatterten im Wind, und Kanaael erkannte das Wappen der Frühlingslande, ein emeraldgrüner Göttervogel mit ausgebreiteten Schwingen, während das Wappen selbst von einer Muschel gekrönt wurde. Der tiefe Klang eines Horns erfüllte die kühle Abendluft. Ein Kriegshorn, erkannte Kanaael. Auch Daaria schien es zu bemerken, denn ihre Miene verfinsterte sich schlagartig, und sie beschleunigte ihre Schritte. Wieder bekam Kanaael einen harten Schlag in den Rücken und stolperte vorwärts. Sein Blick verweilte auf den dunklen Satteldächern, die man trotz der hohen Stadtmauer gut erkennen konnte. Sie waren aus Merschaholz gefertigt und galten deswegen als besonders standhaft und robust. Angesichts des stürmischen Wetters war es kein Wunder, dass sich die Bewohner der Küstenstadt für die sicherste Variante des Häuserbaus entschieden hatten.

Trotz des heftigen Winds spürte er, wie sich eine fiebrige Hitze in seinem Körper ausbreitete, und er hatte Mühe, sich auf den Weg zu konzentrieren. Bei fast jedem Schritt geriet er ins Straucheln, und Kanaaels Lider wurden immer schwerer. Langsam wurde offensichtlich, wie anstrengend die letzten Stunden gewesen waren. Um sich abzulenken, betrachtete er die Hafenstadt, die sie eigentlich mit dem Schiff hätten erreichen sollen. Im Gegensatz zu den anderen Küstenstädten lag Gael auf der Ebene oberhalb der Buchten, thronte über den Stränden und bot einen atemberaubenden Anblick über das südöstliche Meer. Am Horizont erkannte Kanaael einen kleinen schwarzen Punkt, und irgendetwas in ihm war der festen Überzeugung, dass es sich dabei um Mii handelte.

Seine Füße waren wie taub, und als sie nun von dem schmalen Pfad auf die Hauptstraße gelangten, die auf Gael zuführte, spürte er die Kieselsteine unter seinen Fußballen wie ein sanftes Prickeln. Schon von Weitem sah Kanaael die Stadtwachen auf der Mauer patrouillieren, und als sie endlich das Stadttor durchquerten, wurde Daaria von allen Seiten begrüßt. Alles in Gael, so wie auch an anderen Orten der Frühlingslande, wirkte extravaganter und ausgefallener. Kanaael spürte, wie sein Körper gegen die Erschöpfung ankämpfte. Das Seil, mit dem man seine Hände festgebunden hatte, schnitt heftig in sein Fleisch. Er presste die Lippen fest aufeinander. Um nichts in der Welt würde ihm ein Schmerzenslaut entweichen. Seine Stirn glühte, und er nahm die bunte Kleidung, die stark geschminkten Gesichter und die grellen Farben der einzigartigen Frühlingsblumen, die man überall an den Häuserfassaden angebracht hatte, nur noch durch einen fiebrigen Schleier wahr.

Die Kriegerinnen führten sie durch die Stadt, und obwohl Kanaael sich kaum noch auf den Beinen halten konnte, bemerkte er sehr wohl, wie die Menschen stehen blieben und sie anstarrten. Viele Frauen ließen, anders als in Sykii, Talveen und Suvii, ihr Haar offen. Ihr Gang war aufrechter, das Kinn etwas weiter nach oben gerichtet. Sie waren stolz darauf, Kevääti zu sein, und trugen das offen zur Schau. Überall roch es nach Frühling, und der Duft mischte sich mit dem salzigen und fischigen Geschmack des Meeres. Wasser ... Was würde er jetzt für kühles Quellwasser geben!

Wieder geriet Kanaael ins Stolpern, und dieses Mal konnte er einen Sturz nicht verhindern. Er drehte sich zur Seite, um den Aufprall mit der Schulter abzufangen. Ein dumpfer Schmerz breitete sich in seinem Körper aus, und die namenlose Kriegerin mit den markanten Gesichtszügen packte ihn grob an den Fesseln und zwang ihn wieder auf die Beine. Kanaael taumelte. Die Hitze in seinem Kopf nahm weiter zu. Zischend hörte er ihre Stimme an seinem Ohr, als sie sich zu ihm beugte: »Die Leute hier warten nur darauf, jemandem die Schuld für die Überfälle zu geben. Ich werde sie nicht aufhalten, wenn sie sich einen Schuldigen suchen, an dem sie ihre Wut auslassen können!«

Wohin er auch sah, Kanaael blickte tatsächlich überall in hasserfüllte und grimmige Gesichter. Fratzen, die wütende Laute ausstießen, die er nur mit Mühe verstand. Eine Frau mittleren Alters trat nach vorne und spuckte vor ihm auf den Boden. Die Kriegerin zerrte ihn an seinen Fesseln weiter. »Komm jetzt! Wenn sie euch töten, dann wenigstens nachdem ihr einen ordentlichen Prozess hattet.«

Bei diesen Worten verließ Kanaael das letzte bisschen Hoffnung, das er noch gehabt hatte. *Bei Suv, wir sind verloren ...*

Sein Blick glitt über die Schulter zu Wolkenlied. Auch ihre Augen irrten ruhelos umher, und der Wind peitschte ihr das schwarze Haar immer wieder ins Gesicht. Die Lippen waren rissig, die Wangen fiebrig gerötet, und auf ihrer Stirn glänzte Schweiß.

Seine Kriegerin versetzte ihm einen Stoß in die Rippen. »Schon vergessen? Augen nach vorne, Sommerjunge!«

Kanaael unterdrückte ein hysterisches Lachen. Da waren sie der Ghehalla ein drittes Mal entkommen, nur um dann in Gael – fast schon in Sichtweite der Insel Mii – im Kerker zu landen. Sie überquerten den Marktplatz, und Kanaael hörte das Getuschel der Menschen, die gezischten Beschimpfungen. Noch hielten sie sich zurück, doch er spürte, wie aufgeladen die Atmosphäre war. Es fehlte nicht viel, und sie würden ihrem Ärger Luft machen ...

Vor einem mehrgeschossigen massiven Steingebäude machte Daaria schließlich halt. Kanaael hatte Mühe, die Augen offen zu halten. Er wusste nicht, ob er sich den hohen Torbogen

und die verzierte Tür nur einbildete oder ob sie der Wirklichkeit entsprachen. Es war ihm auch gleichgültig. Seine Kleidung war mittlerweile getrocknet, doch Hitze und Kälte schienen in seinem Körper einen Kampf auf Leben und Tod auszufechten.
»Wir sind da«, hörte er Daaria sagen. »Ihr werdet die Nacht hier verbringen. Solltet ihr sie überleben, werden wir sehen, wie wir weiter mit euch verfahren.«

Eine der Kriegerinnen und Daaria gingen voraus, während die anderen beiden hinter ihnen liefen. Sie stiegen in ein Kellerverlies hinab, eine schmale Wendeltreppe, auf der Kanaael nur schwer Halt fand. Es roch nach Verwesung. Die Steinwände waren feucht und kleine, offen stehende Luken die einzigen Lichtquellen.

Wir werden sterben ...

Unten angekommen, versuchte Kanaael im dämmrigen Licht etwas auszumachen, doch er konnte gerade einmal drei Zellen erkennen. Der Rest verschwand in der Dunkelheit. Grölende Stimmen wurden laut, eine dreckige, runzlige Hand tauchte an den Gitterstäben auf. Ihm wurde wieder heiß, und er spürte, wie das Fieber die Kontrolle über seinen Körper übernahm. Mit einer Hand deutete Daaria auf die erste Zelle, die sich zu ihrer Linken befand, und stemmte die andere in die Hüfte. »Das wird eure Unterkunft für die Nacht sein«, sagte sie kühl, zog einen kleinen Dolch aus einer Lederhalterung an ihrem Oberschenkel und durchtrennte erst Wolkenlieds und dann Kanaaels Fesseln. Selbst wenn er nicht so geschwächt gewesen wäre, hätte er diese Möglichkeit niemals zur Flucht nutzen können. Wolkenlied betrat als Erste die Zelle, und Kanaael folgte ihr kraftlos.

Die Tür wurde mit einem lauten Knall geschlossen, der Schlüssel herumgedreht. Bald darauf verklangen die Schritte der fünf Frauen.

Die Tür war zweigeteilt, sodass Kanaael durch die vergitterte obere Hälfte einen Blick auf den kargen Flur werfen konnte. Dann drehte er sich wieder um und betrachtete das faulende Stroh, das man achtlos in eine Ecke geworfen hatte. Schräg unterhalb der Decke hatte man ein kleines Loch eingelassen, durch das ein wenig Luft drang, ansonsten gab es kein Tageslicht. Die Steinmauern ringsherum waren nass, und die Kälte der Nacht kroch durch jede Ritze. Wenigstens hatte man sie gemeinsam in eine Zelle gesperrt. Aus den umliegenden Kerkern erklang ab und an ein Stöhnen und vermischte sich mit einem röchelnden Husten. Kanaael fröstelte und zog sich sein Oberteil vom Leib, das zwar trockener, aber noch immer leicht klamm war, um es an die Zellentür zu hängen. Hunger, Erschöpfung und Angst forderten ihren Tribut, und er sah, wie Wolkenlied ihn aus dem Dunkel beobachtete.

»Komm her«, sagte Kanaael leise. »Du musst deine Sachen ausziehen, sonst erkältest du dich noch.«

Zuerst zögerte sie einen Moment, dann löste sie sich aus ihrer Starre und trat auf ihn zu. Sie versuchte, sich aus ihrer Kleidung zu schälen, doch der noch feuchte Stoff klebte wie eine zweite Haut an ihr, und sie ließ nach einiger Zeit kraftlos die Arme sinken, um ihn gleichzeitig auffordernd anzusehen.

Kanaael spürte, wie sich seine Kehle verengte. »Soll ich dir helfen?«, fragte er leise, und Wolkenlied nickte. Sie sah ihm traurig in die Augen. Es brauchte keine Übersetzung aus dem Keväätischen, um die Worte, die Daaria an sie gerichtet hatte, zu verstehen. Wolkenlied schien zu ahnen, was geschehen war und dass diese Nacht vielleicht ihre letzte war. Langsam trat Wolkenlied auf ihn zu. Ihre Schritte waren mühevoll, und in ihrem Haar hatten sich kleine Knoten gebildet. Sie kam näher, bis sie schließlich so dicht vor ihm stand, dass er ihren sanften Atem auf der Brust fühlen konnte. Er wurde ganz ruhig und blickte auf ihren dunklen Schopf hinab, während ihm das Herz davonzugaloppieren drohte.

Sie hob die Arme und sah ihn dabei weiter unverwandt an. Kanaael schluckte. Behutsam zog er ihr das Kleid über den Kopf, wagte es jedoch nicht, einen Blick zu riskieren, und tratt einen Schritt zurück. Dann hängte er ihr Kleid neben sein Hemd und ging wieder auf sie zu.

Wolkenlied schien seine Anspannung zu spüren, denn sie sah ihn weiter an, herausfordernd und geradezu glühend. Ob es am Fieber oder an etwas anderem lag, konnte er nicht ausmachen. Dann spürte er eine sanfte Bewegung auf seiner Haut und sah, wie Wolkenlied über die glatte Haut auf seiner Brust strich.

Kanaael erschauderte. »Was tust du da?«, fragte er leise.

Sie antwortete nicht, natürlich nicht. Ein Flehen lag in ihrem Blick, eine unausgesprochene Bitte, und er erkannte noch etwas anderes, das ihn bis ins Mark traf: Verletzlichkeit.

Bei den Göttern!

Kanaael stieß einen undefinierbaren Laut aus, senkte den Kopf und küsste sie. Wolkenlied schlang die Arme um seinen Nacken, zog ihn tiefer zu sich hinab, und Kanaael verlor sich für immer. Er spürte ihren Körper, jeden Zentimeter ihrer erhitzten, samtweichen Haut, und wollte mehr. Sofort. Doch es wäre töricht, und obwohl er sich nach ihr verzehrte, war dies nicht der richtige Ort für sie beide. Als er sich wieder von ihr löste, blickte Wolkenlied ihn liebevoll an.

Kanaael schüttelte den Kopf. »Verdammt«, murmelte er. »Verdammt.« Ein Kratzen in der Kehle ließ ihn husten. Behutsam strich Wolkenlied ihm über den Rücken. Tränen stiegen ihm in die Augen, und es wurde ihm erneut bewusst, dass er hohes Fieber hatte. Er wusste, wie gefährlich die Situation für sie beide war.

»Wir sollten versuchen zu schlafen.« Seine Stimme war nur noch ein Krächzen, und er ließ Wolkenlied stehen, um das faulige Stroh genauer unter die Lupe zu nehmen. Zu ihrem Glück waren nur der obere und untere Teil feucht. Es roch ein wenig nach Schimmel, doch er war zu ausgelaugt, um sich darum zu scheren. »Komm«, sagte er zu Wolkenlied, die ihn beobachtet hatte. Als sie näher kam, bemerkte er, dass Tränen in ihren Augen schimmerten, und er lächelte, denn sie schüttelte verärgert den Kopf. Dann schmiegte sie sich in seine Arme, und ihre Fingerkuppen strichen zärtlich über die roten Striemen, die die Fesseln an seinen Handgelenken hinterlassen hatten. Erst sah sie ihm in die Augen, dann beugte sie sich darüber und küsste vorsichtig die Wunde.

Er wusste nicht, ob sie diese Nacht überstehen würden. Sein Körper fühlte sich bleischwer an, er war am Ende seiner Kräfte, und selbst die Flügelzeichnungen auf seinem Rücken waren kaum noch zu spüren.

Noch immer hielt sie seine Handgelenke umklammert, zog sie beide auf ihre provisorische Schlafstätte und streckte die Füße aus, so gut es ging. »Versuch zu schlafen. Ich passe auf dich auf«, flüsterte er, und sie nickte. Mit zwei Fingern berührte sie zuerst ihre Lippen und legte sie dann auf seine. Eine intime Geste, die sonst nur Familienmitgliedern vorbehalten war, und Kanaael lächelte. Dann drehte sich Wolkenlied auf die andere Seite, rollte sich zusammen, und im dämmrigen Licht des Kerkers erkannte Kanaael ihre sanften Flügelzeichnungen. Knospenartig wanden sie sich von ihrer Wirbelsäule nach außen, wo sie Wolkenlieds gesamte Schulterblätter bedeckten. Kanaael hielt den Atem an. Sie waren wunderschön. Vollkommen. So wie Wolkenlied selbst. Er überwand den letzten Rest von Distanz, legte einen Arm um ihre schmale Taille und zog sie an sich, während er seine Nasenspitze in ihrer Halsbeuge vergrub. Sie duftete nach Wolkenlied. Ein wenig nach Meer. Ein wenig nach Freiheit. Zart, rein. Seine Lider wurden schwerer, und er lauschte ihrem gleichmäßigen Atem, während er die Geräusche der umliegenden Zellen ausblendete.

Das Letzte, woran er sich erinnerte, war der Gedanke, dass er gern woanders mit ihr so liegen würde, doch noch ehe er die Vorstellung näher ausmalen konnte, war er bereits eingeschlafen.

Kanaael schrak auf, als polternde Schritte erklangen. Hastig fuhr er hoch und sah sich zerknittert um. Wolkenlied lag noch immer nackt neben ihm. Ihre Wangen hatten eine gesündere Farbe angenommen, und das Gezwitscher der Vögel, die irgendwo in Mauernischen nisteteten, kündigte bereits einen neuen Tag an. Sie beide hatten die Nacht überlebt.

»Wach auf, sie kommen!« Eilig holte er Wolkenlieds Kleid und bedeutete ihr, es sich überzustreifen, um gleich darauf sein eigenes Hemd anzuziehen. Keinen Moment später erblickte er Daaria am Ende der Wendeltreppe. Sie trug schwarze Lederstiefel, die ihr bis zu den Knien reichten, Pluderhosen in einem dunklen Meeresgrün und ein enges Mieder, das ihre Oberweite betonte. Ihre Lippen waren schwarz geschminkt, ebenso wie ihre Augen, und ihm fiel das lederne Kropfband um ihren Hals auf.

»Sommerjunge, komm mit!« Der Blick ihrer grünen Augen glitt eiskalt über ihn hinweg.

Kanaael tat wie befohlen und trat auf die Gitterstäbe zu. Zwei Kriegerinnen, jedoch nicht dieselben wie am gestrigen

Abend, begleiteten Daaria, und eine von ihnen löste klappernd einen Schlüssel von ihrem ledernen Baris.

»Was geschieht mit mir?«, fragte er und sah zu Wolkenlied, die ihn mit großen Augen beobachtete. »Was geschieht mit ihr?«

»Du kommst erst einmal in eine andere Zelle, bis euch beiden der Prozess gemacht wird.«

»Bitte, Daaria, glaub mir. Wir sind einfache Reisende! Wir haben nichts mit den Überfällen auf eure Dörfer zu tun. Jemand muss doch unsere Geschichte bestätigen können!«

Doch Dariaa gab keine Antwort, sondern bedeutete der Kriegerin mit dem Schlüssel, den Einlass zu öffnen. »Sie werden mich woanders hinbringen«, sagte Kanaael zu Wolkenlied, damit sie wusste, was vor sich ging. »Hab keine Angst, sie werden uns nichts tun.«

Selbst in seinen Ohren klangen die Worte wie eine hohle Lüge. Er hatte nicht die geringste Vorstellung, was die Kriegerinnen mit ihm vorhatten. Quietschend öffnete sich die Zellentür, und die beiden Kriegerinnen traten herein, während Daaria mit verschränkten Armen wartete.

»Dreh dich um!«, befahl die Größere ihm barsch, und Kanaael gehorchte. Während sie ihm grob die Hände auf dem Rücken fesselte, suchte sein Blick den von Wolkenlied. Es war eine stumme Verabschiedung auf unbestimmte Zeit, und er hoffte inständig, dass ihr nichts geschehen würde. Kanaael schenkte Wolkenlied ein letztes Lächeln voller Zuneigung, als man ihn bereits nach draußen zerrte und er über die steinerne Schwelle stolperte. »Komm, Sommerjunge!«

Sie führten ihn zu einer anderen Zelle, lösten seine Fesseln und versetzten ihm einen Tritt, der ihn in den dunklen Raum taumeln ließ. Noch während er sich die schmerzenden Handgelenke rieb, wurde hinter ihm krachend die eiserne Tür geschlossen, und die Kriegerinnen ließen ihn allein. Kanaaels neue Zelle war noch schlimmer als die erste, denn er konnte sich gerade mal hinlegen. Kein Stroh, nicht mal verschimmeltes. Kein Licht. Das feuchte Gestein verbreitete eine unangenehme, kränkliche Kälte, und sein Körper reagierte prompt. Das Fieber kam zurück, und er ließ sich an der Zellwand nieder, schlang die Arme um seine Knie und versuchte sich ein wenig zu wärmen. Er hatte keine Ahnung, wie spät es war, und Hunger und Durst nagten an ihm.

Er musste eingedöst sein, denn als er das nächste Mal erwachte, stand ein Tonkrug mit frischem Wasser vor ihm. Auf den Knien rutschte Kanaael nach vorne und hob gierig das Gefäß an. Als er den ersten Schluck getrunken hatte, spürte er ein schmerzvolles Brennen im Hals, und der Geschmack von Salz füllte ihm Mundhöhle und Rachen. In hohem Bogen spuckte er das Wasser aus und kniff erschöpft die Augen zusammen. Meerwasser. Natürlich.

Insgeheim fragte er sich, wie viele der Gefangenen die Gelegenheit genutzt, den Tonkrug an der Wand zerschmettert und damit ihrer Qual ein Ende bereitet hatten. Er lehnte den erhitzten Kopf gegen das nasse Gestein.

Kanael hatte jedes Zeitgefühl verloren. Sein Körper war ausgezehrt vom Hunger, und seine Gedanken wanderten immer wieder zu Wolkenlied. Irgendwann hatte man ihm richtiges Quellwasser gebracht, doch auf eine Mahlzeit wartete er noch immer vergebens. Das Fieber focht einen stummen Kampf mit seinem Körper aus, und er lauschte den Geräuschen, die ab und an aus den umliegenden Kerkern zu vernehmen waren. Stimmen näherten sich. Kanaael vergrub den Kopf zwischen den Händen und versuchte die Essensbilder aus seinen Gedanken zu verdrängen. Ohne Vorwarnung wurde die

Tür aufgerissen, und Licht fiel in die dunkle Zelle. Er kniff die Augen zusammen und hob das Kinn.

»Kanaael, steh auf.«

Daaria stand im Rahmen, und als er sie blinzelnd betrachtete, hatte er das Gefühl, dass sich etwas an ihrer Art verändert hatte. Hinter ihr tauchte eine weitere Gestalt auf, doch das Dämmerlicht und Daarias Rüstung machten es unmöglich zu erkennen, um wen es sich handelte. Wie hatte sie ihn eben genannt? Kanaael?

»Woher weißt du, wer ich bin?«

Daaria lachte nervös und trat beiseite, wodurch sie den Blick auf einen hochgewachsenen blonden Mann freigab, der gerade seine Kapuze von den Schultern streifte. Kanaael riss die Augen auf. Das war unmöglich! Er stützte sich mit einer Hand an der Wand ab und versuchte, auf die Beine zu kommen. Er brauchte zwei Anläufe. »Bei Suv«, murmelte er. »Was machst du denn hier?«

»Geero hat Daav einen Botenvogel geschickt, um ihn zu informieren, welche Fähre Ihr nehmen würdet«, erklärte Daaria.

Kanaael hörte sie kaum. Dieser Albtraum hatte endlich ein Ende!

»Als Ihr in Gael nicht von Bord gingt, hat er die ganze Stadt nach euch abgesucht, und als er gehört hatte, dass zwei Suviini eingekerkert worden sind, ist er zu mir gekommen. Bitte verzeiht, wie ich Euch behandelt habe, aber ich wusste nicht, wer Ihr wart und was Ihr in Keväät zu suchen hattet.«

In einer formvollendeten Verbeugung sank sie zu Boden und berührte mit der Stirn das eiskalte Gestein. Ein groteskes Bild angesichts seiner eigenen abgerissenen Erscheinung, und Kanaael wandte den Blick ab, weil er nicht wusste, wie er darauf reagieren sollte. Stattdessen sah er zu seinem Freund, den er das letzte Mal gesehen hatte, als er mit lindernden

Leinenumschlägen die Wunden auf seinem Rücken versorgt hatte. Wunden, die er ihm selbst zugefügt hatte. Er senkte den Blick, weil er sich so sehr für das, was er getan hatte, schämte, dass er seinem besten Freund nicht in die Augen sehen konnte. *Nicht nur wir haben einiges durchgemacht,* dachte Kanaael, und ein Stich zuckte in seiner Brust, als er an die harte Bestrafung dachte, die Daav zuteilgeworden war. Doch Daav schien nichts von Kanaaels Unbehagen wahrzunehmen. Er schloss ihn in die Arme und drückte ihn an sich.

»Willkommen in Keväät, Eure Hoheit!«, sagte er, und zum ersten Mal, seit er aus Lakoos aufgebrochen war, hatte Kanaael die leise Hoffnung, dass sie es ohne weitere Zwischenfälle nach Mii schaffen würden.

12

Wüste

Irgendwo in den Sommerlanden

»Na, Kindchen, wie fühlst du dich heute?«
Naviia blinzelte schläfrig und drehte sich auf ihrem Lager um. Vor ihr stand Leenia, die alte Krämerin, der sie ihr Leben verdankte, und hielt ihr eine dampfende Tasse unter die Nase. Durch das offene Fenster der Lehmhütte drangen warme Sonnenstrahlen, die den großen Raum in ein freundliches Licht tauchten. Auf einem kleinen Hocker neben ihr lagen mehrere in Eiswasser getauchte Wadenwickel, die ihre Verbrennungen und Schmerzen lindern sollten. Es war ihr morgendliches Ritual. Leenia versorgte sie zuerst mit einer Kleinigkeit zu essen, um sich anschließend um ihre Verletzungen zu kümmern, die nur langsam heilten.

Naviia lächelte die alte Frau herzlich an, die sich sichtlich bemühte, auf Talveen mit ihr zu sprechen. Sie hatte Naviia erzählt, dass sie die Sprache auf den Reisen mit ihrer Familie gelernt hatte, als sie noch jung gewesen war. »Mir geht es besser. Hab vielen Dank, Leenia.«

»Sieh her, ich habe dir ein Süppchen zubereitet, das sollte dein Magen wesentlich besser vertragen. Ich bin heute Morgen auf den Markt in eine der größeren Städte gefahren. Neeris, falls dir der Name etwas sagt. Du weißt ja, wir sind südöstlich von Muun, und Neeris ist noch etwas weiter östlich von uns. Jedenfalls hatten sie sogar Zutaten und Gewürze aus den Winterlanden angeliefert, und die gab es in den letzten Wochen nicht mehr.« Sie schüttelte den Kopf.

»Irgendetwas stimmt da nicht, die Handelsrouten sind alle blockiert, und die Händler schimpfen über die schlechte Ware ... Aber was plappere ich da, du bist sicher noch müde!« Vorsichtig stellte sie die Tasse auf die Anrichte neben Naviias Lager. Die Suppe duftete herrlich nach zu Hause, was sofort Sehnsucht in Naviia hervorrief. Und Kummer. Sie hatte noch nicht begriffen, was in ihrer letzten Nacht in Talveen geschehen war, und die Bilder suchten sie im Schlaf immer wieder heim. Leenia hatte keine Fragen gestellt, aber ihr besorgter Blick sprach für sich. Noch immer blutete Naviias Herz bei dem Gedanken, Isaaka im Wald zurückgelassen zu haben, doch mittlerweile wusste sie, dass sie keine andere Wahl gehabt hatte.

»Danke, das ist sehr lieb von dir«, sagte Naviia, und ihre Stimme klang noch immer brüchig und heiser. Sie trank einen Schluck des warmen Gebräus, das Gewürze aus der Heimat enthielt, die augenblicklich ihre angeschwollene Kehle beruhigten.

»Ein Zimtstern!«, rief sie begeistert aus, als sie ihn in der Tasse entdeckte. Der Anblick trieb ihr fast die Tränen in die Augen.

Leenia strahlte von einem Ohr zum anderen. »Ja, in der Tat. Der war besonders schwer zu bekommen. Hat mich ein kleines Vermögen gekostet, aber dieser Ausdruck auf deinem Gesicht war es wert.«

Naviia spürte, wie ihre Wangen sich vor Freude röteten. »Das wäre wirklich nicht nötig gewesen! Ich mache dir sowieso schon genug Scherereien ...«

»Ach was, du warst in Not, und ich habe nur getan, was jeder getan hätte. Wie geht es eigentlich deinem Kopf?«

»Die Schmerzen sind fast verschwunden. Ich glaube, langsam rückt der Tag näher, an dem ich nach Lakoos aufbrechen kann.«

»Warte noch etwas. Ich habe böse Gerüchte auf dem Markt aufgeschnappt. Man ist Fremden gegenüber nicht gerade freundlich gesinnt. Es ist besser, erst abzureisen, wenn sich die Lage etwas beruhigt hat. Oder du gehst in Begleitung eines Mannes aus den Sommerlanden, denn ich bin leider zu alt, um mit dir zu kommen. Wenn du allein aufbrichst, kann es auf den Handelsstraßen durchaus gefährlich werden.«

Sie hatte kaum einen Satz von dem mitbekommen, was Leenia gesagt hatte. Mit einer Ausnahme. Hastig richtete sie sich in ihrem Bett auf. Von der ruckartigen Bewegung wurde ihr schwindelig, doch sie ließ sich nichts anmerken. »Wurden in Suvii Dörfer überfallen?«

Ein überraschter Ausdruck trat auf Leenias runzlige Züge. »Woher weißt du davon?«

»Weil dies der Grund ist, warum ich hier bin.«

»Du hast doch nichts damit zu tun, nicht wahr?«, fragte Leenia vorsichtig.

Mit einem Mal wurde Naviia klar, dass sie die Gastfreundschaft der alten Frau nicht länger in Anspruch nehmen konnte, ohne Antworten zu liefern. Es wurde Zeit, Leenia die Wahrheit zu sagen. Zumindest einen Teil. »Nein«, beruhigte sie Leenia. »Aber in Talveen gab es diese Überfälle auch. Mehrere Überfälle. Mein Dorf wurde ebenfalls angegriffen, und mein Vater wurde getötet.« Es fiel ihr seltsamerweise leicht, darüber zu sprechen, so als ob es sie gar nicht betroffen hätte, aber Ordiin und alles, was dort geschehen war, schien jetzt zu einem anderen Leben zu gehören. In kurzen, abgehackten Sätzen erzählte Naviaa, was passiert war, ließ dabei jedoch aus, was es mit ihren Kräften und dem Verlorenen Volk auf sich hatte. Lediglich Isaaka fand in ihrer Erzählung einen Platz, auch wenn die Erinnerung an ihre Freundin schmerzte und sie zwang, mehrere kleine Pausen einzulegen, um nicht in Tränen auszubrechen.

»Oh, mein armes Mädchen«, sagte die Alte und setzte sich neben sie auf das Bett, griff nach ihren Händen und drückte sie fest. »Das tut mir sehr leid zu hören. Ich begreife nicht, was diese Fremden in den Ländern zu suchen haben ... Du sagst, sie sprachen mit einem syskiischen Dialekt?«

»Ja. Ziemlich sicher sogar.« Sie kannte den Dialekt, weil sie schon andere Händler aus den Herbstlanden reden gehört hatte.

»Meinst du, auch Keväät ist von diesen Angriffen betroffen?«

»Wahrscheinlich ... Aber ich kann es nur vermuten.«

»Willst du mir verraten, warum du ausgerechnet in die Hauptstadt möchtest? Gibt es dort etwas, das dir weiterhilft?«

Naviia schwieg einen Augenblick und wählte ihre nächsten Worte sorgfältig. »Erinnerst du dich, wie du mich gefunden hast?«

»Selbstverständlich. Du warst völlig verstört. Und du hast immer wieder den Namen deiner Freundin genannt. Da ich nun weiß, was es damit auf sich hat, verstehe ich, warum.«

»Und wer war bei dir, als ihr mich gefunden habt?«

»Kanaael Mee'Rar, ein Händler aus dem Dorf und ein guter Freund von mir. Weshalb?«

Naviia seufzte. »Ich suche einen Kanaael, deswegen war ich so überrascht, als du mir seinen Namen genannt hast.«

Leenia hob die Brauen und legte den Kopf schief. »Dieser Name ist sehr häufig, zumal unser Herrschersohn ihn trägt und viele Mütter ihre Söhne nach ihm benannt haben. Weißt du denn mehr?«

Ja, ich habe ihn in meinem Traum gesehen. Doch das sprach sie nicht aus, sondern hüllte sich in Schweigen, was der Alten ein Seufzen entlockte. Sanft tätschelte sie ihr die Wange. »Schon gut, du musst mir nichts verraten. Was bezwecken diese Syskii mit den Angriffen nur?«, fragte Leenia.

»Ich vermute, es ist der Beginn von etwas Großem. Von etwas, das unsere Welt verändern wird.«

Leenia fuhr sich mit einer Hand an Stirn und Lippen und sprach ein stummes Gebet. »Ich hoffe sehr, dass du dich täuscht, mein Kind. Aber deine Augen sprechen die Wahrheit, und du scheinst von deinen Worten überzeugt zu sein. Das macht mir Angst.«

»Mir auch«, erwiderte Naviia, als sie ein Klopfen unterbrach. Erschrocken sah sie Leenia an, die einen Finger an die Lippen hob und sie zu einem kleinen Wandschrank scheuchte, in den sie rasch hineinkletterte. Er war eng und roch nicht sonderlich gut, aber durch einen kleinen Spalt konnte sie direkt auf die Eingangstür spähen.

»Wer ist da?«, fragte die Krämerin mit überzeugend strenger Stimme. Zum ersten Mal machte es sich bezahlt, in der Schule zu den besten Schülerinnen gehört zu haben, denn Naviia verstand das Suvii auf Anhieb.

»Leenia Do'Raan?«

»Ja, wer ist da?«

»Mein Name ist Pirleean Da'Nees. Ihr kennt mich nicht, aber womöglich meinen Vater. Er bat mich, zu Euch und den anderen umstehenden Hütten zu kommen, um die Nachricht zu überbringen.«

»Was für eine Nachricht?«

»Würde es Euch etwas ausmachen, mich reinzulassen? Ich hatte eine lange Reise und würde gern etwas trinken und eine Pause machen.«

Tu es nicht, flehte Naviia stumm, obwohl sie insgeheim wusste, dass Leenia niemals einem Gast die Tür weisen würde. Wie erwartet, hängte die Alte das Sicherheitsschloss ab und öffnete die Tür. Im Türrahmen stand ein schlaksiger junger Mann, der Naviia trotz des schwarzen Haars, des Bartansatzes und seiner mandelförmigen Augen auf verblüffende Weise an Jovieen erinnerte. Mit seiner etwas vorgebeugten Haltung und dem entschuldigenden Lächeln hätte er sein Zwilling sein können.

»Bitte verzeiht die Störung, aber es ist sehr dringend.«

»Das macht doch nichts«, erwiderte Leenia und ging auf den großen Messingkessel zu, in dem sie ihr Trinkwasser aufbewahrte. Sie füllte eine Tonschale und bat Pirleean, am Holztisch Platz zu nehmen. Um ihn weiterhin sehen zu können, verlagerte Naviia vorsichtig das Gewicht und beobachtete, wie er sich setzte. »Danke«, sagte Pirleean, als er die Schale geleert und vor sich auf dem Tisch abgestellt hatte.

»Euch wird nicht gefallen, was ich Euch zu sagen habe.«

»Na, dann spuck's endlich aus!«

»Derioon De'Ar ist tot.«

Es war, als würde die Welt für einen Augenblick stillstehen, und auch Naviia riss in ihrem Versteck die Augen auf.

Bei Tal und den heiligen Göttern! Der Herrscher der Sommerlande ist tot!

»Derioon De'Ar ist gestorben?«

»Er wurde getötet.«

Leenia stieß einen halb erstickten Laut aus, der wie ein Wimmern klang, und Naviia konnte erkennen, wie sie den

Kopf zwischen den Händen barg. Sie ahnte, was die alte Krämerin dachte. Dieselben Männer, die für den Tod ihres Vaters und Isaakas und der vielen anderen Opfer aus den Reihen des Verlorenen Volks verantwortlich waren, hatten auch den Herrscher der Sommerlande getötet.

»Wann ist das geschehen?«, fragte Leenia.

»Vor drei Tagen.«

»Das kann nicht sein … Damit würde sie recht haben«, murmelte sie.

»Was meint Ihr damit?«, hakte Pirleean irritiert nach.

»Wer würde recht haben?

Plötzlich schwebte ein Staubkorn in Naviias Nase. Es kitzelte so sehr, bis sie es nicht mehr zurückhalten konnte. Sie nieste. Pirleeans Kopf schoss herum, und fast hatte Naviia das Gefühl, er könne sie in ihrem Versteck sehen. Ihr Herz begann schneller zu klopfen, und sie wich von dem Guckloch zurück.

»Wer ist da im Schrank?«

»Niemand«, sagte Leenia, aber das Zittern in ihrer Stimme verriet sie.

Naviia sah, wie Pirleean aufstand und einen Dolch mit bronzefarbenem Griff aus dem hochschaftigen Lederstiefel zog, und beeilte sich, die Tür des Wandschranks aufzustoßen. Krachend donnerte sie gegen die Wand, und Naviia stand auf, damit Pirleean sie besser sehen konnte.

»Bei Suv und den heiligen Göttern!«, entfuhr es ihm. Erschrocken stolperte er einen Schritt nach hinten und stieß gegen den Holztisch. Der Wasserkrug wankte gefährlich. Mit einem Knall landete er schließlich auf dem Lehmboden und zersprang in tausend Scherben.

»Wer … ist das?«, stammelte er und ließ die Hand mit dem Dolch sinken. Er kam näher, fast so, als wollte er überprüfen, ob Naviia echt und keine Halluzination war. Niemand antwortete ihm, aber das schien Pirleean nicht zu stören. Damit er auf keine dummen Gedanken kam, lief Naviia zu ihrem Bett und streifte sich einen hellgrauen Überwurf über, den ihr Leenia nach ihrer Ankunft geliehen hatte.

»Wie heißt du?«, fragte er, als Naviia hinter der Trennwand hervortrat. In seinen dunkelbraunen Augen stand ein neugieriges Funkeln.

»Naviia O'Bhai«, sagte sie und verschränkte die Arme vor der Brust.

Fasziniert starrte Pirleean ihr weißblondes Haar an. »Du bist eine Talveeni.«

»Sag bloß.«

Er räusperte sich. »Es tut mir leid, aber ich habe noch nie jemanden ... wie dich gesehen. In unser Dorf kommen keine Frauen aus den Winterlanden, und in den großen Städten bin ich selten gewesen.«

Naviia wusste, dass Frauen aus Talveen in den Sommerlanden als besonders begehrenswert galten und deswegen häufig in den Süden reisten, um einen ehrbaren Mann zu finden. Oder um sich dort für sehr viel Geld vielen Männern hinzugeben.

»Du hast gesagt, Derioon De'Ar ist getötet worden. Ist es bei Nacht geschehen?«

»Soweit ich weiß, ja«, antwortete Pirleean unsicher. Ein verwirrter Ausdruck stahl sich in seine Züge. »Warum?«

»Ich glaube, ich weiß, wer ihn ermordet hat.«

»Woher willst du das wissen?«

»Ich habe meine Gründe zu glauben, dass ich mit meiner Vermutung richtig liege. Aber momentan ist es nicht viel mehr als das: eine Vermutung.« Auf einmal kamen ihr Leenias Worte in den Sinn. Sie musterte Pirleean, der ihrem Blick nicht standhalten konnte, was sie als Schwäche auslegte. Seine Ähnlichkeit mit Jovieen war in der Tat kaum zu glauben, und vielleicht konnte sie sich diese zunutze machen. Also stemmte sie einen Arm in die Hüfte und sagte: »Hör zu: Ich brauche jemanden, der mich nach Lakoos begleitet.«

Pirleean sah sie fragend an. »Ja ... und?«

»Und ich habe das Gefühl, dass du das sein wirst«, schloss Naviia triumphierend und amüsierte sich über Pirleeans entsetzten Gesichtsausdruck.

13

Insel

Mii

Die Küste der Insel Mii lag im Nebel verborgen, der sich wie ein Umhang darum wand, und die aufgehende Sonne tauchte die spitzen, aus dem Dunst ragenden Natursteinklippen in goldenes, warmes Licht. Dünne Felsnadelformationen ragten bis in die tief liegenden Wolken. Sanft schaukelte das Boot im ruhigen Wasser, das hier so nahe bei Mii aussah wie flüssiges Silber. Fröstelnd zog Kanaael den geliehenen Mantel enger um seine Schulter. Wolkenlied hatte die Insel die ganze Überfahrt nicht aus den Augen gelassen, und ein Hoffnungsschimmer erhellte ihre Züge. Seit ihrer gemeinsamen Nacht im Kerker vor zwei Tagen hatten sie einander nicht mehr berührt. Überhaupt waren sie seither keinen Augenblick mehr alleine miteinander gewesen. Die Kevääti hatten sich um Wolkenlied ebenso gut gekümmert wie um Kanaael, sie hatten ihr ein heißes Bad eingelassen, ihr die Haare gewaschen und sie neu eingekleidet. Das grüne Kleid, aus dem für die Frühlingslande typischen gewickelten Stoff, schmiegte sich an ihren Körper und stand ihr ausgesprochen gut. Viel zu gut.

»Na, genießt du die Aussicht?« Daav war an ihn herangetreten, klopfte ihm auf die Schulter und riss ihn aus seinen

Gedanken. Kanaael warf ihm einen finsteren Blick zu, was seinen Freund zum Lachen brachte.
»Ach, sei still.«
»Ausnahmsweise stehen dir deine Gefühle auf die Stirn geschrieben. Normalerweise bist du so durchschaubar wie ein Stück Holz.«
»Wenn du das sagst.«
»Ihr sieht man ihre Gefühle im Übrigen auch an, allerdings nur, wenn du nicht hinsiehst. Sie scheint dich sehr zu mögen. Aber sie heißt nicht wirklich Saarie, oder?« Daav schenkte ihm einen fragenden Blick. »Sie ist eine Dienerin aus dem Palast, habe ich recht? Ich meine sie dort gesehen zu haben.«

»Du hast recht. Leider. Mir wäre es lieber gewesen, du würdest nicht auf alles und jeden in deiner Umgebung achtgeben. Und sie heißt Wolkenlied.« Dass Wolkenlied eine Seelensängerin war, die Dienerin, die für ihn gesungen hatte, behielt er allerdings für sich. Und dass sie wirklich Saarie hieß.

»Das könnte noch Ärger geben, aber solange du diskret bist ... Vielleicht ist es auch besser so«, sagte Daav nachdenklich. Er hatte sich verändert, seit sie sich das letzte Mal gesehen hatten. Und auch wenn sein Freund es zu überspielen versuchte, spürte Kanaael, dass sie sich voneinander entfremdet hatten.

»Du hast mir noch nicht erzählt, warum du unbedingt nach Mii reisen möchtest. Nur an Saarie oder Wolkenlied, wie auch immer du sie nennen magst, kann es nicht liegen.«

»Ich hatte einen Traum.« Er formulierte es absichtlich vage.

»Hat es etwas mit deiner Herkunft zu tun? Mit der Traummagie?«, fragte Daav leise, obwohl außer ihnen niemand vorne am Bug stand. Die Frauen befanden sich alle im hinteren Teil des kleinen Schiffes, und auch Wolkenlied hielt sich etwas abseits.

»Ja«, sagte Kanaael. »Ich habe das Gefühl, dass es sehr viel damit zu tun hat. Das, was in den Vier Ländern passiert, die brennenden Dörfer, die Überfälle ... Ich habe die Bedrohung in Gael gespürt, die Unruhe der Bewohner, ihre Feindseligkeit. Sie haben Angst vor dem Ungewissen, vor dem, was auf der Welt vor sich geht. Ich glaube, dass alles miteinander zusammenhängt.«

»Dein Traum und die Angriffe? Inwiefern?«

»Das kann ich dir noch nicht genau sagen, es ist mehr so eine Ahnung. Aber die Insel birgt hoffentlich Antworten auf die Fragen, die ich habe.«

»Hoffen wir es.«

Eine Weile starrten sie beide gemeinsam aufs Meer hinaus, während die Insel vor ihnen immer größer wurde. Als sie vom Nebel verschluckt wurden, drehte sich Daav um und lehnte sich an die Holzreling. Der Wind spielte mit seinem sonnengebleichten Haar. »Dieser Ort ist mir nicht geheuer. Du kannst von Glück sprechen, dass du einen so vertrottelten Freund wie mich hast. Kein anderer würde seinen Hals für deine Abenteuer riskieren. Daaria wollte ihr schlechtes Gewissen beruhigen, deswegen hat sie uns zu dem Schiff verholfen. Was tut man nicht alles für die Wünsche des Herrschersohns.« Er seufzte. »Du weißt, dass keiner, der die Insel betreten hat, jemals lebend zurückgekehrt ist?«

»Kein *Mensch* ist jemals lebend zurückgekehrt. Deswegen gehe ich allein.«

»Bist du dir sicher? Was ist mit Saarie?«

Er zögerte, aber nicht lange. Daav war sein bester Freund, und ihm die Wahrheit vorzuenthalten war, als ob er sie vor sich selbst verbarg. »Sie gehört ebenfalls zum Verlorenen Volk.

Das Seelenlabyrinth, das aus der Magie und den Seelen der Traumtrinker entstand, ist für Menschen unüberwindlich. Aber wir sind keine Menschen, Daav. Ich habe in den letzten Wochen mehr über mich selbst herausgefunden als in all den Jahren zuvor.«

»Du bist aber noch immer der künftige Herrscher der Sommerlande. Suvii braucht dich«, warf sein Freund ein.

»Das mag sein, trotzdem war ich nie mehr ich selbst als in den letzten paar Wochen. Wie würde mein Volk reagieren, wenn es die Wahrheit herausfände? Gäbe es keine Aufstände? Würden sich nicht andere suviische Familien erheben und ihre Ansprüche auf den Thron geltend machen? Es könnte sogar zum Bürgerkrieg in Suvii kommen, wenn meine Untertanen erfahren, wer – *was* – ich bin. Vielleicht wäre es sogar besser, wenn Inaaele meinen Platz einnimmt, sobald sie alt genug ist.« Nun sprach er es zum ersten Mal laut aus, und das Gefühl, das ihn dabei durchströmte, hätte nicht besser sein können. Tatsächlich hatte er sich schon länger gefragt, was wäre, wenn seine Schwester anstelle von ihm in die Fußstapfen seines Vaters trat. Es würde eine ganze Reihe von Problemen lösen.

»Du redest Unsinn, Kanaael«, sagte Daav. »Suvii wird niemals eine Frau auf dem Acteathron akzeptieren. Dafür müsste schon die Welt brennen.«

»Vielleicht tut sie das bald«, entgegnete Kanaael. »Die Veränderungen sind greifbar, nur der Sinn dahinter ist noch nicht zu erkennen.«

»Wir können nicht weiter, sonst laufen wir auf«, rief Daaria vom hinteren Teil des Bootes.

Kanaael konnte es kaum glauben. Da war sie, die Insel Mii, wo er die Lösung all seiner Probleme zu finden hoffte. Eine kühle Meeresbrise wehte ihm ins Gesicht, und er sog die salzige Luft ein. Ähnlich wie Keväät, war die Insel von einer Felsküste umgeben. Auf der Nordseite waren die Klippen so steil, dass niemand von dort aus auf die Insel gelangen konnte. Dort lag auch der steinerne Palast der Traumknüpferin. Die einzige Möglichkeit, Mii zu betreten, war die südwestliche Seite, die von einem ständigen Nebel umgeben war. Trotz der schlechten Sicht erkannte Kanaael verschlungene Pfade und eine schroffe Felsformation aus schwarzem Gestein. Bei Tages- und Sonnenlicht mochte die Insel einen idyllischen Eindruck hinterlassen, doch nun wirkte die düstere kleine Bucht, auf die sie zuhielten, wie das Tor zur Unterwelt.

Daav stieß sich von der Reling ab und legte ihm kameradschaftlich eine Hand auf die Schulter. Womöglich war er der einzige Mensch in ganz Suvii, der sich diese freundschaftliche Geste erlaubte. »Wir warten auf euch, bis es dunkel wird. Dann fahren wir zurück. Wir sind nicht genügend ausgerüstet, um auf der Insel zu übernachten, und um ehrlich zu sein, will ich es keinem an Bord zumuten.«

Kanaael nickte. Damit hatte er gerechnet. »In Ordnung. Ich weiß nicht, wie lange wir uns auf der Insel aufhalten werden. Wie lange wir ... brauchen.«

»Zerbrich dir nicht den Kopf darüber, ich komme wieder. Mit genügend Vorrat. Und dann warte ich dort auf dich.«

»Danke«, sagte Kanaael und meinte es so. Daav deutete eine spöttische Verbeugung an. »Stets zu Euren Diensten, Eure Hoheit. Bist du bereit?«, fragte er schließlich, und in seinen klugen Augen lag ein Ausdruck, den Kanaael noch nie zuvor bei ihm wahrgenommen hatte. Sein Freund schien sich ernsthaft um ihn zu sorgen.

»Ja.«

»Das klingt sehr überzeugend. Hauptsache, du weißt, was du tust.«

Darauf sagte Kanaael nichts, denn im Grunde hatte er keine Ahnung, ob er das Richtige tat. Er folgte einem Gefühl. Einer Ahnung. Er musste Udinaa beschützen. Und Naviia finden, das Mädchen in der Talveen-Tracht.

Von den Kevääti hatten sie einen Laib frisch gebackenen Sonnenblumenbrots und etwas Käse bekommen sowie zwei Trinkflaschen und eine warme Decke, die Kanaael und Wolkenlied nun mit sich trugen, als sie in das kleine Beiboot stiegen. Es war schmal, leicht oval, aus dunklem Holz gefertigt und besaß zwei Ruder. Kanaaels Blick wanderte noch einmal zurück zum Schiff, wo Daav und die anderen auf dem Deck standen und ihm zunickten, eine Geste, die ihm Mut zusprechen sollte. Mit kräftigen, gleichmäßigen Schlägen begann Kanaael zu rudern. Zwar kamen sie nur langsam voran, aber bereits nach wenigen Zügen geriet das andere Boot außer Sichtweite und wurde vom Nebel verschluckt. Je näher sie dem Strand kamen, desto kälter wurde es. Wie ein Dunstschleier fuhr ihm die Kälte in die Glieder. *Wie eine unausgesprochene Warnung,* dachte er.

»Spürst du das auch?«, fragte Kanaael über die Schulter hinweg und sah Wolkenlied an. Sie nickte und legte sich die Decke um die Schultern. Die Furcht vor dem, was ungewiss vor ihnen lag, stand ihr ins Gesicht geschrieben.

Im Gegensatz zur Küste Kevääts brachen am Strand keine hohen Wellen, und das Wasser war gespenstisch still. Nur das Kreischen der hungrigen Vögel über ihnen war zu vernehmen, auch wenn Kanaael sie aufgrund des dichten Nebels, der die Sicht versperrte, nicht sehen konnte.

Als sie fast den Strand erreicht hatten, zog er sich die Stiefel von den Füßen, sprang aus dem kleinen Ruderboot und schob es mit aller Kraft auf eine Sandbank. Wolkenlied folgte seinem Beispiel, und gemeinsam stemmten sie das Boot auf den Strand. Sie holten die Beutel aus dem Bauch, trugen ihr Schuhwerk an eine trockene Stelle und streiften sie wieder über, gleichzeitig sah Kanaael sich um. Vor ihnen ragten steile, fast schwarze Klippen auf und schienen unüberwindlich zu sein. Der Sand verlief etwa bis zur Mitte des Strands, dann ging er in gröbere Steine und schließlich zu großen Felsbrocken über, die aussahen, als seien sie aus der Wand geschlagen worden. Weiter rechts, dort, wo sich ein steiniger Abhang befand, glaubte er so etwas wie eine Treppe auszumachen, auch das Geröll wirkte an dieser Stelle um einiges flacher.

»Und jetzt?«

Er stutzte. Er hatte sich so sehr daran gewöhnt, in Wolkenlieds Nähe von völliger Stille umgeben zu sein, dass der Klang ihrer Stimme ihn nun umso mehr überraschte. Warm und melodisch, leise und angenehm zugleich. Wie hatte er vergessen können, wie schön ihre Stimme war? *Jetzt bildest du dir schon ein, dass sie spricht,* dachte Kanaael.

»Hast du gerade etwas gesagt?« Er drehte sich zu ihr um.

Sie schaute ihn mit großen Augen an, in ihrem Gesicht zeichneten sich Erschrecken und Freude ab.

»Du sprichst?« Ein Strahlen erhellte seine Züge.

»Ja!«

Mit zwei langen Schritten war er an ihrer Seite und schloss sie in die Arme. Sie erwiderte seine Umarmung, presste sich an ihn und vergrub den Kopf an seiner Brust, als würde es nur sie beide geben, als wäre es das Normalste auf der Welt. Die Freude über ihre wiedererlangte Sprache ließ sein Herz schneller schlagen. Ihr Haar duftete nach Frühlingsblumen, und als er sie wieder losließ, glaubte er Bedauern in ihrem Blick zu lesen.

»Schon als wir uns der Insel näherten, hatte ich ein Kribbeln im Hals, und als ich den Sand berührte, hatte ich plötzlich das Gefühl, meine Stimme wiederzuhaben.«

Geero hat recht behalten! »Das ist großartig!« Wolkenlied schüttelte deprimiert den Kopf. »Nein, ich kann mich noch immer nicht erinnern, was passiert ist …«

»Du kannst dich nicht erinnern? Hast du mich deswegen in Muun gesucht?«

»Ja … Alles ist schwarz. Bis auf wenige Fetzen. Ich hatte gehofft, mich erinnern zu können, wenn ich dich sehe.« Dabei blickte sie ihn fast entschuldigend an. »Deswegen habe ich dich gesucht, bin deiner Spur gefolgt.« Sie legte eine kurze Pause ein, rang um die richtigen Worte: »Als ich deinem Doppelgänger in einer der Palastküchen begegnet bin, war ich verzweifelt. Nachdem ich auf einer der Müllhalden aufgewacht war, konnte ich mich an nichts erinnern und habe die Spur von den Dingen verfolgt, die mir irgendwie bekannt vorkamen. Der Palast. Dein Name. Dein Gesicht. Du warst überall.«

»Du hast mich gesucht, weil du nichts mehr über dein früheres Leben weißt? Aber wer dir deine Stimme und dein Gedächtnis genommen hat, daran kannst du dich nicht erinnern?« Auf einmal kam er sich töricht vor, versuchte aber gleichzeitig, sich seine Unsicherheit nicht anmerken zu lassen. »Nein«, antwortete sie. »An die Schuldigen kann ich mich nicht erinnern. Nur an Einzelheiten. Bruchstücke. Ein kleines Steinhaus, das von anderen Häuserfassaden umgeben war, ein strenger Geruch, Alkohol, Kerzen.«

»Das Rote Viertel«, vermutete Kanaael.

»Mag sein.« Bedauernd hob sie die Schultern. »Ich weiß es nicht.«

»Wie hast du mich gefunden?«

»Es gab Gerüchte, man habe den Doppelgänger des Thronfolgers in Richtung Nordwesten ziehen sehen, allein und bewaffnet. Ich war mir sicher, auf der richtigen Spur zu sein. In Muun habe ich dich in verschiedenen Wirtshäusern gesucht, denn dort endete die Spur, und nach acht Tagen hatte ich Erfolg.« Fast schüchtern senkte sie den Blick. »Der einzige Grund, warum ich wieder sprechen kann, bist du.«

Und mit diesem einen Satz schaffte sie es, seine Zweifel zu zerstreuen. Ihm wurde warm. »Vielleicht finden wir auf der Insel eine Möglichkeit, deine Erinnerung wiederzuerlangen.«

Wolkenlied streckte die Hand aus und berührte sanft seine Wange. »Danke, Kanaael De'Ar.«

Er schloss gequält die Augen, umklammerte ihre Finger und atmete tief ein. Als er sie wieder ansah, hatten ihre Züge einen weichen und durchaus verletzlichen Ausdruck angenommen. Er mochte die Stärke, die sich in den letzten Tagen stets in ihrem Blick abgezeichnet hatte, ihren Mut, die Art, wie sie ihn beobachtete, mit ihm sprach ... Verblüfft starrte er Wolkenlied an. *Bei Suv,* dachte er, *ich bin dabei, mich in sie zu verlieben.* »Du weißt, dass das nicht von Dauer sein kann, nicht wahr?« Seine Stimme hatte einen rauen Unterton angenommen. Er hasste sich dafür, es auszusprechen. Aber es war besser, als darüber zu schweigen – das war er ihnen beiden schuldig.

Wolkenlied flüsterte: »Was wollen wir tun?«

Kanaael gab ihr keine Antwort, stattdessen zog er sie an sich. Seufzend lehnte er seine Stirn gegen ihre und legte eine Hand in ihren Nacken. Ein Funkeln trat in ihre Augen, dann sah er, wie sie die Lider schloss, und lauschte ihrem dröhnenden Herzschlag.

»Wenn ich das wüsste ...«

»Es ist zu Ende, sobald wir die Insel verlassen, nicht wahr?« Damit kam sie der Wahrheit gefährlich nahe. Dabei hätte er es sich selbst nicht einmal eingestanden, aber wenn sie von der Insel zurückkehrten und wieder in Lakoos waren, durfte es das hier nicht mehr geben. Sie beide. Gemeinsam. Und das ging ihm näher, als er jemals zugegeben hätte.

»Ja«, sagte er leise und küsste sie. Wenigstens jetzt konnten sie sich diesen einen Moment des Glücks noch stehlen, bevor ihrer beider Schicksal seinen Lauf nehmen würde.

Als Kanaael sich wenig später von Wolkenlied löste, nach dem Beutel zu seinen Füßen griff und sich wieder aufrichtete, wusste er nicht, wann er sich jemals glücklicher gefühlt hatte. Dennoch bemerkte er Wehmut in Wolkenlieds Blick, auch wenn sie es zu verschleiern versuchte.

»Wir sollten aufbrechen. Es könnte eine Weile dauern, bis wir oben ankommen, und wir sollten unsere Kräfte gut einteilen«, sagte er und lenkte ihre Aufmerksamkeit wieder auf ihr eigentliches Ziel. Oder sein Ziel. Die Traumknüpferin.

Sie liefen den beschwerlichen Strandweg entlang, kletterten über mehrere größere Steine und näherten sich schließlich dem Treppenaufstieg, den er bei ihrer Ankunft gesichtet hatte. Einige Stufen waren eingefallen, an manchen Stellen gab es größere Löcher, trotzdem war es der einzig erkennbare Weg hinauf. Er sah nach oben und versuchte das Ende der Treppe auszumachen, doch der Nebel hing so tief, dass sie die letzten Stufen nicht mehr sehen konnten. Fast so, als habe er den oberen Teil der Treppe völlig verschluckt.

Kanaael ging voraus, prüfte einzelne Stufen, ehe er es wagte, sich auf sie zu stellen.

»Geht es?«

»Ich denke schon«, rief er über die Schulter, und gemeinsam mit Wolkenlied stieg er vorsichtig nach oben. Schweiß bildete sich auf seiner Stirn, und je höher sie kamen, desto dünner schien die Luft zu werden und desto schwerer fiel ihnen das Atmen. Auch der Nebel nahm zu, bis er kaum noch die Hand vor Augen sehen konnte. Das Gefühl, beobachtet zu werden, keimte in ihm auf, wie Nadelstiche bohrte es sich in seine Gedanken. Mittlerweile waren die Vögel verstummt, und auch das leise Seufzen des Meeres in der Ferne konnte Kanaael nicht mehr hören. Die Stille war erdrückend. *Kanaael De'Ar!*

»Was hast du gesagt?«, fragte er Wolkenlied, blieb stehen und sah sie an.

»Nichts«, antwortete Wolkenlied überrascht. »Ich habe nichts gesagt.«

»Aber ich habe eben meinen Namen gehört.«

»Du musst dich getäuscht haben.« Auch Wolkenlied war außer Atem, auf ihrer Stirn schimmerte ein feuchter Film.

»Sollen wir eine Pause einlegen?«

»Nein«, sagte sie und deutete in den Nebel, der grau und undurchsichtig jede Aussicht verwehrte. »Wir sollten so schnell wie möglich nach oben gelangen. Mir ist dieser Nebel nicht geheuer.«

Mir auch nicht, dachte er, sprach es jedoch nicht laut aus.

Als ob sie Wolkenlieds Angst gespürt hätten, lichteten sich die dichten grauen Schwaden und gaben einen Blick auf die restlichen Stufen frei. Kanaael zählte ein halbes Dutzend. Dahinter ließ sich der Ansatz einer sattgrünen Wiese erahnen, doch noch immer blieb die Landschaft vor ihnen verborgen. Dunkle Gewitterwolken hingen tief über ihnen, sie hatten sich vor die Sonne geschoben, und die Kälte nahm noch weiter zu. Regen lag in der Luft.

»Komm«, sagte er und erklomm weiter die Treppe. Als er die letzte Stufe erreicht hatte, blieb er wie angewurzelt stehen und blickte zurück. Der Nebel hatte sich wie ein Kranz um den oberen Teil der Klippen geschlungen, fast so, als ob er den eigentlichen Teil der Insel vor Neugierigen schützte. Unter ihnen war jetzt wieder das Geräusch des Meeres zu vernehmen, das leise Brechen der Wellen mischte sich mit dem Gesang des Windes. Doch man konnte das Wasser nicht sehen. Fasziniert starrte Kanaael wieder nach vorne und nahm das Bild in sich auf. Wolkenlied trat an seine Seite und sog scharf die Luft ein.

»Was ist das?«, fragte sie ehrfürchtig.

»Ich bin mir nicht sicher.«

Eine gewaltige Hecke aus Dornen, höher als die gläsernen Türme des Acteapalasts und so dicht, dass man nicht durch sie hindurchspähen konnte, erstreckte sich unmittelbar vor ihnen in den Himmel. Wie eng verschlungene Körper ragten dicke Stämme in die Wolken hinein, kleinere Äste waren mit ihnen verwoben, bildeten ein unüberwindliches Muster aus spitzen Dornen. Die Sträucher waren höher als jeder Baum, den Kanaael jemals gesehen hatte, massiver als die Mauern der Wüstenstadt und vermutlich auch wesentlich älter.

Zwischen der Treppe und dem Beginn der Hecke lagen etwa zwanzig Schritte, und das dichte Gestrüpp reichte von einem Ende der Klippen bis zur anderen Seite. Es gab nur diese eine Möglichkeit, die Insel zu betreten. Kanaaels Blick glitt in die Mitte der Hecke, dorthin, wo sich eine Lücke zwischen den dicken Dornenstämmen gebildet hatte. Sie war gerade groß genug, dass eine Handvoll Menschen hindurchpassten, und gab den Blick auf mehrere Gänge frei, die sich im Innern der Pflanzen befinden mussten.

Vor ihnen lag der Eingang des Labyrinths.

14

Seelenlabyrinth

Mii

Verstohlen betrachtete Wolkenlied Kanaael. In seiner Nähe fühlte sie sich sicher. Dabei hätte sie es niemals für möglich gehalten, diese Art von Gefühlen für ihn zu entwickeln. So schnell. Und unerwartet. Ihr Herz schlug verräterisch schneller, als er den Blick von der riesigen Dornenhecke abwandte und sie anschaute. Seit sie sich in Muun begegnet waren, hatte er sich nicht mehr rasiert, und der schwarze Bart verlieh ihm etwas Verwegenes. Bei der Erinnerung an die Berührung seiner rauen Wange lief eine Hitzewelle durch Wolkenlieds Körper, und kurz flammte die Erinnerung an ihre gemeinsamen Momente auf.

»Dahinter muss das Schloss liegen«, riss er sie aus ihren Gedanken.

»Welches Schloss?«

Etwas an seiner Haltung machte sie stutzig, er schien unsicher, ob er ihr vertrauen konnte. »Vergiss meine Frage«, sagte sie hastig. »Müssen wir auf die andere Seite? Glaubst du, dass ich dort meine Erinnerung wiedererlange?«

»Ja.«

Sein Blick bahnte sich einen direkten Weg in ihre Seele, schien jeden Winkel ihrer Persönlichkeit zu durchforsten.

Sie kam sich nackt und ausgeliefert vor, und gleichzeitig hatte sie noch nie so tiefe Zuneigung für jemanden verspürt. Ihm entfuhr ein Seufzer, und er griff nach ihrer Hand, strich mit der Daumenkuppe über ihren Handrücken. »Du fragst dich, warum wir auf der Insel sind, nicht wahr? Warum *ich* hierherkommen wollte.« In seinen Augen stand Sorge. »Ich kann dir den Grund nicht nennen, Wolkenlied. Ich wünschte, ich könnte es. Aber zu viel hängt davon ab, dass wir dieses Schloss erreichen. Oder herausfinden, ob es tatsächlich existiert. Vielleicht hängt das Schicksal der Vier Länder daran.«

Seine Worte machten ihr Angst. Kanaael schien es zu spüren, denn er schenkte ihr sein schiefes Lächeln, und das diesige Licht der Insel ließ seine grünen Augen heller wirken. »Hab keine Angst. Uns kann nichts geschehen.«

»Geschehen? Was meinst du damit?«

»Wir sind Nachkommen des Verlorenen Volks.« Der Wind in ihrer Nähe verstärkte sich, fuhr schneidend durch die Dornenhecken, ließ einzelne Äste erzittern. Ein seltsames Heulen war zu vernehmen, das sie an die Geräusche der Klippenhöhlen in Muun erinnerte, und in der Ferne erscholl ein Donnergrollen. Wolkenlied suchte den verdunkelten Himmel ab. Es roch nach Regen, und ihre Angst wuchs. »Wo sind wir, Kanaael?«

»Auf Mii.«

»Das weiß ich. Aber was ist das für eine Insel? Was ist das Seelenlabyrinth?«

Abermals blieb er ihr eine Antwort schuldig, und sie ließ seine Hand los, um die Arme vor der Brust zu verschränken. »Ich gehe keinen Schritt weiter, ehe ich nicht weiß, was das hier für eine Insel ist.«

Ein flüchtiges Lächeln, dessen Grund sich ihr nicht offenbarte, erhellte seine Züge, dann wurde er wieder ernst. »Die

Getreuen Udinaas, Traumtrinker, ließen ihr Leben und erschufen mit ihren Seelen und ihrer Magie das Labyrinth, das nicht von Menschen betreten werden kann. Diese Insel ist magisch.«

Als hätte der Wind seine Worte vernommen, nahm er zu und fegte zischend über sie hinweg. Wieder erzitterten die Dornenhecken am Eingang des Labyrinths, wiegten sich im Wind. Kanaaels dunkle Haare peitschten um sein Gesicht.

»Wir sollten uns beeilen, Wolkenlied, ehe das Gewitter über uns hereinbricht. Vielleicht können wir im Schloss der Traumknüpferin Schutz suchen.«

»Das schaffen wir.«

Wieder dieses flüchtige Lächeln. »Du bist etwas ganz Besonderes«, sagte er, und sie errötete. Sie wollte noch etwas sagen, doch er hatte sich bereits abgewandt, vergrub eine Hand in der Tasche seines dunklen Mantels, den er sich von Daav geliehen hatte und der ihm an den Schultern etwas zu eng saß. Wortlos folgte sie ihm zum Eingang des Labyrinths.

Durch die dichten Dornenhecken, die lange Schatten warfen, wirkte der Eingang bedrohlicher, als er vermutlich war, und Wolkenlied musste sich zwingen, weiterzulaufen. Das Geäst war so verwachsen, dass man nicht hindurchsehen konnte. Spitze Dornen waren nach außen gekehrt und wiesen anklagend in ihre Richtung. Als sie mit einem Schritt über die Schwelle des Eingangs trat und vom Schatten verschluckt wurde, hatte sie das Gefühl, einen großen Fehler begangen zu haben. »Bist du sicher, dass uns nichts passieren kann?«, fragte sie und lief etwas schneller hinter Kanaael her, um zu ihm aufschließen zu können.

»Das hoffe ich.«

Vor ihnen teilte sich der Weg nach rechts und links. Beide Wege schienen ins Ungewisse zu führen, ein schmaler Pfad aus Gras, der einige kahle Stellen aufwies. Trotz des nur schwachen Lichts konnte sie die einzelnen, dicht verwachsenen Dornensträucher ausmachen. Sie waren nahezu farblos und etwa handgroß. Instinktiv zog es sie nach rechts, auch wenn sie nicht sagen konnte, warum.

»Was sagt dir dein Gefühl?«, fragte Kanaael. Unbehaglich deutete sie in die Richtung, die ihr vertrauenswürdiger vorkam.

»Ich glaube, du hast recht. Wir sollten auf dein Bauchgefühl hören.«

Vorsichtig setzte sich Wolkenlied in Bewegung, umklammerte Kanaaels Arm und ging auf die Schatten zu, die sie zu beobachten schienen. Sie hatte das Gefühl, dass kalte Hände nach ihren Knöcheln griffen, und zwang sich, tief durchzuatmen. Jeder Schritt kostete sie Überwindung, und sie fühlte den Wind im Nacken atmen. Auch Kanaaels Schritte waren nicht mehr ganz so entschlossen wie noch einige Momente zuvor. Einzelne, mit spitzen Dornen versehene Äste hingen aus der blickdichten Hecke, und sie wich den spitzen Armen aus, als sie am Ende des Wegs angelangt waren und sich nach rechts richteten. Ein langer, nachtschwarzer Korridor erstreckte sich vor ihnen, und Wolkenlied holte tief Luft. Das neblige Licht, das durch die verdunkelte Wolkendecke drang, reichte nicht aus, um ihren Weg ausreichend zu erhellen. Sie konnten gerade einmal ein paar Armlängen weit sehen. Fragend sah Kanaael sie an, als sie erneut vor eine Entscheidung gestellt wurden. Mit einer Hand deutete sie nach links, dorthin, wo sie erneut einzelne dunkle Dornenarme ausmachen konnte, und hielt sich mit der anderen ihre Haare aus dem Gesicht. Kanaael nickte, griff nach ihrer Hand und zog sie tiefer in das Labyrinth hinein. Mit einem Blick in den Himmel stellte sie fest, dass er sich mittlerweile schwarz gefärbt hatte. Aufgetürmte Gewitterwolken, die wie ein Heer gen Norden ritten. An manchen Stellen war das Gras deutlich höher, und einzelne, von Tau oder vom Wind angetragenen Meerwasser benetzte Halme umschmeichelten ihre nackten Knöchel. Ein unangenehmes Gefühl, das ihr eine Gänsehaut über den Rücken jagte. Schließlich kamen sie in einer Sackgasse an. Meterhoch türmte sich die Hecke vor ihnen auf, schien auf sie herunterzugrinsen, und Wolkenlied wandte sich hastig wieder um, rieb fröstelnd mit einer Hand über ihren Arm. »Und jetzt?« Schneidend übertönte der aufheulende Wind ihre Worte.

»Wir gehen zurück. Warte!« Er packte ihren Arm, als sie sich bereits in Bewegung gesetzt hatte, und Wolkenlied unterdrückte ein leises Aufstöhnen, denn seine Finger gruben sich in ihr Fleisch. Sie wollte gerade etwas sagen, als sie den seltsamen Ausdruck in Kanaaels Gesicht bemerkte. Angestrengt lauschte er in den Wind, die Augen weit aufgerissen. Der Wind spielte mit seinem dunklen Haar, und auch seine Lippen sahen in dem faden Licht geisterhaft weiß aus.

»Hörst du das?«, stieß er aus.

Eine Gänsehaut überzog ihre Arme, als sie den Anflug von Panik in Kanaaels Stimme vernahm. »Nein«, entgegnete sie leise, aber auch das schien er nicht zu hören. »Was? Was hörst du? Kanaael!« Erst ihr Ausruf zeigte Wirkung.

Er blinzelte ein paarmal, fast so, als erwache er aus einer Art Trance, und sah sie schließlich mit verhangenen Augen an. Doch er konnte ihrem Blick nicht lange standhalten und schaute zur Seite, ein Anflug von Schuldbewusstsein mischte sich in seine Züge.

»Kanaael, du machst mir Angst.«

»Hast du das nicht gehört?«, fragte er.

Wolkenlied schüttelte den Kopf, dieses Mal energischer. »Nein. Was denn?«

»Tribut.« Seine Stimme wurde erneut vom Wind verschluckt.
»Was?«
Er räusperte sich, sein Adamsapfel hüpfte auf und ab. »Sie sagten, sie brauchen einen Tribut.«
»*Sie sagten?*« Ihre Stimme klang schrill.
»Es war ein Heulen des Winds, aber ich hatte das Gefühl, dass er mit mir spricht. Aber ich muss mich getäuscht haben.«
»Und was, wenn nicht?«
Die ganze Zeit war er ihrem Blick ausgewichen, doch nun sah er sie direkt an, und das Blut gefror ihr in den Adern. In Kanaaels Augen las sie die Wahrheit über ihr Schicksal, noch bevor auch sie die Stimmen in ihrem Kopf vernahm. Es war ein Flüstern, ein leises Raunen, mehrere Stimmen gleichzeitig. Eine Art Singsang. Wolkenlied fühlte sich leicht, hatte das Gefühl zu schweben. Ihr Herzschlag verlangsamte sich, sie wurde ganz ruhig. Jedes Gefühl wich aus ihrem Körper, und es blieb nur noch eine Kälte zurück, die nicht von ihr stammte. Der Nebel hatte sich ihrer bemächtigt. Überall, die Stimmen waren überall. Und sie sprachen alle durcheinander und doch im Chor, ein inneres Echo, ein gesprochener Gesang. Ihre Worte ergaben keinen Sinn, dennoch konnte Wolkenlied verstehen, was sie sagten. Es war logisch. Sie waren eins.
Tribut.
Wir brauchen einen Tribut.
Wir können sonst nicht bestehen.
Ihr hättet nicht kommen dürfen.
Ihr hättet nicht gemeinsam kommen dürfen.
Nur einer des Verlorenen Volks.
Niemals zwei.
Wir brauchen einen Tribut.

Einen Tribut.
Tribut.
Wolkenlied.
Saarie.
Saarie Di'Naal.
Folge uns.
Folge uns, und die Welt wird bestehen.
Wir brauchen einen Tribut.
Nur einen.
Nur dich.
In Wolkenlieds Geist herrschte eine plötzliche Dunkelheit, wie ein Schleier, der sich vor alles geschoben hatte. Die Stimmen waren überall und nirgends zugleich. Ein Schauder überlief sie, und sie hörte ihnen zu, bis sie verstummten. Und mit ihrem Verstummen kehrte die Erinnerung zurück. Wolkenlied war wieder vollkommen, eins mit ihrem Körper und ihrer Seele. Alles, was das Gift in ihrem Geist angerichtet hatte, verschwand, und sie dankte den Stimmen, denn sie waren es, die ihr halfen. Sie sah Saaro A'Sheel vor sich, begriff, warum sie für Kanaael gesungen hatte. Sie begriff ihre Aufgabe. Alles ergab einen Sinn, lag so deutlich auf der Hand, dass sie sich fragen musste, wie sie all das je hatte vergessen können. Es war die ganze Zeit über da gewesen.

Kanaael. Wie gern hätte sie ihm gesagt, dass sie ihn liebte. Nun, da sie sich erinnerte, konnte sie alle Gefühle, die sie je für ihn empfunden hatte, heraufbeschwören. Und es waren viele. Sie lachte. Weinte. Und starb.

Wolkenlied starb. Mit jeder Faser ihres Körpers spürte sie den Nebel, der in sie eindrang, ihr die Luft zum Atmen nahm, ihre Seele stahl. Sie verlor sich in ihm, während die Stimmen ihr sanft Mut zusprachen. Sie war nicht allein. Sie war jetzt eine von ihnen. Irgendwo, zwischen Raum und Zeit, hörte sie

Kanaaels Stimme. Er klang panisch, rief ihren Namen. Wieder und wieder, und am liebsten hätte sie ihm geantwortet, aber sie war schon zu weit weg.

Aber es gab noch ein Gefühl, das sie festhielt, so lange, bis sie nichts mehr wahrnahm außer der warmen Finsternis und dem freundlichen Lachen der Stimmen, die sie in ihrer Mitte begrüßten.

15

Udinaa

Seelenlabyrinth, Mii

»Wolkenlied?«
Entsetzt starrte Kanaael auf Wolkenlieds leblosen Körper im Gras. Sie rührte sich nicht mehr, ihre Lider waren geschlossen. Zuerst hatte sich ihre Atmung beschleunigt, dann waren ihre Augen glasig geworden, und sie war ohne jede Vorwarnung zusammengebrochen. Vorsichtig kniete er sich neben sie, nahm behutsam ihren Kopf in seinen Schoß und strich ihr über das offene Haar.

»Wolkenlied«, wiederholte er leise.

Kälte kroch seine Glieder aufwärts, lullte ihn vollkommen ein, bis Kanaael nichts mehr spürte. Nebelschwaden wanderten den Boden entlang, kamen schnell näher, um einen Moment später vor dem Körper in seinen Armen haltzumachen. Er war warm. Und er roch nach Frühling, so wie ihr Haar.

Das Grollen des Donners war nun unmittelbar über ihm, und er spürte einen ersten Regentropfen auf seiner Haut. Sein Blick heftete sich auf Wolkenlieds Gesicht. In ihm herrschte eine völlige Leere. Nicht imstande, einen klaren Gedanken zu fassen, hoffte er inständig, sie würde bald wieder zu sich kommen.

Dann kehrten die Stimmen zurück, und mit ihnen auch

das betäubende Gefühl der Machtlosigkeit. Sie waren überall, in seinem Kopf, durchdrangen seinen Körper und sprachen alle gleichzeitig. Ihre Worte ergaben trotzdem Sinn, alles ergab Sinn.

Tribut.
Wir haben sie.
Verzeih uns.
Verzeih uns, Kanaael.
Es ist so vorgesehen.
Es musste so sein.
Nur du kannst zu unserer Herrin.
Du bist der Einzige.
Dein Schicksal ist bestimmt.
Verzeih uns, Kanaael.
Verzeih uns.
Wir haben sie.
Wolkenlied ist der Tribut.
Tribut.

Die Stimmen verschwanden aus seinem Kopf, und Kanaael fühlte dieselbe Benommenheit wie bereits einige Augenblicke zuvor, als er die Stimmen das erste Mal vernommen hatte. Eine Art Taubheit steckte in seinen Fingerspitzen, und sein Blick fiel auf Wolkenlied, deren Körper rasch vom Nebel eingeschlossen wurde. Obwohl alles in ihm danach schrie, wich er nicht zurück. Betäubt. Reglos. Er hatte das Gefühl, Gesichter in den lautlosen Nebelschwaden auszumachen, Gestalten aus einer anderen Zeit. Grausam langsam bewegte er sich vorwärts. Stück für Stück.

»Was tut ihr da?«

Doch die Stimmen und der Nebel gaben keine Antwort. Weder in seinem Kopf noch auf andere Weise. Kanaael konnte nur zusehen, wie sich die dichten grauen Nebelschwaden um Wolkenlieds Körper wanden, ihn gänzlich einzuhüllen versuchten. Hart umklammerte er ihre zarten Hände, drückte fest zu, in der Hoffnung, sie nicht gehen lassen zu müssen. Insgeheim wusste er, dass er sich einer Illusion hingab.

Jegliche Wärme war aus ihrem Körper gewichen, ihre Hände waren nun eiskalt. Ihr Gesicht war unnatürlich blass. Und dann bemerkte er, dass Wolkenlieds Pulsschlag verschwunden war. Ein ungläubiges Keuchen entwich ihm, er beugte sich mit dem Ohr über sie, um ihrer Atmung zu lauschen. Nichts. Stille.

»Nein.« Es kam wie ein Stöhnen über seine Lippen. »Nein, das darf nicht wahr sein.«

In ihm braute sich ein Sturm zusammen, umklammerte sein Herz mit eiserner Gewalt, auch wenn er noch so sehr dagegen ankämpfte. Das Blut rauschte in seinen Ohren, und mit zitternden Fingern umschloss er Wolkenlieds Gesicht, beugte sich über sie und hauchte ihr einen Kuss auf die Lippen. Das Heulen des Winds nahm zu, das Tosen des herannahenden Unwetters übertönte jedes Geräusch. Eine namenlose Schwärze umfing seinen Geist und stieß ihn in den Abgrund. Sein Herz blutete, und die lähmende Gewissheit, dass Wolkenlied tot war, machte sich in seinen Gliedern breit.

Nach und nach umschloss der Nebel ihren Körper, immer schneller, alles bis auf das Gesicht – die dichten Schwaden hielten inne, verharrten regungslos, und Kanaael begriff, dass man ihm einen Moment des Abschieds gewährte.

»Warum habt ihr das getan? Sie ist eine des Verlorenen Volks! Sie ist eine von euch!«

Seine Trauer schlug in Wut um – die Last, für den Tod Wolkenlieds verantwortlich zu sein, war erdrückend und raubte ihm den Atem. Es war seine Schuld. Er hatte sie überredet, das Seelenlabyrinth zu betreten. Hatte ihr versichert, ihr könne nichts zustoßen.

Erneut durchdrang eine bittere Kälte jede Faser seines Körpers, und er spürte, wie sie sich ankündigten. Dann waren die Stimmen ein weiteres Mal zurückgekehrt.

Du musst gehen.
Sie kommen.
Sie kommen und wollen sie holen.
Du musst dich beeilen.
Kanaael De'Ar.
Verzeih uns.
Verzeih uns, Kanaael.
Wolkenlied begleitet dich.
Sie ist hier.
Sie ist bei uns.
Ein Tribut.
Du musst gehen.

Als sie ihn verließen, ihre Präsenz in seinem Kopf und Körper verblasste, blieb eine dumpfe Übelkeit zurück, und er erbrach sich ins Gras.

»Wer kommt?«, schrie er dann. »Warum braucht ihr einen Tribut? Wovon, bei den Göttern, sprecht ihr eigentlich?«

Seine Worte verklangen irgendwo im Gewitter, das über ihn hereinbrach. Dicke Regentropfen fielen auf ihn herab, und er beugte sich tiefer über Wolkenlied, um sie vor dem Regen zu schützen, auch wenn es noch so zwecklos erschien. Sein Gesicht brannte. Vor Scham und Wut und Trauer.

Ein Tropfen fiel auf Wolkenlieds Nase, und Kanaael wusste nicht, ob es der Regen oder seine Tränen waren. Im selben Augenblick schien das Gewicht ihres Körpers leichter zu werden, denn nun wurde sie gänzlich vom Nebel verdeckt, und unter seinen Händen löste sich Wolkenlied auf. Kanaael blinzelte durch den Tränenschleier hindurch und sah, wie sich die Nebelschwaden langsam lichteten.

Wolkenlied war verschwunden. Sie war tot, und er hatte sie umgebracht. Die Erkenntnis traf ihn mit voller Wucht und presste ihm die Luft aus den Lungen. Es war seine Schuld. Er trug die Verantwortung für ihren Tod, und das würde er sich niemals verzeihen. Niemals.

Sie ist fort.

Kanaael wusste nicht, wie lange er dort gesessen und sich seiner Trauer hingegeben hatte, als die Stimmen wiederkehrten. Dieses Mal drangen sie deutlich schneller und mit einer einnehmenderen Präsenz auf ihn ein. Er fühlte sich zu klein für sie, sie pressten sich in seinen Kopf und riefen wild durcheinander. Ihm wurde schwindlig.

Sie sind bald da!
Lauf!
Lauf, Kanaael!
Wir weisen dir den Weg.
Nur dir.
Beeil dich!
Sie kommen!
Und mit ihnen das Unglück.
Beeil dich!
Beeil dich!

Als sie wieder verschwanden, hinterließen sie ein Loch in seinem Herzen, und doch schaffte er es irgendwie, aufzustehen und sich umzublicken. Wenn er jetzt aufgab, war Wolkenlieds Tod sinnlos. Ein geisterhafter Schleier aus Nebel bildete sich vor ihm auf dem Boden, ein dünner Faden, der ihm den Weg wies. Blind vor Kummer taumelte Kanaael hinter ihm her. Seine Schritte wurden entschlossener, je weiter er sich entfernte, doch er wusste, egal, wie schnell er lief, er würde niemals weit genug laufen, um Wolkenlieds Tod vergessen zu können.

Mittlerweile regnete es in Strömen, und Kanaael musste mehrmals hintereinander blinzeln, um eine klare Sicht auf den Nebelfaden zu behalten. Frierend ging er weiter, bog um die Ecke, einmal nach links, zweimal nach rechts, und dann stand er vor einem Ausgang, der dem Tor glich, durch das er gekommen war. Gemeinsam mit Wolkenlied. Der Nebel endete dort, an der Schwelle des Ausgangs, wie eine unsichtbare Grenze, die er nicht überqueren konnte. Kanaael stieß ein zynisches Lachen aus und starrte finster auf das Gebäude, das in den Geschichtsbüchern als Mythos bezeichnet wurde.

Vor ihm hob sich ein steinernes Gebilde in den Himmel, aus schwarzem Gestein erbaut und ebenso imposant wie das Seelenlabyrinth. Das Schloss der Traumknüpferin. Ein dunkler Turm ragte in den wolkenverhangenen Himmel. Vom Labyrinth weg führte ein schmaler Pfad auf die offenen Eisentore zu, hinter denen ein kleiner Garten lag. Kanaael durchquerte den Vorgarten, der schon lange Zeit nicht mehr gepflegt worden war, denn die hübsch angelegten Beete waren verwachsen, Sträucher und Blumen wucherten wild durcheinander. Alles wirkte trostlos und verlassen.

»Ist sie hier?«, fragte er in den Regen hinein, doch erhielt keine Antwort, obwohl er sie sich selbst geben konnte. Natürlich schlief irgendwo im Palast die Traumknüpferin. Warum sonst hatte der Nebel ihn hierhin geführt?

Die Vorhalle war nicht minder imposant. Eine Halle, von weißen Säulen getragen, und in der Mitte ein Mosaikboden. Ein breiter Treppenaufgang am Ende des Saals, von dem zwei weitere Treppen links und rechts nach oben führten. Die Stille wurde lediglich von seinem heiseren Atem und dem

Quietschen seiner nassen Stiefel auf dem glatten Boden durchbrochen. Schwer atmend stieg er die Treppe hinauf und bahnte sich seinen Weg durch die verschachtelten leeren Gänge, deren kahle Wände nur noch bedrückender auf ihn wirkten. Vom Hauptflur zweigten mehrere Korridore ab, doch er folgte stur seinem Gefühl, als ob er genau wisse, wohin er zu gehen habe. Vielleicht war es der Nebel. Vielleicht rief *sie* ihn auch zu sich.

Am Ende des Flurs entdeckte er den Anfang einer weiteren Treppe, die sich spiralenförmig nach oben wand, und Kanaael folgte ihr, immer zwei Stufen auf einmal nehmend. In dem Moment, in dem er die letzte Stufe erreichte, spürte er die Magie, die über diesem Ort lag. Vor ihm lag eine offene Holztür, die in einen schmalen Raum führte. Das Zimmer war kleiner, als er erwartet hatte, und weit weniger imposant als die Vorhalle und das Gebäude selbst. Kein Bett, kein Stuhl, kein Spiegel, nichts, was darauf hinwies, dass es bewohnt wurde. Sein Blick fiel auf eine Frau, die mit dem Rücken im Schneidersitz unterhalb des einzigen Fensters saß, gerade weit genug weg, um nicht von den hereinfallenden Tropfen getroffen zu werden. Ihr braunes, glattes Haar floss in Wellen über ihren Rücken, breitete sich wie ein Teppich auf dem Boden aus und war von grünen Strähnen durchzogen. Wie die Haare der Frühlingsgöttin aus seinem Traum. Doch im Gegensatz zu Kev war die Frau völlig nackt, und ihre Augen waren geschlossen. Kanaaels Blick verweilte einen Moment auf ihren Brüsten, um dann wieder zu ihrem Gesicht zu wandern. Sie hatte weiche, fast kindliche Züge, auch ihr Körper glich mehr dem eines Mädchens, wenn man es genau betrachtete.

»Udinaa?«, fragte Kanaael erschöpft, doch sie gab keine Antwort.

»Udinaa?«
Erst jetzt bemerkte Kanael die goldenen Fäden, die sich um ihre Finger gebildet hatten, kleine, glitzernde Partikel, die sich um ihre Handgelenke spannen und ihren ganzen Körper umschlossen. Sie schienen sich zu einer imaginären Musik zu bewegen, einen stummen Tanz zu vollführen. Sanft drehten sie sich im Kreis, und er folgte ihrer Spur, sah, wie sie sich aus dem offenen Fenster in den Himmel erstreckten. Kanael konnte seinen Blick nicht von den Fäden lösen. Und er wollte nicht wegsehen. Er durfte nicht wegsehen. Sie waren ein Spiegel der Götter. Der Beweis, dass es sie wirklich gab.

Sie sind so wunderschön ...

Der Anblick berührte etwas in Kanael, einen Urinstinkt. Alles verschwamm, das Tosen des Winds ebenso wie das Gewitter, das draußen tobte. Auch der Schmerz über Wolkenlieds Tod wurde nur noch zu einem sanften Pochen. Es ging nicht um ihn. Es war niemals um ihn gegangen. Er konnte den Geschmack von Liebe auf seiner Zunge fühlen, hörte den Gesang des Lebens, roch Zukunft und Vergangenheit, spürte die Hand des Todes und sah das Vermächtnis der Götter direkt vor sich. Es war der Mittelpunkt ihrer Welt, alles, was die vier Götter jemals besessen, alles, was sie ihren Kindern und den Menschen geschenkt hatten. Die goldenen Fäden drehten sich im Kreis, tanzten weiter, gegen die Zeit, gegen die Endlichkeit. Träume. Und ihre Magie. Die Magie der Götter. Kanaels Kopf war wie leergefegt, Erinnerungen und Schmerz verblassten. Es zählte nur noch das Hier und Jetzt.

Komm näher.

Fasziniert und mit angehaltenem Atem trat er einen Schritt an die Traumknüpferin heran. Er konnte den Blick nicht von den Fäden lösen, sein Herzschlag beschleunigte sich, und er vergaß, warum er hierhergekommen war und welches

Leid er ertragen hatte. Ein Krieger, ein Kind, ein Mann, ein Sohn. Alles und nichts. Seine Identität verlor an Bedeutung, denn Zeit und Schicksal spielten hier keine Rolle.

Komm näher.

Dieses Mal kam die Stimme nicht aus seinem Kopf, sondern schien aus seiner Mitte zu entspringen, seinem eigenen Wunsch zu entsprechen. Kanaael wusste nicht, ob er einen Wunsch äußerte oder jemand anders zu ihm sprach. Es war auch egal. Nur die Fäden zählten. Vorsichtig streckte er eine Hand nach ihnen aus, seine Finger wurden länger, und sein Puls schnellte in die Höhe. Seine Hand verweilte in der Schwebe, er zögerte, nicht Herr seiner Sinne, nur noch ein Spielball in den Händen der Götter.

Tu es, Kanaael.

Als er die Fäden berührte, wurde es plötzlich still, und einen Augenblick später heulte der Wind mit neuer Kraft, und der Regen prasselte wütender als zuvor auf die Erde. Der Himmel verdunkelte sich, denn die Götter weinten, und Kanaael blickte erschrocken aus dem Fenster. Schatten zogen auf, tiefer als die Nacht, schwerer als Gewitterwolken, die sich über ihnen auflösten. Eine Weile sah er einfach nur zu, bis die Schwärze jeden Winkel des Himmels eingenommen hatte.

Und dann geschah das, wovor Kev ihn gewarnt und wovor er sich insgeheim so gefürchtet hatte, denn er war es, er war der Schlüssel zum Schicksal der Welt.

Der Himmel zersprang lautlos in Tausende goldene Scherben, die im Norden, Westen, Süden und Osten herniedergingen, als würden sie von einem unsichtbaren Band angezogen werden. Eine Explosion aus Farben, ein Abbild der Götter, und die Dunkelheit verwandelte sich in helllichten Tag. Ein Flammenmeer, das bis zum Horizont reichte.

Kanaael blinzelte mehrmals, um gegen die Benommenheit anzukämpfen, sein Geist klarte auf. Fassungslos starrte er auf seine zitternden Hände, und seine Kehle wurde eng. Stück für Stück durchdrang die Erkenntnis sein Bewusstsein.

Nein. Nein, unmöglich.

Am glühenden Nachthimmel spannten sich die Linien der Splitter wie Fäden bis zum Horizont. Hastig drehte er sich wieder um, kämpfte gegen die aufkeimende Panik an, doch es war zu spät.

Entsetzt blickte er Udinaa an, sah, wie sie tief Luft holte und aus ihrer Trance erwachte. Keinen Atemzug später schlug die Frau zu seinen Füßen die Augen auf.

Sie blinzelte. Ihre Augen schillerten in den vier Farben der Götter, uralte Weisheit spiegelte sich in ihnen wider und vermischte sich mit Trauer. Denn Udinaa hatte begriffen, was geschehen war: Ihr geknüpfter Traum war zerbrochen, und mit ihm verteilten sich die magischen Splitter über die Welt der Vier Jahreszeiten.

Dritter Teil

Und Tal sprach das Wort, dem sich die Götter beugten. Mit Geheul stürmte Kev davon, denn sie fürchtete um ihre leiblichen Kinder. Der Himmel verdunkelte sich, und zarte Frühlingsstürme brachen über die Welt herein, doch kein Sturm konnte die Trauer im Herzen der Göttin widerspiegeln.

Autor, Ort und Entstehungszeit unbekannt

1

Flucht

Mii

Schweigend sah Kanaael zu, wie die Welt zerbrach. Der Himmel verfärbte sich, vermischte sich zu den Farben der Götter, ein Abbild ihrer Seelen. Weiße Stürme, grüne Schleier, rote Wolken und goldene Schatten. Nur mit Mühe konnte er den Blick davon losreißen.

Und er konnte sie spüren. Jeden Splitter, wie klein er auch war. Sie verteilten sich über die Welt, verschwanden in den entlegensten Winkeln des hohen Talveen-Gebirges, gruben sich in den Boden der keväätischen Natur und in die Dünen Suviis, versanken in den syskiischen Sümpfen. Sprachlos lauschte er dem summenden Klang, den lautlosen Trommeln. Es war ein stummes Echo ihrer Rufe und der Klagen, getrennt worden zu sein.

»Was hast du getan?« Udinaas Stimme war melodisch und wehmütig zugleich. »Oh, Kanaael, du hast uns alle ins Verderben gestürzt.«

»Was?«, krächzte er.

Mit einer fließenden Bewegung, voller Sanftmut und Eleganz, stand die Traumknüpferin auf und blickte ihn vorwurfsvoll an. Ihre Augen schillerten in den Götterfarben, und trotz ihrer Blöße strahlte sie eine geheimnisvolle Macht aus. Sie sah aus wie Kev. Erst jetzt bemerkte Kanaael das Zittern ihrer Beine. Sie kämpfte mit ihrem Körper, der sie seit Jahrhunderten begleiten musste.

»Kanaael, du hast das Schicksal der Vier Länder besiegelt.« Ihre Worte besaßen eine eigene Sprachmelodie, auf eigentümliche Weise fremd und gleichzeitig vertraut. »Der Krieg um die Herrschaft über die Vier Länder ist nicht mehr fern.«

Seine Kehle schnürte sich zusammen, und die Last der Welt schien auf seinen Schultern zu liegen. Nichts hätte ihn auf diesen Moment vorbereiten können.

»Ich begreife das nicht ...«, sagte er. »Kev hat mich doch zu dir auf die Insel geschickt!«

»Wann hat dich ihr Traum erreicht? Erinnerst du dich an die Nacht?«

Wie betäubt schüttelte er den Kopf. »Nein, weshalb?«

»Weil es die Nacht war, nachdem Wolkenlied für dich gesungen hat. Zwar hat sie die Wirkung des Gifts aufgelöst, aber gleichzeitig deinen Geist mit der Seelenmagie verseucht. Kev erschien dir im Traum, doch sie hat nicht gesagt, dass du auf die Insel kommen sollst. Du solltest in Suvii bleiben und dich auf die Ankunft von Naviia vorbereiten.«

»Was?« Wolkenlied hatte ihn verraten.

Udinaa schien seine Gedanken zu lesen, denn sie sagte mit einem leichten Kopfschütteln: »Keine Angst, Kanaael. Du hast dich nicht in ihr getäuscht. Sie wurde hereingelegt.«

Erleichtert atmete Kanaael aus.

»Naviia und du seid die Einzigen, die diesen Raum betreten können«, fuhr Udinaa mit sanfter Stimme fort. »Durch eure Adern fließt mein Blut. Keiner meiner Traumtrinker würde euch jemals daran hindern, das Seelenlabyrinth zu durchqueren, denn ihr würdet immer den richtigen Weg wählen.« Traurig schüttelte Udinaa den Kopf, sein Herz wurde schwer, und sie blickte ihm geradewegs in die Augen. Ihre Worte ergaben keinen Sinn. Wie kam sie auf die Idee, in seinen Adern würde ihr Blut fließen? Und warum sollte ein Mädchen aus Talveen ...? Udinaa sah seine Verwirrung, denn sie faltete die zarten Hände, als würde sie ein Gebet sprechen wollen, und fuhr fort: »Meine Mutter, Kevs Tochter, gebar drei Kinder. Zwei Schwestern und einen Sohn, und diese wiederum bekamen wieder Kinder, und es folgten weitere Kinder. Dann kam die *Goldene Jagd,* und man hat alle meine Verwandten getötet. Alle, bis auf zwei Brüder. Ariaan und Anees.«

Kanaael hatte das Gefühl, keine Luft mehr zu bekommen. Der Name des zweiten Mannes löste eine Welle von widersprüchlichen Gefühlen in ihm aus. Nur mit Mühe unterdrückte er ein Aufstöhnen. »Mein leiblicher Vater hieß Anees«, sagte er schließlich tonlos.

»Ja, Anees war dein Vater. Und Ariaan war Naviias Vater.«

Endlich verstand er die Verbindung zu einem Mädchen, das auf der anderen Seite der Welt lebte. Es hätte nicht offensichtlicher sein können. Oder verwirrender. Naviia, das Mädchen in der Talveen-Tracht, war seine Cousine.

»Ich begreife nicht ...«

»Nur du und Naviia seid dazu imstande, mich zu wecken, Kanaael. Weil ihr meine letzten Blutsverwandten seid.«

Er starrte Udinaa an und unterdrückte ein hysterisches Lachen. Wolkenlied hatte für ihn gesungen. Nun war er hier. Und hatte die Traumknüpferin aufgeweckt.

»Aber ... warum ...?« Noch bevor er die Frage ausgesprochen hatte, kündigten die Stimmen sich an. Kälte kroch durch seinen Körper, durchdrang jedes Gelenk, jeden Muskel. Sie erfüllten seinen Geist mit ihrer Präsenz, und sein Kopf pochte vor Schmerz. Dieses Mal klangen ihre Stimmen triumphierend, sie sprachen im Einklang.

Du hast uns befreit.
Du hast uns entlassen.
Wir können gehen.
Unser Schicksal wurde erfüllt.
Das Schicksal der Welt.
Du hast den Lauf verändert.
Wir dürfen gehen.
Hab Dank.
Hab Dank, Kanaael.
Aber sie kommen.
Sie werden kommen.
Sie kommen.

Dann wurde die Verbindung schlagartig unterbrochen, und abermals hinterließen sie eine Leere in ihm, die ihm Übelkeit bereitete. Um sich nicht wieder übergeben zu müssen, stützte er die Hände auf die Knie und atmete tief durch. Schwarze Punkte tanzten vor seinen Augen, und ihm wurde schlecht. Ähnlich wie die Stimmen selbst verging das Gefühl recht schnell, doch die Leere blieb.

»Was haben sie gesagt?«

Kanaael sah auf und begegnete dem schillernden Blick der Traumknüpferin. Nichts schien ihr zu entgehen, und Kanaael fühlte sich verletzlich, obwohl sie nackt war und er bekleidet.

»Wer?«, fragte er verwirrt.

»Meine Traumtrinker.«

»Woher ...?«

»Ich habe gesehen, dass sie auf dich zugekommen sind«, erklärte Udinaa und machte eine ungeduldige Handbewegung.

»Was haben sie gesagt?«

»Sie sagten, ich hätte sie befreit, und ihr Schicksal sei erfüllt.«

Ein Schatten legte sich über Udinaas schöne Züge. »Ihre

Seelen haben das Labyrinth verlassen und einen Weg in die Ewigkeit gefunden.« Ein harter Zug legte sich um ihren Mund, wodurch ihr kindliches Gesicht an Reife gewann. »Das Labyrinth hat seine magische Kraft verloren. Nun kann jeder hierherfinden.«

»Warum haben sie mich zu dir geschickt?« Noch während er die Frage stellte, ging ein Ruck durch seinen Körper, und ihm wurde schlagartig heiß. Er hatte versagt. Die Stimmen hatten ihn hereingelegt.

Er war blind einem undurchsichtigen Nebel gefolgt und hatte dadurch das Schicksal aller vier Völker aufs Spiel gesetzt. Sie hatten ihn geblendet. Seine Trauer ausgenutzt. Wie eine Welle schlug der Kummer über ihm zusammen. Er war kein Kind mehr, aber er hatte sich wie ein kleiner Junge verhalten, der glaubte, sein Volk mit einem Fingerwink retten zu können. Nun musste er mit den Konsequenzen leben. Die Welt hatte ihre Traumknüpferin verloren und er seine Geliebte.

Er straffte die Schultern. Er würde später um Wolkenlied trauern. »Wen haben sie angekündigt? Die Stimmen, meine ich.«

Udinaa antwortete nicht sofort, sondern sah traurig an ihm vorbei. Er folgte ihrem Blick und sah, dass an dem mittlerweile wieder verdunkelten Nachthimmel nichts mehr an die leuchtenden Wege der Traumsplitter erinnerte. Eine erschrockene Stille lag über Mii.

»Ich hatte gehofft, du wählst ein anderes Schicksal, Kanaael De'Ar. Du hast dich für einen sehr mühsamen Weg entschieden, doch das Ende ist noch nicht geschrieben«, sagte Udinaa. Sie seufzte und schloss für einen Sekundenbruchteil die Augen. »Wir müssen uns beeilen, denn man wird versuchen, mich zu töten. Mit meinem Tod wird die Hoffnung sterben, einen neuen Traum für die Menschen zu knüpfen. Sie werden keine Träume mehr besitzen, sie werden den Glauben und die Liebe verlieren, wenn wir keinen Weg finden, ihn aufzuhalten.«

»Wen aufhalten?«, fragte Kanaael. »Wer steckt hinter alldem?«

»Garieen Ar'Len.«

Kanaael schüttelte den Kopf. Er kannte Gaarien, der stets in den höchsten Tönen von seiner Familie gesprochen hatte. Er hatte ihn erst Wochen zuvor in Lakoos empfangen. »Ariaas Bruder?«

»Ariaa ist tot, Kanaael.« Udinaa zögerte und schien abzuwägen, ob sie die nächsten Worte aussprechen sollte. Schließlich entschied sie sich dafür, und in ihrem Blick lag Mitleid. »Sie ist nicht die Einzige, die für Garieens Plan sterben musste.«

Bei dem Gedanken an Wolkenlied durchfuhr ihn ein heftiger Stich. *Egal, wie schnell ich davonlaufe, und egal, wie sehr ich Wolkenlieds Tod verdränge, ich könnte niemals weit genug laufen, um es zu vergessen.*

Müde fuhr sich Kanaael mit einer Hand übers Gesicht. »Woher weißt du, wer hinter all dem steckt?«

»Ich sehe alles, jeden Traum, jeden Wunsch. Ich kenne die geheimsten Ängste und die größten Sehnsüchte. Nur ist es mir nicht gestattet, einzugreifen. Vor ein paar Monaten begann Garieen allerdings, seine Träume zu verschleiern.«

»Wie?«

»Er hat Nachkommen des Verlorenen Volks auf seiner Seite, die seinen Geist und seine Träume schützen. Ich kann ihn nicht mehr sehen.«

»So etwas ist möglich?«

»Der Göttermagie sind keine Grenzen gesetzt«, sagte

Udinaa. »Du darfst nicht vergessen, dass viele Nachkommen nicht mehr mit der Magie umgehen können. Nur noch eine Handvoll sind in der Lage, ihre Kräfte zu kontrollieren, und diese unterscheiden sich, je nachdem, welche Veranlagung sie geerbt haben.«

Er versuchte sich zusammenzureißen, und erstaunlicherweise kehrte Klarheit in seinen Kopf zurück. Nach und nach setzten sich die einzelnen Teile zusammen und ergaben ein Gesamtbild, das er noch nicht ganz zu durchschauen vermochte. »Was hat Garieen vor?«

Udinaas Blick verschleierte sich. »Er ließ Nachkommen des Verlorenen Volks aufspüren und vernichten. Es sind nicht mehr viele übrig. Zu wenige. Und sie alle verfolgen ein gemeinsames Ziel.«

Die Brände in Keväät. Ob sie damit zu tun hatten? »Wie meinst du das?«, wollte Kanaael wissen.

»Nur Nachkommen des Verlorenen Volks können einander erkennen.« Sie machte eine bedeutungsvolle Pause, drehte ihm den Rücken zu und schob ihre Haare über die Schulter nach vorne. Ihm stockte der Atem. Auf ihrem Rücken waren die geschwungenen Linien von schwarzen Flügeln zu erkennen, die nahezu jeden Teil ihrer hellen Haut bedeckten. Es war die vollkommenste Flügelzeichnung, die er jemals gesehen hatte. Und er sah noch etwas anderes. Die schwarzen Linien konnten zwei Narben an der Wirbelsäule nicht verbergen. Dort, in der Mitte ihres Rückens, waren zwei geschwollene Stumpen zu erkennen. Auch Udinaa war gezeichnet, aber auf eine andere Weise als ihre Nachkommen. Man hatte auch ihr die Flügel geraubt. *Echte* Flügel.

Ihre nächsten Worte wählte sie mit Bedacht, während sie sich wieder zu ihm umwandte: »Nur Nachkommen des Verlorenes Volks können meinen Traum spüren ...«

Verblüfft sah er Udinaa an, die ihn aufmerksam beobachtete und dabei keine Miene verzog. *Wie das Anlitz einer Puppe,* dachte er unwillkürlich und begriff, warum sie schwieg. Sie wollte, dass er von selbst darauf kam. Warum sollte jemand das Verlorene Volk ausrotten wollen, wenn nicht aus Rache für das, was sie den Menschen vor Jahrhunderten angetan hatten? Dann dämmerte es ihm, und die Grausamkeit dessen, was auf der Welt geschehen war, setzte sich vor seinem geistigen Auge zusammen.

»Sie können den Traum auch dann noch spüren, wenn er zersplittert ist«, mutmaßte er, und die Traumknüpferin nickte traurig.

»Gibt es eine Möglichkeit, den Traum wieder zusammenzusetzen? Oder die Traumsplitter zu vereinen?«

»Ja, es gibt einen Weg. Leeran, einer der Traumtrinker, der sein Leben ließ, um mich zu schützen, hat sein Wissen über alles, was die Göttin uns mitteilte, niedergeschrieben. Ich habe ihn gebeten, es nicht zu tun, aus Angst, dass dieses Buch in die falschen Hände gelangt, aber er wollte nicht hören.«

Kanaael riss die Augen auf. »*Die Chronik des Verlorenen Volks!* Aber sie wurde gestohlen. Nur so konnte Garieen an sein Wissen gelangen ...«

Udinaa nickte. »Leeran zeichnete auch einen Stammbaum auf und bat seinen Sohn, ihn fortzuführen. Garieen ist im Besitz einer Liste, auf der so gut wie alle Nachkommen des Verlorenen Volks verzeichnet sind.«

»Gibt es ein zweites Exemplar? Etwas, das uns weiterhelfen könnte?«

»Ja, es gibt ein zweites Buch, aber es ist verschwunden. Leerans Frau Ronaa, eine Traumtrinkerin, hatte Angst vor der Chronik und entschloss sich, sie zu vernichten. Doch

Leeran hatte es mit einem Fluch belegt, und Ronaa starb. Als Leeran erkannte, was er getan hatte, wollte er sein Werk zerstören, doch das war nicht mehr möglich. Also hinterließ er ein zweites Buch, das aus der Liebe zu seiner Frau entstand, jedoch nur gelesen werden kann, wenn die Absichten rein sind.«

»Kanaael!«

Aus der Ferne erklang schwach Daavs Stimme, doch der Wind trug sie näher heran, so als ob er die Dringlichkeit begriff. Kanaael eilte ans offene Fenster, wo er die Umrisse seines Freunds am Ende der steinernen Treppe ausmachte, die auf die Ebene des Labyrinths führte. Sein Tolakmantel flatterte im aufkommenden Wind, umspielte seine Beine, und sein Weg führte ihn direkt auf den düsteren Eingang des Labyrinths zu.

»Er ist wahnsinnig! Warum hat er die Insel betreten?«

»Der Nebel hat sich gelichtet, er wird die Veränderung gespürt haben ... Wir sollten aufbrechen«, sagte Udinaa, die neben ihn getreten war. In ihren kindlichen Zügen lag ruhige Entschlossenheit. »Ich bin mir sicher, dass Garieen bereits Traumtrinker ausgesandt hat, um mich zu töten. Bitte, bring mir meine Perscha«, fügte sie hinzu und deutete auf einen dunkelroten Überwurf hinter der Tür. Er reichte bis zum Boden und besaß eine leichte Schleppe. Der Stoff musste aus einem anderen Zeitalter stammen, denn die weichen, fein gewobenen Fasern waren etwas, das er noch nie zuvor berührt hatte. Vorsichtig half er Udinaa hinein und sah, wie sie den Posamentenverschluss schloss, bis ihre Blöße bedeckt war. Ihre Bewegungen waren zaghaft. Verkrampft. Als müsse sie sich erst daran gewöhnen, mit ihrem Körper umzugehen.

»Kanaael!« Daavs suchender Ausruf drang zu ihnen herauf.

Zwar befand er sich ein gutes Stück vom Palast entfernt, aber die Stille schien seine Worte zu ihnen zu tragen, und Kanaael sah Udinaa an, die auf wackligen Beinen durch den Raum auf die steinerne Treppe zuging. Ihre Schritte waren steif, und sein Blick fiel auf ihre nackten, bleichen Füße. Ihre Bewegungen glichen denen jener Marionetten, die man auf Jahrmärkten außerhalb der Stadt finden konnte, und das gewellte Haar schien ein zusätzliches Gewicht zu sein. Kurzerhand griff er nach dem Dolch, der an seinem Stiefelschaft befestigt war, und trat neben die Traumknüpferin, die ihn mit ihren schillernden Augen stumm ansah. »Wir verlieren zu viel Zeit.« Er musste nicht mehr sagen. Zwischen Udinaa und ihm schien eine stumme Verständigung stattzufinden, denn sie wandte ihm den Rücken zu, und Kanaael griff nach dem glänzenden Haar. Seine Klinge war scharf, und er durchtrennte die Strähnen, die ihn so sehr an Kev erinnerten, oberhalb der Schulterblätter. Lautlos glitten sie zu Boden, sammelten sich in einem Haufen, verloren an Farbe und wurden grau. Im Tod waren sie alle gleich. Grau und welk.

Er wandte den Blick ab. »Soll ich dich tragen?«

Udinaa nickte, ihre schlanken Hände verschwanden in den weiten Ärmeln des weinroten Mantels. Vorsichtig hob er sie vom Boden auf. Er spürte, wie sie ihre Arme um seinen Hals schlang, und ihr blumiger Duft stieg ihm in die Nase. Sie wog kaum mehr als eine jener prächtigen Wolldecken, die in seinem Schlafgemach sein Bett zierten. Es war der Mantel, der ihn bereits nach wenigen Treppen schnaufen ließ. Er sah an ihr vorbei und nahm behutsam Stufe um Stufe. Vorbei an den kargen Wänden. An manchen Stellen machte es den Anschein, als ob dort einst Gemälde gehangen hatten. Schwarze Ränder und undeutliche Umrisse deuteten auf eine längst vergangene Zeit, die womöglich nur Udinaa miterlebt hatte.

Das Geländer war aus grauem Stein geschlagen, und einzelne Elemente der spiralförmigen Streben fehlten gänzlich. Durch die bodentiefen Fenster der offenen Räume drang das Licht des Mondes.

Als sie den verwahrlosten Garten, ein Indiz vergangener Schönheit, durchquert hatten und vor dem Labyrinth standen, spürte Kanaael, wie der Schmerz in seiner Brust heranwuchs. Sacht setzte er Udinaa ab, auf deren Gesicht sich ein faszinierter Ausdruck gelegt hatte. Tief sog sie die Regenluft ein, in die sich der Duft des Meeres mischte. Jetzt, da der Nebel verschwunden war, erschienen ihm die dunklen Dornenhecken noch gewaltiger als zuvor. Sie schien etwas unterhalb der steilen Klippen auszumachen, die unmittelbar hinter dem Schloss abfiel, denn ihre Miene verdüsterte sich schlagartig. Er folgte ihrem Blick und konnte erkennen, wie dunkle Wellen gegen das von der Witterung gezeichnete Gestein schlugen, Gischt wirbelte durch die Luft, und die Wucht hinter dem Aufprall war bis zu ihnen zu vernehmen. Als Kanaael endlich sah, was Udinaa beunruhigt hatte, zuckte er zusammen: Am Horizont hoben sich deutlich die Masten eines Schiffs ab, das gegen die auftürmenden Wellen und den Sturm kämpfte. Der schwarze Bug deutete in ihre Richtung. Ein Schiff, das sogar in der Dunkelheit mit bloßem Auge zu erkennen war. Ein Schiff, das er nicht von Nahem sehen wollte.

»Sie sind bald da. Wir müssen uns beeilen, auch für Wolkenlied.« Udinaas sanfte Stimme riss Kanaael aus seinen Überlegungen, und er setzte sich in Bewegung, sah abermals auf die Dornenhecken. Feucht glänzten die Spuren des Regens an einzelnen, farblosen Sträuchern, deren Leben längst verwirkt war. Der Nebel hatte sich gelichtet, und noch immer lag eine drückende Spannung in der Luft, die er sich nicht erklären konnte. Er dachte an Wolkenlied und ballte die Fäuste.

Wolkenlied war gegangen. Für immer. Und die Gefahr, die nun über den Vier Ländern lag, war noch längst nicht gebannt. Ihr Opfer durfte nicht sinnlos gewesen sein.

2

Vorbereitungen

Kroon, Herbstlande

Mit einem Stöhnen sank der schwarz verhüllte Mann auf die Knie, hauchte sein Leben aus und fiel dann mit dem Gesicht voran auf den staubigen Boden. Eine Blutlache breitete sich um seine Brust aus, und Stille senkte sich über den in Mondlicht gebadeten Platz – nach den furchtbaren Schreien der Männer war die Ruhe eine Wohltat für Ashkiins Ohren.

Sein Blick verweilte auf dem reglosen Körper, während er seine Waffen einsammelte und reinigte. Der Geruch von frischem Blut hing in der Luft, als Ashkiin die Augen der sieben Männer schloss, deren Leichen im Innenhof des Dhalienpalasts, unweit von Garieens Privatgemächern, auf dem Boden lagen.

Im selben Moment war das laute Klappern von schweren Stiefeln zu vernehmen, Schritte, die sich rasch näherten. Gleich darauf bogen Wachen um die Ecke. Auf ihrer Brust war das ar'lensche Wappen eingenäht, und die goldgelbe Uniform sah im Mondlicht fast schon weiß aus. Die Wachen hatten ihre Schwerter gezogen, die Klingen schimmerten silbern, und die Spitzen wiesen anklagend in seine Richtung. Als sie die Leichen auf dem Boden bemerkten, blieben sie wie angewurzelt stehen. Ashkiin wurde wütend. In den letzten

Wochen lauerte seine Wut stets dicht unter der Oberfläche, bereit, beim geringsten Anlass hervorzubrechen. Wenn er die kahle Ahnengalerie entlangging zum Beispiel. Oder wenn er, wie jetzt, die dämlichen Gesichter von Garieens Leibwache ertragen musste. *Was geht mich das Leben dieses Wahnsinnigen an?*

Am liebsten hätte er diesen hinterhältigen Bastard selbst getötet, aber Ashkiin wusste, dass das Leben seines kleinen Bruders und seiner Mutter verwirkt war, sollte Garieen etwas zustoßen. Und sein Bruder und seine Mutter waren alles, was er auf dieser Welt noch hatte.

»Ihr seid zu langsam«, sagte er grimmig, während er dem Toten zu seinen Füßen zwei Wurfmesser aus seiner Brust zog und im Stiefel verschwinden ließ. »Sie hätten schon überall im Palast sein können. Sie hätten schon in Garieens Gemächern sein können. Und ihr schimpft euch Wachen?« Wütend spuckte er auf den Boden, sah, wie die Männer anfingen, die Leichen einzusammeln, und hatte sich bereits zum Gehen gewandt, als jemand nach ihm rief. »Ashkiin, warte.«

Als er sich umdrehte, stand eine junge Frau mit weißem, geflochtenem Haar und einer umständlich geschnürten, blausilbernen Talveen-Tracht vor ihm. Er blinzelte. Wie war sie so unbemerkt an ihn herangetreten?

»Ich muss mit dir sprechen.«

»Wer bist du?«

»Mein Name ist Loorina O'Riaal. Du wirst von mir noch nichts gehört haben, wir aber schon sehr viel von dir. Garieen Ar'Len schickt mich. Gibt es einen Ort, an dem wir ungestört sind?«

In ihrer Haltung und der Art, wie sie ihn ansah, lag eine Ruhe, die ihm noch bei keiner anderen Frau begegnet war. Irgendetwas an ihr machte ihn stutzig. Sie war anders.

Er nickte und führte sie in einen fensterlosen Raum im Erdgeschoss des Palasts, der ihm zur freien Verfügung stand und eine kleine Bibliothek beherbergte. Sie brachte einen kühlen Luftzug mit sich, und er nahm ihren Duft wahr. Eisblumen, so als wäre sie Augenblicke zuvor noch in Talveen gewesen. Hinter ihr schloss er leise die Tür. »Was kann ich für dich tun?«, fragte er und entfachte eine Wandleuchte.

Loorina sah ihn mit ihren nahezu weißblauen Augen an, die von weißen Wimpern umrahmt wurden. Um ihre Iris tanzten goldene Sprenkel, bemerkte Ashkiin.

»Ich bin eine von zwölf Nachkommen des Verlorenen Volks, die sich auf die Seite von Garieen Ar'Len geschlagen haben.«

Er schnaubte belustigt auf. Jeder wusste, dass das Verlorene Volk ausgestorben war, doch im selben Moment rief er sich Earaans und Garieens Worte ins Gedächtnis und verschränkte abwartend die Arme vor der Brust. »Was willst du?«

»Es wird Zeit, dass du eingeweiht wirst.« Als er nicht antwortete, fuhr sie fort: »Es ist wichtig, weil du kein Gläubiger bist. Du vertraust auf deinen Verstand, deinen Instinkt, auf das, was dich das Leben lehrte. Aber es gibt Dinge auf dieser Welt, Ashkiin A'Sheel, die sich nicht mit bloßem Menschenverstand erklären lassen.«

»Wenn du eine des Verlorenen Volks bist, dann wärst du so was wie eine Halbgöttin, habe ich recht? Besagt die Geschichte nicht, dass die Menschen aus dem Atem der Götter entstanden und das Verlorene Volk aus den Schenkeln Kevs gepresst wurde?«

Ein leises Lächeln huschte über Loorinas Gesicht, es schien nicht dorthin zu gehören. »So ist es.«

»Beweise es.«

Er sah, wie sie mit sich rang, sich fragte, ob es richtig war, sich seinem Willen zu beugen. Ashkiin spürte genau, dass Loorina, ähnlich wie Alaana, gern ihren Kopf durchsetzte. Das hatten Frauen in den Vier Ländern so an sich. Dann nickte sie. Sie presste die sanft geschwungenen Lippen zusammen, und die Brauen verzogen sich wie Gewitterwolken unheilvoll über ihren Augen. Es stimmte, sie war anders. Voller Macht und Geheimnisse. Es war, als stünde eine andere Person vor ihm. Nichts an ihr erinnerte ihn an die junge Frau mit der ruhigen Ausstrahlung. Unbewusst wollte Ashkiin einen Schritt zurückweichen, dann besann er sich eines Besseren und bewegte sich nicht von der Stelle.

»Garieen meinte, es sei an der Zeit, dich in unseren Plan einzuweihen, denn heute Nacht wird es geschehen.« Selbst ihre Stimme hatte sich verändert. Härter. Kälter. Und es schwang noch etwas mit, das er nicht einzuordnen vermochte.

»Was wird geschehen?«

»Sie wird erwachen.«

Ashkiin starrte Loorina an, als hätte sie den Verstand verloren. »Die Traumknüpferin?«

Sie nickte. »Ja, es wird heute geschehen.«

»Was macht dich so sicher?«

»Weil wir den, der sie erwecken wird, beobachtet haben. Schon seit seiner Geburt, seit wir wussten, dass sein Vater in der Stadt gewesen ist und für Aufsehen gesorgt hat. Gerüchte lassen sich nicht einfach ausschalten, sind sie erst einmal im Umlauf. Und ganz besonders nicht Gerüchte dieser Art. Und wir haben das Buch, das ihre Verwandtschaft bezeugt.«

»Du sprichst in Rätseln.« Dabei glaubte er zu wissen, dass sie von dem Buch sprach, das sein Bruder angeblich vor Jahren gestohlen hatte. Die Chronik des Verlorenen Volks.

»Verzeih.« Es klang, als wollte sie ihn zum Narren halten.

Vielleicht eine Retourkutsche für seinen barschen Umgangston. Ashkiin wechselte seine Taktik. Langsam ging er auf sie zu. Gleichzeitig achtete er darauf, ihr nicht zu nahe zu kommen, denn er wollte sie nicht bedrohen. Loorina bemerkte es mit einem Stirnrunzeln. »Du machst mir keine Angst, A'Sheel«, sagte sie kühl. »Deine Kräfte sind begrenzt. Du magst zwar gut in dem sein, was du tust, womöglich bist du sogar der Beste in ganz Syskii und darüber hinaus, aber du gehörst nicht zum Verlorenen Volk. Ich durchschaue dich.«

Er blieb stehen. »Nein, das tust du nicht.«

»Ashkiin A'Sheel, aus dem Haus des stürmenden Windes. Heerführer der Schwarzen Armee, die für Meerla Ar'Len gegen das Fürstenhaus der fallenden Scherben, Ad'Eeshi, kämpfte. Danach wurdest du ihr Leibwächter. Und ihre dunkle Hand.«

»Das sind alles Fakten. Fakten, die jeder über mich herausfinden kann, der meinen Namen kennt«, erwiderte er ungehalten. »Du weißt nichts über mich.«

Etwas Verletzliches legte sich auf ihre Züge, flüchtig dachte er, dass es Mitleid war. Seine Worte schienen etwas in ihr zu berühren, und zuerst begriff er nicht, was es war. Doch dann sah sie ihn an, die klaren Augen unentwegt auf sein Gesicht gerichtet, und er erkannte Sorge darin. Er hielt ihrem Blick stand, suchte nach einer Erklärung, bis sie schließlich wegschaute. Ihre Lider schlossen sich flatternd, und Loorina schüttelte schon fast bedauernd den Kopf.

Verdammt, sie war gut. »Zwing mich nicht.«

»Beweis es mir.« Seine Stimme war ruhig.

Sie öffnete die Augen, und trotz der Dunkelheit in dem muffigen Raum konnte Ashkiin erkennen, dass sie nicht mehr hell waren. Nein, sie schimmerten in vier verschiedenen Farben. »Du träumst oft vom Fischen. Du würdest gerne in dein Heimatdorf zurückkehren, nach Gloon, und dort ein nettes Mädchen heiraten. Ihr Name ist Liireira. Früher hat sie dich immer aufgezogen und ist mit dir im Fluss herumgetollt«, begann Loorina, und mit jedem Wort erstarrte Ashkiin etwas mehr. Das Blut gefror ihm in den Adern, unwillkürlich ballte er eine Hand zur Faust. »Manchmal fragst du dich, wie es wäre, nicht Ashkiin A'Sheel zu sein. Einfach untertauchen zu können und dich nicht mehr um die Belange der Welt kümmern zu müssen. Einfach zu leben. Doch das ist nicht dein Schicksal, Ashkiin.«

Alles, was sie sagte, trug er tief in seinem Herzen. Niemand kannte seine intimsten Wünsche. Niemand.

»Wer bist du?« Es kostete ihn große Überwindung, einen neutralen Ton anzuschlagen.

»Mein Name ist Loorina O'Riaal, ich bin eine von zwölf Nachkommen des Verlorenen Volks, die sich auf die Seite von Garieen Ar'Len geschlagen haben«, wiederholte sie und hob die Hände. Er glaubte, kleine goldene Partikel um ihre Finger tanzen zu sehen. »Und du, Ashkiin, musst anfangen zu glauben.«

Noch bevor sie zu Ende gesprochen hatte, ging ein Leuchten von ihr aus, als ob sie von innen erstrahlen würde. Ein Licht, das ihren gesamten Körper einschloss. Es wurde heller und heller, eine Kugel, die Ashkiin blendete, und dann war sie von dem einen auf den anderen Moment verschwunden. Einen Wimpernschlag später hörte Ashkiin ein Geräusch hinter sich und fuhr herum. Loorina stand vor ihm. Der untere weiße Rock ihrer Tracht bewegte sich, fast so, als würde er von einem unsichtbaren Wind umspielt, und ihre Augen schillerten im flackernden Licht der Lampe. Weiß. Grün. Rot. Und ein goldenes Braun.

»Was bist du?«

»Eine Weltenwandlerin.«

Sie sagte es mit einer Selbstverständlichkeit, die ihn daran zweifeln ließ, ob sie nicht doch die Wahrheit gesagt hatte. Außerdem hatte er gerade mit eigenen Augen gesehen, wie sie sich von dem einen zum anderen Ort ... gewandelt hatte.

»Warum arbeitet ihr für Garieen?«

»Weil er uns ein normales Leben versprochen hat. Wir haben uns zu lange vor den Menschen versteckt«, spie sie aus. »Sie haben uns verfolgt. Uns wie Tiere gejagt. Unsere Häuser angezündet, als wir darin geschlafen haben. Unsere Kinder erstochen. Und das, obwohl wir eigentlich über euch stehen!«

Sie schüttelte den Kopf. Zum ersten Mal zeigte Loorina ihr wahres Gesicht, und unter ihrer schönen Maske verbarg sich ein Wahnsinn, der Ashkiin sehr an Garieen erinnerte. »Wir sind die Kinder der Götter, wir nehmen ihren Platz auf Erden ein! Und es gab eine Zeit, in der die Menschen uns fürchteten ...« Ihre Augen funkelten vor Hass und Abscheu. Sie waren ein Spiegel dessen, was Menschen dem Verlorenen Volk angetan hatten.

»Ihr wolltet Rache«, stellte er fest. Vielleicht auch mehr als das. Eine längst vergangene Epoche widerherstellen, in der die Götterkinder über die Menschen geherrscht hatten.

»Was wir wollen, geht dich nichts an.« Ihre Stimme schien aus Eis geschmiedet. »Aber du bist doch ein schlaues Köpfchen, vielleicht kommst du von selbst darauf.«

»Warum ist es dir so wichtig, dass ich glaube, was du mir erzählst?«, fragte er und ließ sie dabei nicht aus den Augen. Allein die Götter wussten, welche Tricks sie noch auf Lager hatte.

»Weil dein Schicksal den Lauf der Welt verändern wird, Ashkiin. Und ich möchte sichergehen, dass du dich für die richtige Seite entscheidest.«

»Mein Schicksal soll die Welt verändern?« Er lachte trocken auf.

In diesem Augenblick ging ein Ruck durch Loorinas Körper, und sie legte den Kopf schief, lauschte angestrengt in die Stille des Palasts hinein. »Es ist so weit«, flüsterte sie und lächelte.

Ashkiin runzelte die Stirn. »Was?«

»Er hat sie geweckt. Folge mir.«

Etwas fahrig und mit zitternden Händen öffnete sie die Tür und bewegte sich lautlos durch den steinernen Flur, der von weißen, verzierten Säulen und mehreren Lichtquellen aus silbernen Feuerbecken gesäumt wurde. Durch eine dunkle Holztür gelangten sie wieder hinaus auf den runden Innenhof, in dem nun nichts mehr an die blutige Tat erinnerte, die sich vor Kurzem hier ereignet hatte. Der Nachthimmel Syskiis lag friedlich über ihnen, und Ashkiin beobachtete, wie Loorina den Kopf in den Nacken legte und den Himmel absuchte. Dann trat ein Leuchten auf ihr Gesicht, und sie sah ihn an, während sie mit dem Finger nach oben deutete. »Sieh nur.«

Auch er hob den Kopf. Über ihnen veränderten sich die dunklen Farben. Rosafarbene Schimmer, hellgrüne Streifen, die zu tanzen begannen. Ashkiin hielt den Atem an und spürte, wie eine Gänsehaut seine Arme überzog. Dort, wo bis gerade eben noch tiefe Nacht geherrscht hatte, entbrannte nun ein bunter Sturm, ein Krieg unter den Göttern, deren Regenbogenfarben überall zu sehen waren. Kurz darauf jagten goldene Blitze quer über den Himmel, bis zum Horizont und darüber hinaus. Ein Schweif folgte der Spur und verschmolz mit der Dunkelheit, die sich abermals am Horizont ausbreitete. Der Himmel füllte sich mit Sternen, die in alle Richtungen davonstoben, als ob sie den Untergang der Welt verkündeten. Immer mehr schossen über ihre Köpfe hinweg, machten die verblassenden Farben der Götter zu einem Leuchtfeuer aus Helligkeit.

»Traumsplitter«, murmelte Ashkiin und merkte, dass so etwas wie Ehrfurcht in seiner Stimme mitschwang. Also hatte Garieen die ganze Zeit über recht gehabt. Die Traumknüpferin war in der Tat erweckt worden. Ashkiin erinnerte sich an den Tag zurück, an dem er in seiner Heimat den Brief des Dreelvogels entgegengenommen hatte. Es würde wieder Krieg geben, hatte er damals gedacht, und seine Befürchtung würde sich bewahrheiten, aber ganz anders, als er ursprünglich angenommen hatte.

Als der letzte Splitter über den Himmel schoss und in der Schwärze verschwand, veränderte sich die Nacht ein letztes Mal, und der Himmel brannte in den Vier Farben der Götter. Es glich dem Morgengrauen eines angebrochenen Tages, doch die Farben waren intensiver. Zum ersten Mal seit einer sehr langen Zeit hatte Ashkiin das Gefühl, nicht Herr über seine Taten zu sein. Es schien fast, als ob die Götter ein Zeichen sandten.

»Ashkiin?«

»Mhm?« Er löste den Blick vom Himmel und sah in Loorinas schillernde Augen, die ein Abbild der Farben am Himmel zu sein schienen.

Sie lächelte. »Glaube, Ashkiin. Glaube an die Macht der Götter und das Geschenk, das sie uns soeben gemacht haben.« Sie machte Anstalten zu gehen.

»Wo willst du hin?«, fragte er mit hochgezogenen Brauen.

Loorina schenkte ihm ein angedeutetes Lächeln über die Schulter hinweg. »Sie einsammeln, bevor es ein anderer tut.« Abermals ging ein Leuchten von ihrem Körper aus, breitete sich aus und umschloss ihre gesamte Gestalt, bis ihr Haar geisterhaft weiß wirkte. Das Licht wurde greller, so hell, dass er sie nicht mehr anschauen konnte.

Ashkiin schloss für einen Moment die Augen. Als er wieder hinsah, war Loorina O'Riaal verschwunden und der Himmel genauso pechschwarz, als ob nichts geschehen wäre.

3

Splittersuche

Kroon, Herbstlande

Garieen sah aus wie ein Kater, der soeben eine besonders fette Maus verspeist hat. Zufrieden, satt, selbstgefällig. Er lehnte sich in seinem massiven Thron zurück und verschränkte die Hände ineinander. Er gab sich erhaben, ganz der geniale Stratege, der die Welt aus den Angeln heben würde, doch Loorina konnte die Schwäche riechen, die aus jeder seiner Poren kroch. Sie empfand nichts als Verachtung für diesen Mann. Was war er schon? Der Nachfahre einer armseligen Menschendynastie, für deren Aussterben er selbst gesorgt hatte.

Die Fackeln an den Wänden warfen lange Schatten auf den großen Saalboden, und die gläserne Kuppel ermöglichte einen guten Blick auf den Himmel über ihnen.

Sie spürte Keerias Anwesenheit, noch bevor sie neben ihr auftauchte. Ihr inneres, mit Magie durchsetztes Licht erfüllte den Saal, die Luft knisterte, zog sich zusammen. Dann war sie da. Ihr schwarzes, lockiges Haar hatte sie zu einem strengen Zopf gebunden, und sie trug einen Lederanzug, der ihren drahtigen Körper betonte. Keeria schenkte Loorina ein Lächeln, das nur für sie bestimmt war.

Überall im weitläufigen Thronsaal blitzten Lichtquellen auf, und Loorina wusste, dass sie alle kamen. Ihre Präsenz erfüllte jeden Winkel. Sie zählte zwölf Lichter, die größer wurden und schließlich die Umrisse der einzelnen Personen erkennen ließen. Es war so weit. Endlich!

Links von ihr tauchten vier Weltenwandler auf. Meraan, Keerias Bruder, war unter ihnen. Sie sah nach rechts und stellte voller Befriedigung fest, dass auch die anderen bereits eingetroffen waren. Sie waren bewaffnet. Ihre Mienen voller Entschlossenheit und Würde. Sie alle sahen zufrieden aus und von Hoffnung erfüllt.

»Willkommen, meine Lieben. Willkommen im Dhalienpalast«, sagte Garieen und breitete in einer übertriebenen Geste die Arme aus. Er machte sich nicht einmal die Mühe, sich aufzurichten. »Wir sollten keine Zeit verlieren, noch rechnet niemand mit einem Angriff, und das Chaos in den anderen Ländern erreicht bald seinen Höhepunkt.«

Du meinst wohl, ihr *solltet keine Zeit verlieren,* dachte Loorina und wechselte einen Blick mit Keeria, die denselben Gedanken zu haben schien. Dann machte sie einen Schritt nach vorne, und Loorina beobachtete, wie sie eine leichte Verbeugung andeutete. Niemand außer ihr sah das spöttische Lächeln, das sich um Keerias Mundwinkel gelegt hatte. Stolz und Liebe durchströmten sie bei diesem Anblick. Keeria war schon immer die Stärkere von ihnen beiden gewesen.

Sobald die Vier Länder Garieens Herrschaft unterstanden, würden sie sich seiner entledigen und ein neues Zeitalter einläuten. Ein Zeitalter, in dem die wahren Kinder der Götter wieder den Platz in der Welt einnahmen, der ihnen zustand. So, wie es einst gewesen war.

»Eure Hoheit«, sagte Keeria, und ihre klare, helle Stimme erfüllte den Saal. »Es hat begonnen. Wir werden die Splitter hierherbringen. Habt Ihr die Gefäße schmieden lassen?«

»Für wen hältst du mich?«, blaffte Garieen und plusterte

sich auf. Sein Haar war unordentlich, und in seinen Augen stand ein seltsamer Glanz. »Selbstverständlich! Silbergefäße. *Gefäße, aus Suvs gefrorenen Tränen geschmiedet, sind das Einzige, was die Traumsplitter vor den Augen der Nachkommen verbergen kann*«, zitierte er aus der Chronik des Verlorenen Volks. Sie brauchten die Silbergefäße, da Naviia O'Bhai dummerweise immer noch am Leben war. Sie war die Einzige, die die Splitter spüren könnte – abgesehen von Kanaael De'Ar, doch der war nur ein Traumtrinker. Seine Fähigkeiten würden ihm nicht viel nützen, schließlich konnte er die Splitter kaum einsammeln.

Mittlerweile hatte sich Garieen von seinem Thron erhoben, die dunklen, mehrlagigen Gewänder raschelten, als er, von Wachen flankiert, auf einen kleinen Glastisch zuging, der in einiger Entfernung des Dhalienthrons auf einem Marmorpodest aufgebaut war. Ein goldener Kelch, verziert mit silbernen Ornamenten und funkelnden Edelsteinen, stand darauf, und Loorina verspürte eine kribbelnde Vorfreude. Mit einer Hand umschloss Garieen den Kelch und prostete ihnen allen zu.

»Auf euch, meine tapferen Weltenwandler! Auf euch und ein neues Zeitalter!«

Er trank einen Schluck, schloss dabei die Augen und ließ den Kelch wieder sinken. Loorina sah deutlich das Blut, das sich in seinem Bart und den Lippen verfangen hatte. Es würde bei Garieen keine Wirkung entfalten, denn er war nur ein Mensch. Doch das schien in diesem Moment keine Rolle zu spielen, sein kleines Schauspiel hatte symbolischen Wert. Nur mit Mühe konnte Loorina einen Schauder unterdrücken. Sie waren ihrem Ziel so nah. Nicht mehr lange, dann würde die Welt in Flammen stehen und sich daran erinnern, wer die wahren Herrscher über die vier Jahreszeiten waren.

»Tretet näher.«

Keeria leistete Garieens Aufforderung als Erste Folge. Mit energischen Schritten durchquerte sie den Saal, erklomm die wenigen Marmorstufen zum Podest und gesellte sich zu dem Mann, der seine ganze Familie auf dem Gewissen hatte. Eins musste man ihm lassen: Für einen Menschen hatte er verdammt wenig Skrupel.

Garieen reichte Keeria den Kelch, die ihn mit einem Leuchten in den Augen entgegennahm und den Versammelten zuprostete. »Auf Meraan, der Ariaans Blut für uns gestohlen und diesen Moment ermöglicht hat.«

Ihre Worte jagten Loorina eine Gänsehaut über den Rücken – ja, Meraan hatten sie es zu verdanken, dass Ariaan O'Bhai nicht mehr am Leben war und ihre Pläne gefährdete. Dank seines Bluts konnten sie die Traumsplitter aufspüren. Egal, auf welchem Fleckchen Erde sie sich befanden.

Loorina hielt den Atem an, als Keeria den Kelch an ihre Lippen führte und einen Schluck trank. Einen Augenblick später setzte sie ihn wieder ab. Selbst auf die Entfernung von mehreren Schritten sah Loorina, wie ihre Geliebte sich veränderte. Ein wilder, fast schon fremder Ausdruck legte sich auf ihr Gesicht, und Triumph glomm in ihren Augen auf. Loorina setzte sich wie von selbst in Bewegung, von einer inneren Unruhe getrieben. Sie spürte die neidischen Blicke der anderen wie Pfeile im Rücken, doch das war ihr gleichgültig. Keeria blickte sie an, liebevoll und voller Stärke. Als Loorina endlich die Stufen erklommen hatte, beugte sich Keeria vor und küsste sie, presste die weichen, so vertrauten Lippen auf ihre. Loorina packte ihre Gefährtin ungestüm am Hinterkopf, vergrub ihre Hand in dem krausen Haar, das sie am liebsten mochte, wenn Keeria es offen trug, und zog sie näher zu sich heran. Dabei schmeckte sie Ariaans Blut, noch ehe sie es wirklich auf der Zunge spürte. Ehrfürchtig leckte sie über Keerias Lippen, sanft und vorsichtig, und die Macht der Götter explodierte in ihrem Inneren. Ein Sturm brach über Loorina herein, ihr Herz klopfte wie wild. Sie vergaß, wo sie sich befand. Blendete das anzügliche Lachen aus, das einer der Männer ausstieß. Es spielte keine Rolle mehr. Denn sie sah endlich. Fühlte. Hörte.

Es war berauschend.

Loorina spürte die Splitter, als wären sie Teile ihres eigenen Körpers, die überall auf der Welt verloren gegangen waren. Sie brauchte lediglich die Augen zu schließen und konnte sie vor sich sehen. In üppigen Baumkronen in den Frühlingslanden, an einem verschneiten Steilhang in der nördlichen Gebirgskette Talveens, vergraben in einer Sanddüne in der Wüste Suviis ...

Loorina fühlte sich stärker als jemals zuvor. Ariaan O'Bhais Blut pulsierte in ihren Adern. Sie war unbesiegbar und den Göttern näher, als sie es jemals für möglich gehalten hätte.

Mit flatternden Lidern schloss Loorina die Augen und gab sich ganz ihren Gefühlen hin. Die Luft pulsierte. Überall riefen sie nach ihr. Jeder Splitter. Voller Göttermagie. Und sie warteten nur darauf, von ihr eingesammelt zu werden.

4

Doppelgänger

Veeta, Frühlingslande

»Was ist dort los?«, fragte Kanaael Daav, der den Kopf reckte und versuchte, einen Blick auf das Geschehen vor ihnen zu erhaschen. Die Straßen in Kevääts Hauptstadt Veeta waren überfüllt, er fing Gesprächsfetzen auf, Gelächter. Von allen Städten in den Vier Ländern mochte er Veeta am liebsten. Die hohen, aus weißem Stein gebauten Häuser, die blühenden Bäume, die Freiheit, die es ausstrahlte, ebenso wie die unzähligen Blumen, deren Duft in jeder noch so kleinen Gasse zu hängen schien. Im Gegensatz zu Lakoos fühlte er sich hier nicht wie ein eingesperrtes Tier. Vielleicht lag es an der Weite der Stadt, den Bergen im Nordosten, den weitläufigen Parkanlagen, die es überall gab, oder an der frische Brise, die man hier immer spürte. Er wusste es nicht. Aber er liebte Veeta. Es war ein Ort, der einen Mann alles vergessen ließ, und Kanaael wollte vergessen.

Nach einer halben Tagesreise hatten sie die Hauptstadt endlich erreicht, und er war froh, eine Pause einlegen zu können. Udinaa, die von Daaria neu eingekleidet worden war und mit ihren kurzen Haaren sowie den hohen keväätischen Stiefeln einen fast normalen Eindruck machte, ging dicht hinter ihnen. Noch immer waren ihre Schritte schwerfällig.

Hier und da blieben Menschen stehen und sahen ihr hinterher. Kanaael wusste, dass es an ihrer Ausstrahlung lag. Etwas Magisches ging von ihr aus, etwas, das niemand in Worte fassen konnte, und doch war es da.

»Sie wollen wohl auf Kevs Götterplatz. Es wird sehr bald eine Ankündigung geben.«

»Wozu?«

»Riina l'Renaal wird zu uns sprechen«, sagte ein junger Mann rechts von Kanaael. Er hielt seine Freundin eng umschlungen, und das junge Pärchen strebte durch die Menge in Richtung Götterplatz.

Je dichter das Gedränge wurde, desto schwieriger war es für die Gefährten, sich einen Weg in eine andere Straße zu bahnen. Dabei wollten sie nicht einmal zu Kevs Platz. Daav wohnte nur ein paar Straßen weiter im Schatten des Anemonenpalasts, der Herrscherresidenz Riinas, in einer edlen Villa, die er von seinen Großeltern geerbt hatte.

»Vielleicht sollten wir auf die Nebenstraßen ausweichen?«, rief Kanaael seinem Freund zu.

Der hob entschuldigend die Hände. »Mein Fehler. Ich hätte euch gleich …«

»Seid Ihr …« Eine alte Frau mit schlohweißem Haar krallte die Finger in Kanaaels Arm und unterbrach Daavs Ausführungen. Angestrengt kniff sie die trüben Augen zusammen und forschte in seinem Gesicht. »Kanaael De'Ar. Ihr seid ihm wie aus dem Gesicht geschnitten. Ich war erst letztes Jahr in Lakoos. Ich weiß … Nein, unmöglich. Was macht Ihr …«

Andere Passanten schauten neugierig zu ihnen herüber. Daav sprang Kanaael zur Seite, indem er die mit Falten überzogene Hand der Alten nahm, sie tätschelte und ihr freundlich erklärte, dass es sich bei dem jungen Mann mit Bart sicherlich nicht um den künftigen Herrscher des Sommervolks handelte.

»Komm mit«, knurrte er schließlich, als man sie in Ruhe ließ, und peilte eine Gasse auf der anderen Seite der Menschenmassen an. Sie schoben sich quer durch das Gedränge aus Körpern, Gerüchen und Stimmfetzen in die drückende Gasse hinein, in der es um einiges ruhiger zuging. Außer ihnen schien sich niemand dorthin verirrt zu haben. Das Stimmengewirr verlor sich, und Kanaael lehnte sich gegen eine Wand und verschränkte die Arme vor der Brust.

»Kommen wir auf diesem Weg zu deinem Haus?«

Bedauernd schüttelte Daav den Kopf. »Ich fürchte nicht. Wir müssen wohl oder übel warten, bis Riina ihre Rede gehalten hat. Mich würde interessieren, was vorgefallen ist. Sie können unmöglich von Udinaa wissen.« Er wandte sich an die Traumknüpferin, die etwas atemlos wirkte. »Alles in Ordnung mit Euch?«

»So viele Menschen«, sagte sie kopfschüttelnd. »So viele Geräusche. Ihre Aussprache erscheint mir fremd. Und ihre Sprachmelodie unterscheidet sich so sehr von dem, was ich einst gelernt habe.«

»Tut mir leid, dass wir Euch nicht woanders hingebracht haben«, antwortete Daav. »Aber bei uns seid Ihr vorerst am sichersten. Solange wir nicht wissen, wie wir weiter vorgehen sollen, bleibt uns kaum eine andere Möglichkeit, als vorerst nur für Euren Schutz zu sorgen.«

»Dafür musst du dich nicht entschuldigen, Daav«, sagte Udinaa mit einem Lächeln, und Kanaael sah, wie sein Freund errötete und den Blick rasch senkte. Selbst ein vorlauter Kerl wie Daav, der gewiss mit mehr Frauen geschlafen hatte, als Kanaael Dienerinnen im Palast besaß, schien gegen die Ausstrahlung der Traumknüpferin wehrlos zu sein.

»Eigentlich wollte ich es gar nicht erst vorschlagen, aber vielleicht ist es der einzige Weg, wie wir schnell in die Nähe des Palasts kommen, ohne weiteres Aufsehen zu erregen.«
Ein leises Seufzen entwich seinem Mund.
»Wovon sprichst du?«
Angestrengt legte Daav die Stirn in Falten. Er schien abzuwägen, was er sagen konnte. »Es gibt ein paar Leute, die mir noch einen Gefallen schulden.«
»Und?«, fragte Kanaael, denn Daav machte ein säuerliches Gesicht.
»Sie bewegen sich nicht … auf der legalen Seite des Gesetzes«, druckste Daav herum. Mit einer Hand fuhr er sich in den Nacken.
»Das heißt?«
Daav seufzte abermals. »Ich kann es nicht erklären. Nicht vor ihr.«
Kanaael beschloss, seinen Freund nicht weiter zu bedrängen, obwohl er ahnte, um welchen Gefallen es sich handelte, schließlich gab es nur ein Gewerbe, das man nicht vor Frauen besprach. Zum ersten Mal, seit sie Mii verlassen hatten, huschte so etwas wie ein Lächeln über Kanaaels Züge, und die Müdigkeit wich aus seinen Gliedern. Er vertraute Daav. Vielleicht war er der einzige Mensch auf der Welt, der dieses Vertrauen genoss.
»Du bist unmöglich«, sagte er und stieß Daav in die Rippen. »Ich hätte mir gleich denken können, dass du dir dein Kleingeld nicht bei den zwielichtigen Wetten verdient hast.« Dieser rieb sich feixend die getroffene Stelle. Tatsächlich hatte Kanaael zum ersten Mal, seit sie sich kannten, das Gefühl, dass er verlegen war.
»In Ordnung, lass uns diesen Weg gehen. Was sollen wir tun?«

»Es gibt ein unterirdisches Kanalsystem, das von der Herrscherfamilie beziehungsweise einigen bezahlten dunklen Händen benutzt werden darf.«

»Assassinen?«, fragte Udinaa.

»Auch, aber nicht ausschließlich«, antwortete Daav und räusperte sich. Nun wurde er tatsächlich wieder rot. »Es wird von Damen genutzt, die ungesehen durch die Stadt gelangen wollen.« Die Worte vor Udinaa auszusprechen kostete ihn große Überwindung, und er sah dabei so unglücklich aus, dass Kanaael ein kurzes, trockenes Lachen ausstieß. »Einer der Eingänge in die Tunnelsysteme befindet sich in einer Taverne, die keine zwei Straßen weiter liegt. Vielleicht haben wir Glück, und die Wirtin ist da.«

Ohne weiter Zeit zu verlieren, setzte sich Daav mit energischen Schritten in Bewegung, der dunkelgraue Mantel, den Kanaael in seiner Heimat bei einem der besten Schneider für Daav hatte anfertigen lassen, wirkte an manchen Stellen bereits abgewetzt. Kanaael reichte Udinaa den Arm, und ihr dankbarer Blick bestätigte seine Vermutung um ihren Gesundheitszustand. Die vielen Eindrücke des letzten Tages mussten sie nach ihrer jahrhundertelangen Trance sehr verwirren. Schweigend folgten sie Daav. Üppige Blumengestecke schmückten die Häuserfassaden, deren weiße Farbe dem Stadtbild einen freundlichen Ausdruck verlieh. Daav bog in eine kleine Gasse ein, durch die gerade mal eine einfache Kutsche gepasst hätte, und hier konnte der Duft der Frühlingsblumen den Gestank der ausgeleerten Nachttöpfe nicht übertünchen. Kurz dachte Kanaael an Wolkenlied und ihre gemeinsame Nacht im Kerker, doch er gestattete sich nicht, in Trauer zu verfallen. Nicht jetzt. Nicht hier.

Bald erreichten sie ein unscheinbares Eckgebäude, dessen Fensterrahmen mit roter Farbe bemalt worden waren. Vor dem Eingang war ein kleines Holzschild angebracht: *Moonias Loch.*

»Ich weiß, der Name«, sagte Daav, als hätte er Kanaaels Gedanken gehört, der an Nebelschreibers verbotene Liste denken musste und sich sicher war, dass diese Taverne auch daraufstand.

Drinnen war es gespenstisch leer. Mehrere Holztische standen ordentlich aufgereiht in einem gewaltigen Raum, der sich bis ins tiefe Innere des Gebäudes zu erstrecken schien. Auf der rechten Seite befand sich eine lange Theke, hinter der er verschiedene Glasgefäße mit durchsichtigen und farbigen Flüssigkeiten ausmachte. Zwei Türen führten in andere Räume, und als sie eintraten, erklang eine helle Glocke über dem Türrahmen. Eine der beiden Türen öffnete sich prompt, und eine Dame mit grünen, schulterlangen Locken trat über die Schwelle. Für keväätische Verhältnisse war sie noch züchtig gekleidet. Nichtsdestotrotz hatte sie ein großzügiges Dekolleté vorzuweisen, das bei jedem ihrer Schritte zu einem imaginären Takt zu wippen schien. Kanaael riss sich von dem Anblick los und starrte in ihr stark geschminktes Gesicht, das jedoch nicht dazu beitrug, ihr wahres Alter zu verschleiern. Ein erdfarbenes Kropfband verbarg die Falten an ihrem Hals.

»Wir haben geschlossen«, knurrte sie, trat hinter die Theke und drehte ihnen demonstrativ den Rücken mit einem tiefen Ausschnitt zu, während sie in einer Schublade herumhantierte.

»Ich muss deinen Eingang benutzen, Moonia.«

»Daav?« Erstaunt hob sie den Kopf und wandte sich ihnen mit zusammengekniffenen Augen zu, fast so, als wäre sie kurzsichtig. Gleich darauf breitete sich ein Strahlen auf ihrem Gesicht aus, und sie kam mit ausgestreckten Armen um die

Theke herum, um Daav fest zu umarmen. »*Nhea te,* Daav! Wie schön, dich zu sehen! Wie ist es dir ergangen? Was führt dich nach Hause?« Sie ließ ihn wieder los und sah in die Runde. Ihr Blick verweilte auf Udinaa.

»Gleichfalls, Moonia«, sagte Daav mit einem breiten Lächeln. »Aber wir haben nicht viel Zeit. Mein Freund muss weiterreisen, und die Straßen sind verstopft. Weißt du, was geschehen ist?«

»Sie hat komische Augen«, murmelte die Barfrau und starrte Udinaa weiter an.

»Weißt du, was Riina verkünden möchte?«, fragte Daav eindringlich. Die Besorgnis stand ihm ins Gesicht geschrieben.

Moonia riss ihren Blick nur widerwillig von der Traumknüpferin los. »Es gibt Gerüchte …« Sie strich sich eine grüne Locke hinters Ohr und stemmte eine Hand, auf der das Stadtwappen Veetas aufgemalt war, in die Hüfte. »Aber ich weiß nicht, wie viel an dem Geschwätz dran ist. Die Leute reden viel, wenn der Tag lang ist. Und du weißt, wie lang ein Tag bei mir werden kann.«

»Ist es etwas Schlimmes? Hat es etwas mit den Angriffen auf die Dörfer zu tun?«

Moonias schmale, grüne Augenbrauen schossen in die Höhe, sie schürzte die Lippen. »Du weißt davon?«

»Die Menschen erzählen viel, wenn der Tag lang ist«, wiederholte er ihre Worte. »Und ich habe Dörfer entlang der Küste gesehen …«

»Also gut. Ich kann aber nicht versprechen, dass etwas an dem Gerede dran ist: Man munkelt, dass Derioon De'Ar ermordet wurde.«

Ein Keuchen entwich Kanaaels Kehle. Sein Vater … tot? Aber das würde ja bedeuten … Das Blut rauschte laut in seinen Ohren, und die Zeit schien auf einmal langsamer zu

vergehen. Kanaael starrte Moonia an, während er zu begreifen versuchte, was sie eben gesagt hatte. Daav stellte sich schützend vor ihn, verdeckte ihn vor den neugierigen Blicken der Barfrau, bevor sie fragen konnte, was mit Kanaael los war.
»Von wem hast du das gehört?«
»Rhaneel kam vorhin vorbei und hat es erzählt. Seine Schwester arbeitet doch im Anemonenpalast und hat es da aufgeschnappt.«
Fluchend drehte sich Daav zu Kanaael um, der dem Gespräch kaum folgen konnte. Die Worte der Barfrau drangen nur langsam in sein Bewusstsein, er war wie in Watte gepackt. Sein Vater war gestorben. Nein, nicht gestorben, er war *ermordet* worden. Kanaael hatte nie ein besonders inniges Verhältnis zu Derioon gehabt, und seit er wusste, dass Derioon nicht sein leiblicher Vater war, hatten sie sich noch weiter voneinander entfernt, doch bei dem Gedanken, ihn nie wiederzusehen, empfand er eine seltsame Leere. Er wollte sich nicht ausmalen, was in Lakoos vor sich ging, wie verunsichert sein Volk und wie überfordert sein Doppelgänger mit der Situation sein musste. Namenlos.
Bei Suv und den heiligen Göttern!
Wenn das Gerücht stimmte, wenn Derioon wirklich tot war, würde sich alles verändern. Suvii war in Gefahr. Daav packte Kanaael unsanft an den Schultern und riss ihn aus seinem sich drehenden Gedankenkarussell. »Rhaneel ist kein Plappermaul, das leichtfertig Geschichten erfindet, Kanaael. Du musst dich jetzt konzentrieren. Wir gehen in den Palast und versuchen, mit Riina zu sprechen. Sie wird wissen, was zu tun ist.«
»Niemand weiß, dass ich hier bin«, murmelte Kanaael.
»Was?« Daavs helle Augen weiteten sich überrascht. »Darüber hat Geero kein Wort verloren. Du im Übrigen auch nicht.«

»Nebelschreiber dürfte es mittlerweile wissen. Ansonsten hoffentlich niemand. Es würde alles nur noch komplizierter machen.«

»Wir müssen mit Geero sprechen. Er ist mittlerweile wieder in Lakoos, nicht wahr? Du hast gesagt, dass er ... die anderen warnen möchte. Das Wichtigste ist, dass du an einen sicheren Ort gebracht wirst.« Ungläubig schüttelte er den Kopf. »Du hast also doch Namenlos an deiner Stelle eingesetzt.«

Kanaael antwortete nicht. Zu viele Fragen schwirrten in seinem Kopf herum.

»Bitte, Moonia, wenn Riina dem Volk verkünden will, dass Derioon De'Ar ermordet wurde, dann müssen wir schnellstmöglich in den Palast.«

»Wer ist er?« Mit einem Kopfnicken deutete sie auf Kanaael.

Daav wechselte einen Blick mit Udinaa und legte anschließend eine Hand auf die Schulter der Barfrau. »Moonia, es ist besser, du weißt das nicht. Dürfen wir jetzt deinen Eingang benutzen?«

»Selbstverständlich. Wenn euch jemand begegnet, dann sag, ich habe euch geschickt. Aber so, wie ich dich kenne, würdest du die Tunnel nicht benutzen, wenn du nicht eine Genehmigung dafür hast.«

»Du kennst mich zu gut, Moonia. Hab vielen Dank«, sagte Daav und drückte ihr einen flüchtigen Kuss auf die geschminkte Wange.

Kanaael lief benommen hinter seinem Freund her, als dieser in der Vorratskammer des Wirtshauses eine Geheimtür im Boden öffnete und Kanaael und Udinaa über glitschige Treppenstufen in das unterirdische Kanalsystem führte. *Moonias Loch, fürwahr,* dachte Kanaael und hatte das Gefühl, die ganze

Welt auf seinen Schultern zu tragen. Wenn Moonia recht hatte, war er nun der Herrscher über die Sommerlande. Und er war kein bisschen darauf vorbereitet.

»Daav! Was für eine Überraschung!« Ein kahlköpfiger Mann in hellgrüner Robe, die Hände würdevoll vor dem dicken Bauch gefaltet, watschelte ihnen entgegen, als Kanaael die schmale Tür der Küchenräume hinter sich schloss. Sie waren in einen der offenen Gänge gelangt, der von Schlingrippengewölben gestützt wurde und die hohen Decken wie Äste aussehen ließ. »Ich dachte, du seist wieder abgereist, Daav«, sagte der Glatzkopf. »Was führt dich ...«, er hielt inne, als sein Blick auf Kanaael fiel, und schnappte nach Luft.

»Eure Hoheit?«, brachte er schließlich hervor.

Erst jetzt bemerkte Kanaael, dass er den Mann bereits vor einigen Jahren am Hof des Acteapalasts kennengelernt hatte, als er gemeinsam mit der keväätischen Herrscherfamilie angereist war. Faaren, oberster Berater der Frühlingsherrscherin und häufig auch als Gesandter in anderen Ländern unterwegs. Kanaael straffte die Schultern und versuchte, alles zu vergessen, was den ganzen Weg über durch die nassen, nach Unrat stinkenden Tunnel in seinem Kopf herumgespukt war. »Ja, ich bin es«, sagte er mit einer Stimme, in der er sich selbst kaum erkannte. Seine Haare mussten vor Dreck starren, ebenso wie der mittlerweile gewachsene Bart – er hatte sich auf ein heißes Bad in Daavs Haus gefreut, auf einen Moment der Ruhe, den er nun wohl nicht mehr bekommen würde. Er musste sich schnell eine Ausrede einfallen lassen, warum er in den Frühlingslanden und nicht in seiner Heimat war, wo doch angeblich sein Vater getötet worden war.

»Was macht Ihr in Veeta?«, fragte Faaren fassungslos.

»Wie ich hörte, wurden auch in den Frühlingslanden Dörfer

angegriffen«, sagte Kanaael. »Es wird Krieg geben, und ich bin gekommen, um das Bündnis zwischen Keväät und Suvii zu erneuern.«

»Schrecklich, die Sache mit Eurem Vater. Ihr müsst untröstlich sein. Ihre Hoheit bereitet sich darauf vor, auf Kevs Götterplatz zu treten und die Nachricht ihrem Volk zu verkünden.«

Kanaael schwieg und sah, wie Daav die Schultern hängen ließ. Wenn sie in ihren Herzen noch gehofft haben mochten, Derioons Tod sei nichts weiter als ein Gerücht, so hatten Faarens Worte diese Hoffnung nun endgültig zunichte gemacht.

»Besteht eine Möglichkeit, Riina noch zu erreichen, bevor sie zu den Menschen spricht?«

»Selbstverständlich. Aber, wenn ich mir diese Bemerkung erlauben darf, Ihr solltet Euch etwas anderes anziehen und vielleicht vorher ein kurzes Bad einnehmen. So viel Zeit wird doch noch sein.«

Kanaael wechselte einen Blick mit Daav, der unmerklich nickte. »In Ordnung«, willigte er ein.

»Nächtigt Ihr in der Botschaft, oder habt Ihr eine andere Unterkunft gefunden?« Er machte eine etwas hilflose Geste. »Ich wusste nichts von Eurem Besuch, sonst hätten wir selbstverständlich den Westflügel hergerichtet.«

»Um ehrlich zu sein, haben wir uns darüber keine Gedanken gemacht. Wir sind gerade erst angereist.«

Die weißen Augenbrauen des Beraters schossen in die Höhe und verliehen seinem Gesicht einen merkwürdigen Ausdruck. »Ihr seid ohne Begleitung eingetroffen? Etwa über die Tunnel?«, fügte er mit einem Blick auf die Tür, durch die sie gekommen waren, hinzu.

Daav neigte den Kopf. »Mit Verlaub, Faaren I'Kheen, es war nicht vorgesehen, dass jemand Kanaael De'Ar sieht, er reist alleine und inkognito.«

»Auch Nebelschreiber ist nicht an Eurer Seite?«, fragte Faaren Kanaael, ohne Daav eines Blickes zu würdigen. Auch Udinaa, die die ganze Zeit stumm neben Kanaael stand, ignorierte Faaren geflissentlich.

»Nein, er ist bei meiner Schwester und Mutter geblieben, die eine Trauerzeremonie organisieren. Ich wollte die Zeit nutzen, um persönlich mit Ihrer Hoheit über eine Erneuerung unseres Bündnisses zu sprechen. Die Zeit drängt, und ich hielt es für das Beste, persönlich zu erscheinen«, sagte Kanaael ruhig. Nachdem Kanaael sich vom ersten Schock erholt hatte, fügte er sich in das Schicksal, auf das man ihn seit seiner Geburt vorbereitet hatte. Er erinnerte sich an jedes Training, jede Rhetorikstunde, jede einstudierte Geste und mentale Übung, schlichtweg an alles, was man ihm beigebracht hatte.

Er war Kanaael De'Ar, und er tat, was von ihm erwartet wurde.

Faaren I'Kheen senkte den Blick. »Selbstverständlich. Verzeiht mein ungebührliches Verhalten. Ihr müsst müde von der Reise sein. Ich werde auf der Stelle veranlassen, dass für Euch Räumlichkeiten in der Botschaft vorbereitet werden, und lasse Euch frische Kleidung bringen. Folgt mir doch bitte, wenn es Euch gefällt.«

Seine weiten Gewänder raschelten, als er mit schnellen Schritten den Gang entlanglief. Dabei sah er sich nicht mehr zu seinen drei Gästen um, sondern schien in Gedanken vertieft zu sein. Daav schloss zu Kanaael auf.

»Was hast du vor?«, raunte er.

»Ich werde vor das keväätische Volk treten.«

»Willst du damit nicht warten, bis wir mit Nebelschreiber gesprochen haben und wissen, was genau in Suvii passiert ist?«

Kanaael schüttelte den Kopf. »Das Protokoll erlaubt es Namenlos nicht, bei der Trauerzeremonie meines Vaters meinen

Platz einzunehmen. Inzwischen dürften sie im Palast wissen, dass ich verschwunden bin. Wenn ich kein Lebenszeichen von mir gebe, wird es in Lakoos zu einem Aufstand kommen.«

»Das hatte ich nicht bedacht.«

»Das ist ja auch nicht deine Aufgabe. Ich möchte, dass du Dineaa ...«, sagte er und sah Daav dabei eindringlich an, denn sie hatten sich darauf geeignet, den richtigen Namen der Traumknüpferin vor Uneingeweihten nicht mehr zu verwenden. »... zu dir nach Hause begleitest, während ich mich wasche und ankleide.«

Faaren drehte sich im Gehen zu ihnen um, seine Miene spiegelte seine innere Anspannung wider. »Wir sollten uns beeilen, wenn Ihr auf den Platz treten wollt, bevor Riina spricht. Sie hat einen sehr straffen Zeitplan und wird nicht davon abweichen, wenn wir sie nicht über Eure Ankunft informieren. Aber das werde ich schon in die Hand nehmen, keine Sorge.« Noch während er die letzten Worte sprach, winkte er zwei Wachen heran. Er bellte ihnen ein paar Anweisungen zu, und sie verschwanden umgehend in den weiten Fluren des Palasts. Sie gingen weiter hinter Faaren her, der sie durch mehrere Gänge und Flure führte, die alle kein Ende zu nehmen schienen. Zwischen all den weißen Säulen und den verästelten Decken gab es mehrere Freilichtinnenhöfe, in denen stets ein Brunnen und mehrere Grünflächen vorzufinden waren.

»Wir treffen uns zur Mittagsstunde vor dem Haupteingang. Ohne Euch, Dineaa«, fügte Kanaael bedauernd hinzu. »Wir können Euch nicht in Gefahr bringen, und es ist das Beste, wenn Ihr eine Weile untertaucht. Zumindest so lange, bis ich herausgefunden habe, was in den Vier Landen vor sich geht. Und ob Garieen Ar'Len etwas mit dem Tod meines Vaters zu tun hat.«

Udinaa griff mit ihren schlanken Fingern nach seiner Hand und drückte sie fest. »Du bist stark, Kanaael. Was geschehen ist, ist nicht deine Schuld. Das Schicksal hat darüber bestimmt, und dir wurde übel mitgespielt.«

Er nickte grimmig. »Ja.«

Faaren, der ein gutes Stück außer Hörweite vor ihnen herlief, blieb stehen und drehte sich zu ihnen um. Mit einer Hand deutete er auf eine grüne Doppeltür, die mit feinen keväätischen Schnitzereien verziert war und Kanaael vage bekannt vorkam.

»Wir sind da. Ich werde Euch einen Moment allein lassen. Das Bad ist bereits hergerichtet«, begann Faaren. »Falls ich noch etwas für Euch tun kann, Eure Hoheit, dann lasst es mich wissen. Ich werde vor der Türe auf Euch warten, bis Ihr fertig seid. Anschließend begleite ich Euch zu Kevs Götterplatz, wenn Ihr wünscht.«

Kanaael hatte tatsächlich vergessen, wie es war, als Herrschersohn behandelt zu werden. Ein Stich fuhr ihm ins Herz, und er verbot sich jeden Gedanken an Wolkenlied oder seinen Vater.

»Habt Dank, Faaren l'Kheen. Ich weiß Eure Gastfreundschaft sehr zu schätzen.«

Faaren verneigte sich tief und zog sich dann etwas zurück, sodass sich Kanaael in Ruhe von Udinaa verabschieden konnte.

»Daav wird gut auf dich achtgeben und dafür sorgen, dass niemand von deiner wahren Identität erfährt.«

»Dessen bin ich mir sicher«, sagte sie mit einem leisen Lächeln. »Ich muss dir noch etwas sagen, bevor du gehst.« Sie senkte die Stimme.

»Was?«

»Ich hatte noch keine Gelegenheit, es dir zu sagen. Ich wollte noch warten, bis der richtige Zeitpunkt gekommen ist.

In der Nacht, bevor du kamst, träumte ich davon, dass Naviia vor den Toren Lakoos' stand und nach dir suchte.«

»Naviia?«

»Ja. Du wirst ihr begegnen, sobald du in deine Heimat zurückkehrst. Sie wird dort auf dich warten. Und in der Zwischenzeit hab gut acht, Kanaael.«

Mit diesen Worten verabschiedeten sich Udinaa und Daav von ihm, und Kanaael betrat das Badezimmer. Erschöpft lehnte er sich gegen die geschlossenen Türen, ließ sich daran herabgleiten und barg den Kopf zwischen den Händen. Wolkenlied. Sein Vater. Beide waren tot. Und auf seinen Schultern lastete das Schicksal einer ganzen Welt. Zum ersten Mal seit einer langen Zeit gab er sich seinen Tränen hin.

5

Wintermädchen

Nahe Lakoos, Sommerlande

Die Hitze lag wie ein nebliger Schleier über der schmalen, durch den Sand gebauten Hauptstraße, die von Norden in Richtung Wüstenhauptstadt führte. Naviia hatte das Gefühl, zu schmelzen. Jeder Atemzug brannte wie Feuer in ihrer Lunge, und sie hatte so viel getrunken, dass sie ständig pinkeln musste. Müde wischte sie sich über die feuchte Stirn und fächerte sich mit einem suviischen *Karaan* frische Luft zu.

Vor einigen Tagen hatte sie das Gefühl gehabt, kleine Stiche zu spüren, als ob ihr etwas fehlen würde. So als wäre ein Teil von ihr überall auf der Welt vergraben. Doch das Gefühl hatte nur eine Nacht angedauert, und sie hatte sich mittlerweile daran gewöhnt, nicht mehr im eisigen Talveen zu sein.

Körperliche Anstrengungen schienen in Suvii unmöglich, bei der kleinsten Bewegung rann ihr der Schweiß über den Rücken. Dabei hatte sie bereits ihre schwere Talveen-Tracht gegen einen dünnen Kaftan getauscht, wie ihn die Menschen der Sommerlande trugen. Der leichte Stoff umschloss ihren Körper fast gänzlich, darauf hatte sie nicht zuletzt wegen der Flügelzeichnungen auf ihrem Rücken bestanden, und das Material ließ jeden Windhauch hindurch. Dennoch klebte das Kleid wie eine zweite Haut an ihr, obwohl sie das Glück hatte, die Strecke von Leenias kleiner Hütte bis nach Lakoos auf einem Kireel zurückzulegen. Mit dem breiten Rücken, auf dem sie einen mit Polstern und Decken ausgestopften Sitz befestigt hatten, dem mächtigen Körper und dem langen Kopf hatte es keine Ähnlichkeit mit irgendeinem Tier, das Naviia kannte. Zuerst hatte sie sich geweigert, auf den Rücken des schmatzenden und äußerst zufrieden dreinblickenden Tiers zu steigen, aber schließlich hatte Pirleean sie überzeugt. Auch wenn es bestialisch stank und seltsame Geräusche von sich gab. »Wie weit ist es noch bis Lakoos?«, fragte sie über die Schulter. Ihr Becken fühlte sich an, als hätte sie tagelang auf einer Holzbank geschlafen, dabei waren sie erst in der Morgendämmerung aufgebrochen, um gegen Abend in der Stadt anzukommen.

Pirleean lachte über ihren verdrießlichen Gesichtsausdruck. »Wir sind bald da. Wenn du geradeaus blickst, solltest du in der Ferne die gläsernen Türme ausmachen können.«

So wie sie selbst ritt er einen Kireel, der allerdings fast doppelt so groß war wie ihr eigener. Das Glockengeschirr um Maul und Hals klirrte bei jedem Schritt, und sie erhob die Stimme, damit Pirleean sie besser verstehen konnte. »Danke, dass du mir hilfst!«

»Hatte ich eine andere Wahl? Du hast dich unmissverständlich ausgedrückt, und wenn ich dazu beitragen kann, dass der Mörder Derioon De'Ars gefasst wird, werde ich das gern tun. Es ist meine Pflicht als Bürger der Sommerlande.« Er sagte es mit einer solchen Inbrunst, dass sich Naviia nur schwer ein Lächeln verkneifen konnte. Die Ähnlichkeit zu Jovieen war in der Tat faszinierend. »Hab vielen Dank jedenfalls.«

»Was ist los?«, fragte Pirleean, trieb sein Tier an, um zu ihr aufzuschließen, und sah sie nachdenklich von der Seite an. »Du wirkst auf einmal sehr traurig.«

Sie ärgerte sich darüber, es nicht besser verbergen zu können. Aber der Gedanke an Jovieen ließ auch die Erinnerung an ihre Heimat, an Ordiin, Isaaka und Daniaan aufkeimen. Und daran wollte sie nicht denken. Nicht jetzt, denn sie musste sich auf das konzentrieren, was vor ihr lag: Kanaael finden und die Mörder ihres Vaters zur Strecke bringen.

»Du willst nicht darüber reden. Ich verstehe schon«, sagte Pirleean mit einem leisen Seufzen.

»Nein, du verstehst gar nichts.«

»Vielleicht würde ich es verstehen, wenn du es mir erklärst. Im Grunde weiß ich gar nichts über dich, außer dem, was Leenia mir erzählt hast. Du bist eine Talveeni, und dein Dorf wurde überfallen.«

Naviia sah ihn direkt an. »Ich vertraue dir nicht.«

Er wartete einen Augenblick ab, doch als sie keine Anstalten machte, weiterzusprechen, zuckte er mit den Achseln. »Das erwartet auch keiner von dir, Naviia. Wir sind zwei Fremde, die zufällig am selben Ort waren, und ich helfe dir nicht nur aus reiner Gefälligkeit. Meine Familie ist arm, mein Vater ein Händler und selten zu Hause. Er bereist die Küstenregionen und vertreibt seine geschnitzten Zierwaren in den Städten, die fernab der größeren Zivilisation liegen.« Es folgte eine kurze Pause, und er legte nachdenklich die Stirn in Falten. »Eigentlich wollte ich immer in seine Fußstapfen treten, aber ich möchte irgendwann mal eine Familie gründen. Sie auf andere Weise ernähren können, für sie da sein. Ich habe nur darauf gewartet, von zu Hause wegzukönnen. Dir über den Weg zu laufen hat mein Bestreben nur verstärkt.« Als er ihren Blick bemerkte, hob er lachend die Hände. »Keine Sorge, wenn ich von Kindern und Familie rede, meine ich nicht dich. Versteh mich nicht falsch, du bist sehr schön, besonders für eine Talveeni ... Also ...« Pirleean verstummte und holte tief Luft. »Dein Wesen entspricht nicht den gängigen Vorstellungen einer tugendhaften suviischen Frau. Ohne Zweifel bist du in Keväät und Syskii ein großartiger Fang, aber hier in Suvii sind wir etwas konservativer.«

Das hatte sie auch schon zu spüren bekommen.

»Was ich eigentlich sagen möchte ...«, fuhr Pirleean fast hastig fort. »... Lakoos bietet viele Möglichkeiten, und wenn ich vielleicht die richtigen Personen kennenlerne, könnte eine gute Anstellung dabei herausspringen.«

»Ich vertraue dir trotzdem nicht.«

»Das verlangt auch keiner von dir. Und denk ja nicht, ich hätte die beiden Dolche, die du an deinen Oberschenkel geschnallt hast, nicht bemerkt. In deiner Talveen-Tracht hat man das nicht gesehen, aber so ...«, er deutete auf ihr Kleid, » ... sieht es jeder.«

Naviia spürte, wie sie errötete. Ärgerlich fächerte sie sich etwas energischer Luft zu. »Und wie handhaben Frauen das bei euch?«

»Frauen und Waffen?« Pirleean schnaubte. »Bist du verrückt? Keine Frau würde sich irgendwelche Waffen umbinden.«

Sie murmelte eine unverständliche Antwort und wandte sich ab. Trotz des leichten Flimmerns der Hitzewellen, die sich vom Wüstensand in den Himmel abzuheben schienen, konnte sie in der Ferne hohe Steinmauern ausmachen. Sie kniff die Augen zusammen, um die zwei gläsernen Türme im Nordosten der Stadt besser erkennen zu können. Schillernd brach sich die Sonne in der Glasfront.

»Was ist dort vorne los?«

Pirleean folgte ihrem Blick und legte die Stirn kraus. Im Gegensatz zu ihr schien ihm die Hitze nicht das Geringste auszumachen. Er hatte sich die langen Haare im Nacken zusammengebunden, und trotz der langärmligen Kleidung wirkte er erstaunlich frisch, und er schien noch keinen einzigen Schweißtropfen vergossen zu haben. Naviia hingegen hatte nicht eine trockene Stelle am Körper.

»Ich habe nicht die leiseste Ahnung.«

In einiger Entfernung, dort, wo einige Sanddünen zusammenliefen und den Blick auf die Stadt ermöglichten, befand sich eine Ansammlung von Menschen. Ihre bunte Kleidung hob sich vom sandigen Boden ab. Naviia ließ den Blick schweifen und entdeckte zwei schwarze, weit gespannte Zelte. Das Wappen der Familie De'Ar war auf der Frontseite aufgestickt.

»Ein Trauerzug?«

Pirleean schüttelte den Kopf. »Nein, der findet erst in zwei Tagen statt.«

»Vielleicht eine Übung, damit alles reibungslos abläuft.«

»Vielleicht ...«

Je näher sie kamen, desto mehr erkannte sie, wie falsch sie gelegen hatte. Naviia verengte die Augen noch etwas mehr.

»Sind das ... Soldaten?«

Tatsächlich, sie sah Schwerter. Mehrere Bogenschützen standen aufgereiht und schirmten die Zelte vor neugierigen Blicken ab. Viele der Männer zeigten ihre nackten Oberkörper, die meisten hochgewachsen, mit breiten Schultern und definierten Muskeln, wobei sie nicht sagen konnte, wo ein Muskelberg anfing und der andere aufhörte. Einige trugen schwarze Götterzeichen im Gesicht, ein paar absolvierten Übungen mit breiten Schlagstöcken, andere unterhielten sich. Sie sahen aus, als ob sie auf etwas warteten.

Sie blickte zu Pirleean, der trotz seiner langen Beine eher

wie ein zu groß geratener Ast als wie ein gestandener Mann aus dem Sommervolk wirkte, dann sah sie wieder zurück zu den Soldaten. »Wollen wir einen anderen Weg wählen? Wir reiten geradewegs auf diese Gruppe zu.«

»Das sind lakoosische Krieger, keine Wilden. Mach dir keine Sorgen. Wenn wir einen anderen Weg nehmen, dauert das noch bis morgen früh, und ich habe keine Lust, in der Wüste zu übernachten.«

Soso, lakoosische Krieger. Wie beruhigend, dachte Naviia, aber sie wollte Pirleean vertrauen. Wenigstens dieses eine Mal.

Als sie näher kamen und entdeckt wurden, lösten sich drei hochgewachsene Männer aus der Gruppe und traten auf sie zu. Naviia ließ sich zurückfallen und hoffte inständig, dass Pirleean das Reden übernahm. Zwei der Krieger flankierten den vorderen, der von allen dreien die eindrucksvollste Statur vorwies. Demonstrativ wanderte seine Hand an den breiten Ledergürtel, an dem sein Schwert befestigt war. Schwarzer Bart, leichte Brustbehaarung und eine breite Narbe, die quer über seinen Bizeps verlief. Naviia schluckte.

»Wer seid ihr?« Die Stimme des Mannes glich einem Donnergrollen, und die dichten Brauen verzogen sich unheilvoll über seinen schwarzen Augen.

Pirleean sprang von seinem Kireel, griff nach dem Geschirr ihres Tieres und gab schnalzende Laute von sich, worauf es sich auf alle viere niederließ und sie absteigen konnte. Dann presste er eine Hand auf seine Brust und verneigte sich vor dem Krieger. »Mein Name ist Pirleean Da'Nees, ich komme aus Pergoo, einem Dorf unweit der Küste. Das ist Naviia O'Bhai, eine Talveeni, die sich auf der Reise nach Lakoos befindet.«

Der Krieger musterte sie schweigend und gab einen Wink, woraufhin sich Pirleean mit einem erleichterten Seufzen aufrichtete. »Es ist kein günstiger Zeitpunkt, um in die Hauptstadt zu reisen. Besonders nicht für Fremde«, sagte er ungehalten. »Was wollt ihr in Lakoos?«

Naviia spürte, wie Pirleean neben ihr zum Sprechen ansetzte, und wusste, dass seine nächsten Worte ihre Absichten erklären würden. Sie kam ihm zuvor: »Verzeiht, wenn ich mich einmische. Wir sind ...«

»Ich habe nicht mit dir gesprochen!«, fuhr der Krieger dazwischen. In seinen Augen loderte ein gefährliches Feuer, und sein Blick glitt über ihren Körper. Sofort fühlte sich Naviia unwohl, fast schutzlos.

»Was wollt ihr in Lakoos?«

Naviia senkte den Blick und nahm gleichzeitig aus dem Augenwinkel wahr, wie Pirleean die Hände verschränkte, um zu verbergen, dass sie zitterten. »Wir sind Reisende. Nicht mehr und nicht weniger. Ich habe keine bestimmten Absichten, und die Talveeni möchte einen Freund besuchen, den sie aus Kindertagen kennt.«

»Ist sie eine Konkubine?«

»Sie ist keine Sklavin, sondern eine freie Frau.«

»Eine Dirne.«

Naviia kochte vor Wut, als er sie für eine Prostituierte hielt, aber sie blickte weiter auf den Boden. Auch wenn sie den Krieger nicht ansah, spürte sie, wie sich seine Blicke durch den dünnen Stoff ihres Kleids brannten.

»Nein.«

»Warum reist sie dann allein – mit dir?«, schnauzte der Krieger, und Naviia ballte die Hände zu Fäusten.

Halt dich zurück. Es ist nicht deine Aufgabe, für dich zu sprechen und deinen Kopf zu riskieren. Denk an ...

»Wir haben uns zufällig kennengelernt.«
»Dir ist klar, wie das klingt. Warum sollte eine Talveeni, die so aussieht wie sie, sich ausgerechnet jemanden, der so aussieht wie du, als Beschützer aussuchen?«

Naviia hatte genug. Sie riss den Kopf nach oben und starrte den Krieger herausfordernd an, was sie weniger Überwindung kostete als erwartet. »Ich weiß, wer Derioon De'Ar getötet hat.«

Stille.

»Was hast du da gesagt?«, fragte der Krieger misstrauisch. Zum ersten Mal wirkte er verunsichert.

»Ich weiß, wer den Herrscher der Sommerlande getötet hat. Es ist derselbe Mann, der für den Tod meines Vaters und vieler anderer Menschen verantwortlich ist.«

Es war töricht zu behaupten, den Mörder von Derioon De'Ar zu kennen. Nichtsdestotrotz war es eine Chance, heil aus dieser Situation herauszukommen ...

»Und woher willst du das wissen?«

»Weil die Männer, die in seinem Auftrag Dörfer in Talveen überfielen, seinen Namen genannt haben. Und es brannten viele Dörfer in Talveen.« Der Krieger unterbrach sie nicht. Offensichtlich waren die Nachrichten schon bis nach Suvii durchgedrungen. Davon ermutigt, fuhr Naviia hastig fort: »Ich bin hier, weil ich glaube, dass dies erst der Anfang ist.«

»Fhoorien, vielleicht ...«

Der Krieger unterbrach den anderen Kämpfer zu seiner Linken mit einer abrupten Handbewegung und wandte sich dann Naviia zu. Sein Blick war nachdenklich geworden, doch das änderte sich gleich darauf. Er trat einen Schritt an sie heran, sodass sie den Kopf heben musste, um ihm weiter in die Augen zu schauen. »Und wem wolltest du diese nette Geschichte erzählen? Wolltest du dich auf den goldenen Götterplatz stellen und ein Liedchen darüber anstimmen?« Er bleckte die Zähne. »Ich kaufe dir das nicht ab, Schätzchen.«

Obgleich sich ihr Herzschlag verdreifacht hatte, wusste Naviia, dass es dumm wäre, sich dem Krieger jetzt zu beugen.

»Ich sage die Wahrheit.«

Er lachte lauthals auf. »Ihr Talveeni versteht euch ausgezeichnet darauf, einem Mann gewisse Freuden zu bereiten. Ebenso ausgezeichnet, wie ihr euch darauf versteht, einem Mann ein Lügenmärchen aufzutischen. Wieso also sollte ich dir glauben?«

»Das hat doch keinen Sinn«, sagte Pirleean. Naviia musterte ihn überrascht von der Seite, seine aufrechte Haltung und den entschlossenen Ausdruck. Diesen Mut hätte sie ihm nicht zugetraut, aber vielleicht hatte sie ihn auch einfach unterschätzt, und er wollte sich vor einer Frau keine Blöße geben. Erst recht nicht vor einer Talveeni.

»Lasst uns ziehen. Selbst wenn sie nur einen Teil der Wahrheit sagt, was kümmert es Euch?«

»Es kümmert mich, weil der Herrscher der Sommerlande bald hier eintrifft und ihr euch zufällig auf einer nicht häufig benutzten Handelsroute befindet.« Er überlegte einen Augenblick. »Aber vielleicht ist das ein Zufall, der gar nicht ungelegen kommt.« Er machte noch einen letzten Schritt in ihre Richtung und packte sie grob am Arm.

»Fass mich nicht an!«, zischte Naviia und versuchte, sich aus dem eisernen Griff zu befreien, aber sie hatte keine Chance. Ungerührt zerrte sie der breitschultrige Krieger hinter sich her, und Naviia schwor sich, nie wieder den Mund so weit aufzureißen. Sie würde sich für die Zukunft eine andere Taktik überlegen. Zumindest solange sie hier in Suvvi war. Eine weiblichere, eine die den Vorstellungen der ungehobelten Holzköpfe hier entsprach.

»Wo bringt Ihr sie hin?«, rief Pirleean, folgte ihnen jedoch nicht, wie Naviia mit einem Blick über die Schulter feststellte. Stattdessen blieb er bei den teuren Tieren, die er aus den Stallungen seines Vaters geklaut hatte.

Der Krieger, der auf den Namen Fhoorien hörte, gab keine Antwort, sondern stampfte mit undurchschaubarer Miene weiter. Im Gegensatz zu Pirleean schlossen sich ihnen die beiden anderen Kämpfer an, und Naviia hatte das stechende Gefühl, von ihnen nichts Gutes erwarten zu können.

»Wo ist Nebelschreiber?«, bellte Fhoorien, und seine Finger umschlossen ihren Arm wie ein Schraubstock. Solche Muskeln hatte Naviia noch nie gesehen, nicht einmal bei den stärksten Männern zu Hause in Ordiin. Fhoorien brachte sie vor einen Mann mit grauem Haar, das zu mehreren Zöpfen geflochten war, und einem spitzen Gesicht, das sie an einen talveenischen Raubvogel erinnerte. Er trug eine auf ein Brett gespickte Liste bei sich und hakte etwas darauf ab. Als hätte er ihre Anwesenheit gespürt, drehte er sich zu ihnen um und musterte Naviia von oben bis unten. Fhoorien schubste sie unsanft nach vorne. »Eine Talveeni.«

»Das sehe ich«, sagte der Mann ruhig. »Was tut sie hier?«

»Sie war auf der Durchreise. Behauptet, dass in ihrem Land Dörfer angegriffen wurden und ihr Vater zu den Opfern gehört. Außerdem sagt sie, sie wüsste, wer Seine Hoheit ermordet hat.«

Interessiert betrachtete der Mann ihr Gesicht. »Wie heißt du?«, fragte er leise.

»Naviia O'Bhai.«

Sie sah, wie er erbleichte. Er brauchte einen Moment, um sich zu sammeln. »Sagtest du O'Bhai?«

»Ja. Naviia O'Bhai.«

Ein, zwei Herzschläge lang starrte der Mann sie an, als hätte er einen Geist vor sich, dann wandte er sich an Fhoorien. »Hol mir Geero her. Sofort!«, bellte er.

Kaum war dieser außer Hörweite, wandte er sich ihr wieder zu und senkte die Stimme: »Wie hieß dein Vater?«

»Ariaan O'Bhai.«

»Gut. Es gibt drei Dinge, die nur jemand über ihn wissen kann, der ihn persönlich und sehr gut kannte. Und es gibt nur eine Sache, die er seiner Tochter anvertraut hat. Ich möchte sichergehen, dass ich dir vertrauen kann, Naviia. Ich habe dich ein einziges Mal gesehen, aber da warst du noch ein Kind, und du kannst dich wahrscheinlich nicht an mich erinnern. Mein Name ist Nebelschreiber. Ich bin der Fallah von Kanael De'Ar. Morgen wird er in sein Amt erhoben, bis heute weilte er noch in den Frühlingslanden. Dein Vater war ein guter Freund von mir und Geero«, sagte Nebelschreiber, und Naviias Augen weiteten sich vor Verblüffung. Dieser Mann war ein Freund ihres Vaters gewesen?

Er hatte so gar nichts mit ihm gemein. Sie versuchte in seinem Gesicht etwas auszumachen, das ihr irgendwie vertraut war, und hörte in sich hinein. Zuerst wollte sie seine Worte als leeres Geschwätz abtun, doch dann hielt sie inne. Es gab nur eine Sache, die sie verbinden konnte, und sie schüttelte den Kopf. »Nein, das kann nicht sein. Mein Vater lebte ab…«

»…geschieden vor dem Talveen-Gebirge, das die nördliche Grenze der Winterlande markierte, in dem kleinen Dorf Ordiin, das er für sich und seine Frau ausgewählt hat, um dort ihr gemeinsames Kind zu bekommen. Ein Mädchen«, sagte Nebelschreiber sanft, und sie las echtes Bedauern in seinem Blick. Woher wusste dieser Mann so viel über ihren Vater?

»So«, sagte er leise und richtete sich auf. Sein Blick streifte sie wachsam, und noch war der letzte Funke Misstrauen nicht aus seinen dunklen Augen gewichen. »Ich werde dich nun prüfen, um sicherzugehen, dass du auch wirklich Ariaans Tochter bist und nicht irgendein talveenisches Mädchen, das man geschickt hat, um am suviischen Hof zu spionieren. Sollte dies der Fall sein ...« Nebelschreiber ließ die Drohung unausgesprochen.

»Vielleicht vertraue ich Euch genauso wenig.«

»Du wirst anhand meiner Fragen wissen, dass ich deinen Vater kannte.«

Seltsamerweise glaubte sie ihm. Genau dieses Gefühl hatte ihr Fereek nie vermittelt. Aufrichtigkeit. Trotzdem ließ sie sich nichts anmerken und starrte mit verkniffener Miene zurück, als er schließlich fragte: »Wie lautet der Kosename seiner Tochter?«

»Sternchen.«

»Woher stammt die kreisförmige Brandnarbe, die Ariaan auf der Handfläche hatte?«

Rasselnd holte Naviia Luft und versuchte angestrengt, ihre Gedanken zu ordnen. Jetzt musste sie ihre Worte mit Bedacht wählen. Wenn Nebelschreiber von dieser Narbe wusste, ihre Bedeutung kannte, dann wusste er auch, dass ihr Vater ein Weltenwandler gewesen war. Wenn nicht ... »Er ... Als er sehr jung war, hatte er einen Freund, der gemeinsam mit ihm bei Merlook, einem ... alten Meister, in die Lehre ging. Er berührte den Freund, als dieser ... brannte. Und sowohl er als auch sein Freund trugen eine Narbe davon. Es war seine erste Erfahrung mit ... der Arbeit.«

Nebelschreiber schwieg einen Augenblick lang, schien abzuwägen, wie er weiter verfahren sollte, und schob dann mit einer Hand den Ärmel seines dunkelroten Gewands nach oben, um seinen Unterarm zu entblößen. Eine Narbe am Handgelenk zeichnete den Abdruck einer Hand nach. Naviia riss die Augen auf.

»Ihr wart der Freund, der damals mit meinem Vater in Galmeen in die Lehre ging?«

Nebelschreiber nickte. »Wir sind gleich, Naviia«, sagte er und eröffnete ihr gleichzeitig sein größtes Geheimnis.

Es brauchte nicht viel mehr als diese Worte, um sie davon zu überzeugen, dass sie mit ihrer Vermutung recht behalten hatte. Das Verlorene Volk.

»Ihr seid auch ein ...«

Ein Finger schoss an seine Lippen, und er sah sich verstohlen um, doch keiner der Männer, die sich in ihrer Nähe aufhielten, schien an ihrem Gespräch Anteil zu nehmen.

»Bei den Göttern, du darfst es nicht aussprechen. Das Böse hat seine Ohren überall. Aber sag bitte, was ist Ariaan zugestoßen?«

Zuerst wollte sie keine Antwort geben, wusste nicht, wie viel sie preisgeben dürfte. Doch dann sah sie Tränen in Nebelschreibers Augen schimmern und schluckte. »Es waren Schergen, Jäger der Nacht. Sie haben alle getötet, die ... anders waren. Ich weiß nicht, woher sie wussten, wen und wo sie suchen müssen, aber sie haben mehrere Dörfer angegriffen und ihre Opfer gezielt ausgesucht. Auch vor Kindern, die ... anders waren, machten sie nicht halt.«

»Sie wollen sichergehen, dass niemand die Traumsplitter finden kann. Töten alle, die Götterblut in sich haben, so steigt ihre Macht.« Er sprach mehr zu sich selbst. Nachdenklich strich er sich über den geflochtenen Bart. »Wie lange ist das her, Naviia?«

»Wann mein Vater gestorben ist?«
Nebelschreiber nickte.
»Vor etwa zwölf Wochen.«
»Es passt alles zusammen«, murmelte der Alte und schüttelte den Kopf. »Und du glaubst, dass dieselben Personen hinter dem Mord an Derioon De'Ar stecken, mein Kind?«
Naviia hielt seinem fragenden Blick stand. »Ja, das glaube ich. Und Garieen Ar'Len ist ihr Auftraggeber.«
Sie sah, wie sich Nebelschreibers Augen überrascht weiteten. »Das ist eine schwere Anschuldigung, Naviia, die du nicht leichtfertig ausssprechen solltest.«
»Ich hörte zwei Männer sprechen. Syskiier. Sie waren hinter mir und meiner Freundin Isaaka her. Wir wurden verraten, weil wir anders waren. Ich konnte fliehen, aber Isaaka wurde getötet. Es gehörte noch eine Frau zu ihnen, eine andere Talveeni. Ihr Name war Loorina.«
»Loorina, natürlich. Ich hätte es mir denken können.«
»Weshalb?«
»Ein Teil der Anderen, die stets im Verborgenen leben mussten, verabscheuten, wie sich die Welt entwickelt hatte. Sie sehen sich als die wahren Götter auf Erden und wollen nicht akzeptieren, dass sie im Dunkeln ein Leben ohne ihre Macht führen müssen. Sie sehnen sich nach der Zeit, in der die Gezeichneten über die Menschen geherrscht haben.«
»Fhoorien hat mich zu euch geschickt, Nebelschreiber?«, fragte eine durchdringende Stimme neben ihnen, und Naviia zuckte unwillkürlich zusammen.
Der Mann, der an ihre Seite getreten war, überragte die Krieger, denen sie bisher begegnet war, um mindestens eine Armlänge. Trotz seiner Größe hatte er einen weichen Blick und freundliche Augen. Sein Oberkörper steckte in einem Brustpanzer aus Hartleder, und sie erspähte zwei Schwert-

griffe auf seinem Rücken. An seinem Baris hingen zwei Chakrani, die nur von speziell ausgebildeten Kriegern benutzt wurden.

»Geero, darf ich dir Naviia vorstellen? Naviia O'Bhai.«

»Bei Kev, meinst du ... Ihr das ernst?«, fragte er und unterzog Naviia einer eindringlichen Musterung. Anders als bei Fhoorien war sein Blick keinesfalls lüstern oder aufdringlich. Er sah sie an, als hätte er eine verlorene Tochter wiedergefunden. Warm und voller Freude.

»Du hast ja keine Ahnung, wie sehr wir gehofft haben, dass es Überlebende gibt. Wir haben schreckliche Sachen aus den anderen drei Ländern gehört. Was ist mit deinem Vater, hat er dich zu uns geschickt?«

Nebelschreiber räusperte sich und schüttelte den Kopf.

»Er ist auch tot, habe ich recht?«, fragte Geero. »Sie haben ihn erwischt. Diese Bestien! Wir hätten uns zusammentun sollen, aber wir alle wollten nicht gemeinsam leben aus Angst ... Bei Suv, ich hatte gehofft, dass wenigstens er ihnen entkommen konnte ...«

Ein Kreischen unterbrach ihn. Naviia sah in den Himmel und schirmte mit einer Hand die Augen gegen die hochstehende Sonne ab. Zwei schwarze Flügel waren das Erste, was sie sah, und für einen Moment glaubte sie, die Göttin sei vom Himmel gestiegen. Dann bemerkte sie die langen Krallen und erkannte die Konturen eines gewaltigen Vogels, dessen Flügel die Spannweite ihrer Hütte in Ordiin zu besitzen schien. Goldene Federn. Sie glitzerten in der Sonne wie die Schuppen eines Fischs. »Ein Keschir!«, entfuhr es Naviia.

Sie hatte geglaubt, diese eindrucksvollen Geschöpfe seien längst ausgestorben. Die Tiere der Stadtwachen aus Talveens Handelsstädten stammten von ihnen ab, waren aber nur etwa halb so groß und weit weniger beeindruckend. Keschir, das erste von Göttern erschaffene Tier.

»Es ist das Letzte seiner Art, ein Weibchen. Sie gehört Riina l'Reenal. Aufgrund der letzten Ereignisse hat sie beschlossen, sie Kanaael für seine Rückreise zu überlassen.«

»Das ist sehr großzügig«, sagte Naviia. Und es zeugte von großem Vertrauen zwischen beiden Ländern. Kein Herrscher würde ohne Weiteres ein so kostbares Tier einem anderen überlassen.

»Stimmt es, dass sie telepathisch kommunizieren können?«

»Ja, aber nicht mit Menschen«, erwiderte Geero, und in seinen Worten schwang noch eine zweite Antwort mit. *Dafür mit dem Verlorenen Volk.*

Die Männer um sie herum waren zurückgewichen und hatten einen großen Kreis gebildet, in dem der Keschir nun langsam landete. Staub und Sand wirbelten auf, viele wandten sich ab, und doch starrte Naviia fasziniert auf das goldene Gefieder des Göttervogels. Jeder Federschwung wirkte vollkommen. Naviia wusste, dass sie einen Blick auf das Erbe der Götter werfen durfte, auf ein Wesen, das seit dem Anbeginn der Vier Länder existierte, und noch nie hatte sie solche Ehrfurcht verspürt.

Naviia drehte sich zu Pirleean um, der ein gutes Stück abseits des Geschehens noch immer zwischen den beiden Kireels stand und die Landung des Keschir mit weit aufgerissenem Mund beobachtete. Als sie sich wieder dem Keschir zuwandte, erblickte sie einen jungen Mann mit dunklem Haar, der trotz seines noch recht jungen Alters eine Macht ausstrahlte, die ihn von all den gestählten Körpern unterschied. Leichtfüßig sprang er vom Rücken des Göttervogels, und Naviia hörte, wie Geero einen seltsamen Laut ausstieß. Nebelschreiber hob die Hand, als wollte er den Hünen aufhalten, und der verharrte mit malmendem Kiefer in seiner Position. Es war eine stumme Kommunikation, der Naviia nur schwer folgen konnte, aber irgendetwas ging hier vor sich. Dann sah sie wieder nach vorne und starrte gebannt den Mann an, der nun in die Runde blickte, bis er schließlich an ihr hängen blieb. Ihr Herzschlag setzte aus.

Er war es. Kanaael De'Ar.

Der junge Mann aus ihren Träumen, der in den letzten Wochen zum Mann gereift war. Seine Züge wirkten härter, seine Augen genauso grün wie in ihrer Erinnerung, und sie sah die Schatten darunter, die er bei ihrer Begegnung im Traum noch nicht gehabt hatte. Sein Blick verweilte auf ihr, so, als habe er damit gerechnet, sie hier anzutreffen. Erschrocken sog sie die Luft ein, denn erst jetzt bemerkte sie die Ähnlichkeit. Sie war verblüffend. Warum war es ihr nicht gleich aufgefallen? Es war die Form seiner Augen. Der strenge Zug um seinen weichen Mund. Die Furchen, die sich vor Sorge und Anspannung in seine Stirn gegraben hatten. Doch nun trug er einen Bart, der seine Züge älter machte und die Ähnlichkeit zutage treten ließ. Kanaael sah aus wie eine jüngere, schwarzhaarige Version ihres Vaters.

Sie starrten einander über die Entfernung hinweg an, als würde die Zeit stillstehen. Naviia blinzelte, und der Moment zerbrach. Um sie herum sanken die Krieger auf den Boden, und Naviia folgte ihrem Beispiel, während ihr Herz schneller schlug. Aus dem Augenwinkel sah sie, dass auch Geero und Nebelschreiber sich hinknieten, bis ihre Stirnen den Sand berührten.

»Wann kann ich mit ihm reden?«, fragte sie leise und sah, wie Nebelschreiber sie verwundert anblickte.

»Mit wem?«

»Kanaael!«

»Warum solltest du mit ihm sprechen wollen?« Er schien ehrlich verwirrt zu sein.

Naviia senkte die Stimme noch etwas mehr, während sich die anderen um sie herum wieder erhoben. »Weil ich ihm in meinem Traum begegnet bin. Er ist der Grund für meine Reise.«

Nebelschreiber, der sich ebenfalls aufrichtete, hielt inne und wandte sich ihr zu. Er machte eine Geste, als ob er sie abschütteln wollte, und sah dann Geero an, der nichts von ihrem Gespräch mitbekommen hatte. In der Zwischenzeit war Kanaael De'Ar von seinen Kriegern umringt worden, sodass Naviia ihn nur schwer in der Menge ausmachen konnte.

Nebelschreiber packte Geero am Handgelenk und beugte sich zu ihm vor. »Wir müssen warten, bis sich eine Gelegenheit ergibt, um mit Kanaael zu reden. Bring Naviia weg, ich möchte, dass sie ungestört miteinander sprechen können.«

»Und wohin soll ich sie bringen?«

»In die Zelte, dann in mein Zimmer im Palast. Ich kümmere mich dann um sie. Alles andere hat Zeit. Du kannst Kanaael später nach Saarie fragen.«

Geero schwieg, hinter seiner Stirn schien es zu arbeiten, und Naviia nutzte die Gelegenheit: »Ihr solltet vielleicht noch etwas wissen.«

»Was?«, fragte Nebelschreiber gehetzt. Sein Blick irrte ruhelos über die Köpfe der Menschen hinweg, als befürchte er, ihre Unterhaltung könne belauscht werden.

»Kanaael sieht aus wie mein Vater. Wie eine jüngere Version von ihm.«

Geero und Nebelschreiber wechselten einen Blick, dann sahen sie Naviia an. Obwohl sich ihre Haltung nicht verändert hatte, spürte sie die innere Anspannung. Natürlich. Sie hatten es bereits gewusst.

»Was ich dir nun sage, muss unter uns bleiben, Naviia«, erklärte Nebelschreiber mit leiser Stimme. »Kanaael ist dein Cousin und somit nicht der leibliche Sohn von Derioon De'Ar.«

6

Traummagie

Kroon, Herbstlande

Geheul drang durch die Straßen Kroons, und Ashkiin zog sich in den Schatten eines Hauses zurück. Seit Tagen wurden die Menschen auf den Plätzen der Stadt zusammengetrieben, damit sie ihrem neuen Herrscher huldigen konnten.

Sein Blick fiel auf die starren Körper, die man für alle sichtbar auf der Hauptstraße aufgeknüpft hatte. Die Gesichter waren aufgequollen. Blutlose Hüllen, die treu zu ihrer Herrscherin gestanden hatten und sich nicht von ihrem Bruder regieren lassen wollten. Es roch nach Verwesung und Tod, außerdem mischte sich der Gestank von Verzweiflung darunter. Schweiß, Urin und Unrat – die Menschen Kroons hatten Angst.

Wie kann Garieen nur glauben, dass die Menschen einen Mann auf dem Dhalienthron akzeptieren werden? Ashkiin wandte den Blick von den Leichen ab. Er hatte in seinem Leben bereits zu viele Menschen hängen sehen. Die gepflasterten Straßen waren voll mit starren Körpern und leeren Augen. Die Art, wie Garieen seine neue Herrschaft zelebrierte, stand für alles, was Ashkiin verabscheute. Aber er hatte einen Schwur geleistet. Und auch wenn er weder an Götter noch an das Leben selbst glaubte, so war dieser Schwur das Einzige, woran er sich halten würde. Schließlich hing das Leben seines Bruders und seiner Mutter davon ab.

Beim Gedanken daran, was Saaro getan hatte, sträubten sich Ashkiins Nackenhaare. *Hat er denn nichts von mir gelernt?*, dachte er resigniert und wartete, bis die Krieger an ihm vorbeigeeilt waren. Als sie hinter der nächsten Biegung verschwunden waren und ihr Geschrei in anderen Straßen zu vernehmen war, ging er in Richtung Künstlerviertel weiter.

Angewidert von dem Blutgeruch und den vielen Schleifspuren, die ein rotes Rinnsal auf dem gepflasterten Boden hinterließen, beeilte sich Ashkiin, das neue Schlachtfeld hinter sich zu lassen. Er hatte eine andere Aufgabe erhalten. Als er den Lebensbaum mit den goldgelben Blättern erreichte, blieb er stehen und sah sich um. Mittlerweile hatte man die Menschen, die in den Ästen gehangen hatten, heruntergeholt und vor den Toren der Stadt verbrannt. Ihr Verwesungsgeruch hatte es nahezu unmöglich gemacht, einen Schritt vor die Tür zu setzen, und Garieen hatte diese Unzumutbarkeit akzeptiert. Nun hing ein anderer, schwerer Duft in den Straßen, voller Tod und Leid.

Ashkiin blickte sich um. Der Platz war wie ausgestorben. Niemand traute sich mehr auf die Straße, die Menschen hatten sich in ihre Wohnungen zurückgezogen und hielten Türen und Fenster fest geschlossen.

»Da bist du ja endlich«, sagte Loorina neben ihm, und Ashkiin zuckte zusammen. Er würde sich nie daran gewöhnen, dass sie lautlos und ungesehen erschien. Ihre Haut schien von innen zu leuchten, bis die Helligkeit langsam verblasste und ihre natürliche Hautfarbe zurückließ. Sie trug kleine Perlen in ihren langen blonden Haaren, und blaue Bänder hielten es zusammen. Um ihren Hals baumelte ein schmales Lederbändchen, an dem ein kleines silbernes Amulett befestigt war.

Ashkiin starrte es an. In den letzten Tagen hatte er verdächtig viele Menschen mit so einem Ding um den Hals in der Stadt gesehen. Loorina lächelte, umschloss das Amulett mit zwei Fingern und sah ihn herausfordernd mit ihren bunt schillernden Augen an. »Darin befindet sich einer der Traumsplitter.«

»Ach ja.«

»Wir möchten, dass du am Training teilnimmst. Garieen findet, du bist bereit, einen Splitter zu erhalten.« Er schwieg, und Loorina trat einen Schritt auf ihn zu. »Ich glaube das nicht.« Sie senkte die Stimme. »Das Schöne ist aber, dass ich den Befehl habe, dich auf der Stelle zu töten, wenn du dich nicht an die Spielregeln hältst.«

»Mach dir keine Sorgen, den Gefallen tue ich dir nicht.«

»Wir werden sehen. Und jetzt komm mit.«

Ashkiin ließ sich Zeit, der Weltenwandlerin zu folgen. Sie führte ihn durch das Künstlerviertel, wählte bewusst die Hauptstraßen und hielt sich dicht an seiner Seite. Sie wollte mit ihm gesehen werden, genoss die Aufmerksamkeit der Menschen, die sich hinter den schweren Vorhängen ihrer Fenster versteckten und auf die leere Straße spähten. Obwohl Ashkiin ihre Gesichter nicht sehen konnte, wusste er, dass Angst darin zu lesen war. Angst vor dem Ungewissen. Angst, genauso zu enden wie die vielen Leichen, die in jüngster Zeit das Stadtbild prägten.

Unterwegs begegnete ihnen niemand, und er war froh darum. Vor den Toren der Stadt hatte Garieen seine Truppen zusammengerufen und veranstaltete seit Tagen ein gewaltiges Spektakel mit nur einem Ziel: eine kriegsfähige Armee aufzubauen.

»Er macht wirklich Ernst«, murmelte Ashkiin.

»Ja, Garieen hat eine große Armee zusammengestellt.«

»Was ist mit den Kriegerinnen geschehen, die Ariaa gedient haben?«

»Einige sind übergelaufen, weil es für sie keine Rolle spielt, wer auf dem Thron sitzt. Sie dienen Syskii und seinen Interessen. Die anderen sind im Kerker. Oder tot.«

»Wohin hat man die Frauen gebracht, die nicht ermordet wurden oder übergelaufen sind?« Das Katakombengefängnis, das man unter den schweren Mauern des Dhalienpalasts errichtet hatte, war nicht annähernd groß genug, und es platzte bereits aus allen Nähten.

»Warum sollte ich dir das sagen? Damit du sie befreien kannst, du großer Held?«

Er ging nicht darauf ein. »Meerlas Streitmacht bestand aus mehreren Tausend Frauen und Männern.«

»Es gibt Orte in diesem Land, die groß genug sind, um auch tausend Menschen darin einzusperren. Dort wird gut für sie gesorgt, so lange bis sie sich entschieden haben, ob sie in die Arme ihres Landesvaters zurückkehren möchten. Sollten sie sich jedoch dagegen entscheiden, bedeutet das ihren Tod..«

Ashkiin stieß ein Schnauben aus. »Garieen hat das über Jahre hinweg geplant. Wie hat er den Mythos um die Traumsplitter entdeckt?«

Loorina verzog die Lippen zu einem Lächeln, das einer Grimasse glich. »Ich bedauere sehr, dass unsere kurzweilige Plauderei ein Ende nehmen muss, aber wir sind da.« Sie deutete auf ein eingefallenes Gebäude, das früher für Herbstbälle der angesehenen Schicht der Stadt genutzt worden war. Da die Besitzer jedoch ihr ganzes Geld verspielt hatten, stand es seit mindestens zwei Jahrzehnten leer.

»Das alte Phariisch-Gebäude?«

»Wir haben es zu einem privaten Übungsplatz umfunktioniert. Nach dir.«

Ashkiin öffnete die morsche Tür und trat in den spärlich beleuchteten Innenraum. Im hinteren Teil des Saals befanden sich mehrere Glasfenster, von denen einige Sprünge aufwiesen und viele zerbrochen waren. Zarte Sonnenstrahlen drangen durch die Glasfront herein. In der Mitte des Raums standen mehrere Personen im Kreis. Er zählte fünf Frauen und zwei Männer. Alle trugen unterschiedliche Kleidung und schienen aus allen Vier Ländern zu stammen, zumindest wiesen ihre Gesichtszüge sowie die verschiedenen Haarfarben darauf hin. Ashkiins Blick fiel auf drei in Suvii verwendete Schlagstöcke, die in der Luft zu schweben schienen, sie tanzten und drehten sich wie zu einer imaginären Musik, und er konnte nicht anders, als es fasziniert zu beobachten. Eine der Frauen, augenscheinlich eine Kevääti mit dunkelgrünen Haaren, die sie hochgebunden hatte, stand breitbeinig vor den Stöcken und hielt die Augen geschlossen, während sie ein konzentriertes Gesicht machte. Um ihren Hals baumelte ein Lederanhänger, der Loorinas glich.

»Achte auf deine Atmung!«, sagte eine der anderen Frauen in voller Kampfmontur aus dunklem Leder, das an der ein oder anderen Stelle bereits abgewetzt wirkte. Sie drehte sich zu ihnen um, als die Tür lauter als beabsichtigt ins Schloss fiel. Mit einem Krachen landeten die drei länglichen Stöcke auf dem Boden, und die Frau mit den grünen, etwas krausen Haaren und dem rundlichen Gesicht öffnete blinzelnd die Augen. Sie wirkte verwirrt, etwas orientierungslos.

»Ashkiin A'Sheel, es ist uns eine Ehre!«, sagte einer der Männer. Alles an ihm wirkte unscheinbar, selbst der hellgraue Überwurf, der von einem Posamentenverschluss an seiner Brust zusammengehalten wurde, doch Ashkiin wusste, wie sehr so ein Eindruck täuschen konnte. Loorina ging energisch an ihm vorbei, ihre klobigen Stiefel polterten auf dem

Steinboden, und sie lief direkt auf die Frau in dem schwarzen Kampfanzug zu, der ihren durchtrainierten Körper besser zur Geltung brachte. Die Weltenwandlerin beugte sich vor und drückte der Kämpferin einen Kuss auf den Mund. Als sie sich wieder von ihr löste, strich sie mit dem Daumen die Linien des Unterkiefers nach. Die andere lächelte und sah ihn über Loorinas Kopf hinweg an. »Willkommen, Ashkiin. Wie du siehst, haben wir das große Training bereits beendet. Du hättest sie sehen sollen, all die Menschen, die zum ersten Mal die Macht der Götter kosten durften.« Trotz der Distanz zwischen ihnen konnte er sehen, wie sehr ihre Augen bei diesen Worten leuchteten. »Nireaal hier«, sie deutete auf die junge Frau mit den grünen Haaren, »hat sich als besonders talentiert erwiesen. Wie du siehst, konnte sie bereits einige Gegenstände bewegen.«

»Warum trainiert ihr all die Menschen?«

»Damit Garieens Armee stärker wird. Sie ist noch zu klein, um es mit den Streitkräften der anderen drei Länder aufzunehmen. Wir helfen ihm dabei, den bevorstehenden Krieg zu gewinnen«, erwiderte die Frau und strich Loorina lasziv über die Hüfte. »Garieen wünscht, dass wir dich ebenfalls ausbilden.«

Ashkiin wandte sich zum Gehen. Er hatte genug gesehen. Dies war nicht seine Welt. Er würde seinen Treueschwur einhalten, solange es nötig war, aber zu seinen eigenen Bedingungen. »Tut mir leid, euch enttäuschen zu müssen. Aber ich bleibe bei den Fähigkeiten, die ich über Jahre gelernt und trainiert habe«, sagte er und drehte sich um.

Ein surrender Laut erklang in seinem Rücken. Nahezu geräuschlos schossen die drei Schlagstöcke an ihm vorbei und kamen unmittelbar vor ihm zum Stehen. Sie schwebten in der Luft und versperrten ihm den Weg. Eine stumme Warnung.

Garieen hatte nicht gelogen. Und wie es aussah, war er doch nicht so verrückt, wie Ashkiin zunächst angenommen hatte. Magie war real. Magie war ein Erbe der Götter, und durch die Traumsplitter konnte jeder eine Kostprobe dieser göttlichen Macht erhalten. Es taten sich ungeahnte Möglichkeiten auf. Und ungeahnte Gefahren. Nicht auszudenken, was die Menschen mit diesen magischen Splittern alles anrichten konnten.

»Versuch es doch wenigstens, Ashkiin. Diese Splitter einen alle Kräfte des Verlorenen Volks. Du wirst Magie ausüben können. Du könntest zum Beispiel kämpfen, ohne deine Waffen in der Hand halten zu müssen. Oder innerhalb von wenigen Augenblicken an jeden Ort reisen, den du dir wünschst. Außerdem solltest du dir der Ehre bewusst sein. Garieen wählt seine Krieger mit Bedacht.«

Und kettet sie mit Drohungen und Mord an sich. Ashkiin wandte sich langsam wieder um. »Wie heißt du?«

»Keeria Del'Kan. Loorina hast du bereits kennengelernt, und das ist mein Bruder Meraan.« Der Mann, der ihn als Einziger begrüßt hatte und der in seiner Erscheinung am unauffälligsten wirkte, deutete eine leichte Verbeugung an. Keeria wandte sich an die anderen. »Ihr könnt gehen. Wir treffen uns morgen zur selben Uhrzeit.«

Als sich auch die junge Frau mit den grünen Haaren umwandte, hob Keeria die Hand. Ashkiin sah, dass sie einige feine weiße Narben aufwies. »Nireaal, du bleibst. Also, Ashkiin, wenn ich versuchen würde, dich zu töten, würdest du mich aufhalten können? Oder anders: Würdest du mich zuerst töten, um dein eigenes Leben zu retten?« Sie machte einen Schritt auf ihn zu, gerade weit genug, um sich von Loorina zu lösen, die ihren Arm lose um die Hüfte ihrer Gefährtin gelegt hatte.

Ashkiin schwieg.

Ohne Vorwarnung griff Keeria ihn an. Ashkiin spürte den Luftzug der Schlagstöcke, versuchte ihre Flugbahn abzuschätzen und duckte sich unter ihnen hinweg. Aus dem Augenwinkel sah er, wie Keeria ihre Position veränderte und die Hände vor ihrem Oberkörper spreizte.

»Alaana hat uns erzählt, dass du irgendwo hinter deiner harten Schale ein Stückchen Güte in dir trägst. Güte ist eine Schwäche, Ashkiin. Du solltest lernen, niemals Schwäche zu zeigen, weil Menschen wie Garieen sie sich zunutze machen werden.«

Ich hätte dieses Miststück töten sollen, als ich die Möglichkeit dazu hatte.

Schweiß trat auf seine Stirn, als er immer und immer wieder den Stöcken auswich. Er schlug einen Haken und warf sich anschließend auf den kalten Steinboden, wodurch es ihm gelang, den ersten beiden Stöcken auszuweichen. Der dritte erwischte ihn mit der Unterseite, schlug hart gegen seinen Oberschenkel, und ein dumpfes Stöhnen entwich ihm. Er versuchte gar nicht erst, nach dem Holz zu greifen, denn er spürte die Magie förmlich auf seiner Haut. Stattdessen rollte er sich ab und kam dann wieder auf die Beine. Er sah die anderen Stöcke heranrauschen und warf sich im selben Moment wieder auf den Boden, während er gleichzeitig versuchte, die Situation abzuschätzen, auch wenn ihm dafür nicht viel Zeit blieb. Er sah, wie die anderen sich ein gutes Stück zurückgezogen hatten, aber immer noch in seiner Reichweite standen. Gut. Das konnte von Vorteil sein.

»Siehst du, Ashkiin? Du hast keine Chance gegen mich. Und ich greife dich nur mit Holzstöcken an. Das hier ist noch nicht einmal ein richtiger Kampf.«

Sie redet zu viel.

Blitzschnell sprang er auf, zog ein Wurfmesser aus seinem Stiefel und schleuderte es mit einer geübten Bewegung in Keerias Richtung. Wie an einer unsichtbaren Mauer prallte es in der Luft ab und landete klappernd auf dem Boden. *Scheiße.* Mit den Unterarmen parierte er die Schläge der Kampfstöcke, tauchte mit einer Drehung unter dem nächsten Angriff weg und warf sein zweites Wurfmesser auf Keeria. Wieder prallte es an der unsichtbaren Mauer ab.

»Unterschätze niemals die Götter«, sagte Keeria lächelnd. »Sie sind allmächtig. Und ihre Magie ist es ebenso, wenn man in der Lage ist, sie richtig zu beherrschen. Du könntest es lernen.«

Ashkiin entschied sich für die einfachste Methode, um diesen Unfug zu beenden. *Niemals Schwäche zeigen, ja?* Wenn Güte eine Schwäche war, dann war es die Liebe erst recht. Ohne zu zögern, warf Ashkiin sich abermals auf den Boden, rollte sich ab und kam neben Loorina auf die Beine. Bevor sie wusste, wie ihr geschah, hatte Ashkiin ihr das Lederband vom Hals gerissen und ihr sein Messer an ihre Kehle gedrückt.

Es wurde still.

Die Schlagstöcke verharrten in der Luft, als wären sie dort festgefroren. »Lass sie sofort los«, sagte Keeria kalt.

»Ich werde jetzt gehen. Und ihr werdet mich nicht aufhalten«, sagte Ashkiin.

»Töte ihn, Keeria. Er hat keinen Nutzen für uns«, knurrte Loorina in seinem Griff, aber er konnte dennoch das nervöse Flattern ihrer Stimme vernehmen.

»Garieen zieht bald in die Schlacht. Er braucht A'Sheel – den Mann, der in Meerlas Armee mehr Männer getötet hat, als irgendjemand zuvor«, mischte sich nun Meraan ein. Er hatte die ganze Zeit über ruhig in der Ecke gestanden und alles genauestens beobachtet. Es folgte ein kurzes Schweigen, das einzig von Loorinas flacher Atmung durchbrochen wurde. Ashkiin wusste, dass er gewonnen hatte.

»Du willst also gehen?«, fragte Keeria.

»Ja.«

»In Ordnung. Geh.« Mit einer Hand deutete sie auf den Behälter zwischen seinen Fingern. »Nimm den Splitter mit, und lass dich von mir trainieren. Wir treffen uns hier, sobald morgen die Sonne aufgeht.«

»Ich werde es mir überlegen.«

»Es ist Garieens Wunsch.«

Garieen konnte sich seine Wünsche in den Arsch stecken, dachte Ashkiin. Er behandelte ihn wie einen Köter, den er herbeipfeifen konnte, wann immer es ihm gerade passte.

»Sei nicht sauer«, sagte Keeria. »Es ist wichtig, dass du einen Splitter trägst, wenn du Garieen beschützt. Du musst noch nicht einmal die Traummagie des Splitters anwenden. Es reicht, wenn du ihn bei dir hast. Deine Sinne werden geschärft sein, du wirst alles ganz anders wahrnehmen.«

»Ich werde ihm nicht meinen Splitter überlassen!«, mischte sich nun Loorina ein. Sie zog einen Schmollmund, und Ashkiin drückte ihr die Klinge seines Messers nur ein klein wenig fester gegen den Hals, gerade genug, um Keeria daran zu erinnern, dass er immer noch bereit war, ihrer Geliebten die Kehle durchzuschneiden, falls sie versuchten sollte, ihn hereinzulegen.

»Heute Abend werden genug Splitter frei werden, du suchst dir einfach einen neuen aus«, erwiderte Keeria und wandte ihm wieder ihre Aufmerksamkeit zu. »Also, was ist Ashkiin?«

»Kann ich damit auch spüren, wenn einer von euch wandelt?«

»Auch das«, sagte sie, und in ihren Augen glomm ein befriedigendes Leuchten.

»Was muss ich tun?«, fragte er, während er das Lederbändchen um den Hals legte und im Nacken zusammenknotete. Loorina nutzte den Moment und verschwand in einem grellen Licht – dort, wo sie eben noch gestanden hatte, herrschte gähnende Leere, doch dann tauchte sie einen Augenblick später neben Keeria auf. Ihre Haut flimmerte, und in ihren Augen strahlten die vier Götterfarben.

Er steckte das Messer in seinen Stiefel und richtete sich auf. Das Amulett schlug gegen seinen Hals, und er erstarrte. Es war, als hätte sich das Tor zu einer neuen Welt geöffnet. Tausend Eindrücke schossen auf ihn ein und pressten ihm die Luft aus den Lungen. Der Schmerz in seiner Magengegend, dort, wo der Schlagstock ihn getroffen hatte, verblasste. Jede Empfindung schien sich aufzulösen, bis nur noch seine Umgebung zurückblieb. Geschärft und klar, als habe er die ganze Zeit übersehen, was so deutlich vor ihm gelegen hatte.

Die Konturen der Personen in der Halle schienen stärker zu werden, leuchteten wie eine zweite Haut. Ähnlich wie bei Loorina, wenn sie wandelte.

Auch die Farben waren greller, jeder Stoff, jede Faser war intensiver, und er roch alles, was er zuvor nicht gerochen hatte. Loorinas Angst, Meraans Zweifel. Wie ein offenes Buch lagen die Gefühle der anderen vor ihm, er musste sie nur ansehen, sie riechen und spüren.

»Beeindruckend, nicht wahr?«, fragte Keeria, und ihre Augen schillerten. Ashkiin sah jede Nuance, das helle Grün, das tiefe Rot, das durchsichtige Weiß und das grenzenlose Gold. »Du musst noch nicht mal die Magie anwenden, und sie überträgt sich auf dich.«

»Wie lange hält die Wirkung an?«, fragte er und hörte

selbst, wie belegt seine Stimme auf einmal klang. Er räusperte sich, als ihm klar wurde, dass er seine Gefühle nun auch nicht mehr vor den anderen würde verbergen können. Sie wussten, wann er die Wahrheit sagte und wann nicht. Wann er log, und wann er seine Absichten verschleierte.

»Solange du ihn trägst. Du wirst aber schnell müde werden, da die Energie des Splitters nicht mit der Macht deines Körpers übereinstimmt. Deswegen ist es gut, ihn öfter einmal abzulegen.«

»Es ist gefährlich, den Splitter zu tragen?«

Sie sah ihn lange an, ehe sie antwortete. »Ja, es ist gefährlich. Besonders für ungeübte Menschen. Du bist aber sehr auf die Reaktionen deiner Mitmenschen bedacht, du handelst nicht aus reiner Intuition und bist in der Lage, dein Gegenüber sehr gut einzuschätzen. Du weißt, wer du bist und was du kannst. Das wird es dir leichter machen, die Macht des Splitters einzuschätzen.«

»Verstehe.«

»Wirst du morgen kommen?«

Ashkiin nickte und wandte sich zum Gehen. Er spürte, wie Loorina ihn wütend ansah, spürte ihre Liebe zu Keeria, ihre Sorge um die Position, die er in diesem Krieg einnehmen würde. Auch Keeria war besorgt, wenngleich sie es besser verbergen konnte. Er fragte sich, was er für Gefühle ausstrahlte. Dabei konnte er sich die Antwort selbst geben: Er fühlte so gut wie gar nichts. Zumindest nicht, wenn es um sein eigenes Leben ging.

7

Wüstenvolk

Lakoos, Sommerlande

Der Trauerzug schlängelte sich durch die verwinkelten Straßen der Wüstenstadt, die klagenden Rufe schienen allgegenwärtig zu sein. Jeder Winkel der schmalen Gassen war von Kerzenschein erfüllt. Die Menschen trauerten, sie waren alle gekommen. Kanaael schritt in der ersten Reihe neben seiner Mutter und seiner kleinen Schwester, die sich an seine Hand klammerte, die schwarzen Locken zu einem strengen Zopf geflochten.

Als sie schließlich den von Kerzen hell erleuchteten Vorplatz der Götter erreichten und der offen aufgebahrte Leichnam seines Vaters den Weg in den Tempel fand, war Kanaael von einer inneren Ruhe erfüllt, die er seit langer Zeit nicht mehr verspürt hatte.

»Was passiert jetzt?«, hörte er Inaaele flüstern, die Wangen gerötet und aufgedunsen von den vielen Tränen. Ihre kleine Hand fühlte sich in seiner klamm und nass an.

»Der Hohepriester wird ein Gebet sprechen und dann Vaters Körper den Göttern übergeben. Wir drei sind die Einzigen, die den Tempel betreten und der Zeremonie beiwohnen dürfen.«

»Was müssen wir tun?«

»Bleib einfach neben mir, Muselchen«, antwortete er leise und drückte sanft ihre Hand. Dann half er ihr, die breiten Stufen der Steintreppe hinaufzusteigen, und folgte seiner Mutter in das Innere des Tempels. An jeder der zwölf Marmorsäulen, die die hohe Decken stützten, standen Priester, die, sobald der offene Sarg sie passierte, Geschenke hineinlegten und stumm Abschied vom Herrscher des Sommervolks nahmen. Seine Mutter trug ein langes tiefrotes Kleid, das sein Vater ihr einst zu Inaaeles Geburt geschenkt hatte, sowohl die Farbe als auch der Schnitt schmeichelten ihrer Figur. Auch ihr Gesicht war vom vielen Weinen gerötet, die Trauer hatte tiefe Falten um ihre Mundwinkel gegraben.

»Eure Hoheit, mein tiefstes Beileid.«

Einer der Tempelpriester trat an Kanaael heran. Hinter der roten Göttermaske konnte man das Gesicht des Mannes nur erahnen. Er sprach leise und etwas zu hastig. »Euer Hoheit, Seherin Kiilea sagt schlimme Dinge voraus. Es wäre ratsam, sie bald aufzusuchen, da sie einen Schwächeanfall erlitten hat.«

»Kann das nicht warten?«, zischte Kanaael.

»Natürlich hat das Zeit bis nach der Verbrennung, ich sollte Euch lediglich Bescheid sagen. Sie bat mich, Euch auszurichten, dass das, wonach Ihr sucht, auf der Insel zu finden ist.«

»Das hast du hiermit getan.«

Der Priester verbeugte sich, stolperte einige Schritte zurück und verschwand dann in den Schatten der Säulen.

Nachdenklich blickte Kanaael ihm hinterher, fragte sich, wovon der Tempeldiener gesprochen hatte, um sich gleich darauf wieder nach vorne zu wenden. Die vier Träger ließen den Sarg zu Füßen des mächtigen, aus weißem Marmor geschlagenen Altars nieder und entfernten sich dann mit lautlosen

Schritten. Kanaael stellte sich neben seine Mutter, die mit einem hellgrauen Tuch, das in den langen Ärmeln ihres Kleids eingenäht war, eine Träne aus den Augenwinkeln wischte. Sein Blick fiel auf den schwarzen Holzsarg, der mit den Verzierungen und dem aufgemalten Wappen eine Erhabenheit ausstrahlte, die die Macht seines Vaters selbst im Tod noch gegenwärtig werden ließ. Durch das viele Kerzenlicht schien das weiße Gesicht an Farbe gewonnen zu haben, die Lichter der Flammen tanzten auf seinen fahlen Wangen. Sein Blick wanderte tiefer zu den Händen, die man über seiner Brust gekreuzt hatte, sodass man die tödliche Wunde nicht entdecken konnte, die der Assassine ihm zugefügt hatte.

»Aua«, flüsterte Inaaele.

Erschrocken ließ Kanaael die Hand seiner kleinen Schwester los, die er offenbar gequetscht hatte, und schämte sich für seine heftige Reaktion. Er sollte sich besser unter Kontrolle haben. »Entschuldige bitte.«

»Er sieht friedlich aus«, murmelte seine Mutter neben ihm.

»Ja, das tut er. Die Menschen haben ihn trotz seiner Härte geliebt«, sagte Kanaael leise. »Er hat den Frieden bewahrt.«

Die vergoldete Tür hinter dem mit Edelsteinen und goldenen Verzierungen reich geschmückten Altar öffnete sich geräuschlos, und ein in eine weiße Robe gehüllter Mann trat aus dem Hinterzimmer. Die rote Maske war länger und Furcht einflößender als die Maske der gewöhnlichen Tempelpriester. Die schwarzen Löcher um die Augen blieben dunkel, so als ob kein Mensch die Maske trug. Eine schmale Nase und ein leicht geöffneter Mund, aus dem die Worte der Götter entweichen konnten. Als kleiner Junge hatte Kanaael stets Angst vor dieser Maske gehabt – die Angst vor dem mächtigsten Sprachrohr der Götter.

»Ich habe für Derioon De'Ar gebetet, um seinen Weg zu

den Göttern zu ebnen. Sprechen wir gemeinsam das Gebet der Allmächtigen.«

Lautlos bewegten sich Kanaaels Lippen, und sein Pulsschlag schnellte in die Höhe. Er war noch nicht bereit, den Platz seines Vaters einzunehmen. Aber es musste sein. Er musste stark sein für sein Volk, das vor einem Krieg stand und auf einen weisen Herrscher angewiesen war.

»Nehmt den Ring an Euch«, sagte der Hohepriester und nickte ihm zu.

Kanaael trat näher an den Sarg heran, zog den mächtigen Siegelring vom Finger Derioons und steckte ihn an seinen eigenen. Der Ring war etwas zu groß und die glatte Fläche kalt, so leblos wie sein Vater. Der Hohepriester breitete die Arme aus, die Stoffe seines Gewands raschelten dabei, und er sprach die letzten Worte, bevor er den mit Ölen einbalsamierten Leichnam mithilfe einer Fackel anzündete. Ein zischender Laut ließ die Anwesenden verstummen. Kanaael starrte in die lodernden Flammen, lauschte ihrem Knistern und vergaß Zeit und Ort.

Erst seine Mutter riss ihn aus seinen Gedanken, als sie eine kalte Hand auf seinen Oberarm legte. Er zuckte unwillkürlich zusammen und löste den Blick von dem brennenden Körper seines Vaters.

»Geh hinaus, Kanaael, sie warten auf dich. Die Zeremonie ist beendet. Dein Vater ist ein Teil der göttlichen Welt des Jenseits geworden, und du bist jetzt der Herr über die Sommerlande.«

Pealaa schenkte ihm ein aufmunterndes Lächeln. Er nickte, löste sich aus seiner Starre, drehte sich um und schritt den langen Säulenkorridor des Tempels entlang, während er die Blicke der Priester wie Nadelstiche auf seiner Haut spürte. Es war so weit. Es gab kein Zurück mehr.

Für einen flüchtigen Moment dachte er an Wolkenlied. Die Stimmen hatten vielleicht ihren Körper gestohlen, doch ihre Seele würde auf ewig ein Teil seiner Selbst bleiben. So lange, bis er starb und sein Geist aufhörte zu existieren.

Nur noch zehn Schritte.

Er wusste, dass sein Volk ihn draußen erwartete. Ein Volk, das vor schwierigen Aufgaben stand. Aufgaben, die er womöglich nicht lösen konnte. Aber vielleicht war er auch der Einzige, der genau dies vermochte.

Sieben Schritte.

Er dachte an Naviia, das Wintermädchen, das sich mit Geero in der Menge befinden musste und seine Inthronisation mitverfolgen würde. Sie hatte ihn gefunden. Sie hatte den richtigen Weg gewählt.

Noch immer konnte er nicht glauben, dass er so dämlich gewesen war und die Traumknüpferin geweckt hatte. Er war davon überzeugt gewesen, das Richtige zu tun. Und damit hatte er die Welt der Vier Jahreszeiten in Gefahr gebracht.

Drei Schritte.

Er fragte sich, wie es nun weitergehen sollte. Sein Volk hatte seine hoffnungsvollen Träume bereits verloren, und er wollte sich nicht ausmalen, was geschah, wenn dieser Zustand für immer anhielt.

Ein Schritt.

Kanaael holte tief Luft, sein ganzer Körper war von kaltem Schweiß bedeckt, doch er drückte den Rücken durch und verlor sich ganz in seiner Rolle. Dann öffneten die Tempelwachen die schweren Doppeltüren, und Kanaael trat vor die Menge, die aus einem Kerzenmeer zu bestehen schien. Er sah einzelne Gesichter, konnte jedoch niemand Bestimmten ausmachen.

Die dreizehn Berater seines Vaters und Leeander, der Haushofmeister traten nach vorne, eilten die Stufen hinauf und verbeugten sich vor ihm. Der Rat musste Kanaael als neuen Herrn der Sommerlande erst bestätigen, bevor er sein Amt antreten konnte, doch angesichts der seit Jahrhunderten bestehenden Herrschaft der Familie De'Ar war das eine reine Formalität. Dennoch war sie notwendig.

Leeander machte noch einen Schritt auf ihn zu und neigte den Kopf, das grau melierte Haar trug er offen, während er eine Hand an die Brust presste, direkt über dem Herzen. »Mit Einstimmigkeit des Rats haben wir Euch, Kanaael Deerin Santeeal De'Ar, als neuen Herrscher des Landes Suvii angenommen. Im Namen der vier Götter Suv, Kev, Sys und Tal erheben wir Euch in Euer Amt, Eure Hoheit.«

Ein, zwei Herzschläge lang blieb es stumm, dann ging ein Raunen durch die Menge, Kerzen wurden gelöscht, und der Vorplatz der Götter versank in völliger Dunkelheit, während die Menschen auf die Knie fielen, die Gesichter auf den Boden gepresst. Wie im Traum beobachtete Kanaael, wie einer nach dem anderen mit der Stirn und geschlossenen Augen den Untergrund berührte, seine Herrschaft bestätigte. Es war offiziell.

Er war der neue Herrscher über die Sommerlande.

»Das habt Ihr gut gemacht.«

Nebelschreibers Gestalt zeichnete sich vor der bemalten Wand seines Schlafgemachs ab, und Kanaael seufzte. Jede seiner Bewegungen kostete Kraft. Er schwankte, und es war ihm ein Rätsel, wie er sich überhaupt auf den Beinen hielt. Daran war nur der süße Nektar in seinem Blut schuld.

Nebelschreiber ist wie ein Parasit, einfach überall.

Selbstverständlich war sein Fallah zur Stelle, und höchstwahrscheinlich war er bereits bestens über seinen alkoholisierten Zustand informiert.

»Was tust du hier?«

»Habt Ihr getrunken?«

»Das geht dich nichts an.«

Er hatte alle weggeschickt. Vor ein paar Wochen wäre das noch nicht möglich gewesen. Sie hätten sich seinem Befehl widersetzt, weil es sich nicht ziemte, dass er allein war. Doch nun war er der Herr über Suvii, und sie mussten sich seinem Willen beugen, ganz gleich, welchen Wunsch er äußerte. Jeder Muskel seines Körpers fühlte sich schwer und träge an, dabei hatte er nichts anderes getan, als die Glückwünsche von einflussreichen Menschen seines Landes anzunehmen. Der Trauerzeremonie beigewohnt. Die ersten zwei Ratssitzungen hinter sich gebracht. Und getrunken. Viel getrunken.

»Ist meine Mutter in der Nähe?« Er lallte, aber es war ihm gleich, was Nebelschreiber von ihm dachte.

»Nein, ich habe sie nicht in unser Treffen eingeweiht.«

Kanaael nickte und verspürte gleichzeitig einen stechenden Schmerz in den Schläfen. Verdammt. »Wo ist sie?«

»Wer? Naviia?«

Kanaael verengte die Augen, die Hitze des Alkohols pulsierte in seinen Adern, und jeder klare Gedanke verschwamm. »Wer denn sonst? Ich hatte noch keine Gelegenheit, mit ihr zu sprechen. Du hast sie ja direkt vor mir versteckt, damit wir keine heiklen Themen in der Öffentlichkeit besprechen. Und dann wurde ich beschlagnahmt. Aber du passt ja auf mich auf. Du hast deine schmierigen Finger überall«, sagte er bitter. »Dabei hast du mir versprochen, sie würde da sein, sobald der Tag endet.«

»Ich bin ja auch hier«, sagte eine leise Stimme, und hinter Nebelschreiber trat das Wintermädchen hervor. Etwas unbeholfen deutete sie einen Knicks an, der eher einer schlechten

Verbeugung glich, und hob anschließend das Kinn, um ihn direkt ansehen zu können.

Kanaael fand ihre Unbeholfenheit rührend. Der Hof war eindeutig nicht Naviias Welt. »Ich bin froh, dass wir endlich Gelegenheit bekommen, miteinander zu sprechen.«

»Ich auch«, sagte sie. »Es wird Zeit.«

»Hat man dich gut behandelt? Hast du etwas zu essen bekommen? Wie ich sehe, hat man dich neu eingekleidet.« Er wandte sich ab und schritt zu dem kleinen Glastisch, der einst ein Gastgeschenk der Frühlingsherrscherin gewesen war, und schenkte sich einen halben Becher des Frühlingsnektars ein, der seine Sinne so vorzüglich trübte. Genau das, was er jetzt brauchte.

Er hatte genug davon, sich Gedanken zu machen. Sorglos. Vergessend. Genau das machte dieses dämonische Zeug mit ihm. Er wurde zu einem Spielball der hohen Herren, die in seiner Abwesenheit mit Sicherheit eigene Pläne schmiedeten. Warum ihnen nicht einfach entgegenkommen? Was kümmerte ihn das Schicksal der Welt?

»Was ist? Bist du stumm? Schweigst du vor dem großen Herrscher der Sommerlande?« Kanaael ekelte sich vor sich selbst, noch während die Worte seine Lippen verließen.

»Ja, ich wurde gut behandelt … Eure Hoheit«, setzte sie nach einem kurzen Moment des Zögerns hinzu. »Aber um ehrlich zu sein, das suviische Essen schmeckt nicht sonderlich gut. Es ist … mager.«

Zum ersten Mal, seit er aus Keväät zurückgekehrt war, warf Kanaael den Kopf in den Nacken und lachte. Lachte aus vollem Hals, bis seine Bauchmuskeln vor Anstrengung schmerzten. Den ganzen Tag über hatte man ihn auf Händen getragen und ihn zu einem Sklaven seines Amtes gemacht. Und Naviia hatte es geschafft, ihn an sich selbst zu erinnern.

Sie waren ins flackernde Licht der entfachten Feuerkerzen getreten. Nebelschreibers Gesicht wurde nur von einer Seite beschienen, und er wirkte nervös. Angespannt knetete er seine Hände.

»Wo hat man dich untergebracht?«, fragte Kanaael.

»Sie schläft in einer Kammer im Untergeschoss der Dienerschaft«, antwortete Nebelschreiber an Naviias Stelle. »Damit man nicht zu viele Fragen stellt, habe ich sie als meine Gehilfin vorgestellt.«

Erschöpft wischte sich Kanaael über das Gesicht. »Nicht Wolkenlieds Kammer, oder?«

»Nein.«

»Dann soll es mir recht sein. Wie nennen wir sie außerhalb dieses Raums?«

»Wintermädchen«, schlug Nebelschreiber vor.

Fragend richtete Kanaael den Blick auf Naviia, die mit den Achseln zuckte. Sie wirkte müde. Kein Wunder, denn das Land – die Hitze, die laute Stadt, der riesige Palast – musste eine Herausforderung für sie sein.

»Ist das nicht etwas einfallslos?«

»Es dient seinem Zweck.« Nebelschreiber verzog keine Miene. Einzig sein Blick wanderte zu dem Glas, das er in seiner Hand hielt. Demonstrativ nahm Kanaael noch einen Schluck.

»In Ordnung«, willigte er schließlich ein. Im Grunde war es ihm gleich. Er hatte zu viele andere Sachen im Kopf, und er wollte sie alle vergessen. »Du bist mir noch eine Antwort schuldig, Nebelschreiber. Keiner der Krieger, der Berater und Menschen, die an der Seite meines Vaters standen, konnte mir sagen, was mit ihm geschehen ist. Willst du mir darauf eine Antwort geben, oder soll ich raten?«

»Eure Hoheit, vielleicht sollten wir das besprechen, wenn Naviia nicht anwesend ist.«

Kanaael schnaubte verächtlich. »Sie gehört zu uns. Sie ist meine verdammte Cousine. Das hast du mir selbst gesagt. Die Traumknüpferin hat es mir gesagt. Glaubst du, sie hat vor, mir etwas anzutun? Muss ich mich vor dir fürchten, Naviia? Was willst du hier in Lakoos?«
»Ich bin nach Lakoos gekommen, um Euch zu treffen.«
»Aber warum? Nebelschreiber sagt, dein Vater wurde von *Jägern der Nacht* getötet. Ich nehme an, es sind dieselben Männer, die auch die anderen Weltenwandler umgebracht haben. Garieen hat wirklich ganze Arbeit geleistet.«
»Ihr wisst davon?« Nachdenklich kaute sie auf ihrer Unterlippe. Er nahm das widerspenstige Funkeln in ihren Augen wahr, das ihn an Wolkenlied erinnerte. Hastig nahm er noch einen Schluck Frühlingsnektar.

»Er hat seine Männer beauftragt, jeden Weltenwandler zu töten«, fügte Naviia nach einem kurzen Moment des Schweigens hinzu.

»Udinaa weihte mich ein«, antwortete Kanaael kurz angebunden und trank den Becher aus, um ihn dann mit einem lauten Krachen auf dem Glastisch abzustellen. Er konnte die Missbilligung auf Nebelschreibers Gesicht sehen, doch der Fallah verkniff sich eine Bemerkung. Besser so für ihn, dachte Kanaael. Er wusste, dass er Nebelschreiber eigentlich dankbar sein sollte. Für die Arbeit, die er geleistet hatte. Dafür, dass er ihn all die Jahre über beschützt hatte. Im Grunde war er das auch, dennoch fraß sich die Wut auf Nebelschreiber wie Raschallagift durch seinen Körper. In seinem Innern tobte ein nur schwer zu bändigender Sturm, und Kanaael massierte sich die Nasenwurzel und kniff die Augen zusammen. »Bevor wir weiter über Garieen und die Jäger der Nacht sprechen, muss ich wissen, was mit meinem Vater geschehen ist. Ich muss alles wissen.« *Als ob das noch einen Unterschied macht,* hörte er seine innere Stimme sagen, versuchte sie jedoch zu ignorieren.

»Er wurde ermordet. Im Schlaf«, antwortete Nebelschreiber.

»So viel weiß ich auch schon«, blaffte Kanaael. »Ich will wissen, wie das passieren konnte? Sein Schlafzimmer ist der bestbewachteste Ort in ganz Suvii.«

»Er hatte Damenbesuch und wollte ungestört sein. Sein Leichtsinn hat ihn das Leben gekostet«, sagte Nebelschreiber.

Kanaael starrte ihn an und versuchte gegen das warme Gefühl, das der Nektar in ihm ausgelöst hatte, anzukämpfen. Entwaffnende Ehrlichkeit. Das musste man Nebelschreiber lassen, er nahm kein Blatt vor den Mund. Noch ein Grund, dankbar zu sein. Ein Glucksen stieg in Kanaael auf und wuchs an, bis es schließlich aus ihm herausbrach. »Dieser alte Hurenbock!«, sagte er.

Nebelschreiber machte zwei Schritte auf ihn zu und packte ihn am Oberarm. »Ihr legt Euch jetzt besser schlafen. Alles Weiteres besprechen wir morgen früh. Geero wird ebenfalls an dem Treffen teilnehmen. Noch konnte ich ihn davon abhalten, in Euer Gemach zu spazieren. Aber ich weiß nicht, wie lange ich ihn noch abwimmeln kann. Er will wissen, was mit Saarie geschehen ist.«

»Sie ist tot, das ist mit ihr geschehen. Und ich habe sie umgebracht«, erwiderte Kanaael, ohne mit der Wimper zu zucken, und riss sich von Nebelschreiber los. Er beugte sich zu seinem Fallah, so nah, bis er jede Furche im Gesicht des alten Mannes mit der Nasenspitze hätte nachzeichnen können. »Ich habe sie ins Verderben gestürzt. Saarie. Alle. Jeden Bewohner dieses Landes, die ganze Welt!«

»Ihr seid betrunken, Kanaael. Legt Euch gefälligst schlafen, damit Ihr morgen wieder bei klarem Verstand seid. So nützt Ihr weder uns noch Eurem Volk etwas!« Nebelschreiber hatte recht, und Kanaael war fast froh, dass er einen so barschen Ton anschlug.

»Wir müssen einen Weg finden, die Traumsplitter zu einen. Einen Weg finden, einen neuen Traum zu erschaffen«, murmelte er, während er sich von Nebelschreiber zu dem großen Bett mit den weißen Laken schieben ließ. Jeder Schritt fühlte sich an, als ob er über rutschiges Eis wandelte.

»Ist er da?«, brüllte eine tiefe Stimme von draußen. Keinen Augenblick später flog die Tür seines Schlafgemachs auf. Mit einem wütenden Schnauben trat Geero ein, füllte den ganzen Rahmen aus und ließ die hohe Tür deutlich kleiner wirken. Seine Augen glühten vor Wut, und sogar in seinem benebelten Zustand begriff Kanaael, dass nun Ärger auf ihn zukommen würde.

»Was hast du mit ihr gemacht?«, knurrte Geero. »Ich habe mich zweimal von deinem Fallah abweisen lassen, ein drittes Mal wird es nicht geschehen!«

Nebelschreiber baute sich zwischen Kanaael und Geero auf.

»Geh mir aus dem Weg, Nebelschreiber, das ist eine Sache zwischen mir und dem Herrn der Sommerlande. Der mir gefälligst erklären soll, was er mit meiner Nichte gemacht hat!«

Nebelschreiber wich nicht zur Seite, und Kanaael war ihm dieses Mal wirklich dankbar. Dabei wusste er genau, dass er alles, was Geero mit ihm anstellen wollte, verdient hatte. Mehr noch, er sehnte sich förmlich nach Schlägen – vielleicht würde er sich dann besser fühlen. »Sie ist tot, Geero«, sagte er leise, weil die Wahrheit alles war, was noch blieb. Sie war das Einzige, woran er sich noch klammern konnte.

»Ich wusste es! Du wolltest auf sie achtgeben!«, brüllte Geero. Ein Schatten legte sich über die markanten Züge des

Traumtrinkers, und er fuhr sich mit einer Hand über das Gesicht. »Du hattest *versprochen*, auf sie achtzugeben.«

Geeros Anklage und sein verzweifelter Blick spülten alle Gefühle, die er in den letzten Tagen zu verdrängen versucht hatte, wieder an die Oberfläche. Trauer. Schmerz. Schuld. Schuld. Schuld. »Ich weiß ... Ich ... Ich dachte, ich tue das Richtige ... Und dann ...« Ihm versagte die Stimme, und er sah zu Boden.

»Ich habe dir vertraut ...«

Kanaael ahnte, wie viel Kraft es Geero kostete, sich nicht einfach auf ihn zu stürzen. Der Schmerz des großen Mannes schnitt ihm wie ein Messer ins Herz. »Ich weiß. Ich habe versagt. Und ich kann nichts tun, um deinen Schmerz zu lindern. Aber ich werde alles dafür tun, dass sie nicht umsonst gestorben ist.«

»Wie? Was ist passiert?« Kanaael sah, wie Geero die Hände zu Fäusten ballte, bis die Knöchel weiß hervortraten.

»Das Seelenlabyrinth.«

Geero schwieg einen Augenblick. »Warum? Sie ist eine des Verlorenen Volks. Es hätte ihr nichts passieren dürfen.«

Müde wischte sich Kanaael über die glühende Stirn. »Das dachte ich auch. Aber dann, als wir im Labyrinth waren, kam der Nebel. Dann die Stimmen, die Seelen der Traumtrinker in meinem Kopf. Sie sagten, sie bräuchten einen Tribut. Sie ... Sie haben sich Wolkenlied einfach genommen. Ich konnte ihr nicht mehr helfen, ich war wie in Trance.«

Geero stieß einen undefinierbaren Laut aus und sank zu Boden, den Kopf in den Händen vergraben. Der Anblick rührte etwas tief in Kanaaels Innerem an, und er zwängte sich an Nebelschreiber vorbei, ging neben dem Hünen in die Hocke und legte ihm eine Hand auf die Schulter. »Es tut mir leid, das musst du mir glauben. Ich werde mir niemals verzeihen, dass ich sie in Gefahr gebracht habe.«

»Was ist dann geschehen?«, fragte Geero leise.

»Die Stimmen schickten mich in den Turm, und dort verfiel ich ... dem Bann der Traumknüpferin. Die Stimmen haben gewusst, was geschieht, wenn ich Udinaa sehen würde.«

»Du hast sie also aufgeweckt?«

Kanaael schluckte. »Ja. Wir wurden hereingelegt. Udinaa glaubt, dass alles von Anfang an geplant war. Garieen wusste, wer mein leiblicher Vater ist und dass nur Naviia und ich das Labyrinth unversehrt durchqueren können. Weil durch unsere Adern das Blut der Traumknüpferin fließt. Es steht in der *Chronik des Verlorenen Volks*, dem Buch, das vor acht Jahren aus unserer Bibliothek gestohlen wurde.«

»Deswegen ist Kev uns im Traum erschienen? Weil wir mit der Traumknüpferin verwandt sind?«, mischte sich nun auch Naviia in das Gespräch ein. Kanaael hatte fast vergessen, dass Nebelschreiber sie nur kurz vor Geeros Eintreffen in sein Gemach gelassen hatte.

Geero stand auf. Seine Hände zitterten. »Wir müssen Garieen Ar'Len aufhalten. Doch dazu müssen wir wissen, was er vorhat.«

»Er will die Vier Länder unterwerfen«, sagte Naviia, und alle wandten sich ihr zu. »Das ist die einzige Erklärung für all die schrecklichen Dinge, die geschehen sind. Die brennenden Dörfer, die getöteten Weltenwandler, die erwachte Traumknüpferin und die Splitter voller Göttermagie. Er hat das über Jahre hinweg geplant. Was könnte er sonst wollen als die Alleinherrschaft über die Welt der Vier Jahreszeiten? Wozu sollte er sonst diesen Aufwand betreiben? Die gestohlene Chronik war nur der Anfang.«

»Sie hat recht«, sagte Nebelschreiber und zog nachdenklich die Stirn kraus. Seine Augen lagen tief in seinen Höhlen und ließen seine Nase noch länger erscheinen.

»Gibt es eine Abschrift der Chronik?«

»Ja. Udinaa sagte, der Verfasser der Chronik habe eine Kopie angefertigt, aber ...«

Es klopfte. Kanaael erhob sich aus der Hocke und ging auf die Tür zu, seine Schritte waren noch immer schwerfällig. Auf halben Weg blieb er stehen. Alles drehte sich. Er wankte, und einen Augenblick später spürte er Naviias Hände, die ihn stützten.

»Hier ist Luftkrieger. Ein Botenvogel ist eben eingetroffen. Die Nachricht ist an Euch adressiert, Eure Hoheit.«

Nebelschreiber öffnete die schwere Holztür und ließ den Boten herein. Dieser verbeugte sich tief vor Kanaael und streckte ihm gleichzeitig die Hände mit dem Brief entgegen.

Kanaael starrte auf das Siegel des Hauses l'Reenal. Sein Herz schlug schneller, und auf einmal hatte er das Gefühl, dass dieser Brief nichts Gutes verhieß. Mit fahrigen Fingern brach er das Siegel und faltete die Nachricht auseinander. Seine Augen überflogen die Zeilen, und er spürte, wie das Blut aus seinen Wangen wich. Im Nu war er stocknüchtern. Naviia hatte recht gehabt. Garieen Ar'Len wollte die Vier Länder erobern, und Kanaael hielt den Beweis dafür in den Händen. Garieen hatte erneut zugeschlagen.

Als sich das Schweigen im Raum ausdehnte, begriff Kanaael, dass die anderen darauf warteten zu erfahren, was in der Botschaft stand. »Man hat Riina l'Reenal ermordet«, sagte er.

8

Krieg

Nahe Kroon, Herbstlande

Ashkiin schlief unruhig. Er träumte wirres Zeug, unzusammenhängende Bilder, die Vergangenheit und Gegenwart vereinten. Ein schwarzes Loch, das sich in seine Seele saugte, ihn immer tiefer hinabzog und ihm einen Spiegel seiner Taten vorhielt. Seit drei Wochen, seit der Traum der Knüpferin zerbrochen war und sich über die Vier Länder verteilt hatte, tauchten die Szenen aus seinem Unterbewusstsein auf. Eine Spirale, die ihn ruhelos werden ließ. Ashkiin fürchtete die Nacht, dennoch brauchte er den Schlaf.

Er erwachte erst, als sie sich bereits über ihn gebeugt hatte und er ihren warmen Atem auf seiner Wange fühlte. Als er die Augen aufschlug und Alaana über sich sah, verfluchte er seine Unachtsamkeit. Ein einziges Mal hatte er sich auf etwas anderes als seinen Verstand verlassen, und nun zahlte er den Preis dafür. Doch zu seiner Überraschung nutzte die Mörderin ihre Chance nicht. Sie sah auf ihn herab, und er brauchte einen Moment, um die Situation einzuschätzen.

Der Traumsplitter machte ihn müde, jeder Augenblick erschien ihm intensiver, verflog aber genauso schnell. Die Zeit zersprang in Tausende Teile, und Ashkiin war nicht in der Lage, sie alle anzusehen. Wieder einmal fragte er sich, ob es nicht ein Fehler gewesen war, den Splitter anzunehmen, doch die Vorteile ließen sich nicht von der Hand weisen. Bis heute Abend.

»Ashkiin«, schnurrte Alaana, und ein Lächeln umspielte ihre Lippen, als sie sich rittlings auf ihm niederließ. Sie war barfuß, trug enge Hosen und ein geschnürtes Oberteil, das mehr entblößte als verhüllte. »Du hast dich also auf die Traumsplitter eingelassen.«

»Du dich auch«, stellte er mit einem Blick auf das Lederbändchen um ihren Hals fest.

»Es hat sich angeboten. Und es eröffnet ganz neue Möglichkeiten. Wie ich sehe, trägst du deinen Splitter gerade nicht. Ein Fehler.«

Den ich kein zweites Mal machen werde. »Was willst du hier?«

Mit dem Zeigefinger fuhr sie die Konturen seines Kiefers nach, und Ashkiin stieß ein Grollen aus, das sie belustigt zur Kenntnis nahm. »Ich begleite euren Marsch nach Suvii. Passe auf, dass niemand aus der Reihe tanzt. Garieen hat großes Vertrauen in meine Arbeit.«

»Ich dachte, du wärst bereits mit den Truppen vorige Woche abgereist. Den vielen Tausend Männern, die Keväät dem Erdboden gleichmachen und Garieens Schreckensherrschaft verkünden sollten. Du magst den Frühling doch so gern.«

»Du hast recht, die Männer dort verstehen es, einer Frau Vergnügen zu bereiten«, entgegnete sie. »Aber dann hätte ich den besten Teil verpasst. *Das Herz der Wüste* fallen zu sehen.«

»Lakoos ist eine uneinnehmbare Festung.« Ashkiin wünschte, er könnte davon so überzeugt sein, wie er klang.

»Eine Festung, das mag sein. Aber eine Festung, die von Kriegern verteidigt wird, die keine Traumsplitter besitzen. Es wird schwer für eine Horde Menschen sein, der geballten

Macht an Magie standzuhalten. Du weißt, mithilfe der Traumsplitter können wir ganze Truppen zum Stillstand zwingen. Ihre Pfeile abwehren ... Außerdem bist du ja noch hier.«
»Ich bin ersetzbar.«
»Da täuschst du dich, Ashkiin«, sagte Alaana. »Garieen verlässt sich voll und ganz auf deine Strategie. Teilweise gegen den Willen seiner höchsten Truppenführer.«
»Du weißt davon?« Das erstaunte ihn.
»Ich habe meine Augen und Ohren überall.«
Als sie den Kopf neigte und die schutzlose Kuhle zwischen Hals und Schulter offenbarte, loderte Verlangen in ihrem Blick auf. »Du denkst zu viel, Ashkiin. Aber das habe ich schon immer an dir gemocht.«
Sie beugte sich über ihn und biss sanft in seine Unterlippe, was er bereitwillig mit sich geschehen ließ. Obgleich er keinen Splitter am Körper trug, spürte er die tödliche Gefahr, die Alaana wie ein Nebel umgab. Sein Blick wanderte an ihr vorbei in die Luft, und er erstarrte, nur für einen kurzen Moment, aber es reichte aus, um Alaana zum Schmunzeln zu bringen. Über ihnen schwebte eine dünne lange Nadel, die Spitze direkt auf sein Herz gerichtet.
»Keine Angst«, schnurrte Alaana. »Das ist lediglich eine kleine Vorsichtsmaßnahme.«
Sie hat sich also entschlossen, Traummagie anzuwenden ...
Er kam nicht dazu, den Gedanken fertig zu spinnen, denn Alaana streichelte seine Haare, und er roch ihren würzigen, einzigartigen Duft.
»Ich habe dich vermisst«, flüsterte sie an seinen Lippen und küsste ihn leidenschaftlich. Eine syskiische Frau, die sich nahm, was sie wollte. Sie spielten dieses Spiel nun schon seit Jahren miteinander, und eines Tages würde einer von ihnen durch die Hand des anderen sein Leben lassen. Vielleicht

schon sehr bald. Doch nicht hier und nicht jetzt. Ashkiin vergrub seine Hände in Alaanas kastanienbrauner Mähne und erwiderte ihren Kuss mit der gleichen Intensität. Er würde ihr geben, was sie wollte. Wenigstens für diese eine Nacht.

Im Morgengrauen kündigte der Klang der Hörner den Weitermarsch zu ihrer vorläufig letzten Station in Syskii an: die gewaltige Hafenstadt Sykuu, von wo aus die Truppen nach Suvii übersetzen würden.

Ashkiin rieb sich über die Nasenwurzel und blickte an die Decke seines Zelts. Der Moschusduft der letzten Nacht hing noch in der Luft, und er begriff erst beim zweiten Hornsignal, dass man ihn nicht geweckt hatte. Vorsichtig, um Alaana nicht zu stören, stand er auf, schlang eines der dünnen Laken, auf die er bestanden hatte, um die Hüften und ging hinüber zu dem Beitisch, der seinem Zelt wenigstens etwas Flair verlieh. Der Wärme, Geborgenheit und das Gefühl von einem Zuhause in ihm hervorrufen sollte. Aber Ashkiin hatte kein Zuhause.

Er schenkte sich ein Glas Wasser ein, trank es in wenigen Zügen leer und ging hinüber zu seinen auf einer breiten Kordel befestigten Kleidungsstücken.

»Wo gehst du hin?«

»Du bist nicht die Einzige, die arbeitet«, entgegnete Ashkiin und sah über die Schulter auf Alaana hinab. Sie hatte sich aufgerichtet, und ihre schweren Brüste zeichneten sich deutlich unter der Decke ab.

Beleidigt zog sie einen Schmollmund. »Nach dieser Nacht hatte ich eigentlich gehofft, dass sich dein Ton ändern würde.«

»Mein Ton dir gegenüber wird sich niemals ändern, aber das weißt du. Sonst wärst du nicht hier.«

»Da hast du recht«, kicherte sie. »Wärst du so wie all die anderen Männer da draußen, dann wäre ich nicht bei dir, sondern bei einem von ihnen. Was hast du heute vor?«

Er gab keine Antwort, sondern zog sich seine Hose und ein schwarz gefärbtes Baumwollhemd über. Seine Waffen befestigte er an einem Baris, den er sich um die Hüften band. Anschließend legte er sich einen Schulterumhang um und schloss ihn vorne am Hals. Er spürte Alaanas Blick auf sich, als er seine schwarzen, etwas abgenutzten Lederstiefel überstreifte, und tat, als würde er es nicht bemerken.

»Du siehst so seriös aus«, spottete sie und stand auf. Mit wiegenden Hüften kam sie näher und presste sich an ihn, was Ashkiin über sich ergehen ließ. Sie war sich ihrer Nacktheit vollkommen bewusst, während sie ihm einen Kuss auf die Wange hauchte. Ihre Lippen verweilten eine Spur zu lange auf seinem Bart, die letzte Bestätigung, die er gebraucht hatte. Er spürte so etwas wie Bedauern in sich aufsteigen, denn er wusste nur zu gut, was diese kleine Geste für sie zu bedeuten hatte. Alaana hatte sich in ihn verliebt. Weshalb, war ihm ein Rätsel. Aber es spielte sowieso keine Rolle, mit diesem Kuss hatte sie ihr Todesurteil unterschrieben.

»Du hast das hier vergessen«, sagte sie und drückte das Lederbändchen gegen seine Brust. Der silberne Anhänger baumelte in ihrer Hand hin und her. »An deiner Stelle würde ich ihn mitnehmen.«

»Du trägst den Splitter gern«, erwiderte Ashkiin. »Aber ich muss mich von diesem Ding erholen.«

»Du solltest ihn heute Nacht bei dir haben, wenn ich dich wieder besuchen komme. Dir ist einiges entgangen. Es war noch nie so ... intensiv. Wie ein Rausch.«

Vielleicht hat sie sich nicht in mich, sondern in den Splitter verliebt. Ashkiin sah stirnrunzelnd auf sie hinab, griff nach dem Anhänger und steckte ihn in seine Tasche. Ohne ein weiteres Wort trat er in den angebrochenen Morgen hinaus und ließ Alaana alleine in seinem Zelt zurück.

Im Heerlager herrschte geschäftiges Treiben. Männer und Frauen eilten über den großen Platz, den sie eigens für ihre zweitägige Rast ausgewählt hatten. Soldaten bauten ihre Zelte ab, kümmerten sich um die Zugtiere und die Vorräte. Der Geruch von frischem Leder und Nutzvieh hing über dem Lager, und hier und da mischte sich auch der Gestank von Menschen darunter, die seit Tagen kein Bad mehr genommen hatten. Ashkiin sah die Vorfreude in ihren müden, etwas dreckigen Gesichtern und kam sich schrecklich alt vor, die Erinnerungen an einen Krieg, der zwanzig Jahre zurücklag und der ihn geprägt hatte, stieg in ihm auf. Er schüttelte den Kopf, um die Bilder zu vertreiben, und machte sich auf den Weg zu Neelo A'Dariin, dem Heerführer und Garieens engstem Vertrauten. Schon von Weitem sah Ashkiin den stämmigen Mann, der sein graues Haar kurz geschoren und stattdessen einen mächtigen Bart hatte stehen lassen, vor seinem Doppelzelt stehen und einigen Bewaffneten Anweisungen geben. Als Neelo ihn bemerkte, nickte er ihm zu.

»A'Sheel, womit kann ich Euch dienen?«, fragte er und klang müde. Einzig seine stechend blauen Augen ließen erkennen, wie wachsam er eigentlich war.

»Man hat mich nicht zur Morgenbesprechung geweckt.«

Neelo machte eine wegwerfende Handbewegung. »Es ist nicht meine Aufgabe, dafür zu sorgen, dass Ihr pünktlich seid, A'Sheel. Ich bin beschäftigt, wie Ihr Euch sicher denken könnt. Wir erreichen heute die Hafenstadt, und ich muss Truppen und Ausrüstung auf die Schiffe verteilen. Und das Ganze am besten bis gestern. Logistisch gesehen, eine Katastrophe.

Also spielt jetzt bitte nicht die beleidigte Leberwurst, weil Ihr nicht geweckt wurdet.«

»Das ist mir bewusst. Dennoch legt Garieen großen Wert auf meine Meinung, und ich wäre Euch zu großem Dank verpflichtet, wenn Ihr Euch an seine Anweisungen halten würdet. Das schließt meine Teilnahme an den Stabsbesprechungen ein.«

»Nehmt Euch nicht zu wichtig, A'Sheel«, knurrte Neelo.

»In drei Tagen treffen wir auf die ersten suviischen Truppen, dann werden wir ja sehen, wie wichtig ich bin.« Er ließ seine Worte einen Moment lang wirken. »Entweder, Ihr führt diesen Krieg mit meiner Hilfe und gewinnt, oder ohne mich, mit ungewissem Ausgang. Und ich schätze, Ihr wollt diesen Krieg ebenso gewinnen wie Garieen.«

Neelos Blick schien ihn förmlich zu durchlöchern, doch schließlich sah der Heerführer zur Seite, und Ashkiin wusste, dass er diesen Schlagabtausch für sich entschieden hatte.

»Wie Ihr wollt. Ich werde Zuurien bitten, Euch auf den neuesten Stand zu bringen, wenn das Euer Wunsch ist.«

»Nicht mein Wunsch, mein verehrter Neelo, sondern der des Herrschers. Ich würde mich an Eurer Stelle an seine Befehle halten, Heerführer. Eure Reihen sind etwas ausgedünnt, wie mir scheint.«

»Hütet Eure Zunge, A'Sheel! Ich kannte Euren Vater, und der hätte sich so eine Bemerkung niemals erlaubt.«

Ashkiin verengte die Augen. »Unsere Familien ziehen wir besser nicht in diese Unterhaltung hinein. Was würde Eure älteste Tochter Feenia wohl sagen, wenn man ihre drei Schwestern plötzlich tot in ihren Schlafgemächern fände?«

»Was fällt Euch ein!«, zischte Neelo. »Wenn Ihr noch einmal meine Familie bedroht, töte ich Euch, A'Sheel, lebende Legende hin oder her!«

»Überlegt Euch gut, mit wem Ihr Euch anlegt, A'Dariin. Ich erwarte Euren Bericht noch vor unserem Aufbruch«, sagte Ashkiin und ließ den vor Wut schäumenden Neelo einfach stehen.

9

Seherin

Lakoos, Sommerlande

»Ihr wolltet mich sprechen?«

Kanaael trat durch die Vordertür der kleinen Hütte direkt neben dem Suv-Tempel in die verdunkelte kleine Kammer, in der es nach Kräutern und fremdartigen Gewürzen roch. Der Raum war bis zur Decke mit Büchern vollgestopft. Es hatte gedauert, aber als er am Morgen nach der Trauerzeremonie und seiner anschließenden Amtseinführung müde und erschöpft in seinem Schlafgemach aufgewacht war, mit dröhnendem Schädel und voller Selbstzweifel, hatte er sich an die Worte des Tempeldieners erinnert.

Das, was Ihr sucht, befindet sich auf der Insel.

Kanaael hatte beschlossen, die Seherin Kiilea alleine aufzusuchen, und hatte weder Nebelschreiber noch Geero oder Naviia in sein Vorhaben eingeweiht. Hinter einem Bücherregal tauchte eine kleine Frau in einem braunen Wickelkleid und Ledersandalen auf, auf ihrem Kopf türmten sich ihre schlohweißen Haare zu einem seltsamen Nest. Sie kniff die trüben Augen zusammen, um ihn besser erkennen zu können, und kam mit tippelnden Schritten näher, ein weißes Taschentuch an den Mund gepresst. »Seid Ihr es, Eure Hoheit?«, fragte sie mit kratziger Stimme, dann wurde sie von einem Hustenanfall geschüttelt, und ihr gebückter Rücken bebte unter der Anstrengung. Kanaael trat an ihre Seite und stützte die alte Seherin, die ihm die Wange tätschelte. »Ich danke Euch, Eure Hoheit. Seid gegrüßt ...« Sie sprach leise, und Kanaaels Blick fiel auf das Tuch zwischen ihren runzligen Fingern, das blutdurchtränkt war.

»Man sagte mir, Ihr habt eine Botschaft für mich?«

Die Alte grinste zahnlos. »Der Tod Eures Vaters hat die Menschen in Angst versetzt. Sie wissen nicht, was die Zukunft bereithält. Gerüchte verbreiten sich im Land. Auch die Götter sind unruhig.« Mit ihren trüben Augen sah sie ihn geradewegs an, und Kanaaels Herz wurde schwer.

»Was ist die Botschaft, die Ihr für mich habt?«

Kiilea schüttelte sanft den Kopf. »Ihr seid ungeduldig, junger Herrscher, aber Ihr habt recht. Zeit ist ein Gut, das wir nicht besitzen, und auch ich werde bald in den Schoß der Götter zurückkehren. Nun, Kev besuchte mich im Schlaf und sagte mir, dass die Lösung für Eure Sorgen und Ängste nicht weit ist. Das, was Ihr am meisten begehrt, befindet sich im Herzen des Traumorts, auf der Insel Mii. Die Abschrift der Chronik des Verlorenen Volks ...«

Verblüfft riss Kanaael die Augen auf. »Woher ...?«

Ein geheimnisvolles Lächeln umspielte die Lippen der Alten, die abermals von einem Hustenanfall geschüttelt wurde. Als sie sich wieder beruhigt hatte, bat sie Kanaael, ihr ins Bett zu helfen, das sich hinter einem vollgestopften Bücherregal befand. Er half Kiilea, sich auf die säuberlich gemachte Decke zu setzen, und starrte das blutige Tuch an, das sie beim Husten immer wieder an den Mund hob.

»Kann ich etwas für Euch tun?«, fragte er besorgt.

»Die Götter haben schon ein schönes Plätzchen für mich vorbereitet, macht Euch da mal keine Sorgen, Eure Hoheit.

Ich bin müde, schrecklich müde …« Langsam ließ sie sich in die Kissen zurücksinken. »Eine Frage liegt Euch noch auf dem Herzen, ich werde sie Euch beantworten.«

Kanaael holte tief Luft: »Warum … ist sie zu Euch gekommen?«

»Ach, natürlich! Kev steht unter Beobachtung, denn die anderen Götter sind erzürnt, dass sie Euch und dem Wintermädchen im Traum erschienen ist. Es ist gegen die Abmachung. Die Götter haben in allen vier Ländern einen Seher bestimmt, den sie einmal im Jahr aufsuchen dürfen. Deswegen konnte sie nicht noch einmal zu Euch sprechen.« Kiilea stieß ein leises Gurgeln aus. »Niemand kann den Lauf des Schicksals verändern, junger Herrscher, nicht einmal die Götter selbst. Und nun geht.«

»Ich … ich kann Euch unmöglich alleine zurücklassen. Ihr braucht einen Arzt!«

Kiilea schüttelte leicht den Kopf. »Ich bin nicht allein, junger Herrscher. Die Götter wachen über mich.«

Schweren Herzens strich Kanaael der alten Seherin über die runzlige Hand und stand auf. Als er die Tür ihrer Hütte hinter sich schloss, traten von der anderen Straßenseite mehrere Götterdiener in weißen Kutten und roten Suvmasken auf ihn zu. In ihrer Haltung spiegelte sich Trauer wider, und Kanaael blickte sie überrascht an, als sie wortlos an ihm vorübergingen und Kiileas Hütte betraten.

»Was habt ihr vor?«, fragte er einen der Männer.

Er war der Letzte in der Reihe, verneigte sich vor Kanaael und sagte: »Kiilea prophezeite, dass sie für immer einschlafen wird, sobald Ihr die Schwelle ihres Hauses verlasst, Eure Hoheit.«

Sprachlos sah Kanaael dem Priester hinterher, der ebenfalls Kiileas Haus betrat. Hin- und hergerissen zwischen

Schwermut und Hoffnung, sah Kanaael zu den Türmen seines Palasts hinauf. Die Göttin hatte ihnen ein zweites Mal den Weg gewiesen, und er hoffte inständig, dass es sich dieses Mal um den richtigen handelte. Ein zweiter Fehler würde das Schicksal der Welt für immer besiegeln.

10

Wissen

Lakoos, Sommerlande

»Naviia.«

Erschrocken drehte sie sich um, doch hinter ihr stand niemand. Dabei hätte sie schwören können, dass jemand ihren Namen gesagt hatte. Ihr Blick glitt durch den beeindruckenden frühlingshaften Teil des Gartens der Familie De'Ar, um anschließend die herbstlichen Bäume mit ihren goldgelben Blättern und den massiven Zweigen zu betrachten. Sie sah zurück zum Brunnen, der sie mit seinen verspielten Verzierungen und der imposanten Größe in seinen Bann gezogen hatte. Das Plätschern des Wassers hatte eine beruhigende Wirkung, und in der Nähe des Brunnens war es merklich kühler als außerhalb des Gartens.

»Naviia.«

Ihre Nervenenden kitzelten, und in ihrem Geist spürte sie deutlich die Anwesenheit einer weiteren Person. Als ob jemand in ihrem Kopf Platz genommen hätte.

»Wer ist da?«, fragte sie.

Sie erhielt keine Antwort. In ihrem Kopf herrschte Schweigen, tief und schwer, und doch spürte sie die Präsenz der anderen Person. Das Gefühl, beobachtet zu werden, dass jemand ihre Gedanken und Gefühle lesen konnte, ohne dass sie selbst Einfluss darauf besaß, jagte Naviia eine Heidenangst ein. Stumme Augen lagen auf ihrem Geist. Sie fühlte sich entblößt und ohne Schutz.

Und dann sah sie ihn. Oder vielmehr sie. Das Keschirweibchen.

Auf der anderen Seite der runden Blumenbeete hatte man den Göttervogel an einen Lebensbaum gekettet. Kluge gelbe Augen sahen geradewegs in ihr Innerstes, und Naviia schnappte verblüfft nach Luft. Egal, was sie dachte, der Keschir schien alles wahrzunehmen, denn sie war in ihrem Geist. Naviia erschrak, als sie bemerkte, was man dem Vogel angetan hatte. Angesichts der Ketten um die schlanken Fußgelenke, an deren Enden sich scharfe Krallen in den Erdboden gruben, schossen Naviia Tränen in die Augen, die sie energisch wegblinzelte. Ohne zu zögern, setzte sie sich in Bewegung und lief auf den erhabenen Vogel zu.

»Wer hat dir das angetan?«, fragte sie, als sie das golden gefiederte Tier erreichte, und brachte dabei nicht mehr als ein halblautes Flüstern zustande. Sie fühlte sich klein und nichtig bei dem Gedanken, dass die achtzehn Jahre ihres Lebens dem Göttervogel wie ein einziger Atemzug vorkommen mussten.

Ein Kribbeln breitete sich in ihrem Kopf aus, fast so, als ob der Keschir sich ihrer annahm. Wärme. Geborgenheit. Sie war zu Hause.

»*Niemand hat mir das angetan, Naviia. Die Menschen fühlen sich sicherer, wenn sie die Kontrolle über das behalten, was ihnen Angst einjagt.*«

Sie hörte die Worte in ihrem Kopf. Wie ein Echo vibrierten sie in ihrem Innern, schienen geradewegs aus ihrer Körpermitte zu entspringen. Die Stimme des Keschir war melodisch, ein Singsang aus purem Licht, und Naviia hätte ihr ewig zuhören können.

»Wie heißt du?«, fragte sie stumm.
»Keeveek.«
Bei dem Gedanken, dass Keeveek die letzte ihrer Art war, überfiel Naviia Traurigkeit. Die Vorstellung, völlig allein auf dieser Welt zu sein, ohne Familie und ohne einen Freund fand Naviia schrecklich. Sie spürte Keeveeks freundliches Lächeln in ihren Gedanken.
»Es mag dir schwer vorkommen, ich aber bin erleichtert. Meine Zeit neigt sich dem Ende zu, und nun, da die Welt in Flammen stehen wird, bin ich froh darüber, endlich heimzukehren.«
Naviia schluckte. *»Werden wir sie aufhalten können?«*
»Ich bin nicht allmächtig, deswegen kann ich dir diese Frage nicht beantworten. Wahrscheinlich kann es noch nicht einmal die Göttin selbst. Aber ich werde alles tun, um euch zu helfen.«
»Kannst du uns nach Mii bringen?«
»Ja. Meine letzte Reise.«
»Was meinst du damit?«
Naviia vernahm Schritte hinter sich und drehte sich um. Kanaael kam auf sie zu. Er strahlte eine innere Ruhe und Würde aus, die Naviia jedes Mal aufs Neue erstaunte. Vielleicht lag es auch an seiner Kleidung, von den ohne Zweifel teuer gefertigten Lederstiefeln bis hin zu den goldenen Knöpfen seiner Jacke schien alles darauf abgestimmt zu sein, den Herrscher der Sommerlande ins richtige Licht zu rücken. Mit jedem Schritt, den er auf sie zukam, wurde seine Miene freundlicher. Selbst die Sorgenfalte, die sich stets zwischen seinen Brauen gebildet hatte, war für einen Moment verschwunden.
»Nebelschreiber sagte, ich würde dich hier finden«, sagte er.
»Wart Ihr erfolgreich?«, fragte sie.

Er trat an ihre Seite und sah lächelnd auf sie herunter. »Bitte, nenn mich Kanaael, wenn wir allein sind. Und ja, ich war erfolgreich. Wir sollten jetzt aufbrechen. Ich habe Nebelschreiber gebeten, uns einen kleinen Vorrat an Speisen einpacken zu lassen. Der Keschir sollte uns wohl beide tragen können.«

»Was wird mit Lakoos geschehen? Und der Küstenregion?«

»Ich habe den Rat angewiesen, die Diplomaten auszuweisen und die Tore für Fremde zu schließen. Außerdem habe ich meiner Mutter die Befehlsgewalt übertragen«, sagte Kanaael. »Ein Teil der suviischen Truppen ist an die Nordküste gereist, die Wildkrieger aus südlichen Wüstenstämmen haben sich ebenfalls dorthin auf den Weg gemacht. Sie sind unter der Führung zweier Hauptmänner, denen mein Vater vertraute. Und sobald wir beide herausgefunden haben, wie wir die Magie der Traumsplitter aufhalten können, treffen wir Daav und Udinaa.«

Naviia war verwundert. »Du hast die Befehlsgewalt einer Frau übertragen? Ist das nicht riskant?«

»Das mag sein, aber der Rat hält große Stücke auf sie, da sie aus einer ebenso einflussreichen wie liberalen Familie stammt und schon als junges Mädchen in die politischen Entscheidungen eingebunden wurde. Wahrscheinlich weiß sie sogar mehr über Militärstrategie als ich.« Er fuhr sich durchs Haar, und sein Blick schweifte zu dem Göttervogel. Noch bevor Naviia Kanaaels Gesichtsausdruck bemerkte, wusste sie, dass Keeveek nun auch mit ihm telepathisch Verbindung aufgenommen hatte.

»Sie ... redet mit mir«, stammelte er.

»Hat sie das nicht schon bei eurer Reise aus Keväät getan?«

»Nein.«

»Und was sagt sie?«

»Dass sie sich freut, uns nach Mii zu bringen.«

Mit angehaltenem Atem starrte Naviia auf die steilen Küstenhänge der Insel und fragte sich, wann sie jemals etwas gesehen hatte, das sie so sehr beeindruckte. Sanfte Nebelschwaden umarmten die Insel, hüllten sie in einen Kokon und wurden vom matten Sonnenlicht, das durch die Wolkendecke brach, in ein mysteriöses Licht getaucht. Ein gewaltiges Labyrinth bedeckte fast die gesamte Insel. Dornenhecken, undurchsichtig und voller Geheimnisse. Am Ende des Labyrinths konnte Naviia ein Schloss aus schwarzem Stein erkennen, das sich bedrohlich in den Himmel erstreckte.

Der Wind blies ihr um die Nase, und sie atmete den salzigen Meeresduft tief ein. Ihre Hände hatte sie um Kanaaels Hüfte geschlungen, der während des gesamten Flugs still geblieben war und trüben Gedanken nachgehangen hatte.

Sie spürte, wie er sich beim Anblick der Insel versteifte, und legte eine Hand auf seine Schulter. »Mach dir keine Gedanken, wir tun das Richtige. Wenn wir es schaffen, Garieen aufzuhalten, ist keiner unserer Lieben umsonst gestorben.«

Kanael sagte nichts, aber sein Schweigen wog schwerer, als es Worte je vermocht hätten. Naviia dachte an Isaaka, ihr strahlendes Lachen, dachte an ihren Vater und die vielen anderen Nachkommen des Verlorenen Volks, die ihr Leben für Garieens Machtgier gelassen hatten. Sie meinte, was sie gesagt hatte. Keiner von ihnen war umsonst gestorben. Dafür würde sie sorgen.

In ihrem Kopf breitete sich ein warmes Gefühl aus, das schon bald ihren ganzen Körper einhüllte. Keeveeks Präsenz erfüllte sie mit Liebe, dem Ursprung der Welt, und sie war ein Teil davon.

»*Ich werde euch hinter dem Labyrinth herunterlassen. Weiter kann ich euch nicht begleiten.*«

»*Warum nicht?*«

Ihre stumme Frage erhielt keine Antwort, stattdessen setzte der Keschir zum Sinkflug an, und Naviia klammerte sich an Kanaael fest, der selbst die Hände um den breiten Hals des Vogels geschlungen hatte. Sie flogen geradewegs auf den kleinen Vorplatz des Schlosses zu, der in diesiges Licht getaucht war.

Keeveek stürzte in rasantem Tempo hinunter, und Naviia unterdrückte einen Aufschrei. Es schien fast, als ob Keeveek den Flug in vollen Zügen auskosten wollte. In Naviias Bauch tanzten Tausende Insekten, und sie war froh, als sie mit wackligen Beinen absteigen konnte.

»Danke, Keeveek«, sagte sie und sah lächelnd zu dem Vogel auf, der den mächtigen Kopf neigte. Abermals wurde ihr Geist von einem hellen Licht durchflutet.

»*Gern geschehen. Ich warte hier auf euch.*«

Kanaael starrte auf den Ausgang des Labyrinths, der bereits hinter ihnen lag. Seine Miene blieb ausdruckslos, aber in seinen Augen lag Kummer.

»Was ist?«, fragte Naviia.

»Wolkenlied ist dort gestorben. Ich meine, Saarie.«

Naviias wollte ihn umarmen, doch als sie den Selbsthass in seinen Augen sah, ließ sie es bleiben. Mitleid war das Letzte, was Kanaael nun brauchte. »Komm. Bringen wir es zu Ende. Für Saarie.«

»Ja, für Saarie.« Er legte eine Hand auf ihre Schulter, und gemeinsam traten sie auf die gewaltigen Doppeltüren des Schlosses zu, die wie ein weit aufgerissenes Maul offen standen.

Naviia trat als Erste über die Schwelle, Kanaael ging dicht hinter ihr. Dunkelheit umfing sie in einer warmen Umarmung. Nur langsam gewöhnten sich ihre Augen daran, und nach und nach wurden die schwarzen Konturen der Eingangshalle deutlicher, bis sie sich einen ersten Überblick verschaffen konnte. Der Boden war aus Marmor, und weiße Säulen waren das Erste, was Naviia zu Gesicht bekam. Durch kleine, rhombenartige Fenster, die weit oben die Wand entlang verliefen, drang spröde Helligkeit herein, und Naviia sah sich suchend um. »Wie groß ist das Schloss?«, fragte sie und starrte auf den breiten hölzernen Treppenaufgang.

»Das kann ich dir leider nicht beantworten.«

»Wollen wir es im ersten Stockwerk versuchen?«

Er nickte, und gemeinsam stiegen sie die Treppe in das erste Obergeschoss, wobei sie darauf achtete, Kanaael den Vortritt zu lassen. Sie sah, wie er am Treppenabsatz stehen blieb und auf eine angelehnte Flügeltüre starrte.

»Was ist?«, fragte sie und trat an seine Seite.

Er schüttelte den Kopf. »Ich kann mich nicht an diese Türen erinnern.«

»Du wirst nicht darauf geachtet haben. Du hast selbst gesagt, dass du in Trance gewesen bist.«

»Nein, das ist es nicht. Als ich die Treppe hochgelaufen bin, zweigten mehrere Gänge vom Hauptflur ab, aber an diese Türen kann ich mich nicht erinnern.«

»Vielleicht hast du sie einfach nur übersehen«, versuchte es Naviia noch mal mit der einfachsten Erklärung, aber Kanaael war nicht überzeugt. Entschlossen trat er vor, stieß mit einer Hand die angelehnte Tür auf und überquerte die Schwelle. Sie folgte ihm auf dem Fuß und erstarrte, noch ehe sie den gewaltigen Raum betreten hatte.

»Es sieht aus wie ein Ballsaal«, hauchte Naviia staunend und sah sich um.

»Oder eine Krönungshalle«, entgegnete Kanaael. »So ähnlich sieht der Audienzsaal am keväätischen Hof aus.«

Die Wand, die zum Inselinneren zeigte, bestand aus unzähligen kleineren und größeren Fenstern, und das Licht, das durch die farbigen Scheiben fiel, tauchte den Saal in ein Muster aus Götterfarben. Andächtige Stille umspielte Naviias Sinne, kitzelte ihre Nervenenden und füllte sie aus. Sie war ein Teil der Götter, ein Nachkomme ihrer Magie, und dieser Raum war voller Energie. »Spürst du es auch?«, flüsterte sie.

»Ja. Irgendetwas ist anders.« Auch Kanaael bemühte sich, nicht zu laut zu sprechen, und sein Blick wanderte durch den Saal, als ob er etwas Bestimmtes suchte. Naviia machte ein paar Schritte in das Innere des Raumes und starrte gebannt an die Stuckdecke mit Verzierungen, die als Gesamtbild unterschiedliche Städtewappen aus den Vier Ländern ergaben.

»Sieh doch, dort hinten!« Sie erblickte einen kleinen Sockel am anderen Ende und eilte darauf zu. »Bleib stehen!«, rief Kanaael.

Sie verharrte regungslos und drehte sich verwundert zu Kanaael um. »Was ist?«

»Beweg dich nicht!«

Die Panik in seiner Stimme trug nicht dazu bei, dass sie sich wohler in ihrer Haut fühlte, und ein leichter Anflug von Angst kroch ihre Glieder hinauf. Kanaael kam mit weit aufgerissenen Augen näher. Dröhnend schlug ihr Herz gegen die Rippen.

»Das könnte eine Falle sein!« Mit zwei Fingern deutete er auf eine dünne, fast unsichtbare Kordel, die quer durch den Saal gespannt war. Zwei Schritte weiter und sie wäre direkt hineingelaufen. Sie folgte seinen schlanken Fingern, die nun nach oben deuteten. »Siehst du das?«

Verborgen, im Schatten der verwinkelten Ornamente, die eine eigene Geschichte erzählten, vor ungeübten Blicken versteckt, entdeckte Naviia scharfe Klingen, die auf ihr Opfer heruntersausten, sobald der Mechanismus ausgelöst wurde.

»Verdammt.«

»Dafür hast du es nun gefunden«, flüsterte ihr Cousin atemlos, und sie folgte seinem Blick, als sie erkannte, dass er einen Punkt zu ihren Füßen anvisierte.

»Das Herz des Traumortes. Du stehst darauf.«

»Worauf?«

Er löste den Blick vom Boden und deutete auf eines der größeren Fenster, dessen Glas rot war. Ein Lichtkegel aus roter Farbe bahnte sich seinen Weg durch den Saal und beschien die Kachel unmittelbar neben ihr.

»Und?«

»Such die anderen drei Farben der Götter, und sag mir, welche Stelle frei bleibt.«

Naviia sah sich nach den anderen Fenstern um. Zu ihrem Erstaunen musste sie feststellen, dass die einzige Kachel, die nicht von den Farben umgeben war, ihre eigene war. »Du hast recht«, sagte sie verblüfft. »Und jetzt?«

»Es gibt zwei Räume im Acteapalast, in denen es versteckte Eingänge im Boden gibt. Diese werden durch einen bestimmten Mechanismus ausgelöst. Ein Mechanismus, der vor Jahrhunderten eingebaut wurde, und ich frage mich ...«

»Was?«

»Tritt zur Seite. Man muss hier ...« Die Spitze seines Stiefels schwebte über dem Boden, vorsichtig berührte er die Kachel, auf der Naviia soeben noch gestanden hatte. Ein leichtes Antippen. Wie von Zauberhand glitt die Kachel unter der anderen hinweg und gab den Blick auf eine Treppe frei, die in eine Art Keller führte. Kanaael stieg als Erster die schmale Wendeltreppe hinab. Bedrückende Stille umgab sie, die lediglich von ihrem Atem und ihren Schritten durchbrochen wurde. Naviia tastete sich Stufe um Stufe hinab, es war stockfinster. Ihre Hände fanden das kalte, grobe Gestein, über das sich kühle Nässe gelegt hatte. Ihre Finger verfingen sich immer wieder in Spinnweben, und sie war froh, dass Daniaan ihr als Kind so viele Streiche gespielt hatte, denn die hatten sie ein wenig abgehärtet. Naviia sah die Umrisse von Kanaaels Gestalt und folgte ihm, bis sie schließlich in einem Korridor ankamen, der unterhalb des Erdgeschosses liegen musste. Die Decken waren nicht sonderlich hoch, eine bedrückende Enge, und Kanaael musste den Kopf einziehen. Naviias Augen gewöhnten sich nur schwer an das dämmrige Licht, das von oben in den Korridor drang.

»Ich kann kaum etwas sehen«, sagte sie leise.

»Halt dich an mir fest.«

Vorsichtig legte sie eine Hand auf Kanaaels Schulter und ließ sich von ihm tiefer in die Dunkelheit ziehen. Die aufkeimende Hoffnung löste ein angenehmes Kribbeln in ihr aus, allerdings fiel ihr mit jedem Schritt das Atmen schwerer, wie ein Tuch, das ihr jemand auf die Lippen presste. Um nicht in Panik zu geraten, schloss sie die Augen und folgte den kleinen Schritten ihres Cousins. Sollte Kanaael Angst haben, so ließ er sich nichts anmerken. Sie hörte, wie er mit der flachen Hand immer wieder die Wand abtastete, und dann erklang ein hohles Geräusch, als hätte er auf Holz geschlagen.

»Eine Tür?«

»Ja«, erwiderte Kanaael, und sie spürte, wie er nach einer Möglichkeit suchte, sie zu öffnen. Mittlerweile konnte sie nicht einmal mehr seine Konturen erkennen. Quietschend öffnete sich die Tür, und ein matter Lichtstrahl drang in den muffigen Korridor. Naviia blinzelte und trat hinter Kanaael ein.

Obwohl es in dem kleinen Raum keine Fenster gab, war es wesentlich heller, und sie machte kleine Käfer aus, die sich überall in der Kammer verteilt hatten. Sie saßen an den Wänden, den unzähligen Regalreihen, die bis an die Decke reichten, und zwischen einzelnen Buchbänden, die ihre besten Tage bereits hinter sich hatten. Ihre Panzer strahlten so hell, dass Naviia und Kanaael sich ohne Probleme umsehen konnten.

»Was sind das für Tiere?«, fragte sie.

»Buchwürmchen.«

»Sie leuchten?«

»Ja, wenn sie Hunger haben. Sie fressen am liebsten Ledereinbände.«

»Igitt, sie sind Fleischfresser?«

Kanaael drehte sich mit dem Anflug eines Lächelns zu ihr um. Es stand ihm gut und machte ihn um einiges jünger.

»Sozusagen.«

Kanaael griff nach dem erstbesten Buchrücken und wischte mit dem Ärmel darüber, um die dicke Staubschicht zu lösen. Zum Vorschein kam ein Einband, der hübsche silbergraue Ornamente aufwies, ansonsten aber unbeschrieben war. Einzelne Stellen wiesen deutliche Schäden auf, ein Teil der oberen Ornamente sah aus, als hätten die Käfer einige Arbeit geleistet. Als er das Buch schließlich aufschlug und Naviia an seiner Schulter vorbei einen Blick darauf erhaschte, stieg ein bitteres Gefühl in ihrer Kehle auf. Noch bevor er die Seiten aufgeblättert hatte, wusste sie, dass sie alle leer waren.

»Es ist unbeschrieben«, sagte er, und Enttäuschung schwang in seiner Stimme mit.

»Lass uns weitersuchen … Versuchen wir die anderen Bücher. Es sind bestimmt ein paar Hundert Stück.«

»Das könnte bis zum Abend dauern«, warf Kanaael ein. Naviia bohrte ihm ihren Zeigefinger in die Brust. »Es ist egal, wie lange es dauert. Wir werden jedes Buch durchsuchen.«

»In Lakoos hätte man dich dafür eingesperrt«, murmelte Kanaael irritiert.

»Wir sind aber nicht in Lakoos, Hoheit«, erwiderte Naviia, die sich bereits die nächsten Bücher aus dem Regal geschnappt hatte. Auch sie waren unbeschrieben. Leere Seite reihte sich an leere Seite, und mit jedem Buch, das sie aus dem Regal nahm, wurde ihre Hoffnung, das richtige zu finden, geringer.

Auch Kanaael schien kein Glück zu haben, denn er klappte einen Band so verärgert zu, dass der Staub, der sich auf dem Band angesammelt hatte, aufwirbelte und die Bücherwürmchen aufgeregt mit den Flügeln raschelten. Ohne darüber nachzudenken, durchquerte Naviia den Raum und nahm Kanaael das Buch aus der Hand. »Das hat doch keinen Sinn, du spürst es doch auch. Wir sind hier richtig. Nur die Seiten sind unbeschrieben. Wir müssen ...« Ihr Blick fiel auf Kanaaels Bart, die markanten Gesichtszüge und den weichen Mund, um anschließend auf der steilen Sorgenfalte zwischen seinen Brauen zu verweilen, und was auch immer sie eben hatte sagen wollen, war verpufft. »Du siehst aus wie mein Vater.« Ihre Stimme klang brüchig, so, als habe sie Mühe, es auszusprechen. »Mir ist es damals im Traum nicht aufgefallen, aber seit du einen Bart trägst, ist die Ähnlichkeit nicht von der Hand zu weisen. Du hast die gleichen Augen, die gleichen Lippen ... Selbst deine Ohren!« Ein hilfloses Lachen entkam ihrem Mund.

Eine Weile sagte niemand von ihnen etwas, und Naviia war froh darüber. Kanaael räusperte sich und rieb sich verlegen den Nacken. »Ich bewundere dich dafür, dass du es hierhergeschafft hast. Allein. Ohne Hilfe. Du hast deine Heimat verlassen und dich bis nach Lakoos durchgeschlagen.«

»Weil es dort nichts mehr gab, was mich gehalten hat«, erwiderte sie und fragte sich, ob sie und Daniaan jemals eine Chance gehabt hätten.»Und du, was ist mit dir? Du wurdest ein Leben lang darauf vorbereitet, über die Sommerlande zu herrschen, und musstest dabei deine wahre Herkunft verleugnen. Das stelle ich mir auch nicht gerade einfach vor.«

Kanaael seufzte leise und wich ihrem Blick aus.»Ich weiß es erst seit ein paar Wochen. Nebelschreiber und meine Mutter haben das Geheimnis bewahrt, und ich habe es durch Zufall herausgefunden. Ich konnte mich ungestört auf die Herrscherrolle vorbereiten. Ich habe nie an meinem Weg gezweifelt. Alles, was ich gelernt habe, ist ein Teil meiner Persönlichkeit geworden, und ich erfülle meine Pflicht. Solange es sein muss.«

»Deswegen bist du immer so schwer zu durchschauen.«

Ihre Worte entlockten ihm ein leichtes Lächeln, doch gleich darauf verschwand es wieder.»Ich hatte keine besonders innige Beziehung zu meinem Vater. Zu … Derioon. Er war stets distanziert, streng. Ich hatte nicht viel von ihm. Und seit ich die Wahrheit kenne, ist es, als hätte ich ihn ganz aus meinem Herzen verstoßen.«

»Meinst du nicht, dass es auch eine Art Selbstschutz ist? Wenn man ein Kind ist, versteht man häufig nicht, warum sich Erwachsene so verhalten, wie sie es eben tun. Mit all den Regeln. Der Härte. Der Strenge. Sie tun es, um uns zu schützen. Damit wir eines Tages auch ohne sie bestehen können«, sagte sie und lächelte.»Und das kannst du, Kanaael. Du bist bereit, ein ganzes Volk zu führen.«

»Ich weiß nicht, ob ich es tun werde«, erwiderte er leise.»Da ist diese andere Seite. Der Grund, warum wir hier sind.

Wer weiß, ob wir jemals zurückkehren? Was ist, wenn wir herausfinden, dass wir ans Ende der Welt gereist sind, um uns zu opfern?«

»Seine Worte berührten Naviias Seele. Sie lauschte in sich hinein. Hörte auf ihren ruhigen, beständigen Herzschlag und wusste, dass sie für alles, was sie erwartete, bereit war. »Spielt das eine Rolle?«

»Natürlich spielt es eine Rolle! Dann wäre alles, was ich gelernt habe, umsonst. Suvii ohne Herrscher ...«

»Es gibt immer noch deine Mutter. Sie ist eine starke Frau, und auch deine kleine Schwester wird einmal zu einer starken Frau heranwachsen.«

»Inaaele«, murmelte Kanaael. »Bei Suv, sie ist noch ein Kind ...«

Naviia legte ihm eine Hand auf die Schulter, versuchte ihm die Stärke zu vermitteln, die er gerade so dringend brauchte. »Wir werden das Richtige tun«, sagte sie zuversichtlich. »Dein Vater, mein Onkel, hat dir Fähigkeiten geschenkt, die dir ermöglichen, deinem Volk auf eine Weise zu helfen, wie es ein menschlicher Herrscher niemals könnte.«

»Vielleicht hast du recht«, sagte Kanaael. »Im Grunde weiß ich nichts über meinen leiblichen Vater. Gar nichts! Außer, dass mich sein Erbe in ziemliche Schwierigkeiten gebracht hat.«

Energisch schüttelte Naviia den Kopf. »So darfst du das nicht sehen! Unsere Herkunft ist das, was uns ausmacht. Es ist nicht nur das, was man dich gelehrt hat, was dir anerzogen wurde. Du besitzt eine Gabe, die viel tiefer geht als alles, was deine Lehrer dir hätten beibringen können!«

»So habe ich es noch nie gesehen.«

»Ich habe viel im Tagebuch meines Vaters gelesen, nachdem er gestorben war.« Eine dunkle Erinnerung stieg in ihr auf, ebenso wie ein dumpfes Gefühl des Verlusts, weil sie es in der Hütte im Veetawald, gemeinsam mit Nola und ihren Habseligkeiten, zurückgelassen hatte. »Anees war der Ansicht, dass wir uns nicht verstecken sollten, und hat seine Magie frei ausgelebt. Mein Vater war anderer Meinung. Das hat sie wohl entzweit.« Sie erinnerte sich an die Sehnsucht nach seiner Familie, die in den Zeilen ihres Vaters mitgeschwungen hatte, und schüttelte betrübt den Kopf. »Wir haben heimlich gebetet, stets unsere Flügelzeichnungen verborgen.« Sie stieß ein bitteres Lachen aus. »Selbst als Kind, als wir zu den heißen Quellen von Seerav gereist sind, durfte ich nur in einem Leinengewand baden ...«

»Kein einfaches Leben.«

»Ich vermisse meinen Vater.« Die Worte glitten einfach so über ihre Lippen, und sie fühlte sich befreiter, da sie es ausgesprochen hatte. »Ich vermisse ihn so schrecklich. Sein Lachen. Die Art, wie er mich getröstet hat, wenn es mir nicht gut ging. Wie er mir Mut zugeredet hat, jeden Tag aufs Neue. Und er war stolz auf mich. Auf alles, was ich getan habe, egal, wie nichtig es war.«

»Das klingt schön«, sagte Kanaael mit belegter Stimme. »Ich bin sicher, sie sind alle bei uns. Jetzt in diesem Moment. Komm her.« Er breitete die Arme aus und zog Naviia an sich. Sie schloss die Augen und vergrub die Nase in dem weichen Stoff seines Überwurfs. Sie fühlte sich zu Hause. Und auch wenn sie Kanaael nicht besonders gut kannte, war er doch alles, was ihr von ihrer Familie noch geblieben war.

»Ich bin sicher, dass sie alle bei uns sind«, wiederholte er, und seine warme Stimme vibrierte in ihrem Innern. »Dein Vater. Mein Vater. Wolkenlied.«

»Isaaka«, flüsterte Naviia tonlos und spürte das Brennen der Tränen hinter ihren geschlossenen Lidern. Sanft löste sie sich von ihm und lächelte ihn dankbar an. Dann fiel ihr Blick auf den schmalen, schlicht gehaltenen Einband in ihrer Hand, den sie Kanaael abgenommen hatte. Ein unscheinbares Stück, das sie an das Tagebuch ihres Vaters erinnerte und ein seltsames Gefühl in ihr hervorrief. Sie spürte, wie die Flügelzeichnungen auf ihrem Rücken zum Leben erwachten. Konnte es sein …?

Als sie die ersten Seiten aufschlug und ihr die bekannte Leere entgegenblickte, löste sich etwas in ihr. Die Anspannung, die sie über die letzten Wochen verspürt hatte, jedes noch so kleine Gefühl, das sie in die hinterste Kammer ihres Herzens verbannt und für immer begraben geglaubt hatte. Trauer schlug wie eine Welle über ihr zusammen, und obwohl Naviia die Tränen zurückhalten wollte, spürte sie kurz darauf den salzigen Geschmack auf ihrer Lippe. Ein heiseres Schluchzen löste sich aus ihrer Kehle, und sie ließ das Buch fallen, während ihre Füße unter ihr nachgaben und sie auf den Boden sank.

Zum ersten Mal wurde ihr bewusst, dass womöglich alles, was sie in den letzten Wochen durchgemacht hatte, umsonst gewesen war. Vor ihrem geistigen Auge tauchte das Gesicht ihres Vaters auf, die warmen Augen, das Schmunzeln, das stets seine Lippen umspielt hatte, die Güte in seinem Blick … *Ich wünschte, ich könnte dich rächen. Aber wie es aussieht, habe ich versagt.* Ihre Gedanken wanderten zu Isaaka. *Ich wünschte, dein Tod wäre nicht umsonst gewesen.*

»Ist alles in Ordnung?«, fragte Kanaael.

»Ich …«, schluchzte sie, »ich … möchte die Hoffnung nicht verlieren.« Kanaael war vor ihr in die Hocke gegangen und strich nun mit dem Daumen über ihren Handrücken.

»Mach dir keine Sorgen. Wir werden das Buch finden. Ich bin mir sicher, dass wir auf der richtigen Spur sind, das

Schloss hat viele Räu...« Er verstummte, und Naviia blickte ihn erstaunt an. Kanaael hatte die Augen weit aufgerissen und starrte auf den Boden, als sehe er einen Geist vor sich.
»Was ist?«, fragte sie verwirrt.
»Naviia, sieh doch nur.«
Sie folgte seinem Blick und sah auf den Boden. Schwarze Tinte lachte sie an. Es war eine verschnörkelte Schrift, die Buchstaben flossen ineinander, als würden sie einen stummen Tanz vollführen, und erst nach und nach begriff Naviia, was dort stand. Es waren ihre Gedanken. Es war ihre Schrift.
Ich wünschte, ich könnte dich rächen. Aber wie es aussieht, habe ich versagt.
»Was hat das zu bedeuten?«, flüsterte Kanaael, und seine Stimme drang wie durch einen Nebel zu ihr. Ein kleines Stück darunter prangten die Konturen einer Träne, die auf die aufgeschlagene Seite gefallen und in kleine Teilchen zersprungen war. Wie Naviias Hoffnung, die sich nun langsam wieder zusammensetzte, als sie den Satz unter der Träne las.
Ich wünschte, dein Tod wäre nicht umsonst gewesen.
»Das sind ... meine Gedanken. Aber wie ...?«
Sie blickte zu Kanaael hoch und sah, wie sich sein Gesicht erhellte. »Davon hat die Traumknüpferin gesprochen!«, rief er aus. »Die Frau des Traumtrinkers, der *Die Chronik des Verlorenen Volks* verfasste, hat selbst ein Buch geschrieben. Ein Buch, das nur lesen kann, wer reinen Herzens ist!«
Naviia blinzelte und sah auf die Seiten hinab. Das Papier fühlte sich samtig zwischen ihren Fingern an, und sie blätterte vorsichtig um, schlug die nächste Seite auf, und ihr Herz zog sich vor Freude zusammen. Denn sie fanden das, wonach sie gesucht hatten. Antworten auf all ihre Fragen.

11

Kampf

Mii

Kanaael rannte den Korridor entlang. Sie waren nach Mii gekommen, um Antworten zu erhalten, und die hatten sie nun. Doch mit dieser Antwort war er keineswegs zufrieden. Sie würde alles auf den Kopf stellen, sein Schicksal und das des Sommervolks auf ewig verändern. *Ich bin der Schlüssel. Der, mit dem es begonnen hat, und der, durch den es enden wird.*

Ein lautloser Fluch glitt über seine Lippen, und er beschleunigte seine Schritte, bis seine Oberschenkel vor Anstrengung schmerzten. Dennoch zwang er sich weiter. Er durfte keine Zeit verlieren. Garieen würde dies gewiss auch nicht tun. Zeit war ein viel zu kostbares Gut, angesichts dessen, was seinem Volk bevorstand. Kanaael rannte weiter, dem Ausgang des Schlosses entgegen.

Noch bevor er Keeveek sah, hörte er ihre liebliche Stimme in seinem Kopf. Sie war überall und vibrierte in seinem Brustkorb, als würde er selbst sprechen. »Wo ist Naviia?«

»*Sie kehrt nach Lakoos zurück, um meiner Mutter eine Botschaft zu bringen*«, antwortete er stumm und trat schließlich nach draußen. Noch bevor sie nach Mii aufgebrochen waren, hatte sie eigens dafür einige Träume gesammelt. Falls sie sich trennen mussten. Um wandeln zu können. Aber um Naviia machte sich Kanaael keine Sorgen, sie war stark, stärker, als sie vermutlich selbst glaubte, und er wusste, dass sie es schaffen würde. Egal, was kam.

Sein Blick heftete sich auf den Göttervogel. Goldene Flügel, die Schwingen weit ausgebreitet, bereit zum Aufbruch. Aufrecht stand Keeveek im verwilderten Vorgarten, das schimmernde Gefieder hob sich deutlich von der tristen Umgebung ab, und sie sah in seine Richtung, die gelben Augen voll uralter Weisheit auf ihn gerichtet. Augen, die der Unendlichkeit ins Gesicht geblickt hatten, schauten bis auf den Grund seiner Seele, und Kanaael fühlte sich entblößt. Trotzdem wagte er es nicht, dem Blick des Göttervogels auszuweichen.

»Du siehst mitgenommen aus. Was ist geschehen?«

»Ich habe mein wahres Schicksal erfahren.«

»Dem Schicksal kann man nicht entfliehen, wir sind nur in der Lage zu bestimmten, auf welche Weise wir es annehmen. Wie hast du dich entschieden?«

Kanaael suchte nach den passenden Worten, rang verzweifelt nach einer Erklärung, doch alles, was er hätte sagen können, versandete, noch ehe er es gedacht hatte. Vorsichtig berührte er die Federn an Keeveeks Hals, die sich noch weicher anfühlten als in seiner Erinnerung.

»Danke für deine Hilfe.«

»Es ist das Mindeste, was ich tun kann.«

In diesem Moment wurde Kanaael bewusst, dass er sich nicht wirklich von Naviia verabschiedet hatte, sie sich nicht wiedersehen würden. Nicht nur Naviia. Auch seine Mutter und seine Schwester, Nebelschreiber, Geero ... Er würde sie alle nicht mehr wiedersehen. Nicht in diesem Leben.

Hastig schwang er sich auf Keeveeks Rücken und krallte sich an ihren Federn fest, als sie sich mit zwei gewaltigen

Flügelstößen vom Boden abstieß. Die kühle Luft strich um seine Nase, und er sah, wie das dunkle Schloss zu seinen Füßen immer kleiner wurde, bis es einer Miniaturausgabe glich.

»Wohin fliegen wir?«, fragte Keeveek.

»Veeta. Dort werden wir einen Freund aufsuchen. Udinaa ist bei ihm. Er weiß, dass wir kommen.«

»Warum bedrückt dich der Gedanke an die Traumknüpferin so sehr? Ich begreife deinen Kummer nicht.«

»Ich muss sie töten.«

»Weshalb?« Es war die Art, wie Keeveek die Frage stellte, die Kanaael daran erinnerte, dass der Göttervogel trotz seiner Weisheit niemals in der Lage war, die Ungeheuerlichkeit dieser Tat zu begreifen.

»Da ich sie erweckt habe, bin nur ich in der Lage, ihren Platz einzunehmen. Aber dafür muss sie sterben. Indem ich ihren Göttertraum trinke, bis davon nichts mehr übrig ist, erhalte ich ihre Macht. Ich werde von Göttermagie erfüllt sein. Und ich brauche eine Seelensängerin, die mich in den Schlaf singt.«

Er spürte Keeveeks Präsenz in seinem Kopf, konnte fühlen, wie sie nachdachte, aber dennoch schwieg sie, und so trieben sie eine Weile in der Luft. Dunkle Wolken türmten sich vor ihnen auf. Hart peitschte der Flugwind gegen sie, als ob er sie davon abhalten wollte, weiterzufliegen, und Kanaael presste sich gegen den wärmenden Hals, so dicht er konnte. Dort war das Gefieder am dichtesten, so weich, dass es ihn an die Daunendecken seines Betts erinnerte. Wie kleine Dornen aus Eis stach der Wind auf die entblößten Stellen seiner Haut, und auch sein Gesicht fühlte sich starr an. Keeveeks Stimme erfüllte seinen Geist. »Du weißt, warum du es tun musst. Um die Welt vor einem Unglück zu bewahren.«

»Ja. Es ist die einzige Möglichkeit, den Traumsplittern ihre Macht zu entziehen«, antwortete er. »Nur so kann Garieens Armee besiegt werden. Ich wünschte, es gäbe einen anderen Weg.«
»Ich spüre Unmut in dir.«
»Jemanden töten zu müssen macht mir Angst.«
»Sieh hinab.«
Unter ihnen erstreckte sich Kevääts Steilküste, die sattgrünen Berghügel des Hinterlands waren ebenfalls zu erkennen. Sie hatten das schlechte Wetter hinter sich gelassen, und die Sonne neigte sich dem Horizont entgegen, der Himmel war in ein Farbenspiel aus warmen Rottönen getaucht. Doch etwas anderes zog Kanaaels Aufmerksamkeit auf sich. Schiffe aus schwarzem Holz, Erbanholz, das nur in den tiefen Wäldern Syskiis zu finden war, reihten sich im Wasser, schaukelten sanft hin und her. Aberhunderte von ihnen hatten sich an der Küste eingefunden, so viele, dass er sie unmöglich alle zu zählen vermochte, ein dunkler Schwarm, der fast die gesamte Küstenfront bedeckte und keinen Blick mehr auf das schäumende Meer zuließ. Ein Schwarm aus Gefahr und Tod unter der Flagge des Hauses Ar'Len.

Es hatte begonnen.

Der Göttervogel flog eine Kurve, und Kanaael stockte der Atem, als er einen besseren Blick ins Landesinnere erhaschen konnte. Rauchschwaden. Mehrere schwarze Säulen schossen in den Himmel, überall dort, wo er Dörfer und Städte ausmachte. Brennende Häuser und zerstörte Gebäude. Ein Schlachtfeld, das sich zu ihren Füßen befand. Der Wind trug den Geschmack von Asche heran, und Kanaael presste sich einen Ärmel über Mund und Nase. Als er gemeinsam mit Wolkenlied von Daaria gefangen genommen und in den Kerker gebracht worden war, hatte sich ihm ein ähnliches Bild geboten. Doch was er nun zu sehen bekam, reichte nicht an

die ausgebrannten Fischerhäuser an Gaels Küste heran.
»Nein«, flüsterte er.
»Um all diese Menschen zu retten, Kanaael, ist es deine Pflicht, den Platz der Traumknüpferin einzunehmen.«
Keeveek hatte recht. Das Schicksal der Welt hing davon ab.
»Naviias Kinder und Kindeskinder werden die Einzigen sein, die mich dann erwecken können, nicht wahr?«
»Ja.«
Trotz des Winds hörte er Kampfgeschrei, das Heulen von Kindern und Hilferufe voller Verzweiflung und Angst. Wie Ameisen wuselten Schemen zu seinen Füßen, kleine Schatten, alle mit ihrem eigenen Leid und Schicksal. Sosehr Kanaael sich auch wünschte, nach unten zu fliegen und den Menschen dort helfen zu können, nach Überlebenden zu suchen, ihren Kummer zu lindern, er hatte eine andere Aufgabe zu bewältigen.
»Glaubst du, sie haben Veeta bereits erreicht?«
»Nein, denn Riinas Armee ist gut aufgestellt, und ihre Schwester hat ihren Platz auf dem Thron eingenommen.«
Eine Weile flogen sie schweigend weiter, und Kanaael betrachtete die brennenden Dörfer und Städte unter sich. Mit jeder Rauchsäule, die sie umflogen, wuchs seine Wut. Sein Land, sein Volk würden ebenso unter dem Krieg zu leiden haben, wenn er es nicht rechtzeitig schaffte, Garieens Plan zu durchkreuzen. Die Streitmacht Suviis mochte womöglich stärker sein als die Kevääts, aber gegen ein Heer, das mit Magie kämpfte, hatten auch seine Soldaten keine Chance.
»Wir sind bald da. Wo sollen wir landen?«
»Beim Palast. Daav l'Leav ist ein Verwandter der Herrscherfamilie.«
Zwischen einzelnen Rauchsäulen hindurch sah Kanaael

Veeta, die blühende Hauptstadt der Frühlingslande. Dahinter erstreckte sich das Merkagebirge in den rosafarbenen Abendhimmel, und wie Keeveek es angekündigt hatte, gab es keine Anzeichen für einen Überfall der syskiischen Armee. Im Gegenteil – die Stadt lag friedlich vor ihnen. Er bemerkte Menschen in den großen Gartenanlagen, aber nichts, was auf einen bevorstehenden Angriff hindeutete.

»Wo sind die keväätischen Truppen? Sie sind mir auf unserem Flug nicht aufgefallen.«

»Womöglich halten sie sich in den Berghöhlen Heeras versteckt. Die Höhlen verbinden die Küste mit dem tiefer liegenden Hinterland. Halt dich fest, wir landen gleich.«

Kanaael spürte ein Kribbeln, als sich der Göttervogel langsam aus seinen Gedanken zurückzog. Kurz darauf setzte Keeveek zum Sinkflug an. Mit atemberaubender Geschwindigkeit und eng anliegenden Flügeln stürzte sie hinab, wobei Kanaael Schwierigkeiten hatte, sich festzuhalten. Ein stummer Schrei steckte in seiner Kehle, als sie anmutig die Flügel ausbreitete und ihren schnellen Sturz abfing. So fest er konnte, umklammerte er ihren mächtigen Hals und drückte seinen Oberkörper dagegen. Die hellen Häuser mit ihren offenen Dächern und weiten Torbögen wurden immer größer, ebenso die Menschen, und die weißen Palasttürme entfalteten nach und nach ihre gesamte Pracht. Trotz des schnellen Sinkflugs sah Kanaael, dass die Tür zu Daavs imposanter Stadtvilla offen stand. Gewaltige schnee- und sonnenfarbene Rhododendronsträucher zierten die säuberlich angelegten Gärten. Wild schlug Keeveek mit den Flügeln und versuchte das Gleichgewicht zu halten, als sich ihre Krallen in den weichen Untergrund des Vorgartens gruben. Sobald sie sicher auf dem Boden standen, rutschte Kanaael von ihrem Rücken und versuchte seine wackligen Knie unter Kontrolle zu bringen.

»Warte hier«, sagte er. Er hatte ein mulmiges Gefühl in der Magengegend, wie eine Mahlzeit, die ihm nicht bekommen war, und ging auf die offen stehenden Doppeltüren zu. Mehrere Reliefe, die eine Kampfszene zeigten, zierten den Eingang, und der Treppenaufgang wurde von weißen Marmorsäulen gestützt. Drinnen war es gespenstisch ruhig, durch eine Glasdecke fiel Tageslicht in die Vorhalle, von der mehrere Türen abzweigten und eine Treppe in die oberen Stockwerke führte. Normalerweise war die Dienerschaft immer zugegen. Das leise Rascheln von Gewändern, tippelnde Schritte, die über das Steinparkett hasteten. Doch nichts.

»Ist jemand hier?«

Keine Antwort.

Kanaael wandte sich nach rechts, dem Speisesaal der Familie l'Leav zu, und blieb wie angewurzelt stehen. Nackte, verdrehte Körper. Eingerissene goldene Kleider. Blut. Überall. So viel Blut.

Noch ehe er begriffen hatte, was er da sah, drehte er sich auf dem Absatz um und rannte die Treppen hinauf, dorthin, wo Daavs Gemächer lagen. Im Laufen zog er seinen Langdolch, die einzige Waffe, die er mitgenommen hatte.

Er war beherrscht von einem Gedanken. Die Ghehalla hatte sie gefunden. Er musste sichergehen, dass Udinaa und Daav noch lebten. Wenn Udinaa tot war, dann war alles verloren. Sein Herz schlug wie eine Kriegstrommel in seiner Brust, als er endlich das Obergeschoss erreichte, den langen Flur entlang, in dem Büsten der Familienangehörigen standen, bis zu der aus Mhagellanholz gefertigten Tür. Klamm umschloss Kanaaels Hand den Silberknauf, mit der anderen hielt er seine Waffe erhoben, bereit, zuzustechen. Er öffnete mit angehaltenem Atem die Tür, wagte es, einen Blick hineinzuwerfen, und atmete dann erleichtert aus. Weder Daav noch Udinaa schienen sich hier aufzuhalten, doch wo waren sie dann?

Kanaael trat über die Schwelle, noch immer wachsam. Sein Blick glitt über das zerwühlte Bettlaken, den Schrank mit den goldenen Henkeln, den er Daav einst zum Geburtstag geschenkt hatte und der umgestoßen worden war, weiter zu dem Spiegel, dessen Scherben über den teuren Teppich verteilt lagen. Moment. Zwischen den Scherben lag ein kurzer Bogen Pergament. Mit zwei langen Schritten durchquerte er den Raum, hob es auf und drehte es herum. Nur ein Wort stand darauf. *Reen.*

Kanaael schlug das Herz bis zum Hals. Er kannte das kleine Dorf im Norden Kevääts. Daav hatte ihm viel darüber erzählt. Über die bunten Hügel, auf denen stets Blumen wuchsen. Den See mit dem kristallklaren Wasser, das so eiskalt war, dass es stets Mutproben zwischen Halbstarken gegeben hatte. Er hatte von der Idylle erzählt, der Ruhe fernab des keväätischen Hofs. Reen. Daavs Geburtstort. Dorthin musste sein Freund mit Udinaa geflohen sein.

12

Heerführer

Küste, Sommerlande

Ashkiin sah schweigend zu, wie die Welt in Flammen aufging. Unruhig schaukelten die Schiffe in der brausenden See, Männer feuerten sich gegenseitig an und führten Befehle aus, während ein Katapult nach dem anderen die suviische Küste in ein Feuermeer verwandelte. Die suviischen Häfen, allen voran im Nordosten des Landes, traf es zuerst. Kein Fischerboot, das nicht unlängst untergegangen war, keines der Hafenhäuser, das noch nicht in Flammen stand. Gierig streckten sich die Feuerzungen dem Himmel entgegen.

»Zufrieden, A'Sheel?«, fragte Neelo A'Dariin und trat an seine Seite. Von einem der seitlich gelegenen Schiffe aus hatten sie den besten Überblick über das Spektakel, das einen bitteren Geschmack in Ashkiins Kehle hinterließ.

»Ja«, brummte er.

»Ihr seht nicht danach aus.«

»Ich habe Mitleid mit den unschuldigen Menschen, die nichts für diesen Krieg können. Frauen. Kinder.«

»*Euch* tun die Menschen leid? Ist das ein schlechter Witz?«

Ashkiin wandte sich dem Heerführer zu. Der hob sofort die Hände. »Verzeiht mir, das sollte keine Beleidigung sein. Und, wenn ich mir diese Bemerkung erlauben darf –

wie mir scheint, habt Ihr Euch getäuscht. Ich sehe keine Gegenwehr, keine suviischen Truppen, die sich uns in den Weg stellen.«

Das sah Ashkiin anders. »Vielleicht haben sie sich zurückgezogen und warten darauf, dass wir an Land gehen. In dem Moment, in dem wir von den Schiffen in die kleineren Beiboote steigen oder keiner die Katapulte betätigt, sind wir am leichtesten zu verwunden.«

»Wenn Ihr das sagt.«

Auf der einen Seite störte es Ashkiin, infrage gestellt zu werden, auf der anderen Seite war der Heerführer einer der wenigen Menschen, die sich genau das trauten. Und das rechnete Ashkiin ihm hoch an, auch wenn er es natürlich niemals zugeben würde.

»Hinter der Küstenregion gibt es nur eine Hauptstraße, die Richtung Lakoos führt. Wie ein Nadelöhr. Und weil sie uns zahlenmäßig unterlegen sind, werden sie uns dort angreifen. Sie opfern die Küste, um Lakoos zu schützen.«

»Wir sind ihnen nicht nur, was die Truppenstärke angeht, überlegen, sondern auch aufgrund der Traumsplitter.« Sein Blick schweifte zu dem Anhänger, den Ashkiin demonstrativ um seinen Hals gebunden hatte. Ashkiin hatte festgestellt, dass die Männer in seiner unmittelbaren Umgebung noch vorsichtiger geworden waren, solange er den Anhänger trug. Doch keiner wusste, dass das silberne Kästchen, in dem sich sonst der kleine Stein befand, leer war. »Wir haben an die einhundert Männer und Frauen mit Traumsplittern, und die letzten Wochen vor der Abreise haben sich bezahlt gemacht.«

»Ich habe die Übungen beobachtet.«

»Erstaunlich, was die Magie der Götter bewirken kann, nicht wahr? Pfeile, die einfach auf den Boden fallen, Menschen, die nicht mehr in der Lage sind, sich zu rühren, Schwerthiebe, die nicht zu Ende ausgeführt werden können ... Nicht zu vergessen die Möglichkeit des Wandelns!«

Das Schiff erzitterte, als sich ein Feuerball aus dem Katapult löste, das auf dem Bug aufgestellt und befestigt worden war. Mit einem ohrenbetäubenden Donnern krachte er in eines der bunten Häuser am Ufer. Ashkiin sah, wie Menschen flüchteten. Es mussten die Letzten sein. Sie trugen Päckchen unter dem Arm, eine junge Frau hielt ein Baby im Arm. Ashkiin lauschte dem Brechen der Wellen und dem Tosen der Flammen. Er sah die Hölle, die sie entfesselten, und empfand nicht viel dabei. Er erlaubte es sich nicht.

»Es ist Eure erste Schlacht auf dem Wasser, nicht wahr?«, fragte Neelo.

»Wenn mich nicht alles täuscht, dann ist es auch Euer erster Kampf mit Schiffen. Wir haben bisher noch nie unser Land verlassen, um Krieg zu führen. Wer koordiniert den Angriff?«

Er wusste es, wollte jedoch herausfinden, ob Neelo ihm die Wahrheit sagen würde.

»Daarius A'Genaa, unter Garieens Leitung. Sie sind auf dem Flaggschiff dort vorne«, sagte Neelo und deutete nach links.

»Ashkiin!« Loorina war hinter ihnen aufgetaucht, und Ashkiin überspielte seine Überraschung, damit Neelo nicht merkte, dass er den Splitter nicht bei sich hatte.

»Was gibt es?«

»Garieen möchte dich sprechen. Es ist dringend.«

Ashkiin fluchte innerlich. Er konnte nicht wandeln, ohne den Splitter am Leib zu tragen, und er hatte ihn zwischen seinen Habseligkeiten versteckt. Um Zeit zu gewinnen, verschränkte er die Arme vor der Brust und hob eine Braue.

»Und worum geht es?«

»Ein Ablenkungsmanöver.«
»Inwiefern?«
»Einige von uns sollen Lakoos angreifen. In der Zwischenzeit soll ein Assassine Kanaael De'Ar ausschalten.«
Bitterkeit stieg in Ashkiin auf, denn er ahnte, wer dieser Assassine sein würde. Zwar hatten sich ihre Wege seit Jahren nicht gekreuzt, dennoch wusste er, dass sein Bruder alles dafür tun würde, seine Spuren in der Weltgeschichte zu hinterlassen. *Einen* Herrscher zu ermorden war für Saaro A'Sheel selbstverständlich nicht genug.

»Worauf wartest du?«, wollte Loorina ungeduldig wissen, und Ashkiin fragte sich, ob sie denn nicht bemerkte, dass er seinen Splitter nicht trug. Ein Blitzen trat in ihre Augen, so als hätte sie seine Gedanken gelesen. »Soll ich dich irgendwohin begleiten? Brauchst du noch etwas?«

Miststück.

Ashkiin nickte Neelo unterkühlt zu, ignorierte Loorina, die ganz genau wusste, was in ihm vorging, und lief nach hinten über das Holzdeck. Einige Männer wichen ihm aus, alle waren konzentriert, ihre Augen glasig und ihre Mienen voller Kampfeslust. Ashkiin stieg eine der vier Leitern in die unteren Geschosse des Schiffs hinab und hörte, wie Loorina ihm folgte. Dabei konnte er ihr feixendes Grinsen im Nacken spüren.

»Du hast ihn also nicht immer bei dir.«
»Das geht dich nichts an.«
»Wirst du unaufmerksam, Ashkiin?«
»Ich sagte, das geht dich nichts an.«

Er war einer der wenigen an Bord, die über eine eigene Kabine verfügten, wodurch er genügend Raum für seine Privatsphäre besaß. Das Schiff schaukelte hin und her, während er versuchte, auf dem Holzboden Halt zu finden. Wütend knallte er Loorina die Tür vor der Nase zu. Kaum hatte er die kleine Kabine, mit einem im Boden versiegelten Holztisch und einer in der Wand fixierten Koje ausgestattet, betreten, ging er hinüber zu dem nussbraunen Schränkchen, das zur Einrichtung gehörte.

»Dir ist klar, dass mich eine verschlossene Tür nicht davon abhält, den Raum zu betreten?«, sagte Loorina neben ihm. An diese Frau würde er sich nie gewöhnen. »Du solltest deinen Splitter nicht so offen herumliegen lassen. Es gibt eine Weltenwandlerin, die die Splitter spüren kann, wenn sie nicht verschlossen sind. Und sie steht nicht auf unserer Seite.«

»Warum habt ihr sie am Leben gelassen?«

»Das geht dich nichts an«, erwiderte Loorina ungehalten und verzog mürrisch das Gesicht. Sie kokettierte weitaus weniger mit ihren Reizen als zu Beginn ihrer Bekanntschaft. Vielleicht war sie die Schauspielerei auch einfach nur leid. Ashkiin fand, wonach er suchte, öffnete das Gefäß und legte den falschen Splitter hinein, um gleich darauf nach dem echten Stück zu greifen. Das echte Stück war wesentlich kleiner und an mehreren Ecken gebrochen, und das Sonnenlicht, das durch das kleine kreisrunde Fenster oberhalb des Schränkchens fiel, brach sich schillernd in dem kristallähnlichen Splitter. Tatsächlich hatte er starke Ähnlichkeiten mit dem Regenbogenjuwel, einem Schmuckstück, das die Frauen der Familie Ar'Len stets um ihren Hals getragen hatten. Als er das silberne Kästchen verschloss und sich zu Loorina umdrehte, lächelte sie. »Na, bereit für ein bisschen Spaß?«

»Eine interessante Sichtweise auf den Krieg«, sagte er und legte sich das Lederbändchen um.

»Du bist sehr verbittert. Das hier scheint dir nicht zu bekommen.«

Loorina lechzte danach, sich an ihm für den kleinen Zwischenfall in Kroon zu rächen. Aber solange Garieen ihn brauchte, würde sie es vorerst nicht wagen, ihm etwas anzutun. Im selben Moment traf das Kästchen auf seine Haut, und Ashkiin blinzelte, als seine Sinne ihre vollen Fähigkeiten ausschöpften. Obwohl sie ein gutes Stück vom Strand entfernt waren, lag der klagende Geruch von verbranntem Fleisch in der Luft, mischte sich mit den Todesschreien jener, die es nicht rechtzeitig aus den Häusern geschafft hatten. Es schien fast, als wäre er selbst da. Er spürte das Knistern des Feuers. Sah, wie die Opfer der Flammen ihren letzten Atem aushauchten. Es schien, als wäre er zwischen all den Menschen, die ihr Leben ließen. Der Geschmack von Tod und Verwüstung lag pelzig auf seiner Zunge, und er verzog das Gesicht.

»Nicht zum Aushalten, ich weiß«, sagte Loorina.

Er gab keine Antwort. Dies war erst der Anfang. Sie waren gerade mal bis zur Küste vorgedrungen, ohne dass ihnen Widerstand entgegengebracht worden war. Erinnerungen aus vergangenen Zeiten, Bilder und Momente, die er sorgsam in den Tiefen seiner selbst versteckt hatte, stiegen aus seinem Unterbewusstsein auf. Er hatte bereits einen großen Krieg erlebt, als junger Heerführer, als Meerla um den Thron in Syskii gekämpft hatte; doch das hier war etwas anderes. Es ging nicht um die Herrschaft einer Familie über ein Land, sondern um die Herrschaft eines Wahnsinnigen über die ganze Welt.

Die Rufe der Männer an Deck, ihre lauten Schritte, jedes noch so kleine Geräusch bohrte sich in Ashkiins Gehör. Viele von ihnen waren jung, hatten ihr Leben noch vor sich. Aber sie würden sterben. Für was?

»Lass uns gehen. Garieen wartet bereits«, sagte er zu Loorina, zog einen Teil der Traummagie in sich hinein und griff nach ihrer Hand. Sie nickte ihm zu, und er spürte, wie sich die Luft um sie herum veränderte. So als würde sie sich auf einen Punkt konzentrieren. Hitze umhüllte seine Sinne, die Todesschreie verblassten ebenso wie die Gerüche. Alleine konnte er nicht an einen Ort wandeln, an dem er noch nie gewesen war. Aber wenn sie beide gleichzeitig wandelten und er dabei eine körperliche Verbindung mit ihr einging, dann konnte er ihr folgen. Egal, wohin.

13

Rache

Frühlingslande

»Da vorne muss es sein!«, rief Kanaael, als er hinter der Biegung der riesigen Bergkette ein kleines Dorf am unteren Hang ausmachte. Mehrere einfache, aus Holz und Lehm erbauten Hütten, durch deren Mitte ein kleiner Weg verlief. In der Nähe war das sanfte Plätschern eines Bachs zu vernehmen. Zu seiner Erleichterung brannten hier weder Häuser, noch stiegen Rauchschwaden in den Nachthimmel. Selbst die Schornsteine schwiegen, und er sah Keeveeks Vermutung bestätigt, dass die Schergen, Garieens Armee, noch nicht so weit ins Landesinnere vorgedrungen waren.

Die hohen Spitzen des Gebirges warfen lange Schatten auf das Tal, das in völliger Dunkelheit versunken war. Einzelne dunkle Felsformationen stachen wie Speerspitzen in den Himmel, und Kanaael ahnte, dass die kunstvoll geschliffenen Berghänge ebenso wie die teils abgeflachten Gipfel bei Tageslicht einen atemberaubenden Anblick bieten mussten. Nun war die Sonne längst untergegangen, und lediglich der sanfte Schein des Mondlichts drang bis in diesen entlegenen Winkel Kevääts.

Ein kurzes Kribbeln in seinem Kopf, das Gefühl, vollständig und ein Teil von etwas Ganzem zu sein, dann hörte er die Stimme des Göttervogels, melodisch und warm.

»*Ja, du hast recht. Wir sind da.*«

Ein kühler Windstoß fegte ihnen entgegen, und dieses Mal verzichtete Keeveek auf den Sturzflug, sondern glitt sanft ins Tal hinab, während sie die vollkommenen Flügel in ihrer ganzen Pracht entfaltet hatte. Fast schien es, als würde sie sich von den aufsteigenden Windzirkulationen treiben lassen, und Kanaael beschlich das Gefühl, dass sie sich nicht wirklich dem Boden näherten.

»*Was ist, warum landen wir nicht?*«

»*Spürst du das nicht?*«, fragte Keeveek, und in Kanaael stieg eine dunkle Vorahnung auf. Obwohl er es sich nicht eingestehen wollte, hatte er diese Vorahnung schon eine geraume Zeit gehabt, genau genommen, seit sie aus Veeta aufgebrochen waren.

Keeveek flog eine leichte Kurve, und Kanaael erblickte eine heruntergebrannte Feuerstelle auf einem von Bäumen geschützten Platz. Die glühenden Kohlen, die zwischen dem Dickicht zu sehen waren, deuteten darauf hin, dass hier vor nicht allzu langer Zeit jemand Rast gemacht hatte. Etwas an diesem Bild ließ ihn stutzen, und dann sah er zwei dunkle Kleidungsstücke, die ihm einen Schauer über den Rücken jagten. Instinktiv klammerte er sich fester an Keeveeks Gefieder. *Ghehalla!* Er konnte nur hoffen, dass sie Daav und Udinaa noch nicht entdeckt hatten.

»*Was spürst du?*«, fragte er den Göttervogel.

»*Eine Bedrohung liegt in der Luft, ich kann es riechen, hier ist etwas, das nicht hierhergehört ...*«

Kanaael hörte in sich hinein und versuchte, sich auf sein inneres Gleichgewicht zu konzentrieren. Wenn es darauf ankam, würde er einen Teil seiner Traummagie einsetzen können, auch wenn er erst wenige Trainingseinheiten absolviert hatte. Allein der Gedanke daran, Daav und Udinaa könnten der Ghehalla in die Hände gefallen sein, flutete seinen Körper mit Adrenalin.

Die angebrochene Nacht war auf ihrer Seite, und Kanaael wusste, dass ihnen nur ein winziger Vorteil blieb: die Überraschung. »Was erwartet uns da unten?«

»Ich weiß es nicht, aber es wird nichts Gutes sein.«

»Wir haben kaum Möglichkeiten, wenn da unten Männer der feindlichen Seite sind. Es sei denn ...« Ihm kam ein Gedanke. »Keeveek, könntest du in der Nähe des Dorfs landen, nah genug, um die Träume von Schlafenden zu spüren?«

»Selbstverständlich.«

Lautlos glitt der Göttervogel durch die Nacht, bis sie die dichten Blätterkronen der Bäume beinahe berührten. Keeveek flog einen Bogen, sie kamen dem Boden immer näher. Kaum dass sie gelandet waren, sprang Kanaael von ihrem Rücken und konzentrierte sich auf das Dorf, das nur noch einen kurzen Fußmarsch entfernt lag. Er schloss die Augen und öffnete seinen Geist so wie schon unzählige Male zuvor. Die düsteren Träume, die seit dem Erwachen der Traumknüpferin auftraten, lagen schwer in der Luft. Rötliche Nebelschwaden, die schwarz flackerten, eine Spur aus Traummagie, die sich ihren Weg durch die Welt bahnte. Manche von ihnen drangen bis zu dem kleinen Versteck unter den schützenden Bäumen vor, und Kanaael folgte ihnen im Geiste. Sie erzitterten unter der Last der Göttermagie, die schwarzen Nebelschwaden umschlangen die unruhigen Träume, und Kanaael wurde bewusst, dass die Macht der Götter nicht für Menschen gemacht war. Geduckt folgte er den Träumen, bis er schließlich vor mehreren unscheinbaren Häusern stand. Eine kleine einfache Siedlung am Fuße des Gebirges. Die Spur der Träume führte ihn weiter zu einem frei stehenden, hohen Gebäude am Ende des Dorfs, und die Schwere der

Träume, die sich im Innern befanden, war erdrückend. Alle Nebel schienen hinter dieser einen Tür zu liegen. Die Albträume kamen nur aus diesem Haus. Dort drin schliefen keine gewöhnlichen Menschen, und Kanaael hoffte inständig, dass einer von ihnen auch Udinaa war. Sie musste unter ihnen sein.

Schließlich blieb er stehen und lauschte. Irgendetwas war anders als sonst. Auch wenn er es nicht festmachen konnte, fühlte er es wie ein leichtes Prickeln, das bis in seine Zehen wanderte. Er zählte sechs Träume. Jeder von ihnen undurchsichtig, verwirrend und anders als alle Träume, die er bisher gesehen hatte.

Leise betrat er die Hütte, konzentrierte sich völlig auf die Träume in seiner Umgebung, sodass die Umrisse des Gebäudes verschwammen. Es war ein großer Raum, von dem noch zwei weitere Türen abzweigten. Fünf Männer und eine Frau hatten es sich um den großen Esstisch, einer provisorischen Schlafstätte und einer Eckbank gemütlich gemacht. Vor ihnen lagen Lederbändchen, an denen ein kleines silbernes Kästchen befestigt war. Alles an ihnen war grau. Ihre weit fallende Kleidung, unter der sich leicht Waffen verbergen ließen, ebenso wie ihre Gesichter und Haare. Es sah aus, als hätte sie jemand in Trance versetzt und sie wären mitten im Gespräch eingeschlafen – die Augen waren zwar geschlossen, doch ihre unnatürlich aufrechte Haltung weckte in Kanaael das Bedürfnis, so schnell wie möglich die Hütte zu verlassen.

Lautlos waberten die dunkelroten Träume in der Luft, tanzten durch den Raum und versuchten seine Aufmerksamkeit auf sich zu ziehen. Mit einer ungeduldigen Geste wischte er eine Nebelschwade beiseite, trat zögerlich um die Leute herum und erstarrte, als er ihre Kleider und die Gesichter noch besser sehen konnte. Heftig schlug sein Herz gegen seine Rippen. Denn er hatte recht behalten. Ihre Kleidung – die weit geschnittenen Hosen, die breiten Ledergürtel – ließ auf die Ghehalla schließen. Er ging weiter um den Tisch herum und blickte in ein vertrautes Gesicht. Die Lider waren geschlossen, dennoch erkannte er die dunklen Brauen und den verkniffenen Mund. Mharieen, der Mann, gegen den er einst in Muun gekämpft hatte. Es kam ihm vor, als läge diese Nacht Jahrzehnte zurück, dabei war es erst vor wenigen Wochen gewesen. Es war die letzte Bestätigung, die er gebraucht hatte. Die Ghehalla war Daav gefolgt. Die Frage war nur, warum. Eigentlich konnte er sich die Antwort selbst geben – sie mussten von Udinaa erfahren haben.

Der Blick seines Geists wanderte am Esstisch vorbei und blieb an einem Paar Schuhe aus Leder hängen, das auf dem Boden lag, während die Träume einen Tanz um seine Gunst vollführten.

Kanaael hielt inne. Nein, das war unmöglich. Er kannte diese Stiefel, die abgewetzten Sohlen, die Kerben, die Sträucher und Steine im weichen Leder hinterlassen hatten. Das waren Daavs Stiefel. Wie von selbst stolperte Kanaael zwei Schritte nach vorne, und sein Blick fiel auf einen ruhenden Körper, der in kauernder Haltung gegen die Bank lehnte und ihm schrecklich vertraut erschien.

Doch es war nicht der Anblick, der ihn so aufwühlte, sondern etwas, das ihm im ersten Moment so banal erschien, dass er es gar nicht bemerkte. Obwohl Daav aussah, als würde er schlafen, ging kein Traum von ihm aus. Eine graue Hülle ohne Nebel.

Die Ghehalla hatte Daav getötet.

Die Ungeheuerlichkeit dessen, was mit seinem Freund geschehen war, trieb ihm die Tränen in die Augen, und er wandte entsetzt den Blick ab. Unter Anstrengung seiner mentalen Kräfte hielt er seinen Geist an Ort und Stelle. *Wie kann das sein? Das ist unmöglich ... Sie haben ...*

Vor Kanaaels geistigem Auge verschwammen die Konturen, und er spürte die Farben der Träume, sah, wie sie weiter um ihn tanzten. Rasend vor Wut drang Kanaael in den ersten Traum ein, folgte seiner Spur bis zum Mund des Mannes, aus dem er entstieg. Dann verlor er die Kontrolle über seine Kräfte. Es ging so schnell, dass Kanaael kaum Zeit hatte zu begreifen, was passierte.

Einen Wimpernschlag später stand er auf einem Hügel inmitten einer Blumenwiese, die grellen Farben des Himmels und die warmen Sonnenstrahlen auf seiner Haut – alles wirkte fremd, nichts kam ihm vertraut vor, und er blickte auf eine Frau, die ein schlafendes Baby in den Armen trug. Augenscheinlich war es eine Kevääti, denn langes grünes Haar umspielte ihre üppige Figur und floss in Wellen über ihren Rücken. Kanaael sah einen jungen Mann, der mit einem Lächeln auf sie zueilte, und er erkannte, dass es sich um den Träumenden handelte.

Doch als sich der Mann näherte, verwandelte sich das Gesicht des Babys in eine hässliche Fratze. Es begann zu schreien, die Nase wurde länger, die Züge reifer. Auch die Augen veränderten sich, nahmen einen roten Schimmer an und blickten ihm teilnahmslos entgegen. Die Frau stieß ein schrilles Lachen aus und warf das Kind in die Luft. Mit ausgestreckten Armen begann der junge Mann zu rennen, und Kanaael reagierte fast zeitgleich. *Veränderst du einen Traum, nimmst du dir seine Macht,* hatte Geero ihm eingebläut.

Genau das tat er nun. Er veränderte den Traum, indem er sich ausmalte, dass das Baby auf dem Boden aufkam. Schwarzer Hass zersetzte jeden Winkel seines Herzens. Es war ohne-

hin nur ein Traum. Was machte es schon? *Du wirst es nicht auffangen. Fang es nicht auf!* Er sah, wie der Mann erschrocken stehen blieb und in seine Richtung blickte, auch wenn er ihn nicht sehen konnte, denn Kanaael war körperlos. Ein Geist. Ein Eindringling. Trotzdem schien der Mann seine Anwesenheit zu spüren.
Ich bin hier.
Ich bin dein schlimmster Albtraum.
Ich bin dein Tod.
Die grellen Farben des Traums verblassten nach und nach, füllten Kanaael mit neuer Lebensenergie. Doch im selben Atemzug spürte er die körperliche Anstrengung, als er dem Mann seinen Willen aufzwang. *Du wirst es nicht auffangen!* Seine Beine begannen heftig zu zittern, als er sich erneut in Bewegung setzte und gegen den aufgedrängten Willen ankämpfte. Er versuchte es, auch wenn sein Kampf noch so aussichtslos war. Noch immer schwebte das Fratzenbaby in der Luft, die rundlichen Beinchen strampelten, als würde Zeit keine Rolle spielen. Schweiß trat auf die Stirn des Mannes. Verzweiflung zeichnete sich auf seinen Zügen ab, er wurde immer blasser. Er welkte. Starb.

Der einzige Gedanke, der Kanaaels Bewusstsein beherrschte, war ein Name. Daav.

Die Traumwelt wurde grau und verstummte. Nichts regte sich mehr. Das Baby schwebte in der Luft. Kanaael starrte auf den weit aufgerissenen Mund der Mutter und sah hinüber zum Vater, der erstarrt war.

Zufrieden zog er sich aus dem Traum zurück. Schwärze. Dann die Erlösung. Erneut stand er in dem großen Wohnraum, in dem die Ghehallani schliefen und nicht bemerkten, dass der Tod zu ihnen gekommen war. Kanaael blickte ausdruckslos auf den Schlafenden herab. Schwer hob und senkte sich seine Brust. Er klammerte sich einen winzigen Augenblick länger ans Leben, holte ein letztes Mal Luft und dann war es vorbei. Im selben Moment wurde Kanaael von einer enormen Macht durchflutet, eine Explosion von Empfindungen, und die Flügelzeichnungen auf seinem Rücken begannen schmerzvoll zu pochen, so als wollten sie sich ausdehnen. Die Kraft des Traums raubte ihm den Atem, und seine Wut wuchs weiter an.

Kanaael wandte sich der Frau zu, die unmittelbar neben seinem ersten Opfer schlief. Ihre Züge wirkten friedlich, fein geschwungene Lippen, die zu einem leichten Lächeln verzogen waren, wenngleich der Traum ruhelos um ihren Körper zuckte und Kanaael zu sich lockte. Düster und undurchdringlich zog er ihn hinab in die Tiefen ihrer Seele, und er folgte bereitwillig dem Ruf der Schatten, die von ihm Besitz ergriffen hatten.

Die Frau starb schneller, als Kanaael beabsichtigt hatte. Er hielt einen Moment lang inne und suchte in seinem tiefsten Innern nach den Nebeln, die er gesammelt hatte. Wie ein schwarzes Feuer flackerten sie überall in ihm. Er lächelte, und er sah zu den anderen Männern hinüber, die nichts von ihrem Ende ahnten.

Schweigend brach der Tod auch über sie herein.

Drei von ihnen tötete Kanaael und empfand dabei nichts außer Genugtuung. Die Welt um ihn herum leuchtete intensiver, das Grau schien in verschiedene Nuancen aufgeteilt zu sein, und er wandte sich dem letzten der Männer zu. Mharieen. Den wollte er sich für den Schluss aufheben.

Insgeheim wusste Kanaael, dass ein Stück seiner Seele in diesem Moment mit diesen Menschen starb, aber es machte ihn nicht traurig. Er hatte sich zu einem Richter über Leben und Tod aufgeschwungen, und zum ersten Mal konnte er

Naviias eisernen Willen nachvollziehen. Sie hatte ein Ziel vor Augen und würde dafür kämpfen, bis ihr Vater gerächt war.

Unvermittelt erfüllte ein helles Licht seinen Geist, blendete alle anderen Empfindungen aus, und er wusste, dass Keeveek in seinen Kopf eingedrungen war, noch bevor sie ihn rief.

»*Kanaael!*«

Ohne Vorwarnung wurde er aus der Traumwelt katapultiert. Schmerz explodierte in seinen Schläfen, als er schlagartig an den Ort zurückgerissen wurde, von dem aus er aufgebrochen war.

Dunkelheit umfing ihn in einer liebkosenden Umarmung, und er blinzelte träge, als er die Augen aufschlug. Die Konturen der Bäume um sie herum wirkten schärfer, in einiger Entfernung hörte er kleine Nagetiere davonhuschen, und einen Vogel, der sich mit rauschenden Flügelschlägen in die Lüfte erhob.

Tod und Leid lagen in der Luft, und der metallische Geruch des Bluts, das die Ghehalla vergossen haben musste, als sie über das Dorf hereingebrochen war, schien allgegenwärtig zu sein. Er hatte es zuvor nicht wahrgenommen, doch jetzt ätzte es sich wie ein giftiges Gas in seine Geruchsnerven.

»*Ich war noch nicht fertig!*«, blaffte er Keeveek an, die ihren großen Kopf neigte, den Schnabel leicht geöffnet, und ihm einen Blick aus ihren goldenen Augen schenkte.

»*Dein Körper ist nicht geschaffen für die vollkommene Macht der Götter, Kanaael! In deinen Adern mag das Blut Kevs fließen, aber ein Teil von dir ist auch ein Mensch. Du darfst dein Leben nicht so leichtfertig aufs Spiel setzen.*«

Kanael wandte betroffen den Blick ab und hatte das Gefühl, dass selbst der erdige Boden zu seinen Füßen an Farbe und Intensität gewonnen hatte. Er sah, wie er vor Leben pulsierte.

Ein Sturm voller Magie floss durch seinen Körper, eine Stärke, wie er sie noch nie zuvor verspürt hatte. Aber er wusste, dass Keeveek recht hatte.

Es tut mir ... Weiter kam er nicht, denn in diesem Augenblick passierten mehrere Dinge gleichzeitig. Dank seiner geschärften Sinne spürte er, wie sich die Luft um sie herum veränderte. Sie zog sich zusammen, an einen Punkt unmittelbar neben ihnen, als ob sich all die Energie der Natur auf diese Stelle konzentrierte. Ein leichtes Flackern, dann ein Lichtblitz. Kanaael blinzelte, sein Geist wurde träge, und er schaffte es nicht, den Überblick zu behalten. Sosehr er sich darauf konzentrierte zu begreifen, was vor sich ging, er schaffte es nicht einmal, seine Umgebung richtig wahrzunehmen.

»*Pass auf!*«, rief Keeveek.

Einen Herzschlag später spürte Kanaael einen harten Stoß im Rücken. Er stolperte, versuchte das Gleichgewicht zu halten und landete auf allen vieren. Als er sich umdrehte, sah er, dass Mharieen aus dem Nichts aufgetaucht war. Ein unmenschliches helles Leuchten ging von seinem Körper aus, das lange dunkle Haar trug er offen, und das schwarze Wickelgewand, das er schon bei ihrer ersten Begegnung getragen hatte, betonte seine muskulösen Arme, die mit Götterzeichen überzogen waren. Noch ehe Kanaael begriff, was geschehen war, stürzte sich Mharieen mit gezücktem Schwert auf Kanaael. Aus Reflex hob er die Arme, gleichzeitig wusste er, dass dies sein Ende war. Doch die Klinge traf ihn nicht, stattdessen spürte Kanaael einen Lufthauch, und noch bevor er reagieren konnte, hatte sich Keeveek dem Ghehallano in den Weg gestellt. Fassungslos musste Kanaael zusehen, wie sie von dem Hieb des mächtigen Schwerts getroffen wurde, während sie ihn mit ihrem Körper schützte. Als die scharfe Klinge durch ihre Haut drang, stieß sie einen schrillen Schrei aus und sank in die Knie. Rasend vor Wut holte Mharieen ein weiteres Mal aus, schwang das Schwert über seinem Kopf und stieß abermals zu. Zischend durchschnitt die Klinge die Luft und traf Keeveek am Hals. Eine Blutfontäne schoss aus der klaffenden Wunde, durchtränkte den Waldboden, und in diesem Moment verschwand die Präsenz des Göttervogels aus Kanaaels Kopf.

Nichts. Stille.

Wie gelähmt sah er dabei zu, wie Keeveek starb. Die goldenen Augen waren unentwegt auf sein Gesicht gerichtet, während ihr Körper zu Boden fiel und mit einem für Kanaaels Ohren lautstarken Donnern auf der Erde aufschlug.

Mharieen wirbelte zu ihm herum, und Kanaael hörte in sich hinein, um seine Atmung und seine Macht besser kontrollieren zu können. Er zog einen Teil der Traummagie in seine Fingerspitzen, bereit, sie zu verwenden. Dabei kam er schneller auf die Beine, als er erwartet hatte. Er zog seinen Langdolch, die Sinne zum Zerreißen gespannt. Die Traummagie, die er aus den Ghehallani gezogen hatte, floss durch seinen Körper. Zorn hatte die Kontrolle über seinen Körper übernommen, Zorn und blinde Wut, gewaltiger als alles, was er jemals empfunden hatte.

»Du elender Bastard«, zischte Mharieen und ließ das blutbenetzte Schwert in seiner Rechten sinken, während er sich bedrohlich vor ihm aufbaute. Um seinen Hals baumelte eines der Lederbändchen, die Kanael in der Hütte aufgefallen waren, und seine Haut schien von innen zu leuchten. *Traumsplitter!*, schoss es ihm durch den Kopf.

»Du hast sie getötet!«

»Und du hast Daav getötet!«, zischte Kanaael und spuckte vor Mharieen auf den Boden.

Sie umkreisten einander, während sich der Moment in die Länge zog und jeder darauf wartete, dass der andere womöglich einen Fehler beging. Für den Bruchteil eines Lidschlags zögerte Mharieen noch, dann stürzte er sich erneut auf Kanaael, der dem schnellen Hieb gerade noch ausweichen konnte. Kanaael hörte das Zischen der Klinge, spürte den Windhauch auf seinem Gesicht und roch Keeveeks Blut, das auf der Waffe klebte. Mharieen wurde von seinem eigenen Schwung nach vorne gerissen und stolperte an Kanaael vorbei. Wieder umkreisten sie einander. Mharieen stieß ein raues Lachen aus, während er das Gewicht auf sein Standbein verlagerte und sein Schwert hob. »Weißt du, es ist wirklich sehr ehrenwert von dir, dass du den Tod deines Freundes so eifrig rächen willst, obwohl er dich verraten hat.«

»Wovon redest du?«

»Daav hatte sich auf unsere Seite geschlagen.«

»Du lügst!«

»Ach ja? Warum sonst hat er dafür gesorgt, dass du auf die Insel kommst?«

»Ich glaube dir kein Wort! Daav wollte mir nur helfen ...«

»Weißt du, dein lieber Daav hat in seiner Jugend einige krumme Dinger gedreht, sich mit den falschen Leuten eingelassen und von einer Macht gekostet, die ihn schon immer fasziniert hat.«

Obwohl Mharieens Worte wie Gift in sein Bewusstsein sickerten, klammerte Kanaael sich an den Gedanken, dass Daav im Herzen richtig gehandelt haben musste. Doch Mharieens Plan ging auf. Kanaael war unkonzentriert. Abgelenkt. Seine Gedanken überschlugen sich, und er versuchte nicht daran zu denken, dass Daav alles über das Verlorene Volk gewusst hatte. Er hatte Kanaael bei allem geholfen. Wenn er nicht einen Schritt weitergekommen war, hatte Daav die Lösungen gefunden. Hatte ihn überredet, auf die Insel zu gehen. Hatte ihn aus dem keväätischen Kerker befreit. Wolkenlied und ihn. Hatte er Kanaael wirklich helfen wollen, oder hatte er im Interesse der Ghehalla gehandelt? Aber warum hätten sie ihn dann töten sollen? Nein! Mharieen log! Er log, um in seinen Kopf zu gelangen, und er hatte es geschafft!

Mharieen nutzte den Augenblick und schoss nach vorne. Sein Vorstoß war gezielt, Kanaael hörte den surrenden Luftzug, als das Schwert knapp an seinem Oberkörper vorbeischnellte, und blendete jedes Gefühl aus. Kurzerhand warf Kanaael den Dolch in Mharieens Richtung und duckte sich gleichzeitig unter Mharieens nächstem Hieb weg. Der knurrte wie ein tollwütiger Hund, als sich die scharfe Spitze in sein Unterschenkelfleisch bohrte, und Kanaael ergriff die einzige Chance, die er hatte. Er musste Mharieen auf Abstand halten, denn über eine kurze Distanz war er dem Kämpfer unterlegen. Er hatte keine Waffe mehr, nur noch die Traummagie.

Also sprang er auf und rannte zum Dorf, während Mharieen versuchte, die Klinge aus seinem Unterschenkel zu ziehen. Sein keuchender Atem klang unnatürlich laut in Kanaaels Ohren, und das Geräusch seiner Schritte vibrierte wie ein Trommelgesang in ihm. Ohne Vorwarnung erlebte er ein zweites Mal, wie sich die Luft in der Nähe zusammenzog, und ein Schauer wanderte über seinen Rücken, obwohl er in unvermindertem Tempo durch die kleinen Gassen Reens lief. Ein helles Licht schräg vor ihm, und dann tauchte Mharieen dort auf. Der Schwerthieb traf Kanaael ohne Vorbereitung, und der Schmerz explodierte in seiner Schulter. Die Stelle, an der die Spitze seine Kleidung durchstoßen hatte und in seine Haut eingedrungen war, begann zu pulsieren. Er keuchte.

Kleine Blitze begannen vor seinen Augen zu tanzen, und er hatte gerade noch Zeit, dem nächsten Angriff Mharieens auszuweichen. Mit einer Hand fuhr er unter seine Kleidung und betastete die klaffende Wunde. Schmerz explodierte, als er sie berührte, seine Finger tränkten sich im Blut. Sein Brustkorb hob und senkte sich heftig, und er zog so viel Traummagie, wie er konnte, in seine Fingerspitzen, die angesichts der ungewohnten Macht zu kribbeln begannen. Die Macht der Götter wirbelte in ihm, er ließ sie aus sich herausgleiten, so wie Geero es ihm gezeigt hatte. Intuitiv hob Kanaael die Hände und ließ die Traummagie aus seinen Fingern gleiten, direkt auf Mharieen zu, der überrascht die Augen aufriss. Rot-schwarze Stricke voller Traummagie schossen auf ihn zu. Sie schlossen ihn ein, jeden Winkel seines Körpers, wickelten sich geschmeidig um Waden und die Oberschenkel hinauf und fuhren wie ein Windstoß unter seine dunkle Kleidung. Das Schwert seines Angreifers fiel auf den Boden, der Kampf verstummte. Kanaael spürte die körperliche Anstrengung der Traummagie, seine Hände zitterten, jeder Muskel brannte, und als sich Mharieen in die Luft erhob und durch die Nacht glitt, verengte Kanaael die Augen zu zwei Schlitzen, um noch schärfer zu sehen. Ein fliegender Schatten, eingehüllt in die Träume seiner Kameraden.

Dann verspürte Kanaael einen Widerstand. Wie eine Mauer errichtete Mharieen einen Schutzschild um seinen Körper, und Kanaael hatte zunehmend Mühe, ihn in der Luft zu halten.

»Denkst du, du bist der Einzige mit Göttermagie?«, fragte Mharieen, sein dunkles Haar wirbelte im Wind.

Mehr!, dachte Kanaael.

Jede geistige Präsenz in seinem Körper vervielfältigte sich, wurde zu einem gewaltigen Magieball aus roten und schwarzen Traumfäden, und er legte all seine Wut hinein, bis er das

Gefühl hatte, völlig leer zu sein. Es gab nur diesen einen Moment. Ihm blieb keine andere Wahl. Er spürte Mharieens Angst, und zum ersten Mal, seit ihr Kampf begonnen hatte, glaubte er, Oberwasser zu haben. Mit einem Mal ebbte der Widerstand ab und verschwand ohne jede Ankündigung, fast so, als hätte Mharieen aufgegeben. Immer schneller und schneller strömte Traummagie aus Kanaael hervor, bis er die Kontrolle darüber verlor. Er schrie, als kleine Lichtblitze um seine Augen explodierten und er gerade noch sehen konnte, wie die Traummagie Mharieen wie eine zweite Haut umgab und ihn mit voller Wucht gegen die Hütte hinter ihm schleuderte. Krachend donnerte er gegen das Holz neben der Tür, und er sackte mit einem Stöhnen zusammen.

Erschöpft ließ Kanaael die Arme sinken, in der Hoffnung, den Strom an Energie, der durch seinen Körper floss, zu unterbrechen. Glücklicherweise gelang es ihm, doch er war leer. Ohne jedes Gefühl und als hätte er sich selbst aufgegeben. Ausgelaugt griff er nach Mharieens Schwert zu seinen Füßen, blendete das heftige Pulsieren seiner Wunde aus, die mit jedem Atemzug etwas stärker brannte. Das Schwert war ein Geschenk, das er nicht ablehnen würde. Langsam ging er auf Mharieen zu, der sich noch immer stöhnend zwischen den zersplitterten Holzstücken wand.

Kanaaels war vollkommen ruhig. Er war Keeveeks Rache. Er war Daavs Rache. Egal, was sein Freund getan hatte, es spielte keine Rolle mehr. Er war die Rache für alles, was ihm in den letzten Wochen zugestoßen war. Rache auch für Wolkenlied, für deren Tod er sich selbst nicht zur Verantwortung ziehen konnte. Kalt blickte er auf Mharieen hinab, der sich benommen aufrappelte. Seine Haare fielen ihm strähnig ins Gesicht, und er hatte eine Platzwunde am Hinterkopf. Kanaaels Schatten fiel auf ihn. Er blickte auf. Einen Moment lang sahen sie einander in die Augen, dann stach Kanaael zu. Kaltblütiger, als er sich zugetraut hätte. Er sah zu, wie das Leben in Mharieens Augen erlosch, und fragte sich, ob er jemals wieder er selbst sein konnte. Oder ob er es nicht längst war.

Sein Blick wanderte zu der Hütte am Ende des Dorfs. Er würde Daav die letzte Ehre erweisen und dann Udinaa suchen, um sein Schicksal zu erfüllen.

14

Schlacht

Lakoos, Sommerlande

Pulsierende Hitze waberte um Naviia, als ihr Körper wieder ein Teil der Welt wurde und sie festen Boden unter den Füßen spürte. Die schwarzen Flügelzeichnungen auf ihrem Rücken pochten, jeder Strich, jede Linie. Auch ihre Sinne waren überreizt, während sie versuchte, sich einen Überblick zu verschaffen. Eine kleine Nebengasse, unbelebt. Eine drückende Wärme lag selbst über der im Schatten gelegenen Stelle, an der sie angekommen war. Verwinkelte Häusereingange, von der Hauptstraße kaum auszumachen, und es roch nach Fleischeintopf. Sie war an ihrem zweiten Tag hier gewesen und erinnerte sich daran, dass Nebelschreiber ihr gesagt hatte, sie solle lieber hierher als in den Palast zurückkehren, sollte sie wandeln müssen. Hier würde sie niemand sehen.

Müde stützte sich Naviia an der Wand ab und tastete sich auf die Hauptstraße vor, von der aus sie lautes Stimmengewirr vernahm. Nicht weit von ihr ragten die gläsernen Palasttürme in den klaren Himmel, während auf den Straßen dichtes Gedränge herrschte. Lakoos. Sie hatte es geschafft.

Mehrere in bunte, bodenlange Kleider gewickelte Frauen trugen Flechtkörbe, die bis zum Rand mit suviischen Köstlichkeiten gefüllt waren, auf den Armen. Naviia kannte nicht vieles davon, entdeckte jedoch gebratenes Fleisch, mehrere Trockenfrüchte und in Honig eingelegte Speckmanteldatteln. Menschen riefen wild durcheinander, keiner schien auf den anderen Rücksicht zu nehmen. Ein kleines Kind mit schmutzigem Gesicht und zerzaustem nachtschwarzem Haar hatte sich unweit von ihr die Knie blutig aufgeschlagen, und seine Schreie wurden von den Umstehenden ignoriert. Viele verschwanden in Häusern, deren dunkelbraune Fassaden einen trostlosen Anblick boten, und Naviia sah, wie ein Stück weiter die Straße hinauf weinende Frauen von Männern Abschied nahmen. Mehrere Kinder, die mandelförmigen Augen vom Weinen gerötet und die Wangen von Tränen ganz nass, umarmten ihre Väter, die große Ledersäcke geschultert hatten.

Es geht also los, dachte sie und sah zum Palast hinüber. *Garieen wird die Stadt angreifen.*

Sie war zu schwach, um noch mal zu wandeln. Dreimal hatte sie eine kurze Pause eingelegt. Irgendwo in Keväät am Strand, eine Stelle, die sie überflogen hatten, wenig später in der Nähe eines Dorfs in Suvii und ein drittes Mal mitten in der Wüste. Aber nun waren ihre Kräfte und die der Träume, die sie zuvor mit Nebelschreiber gesammelt hatte, erschöpft.

Naviia hörte ein amüsiertes Kichern und sah vier junge Mädchen, etwa in ihrem Alter, auf sich zukommen. Ihre Kleider unterschieden sich nicht sehr von dem, was sie am Leib trug, sie waren an der Brust etwas enger geschnitten und verliefen nach unten hin weiter, in einem zarten rötlichen Farbton. Es waren ihre offenen Haare, die mit Perlen und Federn geschmückt waren, ihre stark geschminkten Augen und die blauen Bänder, die sie um die Hüfte gebunden hatten, die sie verwirrten. Huren.

»Bist du neu in der Stadt?«, fragte eine der vier. Augenscheinlich war sie die Anführerin, denn sie war etwas vor die anderen getreten und die hübscheste von allen. Naviia schüttelte den Kopf und presste die Lippen aufeinander, was der Vordersten ein Lächeln entlockte. Gemächlich kam sie näher, ihr lockiges Haar umrahmte ihr schmales Gesicht, und ihre schlanken Finger griffen nach Naviias Kinn, die unzähligen silbernen Armreife um ihr Handgelenk klirrten dabei. Dann hob sie Naviias Gesicht dem Sonnenlicht entgegen, das sich seinen Weg in die schmale Gasse bahnte, um sie besser betrachten zu können.

Ärgerlich schlug Naviia ihre Hand weg. »Fass mich nicht an!«

»Ein Wildfang aus den Winterlanden, wie ungewöhnlich«, sagte die andere lächelnd und ließ die Hand sinken. »Du weißt schon, dass du in unserem Revier fischst und wir das nicht so gern sehen.«

»Ich fische nirgends.«

»Ach nein?«, sie musterte Naviia von oben bis unten. »Sieht mir aber sehr danach aus.«

»Nein, das tue ich nicht. Ich habe mich zufällig hierher verirrt.«

»Wenn du das sagst. Sollten wir dich jedenfalls noch einmal in unserem Revier sehen, müssen wir schauen, was wir mit deinem hübschen Gesicht machen.« Sie sagte es in einem völlig gleichgültigen Ton, doch ihr harter Blick sprach Bände.

Naviia funkelte sie ärgerlich an. »Ich bin zwar eine Talveeni, aber keine Hure! Und ich gehe, wohin es mir passt.«

Die Schwarzhaarige lachte. »Sobald die Krieger der Herbstlande ihre Zeltstadt auf der anderen Seite der Mauer aufbauen, werden wir Lakoos verlassen. Dann gibt es hier sowieso keine Männer mehr, die uns bezahlen können, und dann darfst du dich gern frei bewegen. Aber bis dahin ...«

»Ihr geht zur syskiischen Armee?«, fragte sie verwundert.
»Zu den Männern, die uns das beste Leben bieten können«, erwiderte die andere und zog die Augenbrauen hoch. »Hast du ein Problem damit?«
Naviia schüttelte den Kopf. »Nein.«
»Komm, Eelia, wir sind spät dran«, sagte die schmächtigste der jungen Frauen, griff nach der Hand der Anführerin, und gemeinsam schlenderten sie an Naviia vorbei, liefen kichernd die Hauptstraße hinauf. Schweigend sah sie ihnen hinterher, dann setzte auch sie sich in Bewegung. Ein harter Hieb traf sie unvermittelt in die Rippen, und Naviia wurde unsanft zur Seite gestoßen.
»Pass doch auf, du Schlampe«, knurrte ein Mann, bevor er in der Menge verschwand. Naviia rieb sich die Seite, während sie sich einen Weg hinauf zum Göttervorplatz unterhalb des Acteapalasts bahnte. Nebelschreiber würde ihre Ankunft erwarten.
Sie spürte die Blicke der Männer auf sich, die sie unverholen anstarrten, als wäre sie Freiwild. Um nicht noch mehr Zeit zu verlieren, beschleunigte sie ihr Tempo, hielt sich an den Straßenrand, sprang über umgestoßene Nachteimer und Abfallreste und versuchte, nicht noch mehr Aufmerksamkeit auf sich zu ziehen, bis sie den Göttervorplatz erreichte. Ihr Blick wanderte zu dem Obelisken, der sie mit Ehrfurcht und einer seltsamen Sehnsucht erfüllte. Die schwarzen Flügel des Sommergottes warfen lange Schatten auf den Vorplatz, auf dem ebenfalls dichtes Gedränge herrschte. Mehrere Menschen eilten auf den Suv-Tempel zu, dessen rotbemalte Säulen aus den hellen, eng anliegenden Gebäuden ringsherum hervorstachen. Überrascht sah sie einem älteren Mann nach, der sich auf einen Krückstock stützte. Er trug etwas unter dem Arm, das ihr verdächtig nach einem einfach gefüllten Kissen aussah.

»Was ist da los?«, fragte Naviia eine Frau zu ihrer Rechten, die sie jedoch keines Blickes würdigte und einfach weiterging. Sie erinnerte sich an die Begegnung mit dem Krieger der lakoosischen Armee und Pirleeans Bemerkung. Frauen aus Talveen kamen meist nur aus einem bestimmten Zweck in die Sommerlande, und diese Feindseligkeit der Frauen und die Lüsternheit der Männer bekam sie nun am eigenen Leib zu spüren. Für einen kurzen Moment wünschte sie sich eine andere Haarfarbe, etwas kleiner und nicht ganz so talveenisch zu sein. Sie fiel hier auf wie ein bunter Klecks auf einer weißen Leinwand.

Seufzend ging Naviia weiter, als sie Geeros große, muskulöse Gestalt in der Menge entdeckte und ihm zuwinkte. Er trug seine beiden Schwerter wie immer am Rücken gekreuzt, einen nebelgrauen Brustpanzer, den sie noch nicht an ihm gesehen hatte und der seine Furcht einflößende Erscheinung unterstrich, während die Menschen in seiner Umgebung darauf achteten, ihm nicht zu nahe zu kommen. Mit einem ungeduldigen Ausdruck schob er sich durch die Massen, bis er direkt vor ihr stand.

»Naviia, was ist passiert? Was tust du hier unten in der Stadt? Wo sind Keeveek und …« Er verstummte und sah sich verstohlen um. Doch niemand schien von ihrem Gespräch Notiz zu nehmen.

»Kanaael?«

Grimmig verzog Geero den Mund. »Ja, wo sind sie?«

»Zurückgeblieben.«

»Weshalb?«

»Ich muss erst mit Nebelschreiber darüber sprechen.«

Geero nickte. »Komm mit, ich bringe dich zu ihm.«

Sie folgte ihm, als er vom Götterplatz in eine Nebenstraße abbog, die beinahe parallel zur Hauptstraße verlief. Es war deutlich ruhiger, nur vereinzelt begegneten ihnen noch andere Menschen, doch sie schienen völlig in ihre Gedanken vertieft zu sein.

»Habt ihr Antworten gefunden?«

»Ja.«

»Lösen sie unser Problem?«

»Wenn Kanaael es schafft, dann ja.«

»Und dabei kannst du ihm nicht helfen?«

Sie schüttelte den Kopf und hatte auf einmal eine so wahnwitzige Idee, dass sie den Gedanken daran schnell verwarf und stattdessen sagte: »Mein Schicksal ist ein anderes. Ich werde Garieen zur Strecke bringen und ihn für alles büßen lassen, was er uns angetan hat.« Dabei war ihr klar, dass das nicht das Ende aller Probleme bedeuten würde. Sie wusste selbst nicht genau, was sie sich davon erhoffte, aber es war ein Anfang.

»Da bist du nicht die Einzige, die das erreichen will«, erwiderte er.

Ohne Vorwarnung wurden sie von einem ohrenbetäubenden Schrei unterbrochen. Plötzlich brach Chaos aus, und Naviia blieb erschrocken stehen. Tiefe Trommelklänge erfüllten die warme Luft des endenden Tages, und auch Geero hielt inne, während er alarmiert in die Ferne blickte, dorthin, wo sie hergekommen waren. Menschen riefen durcheinander, panische Rufe wurden laut, mischten sich in erschrocken gebrüllte Anweisungen. Naviias Herz begann schneller zu klopfen.

»Was ist? Was geht da vor sich?«, fragte sie und blickte zu den Menschen auf dem Götterplatz zurück, die auseinanderstoben. Sie liefen in alle Himmelsrichtungen davon, als wären Dämonen hinter ihnen her, pressten Körbe an ihren Körper, Mütter hoben ihre Kinder auf den Arm und rannten davon.

»Das sind Kriegstrommeln. Lakoos wird angegriffen«, sagte Geero.

»Aber ich dachte, Garieen hätte noch nicht einmal die Küste erreicht! Er dürfte erst in ein paar Tagen vor Lakoos stehen! Sollte er überhaupt die Truppen besiegen, die ...« Geero unterbrach sie, indem er sie unsanft am Handgelenk packte und hinter sich herzog. Sie hatte große Mühe, mit seinem Laufschritt mitzuhalten, und stolperte ihm mehr oder weniger hinterher.

»Wir dürfen keine Zeit verlieren!«, rief er über die Schulter und fing an zu rennen. »Ich bin mir sicher, dass die Angreifer im Besitz von Traumsplittern sind. Ein kleiner Gruß von Garieen und ein Vorgeschmack auf das, was Lakoos bevorsteht.«

»Aber ... aber wie sollen sie die Stadt erreichen? Sie können doch nicht ohne Weiteres dorthin wandeln, wo sie wollen?« Japsend holte sie Luft und eilte hinter Geero her, der bereits jetzt einen gewaltigen Vorsprung hatte. Selbst mit zwei Schwertern auf den Rücken, die verdächtig hin- und herwackelten.

»Das kann dir Nebelschreiber besser erklären als ich! Ich glaube, es reicht, wenn ein paar von ihnen bereits in Lakoos waren ...«

Sie erreichten einen Seiteneingang des Acteapalasts, den Naviia zuvor noch nicht bemerkt hatte. Die in einer Mauer eingelassene Tür wirkte unscheinbar und schien sich unter Geeros hämmerndem Klopfen zu biegen. Eine kleine Klappe, die im oberen Drittel eingelassen war, wurde geöffnet, und ein misstrauisch dreinblickendes Augenpaar tauchte in der Luke auf. Die Iris war so dunkel, dass sie sich kaum von den Pupillen unterschied.

»Was wollt ihr?«

Die Wache hatte wohl bereits mit dem Krieger zu tun gehabt, denn als sein Blick von Naviia zu ihm schwenkte, schloss er die Klappe und öffnete die Tür, noch bevor sie sich vorstellen konnten.

»Geero D'Heraal, was für eine Freude, Euch mal wieder in Suvii begrüßen zu dürfen!«, rief er aus, machte jedoch keine Anstalten, sie hindurchzulassen. Stattdessen stellte er sich mitten in die Tür und breitete mit einem freudigen Strahlen die Arme aus. »Wie geht es Euch?«

»Danke, Schwertflügel, aber wir haben keine Zeit. Ich muss mit Nebelschreiber sprechen.«

»Es tut mir leid, aber ich darf Euch nicht in den Palast lassen. Aber wenn Ihr hier wartet, kann ich jemanden nach Nebelschreiber schicken lassen.«

Geero wechselte einen Blick mit Naviia, und sagte dann: »In diesem Fall verzeih mir bitte, was ich tue.«

Schwertflügel klappte den Mund auf, doch noch ehe er etwas sagen konnte, traf ihn bereits Geeros Ellbogen am Kiefer, und er sackte mit einem leisen Stöhnen zusammen.

»Musstest du ihm gleich den Kiefer brechen«, fragte Naviia und stieg über den armen Schwertflügel hinweg, der sich nicht mehr rührte.

»Er wird es mir verzeihen«, brummte Geero. »Oder vergessen haben, sobald er wieder zu sich kommt. So oder so, wir haben keine Zeit für diesen Unsinn.« Dabei drückte er sich an ihr vorbei, schloss die Tür hinter ihnen und eilte davon. Naviia folgte ihm durch Flure und Korridore, eine enge Wendeltreppe hinauf ins obere Stockwerk, von wo aus sie einen guten Überblick über die Geschehnisse außerhalb der Palastmauern hatten. Flüchtig warf sie einen Blick nach draußen, wo sich der Götterplatz zusehends geleert hatte. Kurz glaubte sie eine helle Lichtkugel zu sehen, doch da bog

Geero nach links in einen langen, mit Gemälden und Fackeln bestückten Korridor ab, und sie beeilte sich, ihm zu folgen. Selbst durch die dicken Mauern hindurch waren die wilden Rufe von draußen und die beständigen Trommelschläge zu vernehmen. Ihnen begegneten eine Menge Palastangestellte in fliederfarbenen Gewändern, doch keiner von ihnen schien sich für sie zu interessieren. Einige tauschten Neuigkeiten über die Geschehnisse außerhalb der Palastmauern aus, und Naviia schnappte das eine oder andere Mal das Wort *Traummagie* auf.

»Sie scheinen zu wissen, was vor sich geht«, raunte sie Geero zu, der entschlossen seinen Weg durch das Labyrinth aus Gängen und Korridoren fortsetzte.

»Selbstverständlich. Die Menschen sind nicht dumm. In ihrem Herzen haben sie immer gewusst, dass das Verlorene Volk noch existiert.« Seine Miene drückte Missbilligung aus, und er blieb unvermittelt vor einer Tür mit schwarzen Griffen stehen.

Geero hämmerte so heftig gegen das Holz, dass Naviia fürchtete, es könne zersplittern. Es dauerte kurz, doch dann öffnete sich die Tür, und Nebelschreibers Gesicht tauchte im Rahmen auf. Verwundert starrte er Naviia an, hatte sich aber schnell wieder unter Kontrolle. »Kommt rein.« Er ließ sie eintreten. »Ich habe nicht mit euch gerechnet. Der Rat hat eben nach mir schicken lassen, ich wollte gerade in den Konferenzsaal gehen. Wie es scheint, werden wir angegriffen.«

Sein Gemach war mit Bücherregalen zugestellt, aber dennoch größer als die Hütte, die Naviia mit ihrem Vater bewohnt hatte. Ein dunkelroter Sessel, der am Fenster stand, mehrere Schränke, aus denen er die immergleichen Gewänder zaubern musste, denn sie hatte ihn noch nie in etwas anderem als seiner sandfarbenen Kleidung gesehen. Außerdem besaß er ein Bett aus Holz, und darüber kreiste ein Traumgleiter aus Vogelfedern, ähnlich dem, den sie in Kanaaels Schlafkammer gesehen hatte.

»Wo ist Kanaael?«, fragte Nebelschreiber.

»Auf dem Weg zur Traumknüpferin.«

»Ihr habt also herausgefunden, wie ihr den Traumsplittern wieder die Macht entziehen könnt«, stellte Nebelschreiber fest.

Naviia nickte. »Ja, das haben wir. Kanaael ist der Einzige, der das Problem lösen kann.«

»Und wie?«

»Er wird Udinaas Platz einnehmen.«

Stille.

Dann sog Nebelschreiber keuchend die Luft ein, während er rot anlief, die dunklen Augen vor Entsetzen aufgerissen. »Ihren Platz einnehmen? Völlig unmöglich! Er ist der Herr der Sommerlande! Es kann nicht für die nächsten paar Hundert Jahre in einem Turm am Ende der Welt sitzen und schlafen. Es muss noch eine andere Möglichkeit geben!« Seine Stimme wurde immer lauter. »Wer soll an seine Stelle regieren? Suvii wird im Chaos versinken...«

»Es wird Suvii nicht mehr geben, wenn wir den Krieg gegen Garieen verlieren. Und wir werden verlieren, wenn wir den Traumsplittern nicht ihre Macht entziehen«, sagte Naviia ruhig. Nebelschreiber begann im Zimmer auf und ab zu laufen, die Hände hinter dem Rücken verschränkt. Ihr entging das Zucken seines Augenlids nicht. »Du hast recht. Aber wie soll ich das dem Rat erklären? Es wird einen Aufstand geben. Kannst du nicht den Platz der Traumknüpferin einnehmen?«

»Kanaael hat sie erweckt, nicht ich.«

Ein Krachen ließ sie zusammenfahren, Stein prallte lautstark auf Stein, und kleine Teilchen bröckelten von der Wand und auf den Boden. Ein weiteres Krachen, nicht unweit des Zimmers. Es glich einem jener tiefen Donnergrollen, das alle paar Halbmonde über den Süden Talveens hinweggezogen war.

»Sie greifen uns an!«

Naviia sah zu Geero, der wiederum Nebelschreiber ansah. Er eilte ans Fenster und starrte auf die Stadt hinunter. »Sie kommen! Sie stehen am Fuß des Palasts und greifen uns mit Felsbrocken an. Wir müssen uns beeilen!«, rief er aus, drehte sich zu ihnen um und setzte sich in Bewegung, mit einer Schnelligkeit und Agilität, die Naviia ihm nicht mehr zugetraut hätte. Dank der Übungsstunden, die sie gemeinsam absolviert hatten, wusste sie jedoch, dass man das Äußere des Fallahs nicht unterschätzen durfte.

»Wohin gehen wir?«, fragte sie, kaum dass sie den stickigen und vollgestellten Raum hinter sich ließen. Sie erhielt keine Antwort auf ihre Frage, sondern folgte den beiden Männern durch die verschachtelten Gänge, die sie zusehends verwirrten, hinab ins Erdgeschoss, wo Nebelschreiber in eine bestimmte Richtung strebte. Ahnengemälde, Wandteppiche und die Gesichter der Dienerschaft flogen förmlich an ihnen vorbei. Naviia bog als Letzte um die Ecke und sah, dass sich eine Menschentraube vor dem großen Ratssaal gebildet hatte. Mehrere Männer in dunklen Roben, in aufgeregte Unterhaltungen vertieft, standen beisammen, ihnen den Rücken zugewandt, als schienen sie darauf zu warten, den Saal betreten zu können. Zwischen ihnen wuselten Dienstboten umher. Die Schreie und klagenden Rufe vor den Toren des Palasts verstummten. Es schien, als wäre wieder Ruhe eingekehrt, zumindest für den Augenblick. Naviia lauschte in die eingetretene Stille hinein. Auch die Trommeln waren verstummt. Dann richtete sie ihren Blick wieder auf die Ratsmitglieder.

Die meisten waren hochaufgeschossen und hielten sich aufrecht, als wäre es ihr Privileg, auf andere herabzublicken. Ein paar von ihnen hatten ein wenig zu viel auf den Rippen, was sich unter ihren Roben jedoch kaum abzeichnete. Der Großteil schien der Generation ihres Vaters und Geeros anzugehören, ein paar wenige waren bereits gänzlich ergraut.

»Was ist da los?«, fragte sie verunsichert.

»Nebelschreiber!«, rief einer der Männer aus, als er sie entdeckte. Er war klein und wirkte mit den schmächtigen Schultern und den hohen Wangenknochen eher unauffällig. Er trug eine dunkelgraue Robe, die ihm etwas zu groß zu sein schien, und tippelte ihnen entgegen. »Wo wart Ihr denn? Wir haben bereits vor Ewigkeiten nach Euch rufen lassen!« Seine Stimme überschlug sich vor Aufregung. »Man hat einen Anschlag auf Kanaael De'Ar verübt!«

Obwohl Naviia wusste, dass es sich bei dem Opfer um Kanaaels Doppelgänger handeln musste, erbleichte sie. »Was?«

»Was?«, fragte auch Nebelschreiber und riss die Augen auf. »Lebt er noch?«

Sein Gegenüber schüttelte betrübt den Kopf, und Naviia stieß die Luft aus. Die lautstarken Angriffe, die schweren Geschütze, die sie aufgefahren hatten, alles, um von ihrem eigentlichen Ziel abzulenken: den Herrscher der Sommerlande zu töten.

»Wie konnte das nur geschehen? Er wurde von zwölf Männern bewacht!«, zischte Nebelschreiber. Obwohl es sich bei dem Ermordeten um einen Doppelgänger gehandelt hatte, verspürte Naviia ein flaues Gefühl in der Magengegend. Es hätte auch Kanaael sein können. Der echte.

»Zwei Frauen erschienen wie aus heiterem Himmel. Ein Lichtblitz, und sie waren plötzlich da«, stieß der Mann hervor. Sein Blick irrte zu Naviia, und erst bei seinen nächsten

Worten wusste sie, warum.»Eine Talveeni und ein Suvii. Sie hielten sich an den Händen, tauchten aus dem Nichts auf, mitten im Schlafgemach des Herrschers! Als die Leibwache versuchte, sie anzugreifen, gingen ihre Schläge ins Leere. Sie töteten alle ... mit den eigenen Waffen. Schnitten allen die Kehlen auf, bis auf einen, der erzählen sollte, was er gesehen hatte ... Alles war voller Blut! Und dann nahmen sie sich Kanaael vor, der sich in einer Ecke zusammengekauert hatte ...« Er verstummte und wischte sich mit dem Ärmel über das schweißnasse Gesicht. Seine Augen wirkten glasig, und Naviia erkannte, dass er unter Schock stehen musste.

»Eine von ihnen muss bereits einmal dort gewesen sein oder zumindest einen Gegenstand aus dem Zimmer besessen haben«, murmelte Nebelschreiber mehr zu sich selbst.»Danke für Euren Bericht. Kommt«, sagte er dann.

Betäubt folgte Naviia den Männern bis zu den Ratsherren, die noch immer beisammenstanden und sich aufgeregt unterhielten; doch als sie sie entdeckten, bildeten sie eine Gasse und ließen sie passieren. Die Türen des Konferenzsaals waren verschlossen, aber als Nebelschreiber herantrat, wurden sie von einem der Diener, nicht älter als fünfzehn, geöffnet. Kaum hatten sie den Saal betreten, wurden die massiven Doppeltüren aus dunklem Holz hinter ihnen geschlossen, und eine andächtige Stille senkte sich über den gewaltigen Raum, der Vollkommenheit bis in den hintersten Winkel zu verkörpern schien. Hohe weiße Wände, mehrere Wandteppiche, die das Wappen der Familie zierten, und vergoldete Kronleuchter, an denen mehrere Kerzen brannten, die dem Saal eine gewisse Wärme verliehen. Naviia erspähte eine schlanke Frau in einem suviischen Kleid, das ihre schmale Taille betonte. Trotz ihres bereits fortgeschrittenen Alters war sie wunderschön. Das dunkle, lockige Haar war prachtvoll hochgesteckt, und einige Strähnen umrahmten ihr feines Gesicht. Sie sah aus wie ein Gemälde, und tatsächlich hatte Naviia das Gefühl, sie bereits an einer der Wände gesehen zu haben. Zu schön, um wahr zu sein. Lediglich die irdische Traurigkeit in ihrem Blick und die weichen Furchen um Mund und Augen ließen erkennen, dass sie menschlich war. Sprachlos starrte Naviia sie an und erkannte kleine Ähnlichkeiten zu Kanaael. Pealaa De'Ar, seine Mutter. Anmutig hatte sie die Hände vor sich im Schoß gefaltet und lächelte müde. »Kommt herein. Kanaael hat mir schon sehr viel von euch erzählt«, sagte sie und sah dabei Naviia an.

Sie fragte sich, wann Kanaael Zeit dafür gefunden hatte. Vielleicht wollte Pealaa damit auch nur andeuten, dass sie sehr wohl wusste, inwiefern Naviia, Nebelschreiber und Geero miteinander verbunden waren.

»Wo ist Namenlos?«, fragte Nebelschreiber. Auch wenn er auf den ersten Blick gefasst wirkte, konnte Naviia die Besorgnis in seiner Haltung und der Art, wie er Pealaa musterte, sehen.

»Sie haben ihn in Kanaaels zweite Schlafkammer gebracht, er hatte den Angriff überlebt, aber diese Information darf diesen Raum nicht verlassen.« Sie stieß ein leises Seufzen aus, und Naviia war erleichtert. »Es war eine Attacke mit einem Dolch, doch sie fügten ihm letztendlich eine üble Fleischwunde zu. Sie haben wohl gemerkt, dass Namenlos nicht Kanaael ist. Sie spürten keine Traummagie in ihm ... oder haben gerochen, dass er ein Mensch ist.« Sie ließ ihre Worte einige Herzschläge lang sacken und fuhr dann mit sanfter Stimme fort: »Jedenfalls sagten sie zu der Wache, die sie verschont hatten, dass sie für Kanaael De'Ar nochmals zurückkehren werden. Ob Namenlos es überleben wird, konnte der Heiler mir noch nicht mitteilen.« Obwohl sie es nicht aussprach, schwang ein *aber es sieht nicht gut aus* in ihren Worten mit. Dann blickte sie abwartend in die Runde. »Und will mir einer von euch sagen, wo mein echter Sohn ist?«

Als weder Geero noch Nebelschreiber Anstalten machte, Pealaa die Situation zu erklären, trat Naviia einen Schritt nach vorne und erzählte, was auf der Insel Mii passiert war.

Pealaa hörte ihr aufmerksam zu. »Mein Sohn ist also als Einziger in der Lage, einen neuen Traum zu knüpfen, wodurch die Traumsplitter ihre Magie verlieren, da er sie verwendet, um den Menschen wieder Träume zu schicken?«

Naviia nickte. »Genau.«

»Uns bleibt also nichts anderes übrig, als zu warten«, stellte sie fest. »Uns sind die Hände gebunden. Und er wird nicht zurückkehren. Er wird seinen Platz auf dem Thron niemals einnehmen.«

»Nein, das wird er nicht«, bestätigte Naviia. »Und ich weiß nicht, wie lange es dauert, bis der neue Traum geknüpft ist. Es kann jeden Moment, aber auch erst in einer Woche oder einem Monat geschehen.«

»Ich verstehe.« Hinter Pealaas ruhiger Fassade steckte noch so viel mehr, als sie auf den ersten Blick feststellen konnte. Es waren ihre Augen, in denen dasselbe tiefe Feuer wie in Kanaaels loderte.

Es klopfte, und eine Dienerin betrat mit gesenktem Kopf den Saal. Naviias Blick fiel auf eine blaue Schärpe, die sie um die Schultern trug, und abermals keimte diese wahnwitzige Idee in ihr auf. Blaues Band ...

»Verzeiht, Hoheit, aber der Rat würde nun gern die Besprechung beginnen.«

Pealaa lächelte freundlich. »Schick sie herein, Perlenstickerin. Ich danke dir.«

Als die junge Dienerin wieder aus dem Saal verschwunden

war, sah Kanaaels Mutter Naviia und Geero an. »Ich fürchte, bei dieser Sitzung dürft ihr leider nicht teilnehmen. Der Rat hat sehr genaue Vorstellungen, insbesondere, wenn es um Traditionen und Riten geht.«

»Du bist sicherlich müde von den Anstrengungen des Tages«, sagte Nebelschreiber und sah Naviia an. »Die Kammer, die ich dir zugewiesen habe, steht dir noch immer zur freien Verfügung. Wenn du möchtest, kannst du Perlenstickerin fragen, ob sie dir aus der Küche etwas zu essen bringen lässt.« Er senkte die Stimme, denn die ersten Ratsmitglieder betraten den Saal. »Ich werde nach der Sitzung bei dir vorbeisehen und euch auf dem Laufenden halten.«

»In Ordnung«, sagte Naviia und verbeugte sich vor Pealaa, ehe sie den Saal gemeinsam mit Geero verließ.

Ihr Herz schlug in harten Stößen gegen die Rippen, als der Plan weiter in ihr heranreifte. Derioon De'Ar hatte den Tod gefunden, weil er leichtsinnig gewesen war und Prostituierte in sein Schlafzimmer geholt hatte. Warum sollte Garieen nicht den gleichen Fehler begehen? Zumindest war es eine Möglichkeit, in seine Nähe zu gelangen. In seine unmittelbare Nähe. Und wenn sie geschickt war, würde niemand Verdacht schöpfen. Das würde allerdings bedeuten, dass sie sich ganz auf diese Rolle einlassen musste. Sie zu einem Teil ihrer selbst machte. Aber es war der einzige Weg. Und wenn sie genauer darüber nachdachte, war die Idee geradezu genial.

Als sie um die Ecke bogen und Naviia sich vergewissert hatte, dass sie allein waren, blieb sie stehen und griff nach Geeros Handgelenk. Verwundert runzelte er die Stirn und blickte auf sie herab.

»Ich werde mich den Huren anschließen.«

»Was willst du damit sagen? Welchen Huren?«

»Heute wurde ich von einigen Mädchen angesprochen. Sie

hielten mich für eine von ihnen, weil ich ... nun ja, eine Talveeni bin. Und sie erzählten davon, dass sie, sobald Garieens Armee vor den Toren der Stadt seine Zelte aufschlagen würde, hingehen und bei den Männern Geld verdienen wollen.«

»Und du willst dich ihnen anschließen, um dich ins feindliche Lager zu schleichen. Du hast völlig den Verstand verloren, Mädchen!« Er dachte einen Augenblick darüber nach. »Es könnte funktionieren. Aber ...« Er schluckte. »Bist du sicher, dass du das tun möchtest?«

»Ja«, erwiderte sie fest.

»Mit allem, was dazugehört?«

»Mit allem, was nötig ist, um Garieen zu Fall zu bringen«, sagte Naviia entschlossen.

»Dein Vater ...«, begann Geero.

»Mein Vater ist der einzige Grund, warum ich das tue!«, unterbrach sie ihn rüde, und Geero senkte verlegen den Blick. »Ich muss ihn rächen, verstehst du das, Geero? Garieen muss büßen, für seine Machtgier und für die vielen Menschenleben, die er auf dem Gewissen hat!«

Geero fuhr sich mit einer Hand über den Kopf und sah an ihr vorbei. »Ich meine ja bloß, es ist ... es gehört viel dazu, seinen Körper aufzugeben.«

»Ich gebe ihn nicht auf, ich benutze ihn als Waffe.«

»Aber ...«

»Für jedes Argument, das du anführst, werde ich ein Gegenargument finden. Glaube mir. Ich habe mich längst entschieden. Ich weiß, dass du mich beschützen möchtest, und das weiß ich sehr zu schätzen.« Sie blickte ihm fest in die Augen. »Aber das ist der einzige Weg, an diesen Bastard heranzukommen. Ich kann erst Frieden finden, wenn ich Garieen getötet habe. Und mein Vater auch.« Sie war von dem

Gedanken an Garieens Tod wie besessen. Vielleicht täuschte sie sich auch, und sein Tod würde gar nichts ändern, weil die Welt längst mit seinem Gedankengut verpestet war, doch sie musste es wenigstens versuchen. Für ihren eigenen Frieden und für alle, die durch Garieens Machtgier gestorben waren.

Vielleicht war es töricht, vielleicht zu waghalsig, und es würde sicherlich der Moment kommen, in dem sie ihre Entscheidung bereuen würde. Aber in diesem Augenblick war das ihre einzige Chance, ihrem Vater zu geben, was er verdiente.

15

Blutstränen

Reen, Frühlingslande

Die Eingangstür der Hütte klemmte, und Kanaael stieß sie gewaltsam auf, wenngleich der Schmerz in seiner Schulter ihn fast um den Verstand brachte. Das Einzige, was ihm Linderung hätte verschaffen können, war der Fluss der Traummagie, der ihm immer ein Gefühl der Unsterblichkeit verlieh. Doch davon war nichts mehr übrig. In seinem Inneren herrschte eine Leere. Es war nicht eine Nebelschwade übrig, nicht der Hauch von Magie, sonst hätte er sich längst geheilt.

Der Wohnraum lag noch genauso vor ihm, wie er ihn im Geiste verlassen hatte. Sein Blick fiel auf die leblosen Körper, die friedlich auf den Stühlen rund um den Tisch saßen, als ob sie noch immer schliefen und ihre Seelen nicht der Ewigkeit gewichen waren. Er wandte sich ab und wankte auf den Körper seines besten Freundes zu. Der Einzige, dem er bedingungslos vertraut und in dem er sich trotzdem getäuscht hatte. Starre frühlingsblaue Augen ohne Leben blickten auf einen Punkt an der Decke, und Kanaael spürte, wie Tränen seine Wangen hinabliefen. Unbeholfen wischte er sich übers Gesicht. *Vielleicht ist das der Preis, um die Welt zu retten*, dachte er. Langsam ging er vor Daav in die Hocke, streckte zitternd die Finger nach ihm aus und fuhr mit der Hand über seine

Lider. Der Schmerz seiner Wunde war nichts im Vergleich zu dem schwarzen Loch, das er in seinem Herzen verspürte. Egal, ob die Traumknüpferin oder das Schicksal der Welt seine Priorität sein sollten, er entschied sich dafür, seinen Freund auf die letzte Reise zu schicken. Es war töricht, und Kanaael fühlte sich wie ein Narr, aber es war das Einzige, was er für Daav noch tun konnte. Also hob er seinen schweren Körper auf, trug ihn hinaus in die Frühlingsnacht, wo ihn die Stille in seiner Mitte empfing, und begann, einen Scheiterhaufen zu bauen, auf dem er ihn schließlich drapierte. Mithilfe eines Feuerbohrers, den er in der Wohnstube fand, entzündete er die ersten Flammen und wartete, bis Daavs Körper gänzlich von ihnen eingeschlossen war. Lodernd stach das Feuer in den Nachthimmel, Funken stoben auseinander, und ein leises Knistern erfüllte die Luft. Kanaael schloss die Augen und senkte den Kopf, murmelte ein stummes Gebet und schickte Daav einen letzten Abschied mit auf die Reise.

Schweigend betrachtete er das Feuer, das immer höher in den Nachthimmel schlug, und empfand eine seltsame Leere dabei. Und dann war da noch etwas anderes, was ihm eine Heidenangst einjagte. Er hatte sechs Menschen getötet, ohne einen Moment zu zögern.

Schließlich löste er sich von dem Anblick seines Freundes, vielleicht auch, weil er ihn nicht länger ertrug. Der Schmerz seiner Wunde setzte erneut ein, und er schleppte sich zurück in die Hütte, um eines der Nebenzimmer zu betreten, in dem er die Traumknüpferin vermutete. Sie musste hier oder in dem Raum nebenan liegen. Als er Daavs Leiche geholt hatte, hatte er ihre Anwesenheit gespürt, wenngleich auch sehr schwach.

Der kalte Knauf bohrte sich in sein Fleisch, mit klammen Fingern umschloss er den Griff und zog daran. Knarrend ließ sich die Tür öffnen, und er betrat den in Dunkelheit getauchten Raum, der um einiges kleiner war als die Wohnstube. Seine Augen brauchten trotz seiner geschärften Sinne einen Moment, um sich an die fensterlose Schwärze zu gewöhnen. Als sie es endlich taten, entdeckte er einen Haufen an Decken und Kleidern, ein Knäuel aus Gewändern und zwei Schüsseln, die davorstanden. Eine war mit Wasser gefüllt, die andere enthielt etwas zu essen, das in etwa die Konsistenz von Haferschleim besaß. Er spürte die Anwesenheit einer weiteren Person, die sich in unmittelbarer Nähe aufhielt, und erst einen Augenblick später begriff er, dass die Ghehallani die Decken über die Traumknüpferin gelegt haben mussten, da sie über seine Fähigkeiten Bescheid wussten.

»Udinaa?«

Vorsichtig hob er die dunkelgraue Robe zu seinen Füßen an, griff nach einer weißen Wolldecke und entfernte so ein Teil nach dem anderen. Ihm stockte der Atem, und Abscheu ließ ihn innehalten.

Die Traumknüpferin lag nackt vor ihm, so, wie er sie im Turm auf der Insel Mii angetroffen hatte. Doch etwas war anders. Ihre Unschuld war verschwunden, sie war ein Schatten ihrer selbst, ein Bruchstück ihrer Seele. An den Armen und Beinen hatte sie Schürfwunden, und ihr ganzer Körper war mit blutigen Malen und blauen Flecken übersät. Ihre kurz geschnittenen, mit grünen Strähnen durchzogenen Haare waren verklebt. Kanaaels Atem ging stoßweise, und er zwang sich, hinzusehen. Sein Blick wanderte tiefer, und er stolperte einen Schritt nach hinten, denn der Geruch von Samenflüssigkeit und Missbrauch lag so deutlich in der Luft, dass er ein Würgen kaum unterdrücken konnte. »Hörst du mich?«, fragte er rau.

Er nahm eine der dünnen Decken und legte sie vorsichtig über ihre hilflose Gestalt. Udinaa bewegte sich nicht. Unter den geschlossenen Lidern zuckten ihre Augen, als ob sie sich in einem fiebrigen Traum befände. Sie war gebrochen, ein Hauch von dem, was sie einst verkörpert hatte. Zersplittert wie ihr eigener geknüpfter Traum.

Kanaael spürte, was man ihr angetan hatte. Es lag auf der Hand, der Raum schrie es förmlich heraus. Hätte er die Ghehallani nicht alle längst getötet, so hätte er es spätestens jetzt getan. Aber das würde die Abscheulichkeit dessen, was Udinaa angetan worden war, nicht rückgängig machen können.

Gequält schloss er die Augen und öffnete seinen Geist, um Udinaas Traum spüren zu können. Schillernde Farben, ein zartes Rot mischte sich mit einem goldenen Schleier. Er flatterte unstetig wie ein wildes Tier, das sich gegen seine Fesseln wehrte, umschloss Kanaaels Geist und bat ihn flehend, ihrem Leid ein Ende zu setzen.

Kanaael ließ sich bereitwillig hinabziehen, tief hinein in Udinaas alte Seele, wo ihn Finsternis empfing. Eine Finsternis, die von den Männern der Ghehalla verursacht worden war. Sosehr er sich dagegen wehrte, wurde er trotzdem Augenzeuge dessen, was sich immer und immer wieder in Udinaas Unterbewusstsein abspielte. Eine Abfolge von Bildern. Momenten. Ihre Schreie. Fleisch. Haut. Kanaael taumelte und konnte sich doch nicht lösen. Er vergaß seinen eigenen Schmerz, vergaß, wer er war, und weinte gemeinsam mit ihr um das, was man ihr geraubt hatte, während er sich gleichzeitig ganz in ihrem Traum verlor.

Und dann erlöste er sie von ihren Qualen. Ein für alle Mal.

Schlaf, Udinaa. Schlaf ein ... Du bist frei ...

Ihr Traum veränderte sich, ihre Atmung wurde ruhiger, und er glitt in eine andere Welt. Die Männer ergrauten, und mit ihnen ihre Taten. Jahrhunderte der Unendlichkeit rauschten an Kanaael vorbei, neue Magie durchströmte seine Adern, und alles, was Udinaa während ihres Daseins erlebt hatte, verblasste im Licht. Endlich fand die Traumknüpferin ihren Frieden und wurde ein Teil der Götter, auch wenn sie es womöglich immer schon gewesen war.

Kanaael zog sich aus ihrem Traum zurück, während ihre Macht, ihre Göttlichkeit, die seinen Geist flutete, ihn vollkommen werden ließ und einte. Nichts hatte mehr Bedeutung, und doch war das Nichts erfüllt von seinen Gefühlen. Er weinte um Udinaa. Er weinte um Wolkenlied, die er verloren hatte, und um Daav.

Der Augenblick zerfloss und dehnte sich in einem bittersüßen Moment in die Unendlichkeit. Es war vollbracht und er nicht länger ein Teil dieser Welt.

Als er die Augen aufschlug, verließ Udinaas Seele ihren Körper. Ihre kindlichen Züge wurden weich, und sie vergaß. Für immer.

Vierter Teil

Und Kev gebar eine Tochter, die dem Bild ihres Geliebten glich. Es waren nur die Flügel auf dem Rücken des Kindes und ihre Augen, ein Farbenspiel der Götter, das die Ähnlichkeit zu Kev herstellte.

Die Welt schwieg in andächtiger Stille und lauschte dem ersten Schrei des Halbmenschen, während Kev vor Sorge fast um den Verstand kam. Sie ahnte, dass die Zeit mit ihrer sterblichen Tochter begrenzt war, und wollte sie doch vor all dem Übel, das ihr Kind auf der Menschenwelt umgeben würde, beschützen.

Auszug aus: Märchenerzählungen
über das Verlorene Volk

1

Die Traumknüpfer

Mii

Kanaael sah die Welt mit anderen Augen. Jeder Gedanke war ein Teil seiner Seele und ging weit darüber hinaus. Zeit und Raum hatten an Bedeutung verloren, und er glitt durch die Welt der Vier Jahreszeiten, spürte das Brennen seiner Flügel auf dem Rücken. Licht breitete sich um ihn aus, kündigte seine Heimkehr an, als er ein Teil von Mii wurde. Das Lederbändchen um seinen Hals, das er einem Ghehallano abgenommen hatte, stieß gegen seine erhitzte Haut, und er spürte den sandigen Untergrund zwischen seinen Zehen, während die eiskalten Wellen seine nackten Knöchel umspielten.

Langsam zog er sich aus, legte das Lederband mit dem Traumsplitter ab und sah zu, wie seine Kleidung vom Meer hinfortgezogen wurde. Das Einzige, was von seinem früheren Ich übrig geblieben war. Lediglich das leichte Pochen seiner Wunde erinnerte ihn daran, dass er sterblich war, ansonsten gab es nicht mehr viel, das ihn an das Leben, das er einst kennengelernt hatte, band. Nackt lief er den Strand entlang, den schwarzen Steinen entgegen, fand die Treppe, die hinauf zur Ebene und zum Labyrinth führte.

Sein Blick streifte den Nachthimmel. Keine einzige Wolke war zu sehen, und das Mondlicht bahnte sich seinen Weg auf die Insel, die ihr aller Leben veränderte. Allen voran seines.

Spitze Steinchen und scharfe Kanten stachen in seine Sohlen, aber nichts, was ihm ernsthaft Leid zugefügt hätte. Anders als beim ersten Mal machte ihm der Aufstieg jetzt überhaupt nichts aus. Mühelos trugen ihn seine Füße die Stufen hinauf, dem Labyrinth entgegen, und dann stand er davor.

Dornengewächs, das eine Geschichte erzählte, verwoben für die Ewigkeit. Der Eingang besaß eine magische Anziehungskraft auf ihn, und die Stille, die lediglich von den Wellen durchbrochen wurde, sang ein eigenes Lied, dem er mit Sehnsucht im Herzen lauschte. Das Gras unter seinen Füßen kitzelte, als er die unsichtbare Barriere überwand.

Sie war da. Er spürte ihre Anwesenheit. Sie war überall und nirgends zugleich. Ihr Duft lag in der Luft und umgab ihn wie eine zweite Haut. Ihre Seele war ein Teil dieses Labyrinths, und auch wenn die Seelen der Traumtrinker gewichen waren, so war sie dennoch geblieben.

Wolkenlied.

Udinaa hatte ihm damals gesagt, dass sie ihre Traumtrinker gesehen hatte. Wären sie noch ein Teil dieser Erde, so hätte er sie auch wahrgenommen. Es gab nur noch einen Geist, den das Labyrinth beherbergte. Zufriedenheit breitete sich in Kanaael aus, die sich mit Verständnis für sein Schicksal vermischte und ihn endlich begreifen ließ. Alles hatte genauso passieren müssen. Er würde sein Schicksal erfüllen und betete zu Kev, dass Naviia ihren Teil ebenso einhielt. Nur so konnte sein Land, sein Volk, für das er diese Bürde auf sich nahm, überleben.

Wolkenlieds Präsenz kam näher, und sein Herz begann schneller zu schlagen. Ein Sturm, der in seiner Brust losbrach

und sich rasch in die entlegensten Winkel seiner Seele ausbreitete. Wolkenlied war die Seelensängerin, die ihn in seinen Tranceschlaf versetzen würde, sie war diejenige, die sie alle rettete. Und somit sein Schicksal erfüllte.
»Wolkenlied«, flüsterte er tonlos und schloss die Augen. Als er sie wieder öffnete, stand sie vor ihm. Eine silbrige Gestalt, nicht mehr als ein Mondhauch, und doch war sie es. Er sah das aufmüpfige Funkeln in ihren Augen, vielleicht eine Reflexion der Sterne, und das leicht nach oben gereckte Kinn, das er so sehr an ihr geliebt hatte. Er sah, wie sie die Lippen zu einem Lächeln verzog.

Dann spürte er ihre Präsenz, ähnlich wie Keeveeks Anwesenheit in seinem Kopf, und doch ging Wolkenlieds Gegenwart weiter.

»Kanaael.«

Er wollte ihr über die Wange streichen, ihre Finger berühren, aber er spürte nur eine Leere, dort, wo sie hätte sein müssen.

»Ja.«

»*Ich habe so lange auf dich gewartet.*«

Er schluckte. »Du musst mir verzeihen, Wolkenlied. Ich konnte nicht ahnen, dass ...«

Sie lächelte. »*Aber nein, es war von den Göttern so vorgesehen. Nur so konnten wir unseren Weg finden. Es ist die einzige Chance, Garieen aufzuhalten.*«

Kanaael sah sie an und hätte am liebsten nicht mehr damit aufgehört. Ihnen blieb nicht viel Zeit. »Hätte ich Udinaa nicht aufgeweckt, wäre es niemals so weit gekommen.«

»*Garieen hätte einen anderen Weg gefunden, Udinaas Traum zu zerstören. Es tut mir leid, dass ich so viel Leid über dich gebracht habe. Ich wollte nur deine Schwester beschützen.*«

»Ich weiß.«

»*Du siehst müde aus.*«
»*Das Schicksal der Welt liegt auf meinen Schultern.*«
»*Nicht mehr lange, du bist bei mir. Nun liegt es an Naviia, Garieen aufzuhalten.*«
»Du weißt also, warum ich hergekommen bin?«, fragte er.
»*Ja, damit du der neue Traumknüpfer werden kannst.*«
»Uns war also kein gemeinsames Leben vorherbestimmt.«
»*Wir hätten so oder so kein gemeinsames Leben gehabt.*«
»Ich hätte es mir aber gewünscht.«
Wolkenlied sah ihn lange an, dann schüttelte sie den Kopf.
»*Nein, ich nicht.*«
»Und warum nicht?«
»*Warum die Sterblichkeit wählen, wenn die Unsterblichkeit vor uns liegt. Kanaael, du bist der neue Traumknüpfer. Deine Träume sind meine Wirklichkeit. Du wirst mich darin einschließen, damit ich bei dir sein kann. Solange dein Schlaf andauert, werde ich über dich wachen, deinen Körper schützen und deine Seele behüten.*«

Ein leises Lächeln stahl sich auf Kanaaels Lippen. Sie hatte recht. Sie war ein Teil von ihm und würde es auch auf ewig bleiben. So, wie er es bei ihrem Tod versprochen hatte.

Gemeinsam schritten sie durch das Labyrinth, liefen die Gänge entlang, durch den verwilderten Garten, durchquerten die Marmorhalle und gingen hinauf in das Turmzimmer, bis sie schließlich angekommen waren. In Kanaaels neuem Zuhause. Er setzte sich auf den Boden, das kühle Gestein unter seiner nackten Haut. Sein Blick traf auf den von Wolkenlied. Es war eine stumme Verabschiedung, kein Lebewohl, sondern ein Auf Wiedersehen.

Gemächlich schloss er die Augen. Sein Atem wurde ruhiger. Sein Herzschlag verlangsamte sich. Er hörte in sich hinein, hörte auf all die Stimmen, die Udinaa ihm übergeben hatte.

Es waren die Seelen der Menschen, ihre Hoffnungen und ihre Ängste. Und er würde ihnen wieder Hoffnung schenken. Dann begann Wolkenlied zu singen. Ihre warme Stimme erfüllte seinen Geist, und er nahm sie in sich auf, um langsam einen ersten Faden zu knüpfen. Einen Faden, der den Göttern gehörte und ein Geschenk für die Menschen war. Und er würde es ihnen geben. Kanaael lächelte. Sein Schicksal war erfüllt. Und er hatte Wolkenlied.
Das war das Einzige, was zählte.

2

Hure

Lakoos, Sommerlande

»Was willst du? Ich dachte, ich hatte mich klar ausgedrückt. Du hast hier nichts zu suchen, Wintermädchen.«

Die Feindseligkeit in Eelias Stimme ließ Naviia kurz an ihrem Vorhaben zweifeln, doch dann drückte sie den Rücken durch und wagte sich an einem Lächeln. »Ich möchte mich euch anschließen.«

»Also bist du doch eine von uns«, sagte die Hure. Sie lehnte an derselben Wand, an der sie sich vor wenigen Stunden begegnet waren, ließ den Blick abschätzig über Naviias Gestalt schweifen. Fast so, als ob sie ihren eigenen Worten nicht so recht traute. Zum Glück waren sie nur zu zweit. Sie hatte sich extra hübscher hergerichtet, die Wangen mit Rouge bestäubt und sich das Haar gewaschen, das ihr noch etwas nass im Nacken klebte. »Ich habe schlechte Nachrichten für dich, Wintermädchen, unsere Truppe ist bereits voll. Aber du kannst uns gern die Kunden in Lakoos warmhalten, wenn du dann noch welche findest.«

»Ich würde dir einen Teil meines Lohns abgeben.«

Eelia kniff die Augen zusammen. »Das müsstest du ohnehin, wenn du uns begleitest. Dafür stehst du unter unserem Schutz.«

»Dann würde ich dir das Doppelte von dem geben, was ich dir sonst zu zahlen hätte.«

»Du willst freiwillig auf deinen Lohn verzichten? Hast du einen Hintern aus Gold, oder was?«

Naviia wusste, dass sie einen Fehler begangen hatte. Dabei musste sie das Vertrauen der Prostituierten gewinnen. Sie trat von einem Bein auf das andere, spürte die Blicke der vorbeieilenden Menschen, die nur flüchtig in ihre Richtung sahen, und hoffte, dass sie einen möglichst zerknirschten Eindruck machte. »Ich muss weg aus Lakoos.«

»Hast du geklaut? Oder jemanden umgebracht?«

Naviia schwieg und spürte Eelias prüfenden Blick auf sich. Sie trug ein Korsett, das mit blauen Fäden zusammengehalten wurde, hatte die Armreifen abgelegt und das schwarze, lockige Haar hochgesteckt. Bis auf die hellblauen Bänder deutete nichts an ihr auf ihre Arbeit hin.

»Ich kann nicht darüber reden. Aber ich kann auch nicht hier bleiben. Es geht mir nicht nur um das Geld.«

»Hast du schon mal für Geld die Beine breitgemacht?«

Gegen ihren Willen errötete Naviia und las in Eelias Blick, dass die sie genau durchschaute. »Dachte ich's mir doch. Du hast nicht gelogen, als du gesagt hast, du fischst nicht in unserem Revier. Das hat man dir angemerkt. Ich mag's nur nicht, wenn hübsche Mädchen in unserer Nähe herumlungern. Tut mir leid, aber für jemanden wie dich haben wir keine Verwendung.«

»Bitte.«

Nun hob Eelia die Brauen. »Was hast du angestellt?«

Naviia senkte den Blick und biss sich auf die Innenseite ihrer Unterlippe. Alles war bis ins kleinste Detail einstudiert. »Darüber kann ich nicht sprechen.«

»Hat es etwas mit dem Palast zu tun?«

»Vielleicht.«

»Ich hatte einmal einen Abgesandten aus Keväät am Hals. Widerlicher Kerl.« Ein mitleidiger Ausdruck huschte über Eelias Gesicht. Sie schien einen Moment lang abzuwägen, ob sie Naviia vertrauen konnte, dann griff sie mit ihren weichen Fingern nach ihrer Hand und zog sie in die winzige Gasse hinein, in der es fürchterlich nach Abfällen stank. Sie führte sie durch den Irrgarten an lakoosischen Straßen, bis sie schließlich vor einem mehrstöckigen Gebäude standen, das auf den ersten Blick sehr baufällig wirkte. Mehrere Fenster waren eingeschlagen oder mit Brettern vernagelt worden, ein paar Kleidungsstücke hingen an einer Wäscheleine aus dem ersten Stock, und viele Fenster waren mit roten Tüchern abgedunkelt worden.

»Warte hier«, wies Eelia sie an und klopfte rhythmisch gegen die rot bemalte Eingangstür. Es dauerte eine Weile, doch schließlich öffnete sie sich einen winzigen Spalt, Naviia konnte eine kleine Person dahinter erkennen, und schließlich schwang die Türe ganz auf.

Naviia sah eine Frau mit syskiischen Zügen, einem spitzen Mund und großen, goldbraunen Augen. Es folgte ein angeregtes Flüstern, und sie spürte den Blick der Neuen wie Messerstiche auf der Haut. Dann endlich drehte sich Eelia zu ihr um und nickte, woraufhin Naviia näher herantrat und den Kopf demütig senkte. Es war das Beste, der Norm zu entsprechen.

»Nein, sieh mich an.« Die Stimme der Frau war dunkel und rauchig, und als sich ihre Blicke trafen, hatte Naviia das Gefühl, bis auf den Grund ihrer Seele erforscht zu werden.

»Du bist sehr hübsch. Aber das wird nicht reichen.« Sie seufzte. »Syskiische Männer, insbesondere auf dem Schlachtfeld, wollen erfahrene Frauen, die ihnen etwas für ihr Geld bieten können. Sie wollen ihre Sorgen vergessen, sich fallen lassen und den Tod für einige Zeit hinter sich lassen.«

»Ich kann alles lernen«, beeilte sich Naviia zu sagen und meinte es auch so. Sie war gewillt, an ihre Grenzen zu gehen ... und darüber hinaus. Sie würde alles tun, um Garieen zu töten.

Die Frau in der Tür schien ihre Entschlossenheit zu spüren, denn ihr Blick wurde weicher. »Bist du noch Jungfrau?«

Mit dieser Frage hatte sie schon fast gerechnet, trotzdem rang Naviia um Worte. »Es ... Ich ...«

Diese Frauen waren womöglich die Einzigen, die sie schützen könnten, wenn sie erst einmal außerhalb der Stadtmauern waren. Ehrlichkeit war der Grundstock des Vertrauens, und darauf würde sie wohl oder übel aufbauen müssen.

»Ja«, sagte sie nach kurzem Zögern.

Die andere wechselte einen Blick mit Eelia, die unmerklich nickte. Naviia sah zwischen ihnen hin und her. »Es kommt drauf an, was du erreichen willst. Deine Jungfräulichkeit könnte auf der einen Seite einen sehr hohen Preis erzielen, andererseits birgt sie auch eine große Gefahr. Für dich und die anderen Mädchen.«

»Warum?«

»Weil Männer im Krieg unzurechnungsfähiger sind. Innerhalb der Stadtmauer müssen sie sich den lakoosischen Gesetzen beugen. Wir haben das Recht auf unserer Seite. Im Krieg gibt es keine Regeln, und wir müssen uns den Gesetzen der Soldaten anpassen. Eine Versteigerung könnte gefährlich enden.«

»Verstehe.«

»Ich heiße übrigens Reeba«, fügte sie hinzu.

»Naviia ... Naviia O'Lakaa.«

»Ich könnte ihr alles beibringen«, mischte sich nun Eelia ein. »Das Nötigste zumindest. Wir haben kein Mädchen aus den Winterlanden. Sie würde unseren Preis steigern.«

Beibringen? Ein Kloß breitete sich in Naviias Hals aus, und ihre Handinnenflächen wurden feucht.

Nachdenklich schürzte Reeba die Lippen. »Da könntest du recht haben. Wir könnten auch eine Versteigerung in unserem Haus anbieten.« Sie wandte sich direkt an Naviia. »Du könntest dich eingewöhnen. Alles kennenlernen. Eelia würde dich einweisen. Du hättest einen anderen Rahmen, und wir haben, im Gegensatz zu manch anderen Städten, nette Kunden.«

»Mit wem redet ihr denn?«, fragte eine hohe Stimme von drinnen, und eines der Mädchen, die sie gemeinsam mit Eelia gesehen hatte, tauchte im Türrahmen auf. Als sie Naviia bemerkte, verzog sie säuerlich das Gesicht. »Was will die denn hier?«

»Sorieel, das ist Naviia. Sie wird sich euch anschließen.«

Sorieel schüttelte verstimmt den Kopf, wobei ihre kleinen nachtschwarzen Löckchen auf und ab wippten. In ihren Augen tanzte ein ärgerliches Funkeln. »Auf keinen Fall. Wir haben keine einzige Talveeni in unserer Gruppe. Sie würde die ganze Aufmerksamkeit auf sich ziehen.«

»Und wäre das so schlecht?«, fragte Reeba sanft und legte Sorieel eine Hand auf die schmächtige Schulter. »Denk daran, Aufmerksamkeit erhöht den Preis.«

Das schien Sorieel nicht zu besänftigen. Mit einem wütenden Schnauben drehte sie sich um und verschwand im dunklen Inneren des Gebäudes.

»Mach dir nichts draus, sie wird sich an die Situation gewöhnen. Welche Sprachen sprichst du?«

»Ich spreche alle Dialekte fließend.«

Reeba nickte zufrieden. »Ungewöhnlich. Aber sehr gut.«

»Wie kommt es, dass sie euch in ihr Lager lassen? Ihr könntet ...« Naviia schluckte. *Wie viel kann ich preisgeben?* Sie entschied sich, ihre Frage zu stellen. »Ihr könntet sie schließlich auch verletzen wollen.«

»Das stimmt, aber bei diesem Geschäft spielt es keine Rolle. Die Kurtisanen und Huren der Vier Länder reisen stets umher. Sie bleiben nie länger als drei Monate in ein und derselben Stadt.«

»Warum?«

Reeba sah zu Eelia, die ein Kichern ausstieß. »Weil die Männer manchmal unsere Dienstleistungen mit Liebe verwechseln.«

»Oder weil es Männer gibt, die unserer überdrüssig werden. Es ist gut, wenn Abwechslung herrscht, auch bei den Mädchen, so läuft das Geschäft einfach besser«, erklärte Reeba.

»Verstehe.« Sie zögerte. »Wie kommt es, dass ihr selbst freiwillig zu den Männern ... den Feinden gehen wollt?«

Reeba sah sie lange an, ehe sie antwortete: »Es ist unser Beitrag, unser Volk zu beschützen.«

»Inwiefern?«

»Wir bereiten den Männern Vergnügen. Wir lassen sie Dinge mit uns machen, die eine normale Frau unter anderen Umständen niemals tun würde. Unsere Körper sind unser Kapital, aber gleichzeitig auch eine Waffe. Sollten diese Krieger Lakoos einnehmen, macht es einen großen Unterschied, ob sie es hungrig oder gesättigt tun«, sagte Reeba, und eine Spur Stolz schwang in ihrer Stimme mit.

»Aber ihr seid niemals genug, um all ...«

»Wir sind nicht die Einzigen, die dorthin gehen, um Geld zu verdienen«, sagte Eelia. »Es ist gut möglich, dass bereits Mädchen, Knaben oder Männer aus Syskii mitgereist sind.«

»Wann wollt ihr dann aufbrechen?«

»Sobald die Truppen den nächsten Stützpunkt erreichen und sich diese Nachricht in der Stadt verbreitet. Sie werden Lakoos nicht sofort angreifen, denn das Herz der Wüste ist nur schwer einzunehmen. Mein Großvater hat mir schon davon berichtet«, sagte sie, und ein verklärtes Lächeln breitete sich auf ihren Zügen aus. »Also, Naviia, bist du dir sicher, dass du dich uns anschließen möchtest?«

Sie blickte zuerst zu Eelia, dann zu Reeba, die sie freundlich anlächelte. Auch wenn sich etwas in ihr bei dem Gedanken sträubte, diesen Schritt zu gehen, schrie ihr Herz danach, genau das zu tun. Und wenn sie ehrlich zu sich selbst war, dann hatte sie sich bereits bei ihrem Gespräch mit Geero entschieden. Endgültig.

Sie nickte. »Ja, ich bin mir sicher.«

Naviia betrachtete sich staunend im Spiegel. Sie hatte sich verändert, auf eine Art, die sie noch nicht recht einzuordnen vermochte. Eelias Schminkkünste, das taillierte Kleid und die offenen Haare trugen dazu bei, dass sie sich kaum wiedererkannte. Aber es war nicht nur ihr Äußeres. Es war das Leuchten in ihren Augen, die Art, wie sie sich bewegte, wie sie sich fühlte. Es waren Wochen vergangen, seit sie aus Ordiin aufgebrochen war. Sie erinnerte sich an den Tag, als sie mit Jovieen losgezogen war, um die von ihrem Vater geschossenen Tierfelle zu verkaufen. Es kam ihr vor, als läge diese Erinnerung ein ganzes Leben zurück. Sie dachte an Daniaan und verspürte nicht mehr die Art von Sehnsucht, die sie noch am Anfang gefühlt hatte. Dafür hatte sie sich zu sehr verändert. Sie fragte sich, wie lange es noch dauerte, bis Kanaael den neuen Traum über die Vier Länder gesponnen hatte. Es musste jeden Moment so weit sein, und ihr Blick wanderte aus dem Fenster, wo sie den Himmel nach möglichen Anzeichen

absuchte. Sie hörte, wie sich die Türe des kleinen Zimmers öffnete, das sie sich gemeinsam mit einem der Mädchen teilte.
»Bist du so weit?«
Eelia war eingetreten. In einer Hand trug sie eine Kerze, die bei ihren ruckartigen Bewegungen flackerte.
Naviia nickte und spürte, wie ihr Pulsschlag in die Höhe schnellte. Eelia bemerkte es. »Keine Sorge, wir haben alle Männer, die mitbieten, ausgesucht. Keiner von ihnen hat ungewöhnliche Vorlieben.«
Mit einer fließenden Bewegung erhob sich Naviia von dem kleinen Hocker und schritt auf die Türe zu. Eelia lächelte. »Du musst deinen Rücken etwas mehr durchdrücken. Das Kinn leicht nach oben recken. Wie eine Königin. So ist es richtig.«
Naviia folgte Eelia hinaus in den Flur, in dem es nach frischer Seife und Räucherstäbchen duftete. Überall auf den Fenstersimsen standen kleine rote Kerzen, und es war wohlig warm. Dennoch fröstelte es sie, als sie die Holzstufen hinabschritt, auf den kleinen rechteckigen Raum zu, der einer Art Vorratskämmerchen glich. Es war muffig und düster, roch nach abgestandener Luft, und lediglich das kleine Licht von Eelias Kerze erfüllte die Kammer mit etwas Helligkeit. Sie erkannte eine winzige Bühne, die der Theaterbühne auf den Märkten glich, die sie mit ihrem Vater besucht hatte, von einem Zuschauerraum mit einem schweren dunkelroten Samttuch abgetrennt.
Etwas hilflos sah sie Eelia an, die ihr zunickte. »Du wartest, bis man dir ein Zeichen gibt. Dann gehst du hinaus. Du schaust niemanden an, sondern siehst immer geradeaus. Reeba wird die Versteigerung leiten. Du redest nicht. Und du hörst auf Reebas Anweisungen.«
»In Ordnung.«
»Viel Glück«, flüsterte Eelia, wartete, bis Naviia eingetreten

war, und schloss die Tür hinter ihr, sodass sie allein im Dunkeln stand, ihr pochendes Herz ihr einziger Begleiter. Lange Zeit hörte Naviia gar nichts, doch dann waren leise Stimmen von der anderen Seite des Vorhangs zu vernehmen, zwei Fackellichter wurden auf der Seite der Bühne entfacht, und sie meinte, Sorieel zu erkennen, die hin- und herhuschte und schließlich verschwand.

»Tritt hinaus, Wintermädchen.« Es war Reeba, ein rauchiges Kratzen lag in ihrer tiefen Stimme. Zögerlich machte Naviia einen Schritt auf den Vorhang zu, schob ihn zur Seite und betrat die hell erleuchtete Bühne. Stur starrte sie nach vorne, konnte jedoch in dem abgedunkelten Saal keine einzelnen Gesichter, sondern nur schemenhafte Gestalten ausmachen. Ein leises Raunen entwich den Mündern der Anwesenden, und sie wusste, was sie zu sehen bekamen. Sie trug einen dünnen, fast durchsichtigen Stoff, der sich weich auf ihre Haut gelegt hatte und mehr offenbarte als verbarg.

»Wintermädchen ist vor drei Tagen in Lakoos angekommen, sie ist achtzehn Winter alt, stammt aus dem Norden Talveens, wie man an den feinen Gesichtszügen, ihrer sehr blassen Haut und den nahezu weißblonden Haaren sehen kann. Dann sind da noch ihre eisblauen Augen, eingerahmt von hellen Wimpern.«

Naviia hatte das Gefühl, als ob Reeba von einer fremden Person sprach, und so fühlte es sich auch an. »Dreh dich für uns«, wies die Hure sie an, und Naviia wandte mit zitternden Knien dem schweigenden Schattenpublikum den Rücken zu, wohl wissend, dass sie nun ihren Hintern betrachteten, jeden Winkel ihrer Haut erforschten. Kurz dachte sie daran, dass ein Nachkomme des Verlorenen Volks die Flügelzeichnungen auf ihrem Rücken sehen konnte, doch dann schob sie den Gedanken beiseite. Dieses Risiko musste sie wohl oder übel eingehen.

»Das Einstiegsgebot liegt bei einhundert Marschka.«
»Einhundertfünfzig«, erklang eine dunkle Stimme. Mittlerweile stand sie wieder dem Saal zugewandt, spürte die knisternden Blicke der Männer auf ihrem Körper und dem Gesicht. Sie hörte ihr Getuschel, konnte nur ihre Schatten ausmachen.

»Einhundertsiebzig Marschka«, sagte ein anderer.

»Sie soll sich ausziehen.«

Naviia erstarrte. Die Stimme war dunkel vor Lust, und sie spürte, wie sich ihre Brustwarzen vor Anspannung zusammenzogen, alles vor den lüsternen Blicken der Kunden.

»Zieh dich aus«, gurrte Reeba aus dem Dunkel heraus.

Vorsichtig schälte sich Naviia aus dem dünnen Stoff und ließ ihn raschelnd und mit angehaltenem Atem zu Boden gleiten.

»Zweihundertzehn Marschka«, rief nun jemand.

»Zweihundertfünfzehn.«

»Noch ein anderes Gebot? Zweihundertfünfzehn Marschka«, wiederholte Reeba. »Zum Ersten ...«

»Vierhundert Marschka.«

Die geflüsterten Worte der im Dunkeln verborgenen Mädchen verstummten schlagartig, und Naviia zwang sich, nicht zu Reeba zu blicken, die unweit der Bühne stand, um ihre Reaktion zu sehen. Vierhundert Marschka! Bei Suv! Naviia versuchte, sich nichts anmerken zu lassen, und rechnete stumm nach. Sie musste sich täuschen – der Mann konnte unmöglich knapp tausend Safer für sie geboten haben! Davon hätten sie und ihr Vater mehrere Jahre sorgenfrei leben können!

»Vierhundert Marschka, bietet jemand noch mehr?«

Niemand schien dieses waghalsige Angebot überbieten zu können ... Und wer besaß auch so viel Geld für eine Nacht mit einer talveenischen Hure?

»Zum Ersten. Zum Zweiten ... Und zum Dritten! Versteigert an Do'Khan. Du kannst dich zurückziehen, Wintermädchen.«

Naviia lächelte zögerlich, hob das Kleid vom Boden auf, drehte sich um und verschwand hinter dem Vorhang, wo Eelia mit leuchtenden Augen auf sie wartete, in einer Hand noch immer die Kerze. Ihr war die Überraschung deutlich anzusehen. »Meine Güte, so viel hat noch nie jemand gezahlt! Ich hätte so gern Reebas Gesicht gesehen.« Sie kicherte leise.

»Weißt du, wer mich ersteigert hat?« Naviia konnte das Zittern in ihrer Stimme nicht unterdrücken. Langsam zog sie sich wieder das hauchdünne Kleid über.

»Ein Hauptmann, ziemlich gut aussehend, wenn du mich fragst. Also, da gibt es weitaus schlimmere Typen. Er war vor ein paar Tagen schon mal hier. Ich glaube, er hat eine Schwäche für talveenische Mädchen. Reeba hat ihm eine Einladung zukommen lassen.«

Naviias Herz schlug schneller, und sie spürte, wie sich ein Schweißfilm über ihren Rücken legte. Nun war es also so weit. Ein letzter Schritt, und sie würde ihre Unschuld verlieren.

»Wann wird er den Betrag bezahlen?«

»Einen Vorschuss an Reeba. Deinen Anteil wird er dir selbst aushändigen. Hab keine Angst, du wirst das schon meistern. Es wird weniger schmerzhaft, als du denkst. Du solltest dein Becken immer leicht nach oben recken, du kannst auch unauffällig ein Kissen unter dein Gesäß schieben, das hilft manchmal. Wenn du blutest, solltest du hinterher die Leinen wechseln, das macht jeder selbst. Der Hauptmann ist von hoher Statur, und meine Erfahrung hat gezeigt, dass große Männer auch an anderen Stellen sehr gut gebaut sind.« Wieder kicherte sie leise, doch Naviia war keineswegs zum Lachen zumute, im Gegenteil.»Ich würde annehmen, dass du die Leinen wechseln musst.«

Naviia unterdrückte einen Schauder, rang sich ein Lächeln ab und folgte Eelia in den langen Flur, um von der Hinterkammer aus in die oberen Stockwerke zu gelangen. Jedes Mädchen hatte dort ein Arbeitszimmer, wie Reeba es bezeichnete. Die Wände waren alle in leuchtenden Farben gestaltet, die Laken und Kissen und die gesamte Bettvorrichtung war edler und vornehmer als alles, was sie zuvor gesehen hatte. Seidenkissen, Decken mit goldenen Stickereien, dunkle Vorhänge aus Samt. Eelia begleitete sie, bis sie vor einer Tür im ersten Stockwerk haltmachten. Mit einem Lächeln griff sie nach ihren Händen und drückte sie kurz.

»Ich werde Leeran sagen, dass er vor der Tür aufpassen soll.« Sie senkte die Stimme und beugte sich zu ihr vor, sodass Naviia einen Schwall ihres blumigen Dufts einatmete. »Wir haben ein Sicherheitswort, das wechselt wöchentlich. Wenn du *Dielenboden* sagst, wird Leeran hereinkommen und den Hauptmann bitten zu gehen. Das ist allerdings nur möglich, wenn er gewalttätig wird und sich nicht an die Abmachungen hält. Reeba ist da sehr streng, ich würde also wirklich nur dann das Sicherheitswort verwenden, wenn es nicht anders geht«, fügte sie mit einem ernsten Ausdruck in den Augen hinzu.»Andernfalls kann der Kunde Geld zurückfordern.«

»Verstehe. Und danke«, flüsterte Naviia mit wild pochendem Herzen, drehte sich der Tür zu und klopfte zweimal kurz gegen das Holz.

»Herein.« Die Stimme war dunkel und tief, und ihre Knie wurden weich bei dem Gedanken an das, was nun folgen würde. Mit zittrigen Händen griff sie nach dem Türknauf und drehte ihn. Die Tür sprang einladend auf und gab den Blick auf einen roten Raum frei, der von Kerzenlicht erhellt wurde. Die Mädchen hatten also Vorarbeit geleistet.

Naviias Blick fiel auf einen Mann, der mit dem Rücken zu ihr aus dem Fenster sah. Er war riesig. Hochgewachsen, mit breiten Schultern, und er trug eine offizielle, suviische Uniform. Als sie seine großen, hinter dem Rücken verschränkten Hände bemerkte, schluckte sie.

Dann drehte er sich um, und Naviia verschlug es buchstäblich die Sprache. Sie kannte ihn. Es war derselbe Krieger, der sie damals mit Pirleean angetroffen hatte. Derselbe Krieger, der sie als Hure bezeichnet und damit unwissentlich eine Prophezeiung für ihre Zukunft abgegeben hatte. Sie konnte einen Angstschauer nicht unterdrücken, als ihr klar wurde, dass ihm die erste Nacht gehörte, und sie sah, wie ein befriedigtes Leuchten in seine tiefschwarzen Augen trat.

Alles in ihr wurde schlagartig ruhig. Ihr Geist kanalisierte die Gefahr und wog die Möglichkeiten ab, doch insgeheim wusste sie, dass ihre Entscheidung längst gefallen war und sie keinen Rückzieher mehr machen würde. Sie sah ihm offen ins Gesicht und erinnerte sich an Eelias Worte. Sie hatte recht. Er war attraktiv, kein hässlicher alter Mann mit fauligem Atem und schlaffem Leib. Ihr Freier war gut aussehend.

»Sei gegrüßt, Naviia.« Er wusste sogar noch ihren Namen, dabei hatte sie seinen längst vergessen. Ein seltsames Lächeln verzog seine Lippen, das seine Augen jedoch nicht erreichte.

»Hauptmann«, hauchte sie, da sie wusste, dass er eine devote Frau haben wollte. Oder vielleicht auch nicht. Schließlich hatte er sie erwählt. Dennoch sank sie in einer anmutigen Bewegung, die sie gemeinsam mit Eelia einstudiert hatte, auf den kalten Holzboden. Wie Feuer spürte sie seinen begehrlichen Blick auf ihrem Körper und wagte es nicht, aufzusehen, ehe er ihr die Erlaubnis dazu gab.

Sie wäre eine Närrin, wenn sie sich nicht an ihre Begegnung erinnerte. Er wollte sie aufmüpfig erleben, um sie bestrafen zu können. Aber diesen Gefallen würde sie ihm nicht tun. Sie würde es hinter sich bringen und sich so einen Weg in das Feldlager der syskiischen Truppen erkaufen. »Steh auf.«

Er machte eine wegwerfende Handbewegung, deutete auf den Raum und schließlich sie selbst. »Für ein scheues Rührmich-nicht-an habe ich nicht bezahlt. Ich wollte dich, Naviia. Schon als ich dich das erste Mal gesehen habe. Das aufmüpfig erhobene Kinn, das Leuchten deiner Augen ...« Er unterbrach sich, als sie den Blick hob. »Als ich erfahren habe, dass eine Talveeni bei Reeba zu ersteigern war, habe ich mich auf den Weg gemacht.« Eine Wildheit lag in seinem Blick, die Naviia Angst machte, aber auch ein unbekanntes, warmes Gefühl in ihrer Bauchmitte auslöste. Er begehrte sie auf eine Weise, die ihr völlig fremd war, und das jagte ihr eine Heidenangst ein.

Einen Moment lang war das einzige Geräusch, das zu vernehmen war, ihr Atem. Der Augenblick zog sich unendlich in die Länge, bis sie es nicht mehr aushielt und den Blick wieder senkte.

Der Hauptmann stieß einen undefinierbaren Laut aus. Es war eine Mischung aus einem Krächzen, das in ein Stöhnen überging. Mit langen Schritten kam er auf sie zu, um sie einen Augenblick später fest an sich zu ziehen. Naviia legte die Hände auf seinen Brustkorb und spürte selbst durch sein Hemd seinen heftigen Herzschlag. Ohne Vorwarnung senkte er den Kopf zu ihr hinab, während er zwei Finger unter ihr Kinn legte und es anhob. Der Kuss traf sie heiß und unvermittelt. Suchend tasteten seine Hände vorwärts, strichen über ihre Schultern, wanderten tiefer. Fast schon sanft streichelte er über den tiefen Ausschnitt ihres Kleids, seine Finger waren warm, sein ganzer Körper schien zu glühen.

Er zog sie in Richtung Bett, ohne den Kuss zu unterbrechen, und seine Lippen waren erstaunlich weich und so anders, als sie erwartet hatte. Sie spürte das Kratzen seiner Bartstoppel auf ihren Lippen. Geschickt schnürte er ihr Kleid auf, ließ es zu Boden gleiten und betrachtete sie mit einem entzückten Ausdruck. Seltsamerweise fühlte sie sich nicht entblößt. Vielmehr begehrenswert. Die Wildheit und Härte waren aus seinen verschlossenen Zügen gewichen. Mit einer raschen Bewegung öffnete er die blank polierten Jackenknöpfe, entledigte sich erst seines Hemds, dann seiner Hose, und Naviia schluckte, während sie den Blick über seinen muskulösen, kräftigen Körper schweifen ließ. Er war leicht behaart, seine Brustmuskulatur ausgeprägt. Dann wanderte ihr Blick tiefer, und sie erstarrte innerlich. *Wie soll ich ...?*

Eelia hatte, was sein bestes Stück betraf durchaus recht behalten.

Er fand wieder ihren Mund, fuhr sanft mit dem Daumen unter ihr Kinn und hob sie auf die weichen Kissen, mit denen man das Bett ausstaffiert hatte. Er folgte ihr nicht sofort, sondern blieb stehen und blickte mit einem undefinierbaren Ausdruck auf sie herab, so lange, bis sie die Knie zusammenpresste und sich zu winden begann.

»Sag ihn.« Seine Stimme klang belegt.

»Was?«

»Meinen Namen. Sag ihn.«

»Fhoorien«, flüsterte sie tonlos, als er sich geschmeidig neben ihr niederließ und sie sanft in die Kissen drückte. Mit den Knien stieß er ihre Beine auseinander, nicht zu hastig und keineswegs zu aggressiv, seine Bewegungen besaßen eine ruhige Leidenschaft, die lodernde Wellen über ihren Körper sandte. Dann positionierte er sich direkt über ihr, wobei sie das faszinierende Spiel seiner Armmuskulatur beobachten konnte, als er seine Hände links und rechts von ihrem Kopf abstützte und sich zu ihr hinabbeugte. Wieder küsste er sie, dieses Mal hungriger als zuvor.

»Sag ihn«, wisperte er an ihrem Mund, warm strich sein Atem über sie hinweg, und Naviia sah, dass seine Augen dunkel waren vor Leidenschaft.

»Fhoorien«, wiederholte sie leise, und seine Hände glitten samtweich ihre Halsbeuge hinab, umfingen ihre Brüste. Er schmeckte nach Tabak und Zimtkräutern, seltsamerweise mochte sie seinen Geschmack und spürte, wie sie sich nach mehr sehnte. Mit einer Zärtlichkeit, die sie ihm nicht zugetraut hätte, spielte er mit ihrer Brustwarze, und sie stöhnte leise auf, als ein süßer Schmerz sie durchzuckte. Für einen Augenblick vergaß sie sogar, warum sie sich vor ihm gefürchtet hatte. Sie vergaß zu atmen und spürte, wie ihr Körper auf die Berührungen des Kriegers reagierte, wie er sie zum Leben erweckte, auf eine ihr fremde Art, die sie gleichzeitig mit neuer Stärke erfüllte.

Seine Bewegungen wurden gröber, er begann ihre Brust zu kneten, löste sich von ihrem Mund, und Naviia begriff, dass es nicht um sie ging. Sie war nur eine Vorstellung, ein Traum, etwas, das der Hauptmann besitzen wollte. Sie verschloss ihren Namen, ihre Persönlichkeit hinter einer Mauer in ihrem Herzen, ließ alles geschehen und versuchte zu vergessen, wer sie tief in ihrem Inneren war. Sie vergaß so vieles, aber doch niemals, warum sie hier war und weshalb sie diesen Schritt ging.

Durch den Nebel verspürte sie plötzlich einen heftigen

Schmerz, ihr Körper versteifte sich, und sie riss überrascht die Augen auf. Heiße Panik legte sich über ihren Brustkorb, sie spürte das Brennen zwischen den Beinen, und ihr wurde kalt.

»Keine Angst«, hörte sie Fhooriens Stimme wie aus weiter Ferne, und der Schmerz verebbte, während er sich langsam in ihr bewegte. »Ich bin froh, dass sie die Wahrheit gesagt haben. Das macht dich sogar noch schöner.«

Er beugte sich tiefer zu ihr herab, nahm ihr die Angst, indem er sie leidenschaftlich küsste, und der anfängliche Schmerz hatte sich in etwas anderes verwandelt, das ihr gefiel. Ihr Blick streifte sein kantiges Gesicht, sah die Lust in seinen Augen, als er sich von ihrem Mund löste und an ihrem Hals zu knabbern begann. Sie grub ihre Fingernägel in seine Schulter, als er sich aus ihr zurückzog und wieder in sie hineinstieß. Ein leises Stöhnen entkam ihrem Mund. Sein Gewicht drückte sie tiefer in die Kissen hinein, sie spürte die brennende Hitze seines Körpers und ihre eigene Wärme, fühlte, wie ihr Pulsschlag anstieg. Gleichzeitig erkannte sie, dass er vielleicht für sie bezahlt haben mochte, sie aber diejenige war, die in diesem Moment Macht über ihn hatte. Fhooriens Rhythmus wurde schneller, mit einer Hand drückte er ihr Knie weiter auseinander, mit der anderen stützte er sich am Bettgerüst ab, ein Schweißfilm hatte sich auf seine Stirn gelegt. Naviia blickte zu ihm auf, sah die steile Falte zwischen seinen Brauen, sah, wie seine Muskeln vor Anspannung zitterten und erkannte, dass er sich noch zurückhielt. Für sie. Vorsichtig begann sie, sich unter ihm zu bewegen, bemerkte den überraschten Ausdruck, der über seine Züge glitt. Er stieß ein Stöhnen aus, dann wurden seine Stöße heftiger, sie hörte seinen keuchenden Atem und spürte gleichzeitig, wie ihr Körper weiter zum Leben erwachte.

Naviia begriff, dass sie nicht bloß ihre Unschuld verlor. Ihr Körper verschmolz mit ihrem Geist, Gegenwart und Vergangenheit vereinten sich, und sie fiel in diesen Moment hinein, bis sie taumelnd nach Luft schnappte und sich ganz dem Mann zwischen ihren Schenkeln hingab.

3

Rausch

Helaaku, Küste, Sommerlande

»Durchsucht die Häuser!« Die herrische Stimme von Neelo A'Daarin dröhnte über die Männer hinweg, denen man die Anstrengungen der letzten Tage deutlich ansah. Auf ihren Gesichtern zeichnete sich Erschöpfung ab, dabei waren sie noch nicht einmal auf richtigen Widerstand gestoßen. Ashkiin blickte zu den unzähligen Soldaten, die damit beschäftigt waren, die Schiffe im Hafen Helaakus zu vertauen. Sie waren in goldene Töne gekleidet, was sich angesichts der siedenden Hitze als Vorteil erwies. Ein Großteil von ihnen war mit dem Abladen der schweren Geschütze beschäftigt – Katapulte, Waffen, die man in Truhen mit schweren Eisenbeschlägen verstaut hatte, auch Rammböcke für die Belagerung Lakoos' fanden den Weg auf die Holzstege. Der Hafen war groß genug, damit alle vierundzwanzig Schiffe Platz fanden. Viele Einheimische waren mit ihren Booten geflüchtet, als sich die schwarze Front am Horizont abgezeichnet hatte. Die Männer unter A'Dariins Führung sicherten die Gegend rund um die ausgestorbene Stadt. Die Menschen, die noch bis zum Morgen die bunt bemalten Häuserfassaden, die in einer Reihe am Hafen entlang erbaut worden waren, ihr Zuhause genannt hatten, waren verschwunden. Oder tot. Es roch nach verbranntem Holz, und die kühle

Meeresluft übertünchte den Leichengeruch, der sich in jeder Pore einnistete. Rauschschwaden zogen von den mittlerweile versiegten Feuern ab, die Wohnungen waren ausgebrannt, die Fenster schwarz von Ruß, und gewaltige Einschlaglöcher zierten die einst so fröhlichen Fassaden. Ashkiin sah, wie einige Soldaten Leichen aus den Häusern schleppten. Die starren Körper waren augenscheinlich vom Feuer überrascht worden, viele von ihnen trugen noch ihre Nachtgewänder, lange weiße Unterhemden, die vom Ruß geschwärzt waren. Vielleicht war das Feuer nicht bis in die Zimmer durchgedrungen, dennoch waren sie qualvoll in seinem Rauch erstickt. Ashkiin selbst befolgte Garieens Anweisung, überwachte das Abladen der Katapulte, die größtenteils mithilfe von Traummagie von Deck gehoben wurden. Viele der Splitterträger unterschieden sich von ihrer Kleidung her kaum von den einfachen Fußsoldaten, es war vielmehr ihre Ausstrahlung, die Art, wie sie sich bewegten, die sie von den anderen abhob.

»A'Sheel.« Einer der Soldaten war an ihn herangetreten, und Ashkiin sah ihn an.

»Was gibt es?«

»Die Hauptmänner treffen sich zu einer Lagebesprechung, und Ihr sollt daran teilnehmen.«

»Wo?«

Der Soldat deutete auf den Fischermarkt, der sich zwischen den Häuserfassaden befand und auf dem man ein Zelt errichtet hatte, in dem mindestens vierzig Menschen Platz finden konnten. Fahnen, die das ar'lensche Wappen zierten, wehten im stürmischen Küstenwind, und Ashkiin zog den dunkelgrauen Tolakmantel enger um seinen Körper, während er dem Soldaten zunickte, der sich entfernte.

»A'Kantha«, sagte er zu dem Mann zu seiner Rechten, den man ihm abkommandiert hatte. »Ihr habt in meiner Abwesenheit das Kommando!« Mit diesen Worten drehte er sich um und schritt auf das imposante Zelt zu, während die Geräusche des geschäftigen Treibens seinen Weg begleiteten. Er spürte den Traumsplitter, den er in seiner Hosentasche bei sich trug. Aber er legte ihn nie länger als nötig an. Als Ashkiin die Eingangsplane zur Seite schob, schlug ihm der Duft von frisch gebrühtem Baumkräutertee entgegen, der jeden Winkel des Zelts erfüllte. Es bestand aus einem großen Kern und drei kleineren Teilen, die sich in mehrere Nischen aufteilten. In der Mitte, keine zwanzig Schritte von ihm entfernt, erstreckte sich ein gewaltiger Holztisch, an den mindestens dreißig Personen passten. Wann sie die Zeit gehabt hatten, den massiven Tisch hereinzuschleppen, konnte Ashkiin nicht sagen, im Grunde spielte es keine Rolle. Garieen war dafür bekannt, einen leichten Hang zum Perfektionismus zu pflegen. Doch als Ashkiin den Blick über die Ansammlung schweifen ließ, konnte er den Tyrannen nirgendwo entdecken.

»A'Sheel! Da seid Ihr ja!«, sagte in diesem Moment Peerel A'Rhan, ein dickwanstiger Kerl, der öfter zu tief ins Glas schaute und es während Meerlas Regentschaft zu nichts gebracht hatte. Letztendlich hatte er sich mit zwielichtigen Geschäften den ausschweifenden Lebensstil finanziert und sich unter Garieens Führung einen neuen Platz erkämpft. Mit langen Schritten kam er näher, klopfte ihm auf die Schulter und führte ihn zu dem Tisch, um den sich die Hauptmänner versammelt hatten. Ashkiin konnte seine Abscheu nicht verbergen und machte sich von Peerel los. »Fass mich nicht an.«

»Entschuldigt bitte, A'Sheel.« Lachend hob er beide Hände. »Ich wusste ja nicht, dass Ihr so empfindlich seid.«

Ashkiin gab keine Antwort, sondern wandte seine Aufmerksamkeit dem Geschehen rund um den Tisch zu, während er sich weiter näherte. Kaum ein anderer hatte von seinem Eintreten Notiz genommen. Sie waren viel zu sehr mit einer Karte der Sommerlande beschäftigt, die in der Mitte ausgebreitet lag. Ashkiin hörte, wie die Plane ein weiteres Mal beiseitegeschoben wurde, sah über die Schulter und erblickte Neelo A'Daarin, der soeben das Zelt betrat. Der stämmige Körper des Heerführers steckte in einem silbernen Brustpanzer, und er trug hochschaftige Lederstiefel, die bei jedem seiner Schritte ein hohles Geräusch machten.

»Was habe ich verpasst?«, fragte er und stellte sich neben Ashkiin.

»Noch nichts. Wir wollten gerade beginnen.«

»Sehr schön.« Er sah Ashkiin nun direkt an. »A'Sheel, wie wir hörten, habt Ihr die Sommerlande bereits mehrfach bereist.« Ja, das hatte er, aber das war bereits Jahre her und im Auftrag Meerla Ar'Lens gewesen.

»Womit kann ich helfen?«

»Wir überlegen, welcher Weg der beste ist, um nach Lakoos vorzurücken. Unsere Späher konnten zwar keine auffälligen Truppenbewegungen verzeichnen, doch werden wir vermutlich früher oder später auf Widerstand stoßen«, sagte einer der Hauptmänner, die er häufig an Garieens Seite gesehen hatte. Ein hagerer älterer Mann mit schütterem Haar und aufmerksamen Augen.

Ashkiin verzog keine Miene, trat noch näher an den Tisch heran und beugte sich über die Karte, die sich über ein Drittel der Platte erstreckte. »Von der Küstenstadt führt nur eine kleine Hauptstraße zu der größeren Nord-Südachse, und dieser Weg ist von kleineren Bergen umgeben. Die Bergkette zieht sich die komplette Küste entlang.« Er deutete mit den Fingern auf die entsprechende Stelle. »Es gibt nur eine Straße, die durch eine Schlucht zwischen den Bergen hindurchführt. *Kal Dedanar,* Tal der Einsamkeit wird sie auch genannt – ein

Nadelöhr, durch das die Männer gehen müssten. Mit all den Gütern, den Tieren und den Soldaten könnte es mehrere Stunden dauern, bis wir die Schlucht durchquert haben, und in dieser Zeit sind wir besonders angreifbar.«

»Was schlagt Ihr also vor?«, fragte A'Daarin.

»Meines Erachtens sollten wir dieses Risiko nicht eingehen. Es ist zu gefährlich. Aber ich weiß, wozu die Splitterträger in der Lage sind. Ich würde dennoch vorschlagen, dass wir weiter gen Westen segeln, um von der anderen Seite des Landes nach Lakoos zu gelangen. Auch wenn es Tage dauern kann.«

»Allerdings sind sie im Westen Suviis weitaus besser aufgestellt«, warf ein bärtiger Mann ein, dessen Namen Ashkiin sich nie merken konnte, obwohl er ihn schon häufiger bei den Versammlungen gesehen hatte.

Ashkiin nickte. »Uns bleiben nur zwei Möglichkeiten: Entweder, wir stellen uns dem Risiko. Oder wir betreten das Land von der Ostküste, wo sich mit Muun der größte Hafen Suviis befindet und uns durchaus auch keväätische Schiffe erwarten können.« Er blickte nach und nach den Hauptmännern ins Gesicht, und noch ehe sich einer von ihnen zu Wort meldete, konnte er die Antwort bereits in ihren Augen erkennen. Es würde wohl *Kal Dedanar,* das Tal der Einsamkeit, werden, allen Gefahren zum Trotz.

Als die Sonne hoch am Himmel stand und die Pausen der Männer immer länger wurden, hatte Ashkiin wieder mal kein gutes Gefühl bei der Sache. Bei Sonnenaufgang hatten sie die verwüstete Stadt hinter sich gelassen und kamen nur langsam voran. Von Helaaku führte eine viel genutzte Straße in Richtung Süden, vorbei an den Farmerhütten, die die Ausläufe der Stadt bildeten. Menschen begegneten ihnen keine, doch die Anwohner hatten in der Hektik der Flucht zum größten Teil ihr Vieh zurückgelassen, dessen Hungerschreie die Stimmung der Truppen trübte. Vor ihnen türmten sich die Grauen Berge. Garieen ritt, von zwei Splitterträgern flankiert, hinter der Spitze, die aus mehreren Schwertkämpfern bestand. Er trug einen Brustpanzer, hatte aber auf einen herrschaftlichen Helm verzichtet, so wie die meisten anderen Splitterträger. Sie waren sich ihrer Sache ziemlich sicher.

Die Steilhänge ringsum waren mit Moos und kleineren Wildsträuchern bewachsen, Vögel nisteten in Bergspalten, lange Schatten lagen über *Kal Dedanar*. Ashkiin fluchte innerlich. Nur zwanzig Mann passten auf einmal durch die enge Schlucht hindurch, weniger, als er angenommen hatte. A'Daarin brüllte Befehle, ließ immer mehrere Splitterträger zwischen einfachen Einheiten laufen, denen man die Unsicherheit an ihren fahlen Gesichtern ablesen konnte. Zusätzlich machte ihnen die Hitze zu schaffen, die sich zu verändern schien, je weiter sie in die Schlucht vordrangen. Ashkiin blieb stehen und sah in den Himmel, an dem nicht eine Wolke zu sehen war. Er spürte die Gefahr, obwohl er den Traumsplitter nicht um den Hals trug, und ärgerte sich, seine Kriegerinnen und Krieger in eine offensichtliche Falle tappen zu sehen. *Seine* Krieger. Er war schon so weit, sich als Teil dieses perfiden Plans zu sehen. Ein Pfeil zischte durch die Luft, Ashkiin hörte das surrende Geräusch und traf den Mann, der neben Ashkiin ging, mitten in die Stirn. Er kippte nach hinten, schlug hart am Boden auf, während die Soldaten ringsum erschrocken zurückwichen. Mit einem Satz sprang Ashkiin hinter eine Felsspalte und sah, wie weitere Pfeile auf die Soldaten niederprasselten. Schmerzensschreie klingelten in seinen Ohren. Erschrockene Ausrufe. Er holte seinen Traumsplitter hervor, band ihn im Nacken zusammen und spürte, wie die Magie seinen Geist und seine Sinne umschloss.

Seine eigenen Gefühle verblassten, doch dafür nahm er alles um sich herum deutlicher wahr. Jedes Geräusch. Die Schreie der getroffenen Soldaten. Er sah, wie Blut spritzte, und sein Blick schnellte zu den Felsvorsprüngen in den luftigen Höhen direkt über ihnen. Silbern blitzten die Helme der Angreifer im Licht der Sonne. Über ihnen, dort, wo die Berghänge in einzelne Grünflächen übergingen, kleine, graue Felsvorsprünge die Sicht verwehrten, konnte Ashkiin einzelne Bogenschützen ausmachen. Es mussten an die hundert sein, kleine Punkte, mit dem menschlichen Auge kaum auszumachen. Aber er hatte das Gefühl, ihren ruhigen Atem zu hören. Ihr Adrenalin zu riechen. Dann zog er sein Schwert, auch wenn er damit nicht viel ausrichten konnte.

»Hinterhalt!«

Der Schrei verbreitete sich wie ein Lauffeuer, wurde von den vordersten Reihen nach hinten getragen. Die meisten von ihnen trugen keine Schilde bei sich und waren dem Angriff schutzlos ausgeliefert. Panik brach aus. Ashkiin sah mehrere Hauptmänner, die wütend Anweisungen über die Köpfe der Soldaten hinweg brüllten. Splitterträger positionierten sich am Rand, sie befanden sich etwa auf der Hälfte des Schluchtweges, die Luft war stickig, es war eng. Ohne Vorwarnung materialisierte sich Loorinas Gestalt unmittelbar neben ihm, und er blinzelte, denn das helle Licht, das von ihrem Körper ausging, blendete ihn.

»Nimm meine Hand, dann bringe ich dich nach vorne.« Widerwillig griff er nach Loorinas ausgestreckter Hand, es passte ihm nicht, dass er auf sie angewiesen war. Außerdem störte ihn der selbstgefällige Ausdruck in ihrem Gesicht. Er holte tief Luft und zog einen Teil der Magie in sich hinein. Macht, heiß und unbezwingbar, floss durch seine Adern, und Ashkiin genoss das fremdartige Gefühl, obgleich er wusste, dass er vorsichtig sein musste. Loorinas Präsenz füllte ihn aus, und er folgte ihr blind in einen Ort zwischen Raum und Zeit, einen Ort, den die Götterkinder geschaffen hatten. Noch als er ausatmete, spürte er, wie er wieder ein Teil der realen Welt wurde, und sah sich um. Kampfgeschrei drang an sein Ohr, Schlachtrufe erschollen in seiner Nähe, und der Geruch von Angstschweiß und Blut lag in der Luft, brannte sich förmlich in seine Nase. Loorina hatte sie zu den vorderen Truppen gebracht, wo Ashkiin neben den in Gold gekleideten Syskiiern auch suviische Kämpfer ausmachen konnte. Die Stelle innerhalb der Schlucht war etwas breiter als die, wo man ihn mit dem Angriff aus der Luft überrascht hatte. Schwerter prallten aufeinander, einzelne Splitterträger ließen kleine Steinbrocken wie Pfeile durch die Luft schnellen, sie durchbohrten mit voller Wucht die Brustpanzer der suviischen Krieger. Viele von ihnen trugen schwarze Götterbemalungen im Gesicht, die ihnen eine derbe Wildheit verliehen. Ihre weiten roten Leinenhosen schienen sie keineswegs zu behindern. Angesichts der Hitze bewegten sie sich mit einer beneidenswerten Leichtigkeit über das eröffnete Schlachtfeld, stürmten auf die Soldaten aus den Herbstlanden zu, die angesichts der Enge der Schlucht nicht in der Lage waren, ihre Reihen zu formieren.

»Wir müssen einen magischen Schutzwall errichten«, rief er und erhob seine Stimme, um gegen das laute Gewirr anzukämpfen. Er spürte, wie etwas auf ihn zuhielt, griff blitzschnell nach der Macht des Splitters und breitete sie über sich aus wie einen Schild. Hellgrüne Fäden, die ein Netz über seinem Kopf spannten, für das menschliche Auge nicht zu sehen. Er hörte das dumpfe Geräusch eines Pfeils, der mit einem brummenden Laut an der unsichtbaren Mauer abprallte und zu Boden fiel. Dann wandte er den Blick ab und sah zu Loorina, die ihn keinen Moment aus den Augen gelassen hatte. »Oberhalb der Berge haben sie ihre Schützen verteilt. Sie werden eine direkte Konfrontation vermeiden, weil sie wissen, dass sie uns zahlenmäßig unterlegen sind. Wir müssen die Bogenschützen ausschalten. Das ist unsere einzige Chance, die suviischen Truppen aus der Schlucht zu drängen und sie zu einem Kampf auf offenem Feld zu zwingen! Sind alle Splitterträger zurückgekehrt?«

»Noch nicht. Keeria und ich haben in Lakoos für Unruhe gesorgt, die anderen wollten die Gunst der Stunde noch etwas nutzen, um Angst und Schrecken in der Hauptstadt zu verbreiten, bevor wir sie einnehmen.«

»Gut«, erwiderte Ashkiin. »Die Splitterträger sollen einen Ring um die Fußsoldaten bilden ...«

Er spürte, wie sie sich mit ihrer Traummagie umgab, dann wurde sie in Licht gehüllt und verschwand. Ashkiin hob sein Schwert, umgab sich mit Traummagie, die sich wie eine zweite Haut um seinen Körper schmiegte, und stürmte nach vorne. Überall lagen reglose Körper, ihre goldenen Uniformen waren von ihrem Blut rot verfärbt, und auch der Boden hatte sich in ein blutiges Rinnsal verwandelt.

Sein eigenes Blut rauschte ihm so stark in den Ohren, dass er die Schreie, die von den Kämpfern zu ihm drangen, kaum noch hörte. Noch ehe er die vorderste Front erreichte, erblickte er Loorina, die gemeinsam mit anderen Splitterträgern in badendem Licht auftauchten. Die suviischen Krieger wichen erschrocken zurück, als immer mehr schillernde Gestalten neben ihnen aus dem Nichts erschienen. Die Splitterträger fassten sich bei den Händen, bildeten einen Schild, der über die Köpfe der Soldaten hinwegwuchs und bald die Schlucht ausfüllte, eine Farbexplosion aus göttlicher Traummagie. Kein suviischer Pfleil drang mehr zu den Kämpfenden durch. Ashkiin spürte ein Surren, ein Flimmern in der Luft, als wäre sie mit Magie aufgeladen. Die Hitze um ihn herum verwandelte sich in flüssiges Feuer, und mit jedem Atemzug wurde er sich der aufgeladenen Atmosphäre stärker bewusst. Er sah, wie sich der triumphierende Ausdruck in den Gesichtern der Gegner in Panik wandelte, als sie die Stärke der göttlichen Waffe bemerkten.

Einige Splitterträger lösten sich aus der Kette, andere füllten die Lücken auf und versuchten, einzelne Stränge des Nebels zu formen. Kleine Kugeln voller bunter Farben, dann legten sie all ihre Kraft hinein und schleuderten sie in Richtung der suviischen Krieger, die von den unsichtbaren Kugeln getroffen wurden und durch die Luft flogen. Einzelne Kämpfer wurden gegen andere geworfen, Chaos brach in den Formationen aus, und Ashkiin begriff, dass sie es schaffen würden. Wenn es ihnen gelang, diese Mauer an Magie aufrechtzuerhalten und die suviischen Krieger weiter zurückzudrängen, würden sie in drei Tagen vor den Toren von Lakoos stehen.

4

Ashkün A'Sheel

Nahe Lakoos, Sommerlande

Die Syskiier hatten ihr Heerlager inmitten der Tjooran-Ebene aufgeschlagen. Die Ebene des Todes, wie Eelia ihr erklärt hatte, denn vor Jahrhunderten hatten hier Schlachten stattgefunden. Sie lag unmittelbar in einer Oase zwischen Lakoos und der zweitgrößten Wüste Suviis. Bereits von Weitem konnte Naviia die bunten Flaggen, die das Wappen der ar'lenschen Familie zeigten, auf den dunkelgrauen Zelten erkennen, die man mit Holzpflöcken im Boden befestigt hatte. Tausende Lichter aus dem Innern der Zelte ließen sie wie Laternen leuchten und hatten ihnen den weiten Weg aus der Stadt gewiesen.

Vor zwei Tagen waren die Lichter am Horizont aufgetaucht, und die Mädchen hatten ihre Habseligkeiten zusammengepackt und sich auf den Weg gemacht. Gemeinsam mit den anderen sieben Frauen und zwei jungen Männern, ihren vier Wächtern und Reeba, die als Kupplerin fungierte, erreichten sie die mächtige Zeltstadt, die Naviia wie das Tor in eine Dämonenwelt erschien. Garieens Truppen hatten vier Tage gebraucht, um bis in Sichtweite der Stadt zu gelangen. Dabei hatten sie einen Großteil der suviischen Truppen in die Flucht geschlagen, und Naviia fragte sich, warum die Traumsplitter immer noch magisch aufgeladen waren. Kanaael musste längst einen neuen Traum für die Vier Länder geknüpft haben! Ihnen blieb nicht mehr viel Zeit. Würde Lakoos fallen, gab es keine allzu große Hoffnung für die übrigen Städte, und sie wollte und konnte sich nicht ausmalen, was das für die Welt bedeutete.

»Sei gegrüßt, Reeba Da'Naar. Es ist immer wieder eine Freude, dich zu sehen«, sagte ein Mann mit grauem Bart, der ihnen auf halber Strecke entgegenkam und sich die Lippen leckte. »Ihr reist unter der Flagge der Immunität, dir und deinen Mädchen soll nichts geschehen.«

»Das ist sehr großzügig von Euch, Feergo«, sagte Reeba.

Feergos Blick wanderte weiter und blieb wohlwollend an Naviia hängen. Mit einem anzüglichen Grinsen kam er näher, und seine Finger umschlossen ihr Gesicht. Sie spürte seinen fauligen Atem, als er sich vorbeugte und an ihr schnupperte, doch sie unterdrückte den Ekel und zwang sich, ruhig durchzuatmen.

Das hat nichts mit dir zu tun. Denk an dein Ziel.

»Wie ich sehe, hast du eine Talveeni unter deinen Mädchen. Das wird die Männer erfreuen. Sie wird schwer beschäftigt sein.« Er lachte grunzend.

Aus dem Augenwinkel bemerkte Naviia, wie Sorieel mit einem aufreizenden Lächeln näher kam, den Augenaufschlag ihrer groß geschminkten Augen perfekt einstudiert, und die kleinen Locken, die um ihr Gesicht spielten, wippten bei jedem Schritt. Jede ihrer Bewegungen ein stummes Versprechen auf die Verzückungen, die sie einem Mann bereiten konnte.

»Oh, wen haben wir denn da? Was für ein schönes Mädchen! Wie ich sehe, hast du neue Damen, die für dich arbeiten, Reeba. Werden sie auch halten, was ihr Aussehen verspricht?«, fragte er sogleich, und sein Gesicht nahm einen zufriedenen Ausdruck an. »Kommt mit. Ich bringe euch ins Hauptzelt.« Naviia vermutete dahinter das Zelt, das sich von all den unscheinbaren grauen Zelten abhob, mehrere Kammern besaß und mit reichlich rotbraunen Flaggen geschmückt war, deren Bedeutung sie nicht kannte. »Bevor euch unsere Fußsoldaten bekommen, sollen sich die Generäle einen kleinen Spaß mit euch erlauben.« Er lachte laut und dröhnend.

Naviias Handinnenflächen wurden feucht. Sie schluckte mehrmals hintereinander, um den Kloß in ihrer Kehle zu lösen. Jeder Muskel ihres Körpers spannte sich an. Vielleicht würde sie Garieen sehen. Auch wenn sie ihn wahrscheinlich noch nicht gleich töten konnte, war Naviia neugierig. Sie wollte ihn sehen, wollte wissen, wer der Mann war, wegen dem ihr Vater und viele Tausend andere ermordet worden waren und der bereit war, die Welt der Vier Jahreszeiten in einen schrecklichen Krieg zu stürzen. Sie würde ihm ins Gesicht sehen und die Vorfreude auf ihre Rache auskosten. Der richtige Augenblick würde kommen.

»Naviia«, sagte Reeba leise, hielt sie zurück.

»Ja?« Sie wandte sich ihr zu.

»Man hat nach dir verlangt.«

Ihr Herz begann schneller zu schlagen. »Wer?«

»Fünf der Hauptmänner haben im Vorfeld nach einer Talveeni gefragt. Sie befinden sich zwei Zelte weiter, auf der rechten Seite. Leeran wird dich begleiten und auf dich warten. Du sollst sie unterhalten. Für sie tanzen. Wenn einer dich für einige Zeit entführen möchte, sagst du Leeran Bescheid, er wird dein Geld einstreichen. Dann kannst du mitgehen.«

Für einen kurzen Moment flackerte Enttäuschung in ihr auf und vermischte sich mit dem Gefühl von Angst. Sie

sollte allein für fünf Hauptmänner tanzen und mit ihnen schlafen?
»Hast du mich verstanden?«, fragte Reeba und blickte ihr fest in die Augen.

Sie nickte, hob entschlossen das Kinn und drehte sich zu Leeran um, der sie schweigend beobachtete, das schwarze Haar kurz geschoren und mit einem undefinierbaren Ausdruck in den Augen. Wortlos begleitete er sie bis zu dem besagten Zelt.

Eine sternenklare Nacht war über Lakoos und die Region hereingebrochen, und die warme Luft des Tages hatte sich wie ein Schleier über die Tjooran-Ebene gelegt. Pfiffe und grölende Laute wurden laut, je weiter Leeran und sie in den Kern vordrangen. Das Kriegslager war so angelegt worden, dass die Schlafzelte der Soldaten in mehreren Reihen auf ein größeres Hauptmannszelt zuliefen, und sie brauchten nur dem Weg zu folgen. Zwischen ihnen verteilt gab es Lagerplätze für Waren und Verpflegung sowie die Feuerstellen, an denen die Mahlzeiten zubereitet wurden. Überall standen Männer in Uniformen herum. Sie sahen so einheitlich aus mit ihren hellbraunen, im Licht der entzündeten Lagerfeuer rötlich schimmernden Haaren und den breiten Gesichtern, dass Naviia große Mühe hatte, sie auseinanderzuhalten. Ihr fiel auf, wie verknittert ihre Hosen waren. Die Jacken ihrer Uniform starrten teilweise vor Dreckklumpen, ein paar Männer sahen ungepflegt aus, denn sie hätten dringend eine Rasur benötigt. Sie mussten seit Wochen unterwegs sein. Doch es waren ihre Augen, die Naviia ängstigten, denn sie hatten Dinge gesehen, die sie sich nicht ausmalen wollte, und zeigten eine Kälte, die sie frösteln ließ. An jeder zweiten Ecke waren sie damit beschäftigt, sich auf provisorischen Feuerstellen mit ungelenk geschmiedeten Kochtöpfen eine einfache

Mahlzeit zuzubereiten. Es roch nach Eintöpfen, Gewürzen aus den Herbstlanden und fremdartigen Kräutern, die einen hölzernen Geschmack auf ihrer Zunge hinterließen. Sie atmete tief ein und hatte das Gefühl, dass sich die Luft innerhalb des Lagers verändert hatte. Die grölenden Rufe, die laut wurden, sobald man sie entdeckte, begleiteten jeden ihrer Schritte, und Naviia ging so aufrecht und stolz, wie sie es sich antrainiert hatte. Sie spürte die Blicke der Männer durch den dünnen, hellblauen Stoff ihres Kleids, der auf so wundersame Weise ihre Augen betonte. Sie konnte förmlich sehen, wie sie sich ihren nackten Körper vorstellten. Die Dinge, die sie mit ihr anstellen konnten, wenn sie mit ihr in einem der einfach gebauten, hellgrauen Zelte verschwanden.

Naviia verfiel in eine Rolle. Eine Rolle, die sie sich seit der Nacht mit Fhoorien angewöhnt hatte. Dass sie ihren Körper verkaufte, hatte nichts mit ihr zu tun, mit Naviia O'Bhai. Sie war nichts als ein Gefäß, dazu geschaffen, die Wünsche ihrer Kunden zu erfüllen. Naviia O'Bhai hatte sich tief in ihr Innerstes zurückgezogen, um dort auf die Stunde zu warten, in der sie Garieen gegenüberstehen und ihren Auftrag erfüllen würde. Das schwarze Zelt, das ein kleines, silbergraues Vordach besaß und von zwei Soldaten mit ausdruckslosen Mienen und Langspeeren bewacht wurde, hob sich von den einfachen Zelten der Fußsoldaten ab. Es war viermal so groß und stand auf einer leichten Anhöhe. Das Gras war bereits niedergetrampelt worden, und mehrere in den Boden gerammte Fackeln, von Trichtern aus Eisen gehalten, erhellten den Eingang.

»Wenn du meine Hilfe brauchst, dann rufst du mich. Du kennst ja das Sicherheitswort«, sagte Leeran zum Abschied, nickte ihr zu und blieb vor dem Eingang stehen.

Sie wandte ihm hastig den Rücken zu, damit er ihre Unsicherheit nicht bemerkte, und betrat das Zelt. Im Inneren waren ein großer Hauptraum und drei kleinere Teile, in denen es mehrere Nischen gab, die mit Kissen und Decken ausgelegt waren. Überall waren kleinere Lampen angebracht, das Licht füllte das Zelt mit Wärme, und es roch nach Alkohol und Tabak. Mehrere Ottomanen aus Erbanholz standen im Hauptraum, ein runder Tisch mit mehreren Stühlen, einige Kerzen und eine kleine Trennwand standen vor dem abgelegenen Teil, hinter dem Naviia eine Nische ausmachte, die von roten Vorhängen abgedeckt war. Die fünf Männer, die Reeba angekündigt hatte, saßen auf gestickten Decken und Kissen in einer der gemütlichen Ecken beisammen und schienen bereits ganz dem Alkohol zugetan zu sein. Jedenfalls sah sie mehrere leere, umgestoßene Tonkrüge, die überall auf dem Boden verteilt lagen. Ihre viel zu lauten Stimmen klangen schrill, ihr dröhnendes Gelächter löste ein Gefühl von Panik in ihr aus. Rote, geschwollene Gesichter, träge Augen. Angesichts des angeheiterten Zustands der Männer konnte Naviia sie nur schwer verstehen, und dazu kam noch ihr syskiischer Dialekt.

Sie setzte ein breites Lächeln auf und begann in die Hände zu klatschen, wobei sie darauf achtete, ihre würdevolle Haltung zu bewahren und ihre Angst zu überspielen. Sie war Naviia O'Lakaa. Wenigstens für einen Augenblick.

Ruckartig drehten sich die Männer zu ihr um, und ihre Mienen erhellten sich.

»Ohh ... die Talveeni! Darauf haben wir den ganzen Abend gewartet!«, rief einer von ihnen mit schwerer Zunge.

»Komm her, Kleines! Hübsch siehst du aus, aber das seid ihr Wintermädchen ja alle, nicht wahr?«

Erst zögerlich, dann immer mutiger bewegte Naviia sich

durch den Raum, hob die Arme über den Kopf und klatschte weiter. Dabei drehte sie sich im Kreis und bewegte ihre Hüften, so, wie Eelia es ihr beigebracht hatte. Die kleinen, kreisrunden Silberkettchen, die sie um ihre Oberschenkel gebunden hatte, klirrten und klimperten bei jedem Schritt, ebenso wie die Glöckchen um ihr Fußgelenk.

Nach einem Moment des andächtigen Schweigens fielen die Männer in ihr Klatschen ein, und Naviia ließ erleichtert die Arme sinken, bewegte sich zu dem Rhythmus, den die Männer ihr vorgaben. Ihre Blicke brannten sich durch den dünnen Stoff ihres hellblauen Kleids. Sie hörte ihr schweres Schnaufen und wandte ihnen den Rücken zu, um ihr Haar nach vorne zu schieben und ihre Schultern zu entblößen. Gerade so viel, dass die feinen Linien auf ihrer Haut nicht zu sehen waren. Sie hörte ein zufriedenes Grunzen, bewegte weiter die Hüften und ließ ihre Hände über ihren Körper wandern, während sie sich gleichzeitig tänzelnd der Gruppe zuwandte.

Nach einer Weile, die ihr wie eine Ewigkeit vorkam, stand einer der Männer auf und taumelte auf sie zu. Sein süßlicher Atem und der Schweißgeruch, der von seinem Körper ausging, widerten sie an, doch sie schaffte es im letzten Moment, nicht vor Ekel das Gesicht zu verziehen.

»Lass doch das alberne Getanze.«

»Hey, Roonan, nimm deine dreckigen Pfoten von ihr!« Ein zweiter, wesentlich korpulenterer Mann sprang auf und wankte so heftig, dass sie glaubte, er würde umkippen. Wie durch ein Wunder fand er Halt und steuerte dann direkt auf sie zu. »Ich habe dafür gesorgt, dass wir sie bekommen!«

Einen Moment später spürte sie bereits seine Hände auf ihrer Taille und versteifte sich schlagartig.

»Meine Herren«, sagte sie so würdevoll wie möglich und

versuchte mit spitzen Fingern die rauen Hände von sich zu lösen. »Wir haben noch die ganze Nacht. Ich ...«
»Halt die Schnauze, Schlampe!«, knurrte der Erste. »Wir entscheiden, was wir mit dir machen!«

Sie wollte einen Schritt zurücktreten, doch er war schneller, als sie ihm in diesem angetrunkenen Zustand zugetraut hätte, und packte sie am Handgelenk. Dabei stieß er einen ärgerlichen Laut aus, während sie ein leises Stöhnen unterdrückte. Seine Fingernägel gruben sich tief in ihr Fleisch, als Naviia versuchte, sich seinem harten Griff zu entwinden. Plötzlich hörte sie ein reißendes Geräusch, spürte einen kalten Luftzug oberhalb ihrer Brust, als der Hauptmann sie abrupt losließ und sich an ihrem Kleid zu schaffen machte. Sie wollte die Möglichkeit zur Flucht nutzen, doch er stolperte nach vorne, und sein Gewicht brachte sie ins Straucheln. Gemeinsam fielen sie auf den mit Teppichen ausgelegten Boden, und sie spürte seinen schweren Atem in ihrem Gesicht, als er sie erneut packte. Ihr Becken schmerzte vom Aufprall, sie biss die Zähne zusammen.

»Du riechst verdammt gut«, grunzte er und leckte ihr über den Hals.

Naviia unterdrückte die aufkeimende Übelkeit, als der zweite Soldat in ihr Sichtfeld rückte, die Hosen bis zu den Knien heruntergelassen, mit einer Hand fummelte er an seinen langen weißen Unterhosen herum.

»Besorg es der Schlampe!«

Sie wandte den Blick ab, während die suchenden Finger des Hauptmanns unter ihr Kleid glitten, grob, sodass sie wusste, dass sie mindestens ein paar blaue Flecken davontragen würde. Er riss ihre Beine auseinander und positionierte sich direkt über ihr. Nein. Nicht so!

Naviia stieß einen wütenden Schrei aus und versuchte,

unter dem massiven Körper des Kriegers hervorzukriechen, doch er ließ sich nicht bewegen.

»Lass mich los!«

»Was zierst du dich so, für andere machst du schließlich auch die Beine breit!«, schnauzte er sie an, das gerötete, aufgedunsene Gesicht direkt über ihr. Sollte Reeba doch ihr Gehalt abziehen, so würde sie die Sache garantiert nicht hinter sich bringen!

»Wellengang!«, rief sie das Sicherheitswort und stemmte den Hauptmann von sich, was schier unmöglich schien, denn er packte nur noch fester zu und nestelte schneller am Bund seiner Hose herum. Naviia versuchte die Beine anzuwinkeln, um ihm einen Tritt zu verpassen, doch er hielt sie wie in einem Schraubstock, während sich die anderen Männer in einem Halbkreis um sie aufgestellt hatten. Wieder begann sie aus vollem Hals zu schreien, als sich die große Hand des Hauptmanns um ihren Mund und Nase schloss.

»Lass sie los, Peerel«, erklang eine nüchterne Stimme in ihrem Rücken.

Leeran!

Als der Angesprochene nicht reagierte, hörte sie näher kommende Schritte, und der Hauptmann ließ abrupt die Hand an ihrem Mund sinken. Erleichtert stieß sie die angehaltene Luft aus. Zum Glück hatte er ihren Schrei noch gehört!

»Geh runter von ihr.«

Sie sah, wie blass der Hauptmann um die Nase geworden war, als er eilig von ihr abließ und beinahe auf die Füße sprang. Mit klopfendem Herzen richtete sich Naviia auf, prüfte den Zustand ihres Kleids, das glücklicherweise nicht zu tief eingerissen war, und strich sich das wirre Haar aus dem Gesicht. Die Hauptmänner hatten einen seltsamen Ausdruck im Gesicht, die Hosen notdürftig wieder geschlossen, teilweise nur mit den Händen zusammengehalten. Mit zitternden Knien stand sie auf und raffte den Saum ihres Unterrocks. Sie spürte, wie sich Leeran dicht hinter sie stellte, und wollte verwundert den Kopf drehen, denn er schien größer zu sein, als sie ihn in Erinnerung gehabt hatte. Keinen Herzschlag später ging ihr auf, dass Leeran unmöglich den Namen des Hauptmanns kennen konnte.

Naviia versteifte sich, entsetzliche Angst machte sich in ihr breit, und sie blickte verunsichert über die Schulter. Der Blick zweier eisblauer Augen traf sie so unvermittelt, dass sie zusammenzuckte. Sie waren undurchdringlich auf ihr Gesicht gerichtet, durchforsteten jeden Winkel ihrer Seele. Naviia starrte sprachlos zurück. Fröstelnd verschränkte sie die Arme vor der Brust und schaffte es nicht, den Blick von ihrem Retter zu lösen. Trotz seiner Größe und Muskelmasse wirkte er nicht grob, sondern so, als könne er sich von dem einen auf den anderen Augenblick flink durch den Raum bewegen. Es war aber nicht sein Körper, der sie völlig aus der Bahn warf. Es war seine Ausstrahlung, diese Unnahbarkeit, die Gefahr, die er mit jedem Atemzug verströmte.

Der kurze Moment konnte nicht mehr als einige Lidschläge gedauert haben, doch er kam ihr vor wie eine Ewigkeit, und erst als sie sich wieder nach vorne wandte, wurde ihr bewusst, dass sie die ganze Zeit die Luft angehalten hatte.

»Das hier geht dich nichts an, A'Sheel!«, knurrte Peerel, packte erneut ihr Handgelenk, zog sie an seine Brust und hielt sie so fest, dass ihr ein leises Stöhnen entwich.

»Lass sie los.« Die Worte des Kriegers vibrierten in ihrem Brustkorb.

»Wir haben bereits für sie bezahlt.«

»Das spielt keine Rolle. Ich sage es so.«

Sie las Zweifel im aufgequollenen Gesicht des Hauptmanns, sah seinen inneren Kampf, dann lockerte sich der Griff, und schließlich wandte er sich fluchend von ihr ab.
»Komm mit.«
»Aber ...« Sie drehte sich A'Sheel zu.
»Komm mit. Oder ich töte dich auf der Stelle.«
Sie erbleichte und folgte ihm auf dem Fuß, als er ihr die Plane aufhielt und sie hindurchschlüpfte. »Wo ist ...?«
»Dein Wachhündchen? Den habe ich fortgeschickt.«
»Leeran würde nicht einfach gehen.«
»Glaub mir«, sagte er leise, »er ist gegangen.«
Ein warmer Wind zerrte an ihrem dünnen Kleid, und sie verschränkte die Arme vor der Brust, rührte sich aber nicht von der Stelle. A'Sheel betrachtete sie mit einem Stirnrunzeln. Sein Blick verweilte auf ihrem Gesicht und wanderte schließlich tiefer, hielt inne, und sie bemerkte, wie sich seine Miene verfinsterte. Mit einem Schritt war er bei ihr. Erschrocken sah sie zu ihm hoch, als seine rauen Hände nach dem Saum ihres Kleids griffen, es ruckartig bis zum Oberschenkel hochzogen und das kleine Messer, das sie stets an einem Strumpfband befestigt hatte, entblößte. Sie war froh, dass sie der Situation mit den Hauptmännern entkommen war, denn das Messer war nicht für sie bestimmt. Seine Fingerspitzen kratzten über ihre Haut, als er das Messer vom Strumpfband löste.
»Wem wolltest du damit Angst einjagen?«, fragte er und steckte das Messer ein. Er klang beinahe belustigt. »Peerel wolltest du damit anscheinend nicht die Kehle aufschneiden, sonst hättest du es getan.«
Naviia schwieg beharrlich. Ihr blieb kaum eine andere Wahl, denn schließlich wollte sie den Abend lebend überstehen.

»Jetzt komm endlich«, sagte er und wandte sich wieder zum Gehen.

Eine Weile gingen sie schweigend durch das Zeltmeer, ihr Weg führte sie tiefer in das Lager hinein und vorbei an provisorisch errichteten Tierställen, wo es nach Stroh und Fäkalien stank, und an kleineren Plätzen, wo Soldaten um Feuer saßen, auf Holzinstrumenten spielten und tranken. Es war laut, trotz der tiefen Nacht, die Stimmung ausgelassen und dennoch angespannt, so als ob eine ständige Gefahr über dem Heerlager schwebte. Sie liefen eine ganze Weile und an immer mehr Zelten vorbei, und sie hatte das Zählen längst aufgegeben. Es waren Tausende. Naviia war sich bei jedem Schritt der Nähe des Kriegers an ihrer Seite bewusst, der sie geschickt an den Soldaten vorbeiführte, die immer wieder anzügliche Bemerkungen oder Geräusche machten. Sie wusste nicht, woher ihre Empfindungen kamen, ob sie Naviia O'Lakaa war, eine Rolle wie ein Schutzschild, oder ob sie selbst es war, die immer wieder zu der stoischen Miene schielte, die A'Sheel aufgesetzt hatte.

Schließlich blieben sie vor einem imposanten Exemplar inmitten der kleineren Zelte stehen. Es war ähnlich gebaut wie das Zelt der Hauptmänner, besaß einen Baldachin und war von dunkelgrauer Farbe. Die Schatten der Soldaten an den entzündeten Feuern ringsum tanzten auf der Zeltwand. Doch es standen keine Wachen davor. Wieder hielt er ihr die Plane auf und ließ ihr den Vortritt. Das Zelt war spärlich eingerichtet. Ein einfacher Holztisch mit drei Stühlen und ausgebreiteten Plänen sowie eine Wäscheleine, die man quer durch den Innenraum gespannt hatte. Ein kleiner Handspiegel und ein Wasserbecken, neben dem ein Krug stand. Sie sah sich weiter um und entdeckte eine doppelte Pritsche, die im hinteren Teil des Zelts aufgebaut war, aber keine gemütlichen

Ecken voller Kissen oder Decken, wie es bei den Hauptmännern der Fall gewesen war. A'Sheel schien sich nicht nur bei der Konversation auf das Nötigste zu beschränken. Sie spürte, wie er hinter ihr eintrat, und drehte sich zu ihm um. Sein Anblick und seine Nähe verschlugen ihr erneut die Sprache. Ihr wurde warm, und sie wollte schon den Blick senken, da machte er einen Schritt auf sie zu und sah auf sie herab.

»Was hast du hier zu suchen?«, fragte er barsch.

»Ich bin hier, um den Männern Vergnügen zu bereiten. Das habt Ihr doch gesehen.«

»Du bist nicht wie die anderen Mädchen, die Reeba mitgebracht hat. Deine Bewegungen sind steif, dein Lächeln ist aufgesetzt, und deine Unsicherheit riecht man gegen den Wind. Ich frage dich also: Was hast du hier zu suchen?« Seine Stimme war kälter als das Eis ihrer Heimat. Das Atmen fiel ihr plötzlich schwerer, und Naviia zwang sich, keine Miene zu verziehen. Sie glaubte, ein Aufblitzen in seinen Augen zu erkennen.

»Noch mal: Warum bist du hier?«, fragte er leise, und sein Blick ging ihr durch und durch. Sie fühlte sich nackt und vollkommen ausgeliefert. Ihre Kehle wurde trocken, und sie ertappte sich dabei, wie sie seinen harten, aber gleichzeitig so sinnlichen Mund betrachtete. »Hör auf, mich anzustarren«, sagte er ärgerlich und wandte sich ab. »Beantworte einfach meine Fragen.«

»Ich ... bin erst seit Kurzem in Lakoos, um Geld zu verdienen. Vielleicht erwecke ich deswegen den Anschein, dass ich mich noch nicht so ... reif bewege wie die anderen.«

»Weshalb ausgerechnet die Sommerlande?«

Sie entschied, einen Teil der Wahrheit zu sagen. »Das Dorf meiner Eltern wurde überfallen, und da ich mittellos und ohne Familie bin, habe ich mich entschlossen, in den Süden zu reisen.«

»Was wolltest du mit dem Messer?«

»Mich schützen, falls sich ein Freier nicht an die Regeln hält.«

Er drehte sich wieder zu ihr um und musterte sie prüfend. »Und die Kerle vorhin haben sich an die ›Regeln‹ gehalten?«

»Ihr seid ja gekommen«, gurrte Naviia in einer ihr fremden Stimme, in einem Ton, den sie sich in den letzten Tagen erst angeeignet hatte. In ihrem Leben als Naviia O'Laaka.

»Und wenn ich nicht gekommen wäre …?«

»Dann hättet Ihr wohl einen Hauptmann weniger, und ich wäre meine Arbeit los.« A'Sheel schien abzuwägen, ob sie die Wahrheit sagte. In seinem Blick standen Zweifel, und sie sah, wie er mit sich rang. Dann weiteten sich seine Pupillen, und seine Nasenflügel blähten sich auf. Als ob er wüsste, warum sie anders war als die anderen Mädchen.

»Lasst mich gehen«, bat sie, bevor er etwas sagen konnte.

»Du weißt, dass ich das nicht kann«, sagte er ungerührt. Die Atmosphäre war magisch aufgeladen, ein Knistern, das sich über Naviias Körper ausbreitete und alles übertraf, was sie je zuvor verspürt hatte. Man konnte die Spannung fast greifen, und Naviia war bereit, die Flucht anzutreten, würde sich A'Sheel auch nur einen Zentimeter in ihre Richtung bewegen. Doch wenn sie wandelte, würde ihre Tarnung auffliegen, und das wollte sie unter keinen Umständen riskieren. Also blieb ihr nur noch die Flucht zu Fuß.

A'Sheel sah sie schweigend an, hinter seiner Stirn schien es kräftig zu arbeiten, und er schien selbst verwirrt zu sein. Darüber, dass er sie nicht längst festgenommen hatte. Darüber, noch immer hier zu stehen. Naviia wagte nicht zu atmen oder sich zu bewegen. Es könnte alles verändern. Das, was zwischen ihnen war und das sie nicht in Worte fassen konnte. In den Tiefen seiner blauen Augen las sie etwas, das sie auf sonderbare Weise berührte, und so blickte sie ihn an, wartete darauf, dass er diesen seltsamen Zauber brach.

In diesem Moment erklang der lang gezogene Ton eines Horns, und das Gelächter von draußen verstummte, die Musikinstrumente schwiegen.

»Wir werden angegriffen.« Noch bevor Naviia reagieren konnte, war A'Sheel bei ihr und packte sie am Arm. Ein Stromstoß jagte durch sie hindurch, und ihre Haut kribbelte dort, wo seine Finger sie berührten. Erschrocken blickte sie zu ihm auf und erkannte, dass es ihm ähnlich erging. Dennoch verwandelten sich seine Züge in Stein, und er zog sie wortlos zu seinem Bett. Die Laken darauf waren zerwühlt, ein Paar gebrauchter Lederstiefel stand davor.

»Setz dich«, herrschte er sie an. »Streck deine Hände aus.«

Als sich Naviia nicht regte, packte er grob ihre Arme und fesselte sie mit einer breiten Lederkordel an den Holzpflock, der das Zelt stützte. Dann wiederholte er das Ganze mit ihren Füßen. Anschließend richtete er sich wieder auf und blickte auf sie herab. Naviias Herz machte einen aufgeregten Satz, auch wenn sie es sich beim besten Willen nicht erklären konnte, weshalb.

»Solange du an einen Gegenstand gebunden bist, kannst du nicht wandeln. Also versuch es erst gar nicht.«

Seine Worte trafen sie wie Messerstiche, und sie spürte Resignation in sich aufsteigen. Sie hatte sich nicht getäuscht – er wusste, wer sie war. Immerhin hatte er sie nicht getötet. Noch nicht.

Er griff unter die Pritsche, zog ein Schwert mit schwarzem Griff hervor und schickte sich an, das Zelt zu verlassen. Naviia sah ihm flehend hinterher. »Bitte, lasst mich gehen. Ich verschwinde von hier und kehre nicht zurück.«

A'Sheel wandte sich ihr ein letztes Mal zu. »Sei froh, dass ich dich am Leben gelassen habe«, sagte er ungerührt. Dann ließ er die Plane los und verschwand in die Nacht.

5

Rausch

Tjooran-Ebene nahe Lakoos,
Sommerlande

Noch immer war es Nacht über der Tjooran-Ebene, als Ashkiin aus dem Zelt trat und die warme Luft einatmete. Er brauchte einen Augenblick, um seine verwirrten Gedanken zu ordnen, und versuchte, sich einen Überblick über die Lage zu verschaffen, doch es war unmöglich. Soldaten eilten an ihm vorbei, zogen sich den Brustpanzer über ihre Uniformen, riefen sich gegenseitig Befehle zu. Es war die dritte Nacht, die sie nun auf der Ebene verbrachten – der letzte Kampf und die beschwerliche Reise über die Berge und durch die Wüste hatten an den Kräften der Männer und Frauen gezehrt. Dank der Splitterträger hatten sie die suviischen Truppen in die Flucht geschlagen, dennoch hatte es sie Zeit und Kraft gekostet, die sie eigentlich für den bevorstehenden Angriff auf Lakoos brauchten. Innerhalb eines Tages hatten sie eine Befestigung errichtet, die aus einem hohen Erdwall bestand, vor dem ein kleiner Graben verlief. Auf der Krone des Walls wurde mithilfe von Traummagie und aus Syskii mitgeführten Holzstämmen eine Palisade von mehreren Armlängen Höhe erbaut. Die nördliche Front war noch nicht ausgebaut worden, dennoch hatten sie die Seite, die Lakoos zugewandt war, fast vollständig errichtet. Auf halber Höhe befand sich ein hölzerner Laufgang, der den Wachen genügend Schutz vor einem Angriff bot, doch sie hatten es noch nicht geschafft, die Zugänge zu verschließen. Dadurch schien die Befestigung nahezu nutzlos.

Das Horn wurde zum zweiten Mal geblasen, und Ashkiin lief zum Offizierszelt. Er konnte sich nicht vorstellen, dass die lakoosischen Krieger den Schutz der steinernen Stadtmauer aufgaben, um sie auf dem offenen Feld anzugreifen, andererseits befanden sie sich im Krieg, und da war alles möglich.

»Weißt du, was vor sich geht?«, fragte Ashkiin und hielt einen Soldaten auf, dessen Gesicht glatt wie der Hintern eines Weibs war, und Ashkiin fragte sich wieder einmal, seit wann man Kinder in einen Krieg schickte.

»Talveeni, sie haben sich unbemerkt aus Nordwesten angenähert und schließen uns ein! Sie sind wohl in Muun an Land gegangen und wollen sich uns entgegenstellen.«

Ashkiins Gedanken überschlugen sich. Man würde sie einkesseln. Nichts war gefährlicher, als an zwei Fronten zu kämpfen, das wusste er aus eigener Erfahrung. Er nickte dem Jungen zu und ging rasch weiter, bis er das Offizierszelt erreicht hatte. Vor den drei Eingängen des Zelts hatte man Wachen postiert, die bereitwillig Platz machten, als er näher kam. Drinnen herrschte eine aufgeregte Stimmung, laute Stimmen brüllten durcheinander, viele der Hauptmänner machten einen angetrunkenen Eindruck, dafür funktionierte Ashkiins Verstand umso klarer. Er entdeckte Loorina, die ihrerseits auf ihn zugelaufen kam. »Ashkiin! Ich hab dich gesucht! Wo warst du?«, fragte sie und sah ihn vorwurfsvoll an. Wenn er es recht bedachte, hatte sie eine gewisse Ähnlichkeit mit dem Wintermädchen, das er in seinem Zelt gelassen hatte, und bei dem

Gedanken an ihren Blick verspürte er ein seltsames Gefühl in der Magengegend.

»Feergo hat Huren angeschleppt. Ich musste sichergehen, dass die Männer in Sicherheit sind.«

»Ich weiß. Es sind doch aber wirklich nur Huren, oder?«

»Ja.«

Er wusste nicht, warum er für dieses Mädchen log. Er hätte sie töten sollen. Es wäre sogar seine Pflicht gewesen, doch etwas in ihrem Blick, in der Art, wie sie ihn angesehen hatte, hatte ihn daran gehindert.

Loorina betrachtete ihn einen Moment lang schweigend.

»Gut. Aber das ist jetzt ohnehin unwichtig. Wir werden angegriffen, und du trägst keinen Splitter! Hol ihn, verdammt noch mal, und dann müssen wir herausfinden, von wo genau sie uns angreifen und wie viele es sind. Splitterträger, die wir als Späher ausgeschickt haben, berichten von talveenischen Soldaten, die sich aus nordwestlicher Richtung nähern.«

Dank der Warnung hatten sie womöglich noch etwas Zeit, um ihre eigenen Truppen zu formieren, auch wenn mindestens die Hälfte von ihnen eindeutig einen über den Durst getrunken hatte. »Lakoosische Soldaten marschieren auf unser Lager zu«, fügte Loorina noch hinzu.

»Sie geben den Schutz der Mauer auf, obwohl wir noch nicht mal mit der eigentlichen Belagerung begonnen haben?«, fragte Ashkiin.

»Es scheint so.«

»Sie müssen von allen Göttern verlassen sein.«

»Oder verzweifelt.«

Ashkiin wandte sich ab und hatte das unbestimmte Gefühl, beobachtet zu werden. Als er den Blick über die Versammlung schweifen ließ, blieb er an einem Paar eisblauer Augen hängen, das seinem nur zu sehr ähnelte. Einen Herzschlag lang glaubte er, sich zu täuschen. Er blinzelte und versuchte seine Überraschung zu verbergen. Der Mann am anderen Ende des Zelts hatte einen Kelch in der Hand und ließ ihn nun zum Mund gleiten, ohne Ashkiin aus den Augen zu lassen. Saaro. Sein Bruder war älter geworden. Sein nackenlanges, dunkles Haar trug er offen, und er hatte sich einen Bart stehen lassen, der ihm jede Jungenhaftigkeit raubte. *Bei Sys, er ist erwachsen geworden, und ich konnte all die Jahre nicht bei ihm sein.*

Seine Kehle verengte sich, und er sah, wie Saaro mit einem Lächeln auf den Lippen den Kelch auf einem Beistelltischchen abstellte. Er bewegte sich mit einer Sicherheit durch den Raum, die seiner eigenen glich. Alles an seinem Bruder erinnerte Ashkiin an eine Zeit in seinem Leben, in der ihm das Töten von Menschen noch Spaß gemacht hatte.

Saaro blieb unmittelbar vor ihm stehen. »Wir haben uns lange nicht gesehen, Bruder, und doch habe ich so viel von deinen Taten gehört.«

Täuschte er sich, oder schwang ein Hauch Neid in Saaros Stimme mit? »Du siehst gut aus«, erwiderte Ashkiin.

»Und du siehst alt aus. Wie ich hörte, warst du vor einigen Wochen in unserer Heimatstadt. Wie geht es unserer Mutter?«

»Sie ist zu Hause. Gesund und unversehrt, was sie wohl kaum dir zu verdanken hat.«

»Verstehe.«

»Ashkiin!« Loorina tauchte neben ihm auf, ihre hellen Augen blitzten vor Zorn. »Wir haben jetzt keine Zeit für eure Familienzusammenführung! Hol gefälligst deinen Traumsplitter, wir müssen uns formieren. Sie sind bald hier!«

Er nickte und wechselte einen kurzen Blick mit Saaro, der lediglich verächtlich die Brauen hob. Er musste doch wissen, dass er nur wegen ihm und ihrer Mutter hier war. Eine düstere Vorahnung ergriff Ashkiin, während er zu seinem Zelt zurückkehrte, um seinen Splitter zu holen.

Als er es betrat, blieb er wie angewurzelt stehen. Sein Blick verweilte auf der blutenden Nase des Wintermädchens, das ihn mit großen Augen anstarrte. Alaana stand mit dem Rücken zu ihm und atmete schwer. Was gab ihr das Recht, einfach in sein Zelt zu spazieren? Alaana fuhr herum, als sie ihn bemerkte. Ein entrüstetes Funkeln lag in ihren Augen, ihr rotbraunes Haar war zu einem schweren Zopf geflochten.

»Was hat sie in deinem Zelt zu suchen, Ashkiin?« Ihre Stimme war gefährlich leise. »Ich spüre Traummagie in ihr, viel zu viel für einen Menschen. Sie ist eine Weltenwandlerin, habe ich recht?«

»Ja, hast du«, sagte Ashkiin, selbst überrascht, wie kalt er klang. »Die Frage ist, was du in meinem Zelt zu suchen hast.«

Sie schnappte nach Luft. »Loorina hat mich geschickt, kurz nachdem du das Zelt verlassen hattest, weil sie misstrauisch wurde! Und sie hatte recht! Ich war so dumm zu glauben, dass du auf unserer Seite stehst!«

Blitzschnell zog sie ein Messer. Er sah die Bewegung und spürte, wie sein Körper darauf reagierte, als sie sich wieder dem Wintermädchen zuwandte. Ohne zu überlegen, machte er einen Satz nach vorne und zog sein Schwert aus der Scheide. Alaana sprang zur Seite, rollte sich auf dem Boden ab und kam geschmeidig wieder auf die Beine. »Du beschützt sie!« Ungläubigkeit und Enttäuschung schwangen in ihren Worten mit.

Ashkiin schwieg und stellte sich vor das Wintermädchen, während er sich fragte, ob er nun völlig den Verstand verloren hatte. Alaana stieß einen zischenden Laut aus, warf das Messer auf den Boden und zog ihr eigenes Schwert. Sie sprang auf ihn zu wie eine wütende Raubkatze, ihre Augen blitzten vor Zorn, und er wehrte ihren ersten Schlag ab. Sie wirbelte herum und versuchte, ihn über rechts zu attackieren, doch er parierte auch diesen Vorstoß. Sie war enttäuscht und wütend, und das machte sie verwundbar. Unter normalen Umständen war Alaana die perfekte Attentäterin, kühl und überlegt, doch ihre Liebe zu ihm machte sie anfällig, und das wusste sie. Sie würde es niemals zugeben, aber Ashkiin konnte es in ihren Augen lesen. Sie legte ihre gesamte körperliche und magische Kraft in den Kampf, doch sie war zu unachtsam, und ihre Angriffe waren unsauber. Ashkiin wusste, dass der Moment gekommen war, in dem er ihr gemeinsames Spiel ein für alle Mal beenden würde.

Er fing Alaanas Schwertarm ab und zog sie so nahe an sich heran, dass sie sich nicht mehr bewegen konnte. Ihre Lippen berührten sich beinahe. Blitzschnell ließ er sein eigenes Schwert fallen und zog seinen Dolch aus seinem Gürtel. »Es tut mir leid, Alaana«, murmelte Ashkiin, »aber wir wussten beide, dass es einmal so kommen würde.« Dann stieß er zu.

Alaanas Augen wurden glasig, und ihr Atem versiegte im selben Moment, in dem Ashkiin den Dolch aus ihrer Brust zog. Er fing ihren leblosen Körper auf, bevor er zu Boden fallen konnte, und trug sie zu seiner Pritsche. Er blickte auf sie herunter und schloss ihr sanft die Augen. Zumindest so viel war er ihr schuldig. Sie war ein Teil seines Lebens gewesen. Doch jetzt war es vorbei. Tödliches Schweigen breitete sich im Zelt aus, das vom tiefen Klang eines weit entfernten Horns durchbrochen wurde.

Sie kamen näher. Es würde zu einer Schlacht kommen, und er wusste, dass es dieses Mal nicht so einfach enden würde wie in *Kal Dedanar*.

Schwer atmend drehte er sich zu dem Wintermädchen um. Sie schaute zu ihm hoch, mit einer Wärme, die ihm fremd war, und er verlor sich in ihrem Blick. Er hatte für sie seine Prinzipien aufgegeben. Er hatte sie beschützt, auch wenn er nicht wusste, warum. Er hatte Alaana getötet. Langsam ging Ashkiin vor ihr in die Hocke, hob seinen blutverschmierten Dolch, der plötzlich schwer in seiner Hand wog, und durchtrennte erst die Fesseln an ihren Füßen, danach die ihrer Hände. Dann richtete er den Dolch auf ihre Brust und hörte, wie sie scharf die Luft einsog.

»Ich weiß, was du vorhast«, sagte er leise.

»Wovon sprecht Ihr?«

»Du hast gesagt, das Dorf deiner Eltern wurde überfallen? Ich weiß, dass man die Nachkommen des Verlorenen Volks angegriffen und getötet hat. Du bist gekommen, um dich zu rächen.«

Ihre Pupillen weiteten sich nur für einen flüchtigen Augenblick, doch damit hatte sie sich verraten. Ashkiin atmete schwer aus. Er hatte recht gehabt. Aber er konnte sie nicht töten, selbst wenn er gewollt hätte. Er wusste, dass er es nicht tun würde, obwohl er mehr Menschen auf dem Gewissen hatte, als er zählen konnte. Sie schwieg und starrte ihn weiter an, während Ashkiin sein Herz mit jeder Sekunde ein wenig mehr verlor, egal, wie sehr er sich dagegen wehrte. Dabei kannte er noch nicht einmal ihren Namen.

Sein Blick fiel auf ihre blutige Nase, und seine Hand zuckte in die Richtung. Für einen Moment schwebte sie in der Luft, dann ließ er sie erneut sinken.

»Garieen Ar'Len ließ meinen Vater ermorden«, sagte sie schließlich, und ihre Stimme kippte. »Und nicht nur ihn. Er ist für all das Leid auf der Welt verantwortlich. Die vielen Mütter, die ihre Söhne in die Schlacht schicken müssen, die Männer, die doch eigentlich nur ihre Familie ernähren wollen.«

Ashkiin schloss die Augen. »Du kannst keinen Menschen töten, ohne nicht gleichzeitig ein Stück deiner Seele zu verlieren«, sagte er dann.

»Ich habe bereits ein Stück meiner Seele verloren, als mein Vater starb.«

»Eigentlich müsste ich dich töten.« *Auch wenn ich das nicht kann.* Sie holte Luft, doch bevor sie etwas sagen konnte, waren von draußen Stimmen zu vernehmen.

»Geh!«, sagte Ashkiin, weil er sich selbst nicht traute. Ein überraschter Ausdruck trat auf ihre ebenmäßigen Züge. »Verschwinde, bevor sie dich entdecken!« *Und ich dich doch töten muss.*

»Danke, Ashkiin«, flüsterte sie, streckte zögerlich ihre Hand aus und berührte mit den Fingerspitzen seinen Handrücken. Stumm sahen sie einander an. Ihre Augen liebkosten sein Gesicht, und er wusste nicht, wie ihm geschah.

»Nimm das, und komm zu mir, wenn du in Gefahr bist«, flüsterte er heiser, zog sich den Siegelring seines Vaters vom Finger und legte ihn in ihre Hände. Sie war eine Weltenwandlerin. Mit seinem Ring würde sie ihn finden, egal, wo er sich befand, und vielleicht konnte sie ihn nutzen, wenn sie in Schwierigkeiten war.

Es war nicht ihre Zeit. Nicht ihr Ort. Vielleicht hätten sie in einem anderen Leben eine Chance gehabt, und er bedauerte, dass er dieses Leben nicht führen durfte. Insgeheim verfluchte er die Götter dafür, ihm ein Leben in Dunkelheit und Verdammnis geschenkt zu haben.

»Ich werde Euch das nicht vergessen«, sagte sie leise. »Mein Name ist übrigens Naviia. Naviia O'Bhai.« Dann sah Ashkiin, wie ihre Haut heller wurde, ein Leuchten von ihrem Körper ausging und ihr blondes Haar weiße Strähnen bekam, bis er sie kaum noch ansehen konnte.

Alaanas Worte kamen ihm in den Sinn, als sie sich zum ersten Mal seit langer Zeit in Kroon begegnet waren.

Es gibt nur eine Sache, die einen Mann wie dich blenden kann. Die Liebe.

Ashkiin erschrak, über sich selbst und über ihre Prophezeihung. Vielleicht hatte sie recht gehabt. Ashkiins Kopfhaut begann zu kribbeln, denn er glaubte sich an ihren Namen zu erinnern. Sie war das Mädchen, das Loorina in Talveen nicht getötet hatte. Sie war diejenige, die den Ausgang der Schlacht zu verändern vermochte. Loorinas Worte wirbelten in seinem Kopf umher: Er erinnerte sich an ihr erstes Gespräch im Innenhof des Dhalienpalasts. »*Warum erzählst du mir das alles?*«

»*Weil dein Schicksal den Lauf der Welt verändern könnte, Ashkiin. Und ich möchte sichergehen, dass du dich für die richtige Seite entscheidest.*« Nun wusste er auch, was sie damit gemeint hatte. Er hatte das Schicksal der Welt verändert, indem er Naviia nicht getötet hatte. Und als das Wintermädchen schließlich in Raum und Zeit verschwand, war der Abdruck, den sie auf seinem Herzen hinterließ, das Einzige, was von ihr geblieben war.

6

Erwachen

Mii

Licht und Ruhe erfüllten Kanaael, und er hörte die Schreie der Sterbenden, sah, wie ihre Träume, Wünsche und Hoffnungen zerfielen. Er hätte ihnen so gern geholfen, weinte mit ihnen um den Tod von Brüdern und Schwestern, von Eltern und Geliebten und Freunden. Überall auf der Welt hauchten Menschen ihren letzten Atem aus. Ihr Herzschlag setzte aus, und sie starben.

Kanaaels Herz weinte weiter, angesichts der Grausamkeiten, die syskiische Truppen in allen Ländern der Vier Jahreszeiten verrichteten. Seine Seele blutete, als er das Leid in Keväät wahrnahm. Die flüchtenden Menschen, die schreienden Kinder, brennende Häuser. Doch er war auch erfüllt von Stolz, denn er sah die keväätischen Kriegerinnen, ihr wehendes Haar, die Entschlossenheit in ihren Herzen und auf ihren Gesichtern. Sie würden es schaffen. Die Frühlingslande waren schon immer stark gewesen dank der Bewohner.

Sein Geist umarmte die Welt. Er spürte die Trauer, den bitteren Schmerz, der tief in seiner Seele verwurzelt war, und doch spürte er ebenso Hoffnung im Innern der Menschen. Sie waren seine Kinder, und er würde sich um sie kümmern. So lange, bis die Götter sie zu sich riefen.

Sein Geist flog über Täler hinweg, dem Schlachtfeld vor den Toren Lakoos' entgegen. Dabei lag die Erinnerung an sein irdisches Leben tief verborgen, versteckt hinter einem Schutzwall, ein kleiner Teil seiner Seele, den er behalten hatte. Doch es war nicht mehr als ein leichter Windhauch, der über seine Haut strich, eine verblasste Erinnerung an eine Zeit, die ihn längst nicht mehr betraf.

Stumm lauschte er in die Welt hinein, war umgeben von Wärme und den goldenen Fäden, die er knüpfte. Für jeden Menschen auf dieser Welt einen Traum. Einen Traum voller Liebe und Zuversicht, voller Hoffnung auf ein besseres Leben. Geschickt setzte er die Teile zusammen, schlang einen Faden um den nächsten, verknüpfte Stränge und nahm jeden Gedanken in sich auf, der nicht sein eigener war. Sobald sein Werk vollendet war, würde er jeden Tag einen neuen Traum in die Welt senden. Einen Traum voll göttlicher Liebe. Einen Traum, der jeden Menschen erreichen konnte.

Er sah Naviia, las ihre Zweifel und Ängste und lächelte, denn sie hatte ihm eine zweite Chance geschenkt. Er spürte Nebelschreiber, seine Mutter und seine Schwester im Innern des Acteapalasts, dessen verglaste Türme von Mondlicht beschienen wurden. Er sah Geero, der an vorderster Front schritt, der mächtigen Zeltstadt entgegen, ein Anführer und Freund zugleich.

Udinaas Vermächtnis lag vor ihm, zersplitterte Träume voller Göttermagie, von Menschen und Weltenwandlern missbraucht für einen Kampf, den es niemals hätte geben dürfen.

Während sein Geist sich weiter ausbreitete, berührte er die Traumsplitter mit seiner Seele, überall dort, wo er einen entdeckte. Ein Leuchten ging von ihnen aus, ein Leuchten, das auch vom Himmel erstrahlte, und sein Geist flog weiter, immer weiter, und er wurde nicht müde, Faden um Faden zu knüpfen. Für jeden Menschen einen Traum.

Ich danke dir, mein Sohn.

Die Stimme vibrierte in seinem Innern und hinterließ einen warmen Herzabdruck. Kev. Die Göttin. Seine Urmutter. Und er antwortete ihr im Stillen, dankte ihr für die neue Chance, die sie erhalten hatten. Sie waren nicht verloren. Noch nicht.

Um ihn herum ertönte Wolkenlieds Lachen, ihre Anwesenheit war ein Trost. Denn obwohl er in seinem Schicksal gefangen war, wusste er, dass er nicht allein war. Die ganze Welt war seine Familie, und vor ihm lag ein ewiges Leben als Traumknüpfer. Bis ihn einer von Naviias Nachkommen erwecken würde.

7

Angriff

Tjooran-Ebene nahe Lakoos,
Sommerlande

Bellende Befehle waren zu vernehmen, Kriegstrommeln, laut und donnernd, ein Sturm, der sich über dem Lager zusammenbraute. In Loorina prickelte die Vorfreude auf den Kampf. Hoch oben, auf einem hölzernen Aussichtsturm, den einige Splitterträger mithilfe von Magie errichtet hatten, hatte sie einen hervorragenden Überblick über die eintreffenden Truppen. In der Ferne, am Ende des Horizonts, dort, wo sich die gläsernen, vom Mondlicht beschienenen Türme der Wüstenhauptstadt in den schwarzen Nachthimmel erhoben, erkannte sie die Schatten von lakoosischen Kämpfern, ihre Fackeln flackerten im Wüstenwind. Eine Staubwolke, die aufquoll, und ihr Blick wanderte auf die andere Seite des Zeltlagers, die Nordwestseite. Tatsächlich. Talveeni. Sie waren deutlich näher gekommen – nicht mehr lange und sie würden die kleine Oase, auf der sie ihr Lager aufgeschlagen hatten, erreichen.

Die Waffen schimmerten im Mondlicht ebenso wie ihre weißblonden Haare und die langen Bärte, doch es war ihre weiße Uniform, die sie wie eine Armee aus Geistern aussehen ließ. Loorina lächelte und beobachtete, wie mehrere Bogenschützen ihre Stellung auf der Schutzwallbefestigung einnahmen und sich die Truppen vor dem Lager formierten. Sie würden sich wohl oder übel aufteilen müssen. Sie konnte einzelne Splitterträger ausmachen, es war, als ob sich die silbernen Kästchen, die sie an Lederbändern befestigt hatten, deutlich von der Umgebung abhoben.

Plötzlich erklang ein schrilles Kreischen. Sie riss den Kopf nach oben und suchte den dunklen Himmel ab. Gewaltige nachtschwarze Schwingen. Flügelschlagen, wieder ein Kreischen. Die Vorhut der Schlacht.

Verdammte Kriegsvögel!

Sie stieß ein Knurren aus. Damit hätte sie rechnen müssen. Doch sie hatte die Greifvögel der freien talveenischen Städte nicht bedacht. Sie besaßen Schwingen, die denen des Göttervogels glichen, waren jedoch etwas kleiner, aber nicht weniger gefährlich.

Sie rief eine Warnung ins Lager, doch ihr Ruf blieb ungehört, und Loorina schloss die Augen, öffnete ihren Geist und lauschte auf die unzähligen Träume, die sie dank des Traumsplitters in sich vereinte. Unerschöpflich. Sie umklammerte den Ring, den Garieen ihr gegeben hatte, zog die Magie in sich hinein und spürte, wie ihre Flügelzeichnungen zu brennen begannen. Sie verschwand, noch bevor sie ausatmen konnte, und spürte, wie reines Licht sie umgab. Macht durchströmte sie, dann wurde sie wieder ein Teil der realen Welt. Als sie die Augen öffnete, stand sie im Offizierszelt, wo Garieen gerade seine Rüstung anlegte.

»Loorina«, sagte er. »Was ist geschehen?«

»Sie haben talveenische Kriegsvögel dabei.«

»Hab Dank für diese Nachricht.« Dann drehte er sich zu einem Gefolgsmann um und gab ihm Anweisungen, die Bogenschützen in Alarmbereitschaft zu versetzen.

Loorina verlor keine weitere Zeit, verabschiedete sich

hastig und eilte in Richtung Schutzwall davon. Im Lager hing noch immer der Duft der Eintopfmahlzeit, die die Soldaten zubereitet hatten. Der Geruch von Alkohol und Schweiß mischte sich darunter, sie konnte den beschleunigten Herzschlag der Krieger hören, an denen sie vorbeieilte. Als der Schutzwall in Sichtweite lag, sah Loorina, wie ein schwarzer Schatten lautlos durch die Nacht schoss.

»Vorsicht!«

Ihre Warnung kam zu spät. Die Bogenschützen, die ohne Splitter keine geschärften Sinne besaßen, waren ahnungslos und leichte Beute. Zwei Raubvögel stürzten wie Pfeile vom Himmel, ihre scharfen Krallen bohrten sich tief in die Köpfe und Schulterpartie der Soldaten. Schmerzensschreie hallten über den Lagerplatz, als sich die Vögel wieder in die Luft erhoben. Einer mit, der andere ohne seine Beute. Loorina spurtete auf die Leiter zu, die auf die obere Ebene der Palisade führte. Geschickt kletterte sie Sprosse um Sprosse nach oben und erreichte die Befestigung. Direkt über ihr zischte ein gewaltiger Vogel hinweg, der Luftzug seiner Schwingen fegte einige der Bogenschützen von der Brüstung. Schreiend fielen sie in die Tiefe, schlugen krachend am Boden auf.

»Schießt!«, rief Loorina zornig, als kaum einer der Schützen reagierte. Mit gezogenem Schwert lauschte sie gebannt auf den nächsten Angriff, und ihr Blick heftete sich auf einen Schatten, der einen Bogen um das Lager flog. Endlich lösten sich ein paar Männer aus ihrer Starre, spannten die Sehnen und ließen Pfeile den Vögeln hinterherjagen. Keinen Moment später hörte Loorina den scharfen Luftzug, als ein weiterer Raubvogel auf sie herabstürzte. Sie riss ihr Schwert in die Höhe, zog Traummagie aus ihrem Splitter und legte die Macht der Götter in ihren Hieb. Blut spritzte, als sie mit einem Schlag einen Fuß abtrennte, und der Schmerzensschrei des Tiers durchdrang Mark und Bein. Weitere Pfeile prasselten auf den dunklen Vogel ein, der sich mit mächtigen Flügelstößen wieder in den Himmel erheben wollte. Wie ein Stein fiel der Greifvogel herab, traf mit einem harten Schlag am Boden auf. Loorina schöpfte Atem und wandte den Blick wieder auf die Tjooran-Ebene.

Mittlerweile hatten die ersten talveenischen Truppen sie erreicht, während syskiische Soldaten sich ihnen entgegenstellten. Golden schimmerten ihre Uniformen im Mondlicht, und mit einem ohrenbetäubenden Lärm stießen beide Heere aufeinander. Kampfgebrüll erhob sich, mischte sich mit dem Geräusch von klirrenden Klingen und den harschen Befehlen der Hauptmänner und Splitterträger. Loorina sah Schleier in verschiedenen Farben durch die Nacht zischen, Magiebälle, von Splitterträgern auf die vorderste Front der weißen Streitmacht losgelassen. Menschen heulten auf. Talveenische Krieger wurden durch die Luft geschleudert. Doch sie sah auch, wie die bärtigen talveenischen Kämpfer mit gezielten Schlägen syskiische Männer zu Fall brachten. Sie waren geübter, ihre Bewegungen glichen einem Tanz. Die Front erstreckte sich über mehrere Hundert Fuß, unmöglich, einen so großen Schutzwall aus Magie zu errichten, auch mit den Traumsplittern war es nahezu aussichtslos!

Loorina hörte, wie sich die Schatten über ihren Köpfen wieder näherten, als die Bogenschützen eine erste Salve Pfeile auf die talveenischen Krieger niederprasseln ließen.

»Behaltet die Vögel im Auge! Schützt die Schwertkämpfer!«, wies sie die Bogenschützen an, sprang von der Befestigung und federte ihren Aufprall mithilfe von Traummagie ab. Weich landete sie auf dem niedergetrampelten Gras. Das Schwert, das ihr einst ihr Vater geschenkt hatte, wog leicht in ihren Händen, und sie drängte sich an den hinteren Reihen der syskiischen Kämpfer vorbei, weiter nach vorne. Das Klirren der Schwerter und die Schreie nahmen zu, wurden lauter und dröhnender. Dann hatte sie die Front erreicht. Tote Soldaten stapelten sich auf dem Boden, Blut tränkte den Boden weinrot, sie sah, wie die Krieger sich abmühten, um auf dem glitschigen Untergrund nicht auszurutschen. Mehrere Splitterträger zu ihrer Rechten errichteten kleinere Schutzräume für die Kämpfer, doch es reichte nicht aus. Die Winterkrieger nutzten die Lücken, und dünnten die syskiischen Linien weiter und weiter aus.

Loorina vergrub ihre perfekt geschmiedete Klinge in dem schmächtigen Oberkörper eines talveenischen Soldaten – fast noch ein Kind, wie sie erkannte, als das Leben aus ihm wich. Mit einem schmatzenden Geräusch zog sie die Klinge aus seiner Brust und riskierte einen Blick über die Schulter, an der imposanten Zeltstadt vorbei, wo der Wind auch die Schreie und das Schlachtgebrüll der Sommerkrieger zu ihnen trug. Auch diese hatten das Lager erreicht. Noch bevor ein bärtiger Krieger mit doppelt geschmiedeter Klinge sie attackieren konnte, spürte sie seine Körperwärme und seinen heftigen Herzschlag, als er auf sie zustürzte. Sie hob den Schwertarm, ließ einen Teil der Traummagie in ihre Klinge fließen und parierte seinen Angriff mühelos. Überrascht riss er die Augen auf, als er ihre Kraft erkannte, und sie lächelte grimmig. Gleichzeitig drängte sie ihn zurück und ging selbst zum Angriff über. Mit einem tänzelnden Ausfallschritt, ließ sie ihm ein weiteres Mal die Möglichkeit anzugreifen, nur um seinen Schwerthieb mit mehreren goldenen Traumfäden abzufangen. Sie erzitterten unter dem Aufprall, und Loorina schlug zu. Die Spitze ihres Schwerts traf den Mann in seine schutzlose Kehle. Ein Blutstrahl schoss hervor, und er stieß einen gurgelnden Laut aus, als sie die Klinge aus seinem Hals zog. Mit einem sauberen Hieb trennte Loorina ihm den Kopf von den Schultern. Sie spürte, wie das Blut durch ihren Körper rauschte – ihr eigenes und das von Ariaan O'Bhai. Sie war so mächtig, sie war unantastbar. Jede Faser ihres Körpers war von Göttermagie durchdrungen, und die Schmerzensschreie der talveenischen Krieger – die Schreie ihres eigenen Volks – waren wie Musik in ihren Ohren. Sie starben.

Ein kühler Windhauch strich über die Ebene, und Loorina sah voller Genugtuung, wie einer nach dem anderen sein Leben verlor. Sie hob das kunstvoll geschmiedete Schwert ihres Opfers auf. Das Gewicht der Schwerter in ihren Händen glich einer Liebkosung, jedes Stöhnen der Sterbenden trieb sie peitschend an. Es brauchte nicht viel mehr als den Anblick der fallenden weißen Armee des Wintervolks, um eine tiefe innere Befriedigung in ihr hervorzurufen. Ein paar Tausend Männer und Frauen schienen zu sterben wie Insekten. Einer nach dem anderen. Ein kostbares Leben mehr für ihre Vorstellung der Vollkommenheit.

Schreie von Verwundeten drangen an ihr Ohr, und dank des Traumsplitters um ihren Hals konnte sie den Angstschweiß und die Panik, die die vorderen Reihen der talveenischen Armee erreicht hatte, auf der Zunge schmecken. Die silbernen Brustpanzer der Talveeni wurden vom Mondlicht beschienen, ein leichtes Ziel für die in Schwarz gekleideten Splitterträger. In Loorina stieg ein triumphierendes Gefühl auf, das sich rasend schnell in ihrem Körper ausbreitete.

Dies war die größte Schlacht, die die Welt der Vier Jahreszeiten je gesehen hatte, und der Beginn eines neuen Zeitalters. Danach würden sie zu Göttern auf Erden aufsteigen, alle zwölf Weltenwandler, die Einzigen, die die Gabe dann noch in sich tragen würden. Sie hatten es verdient, angebetet zu werden.

Keines der Länder würde vor ihnen sicher sein. Die Menschen wären wieder ihre Untertanen. Ihre Sklaven. So, wie es einst gewesen war ...

Keerias Ring pulsierte an Loorinas Finger, und sie wusste, dass ihre Geliebte auf der anderen Seite des Schlachtfelds das Gleiche fühlte. Sie bedauerte, dass sie diesen Moment nicht miteinander teilten, doch sie könnte jederzeit an Keerias Seite wandeln. Und sie würde es tun, wenn es nötig war.

Loorina wirbelte durch die Nacht, ein strahlender Todesengel, und ihr Herz war erfüllt von göttlicher Traummagie. Mühelos fegte sie über das Schlachtfeld, ihre beiden Schwerter schienen eins zu werden mit ihrem Körper, verschmolzen völlig mit ihrem Verstand. Ihre Angriffe erfolgten gezielt, und viele der jungen Männer, die sie kaum kommen sahen, hatten einen überraschten Ausdruck, als sie zum letzten Mal nach Atem schöpften.

Unbarmherzig stieg sie über die verdrehten Arme eines Toten hinweg. Seine eisblauen Augen starrten ins Leere, während ein Körper nach dem anderen auf den von Blut durchtränkten Boden fiel. Familien verloren Söhne. Väter. Brüder. Männer. Und Loorina verspürte nichts außer dem Rausch der Macht.

Ihre Kleidung und die Schwerter hatten sich mittlerweile tiefrot verfärbt, sie fand an den Griffen kaum noch Halt, und jede Pore ihres Körpers nahm den metallischen Geruch des Todes wahr, der sich wie ein Teppich über die Tjooran-Ebene gelegt hatte; ein Geruch, der pelzig war und das Atmen erschwerte. Es war das Schönste, was Loorina jemals gerochen hatte.

Angriffswelle folgte auf Angriffswelle. Ein jämmerlicher Versuch, sie zu besiegen, weggeworfene Leben, die Loorina mit Freuden auslöschte, denn die Männer mit den weißblonden

Haaren und den langen, geflochtenen Bärten waren unerfahren, ihre Attacken unausgereift, und sie arbeiteten mit der Kraft ihrer Muskeln, nicht mit ihrem Verstand. Drei von ihnen versuchten, Loorina einzukesseln. Der Erste stürzte nach vorne, die Klinge seines Schwerts auf ihre Kehle gerichtet, doch sie war schneller. Sie konzentrierte sich auf den Gesang des Traumsplitters und zog so viel Energie in ihre Fingerspitzen, wie sie nur konnte. Dann schlug sie zu. Ihr Schwert sauste durch die Luft, entwaffnete den jungen Krieger, während die anderen beiden auf sie zuhielten, die blitzenden Klingen erhoben, doch sie kamen nicht weit, denn sie wurden von mehreren nebelgrauen Magiefäden gestoppt, und Loorina holte zum nächsten Angriff aus. Der entwaffnete Krieger fiel als Erster. Sein Blut tränkte den Boden, als er mit einem platschenden Geräusch aufschlug, und dank ihres Traumsplitters konnte sie fühlen, wie der Krieger hinter ihr ausholte. Geschickt täuschte Loorina eine Drehung an, wandte sich dann jedoch in die andere Richtung um und stieß das Schwert durch den Panzer in seine Brust. Sie sah, wie er heftig schluckte, sein Kehlkopf hoch- und runtersprang und die blanke Angst in seinen Augen der Erkenntnis wich, dass sein Leben zu Ende war. Loorina legte alle Macht des Splitters und die Gewalt der Götter in diesen einen Schlag und durchbohrte die Panzerung, als sei sie ein Leinentuch.

Dann wandte sie sich dem letzten der drei Angreifer zu. Schweiß trat auf seine Stirn, und seine Attacken gingen ins Leere. Die ersten beiden Schläge Loorinas konnte er noch parieren, und kurz schimmerte so etwas wie Hoffnung in seinem Blick auf, doch Loorina zögerte nicht länger und bereitete auch ihm einen schnellen Tod. Das Geräusch von klirrendem Stahl erfüllte die Luft und mischte sich mit den stöhnenden Lauten der Kämpfenden. Direkt über sich verspürte Loorina einen heftigen Luftzug und bemerkte, wie über ihren Köpfen Schatten zu kreisen begannen. Sie stieß ein tiefes Lachen aus, als sie die mächtigen Schwingen der trainierten Raubvögel erblickte. Es waren immer noch mindestens zwanzig Stück, genug, um die Männer auf dem offenen Feld zu stören. Immer wieder stießen sie herab, gruben ihre scharfen Krallen in das Fleisch der syskiischen Krieger. Loorina sammelte ihre Energie, sah sich nach den Vogelsängern um, den Trainern der gefiederten Tiere, als sie ein nervöses Flimmern neben sich wahrnahm. Keerias Präsenz ließ die Luft unmittelbar neben ihr erzittern, und Wärme und Hitze gingen von dem Punkt aus, der sich zu dehnen schien. Ein grelles Licht schien auf, Loorina sah, wie einige Kämpfer die Arme in die Höhe rissen, um nicht geblendet zu werden, dann tauchte ihre Geliebte auf. Ihr Haar war blutverkrustet, doch erleichtert stellte Loorina fest, dass es sich dabei nicht um ihr eigenes handelte. Keerias Augen sprühten Funken, und die tödliche Macht, die sie wie eine zweite Haut umgab, ließ Loorinas Herzschlag in die Höhe schnellen. Mit einem schweifenden Blick schätzte sie die Situation ein, lächelte und sagte: »Ich kümmere mich um die Vögel! Die anderen brauchen deine Hilfe bei den suviischen Kriegern!«

Unvermittelt beugte sie sich vor, und ihr heißer Atem strich über Loorinas Gesicht. Keerias erdiger Duft umhüllte ihre geschärften Sinne, und sie spürte ein tiefes Kribbeln aus ihrer Bauchmitte aufsteigen. »Die Nacht gehört uns, mein Schatz«, flüsterte Keeria und richtete ihren Blick in den Himmel.

Loorina spürte, wie Freude sie durchströmte, und lauschte abermals auf die Melodie des Splitters, während sie so viel Macht, wie sie konnte, in sich hineinzog und sich die andere Seite der Zeltstadt vorstellte. Keeria hatte recht. Dies war ihre Nacht. Die Nacht, die alles verändern würde.

8

Schlacht

Tjooran-Ebene nahe Lakoos,
Sommerlande

Geero sah hilflos dabei zu, wie einer seiner Kameraden nach dem anderen sein Leben verlor. Hass und Resignation ergriffen von ihm Besitz, die Klingen seiner beiden Schwerter wirbelten durch die Luft, und die Wucht seiner Hiebe nahm zu. Der Platz reichte kaum aus, um eine anständige Drehung zu vollführen, doch er hatte sich etwas Freiraum erkämpft. Er legte seine ganze Wut in den nächsten Angriff und stieß eine seiner Klingen durch den Hals des syskiischen Soldaten, sodass die Spitze am anderen Ende wieder austrat. Warmes Blut ergoss sich über Geeros Handrücken, doch er machte sich nicht einmal die Mühe, es abzuwischen. Mit zusammengepressten Lippen zog er sein Schwert aus dem leblosen Körper seines Angreifers und holte zum nächsten Schlag aus, als er aus den Augenwinkeln eine Bewegung wahrnahm und sich instinktiv wegdrehte. Der Angriff kam schnell und präzise, aber er war nicht mit der Macht der Götter gesegnet. Seinem Gegner fiel das rötliche Haar strähnig in die Stirn, seine langen Gliedmaßen schienen ihn eher zu behindern, und die schwüle Hitze der Tjooran-Ebene tat ihr Übriges. Geero parierte den ersten Schlag des Kriegers, bündelte die

Energie eines kobaltblauen Traums und legte die Magie um seine Chakrani. Lautlos jagten sie davon, während eine der kleinen scharfen Klingen die Halsschlagader seines Gegenübers mit einem glatten Schnitt durchtrennte. Er stieß ein Gurgeln aus, Blut quoll aus Hals und Mund hervor, dann fiel er wie ein nasser Sack zu Boden. Geero spürte die Musik, die die Traummagie in seinem Körper auslöste, und ließ einen Teil seiner Macht in seine Chakrani fließen. Sie waren seine Kinder, und er wusste, dass dies seine letzte Nacht werden würde. Auch die runden Geschosse trafen ihre nächsten Ziele zwischen der Stirn, bohrten sich in Oberschenkel und schnitten Kehlen auf. Zwar bedauerte er den Tod dieser unschuldigen Krieger, die für die Zwecke und Ziele eines einzigen Mannes starben, dennoch standen sie auf seiner Seite. Ein Angstschauer rann über seinen Rücken, als er an Keeria und Meraan dachte, und er war froh, ihnen noch nicht begegnet zu sein. Sie verfolgten weit schwerwiegendere Pläne, und er konnte nur hoffen, dass Kanaael es rechtzeitig schaffte, den Traum für die Welt der Vier Jahreszeiten zu knüpfen. Es war die einzige Chance, die ihnen blieb, um die Weltenwandler und Garieens Armee zu besiegen.

Geero hörte in sich hinein. Es waren nicht mehr allzu viele Träume übrig. Seine Kräfte ließen nach, doch die Tatsache, dass er der einzige ausgebildete Traumtrinker unter den suviischen Truppen war, trieb ihn weiter an. Letztlich war es ein Vorteil, denn die Splitterträger auf Garieens Seite vermochten mit den neu gewonnenen Göttermächten womöglich nicht umzugehen. Es konnte gut sein, dass sie eine Pause brauchten. Und er kämpfte nicht bloß für sich. Er kämpfte auch für seinen Freund Ariaan, für seinen Bruder, seine Familie, für Saarie. Er kämpfte, weil das Schicksal der Vier Länder davon abhing.

Sie hatten gehofft, die Zeltstadt der syskiischen Truppen mit ihrem nächtlichen Angriff kurz nach ihrer Ankunft zu überraschen – gemeinsam mit viertausend talveenischen Männern, die sich ihnen angeschlossen hatten. Doch sehr wahrscheinlich würde sich die Allianz noch vor Anbruch der Dämmerung zerschlagen.

Geero stieg über einen stöhnenden Krieger hinweg, dessen Oberschenkelknochen augenscheinlich gebrochen war. Zudem fehlte ihm ein Arm, und ein Teil seines Brustkorbes klaffte auf. Er gab röchelnde Laute von sich, und Geero bereitete seinem Elend mit einem schnellen Stoß ins Herz ein Ende, denn dieser Mann würde den Sonnenaufgang ohnehin nicht mehr erleben. Geeros hohe Stiefel versanken im matschigen Untergrund, der wegen des vielen Bluts kaum noch Halt bot. Mechanisch wehrte er den Angriff seines nächsten Gegners ab. Dessen Schwert sauste durch die Luft, ein zischendes Geräusch. Geero wusste nicht, wer die Kontrolle über seinen Körper übernommen hatte, aber er fühlte sich wie im Rausch. Sein Körper reagierte schneller, als sein Geist die Angriffe kommen sehen konnte. Gleichzeitig versuchte er mit Hilfe seiner Traummagie einen Schutzschild zu errichten, doch es kostete ihn enorme Kraft, ihn lange aufrechtzuerhalten. Mit wütenden Hieben drosch der syskiische Krieger auf die unsichtbare Barriere ein. Dann schlug Geero zurück. Seine Schwerter schienen ein Eigenleben entwickelt zu haben, sie lechzten nach weiterem Blut, schlugen zu und trafen das Handgelenk des Kriegers. Schreiend wich dieser zurück, starrte auf den Stumpf, an dem Hautfetzen herabhingen. Blut schoss strömend hervor, und Geero hatte keine Zeit, den Qualen des Mannes ein Ende zu bereiten, denn von rechts und links drängten weitere Syskiier heran, ihre Haare blutverkrustet, die goldenen Uniformen mittlerweile ebenso rot verfärbt. Aus dem Augenwinkel beobachtete er die anderen Traumsplitterträger, die sich außerhalb seiner Reichweite postiert und ihrerseits Schutzschilde errichtet hatten. Zufrieden stellte er fest, dass sie sich abwechselten, weil auch ihre Kräfte mit der Zeit erschöpft waren.

Der Geschmack von Tod und Blut lag in der Luft, verbreitete sich wie die Ankündigung eines Gewitters und vermischte sich mit den Schreien der Sterbenden. Es war ein Ächzen, ein Flehen zu den Göttern, und auf Geeros Armen breitete sich eine Gänsehaut aus. Er hatte viele Schlachten in seinem Leben geschlagen, doch noch immer erschütterte ihn die Brutalität der Menschen aufs Neue. Schweiß trat auf seine Stirn, die körperliche Anstrengung machte sich bald bemerkbar, und auch die Magie zehrte an seinen Kräften. Er stieß einen wütenden Schrei aus, und sein nächster Hieb traf seinen überraschten Gegner von der Seite, durchschlug dessen Brustpanzer, als der gerade zu seinem nächsten Angriff ausholte. Geschickt setzte er nach und stach in die Kehle des Mannes, der daraufhin zu Boden ging. Scheppernd fiel ihm das Schwert aus der Hand. In diesem Moment lenkte eine flüchtige Bewegung Geeros Aufmerksamkeit ab. Ein helles Licht, unmittelbar neben ihm, die schwüle Luft zog sich zusammen, dann tauchte Nebelschreiber auf. Seine Miene war angespannt, er hielt ein Schwert mit flachem Griff, langer, dünner Klinge und einer Raubtierverzierung am Knauf.

»Wolltest du nicht bei Pealaa und Inaaele bleiben?«, schrie Geero über den Lärm hinweg.

»Solange ich noch ein Schwert halten kann, verkrieche ich mich nicht untätig hinter den Palastmauern. Solange noch die kleinste Hoffnung besteht, wird jede Klinge gebraucht!«

Geero rief seine Chakrani, die noch immer in den Körpern der toten Soldaten steckten. Surrend kehrten sie heim zu ihm, schwebten um seinen Kopf, bevor er sie erneut ausschickte. Dieses Mal prallten sie jedoch an einer unsichtbaren Mauer aus Traummagie ab, die einer der Splitterträger zum Schutz der Kämpfenden errichtet hatte.

»Wenn nicht bald ein Wunder geschieht«, rief Geero, »sind wir verloren. Du solltest in den Palast zurückkehren, Nebelschreiber. Versuch, einen Weg zu finden, wie wir diese verdammte Chronik zurückbekommen und vernichten können!« Nebelschreiber nickte ihm zu, und keinen Herzschlag später ging erneut ein Leuchten von seinem Körper aus und hüllte ihn ein. Die Luft erhitzte sich. Grelles Licht lag über dem Schlachtfeld. Dann war Nebelschreiber verschwunden.

Sie hatten immer noch eine Chance, diesen Kampf zu gewinnen. Solange Kanaael weiter sein Traumnetz über ihre Welt knüpfte, bestand noch Hoffnung.

Es war besser so, wenn Nebelschreiber nicht hier war. Geero hätte sich nur Sorgen um ihn gemacht – der alte Mann war nicht zum Kämpfen geboren, auch wenn er selbst das wohl anders sah –, und er brauchte all seine Kräfte, um diese Nacht selbst zu überstehen. Geero spürte, wie sich die Luft veränderte und eine Talveeni vor ihm auftauchte, zwei blutverschmierte Schwerter in den Händen. Ihre Haut glühte von innen heraus, ein Leuchten, das sie wie ein Kokon umgab, und er glaubte im ersten Augenblick, es wäre Naviia. Ein Lederbändchen baumelte um ihren Hals, daran hing ein silbernes Kästchen. Es schien ihn auszulachen. Auf den Lippen der Talveeni breitete sich ein boshaftes Lächeln aus, dann, einen Moment später, war sie abermals verschwunden. Geero sammelte seine Traummagie, sie waberten in der Luft neben ihm, graue und schwarze Schleier. Er rief seine Chakrani zurück und entsendete seine kleinen Wurfmesser in die

Luft, wartend, weil er fürchtete, dass der nächste Angriff der Talveeni ihm gelten würde.

Er spürte ihre Anwesenheit, die unmittelbare Nähe, noch bevor sie neben ihm erschien und sichtbar wurde. Er ließ die kleinen Wurfmesser in ihre Richtung davonschnellen, doch sie wehrte seinen Angriff mühelos ab. Lautlos fielen sie zu Boden, und er ballte die Hände um die Griffe seiner Schwerter.

»Geero D'Heraal«, sagte die Talveeni spöttisch. »Der einzige Traumtrinker, den wir nicht getötet haben – dabei hat sich Keeria solche Mühe gegeben ...«

»Wer bist du?«

»Die Frau, die dich töten wird.«

Der erste Angriff erfolgte schnell. Die Talveeni sprang in die Luft, höher, als ein Mensch es vermocht hätte, und verlangsamte den Sprung mithilfe ihrer Traummagie, etwas, das er noch nie zuvor gesehen hatte. Dann stieß sie wie einer der Raubvögel vom Himmel. Die Klingen ihrer fein geschmiedeten Schwerter waren auf ihn gerichtet, und er riss seine eigenen Schwerter in die Höhe, legte einen Teil seiner Traummagie hinein, um ihrem Angriff standzuhalten. Sie traf ihn mit voller Wucht, und gemeinsam rutschten sie ein gutes Stück nach hinten. Dabei versuchte sie, ihn über zwei Seiten zu treffen, doch er hatte eine Schutzmauer aus Traummagie errichtet, die angesichts ihrer enormen Kraft dahinschwand.

Geeros Nerven waren zum Zerreißen gespannt, seine Arme zitterten, und er sah die bunten Magieströme, die sich um ihre Klingen legten. Die Talveeni stieß ein heiteres Lachen aus, tänzelte zwei Schritte nach hinten, während er die Gelegenheit nutzte und die Chakrani blitzschnell in ihre Richtung schleuderte, doch sie fing die Wurfgeschosse mithilfe ihrer Magie ab. Wie glühende Schlangen wanden sich die Fäden ihrer Traummagie um seine Chakrani, und diese stürzten zu Boden.

Geero verdoppelte seine Anstrengungen, ließ neue Magieströme aus seinen Fingern gleiten, um seinen eigenen Schutz zu erhöhen, und hörte in sich hinein. Aber seine neuen Versuche blieben vergebens. Zu wenig. Viel zu wenig Traummagie. Die Talveeni wich ihm aus, ließ seine Angriffe ins Leere laufen, wollte, dass er müde wurde. Sie war schnell. Und voller Traummagie.

»Ist das alles, was du kannst?« Sie verhöhnte ihn, als sei er ein alter Mann. Das Schlachtfeld um Geero herum verschwand aus seinem Blick, er konzentrierte sich völlig auf die Talveeni vor ihm. Er wusste, dass seine Chakrani an ihrer Schutzwand aus Traummagie abprallen würden, und griff sie deswegen ein weiteres Mal mit den Schwertern an. Wieder sprang sie vom Boden ab und erhob sich in die Luft, höher und höher, und dieses Mal blieb sie völlig in der Luft stehen. Die Welt hörte für einen Moment auf zu atmen. Gleichzeitig hob sie ihre eigenen Schwerter, bereit, Geeros Leben ein Ende zu setzen, drehte den Spieß um und drängte ihn in eine Verteidigungsposition. Abermals flog sie durch die Nacht, direkt auf ihn herab. Stahl traf auf Stahl, das klirrende Geräusch der Schwerter klingelte in seinen Ohren, und seine Arme zitterten unter der Wucht ihres Angriffs. Geero verlagerte das Gewicht, wich ihrem nächsten Hieb aus und legte eigene Magie in seinen Schlag. Er sah, wie hinter der Talveeni ein suviischer Krieger mit wilden schwarzen Haaren auftauchte und sie angreifen wollte. Als hätte sie seine Anwesenheit gespürt, glitten drei Wurfsterne aus den Taschen ihrer Talveen-Tracht und schossen in Richtung des Kriegers davon. Mit einem gurgelnden Geräusch stürzte er zu Boden, als einer der Wurfsterne seinen Kehlkopf zertrümmerte. Geero nutzte den Augenblick, in dem sie abgelenkt war, und griff an. Doch die Talveeni war schneller. Sie atmete schwer, ihr Brustkorb hob und senkte sich in kurzen Abständen, aber als sie seinen Blick bemerkte, lächelte sie. Dann richtete sie die Spitze eines Schwerts auf ihn, fast so, als würde es nichts wiegen, und ließ das andere fallen. Kälte ließ Geeros Glieder schwer werden, er konnte nicht mehr.

»Du bist der Nächste«, sagte sie.

Sein Rücken war klatschnass, während sein gesamter Körper geradezu verzweifelt nach einer Erholung schrie. Dieses Mal griff die Talveeni als Erstes an. Ihre Schläge erfolgten nun deutlich aggressiver, und sie schien dem Moment, in dem sie ihn endlich töten würde, entgegenzufiebern. Mit einem Schwert hatte sie eine deutlich bessere Reichweite, war noch einen Herzschlag schneller. Er konnte ihren Atem hören, roch ihren Schweiß, als sie versuchte, seine Deckung zu durchbrechen. Ein Luftzug dicht neben seinem Ohr, und Geero fing einen ihrer Wurfsterne im letzten Augenblick mit Hilfe seiner Traummagie ab.

Sie war jünger und zweifelsohne kampferprobt, dennoch hatte sie eine Schwachstelle. Er musste sie nur finden. Ihre Bewegungen waren fließend. Als ob sie Geeros Angriffe voraussehen könnte, duckte sie sich unter seinen Hieben weg, hielt ihrerseits dagegen und wich der darauffolgenden Attacke aus. Geero täuschte den nächsten Angriff an, vollführte eine halbe Drehung – und dann sah er es. Die Abfolge ihrer Bewegung war immer die gleiche. Sie kämpfte nach dem immer gleichen Muster. Zuerst reagierte sie noch auf seinen Hieb, doch er wechselte die Schlagrichtung und griff über links an, womit sie nicht gerechnet hatte. Sie wollte wieder abtauchen, so wie er vorausgesehen hatte, und er richtete sein Schwert nach unten statt nach oben. Ein seltsames Geräusch erklang, als sich seine Klinge in ihren Brustkorb bohrte. Kurz stockte ihr der Atem, und er zog es mit letzter Kraft wieder heraus. Sie wirkte überrascht. Fast schon erschrocken. Er sah, wie das Leben in ihren schillernden Augen erlosch und ihr Körper auf dem erweichten Untergrund aufschlug. Schwer atmend stützte sich Geero auf seine Schwerter. Das Duell mit der Talveeni hatte ihn seine letzte Kraft gekostet. Er nahm die Geräusche um sich herum wieder lauter wahr. Angstrufe, Kampfgebrüll und das Sterben von Tausenden Menschen einte sich zu einem klagenden Laut, der dem Weinen der Götter glich.

Die Atmosphäre um ihn herum verdichtete sich, es gab ein helles Licht, das ihn blendete, und er blickte in Keerias wütend verzerrtes Gesicht. Ihre schwarzen Augen bohrten sich in seine Seele, immer tiefer, und er reagierte zu langsam. Der Hass in Keerias Gesicht war das Letzte, was er wahrnahm, bevor sich ein stechender Schmerz in seiner Brust ausbreitete und er überrascht auf den Dolch starrte, aus seinem Oberkörper ragte. Tränen liefen über Keerias Gesicht, als sie auf die Knie fiel und die Talveeni in ihren Armen barg.

Der Anblick erfüllte Geeros Herz mit Traurigkeit, während eine schwarze Ohnmacht ihre Finger nach seinem Geist ausstreckte und er ins Taumeln geriet. Er taumelte einige Schritte von Keeria weg, so weit, wie er konnte, dann stürzte er zu Boden, die Augen geschlossen.

»Geero!«

Jemand rief seinen Namen, nachdrücklich und voller Panik.

»Geero, du kannst uns nicht verlassen.« Die Stimme erklang wie durch einen Nebel, und er brauchte einen Moment, bis ihre Worte in sein Bewusstsein einsickerten. Seine Sinne tasteten nach den letzten Resten seiner Traummagie, die

Geräusche wurden wieder lauter, und auch die Gerüche des Todes brannten sich in seine Schleimhäute.

Geero blinzelte, schlug die Augen auf und sah Naviias besorgtes, blutverkrustetes Gesicht verschwommen vor sich. Seine Lippen waren rissig, und seine Kehle fühlte sich schrecklich geschwollen an. Der Geschmack von Blut haftete auf seiner Zunge, und er konnte kaum sprechen. »Finde die Chronik. Du musst sie in Sicherheit bringen«, sagte er röchelnd und lauschte auf seinen Herzschlag, der immer schwächer wurde.

»Wo? Wo soll ich sie finden?«

»Garieen ... er gibt sie nicht aus der Hand.«

Sie verloren die Schlacht. Es fehlte nicht mehr viel, und Garieen hatte sie besiegt. Geeros Sichtfeld verschwamm, und er klammerte sich an den letzten Rest Göttermagie, der durch seinen Körper floss. Genug, um sich ein letztes Mal zu heilen. Die sanften, nachtschwarzen Nebelschwaden umschlossen seine Wunde, es war die letzte fremde Traummagie, die er noch in sich trug.

»Verdammt!«, hörte er Naviia sagen, und sein Blick irrte zu Keeria. An ihrer Seite tauchten mehrere Personen auf, von einem inneren Leuchten umgeben, und Geero erkannte sie als Garieens Weltenwandler.

Sein Blick schweifte zum Himmel, der sich zu verfärben begann, und er hielt verblüfft den Atem an. Unter die Morgenröte mischte sich ein goldener Schimmer. Die Farben veränderten sich weiter, grüne Lichter, die sich vom Horizont im Osten langsam in Richtung Westen erstreckten. Es war so weit. Abermals schloss Geero die Augen, hörte tief in sich hinein. Die letzten Reste des Traumnebels lichteten sich, und er wusste, dass es nun nur noch eine Möglichkeit gab, um an Traummagie zu gelangen. Er musste seinen eigenen Traum verwenden.

»Kanaael«, flüsterte Naviia neben ihm, ihre weichen Finger umschlossen seine Hände, und als er die schweren Lider hob und sie ansah, bemerkte er Tränen, die in ihren Augen schimmerten.

»Er hat es geschafft. Der Traum wurde neu geknüpft!« Beinahe ungläubig schüttelte sie den Kopf und deutete mit einem Finger in den Himmel, der nun in den vier Farben der Götter erstrahlte. Rot. Grün. Gold. Weiß.

Geero sah, wie die Kämpfenden verblüfft innehielten, die Waffen sinken ließen und in den Himmel starrten. Auch die zehn verbliebenen Weltenwandler legten den Kopf in den Nacken. Einzig Keeria weinte noch immer stumme Tränen, hielt die Talveeni in ihren Armen und wiegte sich vor und zurück.

Eine gespannte Stille senkte sich über die Ebene. Die Soldaten wandten ihre Köpfe den vier Farben zu, und niemand wagte es, sich zu bewegen. Sie waren alle die Kinder der Götter, jeder für sich auf seine Weise. Geero blickte sich um, sah Hoffnung auf den Gesichtern der Suviier und Zweifel in denen der Syskier. »Hilf mir auf! Schnell!«, sagte er zu Naviia, die ihn verwundert ansah, dann jedoch die Tränen wegblinzelte und ihn auf die Beine zerrte. Geero hatte Mühe, aufrecht zu stehen, doch er ahnte, was nun kommen würde. Und ihm blieb nicht viel Zeit. Es gab nur diese eine Chance ...

Von den Splitterträgern, die überall auf der Tjooran-Ebene verteilt waren und die Soldaten schützten, ging plötzlich ein Strahlen aus. Es waren die silbernen Kästchen. Wie von unsichtbaren Fäden gezogen, lösten sich die Anhänger, die sie um ihren Hals gebunden hatten, und schwebten dem Himmel entgegen, sammelten sich in einem Kreis. Die Überraschung auf den Mienen der Weltenwandler in seiner Nähe verwandelte sich in blankes Entsetzen, als sie erkannten, dass auch sie ihre Splitter verloren hatten. Er musste sich beeilen! Am hell erleuchteten Himmel sammelten sich immer mehr Splitter und leuchteten wie ein Meer von Sternen.

Und dann sah er, wie ein silbernes Kästchen nach dem anderen zu Staub zerfiel, der auf den Boden rieselte. Ein Ascheregen, der sich über die Ebene ergoss. Sanft trug der Wind die winzigen Partikel der Kästchen über das Schlachtfeld und legte sie über die Körper der Gefallenen, als ob er sie zudecken wollte. Als ob die Götter selbst ihre Hände im Spiel hatten und um die vielen Toten trauerten. Geero betrachtete die goldenen Traumsplitter, die ein Netz aus Licht über die Welt trugen, dem Horizont entgegen, dorthin, wo der Traumknüpfer sie zu sich rief, um einen neuen Traum für die Welt der Vier Jahreszeiten zu erschaffen.

Mit letzter Kraft und mit allen ihm zur Verfügung stehenden Reserven griff Geero tief in sich hinein. Sein Herzschlag vermischte sich mit dem Tosen der Traummagie, die seine eigene war, und er tat genau das, wovor er Kanaael immer gewarnt hatte. Er nahm sich seine eigene Traummagie, um die Weltenwandler zu vernichten.

»Naviia!«, rief er und stieß sie zur Seite. Keinen Lidschlag später streckte er die Hände in Richtung der verbliebenen Weltenwandler aus. Sorgsam schöpfte er in jedem Winkel seiner Seele nach Traummagie, trug seine Träume zusammen, mischte sie mit seiner Seele, ein weißer Nebel voller Reinheit und Göttlichkeit. Die zu Boden gefallenen Chakrani erzitterten, als er seine eigene Macht, den letzten Rest, den er in sich hatte, zu ihnen entsandte und sie sich in die Luft erhoben.

Seine Kinder schossen lautlos durch die Luft wie tödliche Pfeile, und Geero war erfüllt von einem hellen Licht, während Göttlichkeit wie Lava durch seine Adern strömte. Er sah, dass die Weltenwandler in ihrem Inneren nach Traummagie zu suchen schienen, doch sie fanden nichts. Zu sehr hatten sie sich auf die Macht der Splitter verlassen. Blut spritzte. Die Weltenwandler starben durch seine Hand. Durch seine Kinder. Seine Chakrani.

Keeria versuchte gar nicht erst zu fliehen, sie schloss die Augen und erwartete schweigend den Tod. Ein Schlachtfeld voller Blut. Voller Leid. Die weißen Nebel trugen die Chakrani weiter, peitschend trieb seine Traummagie die Wurfgeschosse ein. Immer schneller flogen sie ihren tödlichen Bogen, bis kein Weltenwandler mehr übrig war. Leere Gesichter, die von den Toten auf dem Schlachtfeld nicht zu unterscheiden waren.

Sie starben. Durch seine Hand. Seine Chakrani.

Ein Lächeln breitete sich auf Geeros Lippen aus, und er dachte an Kanaael, der dem anderen Schicksal die Stirn geboten hatte.

Du hast uns alle gerettet ...

Geeros Körper spannte sich an, und er versank abermals in stummer Dunkelheit, die sich bis in den hintersten Winkel seiner Seele ausbreitete, doch dieses Mal fühlte es sich gut an. Es war vollbracht. Die Schlacht so gut wie geschlagen. Seine Gedanken wanderten ein letztes Mal zu Naviia, und er bewunderte sie für ihren Mut. Sie würde es schaffen.

Wärmendes Licht nahm ihn in eine schützende Umarmung, und er hörte die Stimme seines Bruders, die ihn leise zu sich rief. Er würde nach Hause gehen. Seine Familie sehen. Saarie. Und Vesiliaa. Endlich Vesiliaa wiedersehen ...

9

Letzte Züge

Tjooran-Ebene nahe Lakoos,
Sommerlande

»Er hat es geschafft!«, rief Naviia aus, und Tränen der Freude liefen über ihre Wangen, doch Geero schien sie nicht gehört zu haben. Er hatte seine zitternden Hände von sich gestreckt, und aus der klaffenden Wunde in seiner Brust rann noch immer Blut, wenn auch deutlich weniger als noch vor wenigen Augenblicken.

Schlagartig verwandelte sich der Himmel in ein Splittermeer, die sanften Linien, die Kanaael geknüpft haben musste, spannen ein riesiges Netz bis zum Horizont. Naviias Kehle verengte sich, und ein Widerhall an Freude klang in ihr nach. Sie drehte den Kopf und blickte zu den übrigen Traumsplitterträgern, die verwundert die Arme sinken ließen. Auch die suviischen Truppen schienen zu erkennen, was vor sich ging, denn neues Leben kehrte in ihre Formation ein. Zum ersten Mal, seit sie den Angriff begonnen hatten, wurden sie nicht zurückgedrängt. Stattdessen stießen sie vor, ihre triumphierenden Schreie übertrugen sich wie ein Lauffeuer von einer kämpfenden Gruppe zur nächsten, und auf Naviias Armen breitete sich eine Gänsehaut aus.

Kanaael hatte es tatsächlich geschafft!

Erst jetzt bemerkte sie, wie sich Geeros Chakrani in die Luft erhoben, erzitterten, immer höher wanderten und schließlich in Richtung der Weltenwandler davonschossen. Es dauerte einen Moment, denn sie begriff nicht, woher Geero die Kraft nahm, doch dann dämmerte es ihr. Er opferte sich. Er opferte sich, um die Welt für immer von den Weltenwandlern zu befreien. »Nein«, schluchzte sie, als sie seine leeren Augen bemerkte. »Geero, nicht ...«

Doch es war zu spät.

Ein zufriedenes Lächeln lag auf seinen Zügen, auf ewig dort festgehalten. Ein Leuchten ging von seinem Körper aus, ähnlich wie bei den Weltenwandlern, wurde immer heller, hüllte ihn gänzlich ein, bis Naviia blinzelnd den Kopf zur Seite drehen musste. Als sie wieder hinsah, war Geero verschwunden, doch dort, wo er gerade eben noch gestanden hatte, befand sich ein grauer, handgroßer Aschehaufen. Sie brauchte einen Moment, um zu begreifen, dass sie schon wieder jemanden verloren hatte, der ihr nahegestanden hatte. Ihr Vater, Isaaka, Kanaael und jetzt Geero. Er hatte sein Leben gelassen und sie damit alle gerettet. Ebenso wie Kanaael. Naviia erkannte, dass jeder von ihnen seine Aufgabe hatte, vielleicht hatten die Götter doch ein Auge auf sie alle gehabt.

»Was tust du da! Du bist völlig schutzlos!«

Ein talveenischer Krieger war neben ihr aufgetaucht, und Naviia blickte ihn sprachlos an. Er trug breite Lederstiefel, wie sie nur in den Winterlanden zu finden waren, und eine gepanzerte Brust, die im Licht des schillernden Himmels zu leuchten schien. Er packte sie grob an den Armen, um sie ungerührt auf die Beine zu ziehen. Sein vertrautes Äußeres, der geflochtene hellblonde Bart und die stechenden blauen Augen lösten Heimweh in Naviia aus.

Vor ihrem geistigen Auge erschien Daniaans Gesicht, und

sie verspürte einen Stich in der Brust, als ihr klar wurde, dass es eine Rückkehr in ihre Heimat für sie nicht gab, selbst wenn sie den heutigen Tag überleben sollte. Sie war nicht mehr das Mädchen, das Ordiin verlassen hatte. Sie hatte sich verändert, auf eine Weise, die Daniaan nicht verstehen würde. Und sie wollte ihn nicht enttäuschen. Auf ihre eigene Art würden sie für immer miteinander verbunden bleiben, auch wenn sie Kontinente und Jahreszeiten trennten.

»Wo sind deine Waffen?«, fragte der Talveeni.

»Ich habe keine«, flüsterte sie, und ihr Blick fiel auf Geeros Schwert. Mit zittrigen Fingern beugte sie sich hinunter und hob es auf. Es wog schwer in ihrer Hand, viel zu schwer. Sie konnte es mit Mühe halten und ließ es kurz darauf wieder zu Boden sinken. Das hatte keinen Wert.

»Was tust du dann hier?«, blaffte sie der Krieger an.

»Ich wollte ihn retten.« Sie deutete auf den Ascheberg. Der junge Mann blickte sie an, als habe sie völlig den Verstand verloren. Tränen schossen ihr in die Augen, und sie stieß ein Schluchzen aus, das ihren ganzen Körper beben ließ.

»Dann ist dir nicht mehr zu helfen.« Kopfschüttelnd ließ sich der Talveeni von ihr los und eilte weiter, dorthin, wohin sich die Kämpfe verlagert hatten.

Zögernd streckte Naviia die Hand aus und zog einen Dolch aus der Lederhalterung eines Toten zu ihrer Rechten. Ihr Blick wanderte zu den beiden Frauen, die sich auch im Tod noch in den Armen hielten. Es war ein seltsamer Anblick, der sie tief berührte. Eine von ihnen musste wie sie aus den Winterlanden stammen, die andere hatte schwarzes Haar und suviische Gesichtszüge. Und dann erkannte sie die Talveeni. Loorina. Die Frau, die sie auch vor der Hütte im Wald gesehen hatte, die Weltenwandlerin, die Isaakas Tod befohlen hatte. Naviia umfasste den kühlen Griff des Dolchs, bis ihre

Knöchel weiß hervortraten und lodernde Wut ihren Körper beherrschte. Dies würde jetzt ein Ende finden. Endgültig. Sie ging der Zeltstadt entgegen. Ihr Weg war von Leichen gesäumt. Aufeinandergestapelte Körper. Gesichter, die kaum mehr was mit den Menschen gemein hatten, die in die Schlacht gezogen waren. Der Geruch von Tod, Schweiß und Angst lag in der Luft, wie ein Schleier hatte er sich über die Tjooran-Ebene gelegt, und sie hörte in sich hinein. Es hatte mit dem Tod ihres Vaters begonnen und würde heute mit ihrer Rache enden. Die Erschöpfung der letzten Wochen zerrte an ihren Nerven, und ihre Glieder fühlten sich schwerer an als sonst. Aber sie war noch nicht fertig mit Garieen Ar'Len.

Ihr Blick fiel auf das schmutzige Gesicht eines jungen Mannes, der zwischen den anderen Toten lag, die Gliedmaßen seltsam verdreht, einen Anhänger um den Nacken geschlungen. Einen Weltenwandleranhänger. Erst als sie ein zweites Mal hinsah, erkannte sie Fereek.

Niemand konnte seinem Schicksal entgehen. Auch er hatte seine Strafe bekommen. Und vielleicht gab es einen Ort, an dem er und Isaaka sich wiedersahen und sie ihm für all das Leid, das er ihr zugefügt hatte, verzieh.

Naviia ging weiter, sie durfte nicht verweilen. Sie musste weitermachen. Für Geero. Ihren Vater. Kanaael. Für Isaaka. Sie sah die Gesichter derjenigen, die auf ewig einen Platz in ihrem Herzen haben würden, vor sich.

Ihre Unterlippe begann zu zittern, und sie biss fest darauf, während sich ein Brennen hinter ihren Lidern bemerkbar machte. Tränen der Trauer und Wut kullerten über ihre Wangen. Mit einer ärgerlichen Bewegung wischte sie sie weg, verschmierte Blut und Dreck auf ihrem Gesicht.

Es würde enden. Und wenn sie ihr eigenes Leben dafür

geben musste. Sie sah hinüber zu der Zeltstadt und hörte in sich hinein. Die Melodie der Traummagie spielte laut, und sie hörte auf alles, was in ihrem Innern passierte, griff nach jedem Gedanken und jedem Gefühl, das nicht ihr eigenes war. Schmerzvoll begannen die Flügel auf ihrem Rücken zu brennen, die Zeichnung, die sie auf ewig zu einem Kind der Götter machen würde.

Und dann sah sie ihn. Ashkiin A'Sheel. Zwischen all den sterbenden, kämpfenden und siegenden Kriegern. Er stand auf einer Anhöhe bei einer Gruppe syskiischer Offiziere. Sie erkannte ihn sofort. Neben ihm ein Mann in einem goldbraunen Gewand, auf dem das Familienwappen der Ar'Lens prangte. Er hatte einen hochroten Kopf und redete auf die übrigen drei Männer ein.

Naviia verlor sich in den Träumen, die sie in den letzten Tagen gesammelt hatte, und öffnete ihren Geist, während sie sich an den Ring klammerte, den Ashkiin ihr gegeben hatte. Licht strömte auf sie ein, und sie verschwand an einen Ort, den die Götter geschaffen haben mussten.

Als sie wieder ein Teil der Welt wurde, hörte sie die Geräusche des Kampfs wie ein Donnergrollen in ihren Ohren, und sie sah Ashkiin unmittelbar vor sich. Sie war unterhalb der Anhöhe aufgetaucht, weit genug von den Geschehnissen auf dem Schlachtfeld entfernt, aber auch von den vier Männern. Der Mann, der das goldene Wappen auf der Brust trug, hatte ihr den Rücken zugewandt. Er schrie und tobte, seine Worte waren von Zorn durchtränkt: »Wo sind diese verdammten Weltenwandler hin, wenn man sie mal braucht? Gariéen ist geflohen! Wie sollen wir noch bestehen?«

»Wir kämpfen, bis wir jeden suviischen Krieger ausgelöscht haben!«, sagte ein zweiter wütend.

Naviias Herz zog sich vor Hass zusammen. Nein ...

Garieen durfte nicht geflohen sein ... Was sollte sie denn jetzt tun? Sie war ihm so nah wie noch nie zuvor gewesen, und nun das ...!

»Wir müssen die Truppen neu formieren! Sie stürmen sonst das Lager!«

Die drei übrigen Männer bemerkten sie nicht. Es gab nur einen, der ihre Anwesenheit sofort wahrnahm. Ashkiin.

Seine Nasenflügel blähten sich auf, und sein Blick jagte ihr einen Stromstoß durch den Körper. Adrenalin ließ ihre Nervenenden kribbeln, und sie ahnte intuitiv, dass er sie dieses Mal nicht so leicht davonkommen lassen würde. Doch dann geschah etwas, mit dem sie nicht gerechnet hatte. Etwas in seinem Blick veränderte sich, sie las Zweifel, sah, wie er mit sich rang, ein stummes Duell ausfocht und schließlich den Blick von ihr abwandte.

Ihr Herz schlug höher.

Er ließ sie am Leben. Er schenkte ihr die Rache, nach der sie sich all die Wochen verzehrt hatte.

Sie umfasste den Griff des Dolchs noch etwas fester. Der Sturm in ihrem Innern verklang, und sie schloss für einen kurzen Moment die Augen.

Als sie sie wieder aufschlug, entwich ihr ein erstauntes Keuchen. Ashkiin hatte sein eigenes Schwert gezogen. Der Ausdruck auf seinem Gesicht war kalt, ohne jegliches Gefühl, und obwohl sie diesen Anblick hätte fürchten müssen, fühlte sie, wie sich Wärme in ihr ausbreitete.

Lautlos und ohne Reue griff Ashkiin seine drei Begleiter an. Überrascht von der plötzlichen Attacke, reagierten die Männer zu langsam. Ashkiin ließ keinen von ihnen am Leben.

»Willst du Garieen immer noch töten?«, rief er und sprang von der Anhöhe.

Seine Nähe erfüllte Naviia mit Freude, und sie nickte.

»Ja«, sagte sie und sah in seine unergründlichen Augen. »Ja, das will ich.«

»Dann sollten wir uns beeilen. Garieen ist auf der Flucht. Als er bemerkte, dass sich die Splitter von ihren Trägern lösten, ist er gemeinsam mit seinen Wachen und zwei seiner engsten Vertrauten davonge…« Ashkiin verstummte, und ohne Vorwarnung riss er sie zur Seite und stieß einen ärgerlichen Laut aus. Sie kam hart am Boden auf, der Dolch entglitt ihren Fingern, und sie spürte einen dumpfen Schmerz in ihrem Becken. Mit einem Stöhnen entwich ihr die Luft.

»Du Bastard!«, schrie eine Männerstimme über ihr, und kleine schwarze Punkte tanzten vor ihren Augen. Sie brauchte einen Moment, um sich zu orientieren.

»Saaro!«, zischte Ashkiin.

Sie hob den Kopf und sah einen Krieger, der Ashkiin wie aus dem Gesicht geschnitten war. Die gleiche Statur, die gleichen markanten Gesichtszüge, doch er war mindestens zehn Jahre jünger als Ashkiin. »Ich wollte dich einmal besiegen!«, stieß Saaro aus. »Nur ein einziges Mal übertrumpfen, und nun machst du mir auch das zunichte!«

»Und ich wollte immer dein Bestes«, sagte Ashkiin und stürzte im selben Augenblick nach vorne. Der andere hatte gerade noch so viel Zeit, sein Schwert in die Höhe zu reißen, und das Geräusch von klirrendem Stahl erfüllte die Luft, während sich Naviia hinter Ashkiin duckte.

10

Erlösung

Tjooran-Ebene nahe Lakoos,
Sommerlande

Ashkiin spürte die Wut seines Bruders in der Luft pulsieren, der ihm die Schuld daran zu geben schien, dass die Macht der Traumsplitter gebrochen war. Er parierte Saaros Angriff mühelos, so als ob es ihm keine Anstrengung bereiten würde, und das ärgerliche Blitzen seiner Augen nahm zu.

»Du hast mir alles genommen!« Der anklagende Vorwurf in Saaros Stimme hatte einen bitteren Beigeschmack, und Ashkiin nahm aus dem Augenwinkel wahr, wie Naviia sich wieder auf die Beine rappelte. Sein Herz zog sich zusammen, und er knirschte mit den Zähnen, während er sich darauf konzentrierte, seinen Bruder nicht für einen Lidschlag aus den Augen zu lassen.

Doch er war nicht bei der Sache. Mit *ihr* in seiner Nähe war er verwundbar. Ebenso, wie es Alaana gewesen war. Oder Keeria, wenn Loorina bei ihr gewesen war. Er ärgerte sich und war gleichermaßen erstaunt über die Empfindungen, die Naviia in ihm auslöste. Als sie unterhalb der Anhöhe aufgetaucht war, fest entschlossen, Garieen töten, war es ihm plötzlich wie Schuppen von den Augen gefallen.

Loorina hatte ihn bei ihrem ersten Gespräch an einen Traum

erinnert, einen Traum, an den er sich kaum noch erinnern konnte, weil er ihn tief in sich verborgen hielt, an einem Ort, zu dem nicht einmal er selbst Zutritt besaß. Eine Fischerhütte. Ein ruhiges Leben. Fernab vom syskiischen Hof und seinen Intrigen. Ein bescheidenes Leben. Vielleicht auch unter einem anderen Namen.

Naviia hatte all das wieder in ihm ausgelöst. Mit einem Blick ihrer klaren hellblauen Augen, der Entschlossenheit, für das einzustehen, was sie erreichen wollte, hatte sie seinen wunden Punkt berührt. Und so viel mehr. Ashkiin war mit einem Schlag klargeworden, dass sein Leben keinen Sinn mehr hatte. Er war das Kämpfen leid. Das Töten. Er war es leid, einer Sache zu dienen, an die er nicht länger glaubte.

Ein unerwarteter Angriff über die linke Flanke riss Ashkiin aus seinen Gedanken. Ashkiin wich dem Angriff aus und hob die Klinge. Langsam begannen sie einander zu umkreisen. Schritt für Schritt, während er Naviia nicht einen Herzschlag lang aus den Augen ließ.

»Ein einziges Mal in meinem Leben wollte ich besser sein als du!« Saaro war noch nicht fertig. Noch lange nicht. Er wollte Rache für ein ganzes Leben in seinem Schatten, und Ashkiin konnte es ihm nicht einmal verdenken. Das Kampfgebrüll um ihn herum nahm zu, und er war sich durchaus gewahr, dass die syskiischen Truppen ohne die Traumsplitter weitaus schlechter dastanden. Er hörte auf Syskiisch ausgestoßene Flüche und Todeswünsche.

»Wandle!«, sagte er über die Schulter und fing Naviias Blick ein. »Garieen entfernt sich mit jedem Moment etwas mehr! Du musst die anderen Weltenwandler finden! Sie tragen einen Ring, der es ihnen ermöglicht, zu Garieen zu gelangen ...«, fügte er noch hinzu, obwohl sich Saaro bereits wieder auf ihn gestürzt hatte. Ashkiin wehrte den Schlag ab, seine Arme erzitterten unter dem heftigen Aufprall, und er kniff die Augen zusammen.

»Danke.« Nicht mehr als ein schwacher Windhauch, und er spürte, wie sich die Luft um ihn herum veränderte, dann war Naviia verschwunden, und ein Lächeln breitete sich auf seinen Lippen aus.

Brennende Wut verzerrte Saaros Züge, und sein einst so kindliches Gesicht war vom Leid der letzten Jahre gezeichnet. »Ich habe immer versucht, dich zu beschützen«, sagte Ashkiin, und Saaro stieß ein bitteres Lachen aus.

»Du hast dich allein um dich selbst gekümmert! Um deinen Ruf, dein Ansehen!«

»Das Ansehen unserer Familie ... Es ging mir niemals um mich. Es ging mir darum, euch zu versorgen ...« Ashkiin schüttelte den Kopf und wehrte Saaros nächsten Angriff ab, indem er sein Schwert als Schutzschild verwendete. »Was glaubst du, woher Mutter das Geld hatte, um das Essen für dich zu besorgen und das Herrenhaus zu bewirtschaften? Deswegen bin ich gegangen. Um für euch zu sorgen.« Die Worte sprudelten förmlich aus ihm hervor. Ashkiin hatte geglaubt, dass Saaro begriffen hatte. Doch anscheinend war dies nie der Fall gewesen, und er hoffte, dass seine Worte seinen Bruder nicht viel zu spät erreichten. »Sonst hätte sie nach Vaters Tod wieder heiraten müssen. Einen Mann, den sie vielleicht nicht geliebt hätte, und was glaubst du, was der dann mit dir gemacht hätte?«

In den Vier Ländern war allgemein bekannt, was die Syskiier mit Kindern anstellten, die die Brut eines anderes Mannes waren. Sie entledigten sich ihrer, auf die eine oder andere Weise. Ashkiin sah, wie Saaro zögerte. »Du lügst. Du bist gegangen, um aus dir eine lebende Legende zu machen!«

Unwillkürlich fragte er sich, wie lange Saaro diese Bitterkeit schon in sich trug – wahrscheinlich schon sein ganzes Leben, doch das Einzige, was sich Ashkiin vorzuwerfen hatte, war die Tatsache, dass er sich ihm niemals erklärt hatte.

»Du begreifst gar nichts«, sagte er nun kopfschüttelnd und beschloss, dem Ganzen ein Ende zu setzen. Saaro mochte über die Jahre gelernt haben, mit Waffen umzugehen, aber es gab niemanden in den Vier Ländern, der so schnell und geschickt war wie Ashkiin.

Und schließlich ließ er los. Nach so langer Zeit schaffte er es endlich, die Bürde des großen Bruders abzulegen und sich nicht länger in der Verantwortung zu sehen. Er schlug mit aller Kraft zu, wusste, dass dies das Ende eines ganzen Kapitels bedeutete, und bewegte sich blitzschnell. Saaro schaffte es, die ersten Angriffe zu parieren, doch es brauchte nicht lange, da wurde er schwächer. Ashkiin verletzte seinen Bruder. Die scharfe Klinge schnitt geradewegs in die Seite, vorbei an allen lebenswichtigen Organen, aber tief genug, um ihm eine schmerzhafte Fleischwunde zuzufügen. Saaro fiel auf die Knie, die Augen erschrocken aufgerissen. Ashkiin entwaffnete ihn mit zwei schnellen Griffen. Dann beugte er sich langsam über seinen Bruder, nah genug, um seinen heißen Atem im Gesicht zu spüren.

»Du begreifst nichts, Saaro«, sagte er leise und ließ sich mit seinen nächsten Worten Zeit. »Du und Mutter seid die einzigen Menschen auf der Welt, die mir wichtig sind. Ich würde alles für dich tun.«

»Und was heißt das?«

Ashkiin lächelte grimmig, aber nicht ohne Wärme. »Das heißt, dass ich dich manchmal auch vor dir selbst beschützen muss.«

11

Rache

Tjooran-Ebene nahe Lakoos,
Sommerlande

Leichtfüßig überquerte Naviia das Schlachtfeld, das mit Leichen übersät war. Es roch nach Tod, die langsam einsetzende Hitze des angebrochenen Morgens würde ihr Übriges tun, und die Flügelzeichnungen auf ihrem Rücken brannten nachdem sie kurz zuvor gewandelt war. Sie hielt den Dolch, den sie dem toten Soldaten abgenommen hatte, fest umklammert. Für andere mochte es eine lächerliche Waffe sein, für sie war es die tödlichste, die sie besitzen konnte. Weil es eine Waffe war, die sie beherrschte.

Loorina lag vor ihr auf dem Boden, in der Brust eine klaffende Wunde, das Blut war getrocknet, seine Farbe von unterschiedlichen Rottönen, und Naviia sah mit Abscheu auf die Weltenwandlerin hinab. Seltsamerweise verspürte sie kein Mitleid, denn wie viel Elend hatte sie gemeinsam mit Garieen und den anderen über die Vier Länder gebracht?

Naviia ging in die Hocke, griff nach Loorinas schlanken Fingern, die eiskalt waren. Sie trug mehrere Ringe. Zwei silberne, einen kleinen goldenen, der einen Rubinstein trug, und einen goldenen Siegelring mit dem Wappen der Familie Ar'Len.

Ashkiin hat die Wahrheit gesagt!
In dem Moment, in dem sie den Ring von den klammen Fingern der Weltenwandlerin zog, hörte sie mehrere Männerstimmen hinter sich. Naviia sprang auf und drehte sich um. Vier syskiische Krieger standen vor ihr. Naviias Herz machte einen Satz. Sie konnte nur hoffen, dass der Siegelring sie tatsächlich zu Garieen brachte.

»Talveenische Schlampe«, knurrte der Vorderste, die Lippen zu einem dünnen Strich zusammengepresst, sodass sein langer geflochtener Bart noch Furcht einflößender war.

Naviia hörte in sich hinein, suchte ihrer gewonnenen Traummagie. Tief in ihrer Mitte, an einem Ort, den die Götter geschaffen haben mussten, lag das Zentrum ihrer Macht. Sie visualisierte die schwarzen, wabernden Nebelschwaden, von denen nur noch ein größeres Stück übrig geblieben war, und ließ einen Teil davon in ihren Körper gleiten. Der Anführer gab den anderen Kriegern einen Wink, und sie zogen ihre Schwerter.

In der einen Hand hielt Naviia den Dolch noch immer fest umklammert, in der anderen drehte sie den goldenen Ring und sandte ihre Energie hinaus. Sie spürte, wie ihr Körper immer leichter wurde und das Brennen ihrer Flügel beständig zunahm, während sie sich ganz der Traummagie hingab und an dem Ort festhielt, an dem sich der Besitzer des Rings befinden musste. Gleißendes Licht. Naviia schloss die Augen, gab sich ganz dem Gefühl hin, zersprang in Tausende Teile und hoffte, dass sie die Menschen, die einen Platz in ihrem Herzen trugen, nicht enttäuschen würde.

Das Licht der Götter fing sie ein, sie klammerte sich an den Ort, an den sie gelangen wollte. Nur eine Chance, nur diese eine Möglichkeit! Sie verlor sich in der Welt und tauchte schließlich neben Garieen auf, keine zehn Fuß von ihm entfernt, genau so, wie sie es gewollt hatte, inmitten von Sand und Dünen. Sie blickte über die Schulter, erkannte die Zeltstadt in ihrem Rücken, ein ferner schwarzer Punkt am Horizont.

Dann sah sie wieder nach vorn. Er war es. Doch Garieen Ar'Len hatte nichts mit dem mächtigen Mann gemein, den sie sich in ihren Träumen ausgemalt hatte. Er war klein, hager und trug einen dünnen Bart. Er saß auf dem Rücken eines Kireels und wurde von zwei weiteren Männern flankiert. Naviia tastete nach dem Dolch, und sie zog ihn zu sich heran, während sie gleichzeitig alle ihr zur Verfügung stehenden Magiereserven sammelte. Die Welt um sie herum verblasste, die feinen Linien auf ihrem Rücken explodierten, und sie kniff vor Schmerz die Augen zusammen. Nichts würde sie davon abhalten, Garieen zu töten. Nichts und niemand! Sie visierte ihn an, ihre Augen hefteten sich auf sein Gewand.

Als hätte er ihren Blick im Rücken gespürt, wandte sich Garieen Ar'Len auf dem Deckensitz um und sah sie an. Er wirkte schwach und verletzlich, wie ein kleiner Junge, der einen Fehler begangen hatte. Nichts an ihm erinnerte sie an das Monster, von dem sie nachts geträumt hatte. Aber er hatte den Tod verdient, denn dann wäre der Spuk vorbei.

Mit einer Bewegung, die sie zu Hause in Ordiin täglich geübt hatte, warf sie den Dolch. Eine Wurftechnik, die ihr Vater ihr einst zum Jagen beigebracht hatte. Es gab keine Schutzwälle, keine Traumtrinker, die Garieen in diesem Moment noch helfen konnten. Der Dolch traf ihn mitten ins Herz. Wie damals, wenn sie mit ihrem Vater auf die Jagd gegangen war, Wild erlegt und am Ende ausgenommen hätte. Garieen riss die Augen auf, und ein überraschtes Röcheln kam über seine Lippen, bevor er von seinem Kireel fiel. Naviia starrte ihn an. Ihr Herz wurde schwer, und es war nicht bloß Erleichterung, die sie verspürte. Ein taubes Gefühl schoss in ihre Fingerspitzen, und das Loch, das der Tod ihres Vaters in ihr Herz gerissen hatte, schloss sich. Sie fühlte sich ausgeglichen. Ein Teil von ihr hatte endlich Frieden gefunden.

Garieens Begleiter sprangen leichtfüßig von ihren Tieren, die wilde, geradezu ängstliche Geräusche ausstießen. Garieens Kireel stürmte auf sie zu. Einer der Krieger setzte sich ebenfalls in Bewegung, sein Schwert gezogen. Die silberne Klinge blitzte im Morgenlicht. Der andere eilte an Garieens Seite und beugte sich über ihn. Ihr Blick glitt zu der Satteltasche des Kireels, auf dem Garieen geritten war und die sich verdächtig wölbte. Es kam näher, aufgescheucht von dem Sturz des Reiters, eine Staubwolke hinter sich hertreibend.

Naviia breitete die Arme aus, stellte sich dem verwirrten Tier entgegen. Ihre Gedanken überschlugen sich, ihr blieb nur diese eine Möglichkeit. Sie war nun unbewaffnet, und der Krieger näherte sich fast ebenso schnell wie das scheue Tier. Naviia folgte einer plötzlichen Eingebung, erinnerte sich an Pirleean, ihren Begleiter, die Art, wie er mit den Tieren umgegangen war, und begann seine Schnalz- und Knacklaute zu imitieren, während sie die Arme vor dem Körper schwenkte.

Blubbernd stieß das Weibchen Luftbläschen aus, wurde langsamer, gab einen kicksenden Laut von sich und blieb schließlich vor Naviia stehen. Sie hechtete nach vorne, griff in die Satteltasche des Kireels und riss das Buch heraus, dessen goldener Einband sich glatt anfühlte, wie Vollkommenheit. Lächelnd griff Naviia nach der Macht der Traummagie – dem letzten, dunkelgrauen Nebel –, die sie noch in sich trug, verteilte sie in ihrem Körper und dachte an Ashkiin A'Sheel, dem sie trotz der kurzen Zeit ihrer Bekanntschaft so viel verdankte. Bevor Garieens Leibwächter Naviia erreichte, verschmolz sie mit Raum und Zeit, spürte das Kribbeln ihrer Flügelzeichnungen auf der Haut und genoss die innere Ruhe, die sie mit einem Mal durchströmte. Endlich!

Als sie wieder eins wurde mit der Welt, prasselten Tausende Eindrücke auf sie ein. Gebrüllte Befehle. Der Atem des Todes. Blutende Verwundete. Und sterbende Menschen. Bei dem Anblick zog sich Naviias Herz zusammen. Sie versuchte gar nicht erst, die letzten Reste der Magie dafür zu nutzen, in den Acteapalast zu wandeln. Vorsichtig drückte sie die Chronik an sich. Dabei hatte sie das Gefühl, das Leben zwischen den Seiten zu spüren.

Garieen und seine Armee hatten eine Schneise der Verwüstung durch die Welt der Vier Jahreszeiten geschlagen. Aber die Zeit würde alle Wunden heilen, und sie würden sich davon erholen. Früher oder später. Der letzte Stein, der noch hatte beseitigt werden müssen, war gefallen. Sie alle hatten dazu beigetragen, jeder auf seine Weise. Erleichterung durchdrang jedes Stück von Naviias Seele, und sie ahnte, nein, sie wusste, dass sie gewonnen hatten.

In diesem Augenblick erscholl der tiefe Klang eines Horns. Nach und nach ließen die Männer der syskiischen Armee ihre Schwerter fallen, ein prasselndes Geräusch, als sie auf dem Boden aufschlugen. Ihr Blick wanderte über das Schlachtfeld, wo Sommer- und Winterkrieger damit begannen, die Syskiier gefangen zu nehmen. Es war vollbracht. Egal, was nun noch folgen würde, was in den kommenden Wochen auf sie zukam, sie hatten gesiegt. Vorerst. Schwer wog die Chronik unter ihrem Arm, die sie sicher nach Lakoos in den Acteapalast bringen musste. Dort wartete Nebelschreiber, und sie wusste, dass sie ihm vertrauen konnte. Die Chronik war dort in sicheren Händen.

Über ihre Schulter hinweg fand ihr Blick den von Ashkiin

A'Sheel, der nicht unweit von ihr an der Seite eines talveenischen Kriegers stand, und sie hielt ihn fest, solange sie konnte. Wärme umfing sie wie eine schützende Hand, und sie spürte, wie ihr Herz leichter wurde. Seine Augen nahmen einen fast schon zärtlichen Ausdruck an, und sie wusste, egal, was noch kommen würde, dass sie es geschafft hatten.

Epilog

Acteapalast, Sommerlande

Inaaele De'Ar saß unter einem syskiischen Lebensbaum, die langen Beine übereinandergeschlagen, in der Hand ein Märchenbuch. Die goldgelben Blätter hingen dicht an dicht, und die breiten Äste warfen lange Schatten auf den weichen Wiesenboden. Sie genoss die Ruhe, die der Garten des Acteapalasts ausstrahlte, denn hier konnte sie sich zurückziehen und sich einen Moment lang von ihren Pflichten erholen. So lange, bis sie einer der Diener fand. Ein Lächeln umspielte ihre vollen Lippen, als sie aufsah und ihr Blick auf das Denkmal fiel, das ihre Mutter vor wenigen Jahren für Geero D'Heraal hatte aufstellen lassen. Die Proportionen stimmten nicht. Er war zu drahtig. Das Haar zu perfekt lockig. Die Nase zu gerade. Die Lippen zu voll. Aber sie mochte die langen schwarzen Flügel, die aus Erzmarmor geschlagen worden waren, es erinnerte sie daran, was schon Jahre zurücklag.

»Mama!«

Mit langen Schritten kam ihr Sohn näher, und wie jedes Mal, wenn Inaaele ihn erblickte, war sie von mütterlichem Stolz erfüllt. Seine großen, haselnussbraunen Augen, die von dichten Wimpern eingerahmt wurden, waren auf das Buch in ihrem Schoß gerichtet. Sie schloss ihn in die Arme und fuhr ihm über den dunklen Schopf. »Geht es dir gut, Muselchen?«

»Liest du mir weiter vor? Bitte? Das Märchen vom traurigen Kind?«

»Dann setz dich zu mir, Kanaael«, sagte sie, rutschte etwas zur Seite und ließ ihn auf die steinerne Bank klettern. Inaeelle schlug das Buch auf. »Wo waren wir stehen geblieben? Ach ja: *Und das Mädchen weinte bittere Tränen, die gefüllt waren mit all dem Kummer, den es in diesem Augenblick empfand. Und als es weinte, verwandelten sich seine Tränen in Kristalle. Sie glitzerten und funkelten im Sonnenlicht, schöner als alles, was je ein menschliches Auge gesehen hatte. Doch das Mädchen war so voll Trauer, dass es einfach nicht aufhören konnte zu weinen ...«*

»Aber das geht doch gar nicht!«, fuhr Kanaael dazwischen und betrachtete seine Mutter mit einem Stirnrunzeln. Inaeelle De'Ar verkniff sich ein Lächeln, denn Kanaael erinnerte sie so sehr an sich selbst, als sie noch ein Kind gewesen war. Liebevoll strich sie ihm eine seiner widerspenstigen Locken aus der Stirn. »So, und warum nicht?«

»Tränen können sich nicht in Kristalle verwandeln!«

»Ach nein?«

»Nein! Das ist nicht möglich!«

»Wenn du das sagst«, erwiderte sie lächelnd.

»Erzähl mir doch lieber die Geschichte von der großen Schlacht, Mama!«, rief Kanaael aus, und seine Augen begannen zu funkeln.

»Die Welt hat viele große Schlachten gesehen ...« Dabei wusste sie genau, worauf er hinauswollte.

»Nein, nein ... Die große Schlacht, die wir gewonnen haben, wegen Kanaael, dem Helden!«

»Du meinst deinen Onkel, der dir seinen Namen geschenkt hat, Muselchen?«

Mit stolzgeschwellter Brust nickte er eifrig und zog die Knie unter das Kinn, während er die Ärmchen darumschlang. Angestrengt lauschte er ihren nächsten Worten.

Sie nickte. »Also gut: Es gab da ein Wintermädchen, das gemeinsam mit seinem Vater abseits der Zivilisation in einem kleinen Dorf namens Ordiin lebte.«

»Naviia O'Bhai! Kommt sie uns eigentlich bald mal wieder besuchen?«

»Bestimmt«, erwiderte sie.

»Und Onkel Ashkiin?«

Bei dem Gedanken, dass ihr Sohn einen einst gefürchteten Strategen als Onkel bezeichnete, breitete sich abermals ein Lächeln auf ihren Zügen aus. »Selbstverständlich, die beiden haben uns doch immer gemeinsam besucht. Du weißt, sie können nur kommen, wenn sich Ashkiins Bruder um seine Mutter kümmert. Aber er reist sehr viel und ist deswegen nicht so oft in Syskii.« Diese Antwort schien ihn zufriedenzustellen.

»Erzähl weiter!«, sagte er dann.

»Die Frühlingsgöttin Kev sandte ihr verwirrende Träume. Dort begegnete sie zum ersten Mal Kanaael De'Ar. Als ihr Dorf angegriffen und ihr Vater getötet wurde, gab es nichts, was sie noch in ihrer Heimat hielt. Tief in ihrem Inneren wusste sie, dass sie ihren Vater rächen musste.« Inaaele machte eine Kunstpause. »In den Sommerlanden wartete ein Herrschersohn darauf, seinen Platz in der Geschichte einzunehmen ...«

»Das war hier!«

»Richtig«, sagte Inaaelle und spürte zum ersten Mal seit langer Zeit Sehnsucht nach ihrem Bruder. Sie war zwar damals noch ein kleines Mädchen gewesen, aber die Erinnerungen, die nicht verblassen wollten, spendeten ihr an finsteren Tagen Trost, und sie klammerte sich an das, was sie über ihren Bruder wusste. Denn er hatte den Weltfrieden bewahrt. Sie war die erste Frau in der Geschichte Suviis, die auf dem Acteathron saß, aber sie war sich sicher, dass diese Entwicklung von Dauer sein würde. Der Spuk, den die Traumsplitter und der Krieg mit Garieen Ar'Lens Kämpfern und den Weltenwandlern mit sich gebracht hatte, war nur noch ein blasser Schatten innerhalb ihrer Landesgrenzen, und bis auf die Ghehalla gab es nichts, das ihr Kopfzerbrechen bereitete. Die neuen diplomatischen Beziehungen mit den anderen drei Ländern waren seit dem großen Friedensabkommen hervorragend, und Inaaele hatte das Gefühl, in zufriedene Gesichter zu blicken, wenn sie auf dem Götterplatz zum Sommervolk sprach.

Inaaelle blickte über die Schulter und sah, wie die Sonne warme Strahlen auf die gläsernen Türme der Wüstenhauptstadt warf. Sie lauschte den lieblichen Gesängen, die vom Götterplatz zu ihr heraufdrangen.

Endlich, nach all den Jahrzehnten ...

Für einen kurzen Moment schloss sie die Augen und dachte an Wolkenlied, die sie einst in den Schlaf gesungen hatte. So viel Zeit war verstrichen, doch solange es Menschen gab, würden die, die in ihrem Herzen weiterlebten, niemals in Vergessenheit geraten. Das Einzige, was in Vergessenheit geraten sollte, das war *Die Chronik des Verlorenen Volks*. Das Buch, das sich nicht zerstören ließ. Das Buch, das sich nun an einem sicheren Ort befand, den nur Naviia O'Bhai kannte. Ein Geheimnis, das sie mit ins Grab nehmen würde. Inaaele hoffte, nein, sie betete inständig, dass die Menschen und Nachkommen des Verlorenen Volks die Chronik vergaßen und mit ihr die Möglichkeit, den Traumknüpfer aus seinem ewigen Schlaf zu erwecken.

»Eure Hoheit!« Morgentänzer, ihr Fallah, erschien am Rand des Gartens und kam mit langen Schritten näher. »Die Ratsversammlung ist vollzählig.«

Sie nickte ernst. »Danke«, sagte sie und wartete, bis der Diener wieder verschwunden war. Dann stand sie auf und griff nach Kanaaels Hand. »Komm, ich muss mich leider meinen Aufgaben widmen. Aber ich erzähle dir die Geschichte ein anderes Mal zu Ende.«

Glossar

Tiere
Musel, das – kleines Nagetier
Dreel, der – Raubvogel, wird häufig für Botenflüge gezüchtet
Yorak, das – hirschartiges Wildtier, wird in Talveen als Zug- und Arbeitstier gezüchtet
Daschnel, der – katzenähnliches Raubtier
Kireel, das – Kamel
Gnerschawolf, der – schneeweißer Wolf aus Talveen
Scheeriaeule, die – schneeweiße Eule aus Talveen
Steinbachmoorela, die – Fisch, der in Talveen oft zu einer Suppe verarbeitet wird

Kleidung
Perscha, der – Überwurf für Frauen
Dereem, das – Wickelgewand für Männer, wird meist in den Sommerlanden getragen
Baris, der – breiter Ledergürtel, wird häufig als Waffengürtel verwendet
Tolak, der – Mantel mit Krempe, meist auch mit Kapuze
Gerim, das – Schulterumhang mit Halsverschluss

Pflanzen
Raschalla, das – Giftmischung, wächst an Sträuchern ausschließlich auf der Insel Mii
Birschkraut, das – Gewürzkraut, wird gern im Süden zu Fladen gereicht

Tibris, die – Pflanze aus Syskii, schützt vor Schwangerschaften
Erbanholz, das – wird aufgrund seiner rötlichen Verfärbung gerne als Interieur verwendet
Radeschuholz, das – nur in den Wäldern der Winterlande zu finden
Raelisfrucht, die – teure Nachspeise aus den Frühlingslanden
Dahroonholz, das – wird zum Dachdecken in Talveen verwendet
Berschaknödel, die – winterliche Beilage
Octreafrucht, die – Pflanze aus den Frühlingslanden, mit großen lilafarbenen Blüten
Merschaholz, das – gilt als besonders robust, wird meist in den Frühlingslanden verwendet
Perschafrucht, die – süße Frucht aus den Frühlingslanden
Wurzelkrautgemüse, das – schmackhaftes, ungekocht jedoch sehr bitteres Gemüse

Gebrauch

Kalscher, der – Werkzeug, wird zur Jagd verwendet
Dafka, das – Schlittenähnlicher Karren, findet häufig in Talveen Verwendung
Kaaran, der – Fächer

Dramatis Personae

Aus Talveen – Winterlande:

Familie O'Bhai:
Naviia: Mädchen aus dem Ordiin-Clan, Tochter eines Weltenwandlers
Ariaan: ihr Vater, Jäger und Händler, Weltenwandler
Seerenia: ihre Mutter, Seelensängerin

Familie O'Sha(an):
Isaaka: Tochter eines Weltenwandlers, Naviias Freundin
Merlook: ihr Urgroßvater

Familie O'Jhaal:
Jovieen: Bekannter Naviias
Jhanaael: bester Freund von Ariaan O'Bhai und Jovieens Vater

Weitere Personen:
Daniaan O'Raak: Naviias bester Freund
Fereek O'Rhees: ein Weltenwandler
Loorina O'Riaal: eine Weltenwandlerin

Aus Suvii – Sommerlande:

Familie De'Ar:
Kanaael: Thronerbe
Pealaa: seine Mutter, Derioons Ehefrau

Inaaele: Kanaaels jüngere Schwester
Derioon: Herrscher der Sommerlande, Pealaas Ehemann

Palastangestellte:
Nebelschreiber: Fallah, erster Diener Kanaaels, Weltenwandler
Namenlos: Kanaaels Doppelgänger
Wolkenlied: eine Dienerin
Sonnenlachen: eine Dienerin

Weitere Personen:
Mharieen: Ghehalla-Mitglied
Shiaan: Ghehalla-Anführer
Geero D'Heraal: ein Traumtrinker
Keeria Del'Kan: eine Weltenwandlerin
Meraan Del'Kan: ein Weltenwandler
Fhoorien Do'Khan: Hauptmann der lakoosischen Armee
Pirleean: junger Händler, Naviias Begleiter
Leenia: alte Frau
Reeba Da'Naar: Hure aus Lakoos
Sorieel: Hure aus Lakoos
Eelia: Hure aus Lakoos

Aus Syskii – Herbstlande:

Familie Ar'Len:
Meerla: Herrscherin der Herbstlande
Ariaa: Thronerbin, ihre Tochter
Garieen: Ariaas Bruder

Familie A'Sheel:
Ashkiin: Stratege und Assassine
Saaro: sein Bruder, ein Dieb

Weitere Personen:
Neelo A'Dariin: Heerführer der syskiischen Armee
Earaan: Bekannter Ashkiins
Alaana: eine Auftragsmörderin

Aus Keväät – Frühlingslande:

Riina I'Renaal: Herrscherin Kevääts
Faaren I'Kheen: ihr Berater
Daaria I'Loov: keväätische Kriegerin
Daav I'Leav: bester Freund Kanaaels, Kampftrainer
Moonia: Barfrau

Götter
Tal: Gottvater und Herr des Winters, Schutzgott der Reisenden, verehrt für Leben.
Kev: Frühlingsgöttin, verehrt für Weiblichkeit, Liebe und Fruchtbarkeit.
Suv: Sommergott, verehrt für Männlichkeit, Kraft und Kämpfe.
Sys: Herbstgöttin, Schutzgöttin der Seefahrer, verehrt für Speise, ein Zuhause, Hab und Gut.

Udinaa: Nachfahrin Kevs, Traumknüpferin

Danksagung

Ihr seid also am Ende angekommen. Oder aus Neugier hier gelandet. Jedenfalls möchte ich zuallererst euch danken. Dafür, dass ihr das Buch in die Hand genommen, hineingelesen, durchgelesen oder es aus der Bücherei mitgenommen habt.

Wenn ich mir überlege, wie lange – und wie viel – ich an der Geschichte rund um *Die Traumknüpfer* gearbeitet und gefeilt habe, kommt es mir fast ein wenig unwirklich vor. Seit vier Jahren begleitet sie mich, und ich bin froh, sie nun endlich mit euch teilen zu können. Sie ist mein Herzensprojekt. Umso schöner, dass diese Geschichte den Weg in eure Hände gefunden hat.

Mein Dank geht an Michael Wenzel, der mir mit viel Tatkraft zur Seite stand. Daneben möchte ich auch Catherine Beck danken, die sowohl im Anfangsstadium der Geschichte Plotlöcher gestopft und wichtige Verknüpfungen geschaffen hat, als auch zum Schluss sehr viel Geduld und ein feines Händchen bewiesen hat. Danke für dein Vertrauen in meine Arbeit.

Ein großes Dankeschön geht an meine Lektorin beim Heyne-Verlag, Steffi, die das Manuskript entdeckt und mich mit leuchtenden Augen in den heiligen Hallen empfangen hat. Du hast mich kritisiert und trotzdem stets an diese Geschichte geglaubt. Ich danke dir von Herzen für die tolle Zusammenarbeit! Allen anderen lauten und leisen Beteiligten aus der Random-House-Familie sei hier ebenfalls ein Dank ausgesprochen, ihr habt einen wesentlichen Teil dazu beigetragen, dass diese Geschichte in den Buchhandlungen zu finden ist.

Petra für sehr viel Rat. Nina, die meine Geschichten immer als Erste liest, selbst wenn es noch gar keine Geschichten sind. Das hier ist deine 1000-Anfänge-Entschädigung! Lisa, die so sehr mitgefiebert hat. Danke, dass ihr beiden mich jedes Mal aufs Neue so unterstützt. Jessi, für die knisternden Momente. Michaela für die wunderbare Motivation. Meine Betaleserinnen. Danke. Lea für den Abend meiner ersten Lesung und den Teil danach. Christiane, weil sie Geschichten liebt und ganz besonders diese. Juli, die trotz Distanzen immer da ist. Meine Freunde. Ein großes Danke an meine Familie: Alle Wahls, Seidels und Bsouls dieser Welt, es tut so gut, euch im Rücken zu wissen! Und zum Schluss geht mein Dank an die wichtigste Person an meiner Seite: Karim, deine Liebe, deine Geduld in langen Schreibnächten und deine Unterstützung geben mir die Kraft, meinen Traum zu leben.

Bernhard Hennens
große Fantasy-Saga
mit Bonusmaterial

**Die Elfen sind geheimnisvoll, mächtig und magisch.
Doch ihre Welt ist bedroht.**

978-3-641-06501-0

978-3-641-06492-1

978-3-641-06493-8

987-3-641-06494-5

Leseproben unter **www.heyne.de**

HEYNE ❮

Elspeth Cooper

Ein Abenteuer von der epischen Wucht von *Game of Thrones*

Das heilige Buch von Eador lässt keine Zweifel aufkommen: Wer die Lieder der Erde hören kann, soll brennen! Bereits seit tausend Jahren befolgen die Ritter der Kirche das Gebot und verfolgen gnadenlos jeden, den sie der Magie verdächtigen. Als der Novize Gair zum ersten Mal die ebenso schöne wie schreckliche Melodie vernimmt, ist ihm klar, dass dies sein Ende bedeutet. In einem unbeobachteten Moment gelingt Gair die Flucht, doch die Kirche ist ihm auf den Fersen, und in sich spürt er die Kraft der Erde heranwachsen, so mächtig, dass sie ihn zu zerstören droht. Einzig die Hüter des Schleiers können Gair jetzt noch helfen...

Die Lieder der Erde
978-3-453-26713-6

Die wilde Jagd
978-3-453-52802-4

Der Schleier der Macht
978-3-453-52803-1

978-3-453-26713-6

Leseproben unter: **www.heyne.de**

HEYNE ‹

Elizabeth May

Die Fantasy-Sensation aus Schottland

Schön, talentiert und tödlich – Aileana Kameron ist eine junge Dame aus gutem Hause, doch sie hat nur ein Ziel: Die Feen, die ihre Mutter getötet haben, zur Strecke zu bringen.

Ballsaison im Edinburgh des Jahres 1844: Jeden Abend verschwindet die junge und bildschöne Aileana Kameron für ein paar Stunden vom Tanzparkett. Die bessere Gesellschaft zerreißt sich natürlich das Maul über sie, aber niemand ahnt, was die Tochter eines reichen Marquis während ihrer Abwesenheit wirklich tut: Nacht für Nacht jagt sie mithilfe des mysteriösen Kiaran die magischen Kreaturen, die vor einem Jahr ihre Mutter getötet haben – die Feen. Doch deren Welt ist dunkel und tückisch, und schon bald gerät Aileana selbst in tödliche Gefahr ...

978-3-453-31609-6

Leseprobe unter **www.heyne.de**

Rebecca Alexander

Entdecke das Geheimnis der Unsterblichkeit!

»Ein wunderbarer Fantasy-Roman!«
The Independent on Sunday

»Ein fantastisches Abenteuer voller Gefahren, Magie und Zauberei!« *Historical Novel Society*

»Atemberaubend spannend – dieses Buch kann man nicht mehr aus der Hand legen.«
crimereview.co.uk

978-3-453-31613-3

Leseprobe unter **www.heyne.de**